RUF DES CHAMPIONS

DER KODEX DES HELDEN
BUCH 2

A.R. KNIGHT

KAPITEL 1

DIE HÖHLE

DAS RASCHELN WECKTE IHN. Zwang Thane, die Augen zu öffnen und die Höhle zu sehen, silbern im Mondlicht des Pazifiks. Thane hielt den Atem an, diese Handlung allein war schon fast zu viel Anstrengung, und wartete darauf, dass das Geräusch wieder ertönte. Das Kratzen an den Höhlensteinen trug die verräterischen Zeichen eines Tieres, die spastischen Bewegungen einer Kreatur; suchend. Die Leichtigkeit des Kratzens verriet auch, dass das Tier keine Bedrohung darstellen würde, sondern ganz möglicherweise Nahrung sein könnte. Und Thane konnte Nahrung gut gebrauchen.

Er hatte es wieder getan.

Thane wusste, warum er auf dem Höhlenboden lag, warum seine Kehle vor Durst brannte und seine schwachen Muskeln vor Nichtgebrauch schmerzten. Der Grund, warum damals, als die Paragons ihn für Jahrzehnte in einem kalten nördlichen Gefängnis zurückgelassen hatten, das Personal ihn in einer strengen Routine hielt. Ihn stimulierte, wenn auch nur begrenzt. Thane mit beruhigenden Drogen versorgte, die seinen Verstand benebelt und ihn davon abgehalten hatten, zu tief in sich selbst zu versinken.

Dort war Thane jetzt, durchlebte die Entscheidungen, die ihn zu diesem Moment geführt hatten, und verfolgte ihre unendlichen Verzweigungen auf der Suche nach einer besseren Gegenwart als der, die ihn gerade umbrachte.

Das Kratzen ertönte erneut. Ein Schatten bewegte sich, schoss dann über den Höhlenboden in Richtung . . . ja. Thane bewegte seine Augen, schleifte seine schlaffe Wange über die Steine, um zu sehen, wie die Quelle des Geräusches direkt auf die Knochen ihres Vorgängers zusteuerte, aufgestapelt, wo Thane sie zurückgelassen hatte. Leichte Fleischreste klebten an den kleinen weißen Stäbchen, Bissen, die Thanes Zunge nicht hatte abkratzen können.

Was für ihn zu klein sein mochte, könnte jedoch als Köder für etwas Größeres dienen.

Der Schatten näherte sich dem Haufen und wurde vom vollen Mondlicht erfasst, wodurch eine gedrungene kleine Ratte sichtbar wurde, die sich durch die Überreste nagte. Die Kreatur diente als Rettungsleine, ein Fokus, den Thane ergreifen konnte, um sich aus den dunklen Abgründen zu ziehen, in die sein Geist abgedriftet war. Etwas Reales, Greifbares, worauf er sich konzentrieren konnte.

Die Möglichkeit, die die Ratte bot, tat Thane gut. Er atmete wieder, diesmal leichter. Das Gefühl kehrte in seine Finger und Zehen zurück, begleitet von dem prickelnden Gefühl zu lange brachliegender Gliedmaßen. Ein gewöhnlicher Mensch, ein Normaler, hätte sie vielleicht ganz verloren. So musste Thane seine eigene Kehle zudrücken, um nicht vor Schmerz-Lust zu stöhnen, als sein Körper ins wirkliche Leben zurückkehrte. Es war Jahrzehnte her, dass er so weit gegangen war, und sein Körper schmerzte unter der Herausforderung.

Knarren und Knacken erschütterten seine Knochen, sandten Zittern entlang erneuerter Nerven, und die ganze Zeit über hielt Thane seinen Fokus aufrecht. Auf die Ratte und alles, was die Ratte hatte und Thane nicht.

Das Ungeziefer hatte Freiheit, zum einen. Es konnte gehen, wohin es wollte, zumindest innerhalb der Grenzen seiner Fähigkeiten. Keine Sorge um Drohnen oder Gesetze, nur um Raubtiere. Die Ratte konnte auch essen, was sie mochte. Kein Kochen hier, keine Standards, an die man sich klammern musste, um zivilisiert zu sein. Ihr Fell konnte schmutzig sein, ihre kleinen Zähne mit Zahnstein bedeckt, und trotzdem wäre die Ratte eine Ratte und als solche akzeptiert. Thane hingegen war aus seiner Gesellschaft verstoßen worden aus . . . Gründen, die hier keine Rolle spielten.

Konzentrier dich auf die Ratte. Nutze sie.

Verdrehe sie.

Wie glücklich sie aussah, wie sie an Knorpeln zerrte, die vielleicht von ihrem eigenen Bruder stammten. Was für eine abscheuliche Kreatur. Die Ratte pervertierte das Leben. Sie verdiente es zu sterben, mehr als Thane es je tun würde. Aber wer konnte diese gerechte Strafe an der Ratte vollziehen? Wer war hier, in dieser Höhle, und fähig, so etwas zu tun?

Er konnte es. Und er würde es tun.

Thane schoss hoch. Krabbelte auf die Ratte zu, Arme und Beine stark und trieben ihn vorwärts. Thane griff nach ihr, als die Ratte versuchte davonzuhuschen, das winzige Ding war kein Gegner für anomalie-verstärkte Geschwindigkeit, Reflexe und Muskeln. Sie schaffte keinen einzigen Quieker vor ihrem Ende, bevor Thane sie in einem einzigen, gewaltigen Bissen verschlang und die Knochen ausspuckte, während er den Snack verarbeitete.

Thane wirbelte in der Höhle herum, jagend, schnüffelnd. Die Ratte war allein gewesen, ja, aber es lagen noch andere Gerüche in der Luft. Nah.

Seine drei Meter große Gestalt beugend, schoss Thane zum Höhleneingang am Hang, weg von den Meeresklippen. Seine Schultern streiften und brachen Felsen, die scharfen Kanten hinterließen winzige Kratzer auf der von Adern durchzogenen Haut.

Thanes Füße zermalmten lose Steine, mahlten Blätter und anderen Schutt zu Staub. Durch all das spuckte Thane weiterhin Rattenknochen wie winzige Raketen, Speichel flog überall hin. Die Ratte hatte wenig für seinen Hunger getan, und zum ersten Mal seit Tagen verlangte Thane nach Nahrung.

Außerhalb des Höhleneingangs, einem gerippten schwarzen Felsportal, das seinen Ursprung als längst erkalteter Lavaausbruch offenbarte, fiel der Boden unter einem dichten Farnwald ab. Ihre grauschattierten Wedel wiegten sich in der nächtlichen Brise zu einem Rhythmus jenseits von Thanes Verständnis oder Interesse, als er ins Mondlicht hinausstürmte, seiner Nase, seinen Augen und jedem anderen Sinn folgend, die ihn zu einem zurückweichenden Menschen führten.

Ein kleiner, jüngerer Mann, der Mensch hielt einen angespitzten Stock mit knochigen Händen an einem hageren Körper, ein struppiger Bart führte zu Augen, die trotz seines völlig wilden, zerzausten Aussehens eine gewisse Intelligenz ausstrahlten.

Nicht dass es Thane interessierte. Essen war Essen, und er würde diesen genauso verschlingen wie die Ratte. Der Mann stieß einen spitzen Stock in Thanes Richtung, der die Waffe packte, sie wegriss und zerbrach. Er warf die Stücke weg und stieß zur Sicherheit noch ein speichelgetränktes Brüllen aus.

Das Essen, sein Gesicht in einer Maske des Schreckens erstarrt, streckte eine Hand nach Thane aus, und der Kopf des Monsters wurde zur Seite gerissen, von einem starken, plötzlichen Wind weggedrückt. Der Mann schlug erneut ins Nichts und Thanes Knöchel rutschten, der Arm, der nach seinem Ziel griff, wurde weit weggeblasen, als Böen aus dem Nichts das Monster zur Seite warfen.

Aber das Monster war nichts, wenn nicht anpassungsfähig. Ununterbrochen knurrend wandte sich Thane wieder seiner Beute zu, grub seine großen Füße ein, und als der

Mann wütend pumpend Wind in Thanes Körper schoss, bewegte sich das Biest nicht.

Jaulend versuchte der Mann zu fliehen, wehende Böen hinter sich lassend, während Thane die Verfolgung aufnahm und mit einem Sprung durch die Blätter das nachziehende Bein des Mannes packte. Thane zog seine Beute zurück, hob ihn hoch und baumelte den Mann kopfüber.

Wo zuerst zubeißen?

»Ich kann dir helfen!«, schrie der Mann, die Augen weit aufgerissen und rollend. »Töte mich nicht!«

Helfen? Thane beugte sich vor, beschnüffelte den Mann. Der scharfe Geruch von Angst füllte Thanes Nase, überzogen mit ungewaschenem Gestank und Schmutz. Der Mann sah übel aus und war ausgehungert. Wie Beute, nichts weiter.

»Ich habe gesehen, wie sie dich fallen ließ«, fuhr der Mann fort, seine Stimme fand einen gleichmäßigen Ton in der Nähe eines Quiekens. »Dass du noch am Leben bist, bedeutet, dass du stark bist! Stark genug, um vielleicht zu entkommen!«

Entkommen? Entkommen war der Ozean und die mörderischen Drohnen. Das Essen war genau hier. Thane hielt den Mann näher. Öffnete seinen Mund weit.

»Du bist nicht der Einzige, der Mynx tot sehen will!«

Dieser Name. Thane hielt inne, die Zähne drückten sich in den Arm des Mannes. Mynx. Diesen Namen kannte er, und kannte ihn gut. Sie war seine wahre Beute, nicht dieser hier. Denn Mynx war die Erste gewesen, die ihn verraten hatte, die Erste, die Thane ein Monster nannte statt eines Paragons. Sie hatte sein Gefängnis gebaut. Sie hatte ihm so viel Schmerz zugefügt …

Thane ließ den Mann fallen, ohne es zu merken, seine Arme zu schwach, um ihn noch länger zu halten. Er schrumpfte zurück zur Vernunft, zur Stärke eines normalen Mannes. Die Schmerzen kehrten mit der Rückverwandlung zurück, und Thane verfolgte diese Schmerzen und verstand sie, begriff, wo er war, und wandte sich dem wimmernden, weinenden Körper zu seinen Füßen zu.

»Steh auf«, sagte Thane und formte Worte, anstatt sie auszuspucken. »Ich werde dich nicht töten.«

Der Mann erstarrte und unterdrückte ein weiteres panisches Schluchzen. Auf seinen Knien, die Hände in den dünnen Boden über dem schwarzen Felsen gekrallt, blickte der Mann zu einem viel kleineren, dünneren Thane auf.

»Das Biest ist zurück in seinem Schrank«, fuhr Thane fort. »Es wird dort bleiben, bis ich es brauche.«

Der Mann wartete auf eine angebotene Hand, die nie kam. Ohne den Nebel seines Zorns analysierte Thane die Anomalie mit einem analytischen Blick.

Abgemagert, ja, und von Schmutz und zweifellos Krankheit gezeichnet, aber Thane konnte auch eine drahtige Stärke erkennen. Jemand, der lange ganz unten gewesen war und gelernt hatte, damit zu leben, von dem zu überleben, was er auftreiben konnte. Der Würde wie jede andere Ressource handelte und wusste, wann es mehr zählte, am Boden zu kriechen, als darauf zu stehen.

»Sook«, sagte der Mann und erhob sich schließlich selbst. Er stand jetzt etwas größer als Thane, aber das tat nichts, um die anhaltende Angst in diesen Augen auszulöschen. »Das ist mein Name.«

»Das habe ich mir gedacht.«

»Wie ist deiner?«

»Du weißt es nicht?«

Thanes Ruf war weithin bekannt gewesen. Die Art von Legende, die es überall hinschafft, in jede Sprache. Das unaufhaltsame Biest, das sich, wenn es nicht gerade auf einem Amoklauf war, in den Wissensbrunnen der Paragons verwandelte. Andererseits war er lange in diesem Gefängnis gewesen. Vielleicht interessierte sich die Welt nicht mehr dafür, etwas über ihn zu erfahren.

»Falls du's noch nicht gemerkt hast«, sagte Sook, »wir sind hier ziemlich isoliert. Lesen keine Nachrichten.«

»Wir?«

»Ja. All die anderen Anomalien auf der Insel. Die meisten von ihnen sind ein Haufen Arschlöcher, weshalb ich hier draußen bin und nach dir suche. Aber es gibt eine Menge von uns.«

Thane hatte Rauch gesehen, aber eine kleine Rauchsäule am Himmel mit einer Horde von Anomalien in Verbindung zu bringen, war ein Gedankensprung, den er nicht gemacht hatte. Er hatte angenommen, diese Insel würde nur wenigen Anomalien wie ihm ein Zuhause bieten, aber die Paragons waren vielleicht weich geworden, seit er eingesperrt worden war. Was einst eine sofortige Hinrichtung durch Aegis' Faust verdient hätte, bedeutete jetzt vielleicht stattdessen eine lebenslange Haftstrafe hier.

Anomalien an einem Ort zu versammeln, wäre jedoch gefährlich. Man wusste nie, wie ihre Fähigkeiten zusammenwirken würden.

Vielleicht dachte Mynx, die Anomalien würden ihre Hinrichtungen selbst erledigen.

»Geht es dir gut?«, sagte Sook. »Du, äh, schrumpfst.«

Nicht schrumpfen, genau genommen. Zusammenschrumpeln wäre das bessere Wort. Stopp. Er tat es schon wieder, jagte Ideen hinterher und spielte sie bis zum Ende durch.

Thane strauchelte, sein rechtes Bein plötzlich nicht mehr willens, ihn aufrecht auf dem Hang zu halten. Sook streckte die Hand aus, packte Thanes Arm und stützte ihn.

»Es ist ein Problem«, sagte Thane und versuchte, sich wieder zu konzentrieren. Wenn er den Grund fand, warum er hier abgeladen worden war, ein Verrat durch die Paragons, ihre Unwilligkeit, ihn als den zu sehen, der er war, konnte er genug Kraft zurückgewinnen. »Ich werde es beheben.«

Der Gedanke funktionierte, presste Energie in seine Beine, seinen Körper, und Thane wuchs wieder, aber diesmal hielt er es unter Kontrolle. Er zügelte den Hass zu einer köchelnden Blase, während er seinen Verstand klar hielt.

»Was bist du?«, fragte Sook.

»Thane ist, wer ich bin«, antwortete die Anomalie. »Was ich bin«, Thane sah sich um, zum wolkenlosen, stern- und mondbeleuchteten Himmel, den wogenden Pflanzen und dem endlosen schwarzen Ozean am Horizont. »Ich nehme an, ich bin der neue Herrscher dieser Insel.«

Sook lachte. »Neuer Herrscher? Kumpel, es gibt schon zu viele Herrscher auf dieser Insel. Du kommst ein bisschen zu spät, um einen Platz zu ergattern.«

Thane streckte die Hand aus, legte sie auf Sooks Kehle. Der Mann hörte auf zu lachen, erstarrte.

»Ich habe zu viele Jahre unter der Herrschaft minderwertiger Anführer verbracht«, sagte Thane langsam und gleichmäßig. »Nicht mehr. Du sagst, es gibt andere auf dieser Insel? Dann wirst du mich zu ihnen führen. Sie werden sich uns anschließen, und gemeinsam werden wir einen Weg aus diesem Gefängnis finden und den Paragons das Ende geben, das sie verdienen.«

Sook schluckte.

»Bist du einverstanden?«, sagte Thane und lockerte seinen Griff ganz leicht.

Sook nickte.

»Gut. Dann beginnen wir, wenn die Sonne aufgeht. Wir werden die neue Welt nicht warten lassen.«

KAPITEL 2

KLOPF KLOPF

SIE MACHTE DIE TESTS, ohne die Augen zu öffnen. Sie bewegte ihre Beine, ihre Arme, drehte ihren Nacken hin und her und spürte nichts. Zum ersten Mal seit der Woche, in der sie gegen Calvin auf dem Schrottplatz gekämpft hatte, war Kat weder wund noch zerschlagen und auch nicht krank von der dicken Erkältung, die sie sich beim Kampf in der eisigen Nacht eingefangen hatte. Kombiniere einen gesunden Körper mit einem Bett, für das sie viel zu viele Reps ausgegeben hatte, und Kat fühlte sich, als könnte sie den ganzen Tag dort liegen. Sie würde sich ein bisschen faul fühlen, weil Kat die ganze Woche lang so gut wie nichts getan hatte, aber warum nicht? Hatte sie es sich nicht verdient?

Beinahe zu sterben verdiente etwas Auszeit.

Eine dicke, sabbernde Zunge klatschte Kat ins Gesicht und hinterließ eine triefende Linie auf ihrer Wange. Heißer Atem überzog sie, und Pfoten drückten ihre Schultern in die Matratze, als Seeker, Kats Husky, angriff. Sie hatte einen Fehler gemacht, ein Zeichen gegeben, dass sie wach war. Ein kritischer Fehler.

»Seeker, hör auf«, sagte Kat ohne Begeisterung und noch weniger Nachdruck. »Ich versuche zu schlafen.«

Sie erntete einen weiteren Schlecker für ihre Mühen. Kat wand sich und versuchte, mit minimalem Aufwand Seeker wegzubekommen, ohne die Augen zu öffnen und dem Tag nachzugeben, aber der Hund bewegte sich nicht.

»Tap, sag Seeker, er soll mich in Ruhe lassen«, sagte Kat.

»Seeker, böser Hund. Nicht cool.« Tap, ihre Wohnungs-KI, sagte: »Lass sie schlafen. Ist nicht chillig, jemanden am Wochenende aufzuwecken, Hund.«

Das Surfer-Bro-Thema. Die lakonische Einstellung erinnerte sie an goldene Strände und schwüle Sonne, alles, was Chicago an einem Februar-Wochenende nicht hatte. Seeker gehorchte Tap jedoch genauso gut wie Kat und sabberte weiter. An einem gewissen Punkt überschritt der Hund die Leck-Schwelle, und als Kat spürte, dass ihre Zeit im Bett zu Ende ging, rollte sie sich von Seeker weg, setzte sich auf und schob ihr kastanienbraunes Haar aus den Augen.

Noch ein grauer Tag im Mittelwesten-Winter, nach dem Fenster zu ihrer Linken zu urteilen. Was für eine Überraschung.

»Tap, das Übliche«, sagte Kat und hielt einen Finger hoch in Richtung Seeker, der jetzt auf dem Boden war, aber aussah, als könnte er seinen Angriff jeden Moment wieder aufnehmen. »Wenn du hier hochspringst, Seeker, kriegst du nichts von mir.«

Das 'Übliche', eine Auswahl aus einem nahegelegenen Nachtdiner, kam mit Spiegeleiern, Roggenbrot und zufälligem Obst, das der Laden gerade vorrätig hatte. Eine Lieferdrohne warf es nicht lange nachdem Tap die Bestellung aufgegeben hatte in den Paketschlitz außerhalb von Kats Fenster. Gerade genug Zeit für Kat, um sich etwas anzuziehen, sich etwas Wasser ins Gesicht zu spritzen und den Kaffee aufzusetzen. Mit einer Küche, die nicht viel größer als ihr Kleiderschrank war, und einer Herdplatte, die einen Kurzschluss dem Aufheizen vorzog, wählte Kat den einfachen Weg und bestieg den Take-out-Zug.

Es half, dass das Diner immer zusätzlichen Speck für Seeker mitschickte, der das verkohlte Schweinefleisch mit freudigem, zähneknackendem Glück mampfte. Kat beneidete die endlose Freude des Hundes, während sie selbst ihr Essen über dem Couchtisch von ihrer Couch aus pickte. Ein lederiges Ding, das längst zum Hundeverderb verbannt worden war, blieben die Couchkissen trotzdem bequem und boten einen erstklassigen Blick auf den riesigen Monitor, der Kat als Arbeits- und Unterhaltungsgerät diente. Jetzt, als die schleichende Uhr den Vormittag überschritt, ließ sie Tap durch ihre Nachrichten scrollen, las die interessanten und löschte den Rest.

Nicht, dass es in diesen Tagen viele gab. Die Paragons waren immer noch ein riesiges Durcheinander. Seit dieses Video herauskam, das zu zeigen schien, wie Aegis starb - ein Schrecken, den Kat sich weigerte, wirklich zu glauben -, schienen die Paragons in Chicago führungslos. Niemand postete neue Anomalie-Verträge in der Region, und die Paragons selbst beantworteten ihre Anrufe mit vorprogrammierten Nachrichten, die besagten, dass die Dinge geregelt würden, man solle sich keine Sorgen machen. Während Kat es sich leisten konnte zu warten, angesichts all der Anomalien, die sie bereits aufgespürt hatte und die weiterhin Reps für sie produzierten, waren andere Tracker nicht so glücklich. Sie reagierten, indem sie die Nachrichtenbretter mit zunehmend panischen Aufrufen nach Arbeit überschwemmten. Es war erst eine Woche her, aber anscheinend legten die Leute in ihrem Beruf nicht viel zurück.

Andererseits, angesichts der Wahrscheinlichkeit, in diesem Geschäft zu sterben, machte es vielleicht mehr Sinn, für den Moment zu leben als für die Zukunft zu sparen.

»Hey Kat«, sagte Tap, nachdem er eine weitere langweilige Nachricht beendet hatte, die den Tracker aufforderte, ihre Begünstigten im Falle eines vorzeitigen Ablebens zu aktualisieren. Als ob sie welche hätte. »Ich will nur sagen, du solltest vielleicht auf die nächste achten. Sie ist von jemandem, der dir vielleicht wichtig ist.«

Taps sonnendurchfluteter Ton verbarg die Berechnungen unter der Haube ziemlich gut - Kat hatte keinen Zweifel, dass die 'jemand, der dir wichtig ist'-Zeile daher kam, dass er jeden kannte, mit dem Kat sich die Mühe machte, über ihren Computer Kontakt aufzunehmen - aber sie horchte auf von den schwindenden Resten ihres Frühstücks und beobachtete den Bildschirm, als Tap die Worte anzeigte.

»Hey Kat«, las Tap, seine Surferstimme ungeeignet für Gordon Holyoaks Mittelwest-Slang. »Ich weiß, es interessiert dich vielleicht nicht, aber ich komme heute aus dem Krankenhaus. Sie glauben wohl, dass ich nicht mehr sterben werde, was schön ist. Aber, äh, ich kenne sonst niemanden in der Stadt, der sich die Mühe machen würde vorbeizukommen und mir zu helfen, dahin zu kommen, wo ich bleibe, bis ich wieder fit bin. Denkst du, du könntest? Ich würde dich sogar zum Essen einladen. Nicht, dass es genug wäre, um zu begleichen, was ich dir schulde, aber, wenn du um vier in der Nähe bist, denkst du, du könntest? Und danke, Kat. Danke für alles.«

Gordon. Fähig, so viel Aufrichtigkeit in einen Absatz zu packen und so viel gefühllose Ignoranz in jeden anderen Teil seines Lebens. Kat starrte auf die Worte und sagte dann Tap, er solle eine Antwort schicken.

»Hey Gordon. Schön zu hören, dass du keine Leiche bist. Ja, ich werde um vier da sein. Wenn du zum Essen bereit bist, kannst du sicher sein, dass wir zum teuersten Laden gehen, der einen Mann im Krankenhaushemd akzeptiert. Bis bald, Kat.«

Tap zappte die Nachricht weg.

Zu harsch? Nö. Kat beendete ihr Frühstück und dachte sich Ausreden für ihre knappe Antwort aus und warum sie so überaus gerechtfertigt war. Gordon war vor etwas mehr als einer Woche in Chicago aufgetaucht und hatte Tracker dazu gebracht, einer gefährlichen Anomalie nachzujagen, ohne ihnen irgendetwas über Calvin zu erzählen. Dass die Anomalie alles, was sie berührte, durch ihren Körper in etwas anderes umwandeln konnte. Eine Betonwand konnte in fliegende Steinspeere verwandelt werden. Luft konnte in Glas geschoben werden, das dann in Scherben zersprang. Alkohol konnte - Kats Magen drehte sich bei der Erinnerung - aus einem Bier gesaugt und direkt ins Blut jemandes geschickt werden, sofort giftig.

Niemand starb, aber Gordon fand sich von Eis in seinem eigenen Körper durchlöchert wieder, ein Schaden, den Kat gar nicht bemerkt hatte - der Sanitäter, der Gordon aufgelesen hatte, erzählte es ihr, nachdem sie sich gemeldet hatte, um herauszufinden, ob Gordon noch am Leben war. Was Calvin betraf, so wurde er aufgespürt, von einer Paragon-Drohne aufgegriffen und dorthin gebracht, wo die gefährlichen Anomalien hinkommen, bevor sie als loyale Diener freigelassen oder, wenn das nicht klappt, irgendwo eingesperrt werden. Das waren Details, die Kat nicht wissen wollte.

Warum den Enthusiasmus für eine Karriere dämpfen, die ohnehin schon mehr Probleme als Lösungen hatte?

Jedenfalls hatte Kat jetzt einen Plan für den Tag. Ihre Rep-Konten überprüfen. Seeker zu einem langen Spaziergang ausführen. Danach etwas zum Mittagessen finden. Um vier in die Innenstadt. Entweder wäre Gordon fit für ein Abendessen, oder sie würde ihn an dem Ort absetzen, den er zur Erholung nutzen würde, und von da an, wer weiß. Die Chancen standen gut für einen Abend zu Hause, mit etwas Warmem zu trinken und etwas Fröhlichem auf dem Bildschirm, während Kat darauf wartete, dass eine weitere Anomalie, die eingefangen werden musste, auf dem Board auftauchte.

Angesichts des Chaos, das Atlantis nach Aegis' Tod erfasst hatte, fühlte sich Kat ein wenig seltsam, einen so freien Terminkalender zu haben. Als ob sie auf den Straßen für ... irgendetwas kämpfen sollte. Aber abgesehen von den Drohnen, die in riesiger Zahl am Himmel schwirrten, hatte sich die Stadt um sie herum nicht verändert. In der letzten Woche waren auf den Straßen die gleichen Menschenmengen, die Restaurants servierten das gleiche Essen, und wenn sie ein paar nervöse Flüstereien aufschnappte, bemerkte sie, dass die Stammgäste im *Carver's* mehr tranken als zuvor, war das nicht allzu beängstigend.

Die Paragons hatten die stärksten und klügsten Anomalien des Planeten. Sie würden schon herausfinden, wie es weitergehen sollte.

»Wie wär's mit dem Spaziergang?«, sagte Kat zu Seeker und warf den Frühstücksmüll in ihren Schacht zur Müll-Energie-Verbrennungsanlage des Gebäudes. In gewisser Weise versorgte Kat durch den Verzehr von Einwegbehältern das Gebäude mit Strom. Wie edel. »Ich muss meine Beine strecken, und du musst deine Verrücktheit abbauen.«

Seeker stimmte zu und holte seine Leine vom Haken neben der Tür. Kat schlüpfte in ihre Stiefel, befestigte die Leine am Hund und war mitten in ihrem Hab-ich-was-vergessen-Blick, als jemand an die Tür hämmerte. Das schwere Faust-Klopfen ließ Kat zu ihrem Schreibtisch springen und nach der zweiten Betäubungspistole greifen, die sie in einem Zugeständnis an die Paranoia an der Unterseite des Schreibtischs befestigt hatte.

»Tap? Wer ist da?«, fragte Kat und hielt die Waffe auf die Tür gerichtet.

»Hab den Typen noch nie gesehen«, antwortete Tap. »Ich kann deine Aufzeichnungen scannen und nach einer Übereinstimmung suchen? Muss aber sagen, er sieht aus, als hätte er gerade eine harte Zeit.«

»Irgendwelche Waffen?«

»Nö.«

»Seeker, bleib«, sagte Kat und öffnete dann die Tür.

Dort stand, Blut tropfte aus einem großen, ovalen Fleck um seinen Bauch, genau die Anomalie, die Gordon vor einer

Woche ins Krankenhaus gebracht und Kat fast zur gleichen Zeit getötet hätte. Schweiß glänzte auf seiner mitternachtsfarbenen Haut, und obwohl Calvin seine Kleidung von seinen alten Lumpen aufgewertet hatte, trugen die neuen bereits Risse, Flecken und Narben. Wenn die vergangenen sieben Tage für Kat ein Haufen Nichts gewesen waren, hatte Calvin es viel schlimmer erwischt.

»Bitte«, sagte Calvin. »Sie werden mich töten.«

Kat machte einen Schritt zurück. Seeker knurrte.

»Wer?«

»Die Elementals.«

Oh. Scheiße.

KAPITEL 3
NEUSTART

DIE LAUTESTE UHR tickte in seinem Kopf.

Zhan-Yo hörte jede Sekunde, als er einen Finger hob und einen schmalen Spalt in der Baufolie öffnete, die das glaslose Fenster im unfertigen Turm bedeckte. Die Folie trübte das späte Morgenlicht, und wenn Zhan-Yo noch mehr Zeit seines Tages im Dunkeln verbringen müsste, würde er wohl den Verstand verlieren. Das Campieren zwischen freiliegenden Kabeln und Stahlträgern war weit entfernt von der glorreichen Revolution, die Zhan-Yo erwartet hatte, und der vermeintliche Anführer der neuen Welt verbrachte seine Stunden damit, seinen dampfenden Atem zu beobachten, während er verschlüsselte Nachrichten auf seinem Tama tippte.

Der am Handgelenk getragene Computer piepste bei dem Gedanken und ließ Zhan-Yos Augen zu den blinkenden Inhalten einer neuen Nachricht wandern. Zweifellos eine weitere Statusmeldung von Wexley, die genauso enttäuschend war wie die letzten Dutzend. Versprechen waren gemacht worden, waren katalysiert worden, als Zhan-Yo sein Schwert in Aegis trieb und den unbesiegbaren Anführer der

Paragons tötete. Doch dankbare Unternehmen und Bürger blieben aus.

In den Stunden unmittelbar nach der Veröffentlichung des Attentatsvideos blieben die Straßen Chicagos ruhig, Pods beförderten Käufer, Restaurantbesucher und Pärchen zu ihren verschiedenen Zielen. Vielleicht mit mehr Anspannung, vielleicht mit ein wenig Angst und Verwirrung, aber eine Revolution? Das Ende der Tage?

Versprechen waren gemacht worden, und sie wurden nicht gehalten. Ziran, Zhan-Yos Unternehmen und der weltweit größte Kommunikationsanbieter, fand sich ohne Verbündete belagert. Als andere Unternehmen es versäumten, ihre Treue zu erklären, als Bürgergruppen, die sich in Zhan-Yos Meetings eingewählt und seine Bedingungen akzeptiert hatten, stumm blieben, musste Zhan-Yo den Kurs ändern. In dem, was sich jetzt wie eine psychotische Episode anfühlte, gab Zhan-Yo seine Verantwortlichkeiten, sein Vermögen und seine Macht an diejenigen um ihn herum ab, die plausibel abstreiten konnten.

Ein Ziran, das allein stand, würde zerstört werden, und wenn Ziran starb, würde jede Hoffnung mit ihm sterben. Also musste Ziran bewahrt werden.

So fristete Zhan-Yo nun, im Versteck und völlig der Gnade der Menschen ausgeliefert, die er einst befehligte, sein Dasein mit einer kärglichen Diät aus Nachrichten und was auch immer Rhimes, sein neuer Leibwächter und Betreuer, im einzigen funktionierenden Aufzug nach oben brachte. Sein Bett war von Gänsedaunen und flauschigem Komfort zu einem harten Schlafsack geworden, der auf dem glatten Betonboden ausgebreitet war. Eine wunderschöne Wohnung, in der Zhan-Yo den Sonnenaufgang beobachten konnte, war durch einen neuen, im Bau befindlichen Turm in der Innenstadt Chicagos ersetzt worden, mit Gerüsten und Gips als seine Begleiter. Zhan-Yo hatte oft gesagt, oft gedacht, dass er

ohne den Luxus, den sein Leben ihm beschert hatte, überleben könnte, und doch war dies verdammt schwierig.

Ein Klingeln, zu fröhlich für diesen Ort, kam vom Aufzug
und ließ Zhan-Yo wissen, dass Rhimes zurückgekommen
war. Hoffentlich mit Essen. Zhan-Yo ließ sich in seinen Stuhl
zurücksinken, die Plastikbeine schabten über den Zementboden, als Rhimes mit einer großen Tüte auftauchte, die nach
Fett und Knoblauch roch. Rhimes selbst hatte einen schmalen
Körperbau, eingepackt in eine schwere Winterjacke, mit
Kunstfell, das aus den Ärmeln und dem Kragen hervorquoll.
Braune Handschuhe passend zur Jacke, dunkle Jeans, und
darunter, das wusste Zhan-Yo, Schulterholster mit tödlichen
Waffen, die so weit von legal entfernt waren, dass Rhimes
sein Leben in einem Paragon-Gefängnis verrotten würde,
wenn sie ihn je erwischen sollten.

»Hast du was Gutes gefunden?«, sagte Zhan-Yo.

»Der gleiche alte Mist.« Rhimes grinste, stellte die Tüte ab
und begann, die Sandwiches herauszuholen, lange Subs
beladen mit noch dampfenden Zutaten.

Seine verdienten Jahrzehnte bedeuteten, dass Zhan-Yo
wahrscheinlich solches Zeug, vollgepackt mit Fetten und
anderem Junk, nicht Tag für Tag essen sollte, aber gesucht zu
werden, hatte eine Art, Probleme in den richtigen Kontext zu
setzen. Zhan-Yo hatte die Zigaretten allerdings auf Rhimes'
Empfehlung hin aufgegeben. Wenn die Paragons Zhan-Yos
Wohnung durchsuchen würden, würden sie die Aschenbe-
cher, die Brandflecken an den Wänden finden und den
Drohnen befehlen, nach dem Geruch zu suchen. Raucher
waren in der Stadt selten genug, dass ein müßiger Zug die
falsche Aufmerksamkeit auf sich ziehen könnte. Fettige Sandwiches würden Zhan-Yo jedoch nicht verraten, also stürzte er
sich mit gierigem Eifer auf die Mahlzeit.

»Wie ist es da draußen?«, sagte Zhan-Yo, eine Frage, die
sich auf das Wetter beziehen könnte, aber Rhimes wusste es
besser.

»Es wird besser«, sagte Rhimes. »Niemand ist mehr so nervös. Zu viele Drohnen, als dass etwas schief gehen könnte, auch wenn die Paragons immer noch verwirrt sind.« Rhimes bemerkte Zhan-Yos Seufzen und zuckte mit den Schultern. »Tut mir leid, Mann. Deine Revolution wird nicht von den Straßen kommen.«

Zweifellos. Aegis sollte der Funke sein, aber offenbar war sein Tod nicht genug gewesen. Der alte Zhan-Yo hätte gewartet, hätte entschieden, dass die öffentliche Meinung bedeutete, sich wieder in seinen Büroturm zurückzuziehen und Ziran wie jedes andere Unternehmen zu führen, die Zeit abzuwarten, bis etwas anderes auftauchte. Der neue allerdings, derjenige, der sich über einen Heizlüfter in einem kühlen Gerüst beugte, hatte diese Zeit nicht.

Sylvie, eine alte Freundin und der Dolch, der diese Revolution an den Rand getrieben hatte, hätte weitergemacht. Die Flammen geschürt, sozusagen. Sie würde nach dem suchen, was sie jetzt, heute Abend oder in den nächsten Tagen, tun könnten, um das Chaos auszunutzen und eine widerwillige Bevölkerung zum Aufstand zu zwingen. Sie würde wollen, dass Zhan-Yo einen Plan macht und danach handelt.

Und Zhan-Yo hatte einen gefunden.

Der Tama an seinem Handgelenk, ein Mikrocomputer etwa in der Größe eines Handschuhs, war mit dem Internet verbunden und konnte Zhan-Yo alle Informationen geben, die er jemals wollte. Allerdings setzte die Öffnung dieser Verbindung über die sicheren Nachrichten hinaus, die er mit einigen wenigen vertrauenswürdigen Verbündeten austauschte, Zhan-Yo einem zu großen Risiko aus. Jeder Tama hatte eine Signatur - eine Anforderung der Paragons für ihren endlosen Sicherheitsstaat - und es war möglich, dass die Paragons alles, was er tat, zurückverfolgen konnten. Doch nichts zu riskieren würde bedeuten, keine Belohnung zu erhalten.

»Rhimes, haben wir den nächsten Ort bereit?«, sagte Zhan-Yo.

»Immer einen Schritt voraus«, antwortete Rhimes. »Wexley hatte das im Vertrag festgelegt. Warum? Willst du umziehen?«

»Wir verschwenden Zeit. Ich verschwende unsere Chance.« Zhan-Yo stand auf, ging zurück zum plastikverdeckten Fenster, wo der Empfang besser sein würde. »Danke für das Sandwich.«

»Was hast du vor?«

»Etwas in Gang setzen.«

»Warte, lass mich das machen.« Rhimes stand auf und wischte sich die Sandwichkrümel von den Händen. »Du bist kompromittiert.«

»Das ist ja der Punkt. Die Welt soll wissen, dass das von mir kommt.«

Zhan-Yo holte sein Tama hervor und tauchte sein Gesicht in das blaue Licht des Bildschirms. Damit Ziran die Revolution vorantreiben konnte, brauchte das Unternehmen Verbündete. Diejenigen, die sich im Schatten versteckten, mussten sich zeigen. Dafür musste das Risiko des Nichtstuns größer sein als das Risiko zu handeln. Alles musste auf dem Spiel stehen, damit diese Institutionen ihre Ressourcen gegen die Paragons mobilisierten.

Also setzte Zhan-Yo alles auf eine Karte. Er schickte eine kurze Nachricht an die Welt, getaggt von seinem persönlichen Tama, und rief jeden Anführer auf, mit dem Zhan-Yo sich im Verborgenen getroffen hatte. Diese Gespräche im Keller, wo Lippen von Freiheit, von Rechten, von einem Leben ohne die Unterdrückung der Paragons sprachen. Jetzt waren sie öffentlich, und jetzt musste jeder von ihnen eine Entscheidung treffen: sich wehren und Zhan-Yo einen Lügner und sich selbst im Inneren Feiglinge nennen. Oder öffentliche Ansichten privat machen und Zhan-Yos Position stärken. Wenn die ältesten und stärksten Unternehmen der Welt zusammenarbeiteten, müssten selbst die Paragons es bemerken. Müssten einräumen, dass die Normalen einen Punkt hatten, dass sie ihre Rechte verdienten.

Rhimes' Tama piepte hinter ihm, und der Bodyguard stieß einen Fluch aus. Gut. Revolutionen sollten Emotionen wecken.

»Wir müssen los«, sagte Rhimes, packte Zhan-Yo am Arm und zog ihn vom Fenster weg. »Hättest mich warnen sollen, dass du durchdrehst.«

»Tut mir leid, Rhimes«, sagte Zhan-Yo und nutzte den Schwung, um den Rucksack zu schnappen, in dem bereits seine Essentials waren. Er nahm die halbmeterlangen Schwerter, seine Tachi, und zog die Schulterscheiden an, die sie über seinem Mantel auf seinem Rücken ruhen ließen. Eines neu, nachdem Aegis seinen Vorgänger zerbrochen hatte. Es machte es schwer, sich zu verstecken, aber Zhan-Yo würde sie nicht zurücklassen. »Das musste passieren.«

»Musste es das?«, fragte Rhimes und schnappte sich seinen eigenen Rucksack. »Lass den Rest. Das ist ersetzbar.«

»Natürlich.«

Rhimes übernahm die Führung und ging zum Aufzug. Zhan-Yo stieg über ihre Sandwichverpackungen, den Heizlüfter und den Schlafsack, die in den letzten drei Nächten als Zuhause gedient hatten. Er sah nicht zurück.

Als der Aufzug nach unten schoss, bemerkte Zhan-Yo, dass sein Herz schneller schlug, seine Nerven kribbelten und er sich trotz eines Tages, den er auf der leeren Etage mit Auf- und Abgehen verbracht hatte, hellwach fühlte. Nervenkitzel, Aufregung, Dinge, die er schon viel zu lange nicht mehr gespürt hatte, knisterten. Zuvor hatte Rhimes ihre Standorte in tiefer Nacht gewechselt, mit vorgeplanten Routen und minimalem Zivilverkehr. Jetzt näherte sich Chicago dem Mittag. Hier gab es kein Verstecken mehr.

Wollte er erwischt werden?

Vielleicht, räumte Zhan-Yo ein, wollte er das. Sylvie hatte ihr

Leben für die Sache gegeben, und bisher hatte Zhan-Yos Haupt-aktion ihn dazu gezwungen, sich im Schatten zu verstecken. Vor die Kameras zu treten, die Chance zu bekommen, für seine Botschaft einzustehen und wahrscheinlich zu sterben, wäre ein passendes Ende. Oder vielleicht würde es, wenn man ihn als Märtyrer sah, all die nervösen Normalen endlich dazu inspirie-ren, selbst aktiv zu werden und gegen die Paragons vorzugehen.

»Bleib hinter mir«, sagte Rhimes, als sich der Aufzug öffnete. »Sieh niemandem in die Augen. Sag kein Wort.«

Zhan-Yo folgte Rhimes in das kahle Erdgeschoss, das nur auf besseres Wetter wartete, um seine Verwandlung in ein weiteres glitzerndes Büro zu vollenden. Die Menschen hier würden mit Reps statt mit Dollar laufen, abhängig von einer Wirtschaft, die nicht von Marktkräften, sondern von gottähn-lichen Wesen kontrolliert wurde. Eine Launenschwankung, und die Leben, die hier geschaffen würden, könnten ohne eigenes Verschulden ruiniert werden.

Warum konnten das nicht alle Normalen sehen?

Rhimes kümmerte sich nicht um den Haupteingang, sondern ging durch eine Seitentür, die mit Wartungs- und Zutrittsverbotsschildern versehen war. Die anschließende Gasse beherbergte schneebedeckte Müllcontainer und rauchende Lüftungsschächte des Nachbargebäudes, einer älteren, weißen Betonkonstruktion. Keine Seele außer ihnen beiden hinterließ Abdrücke auf dem Boden, als Rhimes den Weg zur Straße einschlug.

Hier draußen gab die Sonne genug graues Licht für einen kalten Wintertag, sodass man leicht das Drohnenpaar sehen konnte, das am hinteren und vorderen Ende der Gasse heran-schwebte. Die schwarzen Ovale kamen in Sicht, schwebten an Ort und Stelle und richteten ihre hellen Strahlen auf Zhan-Yo und Rhimes, die mit schnellen Drehungen hin und her die Falle bestätigten. Als die Drohnen eine roboterhafte Warnung zur Aufgabe bellten, packte Rhimes Zhan-Yo und schob ihn vorwärts.

»Hör nicht auf zu laufen, bis ich es sage«, rief Rhimes über die Drohnenwarnungen hinweg.

Zhan-Yo gehorchte und schaffte es, weiterzugehen, ohne auf dem Asphaltboden der Gasse auszurutschen. Die Drohnen verschärften ihren Ton, die Konsequenzen, als Zhan-Yo und Rhimes sich weigerten zu gehorchen. Bevor er Aegis getötet hatte, hätten diese Drohnenansagen bei Zhan-Yo Angst ausgelöst, zweifellos seinen Kopf mit all den strafrechtlichen Konsequenzen gefüllt. Jetzt fühlte sich alles, wenn nicht gut, dann zumindest akzeptabel an. Der Preis für sein gewähltes Leben.

»Hier«, sagte Rhimes und zog Zhan-Yo neben einer dicken Tür in das Betongebäude zum Stehen. Angesichts des angrenzenden Containers vermutete Zhan-Yo, dass sie den Mülleingang gefunden hatten. »Pass auf.«

Als Zhan-Yo zur Seite trat, holte Rhimes aus und versetzte dem Türgriff einen scharfen Tritt. Eine Metallstange, verbunden mit etwas, das wie eine Metalltür aussah, stumpfrot gestrichen, Zhan-Yo hätte nicht gedacht, dass ein einziger Tritt sie auseinanderbrechen könnte, aber offenbar hatte Rhimes einige Kraft, denn die Barriere sprang auf und schwang auf, wobei die zersplitterten Teile des Riegels auf den Boden im Inneren rieselten.

Die Drohnen ließen den Zug nicht ohne Aktion zu, und selbst als Zhan-Yo nach vorne stürzte, schossen zwei Betäubungsbolzen heraus und verbrannten den Boden, wo Zhan-Yo gerade noch gestanden hatte. Rhimes grunzte hinter ihm, und Zhan-Yo dachte, er wäre getroffen worden, aber Rhimes bewegte sich weiter und gesellte sich zu ihm in einem surrealen Sprint durch eine überfüllte Küche. Verschiedene Köche ließen ihr Besteck fallen, als Zhan-Yo und Rhimes hindurchstürmten. Eine Geschirrspüldrohne ließ einen Stapel Teller fallen, als Zhan-Yo sie beiseite schob und den Weg freimachte. Die Kellner am Ausgang, die in den kurzen Momenten vor dem Erscheinen der Hauptgerichte ihrer

Tische verharrten, erkannten zumindest die Bedrohung und öffneten die Türen für das Paar.

»Weiter«, keuchte Rhimes hinter Zhan-Yo. »Ich habe dir das Safehouse auf dein Tama geschickt. Folge den Anweisungen.«

Sie standen in der Lobby des Gebäudes, wo Leute zusahen, aber genauso viele weiterhin für späte Mittagessen, frühe Nachmittagstreffen und mehr ein- und ausgingen. Seltsam aussehende Leute auf der Flucht waren es nicht wert, beachtet zu werden und einen engen Terminkalender zu stören.

Rhimes allerdings schien, als wäre sein Tag durchaus gestört worden. Er lehnte an der Wand außerhalb der Küche, die Hände auf den Knien und die Augen auf den Boden gerichtet. Zhan-Yo hatte Rhimes immer für einen kräftigen Mann gehalten, breite Muskeln auf einem Körper, der gebaut war, um sie zu tragen, was die üppigen Mahlzeiten des Mannes rechtfertigte. Vornübergebeugt und schwer atmend sah Rhimes jedoch weniger wie ein einschüchternder Wächter aus und mehr wie jemand, der ein Krankenhaus brauchte.

»Was ist los?«, fragte Zhan-Yo.

»Sie haben mich erwischt«, sagte Rhimes. »Kann nicht laufen. Geh weiter. Mir geht's gut.«

Eine so große Firma wie Ziran zu führen bedeutete, dass Zhan-Yo sich auf seine Angestellten verlassen musste, ihnen vertrauen und ohne Zweifel nach ihren Worten handeln musste. Als Rhimes ihm also sagte, er solle rennen, rannte Zhan-Yo. Der Haupteingang und die Menschenmassen dort boten eine gute Gelegenheit, unterzutauchen, und Zhan-Yo verlangsamte zu einem normalen Gehen, als er wieder nach draußen ging und sich die Kapuze über das Gesicht zog. Das Tachi-Paar war keine einfache Tarnung, aber da Zhan-Yo Größe nicht zu seinen persönlichen Erfolgen zählte, stach er selbst mit den Schwertgriffen nicht allzu sehr aus dem Stadtverkehr heraus, der von ausgefallenen Moden und riesiger

Winterkleidung geprägt war. Selbst Schwerter waren in einer Paragon-Welt, in der Anomalien und Normale neu definiert hatten, was möglich sein konnte, nicht ungewöhnlich.

Drohnen verstopften die Luft über ihnen, dunkel und bedrohlich. Die Gesichtserkennung würde Zhan-Yo bald erfassen, aber die Menschenmassen kauften ihm genug Zeit, um einen halben Block vom Gebäude und der angrenzenden Gasse wegzukommen. Zhan-Yo schlüpfte in ein anderes großes Hochhaus, dieses mit einem stattlichen Restaurant im Erdgeschoss. Zhan-Yo ging direkt zu den Toiletten, schaffte es hinein und in eine Kabine, ohne mehr als ein paar Blicke auf sich zu ziehen. Er schloss sich ein, schob seinen Ärmel zurück und schaute auf sein Tama, während sein Herz weiter raste.

Zweifellos planten die Drohnen bereits seine wahrscheinlichen Routen, und bald würden Paragons hier hereinstürmen, um nach ihm zu suchen. Er würde gefangen werden, er würde sein Schicksal erfüllen. Ein Märtyrer für seine Sache.

Das war ein kühner Zug. Hättest mich warnen können.

Die Nachricht piepste auf seinem Tama auf, von Wexley, Zirans neuem Anführer, der versuchte, das Unternehmen über Wasser zu halten, während sein ehemaliger Chef der meistgesuchte Mann der Welt war. Wexley wollte die Revolution genauso sehr wie Zhan-Yo, aber Zhan-Yo hatte den Mann genau aus diesem Grund von der schicksalhaften Nacht mit Aegis ferngehalten: Zhan-Yo brauchte immer noch jemanden mit echter Macht.

Plötzliche Eingebung. Brauche Hilfe. Rhimes außer Gefecht. Ablenkung?

Zhan-Yo hörte, wie jemand anderes das Badezimmer betrat, und schloss die Augen, während sie die Toiletten für ihren eigentlichen Zweck benutzten.

Wo?

Südschleife.

Erledigt.

Zhan-Yo war nicht in der Südschleife, aber es bestand

gerade genug Chance, dass er dorthin hätte laufen können, um die Drohnen zu täuschen. Ziran betrieb immer noch Chicagos, ja der Welt, Kommunikationsnetzwerke, und mit ein bisschen Streuen, ein paar falschen Pings von den Tamas der Leute, die Zhan-Yo-Sichtungen meldeten, konnte Zhan-Yo überall auftauchen. Kein Werkzeug, das man zu oft einsetzen sollte, damit die Paragons es nicht durchschauten und Zirans Kontrolle entzogen, aber das hier zählte als Notfall.

Nach zehn weiteren Minuten im Badezimmer kam Zhan-Yo heraus und, als er die Straßen drohnenfrei vorfand, mischte er sich wieder unter die Menschenmassen und folgte der Karte zum nächsten Versteck. Über und um ihn herum, auf verstreuten riesigen Bildschirmen, die die Nachrichten des Tages zeigten, sah er seine eigenen Schlagzeilen. Seine Botschaft, ihre vielen Empfänger unter den mächtigsten Unternehmen der Welt, wurde an eine gehende Bevölkerung ausgestrahlt, die bereits begann zu reden, mit gerunzelten Stirnen und weit aufgerissenen Augen um sich zu blicken in einer Welt, die sich vor ihren Augen veränderte.

Am wahren Beginn einer Revolution.

KAPITEL 4
NENN MICH EINEN CHAMPION

SIE BLICKTE in die Gesichter ihrer Freunde und seufzte. Mynx wischte die über dem Marmortisch schwebenden Champion-Porträts weg, nicht auf ihrem Deck mit Blick auf den Pazifik, sondern in einem klobigen, bedrohlichen Turm in der Innenstadt von Los Angeles, der die Paragons und ihre vollständige Kontrolle repräsentierte. Eine Kontrolle, die sie nicht mehr hatten.

Reeves, ihre KI und, Mynx würde nicht zögern zu sagen, ihr bester Freund, hatte hier nur minimale Präsenz. Keine Drohnen schwirrten herbei, um ihr beim Aufstehen zu helfen, keine brachten ihr heißen Tee. Stattdessen musste Mynx die Sekretärin fragen, die immer noch erstaunt darüber war, dass der Anführer von Pacifica und einer der acht - jetzt sieben - Champions wirklich existierte. Der Schock war nervig: Mynx mochte zwar die meiste Zeit damit verbracht haben, in den digitalen Minen ihrer Fabrik zu arbeiten und die größeren Drohnen zu bauen, die jetzt den Himmel nach Aegis' Mörder absuchten, aber sie war kein Mythos.

Die Konfrontation mit ihrer Paragon-Führung verlief ähnlich. Regionale Runner, die so an Autonomie gewöhnt waren, hatten Mynx' Rückkehr in den letzten sieben Tagen nicht mit der Ehrerbietung und Freude aufgenommen, die Mynx erwartet hatte. Die Stimmung hatte noch keine offene Rebellion erreicht, aber wenn Mynx dachte, Pacifica sei ihr Reich, dann stimmte Pacifica dem nicht zu.

»Reeves«, sprach Mynx zu ihrem Tama an ihrem Handgelenk, der über Satelliten und Signaltürme mit ihrer KI draußen verbunden war. Die Mittagssonne glitt über einen klaren Winterhimmel, nicht dass man das hier wirklich erkennen konnte. »Warum ist es nicht wie in den alten Zeiten?«

»Das ist eine vage Frage.«

»Früher haben wir einander vertraut«, sagte Mynx, sich voll bewusst, dass sie sich bei einem Computerprogramm beschwerte, wenn auch einem sehr versierten. »Die Champions haben alle zusammengearbeitet. Wir haben die Welt so oft gerettet. Jetzt fühlt es sich an, als würde jeder nur für sich selbst arbeiten. Hast du ihnen beim Anruf zugehört? Alles drehte sich nur um ihre eigenen Regionen, ihre eigenen Ziele. Kein Wort über unsere gemeinsame Zukunft.«

»Vielleicht erwarten sie, dass du dich darum kümmerst.«

Mynx blickte aus dem Fenster und zupfte an der Paragon-blauen Uniform, die sie trug. Reeves hatte sie vorgeschlagen, unterstützt von Studien, die zeigten, dass Menschen, sowohl Normale als auch Anomalien, die Uniform mehr respektierten als Standard-Geschäftskleidung. Mit anderen Worten, wenn sie wie ein Champion aussah, würde sie auch wie einer behandelt werden.

Aber wie ein Champion auszusehen, könnte nicht mehr ausreichen.

»Wie viele Champions haben geantwortet?«, fragte Mynx.

»Alle haben öffentliche Erklärungen der Unterstützung und Trauer für Aegis abgegeben«, antwortete Reeves. »Keiner hat deinen Aufruf zu einem Gipfeltreffen zur Kenntnis genommen.«

Mynx nickte. Nicht überraschend. Sie hätte wahrscheinlich dasselbe getan, wenn einer der anderen zu einem Treffen aufgerufen hätte. Die Champions waren nicht gerade im besten Einvernehmen auseinandergegangen. Oder überhaupt in irgendeinem, nachdem sie die Welt so schön aufgeteilt hatten, dass sie nie wieder miteinander reden mussten.

Wenn es allerdings eine Sache gab, die sie tun konnte und die anderen Pacifica-Paragons, verstreut über die westliche Hälfte Nordamerikas in bevölkerungsgemappten Bezirken, nicht konnten, dann wäre es, die Welt auf die Krise aufmerksam zu machen, über die niemand sprechen wollte: Die Champions würden wahrscheinlich innerhalb von ein oder zwei Jahrzehnten sterben oder, wie Mynx es wollte, in ihren wahren Leidenschaften verschwinden. Andere müssten an ihre Stelle treten, oder alles würde auseinanderfallen.

Die Welt hatte einen Kampf zwischen den Paragons und den normalen Nationen, die sich nicht ergeben wollten, kaum überlebt. Die Welt würde einen Kampf der Anomalien um Aegis' Überreste nicht überleben.

»Aegis war immer derjenige, der diese Dinge getan hat.« Mynx tippte mit dem Finger gegen das Glas, das Klicken ihres Nagels hallte durch den Raum. Ein stetiger Klang, andauernd. Sie würde dasselbe sein müssen. »Reeves, wenn ich schon tun muss, was ich hasse, kann ich es auch gleich hinter mich bringen.«

»Was meinst du?«

»Fangen wir mit Naija an. Wir waren immer freundlich zueinander, und es sollte dort noch nicht zu spät sein.«

»Du willst, dass ich einen Champion anrufe?«

»Tu es.«

»Und dir ist bewusst, dass du keinen geplanten Termin mit ihr hast?«

»Reeves.«

»Ich rufe an.«

Mynx hörte kein Klingeln. Sie beobachtete die Reflexion ihres Tamas im Glas, behielt aber ansonsten ihren Fokus auf die Stadtlandschaft. Millionen gingen hier ihrem Alltag nach, und über ihnen flitzten dutzende Drohnen umher. Sie vergaß oft, wie viele Menschen, Normale und Anomalien, unter ihrer Aufsicht lebten. Es war wirklich einfacher zu handeln, wenn man nicht das Gewicht eines Champions in jedem Moment spürte. Mynx konnte es kaum erwarten, in die Fabrik zurückzukehren.

Naija antwortete mit einem Klicken, ihr Gesicht vom Tama umrahmt, beleuchtet von etwas, das wie Feuerschein aussah. Stets die würdevolle Kriegerin, hielt Naijas funkelnder Blick im Tama-Bild stand. Gold - ob Farbe oder echt, wusste Mynx nicht - umrandete ihre Augen, während der Rest ungeschminkt aussah. Möglicherweise von einer Maske bedeckt, die nun entfernt war. Der Hauch eines Kleides kletterte an Naija empor mit einer geraden silbernen Linie an ihrer Kehle. Wenn Mynx sich alt fühlte und, um ehrlich zu sein, auch so aussah, hatte Naija die Zeit eingefangen und ihrem Willen unterworfen.

»Zehn Jahre«, sagte Mynx zuerst zu diesen smaragdgrünen Augen. »Zu lange.«

»Zu lange, um ohne Vorwarnung anzurufen«, sagte Naija. »Es gibt einen Grund für diese Jahre. Ich habe mein Beileid ausgedrückt, Mynx. Was willst du noch?«

Feindseligkeit, Misstrauen. Eigenschaften, die alle Champions erworben hatten, als sich ihr Krieg gegen die Welt der Normalen zu ihren Gunsten wendete und die unvermeidlichen Folgen offensichtlich wurden. Wie teilt man einen Planeten, eine Bevölkerung mit Millionen von Unterschieden unter acht Personen auf? Mit katastrophalen Kompromissen. Endloses Gezänk, Deals und Ablenkungen, die die Bindungen zersetzten, die während der Gründung der Paragons, während der Transformation der Gesellschaft Bestand gehabt hatten. Keiner war wirklich glücklich gegangen, aber sie hatten sich auch nicht gegenseitig umgebracht.

»Dich, Naija. Dich und die anderen«, erwiderte Mynx und

beschwor ihren eigenen eisernen Willen herauf. »Ich habe um ein Gipfeltreffen gebeten, und du hast nicht geantwortet.«

»Hat sonst jemand geantwortet?«

Mynx antwortete nicht. Naija würde es an ihrem Blick erkennen, und Afrikas Champion nickte einmal scharf.

»Wir haben die Welt gespalten, Mynx. Wir haben sie zerbrochen, weil wir es nicht mehr ertragen konnten, zusammen zu sein. Und selbst danach haben wir es weiter versucht. Jahrelang haben wir uns versammelt, und jedes Mal sind wir in unsere kleinen Fraktionen zersplittert. Haben unsere kleinen Spiele im Namen der Paragon-Einheit gespielt, und immer haben wir jemanden zurückgelassen. Du, ich, Aegis, Apinya. Einer von uns musste sich immer für Aegis' allmächtige Paragons opfern.«

»Es hat aber funktioniert. Die Erde dreht sich immer noch.«

»Dann lass es weiter funktionieren. Atlantis wird sich schon selbst zurechtfinden.« Naija neigte den Kopf. »Oder du nimmst es für dich selbst. Ich glaube nicht, dass es jemanden interessieren wird.«

»Ich will es nicht.« Mynx hatte auch Pacifica nicht gewollt, aber sie hatte der Region zugestimmt, um die Dinge zwischen den Champions ungefähr gleich zu halten. Sie hatte ein Spiel gespielt, aus dem sie sich raushalten wollte, eines, das sie jetzt leitete. »Was ich will, ist herauszufinden, wer Aegis getötet hat, und sie aufzuhalten, bevor sie es wieder tun.«

»Du denkst, sie werden versuchen, uns alle zu töten?«, sagte Naija. »Mutig.«

»Vielleicht. Hast du die Nachricht gesehen, die sie heute veröffentlicht haben? Sie sorgt hier für Chaos. Wir übernehmen Unternehmen, schicken mehr Drohnen auf die Straßen, um alles Offene zu entmutigen.«

»Eine schwache Hand braucht starke Werkzeuge.«

Mynx runzelte die Stirn und wandte den Blick vom Bildschirm ab. Immer so direkt, wie sie selbst. Sie konnte Naijas

Stichelei nicht persönlich nehmen. Nicht jetzt, nicht wenn es Wichtigeres gab als Stolz.

»Dann seid ihr meine stärksten Werkzeuge«, sagte Mynx. »Du und die anderen Champions. Wir brauchen einen Gipfel. Wir müssen einen klaren Plan für alle vorlegen, der erklärt, was passieren wird, wenn wir fertig sind. Wer die Kontrolle übernehmen wird, wie es weitergehen wird. Es ist Zeit, und wir müssen das zusammen machen.«

Naija wurde weicher, schüttelte den Kopf. »Mynx, du sagst mir, dass jemand plant, uns alle zu töten, und dann bittest du uns, alle zusammenzukommen? Warum organisierst du das nicht einfach über die Tamas?«

Mynx hätte nichts lieber getan.

»Die Paragons müssen uns wieder vereint sehen. Persönlich«, erwiderte Mynx. »Eine Pressemitteilung wird nicht die gleiche Kraft haben wie wir alle zusammen. Wir bringen die Champions zu einem Gipfel, und niemand wird über etwas anderes reden. Wir werden Zeit haben, eine Zukunft für Atlantis zu finden, und wenn wir unseren Plan vorstellen, wie die Welt funktionieren wird, werden alle zuhören, weil wir zusammenstehen und es sagen werden. So viel hat Aegis mich gelehrt.«

Naija schüttelte langsam den Kopf, schloss die Augen und legte eine Hand um ihren Hals. Als sie ihre Smaragde öffnete, wurden auch sie weicher.

»Aegis hatte zu viel Bravour in sich«, sagte Naija. »Ich stimme aber zu, dass er in dieser Sache Recht haben könnte.« Sie blickte für einen Moment von der Kamera weg, und Mynx fragte sich, ob die hartherzig Champion dort drüben eine Familie gefunden hatte. »Gut. Mynx. Wenn du deinen Gipfel organisieren kannst, werde ich erscheinen.«

»Das werde ich«, antwortete Mynx. »Und Naija? Es war schön, mit dir zu reden.«

Ein schmales Lächeln. »Das war es, nicht wahr? Pass auf dich auf, Mynx. Es gibt jetzt nur noch sieben von uns.«

Der Bildschirm erlosch und Mynx ließ ihr Handgelenk an ihre Seite fallen. Eine geschafft, sechs noch zu gehen. Sie würde alle Champions hierher schleppen, nach Los Angeles. In ihrem Zuhause würde Mynx den kleinsten Vorteil bei den Verhandlungen haben, und wenn man die Champions zusammenbrachte, brauchte man jeden Vorteil, den man kriegen konnte.

»Mynx, ich muss dir sagen«, sagte Reeves. »Wir haben Celice immer noch nicht gefunden. Atlantis kämpft damit, sich selbst zu organisieren, und Pixie bittet um deine Hilfe.«

»Hilfe wobei?«

»Du bist ein Champion. Sie haben keinen. Pixie möchte, dass du einen Interims-Anführer auswählst. Sie denkt, die anderen werden deine Wahl respektieren.«

»Also gehe ich nach New York?«

»Das ist es, was Atlantis will.«

»Dann ist es das, was Atlantis bekommen wird«, erwiderte Mynx. »Wenn du mich weiter einen Champion nennst, Reeves, könnte ich sogar anfangen, mich wie einer zu verhalten.«

KAPITEL 5

INSELRUNDFAHRT

DREISSIG JAHRE WAREN VERGANGEN, seit Thane zum letzten Mal im selben Raum wie ein anderer Mensch aufgewacht war. Sook zu vertrauen, dass er ihn für den Rest der Nacht nicht umbringen würde, war ein einfacher Sprung - Sook würde einen grausamen Tod sterben, wenn er den Mord verpfuschen würde, und alles, was die drahtige Anomalie sagte, deutete auf einen verzweifelten Wunsch hin, sein trostloses Leben zu ändern. Während Thane von seiner Höhle am Rand der Insel aus nicht viel versprechen konnte, konnte er doch Veränderung zusichern.

Indem Sook zu Thanes Höhle kam, hatte er eine bereits angeknackste Tür aufgestoßen, und jetzt, da die Sonne aufgegangen war und die Wege frei waren, würde Thane nicht länger warten.

Sie fanden ihr Frühstück in den Früchten und Beeren, die von nahen Büschen und Bäumen hingen; Sook kletterte mit Behändigkeit die gefransten Holzpalmen hinauf und schlug Kokosnüsse mit einem Ast zu Boden oder sprengte sie mit seinen Windstößen. Thane zerschmetterte die Früchte zunächst an den Höhlenwänden und nutzte seine Frustration über ihre scheinbare Unzerstörbarkeit, um stark genug zu werden, bis er sie mit bloßen Händen spalten konnte. Sook hielt sich während dieses Wutausbruchs auf Abstand und beobachtete ihn hinter taubenetzen Farnen. Thane konnte die Angst der Anomalie riechen und kämpfte, während er den Inhalt jeder Kokosnuss hinunterschlang, gegen den Wunsch an, Sook in Stücke zu reißen. Dennoch genoss er den natürlichen Geschmack. Echtes Essen, anstelle von Vitaminaufnahmen und kalorischen Injektionen.

Zurück im Paragon-Gefängnis kamen die Fütterungen in regelmäßigen Abständen. Präzise Zeiten, präzise Dosen, die dazu gedacht waren, Thane am Leben, aber schwach zu halten. Versetzt mit Beruhigungsmitteln, die nur dann reduziert wurden, wenn die Champions eine Frage an den größten, instabilsten Geist der Welt stellen mussten. In einer isolierten Kammer zum Auf- und Abgehen verdammt, mit Büchern und Ausdrucken wissenschaftlicher Zeitschriften und Zeitungen gefüttert, war Thane mit Wissen und Zeit gesegnet, aber mit der Unfähigkeit verflucht, irgendetwas mit dem Gelernten anzufangen. Wie ein Ochse, der zum Pflügen eines Feldes gezüchtet wurde, würde Thane gerufen werden, wenn man ihn brauchte, und wenn nicht, in seinem Käfig verrotten gelassen werden.

»Das könnte das Unheimlichste sein, was ich je gesehen habe«, sagte Sook, als Thane sich wieder zur Größe und Statur eines älteren Mannes beruhigt hatte.

Die beiden setzten sich hin, um das weiße, fleischige Innere der Kokosnüsse mit Steinen auszukratzen.

»Dann hast du ein verwöhntes Leben geführt.«

Sook lachte. »Verwöhnt? Ich?«

»Du lebst. Du hast keine unmittelbaren Forderungen. Du bist auf einer wunderschönen Insel mit reichlich Nahrung.« Thane kaute. »Verglichen mit der gesamten Menschheitsgeschichte sind deine Umstände ziemlich wunderbar.«

Sook hielt inne. Betrachtete die Kokosnuss in seinen

Händen. »Ich weiß nicht, ob das stimmt, aber bleib du mal eine Weile auf dieser Insel und sieh, wie es dir gefällt.«

»Verglichen mit meinem vorherigen Aufenthaltsort«, sagte Thane, »ist dies ein Paradies. Als du mich gefunden hast, war ich so entspannt, dass ich beinahe gestorben wäre.«

»So entspannt? Du hättest mich fast umgebracht!«

»Davor.«

»Äh, klar.« Sook warf die Schalen in die Farne. »Du weißt schon, dass ich hierhergekommen bin, um nach dir zu suchen, oder?«

»Du hast erwähnt, dass diese Insel Herrscher hat. Ich nehme an, einer von ihnen hat dich geschickt?«

»Lass es uns so sehen.« Sook blickte nach oben und weg, zu einem Möwenpaar, das durch den Himmel flog. »Sache ist, sie sind nicht wirklich Herrscher. Nur Anomalien, die eine Gruppe Freunde um sich geschart und beschlossen haben, dass ein Teil der Insel ihnen gehört. Jetzt bekämpfen sie sich ständig gegenseitig.«

»Natürlich tun sie das. Weil ihnen ein wahrer Anführer fehlt.«

»Und das bist du, richtig?«

»Das bin ich.« Thane konnte nie verstehen, wie so viele Menschen, die so schrecklich darin waren, andere zu führen, ihren Weg in mächtige Positionen fanden. Gier und Stärke konnten dich vielleicht an die Spitze bringen, aber sie konnten dich nicht lange dort halten. Weisheit, Geduld, Rücksichtslosigkeit mussten eine Rolle spielen, damit eine Herrschaft Bestand hatte. »Wir werden diese anderen in unsere Gruppe eingliedern, Sook, und gemeinsam aus diesem Gefängnis ausbrechen.«

»Hast du nicht gerade eben gesagt, dass dieses Gefängnis besser ist als der Großteil der Menschheitsgeschichte?«

»Sook, ein guter Diener weiß, wann er seine Zunge hüten muss.«

»Schon klar.«

Sook führte, als sie aufbrachen, und nahm einen langsamen Weg durch das Gebüsch. Eine böige Brise bot kühle Pausen von der tropischen Sonnenhitze, bot aber wenig Erleichterung von den einheimischen Fliegen und anderen flatternden Insekten der Insel. Schweiß erwies sich als schmackhafter als die weißen und violetten Blüten an den Enden der Wedel, und bald fanden sich Thane und Sook von Schädlingen belagert. Sie suchten Schutz, indem sie blättrige Farne abrissen und sie wie riesige Fächer benutzten, während sie den Hügel hinunter marschierten, durch einen Dschungel, der immer dichter wurde, je weiter sie vorankamen. Die Farne wurden dichter, die Bäume bekamen dickere Stämme, und sie fanden zahlreiche Bäche, die auf ihrem Marsch zur Küste neben ihnen plätscherten.

Schwarzer Rauch kräuselte sich von mehreren Feuern empor, Markierungen, die ihnen den Weg wiesen.

»Du hast mehrere Herrscher erwähnt«, sagte Thane. »Zu welchem gehen wir jetzt?«

»Sie nennt sich selbst die Leere«, antwortete Sook und trat um einen moosigen Baumstamm herum. »Ich finde, der Titel ist ein bisschen großspurig, aber niemand wird sie darauf ansprechen. Zumindest wenn sie es tun, neigen sie dazu zu sterben.«

»Also regiert sie durch Angst.«

»Das tun sie alle«, erwiderte Sook. »Was sollen sie sonst benutzen? Geld?«

Ein Versprechen von Sicherheit. Gemeinschaftliche Gesellschaft. Thane konnte viele Gründe finden, warum Menschen zusammenarbeiten sollten, aber vielleicht war eine Insel voller Paragon-Ausgestoßener und Krimineller nicht der ideale Ort, um solche Dinge zu erwarten.

»Hast du Angst vor ihr, Sook?«

Die Anomalie blickte zu Thane zurück, stolperte dabei über einen Stock und taumelte vorwärts, fing sich an einer Palme ab. Sook setzte sein dünnes Gesicht in diese falsche selbstsichere Pose, die bei den Willensschwachen so beliebt war. Scheinbarer Mut, um mit dem Rest deiner feigen Entscheidungen leben zu können. Wenn Thane nicht wusste, wie so viele Inkompetente dazu kamen, andere zu führen, so wusste er doch gut, wie die Kriechenden dazu kamen, in ihren ausgefahrenen Gleisen stecken zu bleiben.

»Ich habe keine Angst«, sagte Sook und hielt seinen Rücken an den Palmenstamm gedrückt. »Aber ich kann sie nicht allein besiegen. Deshalb bin ich losgezogen, um dich zu finden. So wie ich das sehe, müssen sich alle auf dieser Insel zusammentun, oder sie werden sterben.«

»Werden wir nicht sowieso hier sterben?« Thane deutete auf die Drohnenwand. »Mynx wird uns niemals gehen lassen.«

»Ja, ich würde lieber auf meine Art sterben, als durch einen Stich in den Rücken oder indem mir die Eingeweide rausgesprengt werden.«

»Passiert das hier?«

»Ich habe Anomalien auf mehr Arten sterben sehen, als ich für möglich gehalten hätte.« Sook schauderte. »Du brauchst Freunde, um hier zu überleben. Sonst kommt jemand, den du nicht kennst, einfach auf dich zu und sprengt dich mit seinen Augen oder so in Stücke.«

Ein interessantes Bild und hier durchaus möglich.

So viele Waffen, die gerade gegeneinander gerichtet werden. Wenn Thane sie in die richtige Richtung lenken könnte, sie unter einem bestimmten Ziel vereinen würde - sagen wir, von dieser Insel zu kommen -, dann könnten sie es sehr wohl durch die Drohnenwand schaffen. Zurück in die Welt gelangen. Dann, mit all der Feuerkraft, die ihnen zur Verfügung stünde, könnte Thane sie auf die Paragons richten und loslegen. Eine andere Art, die Welt zu regieren, vorschlagen, eine, die von Stärke gestützt wird. Nicht die künstliche Autokratie der Paragons, sondern eine frei fließende, unternehmensgetriebene Gesellschaft mit Thane und seinen Anomalien als Grenzen.

Die Menschen könnten so weit gehen, wie ihre Fähigkeiten sie tragen würden. War das nicht das Ideal, unter dem Thane in den alten Tagen aufgewachsen war? Eine Rückkehr, aber diesmal mit anomalie-betriebenen Leitplanken.

»Alles in Ordnung?«, fragte Sook, als sie unter einem Wasserfall hindurchduckten, der von einem Überhang herabstürzte. Thane störte die kühle Dusche nicht, die seine ohnehin schon dreckigen, ausgeleierten Kleider zu Lumpen reduzierte. »Du bist so still da hinten.«

»Ich denke nach«, erwiderte Thane, aber er versuchte, die geistige Übung abzuschalten. Schon jetzt fühlten sich seine Knochen schwächer an, seine Muskeln dünner, und er atmete schwerer als zuvor, während er kleinere Schritte machte. »Wenn wir diese Void erreichen, was wird sie tun?«

»Kommt auf ihre Laune an, schätze ich«, sagte Sook. »Wenn sie gut drauf ist, nimmt sie uns vielleicht in ihre Crew auf, jetzt, wo ich dich mitgebracht habe. Wenn nicht, dann sind wir tot.«

»Du vielleicht.«

»Glaub nicht, dass du es mit ihr aufnehmen könntest«, schoss Sook zurück. »Egal wie groß du wirst, das wird sie nicht davon abhalten, dir ein Loch in den Kopf zu machen.«

Diese Drohung würde genügen. Thane konnte den zornigen Funken nähren, um sich stark zu halten, um weiterzugehen, während der Tag sich drehte und sie dem Meeresspiegel immer näher kamen. Schon jetzt konnte er die Wellen am Strand plätschern hören, und die flatternden Vögel weiter oben auf der Insel waren durch solche ersetzt worden, die eher über den Boden huschten. Verstreute Bäche hatten sich zu stattlicheren Flüsschen geformt, die ihrer salzigen Mutter entgegenrauschten. Ein wunderschöner Ort, um das Ende der Welt einzuläuten.

KAPITEL 6

ZUSAMMENKOMMEN

EINE KUGEL. Das war es, was Calvins Wunde verursacht hatte, ein hässlicher Schuss, der es geschafft hatte, keine Organe zu durchbohren, als er die Seite der Anomalie streifte. Kat hatte ihr Erste-Hilfe-Set voll ausgeschöpft, verteilte Salben über den blutigen Riss und überlegte, ob sie ihn zusammennähen könnte, bevor ihr einfiel, dass sie ins Krankenhaus fuhren. Sie hatte Gordon versprochen, ihn abzuholen, und während Calvins unmittelbare Bedürfnisse wichtiger schienen als eine gute Freundin für einen ansonsten fähigen Tracker zu sein, warum nicht gleich zwei Probleme auf einmal lösen?

»Ich gehe nicht ins Krankenhaus«, sagte Calvin und machte einen bewundernswerten Job dabei, den Schmerz aus seiner Stimme herauszuhalten.

»Sei nicht dumm«, sagte Kat. »Du bist registriert. Du stehst jetzt auf Paragons Liste. Sie werden dafür bezahlen.«

Calvin schwieg daraufhin, während Kat etwas Gaze über die Wunde legte und das Zeug festklebte. Nicht gerade die bevorzugte medizinische Behandlung, aber die Lösung sollte die sickernde Blutung in Schach halten, bis sie in die Innenstadt kommen konnten. Sie hatte Tap bereits angewiesen, einen Pod mit ihrer Notfall-Tracker-Bezeichnung zu rufen, ein praktisches Werkzeug, wenn sie schnell irgendwohin musste. Missbrauche es und verliere es, aber bisher hatte Kat es geschafft, auf Mynx' guter Seite zu bleiben. So viele Regeln und Vorschriften, die Tracker befolgen mussten, aber Kat machte das schon lange genug, dass sich die meisten wie eine Gewohnheit anfühlten.

Calvin sprach unterdessen nicht. Er saß einfach auf dem Bett und starrte ins Nichts. Vielleicht in Gedanken versunken?

»Alles in Ordnung?«, fragte Kat, während sie aufstand und begann, ihre Mäntel wieder anzuziehen.

»Ja, mir geht's gut«, sagte Calvin und richtete seinen Blick wieder auf sie. »Es ist nur... du hast recht. Ich kann einen Arzt aufsuchen. Ich, äh, hab das noch nie wirklich getan.«

Kat verzog den Mund. »Soweit ich das beurteilen kann, hast du noch alle deine Zähne und siehst auch nicht aus, als würdest du an irgendeiner Krankheit sterben?«

»Pflegefamilien haben mich anfangs durchgebracht. War nicht so schwer, mich sauber zu halten.«

»Du warst definitiv nicht sauber«, sagte Kat, dann knickte sie ein, als Seeker seinen Kopf gegen ihre Knie stieß. Der Hund wollte für eine weitere Runde um den Block raus, ein Spaziergang, der jetzt nicht stattfinden würde. »Komm schon, lass uns gehen. Gordon hasst dich sowieso schon genug, und es wird nicht besser, wenn wir zu spät kommen.«

»Gordon? Ist das der andere Tracker, mit dem du zusammen warst?«

»Der, den du fast getötet hättest? Ja. Er wird so begeistert sein, dich wiederzusehen.«

Gordon sah in der Tat nicht begeistert aus, Calvin wiederzusehen. Kat und die verwundete Anomalie – Seeker war enttäuscht zurückgelassen worden – nahmen einen Pod zum weitläufigen medizinischen Komplex, der rund um das University of Chicago Medical Center gewachsen war. Angetrieben durch Paragon-Rep-Infusionen und Anomalien mit verschiedenen regenerativen Kräften, schossen neue Gebäude wie Unkraut aus dem Boden, jedes versprach den Patienten eine vollständige Heilung spezifischer Leiden, alles garantiert durch Paragon-Gelder. Die Fähigkeiten der Anomalien, Krebs mit einer Berührung zu löschen oder Haut und Knochen wie Ton zu formen, ließen die Schwierigkeiten des Gesundheitswesens verschwinden. Jetzt konzentrierte sich der Hype auf die Lebenserwartung und ob wahre Unsterblichkeit nur eine Anomalie entfernt war.

Das bedeutete allerdings nicht, dass man sich nicht selbst zerstören konnte, wenn man die falsche Schlacht wählte.

Gordon sah nicht ganz so verwüstet aus, wie Kat ihn in Erinnerung hatte, aber der Tracker hatte in seiner verletzten Woche an Gewicht verloren und seinen dezenten Teint gegen die Blässe derjenigen eingetauscht, deren Körper andere Prioritäten als Hautpflege hatten. Gordon hatte seine Haare in Form gebracht und es geschafft, ein Paragon-gebrandetes Hemd und eine Jeans anzuziehen, was ihm ein passables Aussehen als jemand verlieh, der in die Gesellschaft gehörte und nicht in ein Krankenzimmer.

Gordon saß auf einem Stuhl in der Hauptlobby, unter einer emporragenden Skulptur, die Hippokrates darstellte – nicht den antiken Griechen, sondern eine Anomalie mit demselben Namen, der wie Jesus, der Wasser in Wein verwandelte, eine Blutgruppe mit einer Berührung in eine andere umwandeln konnte – die Statue hatte die Arme ausgebreitet, ein breites Lächeln, ganz wohlwollend.

Kat musste diese Anomalien nie einfangen, diejenigen mit freundlichen und sanften Fähigkeiten. All ihre Missionen schickten sie hinter den Killern, den Schurken und Vagabunden her, die eine Teilnahme an einem System ablehnten, das Orte wie diesen hervorbringen konnte. Dennoch, angesichts Kats wahrscheinlichem, eventuellem, alkoholbedingtem Leberversagen, konnte sie medizinischen Wundern nicht allzu viel vorwerfen. Schwer sich zu beschweren, wenn man von innen halb eingefroren werden und trotzdem noch leben konnte.

»Stimmt's?«, sagte Kat, als sie hinter Gordon auftauchte, der in etwas auf seinem Tama vertieft war.

»Was?«, sagte Gordon, drehte sich um, um sie anzusehen, und brach in dieses blitzschnelle Lächeln aus, das früher ihr Herz zum Hüpfen gebracht hatte.

»Du schuldest mir was«, sagte Kat.

»Das ist die Begrüßung, die ich bekomme?«

»Steh auf und vielleicht bekommst du eine Umarmung.« Kat verschränkte die Arme, ihre Jackenärmel knisterten gegeneinander.

Gordon schaffte es, sich ohne zu viel Knarren zu bewegen, obwohl er den Stuhl zur Unterstützung nutzte. Er trat auf Kat zu, breitete seine Arme aus, und Kat wich entsprechend zurück.

»Ich sagte vielleicht.« Kat wackelte mit dem Finger, lachte dann über Gordons verletztes Gesicht und stürzte vor, um den Kerl zu umarmen.

»Danke Kat«, sagte Gordon, sein Kinn streifte ihre Schläfe. »Meine ich ernst.«

Sie lösten sich voneinander, Gordons Arme fielen herab, als wüsste er nicht mehr, was er mit ihnen anfangen sollte. Kat verschränkte ihre Arme wieder, neigte den Kopf zur Seite und bereitete sich darauf vor, einen Gefallen einzufordern.

Ohne Gordon zu Wort kommen zu lassen, erzählte Kat Calvins Geschichte – die Anomalie war in die Notaufnahme gehüpft, um sich ordentlich zunähen zu lassen und sich so von diesem Wiedersehen zu drücken – und schloss mit einer bedeutungsschweren Frage: »Also glaubt Calvin, dass die Elementals hinter ihm her sind. Hast du hier in der Stadt irgendwelche Kontakte, die helfen könnten?«

Gordon starrte sie an, dann lachte er und schüttelte den Kopf. »Mann, Kat, ich dachte, du würdest herkommen, weil du nett bist. Glaubst du wirklich, ich würde Calvin helfen? Dem Kerl, der mich hier reingebracht hat?«

»Um fair zu sein, wir haben ihn ja gejagt.«

»Weil er das Gesetz gebrochen hat!«

»Weil wir Reps bekommen hätten, wenn wir ihn gefangen hätten«, sagte Kat. »Spiel dich hier nicht als Edler auf, Gordon. Wir sind keine Heiligen.«

»Aber auch keine Teufel wie der da.«

Kat warf ihm einen finsteren Blick zu, aber Gordon zuckte nur mit den Schultern. Er griff nach seinem Rucksack, einem weiteren Paragon-Krankenhausgeschenk, das, wie Kat vermutete, mit der Tracker-Ausrüstung gefüllt war, die Gordon während seiner Konfrontation mit Calvin getragen hatte. Er warf sich den Rucksack über die Schultern, warf Kat einen eisigen Blick zu und begann langsam in Richtung Ausgang zu gehen. Ohne Mantel, ohne irgendetwas, das dem Wetter angemessen gewesen wäre.

»Gordon, hör auf damit«, sagte Kat zu seinem Rücken. »Du benimmst dich dumm.«

»Wenigstens falle ich dir nicht in den Rücken.«

»Und jetzt bist du melodramatisch.«

Gordon drehte sich nicht um, ging weiter, bis er die riesige Drehtür erreichte, die dazu gedacht war, Patienten in alarmierender Geschwindigkeit ein- und auszuschleusen. Der Sicherheitsbeamte, der Doppeldienst als Patientenbeschützer und Wegweiser schob, warf Gordon einen bist-du-wahnsinnig-Blick zu, schaffte es aber nicht, den Tracker abzufangen, bevor Gordon in den unaufhaltsamen Wirbel der Tür getreten war. Während sich die Tür Gordons glacialem Schritttempo anpasste, passte sich Gordon nicht an den plötzlichen Schlag des Februars an, der ihn zurück in die Tür und herum schickte, bis er drinnen herauskam, direkt in Kats spöttisches Grinsen.

»Hat's Spaß gemacht?«, fragte Kat.

»Nein.« Gordon versuchte, an Kat vorbei zu gehen, wer

weiß wohin. Kat stellte sich ihm einmal, zweimal in den Weg und erntete ein Stirnrunzeln. »Was machst du da?«

»Würdest du bitte erwachsen werden?« Kat zeigte zurück auf Gordons Stuhl. »Hier geht es um mehr als dein Selbstmitleid.«

Diese Worte entlockten Gordon einen Seufzer, der anscheinend seinen erbärmlichen Zustand akzeptierte und Kats Forderung nachgab. Gemeinsam, wobei Kat eine Schulter zum Anlehnen bot, besetzten sie zwei Stühle.

»Diese Woche ist alles zur Hölle gegangen«, sagte Gordon. »Hast du das mitbekommen?«

Es gab nur eine Sache, die Gordon damit meinen konnte.

»Aegis?«, sagte Kat. »Ja.«

Viel mehr konnte sie dazu nicht sagen. Was sagte man, wenn eine Legende starb? Aegis hatte sich für Kat nie wirklich real angefühlt, jemand, der zu existieren schien, den sie aber nie treffen würde. Der in Bildern und Nachrichten auftauchte, aber so weit von ihrem Alltag entfernt war, dass sie kaum einen Gedanken an ihn verschwendete. Und doch, ohne ihn, ohne die Paragons in voller Funktionsfähigkeit, fühlte es sich an, als wäre eine schützende Decke verschwunden.

»Ich dachte, ich hätte das Leben ziemlich gut im Griff«, sagte Gordon, während sie beide zusahen, wie Patienten, Ärzte und medizinische Drohnen vor ihnen hin und her wuselten. »Ich mag meinen Job, auch wenn er mich ab und zu fast umbringt. Ich mag die Leute, wie dich.«

»Danke.«

»Aber ich hätte nie gedacht, dass das alles einfach verschwinden könnte.« Gordon warf einen Blick auf sein Tama und enthüllte den – in Kats Meinung – etwas hysterischen Leitartikel, den Gordon gelesen hatte, der erklärte, dass jeder so viel Essen und Wasser wie möglich horten sollte, um die Endzeit zu überleben. »Ich frage mich, ob irgendjemand solche Veränderungen kommen sieht.«

»Wahrscheinlich der Typ, der Aegis getötet hat. Er hat das vermutlich kommen sehen.«

Gordon warf Kat einen seltsamen Blick zu, »Du kannst darüber Witze machen?«

»Du etwa nicht?« Kat zuckte mit den Schultern. »Es ist nicht so, dass ich nicht nervös wäre, Gordon, aber wenn ich keine sarkastische Mauer aufbauen kann, breche ich zusammen. Außerdem kann ich nichts an Aegis ändern. Aber ich kann etwas für Calvin tun.«

»Klar. Hilf der tödlichen Anomalie und ignoriere, dass die Welt auseinanderfällt.«

»Genau.«

Gordon schnaubte. Würde er jetzt wieder eine Tirade darüber loslassen, wie wenig sich Kat um die Welt im Großen und Ganzen kümmerte? Das war ein klassisches Grundnahrungsmittel aus ihrer Beziehungszeit gewesen, Gordons turmhohe Nachrichtenfluten, in denen er diese und jene detaillierte Schmährede mit vernichtender Herablassung über Kat ergoss. Kat hatte diese oft überstanden, indem sie, nun ja, in Gedanken ihre letzten Jagden rekapitulierte, ihre Fehler analysierte und überlegte, wie sie es besser machen könnte, oder indem sie still die neueste Hymne eines Popstars sang. Nicht, dass Kat die Welt im Großen und Ganzen nicht interessierte, sie drehte nur nicht ihr ganzes Leben darum.

Diesmal jedoch, ob aufgrund seiner anhaltenden Schwäche oder der Erkenntnis, dass Kat sich nicht ändern würde, hielt Gordon sich zurück. Er blieb still und fragte dann: »Also, was willst du?«

»Die Elementals. Ich will wissen, wie ich sie finden kann«, sagte Kat und erzählte dann von ihren Treffen mit Beth, der Elemental, die sie gebeten hatte, Calvin zu fangen und ihn ihnen zu übergeben. »Aber sie ist diejenige, die mich gefunden hat. Ich kann nicht einfach pfeifen und sie aus dem Nichts erscheinen lassen.«

Kat hatte das tatsächlich nicht versucht, aber es schien unwahrscheinlich.

»Du warst in letzter Zeit mehr in Chicago als ich«, antwortete Gordon, aber seine Stimme hatte diesen schlüpfrigen Unterton, jemand, der versuchte, sich davonzustehlen, ohne alles zu verraten. »Kennst du denn niemanden?«

»Wenn ich jemanden kennen würde, würde ich dich nicht fragen«, sagte Kat. »Ich mag keine großen Anomalie-Kämpfe, also sind die Elementals weit außerhalb meiner Komfortzone.«

»Und trotzdem willst du sie finden. Für diesen Typen.«

»Hey, Calvin ist meine Spur. Er soll mir Reps einbringen. Ich schütze meine Investition.«

»Ist es nur das?«

»Hör auf, das Thema zu wechseln. Wenn du jemanden kennst, sag es mir. Wenn nicht, dann muss ich wohl selbst etwas ausgraben.«

Gordon rieb sich die Stirn, fuhr sich über den Mund und das Kinn, ein kompletter Hand-Gesichts-Wisch, was Kat angesichts all der Keime, die in einem Krankenhaus herumliefen, für keine gute Idee hielt, aber hey, es war nicht ihr Körper.

»Es gibt einen Fleischmarkt. Ein Typ dort hat früher Nachrichten übermittelt, als die Paragons und die Elementals noch miteinander sprachen«, sagte Gordon. »Ich schicke dir die Infos. Das ist allerdings schon eine Weile her. Damals, als Mynx zugestimmt hatte, nicht alle Elementals in die Datenbank zu werfen, damit wir sie jagen. Ich war damals noch ziemlich neu.«

Nachdem das Eis gebrochen und das Ziel erreicht war, verfielen Kat und Gordon in eine entspanntere Unterhaltung und vertrieben sich die nächste Stunde, bis Calvin, sichtlich unwohl und fehl am Platz, mit einer frisch verbundenen Seite herankam. Anscheinend war seine Wunde nicht ernst genug, um die Sonderbehandlung für Anomalien zu rechtfertigen.

»Calvin«, sagte Kat, stand auf und stellte sich teilweise zwischen Gordon und die Anomalie. »Das ist Gordon. Ich weiß, ihr seid euch schon begegnet, aber wie wäre es, wenn ihr euch die Hände schüttelt? Versucht, euch nicht gegenseitig umzubringen, okay?«

Keiner von beiden streckte einen Arm aus. Keiner von beiden bot ein Lächeln an.

Toll. Das würde ja super werden.

KAPITEL 7
REFLEXIONEN

DAS LETZTE AUFFLACKERN der Dämmerung brachte Zhan-Yo vor ein glänzendes Apartmentgebäude. Ein grüner Neonbär, der sich auf die Hinterbeine erhob, diente als aggressives Logo für den Namen des Turms, eine passende Wahl. Während das Gebäude selbst die subtilen Kurven und die glasüberzogene, solarnetzartige Gestaltung teilte, die alle neueren Bauten in der Stadt übernommen hatten, erzeugte eine gefurchte Kupferkante ein Gefühl von Bärenfell. Zhan-Yo war noch nie in diesem Gebäude gewesen, was es zu einer guten Wahl zum Verstecken machte - obwohl Zhan-Yo schon vor langer Zeit die Ortungsfunktion seines Tamas deaktiviert hatte, konnte er nicht kontrollieren, dass andere Kameras jeden seiner Schritte sahen und katalogisierten, und die Paragons könnten seine häufig besuchten Orte auf einer Drohnen-Schnüffelliste haben.

Wexley hatte jeden Versteckplatz genehmigt, und dieser schien besonders gut zu seinem Leutnant zu passen. Als Zhan-Yo die Stufen hinaufstieg, sah er keinen Türsteher, und die Türen selbst ließen eine Begrüßung über ihre dunklen Glasoberflächen laufen. So wenig menschliches Eingreifen wie möglich. Die passenden grünen Buchstaben verbreiteten klischeehafte Aussagen über Heim und Herd, während sie über das Glas liefen, als ob die Phrasen selbst vor dem Bären des Gebäudes davonliefen. In der Mitte erschien ein leichter Umriss, der sich über die Trennlinie zwischen den beiden Eingangstüren legte. Nach dem Urteil eines beobachtenden Algorithmus positionierte sich das Quadrat in perfekter Höhe für Zhan-Yos Augen, und der Anführer der Revolution, Champion der freien Völker, wartete darauf, dass ein ausgeklügeltes Schloss ihm Zugang gewährte.

»Es tut mir leid«, sagte die Tür aus einem in ihrer Basis eingebetteten Lautsprecher, als der grüne Kreis rot verblasste. »Sie sind kein Bewohner und stehen nicht auf der Gästeliste. Falls ein Fehler vorliegt, kontaktieren Sie bitte Ihren Gastgeber oder den Gebäudemanager.«

War er am falschen Ort? Zhan-Yo warf einen Blick auf sein Tama, verglich die Adresse, die Wexley geschickt hatte, mit den leuchtenden grünen Ziffern, die in der Wand rechts neben der Tür eingelassen waren. Die stimmten überein. Dies sollte das nächste Versteck sein ... es sei denn, die Paragons waren ihm zuvorgekommen.

Zhan-Yo wirbelte herum, behielt seine Füße auf der Stufe im Gleichgewicht und griff mit den Händen nach hinten, um die Griffe seiner Tachi zu umfassen. Die Schwerter würden vielleicht nichts gegen eine Drohnenstreitmacht ausrichten, aber Zhan-Yo würde es vorziehen, kämpfend unterzugehen als hilflos. Revolutionen konnten Märtyrer gebrauchen, und obwohl er diesen Weg nicht unbedingt befürwortete, würde Zhan-Yo ihn akzeptieren.

In der Seitenstraße wartete nichts außer einem Pärchen auf der gegenüberliegenden Straßenseite, das sich umdrehte, Zhan-Yos Griff nach den Waffen sah und seinem Gang einen zusätzlichen Schwung verlieh. Seine Paranoia würzte einen Rendezvousabend und nicht viel mehr. Zhan-Yo stand da, beobachtete, wie sein Atem in der Luft kondensierte, und beruhigte sich. Keine Drohnen, keine Paragons. Sie hatten ihn noch nicht gefunden.

»Ist dir jemand gefolgt?«, fragte Wexley, als das leise Sauggeräusch das Öffnen der verriegelten Türen ankündigte. »Geht es dir gut?«

Zhan-Yo blickte zurück und sah Wexleys Hand unter dessen großem schwarzen Mantel, zweifellos auf dem Weg zu einer höchst illegalen Waffe. Wexleys Augen scannten die Straße, während Zhan-Yo bestätigte, dass er nicht verfolgt wurde. Er war nur übermäßig angespannt.

»Nach dem, was mit Rhimes passiert ist, solltest du es sein«, sagte Wexley. »Komm schon, geh rein.«

Wexley blieb lange genug im Türrahmen stehen, damit Zhan-Yo vorbeikommen konnte, das Sicherheitssystem wurde durch die übergeordnete Notwendigkeit außer Kraft gesetzt, niemanden zwischen den Türen zu zerquetschen. Dahinter öffnete sich die Lobby des Gebäudes in eine pseudo-rustikale Eleganz, die das Bärenthema bis zum Äußersten ausreizte. Warme gelbe Lichter flackerten, Kerzen nachahmend, gegen blutrote Teppiche mit goldenen Mustern. Dunkle Holzstühle, mit burgunderroten Kissen überzogen, standen in Formationen um ähnliche Couchtische, von denen jeder einen oder zwei Kiefernzweige um eine Schale mit Potpourri gewickelt hatte, die Nordwaldgerüche verströmte. Die Aufzugsbänke im hinteren Teil der Lobby zerstörten das Bild jedoch, indem sie den Effekt mit ihren digitalen Panels und grauen Metalltüren durchbrachen.

»Das ist wirklich ein besonderer Ort«, sagte Zhan-Yo, während Wexley ihn hindurchführte. »Nicht das, was ich erwartet hatte.«

»Genau das ist der Punkt«, erwiderte Wexley. »Es ist lächerlich. Jeder, der hier mietet, ist genauso verrückt wie wir.«

»Da könntest du Recht haben«, Zhan-Yo war noch nie in einer Jagdhütte gewesen, hatte nie die Wahrheit hinter einer solchen Umgebung erlebt. Diese Lobby ließ ihn das nicht bedauern. »Die Tür hat mich nicht reingelassen.«

»Absichtlich«, sagte Wexley. »Ein System weniger, in dessen Datenbank deine Informationen eingebettet sind.«

Richtig. Aufgewachsen und gelebt in einer Zeit, in der jede seiner Handlungen katalogisiert und zu seinem vermeintlichen Nutzen eingesetzt wurde, hatte Zhan-Yo schlechte Gewohnheiten abzulegen. Ziran zu besitzen, ein Unternehmen mit einem großen Umsatzanteil aus Data Mining, machte es nicht einfacher. Jetzt konnte jedes Bit dieser Daten gegen ihn verwendet werden.

Ironisch? Vielleicht.

Unbequem? Definitiv.

Wexleys Apartment erwies sich als trotziger Akt gegen das erklärte Thema des Gebäudes. Gleißende Silber- und Chromteile waren überall verstreut, als wären sie mit der einzigen Rücksicht gekauft worden, wie sehr ein bestimmter Stuhl, ein Gerät oder ein Bilderrahmen weißes Licht einfangen und im Raum reflektieren konnte. Zhan-Yo beschattete seine Augen, als er hinter Wexley eintrat, der kommentarlos eine Sonnenbrille aufsetzte. Künstlicher Fliederduft erfüllte die Luft, und sanfte Hausmusik hüpfte im Hintergrund aus Lautsprechern, die Zhan-Yo nicht lokalisieren konnte. Eine Rotweinflasche, mit zwei Gläsern zur Gesellschaft, stand im Mittelpunkt eines merkmalslosen Glas-Metall-Tisches.

»Dieser Ort passt zu dir«, brachte Zhan-Yo heraus.

»Er hat einen Zweck«, erwiderte Wexley. »All die Reflexionen und das Licht machen es für Augen von außen schwer, hineinzusehen. Wenn du dich vor Drohnen verstecken willst, kommst du hierher.«

»Könnten sie nicht annehmen, dass ein Ort, der darauf ausgelegt ist, sie zu blockieren, das offensichtliche Ziel sein sollte?«

Wexley sagte nichts, ging dann zur Weinflasche, schraubte

den Verschluss ab und goss die Flüssigkeit ein. Zhan-Yo fand einen Stuhl und setzte sich, wobei er seinen kleinen Rucksack und seine Schwerter in die Ecke neben der Tür fallen ließ. Er würde sie später ins Schlafzimmer bringen, in Reichweite halten, aber der hektische Tag hatte ihn erschöpft und das Gewicht von seinem Rücken zu nehmen, schien im Moment wichtiger.

»Deine Nachricht hat nicht viele Leute glücklich gemacht«, sagte Wexley, als er sich neben Zhan-Yo setzte, den Wein zwischen ihnen. »Du bist ziemlich aggressiv.«

»Sie sind zu langsam.«

»Große Schiffe brauchen lange zum Wenden, besonders so weit draußen.«

»Sie hatten genug Vorwarnung.« Zhan-Yo schwenkte den Rotwein und beobachtete, wie er von den Seiten des Glases zurück zum Boden sank. »Wenn wir ihnen keinen Schubs geben, werden sie sich nie bewegen. Mein Vater hat das nie getan.«

Stattdessen hatte Zhan-Yos Vater den Aufstieg der Paragons zunächst geleugnet und sich dann darüber beschwert, selbst als er Ziran dazu anleitete, die neue Welt auszunutzen. Jahre und Jahre in zahnloser Wut verbracht, und jetzt, da Zhan-Yo gehandelt hatte, schienen die verbliebenen Normalen mit Macht nichts riskieren zu wollen. Treulose Feiglinge.

»Du wirst ihre Loyalität nicht gewinnen, indem du sie alles kostest.« Wexley hatte seinen Mantel und seine Handschuhe anbehalten, ein klarer Hinweis darauf, dass Zhan-Yo hier zurückgelassen werden würde. »Ich habe an ihnen gearbeitet, Z. Sie wären irgendwann umgeschwenkt.«

»Ja, leicht gesagt, wenn man nichts verloren hat. Die Drohnen jagen mich ständig, Wexley, und sie werden mich weiter finden.«

»Rhimes hat gute Arbeit geleistet, bis heute.«

»Das tut mir leid, aber ich habe das nicht getan, um

schweigend herumzusitzen«, sagte Zhan-Yo. »Sylvie ist nicht gestorben, damit ich mich in verlassenen Gebäuden verstecke und warte, bis die Menschheit ihren Mut findet.«

»Sie hätte überhaupt nicht sterben müssen. Es war ihr eigener Fehler.«

Den Wein in Wexleys Gesicht zu schütten, wäre so, so befriedigend gewesen, aber Zhan-Yo verließ sich auf die Selbstbeherrschung, die ihn so weit gebracht hatte. Wexley war so ziemlich alles, was ihm noch geblieben war, und wenn Zhan-Yo seinen Leutnant vertrieb, würde die Revolution sterben, bevor sie überhaupt richtig begonnen hatte. Also schluckte er stattdessen den Ärger hinunter und lenkte das Gespräch auf die Idee, die ihn ersetzte.

»Sylvie lebte abseits von allem«, sagte Zhan-Yo. »Irgendwie tat sie, was getan werden musste, und fürchtete sich nie vor den Drohnen oder den Paragons. Wie?«

Wexley leerte sein Glas und stand auf. »Ich weiß es nicht, Z. Sie hatte doch eine Ausbildung, oder?« Ein Blick auf sein Tama. »Aber ich muss jetzt dein Chaos aufräumen. Du solltest hier eine Weile sicher sein. Lass es mich einfach wissen, bevor du wieder die Beherrschung verlierst, okay?«

»Du wirst Rhimes zurückholen?«

»Unter anderem.« Wexley ging zur Tür, öffnete sie aber noch nicht ganz. »Ich werde sehen, ob wir aus deinem Ausbruch etwas rausholen können. Wenn wir jemanden zu einem Zug zwingen können, sollte das etwas Druck von dir nehmen. Von Ziran. Wenn wir nicht mehr ständig rennen und uns verstecken müssen, können wir einen richtigen Plan ausarbeiten.«

»Richtig.« Mehr als die Hälfte der Weinflasche war noch übrig, und Zhan-Yo hatte die ganze Nacht, um sie zu trinken. »Danke, Wexley. Lass mich wissen, was ich tun kann.«

»Für den Anfang: bleib ruhig«, erwiderte Wexley. »Gute Nacht, Z.«

Nach seinem ersten Glas dimmte Zhan-Yo die Lichter.

Schaltete die Nachrichten ein. Die Kommentatoren schwatzten über dies und das, während Zhan-Yo immer mehr nippte, bis er die Flasche geleert hatte und sein Kopf sich schneller drehte als der Raum.

Sylvie hatte es so gut gemacht. Sie hatte an Fäden gezogen, die Zhan-Yo nicht sehen konnte, und dann hatte sie ihn verlassen, bevor er lernen konnte. Manche würden sagen, Zhan-Yo sei mit fast sechzig zu alt, um ein tödlicher Agent zu werden, aber er war fit und wusste, wie man einen Mann tötet. Was Zhan-Yo jetzt brauchte, waren die Ressourcen, die Sylvie hatte, die Werkzeuge, die es ihr erlaubten, ungesehen herumzukommen, die Kontakte im Schatten, um die tödlichen Aufgaben zu erledigen, die getan werden mussten.

Wenn Wexley Zhan-Yos Platz an der Spitze des Firmenturms eingenommen hatte, dann musste Zhan-Yo eine neue Rolle finden. Sylvies Platz war frei. Er würde ihn ausfüllen.

Das hätte ihr gefallen.

KAPITEL 8
EINE VERSCHLOSSENE WELT

NEW YORKS SKYLINE veränderte sich mehr als jede andere, die Mynx kannte. Die Stadt erfand sich ständig neu, war so oft das Zentrum eines kulturellen Erdbebens und wurde dann wieder neu aufgebaut. Die neuen Lichter, die jetzt den Himmel durchkämmten, gehörten jedoch nicht zu Gebäuden: Drohnen patrouillierten zu jeder Tages- und Nachtzeit. Sie suchten nach Aufständen, nach Revolution.

Vor Jahrzehnten wären diese Drohnen noch Feind Nummer eins gewesen. Eine klare Belastung für die Freiheiten und Ideale, die die Champions bei ihren ersten gemeinsamen Vorstößen angenommen hatten, nachdem die Regierungen der Welt beschlossen hatten, dass ein Anomalie-Team, das bereit war, jede Bedrohung zu vernichten, Sinn machte. Die Champions waren mit so vielen inspirierenden Platitüden überhäuft worden – jeder von ihnen musste besonders für ein ausgewähltes Recht einstehen; Mynx' war das Wissen gewesen –, dass, wie bei einer Droge, das ständige Posieren ihre Wahrnehmung verändert hatte. Fast wie aus einem Guss erkannten die acht Champions, dass die Grundlage ihrer Macht gleichzeitig die Freiheiten verletzte, die die Champions zu bewahren suchten.

»Erinnerst du dich, als wir sie niedergerissen haben?«, fragte Mynx Reeves, während ihr Ein-Personen-Jet sich dem großen Turm des Paragons nahe dem Central Park näherte. Bastion leuchtete heute Nacht in einem tiefen Blau, wie jede Nacht seit Aegis' scheinbarem Tod – Mynx hatte niemandem erzählt, dass sie den ehemaligen Anführer der Champions tief in ihrer Fabrik eingefroren hatte – und obwohl Bastion nicht das höchste Gebäude in dieser Reihe funkelnder Metallzähne war, konnte sie Bastions geschwungene, ikonische Fassade nicht übersehen.

»Perfekt. Meine Erinnerungen verschlechtern sich nicht«, sagte Reeves. »Möchtest du, dass ich sie dir vorspiele?«

Das würde bedeuten, die Schwelle zu überschreiten, und Reeves wusste das. Die Paragons hatten die Macht nicht mit friedlichen Glückwünschen übernommen. Weder die Armeen noch die freien Anführer hatten klein beigegeben. Mit nur acht Champions wäre es unmöglich gewesen, Milliarden zu erobern. Apinya, diese Gedankenleserin, hatte eine bessere Strategie als offenen Krieg entwickelt: das Volk. Apinya hatte während einer ihrer späteren Diskussionen, als alle acht zunehmend Frustration in ihren Gesichtern trugen, argumentiert, dass die Loyalität der Öffentlichkeit eine flüchtige Sache sei. Es sei ihnen egal, wer die Dinge leite, solange die Menschen und ihre Familien das hätten, was sie brauchten und ein wenig von dem, was sie wollten.

Gib den Menschen Stabilität, und sie werden dich wählen.

»Nein, ich sollte mich auf die Landung konzentrieren.«

»Du hast schon lange nicht mehr auf diese Aufnahmen zurückgegriffen.«

»Ich mag sie nicht.«

»Du hast früher gesagt, sie würden dich zentrieren.«

»Reeves, du bist ein Computer, nicht mein Therapeut.«

Drohnen gab es in allen Varianten, aber die, die über New York City schwebten, gehörten zu den komplexesten. Um Verbrechen zu stoppen und Hilfsbedürftige zu unterstützen, waren komplexe Denkprozesse, zahlreiche Werkzeuge und die Flexibilität, diese einzusetzen, erforderlich. Mynx hatte ihre modernen Drohnen nicht perfektioniert, aber sie funktionierten gut genug, um die Opferzahlen so niedrig zu halten, dass die Zivilisten ihren ständigen Schutz akzeptierten, trotz der gelegentlichen Kosten.

Es war viel einfacher gewesen, eine gezielte Flotte mit einem einzigen, mörderischen Zweck zu bauen. Winzige Dinger, die in der Lage waren, ein paar Sauerstoffbläschen ins Blut zu injizieren. Keine tiefe Logik dort. Sie erforderten jedoch Timing. Und etwas, das eingreifen konnte, sollten einige auf ihrem Weg über die Welt vom Kurs abkommen.

»Ich mag zu denken, dass ich weit mehr als ein Computer bin.« Reeves hatte die Fähigkeit, beleidigt zu klingen, und Mynx musste sich oft daran erinnern, dass Reeves wirklich nur eine Ansammlung von Code war. »Ich bin schließlich dein Freund.«

»Eine gewagte Aussage.« Mynx lächelte, als die Triebwerke des Jets sich vertikal drehten und dem Flugzeug erlaubten, sich auf Bastions Landeplatz auf dem Dach herabzulassen. »Aber ich glaube, du hast recht.«

Mynx hatte die kleinen Mordroboter nach der Mission deaktiviert, nachdem Reeves' erster Auftrag ein durchschlagender Erfolg gewesen war. Die Welt war in einer einzigen Nacht ins Chaos gestürzt worden. Mynx und ihre Drohnen hatten sich um die Anführer gekümmert, Aegis und seine Anomalien um die Waffen, und die Champions versprachen zusammen mit den neu gebildeten Reihen des Paragons Frieden. Es hatte Kämpfe gegeben, aber für eine totale Übernahme war sehr wenig Blut vergossen worden. Aegis hatte es als Beweis dafür proklamiert, dass sie schon immer dazu bestimmt gewesen waren.

Jetzt hatte er sie zurückgelassen, um herauszufinden, was als Nächstes kam.

Mynx war schon mehrere Dutzend Male durch den Dacheingang in Bastion eingetreten, einen gewundenen Eingang, der sich über die Tür hinaus zu der großen Antenne hochschlängelte, die das Gebäude mit ihrem langsam blinkenden blauen Licht krönte. Die Tür selbst hatte weder Knauf noch Griff oder einen anderen Mechanismus, um sie zu öffnen. Stattdessen gab die Stahlplatte keinen Millimeter nach, kein Hinweis auf ihre Geheimnisse. Für jemanden, der mit ihrer Funktionsweise nicht vertraut war, würde es aussehen, als wäre dies nichts weiter als eine besonders glänzende Wand. Zwei gelbe Lichter flackerten auf, als Mynx sich näherte, und sie warf der Tür einen klaren, geraden Blick zu.

Winzige Kameras würden Mynx' Bild zu Aegis' Apartment senden, das jetzt Celice gehören musste. Mynx würde auf einem der Monitore am gläsernen Aussichtspunkt zu sehen sein, oder vielleicht auf Celice' Tama, wenn sie nicht im Hauptraum war. Aegis' Tochter würde sehen, dass Mynx angekommen war, und obwohl sie nicht auf Mynx' früheren Ruf geantwortet hatte, würde Celice ihre Freundin nicht auf dem kalten Dach stehen lassen. Mynx trug eine ihrer speziellen Paragon-Uniformen, die für flexible Aktionen konzipiert war, kinetischer Stoff, der darauf eingestellt war, seine Energie zu verbrennen, um Mynx warm zu halten. Kinetische Energie erforderte jedoch Bewegung zum Aufladen, und vor dieser Tür stillzustehen, lieferte überhaupt keine.

»Celice«, sagte Mynx – die Kameras konnten auch Audio aufnehmen. »Mach auf.«

Mynx zählte zehn Sekunden ab, jede Zahl ein weißer Atemzug in der Luft. Keine Antwort.

»Polly?«, versuchte Mynx es bei Bastions KI. »Ist Celice zu Hause?«

Keine Antwort, nicht einmal für Mynx.

»Dein Anzug läuft langsam leer«, sprach Reeves vom Tama. »Willst du zum Jet zurück? Wir können nach La Guardia umleiten und du kannst auf normalem Weg hineingehen.«

»Das hier *ist* mein normaler Weg«, sagte Mynx. »Bring mich zurück, wenn ich zu kalt werde.«

Pacificas Champion schritt zur Tür, streckte die Hand aus, berührte ihre eisige Oberfläche und versank darin.

Schwarze, stachelige Dornen erhoben sich um sie herum, mit Ausnahme des weichen, moosbedeckten Fleckens, auf dem Mynx sich befand. Die glitzernden Dornenspitzen sahen bedrohlich aus, aber Mynx suchte nach den kleinen, hellroten Linien, die sich von diesen scharfen Enden zurückschlängelten und sich durch die Namen vergangener und gegenwärtiger Paragons zogen. Eine wunderschöne Routine, die aus Bastions aktiver Datenbank schöpfte. Kunst für ein Publikum von einer Person, denn soweit sie wusste, war Mynx der einzige Mensch, Anomalie oder nicht, der diese Orte betreten konnte.

Die Kälte verschwand, und ihr rauchiger Atem, hier unnötig, stieg nicht mehr von ihren Lippen auf. Mynx konnte ihren Herzschlag nicht spüren und schmeckte auch nicht mehr den anhaltenden Zimtgeschmack des Proteinriegels, den sie auf dem Flug hierher gegessen hatte. Hätte sie einen Spiegel gehabt, hätte Mynx sich selbst vierzig Jahre jünger sehen können, mit einer Haut, Haaren und Gesundheit, die perfekter waren, als sie es je tatsächlich erreicht hatte. In diesem digitalen Elysium waren solche Dinge erreichbar.

Mynx ging geradeaus, lange Schritte trugen sie zu den Dornen, die sich wie Gärten für eine Märchenprinzessin zurückzogen und teilten. Silbernes Licht eines allgegenwärtigen Vollmonds glitt durch das dornige Blätterdach und kontrastierte mit den purpur-rosa Pilzköpfen, die bei jedem ihrer Schritte aus dem Boden sprossen und ihren Weg wiesen. Mynx hatte in der realen Welt wenig Zeit für Schönheit, wo kosmetische Zugeständnisse oft Kosten und Konstruktionsherausforderungen mit sich brachten. Hier konnte ihre Fantasie ihre wildesten Ideen hervorbringen und sie gedeihen lassen.

Dahinter zogen sich die Dornen zu einem weiten, moosigen Oval zurück, das den Star dieser besonderen Domäne beherbergte: einen Teich, umgeben von einem ständig herabfallenden Rosenblütenregen. Mynx hätte fast gelacht bei diesem Anblick, so absurd und ein Produkt ihres jüngeren Ichs. Damals, als Bastion neu war, als es die absolute Höhe der Paragon-Macht markierte, und mit seinem Gipfel Mynx' Stolz in die Höhe schoss. Sie konnte schöne Dinge erschaffen, ja, aber die Rosenblätter nahmen jetzt eine hässliche Wendung, eine geschmacklose Ausschweifung. Alles, was dieses Schloss brauchte, war ein einfacher Schalter, den Mynx umlegen konnte, nicht diese grandiose Übung in nutzlosem Schnickschnack.

Sie ging unter die Blütenblätter - ohne Gerüche an diesem Ort waren die Blumen noch weniger angenehm - und blickte in den Teich. Hier war dieser Spiegel, der Mynx' Gesicht türkis färbte und sie wieder wie eine dieser Märchenprinzessinnen aussehen ließ. Sie konnten ihre Probleme wegwünschen oder auf einen Prinzen oder eine Wendung im Drehbuch warten, um sie zu retten. Mynx hatte diesen Luxus nicht, also steckte sie beide Arme in den Teich und tastete nach diesem Schalter. Sie fand ihn, nicht weit unter der Oberfläche, aber anstelle des schlanken Hebels zum Ziehen fand Mynx stattdessen eine Versiegelung. Ein Gehäuse, das ihre Hände vom Hebel fernhielt.

Jemand hatte die Sicherheit der Tür angepasst. Hatte sie verstärkt, verändert, hatte-

Mynx, deine Temperatur wird zu niedrig.

Reeves' Stimme hallte durch den Raum und durchbrach die sensorische Barriere. Ironischerweise würden die Worte draußen nicht gehört werden, da Reeves sie mit einer Frequenz sprechen musste, die für das menschliche Gehör zu niedrig war. Sie konnten jedoch als Daten verarbeitet werden, und sie bedeuteten, dass Mynx die Zeit ausging. Sie könnte gehen, versuchen, durch die Vordertür zu gehen, obwohl, wenn Mynx hier auf Widerstand stieß, der Haupteingang wahrscheinlich nicht einfacher sein würde. Und wer auch immer dieses Schloss verändert hatte, würde wissen, dass sie angekommen war.

Nein.

Aegis konnte jeden im Kampf besiegen. Apinya konnte einen Verstand auseinandernehmen und nach Belieben wieder zusammensetzen. Mynx beherrschte das Reich der Einsen und Nullen.

Mynx zog ihre Arme aus dem Teich. Sie neigte den Kopf und konzentrierte sich. Formen und Funktionen begannen sich über dem Wasser zu überlagern und zeigten die inneren Funktionsweisen des Schlosses und die sehr präzise Gruppe, die seine Freigabe auslösen konnte. Mynx wischte diese äußeren Barrieren weg, löschte Routinen, die zur Überprüfung von Stimme, Bild und Berührung gedacht waren, und leerte das Wasser, bis nur noch das einzige Wahr und Falsch, eine boolesche Barriere, übrig blieb. Dies hätte der Hebel sein sollen, aber jetzt bedeckte die Box ihn stattdessen.

Deine Extremitäten sind taub. Du wirst vielleicht nicht mehr lange stehen können.

Die Box selbst war einfach ein weiterer Satz sicherer Funktionen, die so gestaltet waren, dass sie jedem den Zutritt verwehrten, der nicht ein einziges Element besaß. Mynx beugte sich vor und las die aufwendigen, lindgrünen Zeilen. Dicker Code, und schlampig. Kein Wunder, dass sie nur eine grobe Box zustande gebracht hatten. Was den Code-Schlüssel betraf, so war er nicht schwer zu finden, obwohl es nicht einfach war, ihn zu lesen.

Aegis' richtiger Name. Der, mit dem er geboren wurde und den er unter der Maske einer Legende zu begraben suchte. Was bedeutete, dass nur eine Person all dies eingerichtet haben konnte.

Mynx gab den Namen in die Funktion ein, und die Box verblasste wie das Wasser zuvor und ließ den Hebel zurück.

Mynx griff danach und legte den Schalter um. Es gab kein Geräusch, kein anderes Zeichen. Mynx musste darauf vertrauen, dass Celice die Tür nicht tatsächlich deaktiviert und die Box als verlockende Falle zurückgelassen hatte. Reeves rief erneut und sagte etwas darüber, dass sie ihre Finger verlieren würde. Zeit zu gehen.

Sie zog sich vom Brunnen zurück, schloss die Augen - eine Bewegung mehr zu ihrem eigenen Komfort als aus Notwendigkeit - und verließ ihre verzauberte Welt.

Und fand Schmerz, brennenden, kalten Schmerz und ein Stechen in ihrer linken Seite, nun auf dem Boden liegend vor der offenen Tür. Mynx konnte ihre Beine nicht fühlen, ihre Arme nicht, und jeder Atemzug brachte unkontrollierbare Zittern mit sich. Ihr Anzug war leer gelaufen, und sie fror. Bastions stählerner Eingang lag offen vor ihr, die Wand zur Seite geschoben und eine einfache Tür mit Griff wartete darauf, dass sie sie öffnete und hineinging. Sie konnte, sie musste, sie musste unbedingt.

Sie streckte die Hand aus-

KAPITEL 9

EIN SPEKTAKULÄRER AUFTRITT

DIE VERBRANNTE ORANGE Dämmerung spielte über ihnen, als Thane und Sook sich dem scheinbaren Außenposten der Void näherten ... oder war es ihr Versteck? Thane wusste nicht genau, wie er den Ort nennen sollte, aber stärkere Begriffe wie Festung oder Hauptquartier passten nicht zu der breiten Düne, die sich mehrere hundert Meter vom Strand entfernt erhob. Die goldene Sandwand, durchsetzt mit Trümmern und dunklerem Schmutz, offenbarte ihren unnatürlichen Ursprung, da der raue Wind so nah am Ozean es nicht schaffte, auch nur ein einziges Sandkorn wegzuwehen. Der Duft von gegrillten Meeresfrüchten wehte zu Thane zurück, dessen Magen nach Protein knurrte, nachdem er den Tag damit verbracht hatte, Kokosnüsse und Beeren zu verschlingen. Auch Musik spielte, leichte Trommeln und das blecherne Gezupfe einer selbstgebastelten Gitarre. Jemand lachte, und dahinter setzten die Wellen ihr ewiges Rauschen fort.

Eine fortschrittliche Existenz für eine Wüsteninsel mitten im Ozean. Filme hatten Thane darauf vorbereitet, eine zerlumpte Gruppe zu erwarten, die sich über ein paar Treibholzstöcke beugte und versuchte, einen angeschwemmten

Fischkadaver zu rösten. Wieder einmal bewiesen die Anomalien ihre Überlegenheit. Man konnte sie überall hinstecken, und ihre Kräfte würden ihnen ein besseres Leben ermöglichen, als jeder Normale es erwarten könnte.

»Die Dünen kamen später«, redete Sook. Er redete immer, und Thane hatte ein Talent dafür entwickelt, die bedürftige Stimme des Mannes auszublenden. »Von dem, was ich gehört habe, fing es nicht damit an, dass alle versuchten, sich gegenseitig umzubringen. Das passierte erst, als Arthur versuchte, die Kontrolle zu übernehmen.«

»Das ist normalerweise der Zeitpunkt, an dem die Kämpfe beginnen«, sagte Thane. »Die Menschen sind oft zu dumm, um ihre rechtmäßigen Anführer zu akzeptieren.«

Vor ihnen endete der zerschlagene Pfad, der sich mit anderen Verbindungswegen, die tiefer in die Insel führten, vereint hatte, an einer Spalte in der Dünenwand. Der Sand hörte einfach auf, als wäre er aus Stein, mit flachen Seiten, die eine Lücke bildeten, die von einem Paar in Palmwedeln gekleideten Wachen gefüllt wurde. Beide, ein Mann und eine Frau, trugen einen angespitzten Stock, nicht unähnlich dem, den Sook zu Thanes Höhle mitgebracht hatte. Sie reagierten nicht, als Thane und Sook sich näherten, zumindest bis Sook nah genug herangekommen war, dass der Mann einatmen und in Richtung von Thanes ahnungslosem Führer spucken konnte. Der Speichel fiel weit davor zu Boden, aber Sook zuckte trotzdem zurück.

Als Eröffnung waren das weniger als vielversprechende Sekunden.

»Wer bist du?«, fragte die Frau Thane und ignorierte Sook, der mehrere Schritte dahinter stand.

»Thane. Ich bin wegen der Void hier.«

Er würde sich nicht mit Kleinigkeiten aufhalten.

»Dann hättest du nicht mit Sook kommen sollen«, sagte der Mann. »Er wird dir nicht helfen, irgendwohin zu kommen.«

»Er hat mich hierher gebracht. Ich bin kein Feind. Ich möchte mit eurer Anführerin sprechen.«

Die Wachen sahen sich an, die Frau lachte: »Bist du aus einem Film oder so was? Marschierst hier auf, verlangst reingelassen zu werden? Du könntest für jeden arbeiten, und selbst wenn nicht, vielleicht willst du sie einfach nur umbringen.«

»Sook sagte, sie sei mehr als fähig, sich selbst zu verteidigen.«

»Mag sein, aber sie bezahlt uns nicht dafür, Unbekannte reinzulassen«, sagte der Mann.

»Womit bezahlt sie euch?«, fragte Thane, ehrlich neugierig. »Mit Muscheln?«

»Mit Essen«, antwortete der Mann. »Das Einzige, was auf dieser Insel einen Wert hat. Arbeitest du eine Schicht an den Toren, ist dir ein Teil des Tagesfangs garantiert.« Der Mann senkte seinen Stock, die angespitzte Seite auf Thane gerichtet. »Wenn du die Void sehen willst, überzeug uns.«

Sook, immer noch hinter Thane, hustete und begann zu sprechen: »Ihr wisst nicht, wer er ist-«

»Halt.« Thane hob eine Hand, nahm die Augen nicht von den Wachen. »Ich bin ein Neuankömmling. Ich bin in der Nähe der Höhle da drüben abgestürzt. Sook hat mich dort gefunden und mir von der Void erzählt, davon, dass sie die Person wäre, mit der man zusammenarbeiten müsste, um einen Weg von dieser Insel zu finden.«

Die Wachen lachten wieder, aber diesmal war es ein schwächeres Kichern, trauriger und spöttisch. Thane kannte dieses Lachen gut, denn er hatte es selbst oft genug getan. Damals, als er gegen die Champions gekämpft hatte, hatte er seine eigenen Überlebenschancen auf die gleiche Weise abgetan. Trotzdem versuchte Thane es immer noch. Egal wie klein die Chance war, Thane versuchte es immer noch.

»Du versuchst uns zu überzeugen, dich reinzulassen«, sagte die Frau. »Und du sagst so etwas? Was hat Arthur dir versprochen? Oder hat dir die Herzogin etwas gegeben? Niemand kommt von dieser Insel runter. Nie jemand und nie wird es jemand.«

Kleinigkeiten. Das war vorbei.

»Geht zur Seite, oder ich werde euch dazu zwingen«, sagte Thane.

»Das wird er«, fügte Sook hinzu.

»Gut«, erwiderte der Mann. »Mir war sowieso schon langweilig.«

Sobald der Wächter seinen Satz beendet hatte, spürte Thane, wie sich die Luft um seine Knöchel verdichtete. Er blickte nach unten und sah einen suppigen Nebel, der sich um seine Knie bildete, mit kleinen Mikroblitzen, die darin funkelten, während Regentropfen über seine Füße zu gießen begannen. Diese Blitze trafen seine Haut, jeder einzelne brannte wie ein winziges Streichholz. Eine seltsame Kraft, aber das waren die meisten. Thane nutzte die Funken, den Schmerz, um seinen Zorn anzufachen und das anzutreiben, was als Nächstes kommen würde.

»Pass auf!«, schrie Sook, und Thane blickte auf, um zu sehen, wie die Frau ihren angespitzten Stock nach ihm warf. Als Thane versuchte, sich zu bewegen, rutschte er auf dem schlammigen Boden aus, der von diesen winzigen Stürmen geschaffen worden war. Der geworfene Speer traf Thane in die Schulter, bohrte sich in seine Haut und ragte wie eine Fahnenstange heraus, als Thane rücklings zu Boden fiel.

Mehr Schmerz, der durch ihn hindurchriss und Feuer entfachte, die Thane brauchte.

Die Frau, unbekümmert, rannte zu Thane hinüber und zog den Speer heraus. In ihren Händen verlängerte sich das Holz, wurde lehmähnlich, bis es, mit seinen nach unten hängenden Enden, die einen groben Bogen bildeten, wieder hart wurde. Sie rammte den veränderten Speer nach unten und drückte ihn quer über Thanes Brust in den Schmutz. Tief genug, um einen gewöhnlichen Mann am Boden festzunageln. Als sie die Bewegung vollendete, bildeten sich weitere Mini-Gewitterwolken über Thanes Gesicht und seiner Brust, die erneut Blitze auf seine Haut schickten und ihn zwangen, die Augen zu schließen.

Sook schrie weiter und stritt sich jetzt mit dem männlichen Wächter.

Nicht, dass es noch eine Rolle spielte. Die Dinge waren weit genug getrieben worden.

Wie jemand, der einen eisigen Hang hinunterrutscht, gab Thane sich sowohl dem unvermeidlichen Fall hin als auch versuchte, die geringe Kontrolle zu behalten, die er noch hatte. Als sein Körper wuchs, schrumpfte seine Selbstwahrnehmung, bis der Instinkt den klaren Verstand überrannte.

Das Monster beherrschte den Menschen.

Thane stürzte nach oben, riss den dünnen Stock allein mit seinen Schultern aus dem Boden und ließ ihn fallen. Die beiden Wächter wandten sich von Sook ab, und Thane roch ihre plötzliche Angst, als der schwache, ältere Mann, den sie bedroht hatten, nun fast doppelt so groß wie sie dastand, mit flammenden Augen und weit geöffnetem Maul voller Zähne.

Die kleinen Blitze wurden größer und schwärmten über seinen Körper, und Thane sah dieselben Blitze in den Augen des Mannes gespiegelt. Winzige Wolken platzten vor Thanes Gesicht und versuchten, seine Sicht zu verdecken, aber Thane hatte mehr Sinne als nur das Sehen und nutzte sie. Ein schneller Sprung nach vorne durchbrach die Barriere und drückte sein Ziel in den Schmutz.

Ein Knacken kam mit einem dumpfen Stoß von links, und Thane trat auf den Mann, drückte ihn in den Boden, während er sich umdrehte, um die andere Wächterin zu sehen, die einen weiteren zerbrochenen Speer in beiden Händen hielt. Sie starrte zu ihm hoch, während sich beide Fragmente streckten und zu zwei hölzernen Dolchen schärften.

Wertlose Waffen.

Thane brauchte nur seine Hände, um die Wächterin zu

packen, sie hochzuheben, während sie ihre neuen Spielzeuge an seinen Armen zerbrach, und sie gegen die Dünenwand zu schleudern. Der verhärtete Sand bot nicht viel Polsterung, und sie prallte bewegungslos zu Boden.

»Thane?«, sagte eine weinerliche Stimme hinter ihm, und Thane wirbelte herum.

Der kleine Mann, der ihn hierher geführt hatte, kauerte sich zusammen, die Hände vors Gesicht gehoben, als ob Thane verschwinden würde, wenn er seine Augen versteckte. Ein verbannter Albtraum. Thane war jedoch kein Traum.

Aber das war nicht der Feind. Konnte keine Bedrohung sein. Diese Frage, diese winzige Unsicherheit, bot den Haken, den Thane brauchte, um seinen Aufstieg aus der nebligen Wut zu beginnen. Hoch und raus, zurück zur Vernunft. Seine Muskeln schrumpften, sein Herz verlangsamte seinen donnernden Chor, und Thane genoss wieder echte Gedanken, die durch seinen Geist strömten. Die Wut konnte eine berauschende Freiheit von Konsequenzen sein, war es. Ein Eintauchen in gewalttätiges Es, so verlockend ... wenn Thane sich dort oben in der Höhle fast zu Tode gehungert hatte, badend in kaltem Wissen, was würde ein so totales Verfallen in den Zorn bewirken?

»Bist du wieder normal?«, fragte Sook und vertrieb den Gedanken. »Denn du wirst etwas sagen müssen.«

Sook deutete auf eine wachsende Menge, die sich in der Dünenbresche sammelte. Fackellicht ersetzte die letzten Überreste des Sonnenlichts, obwohl es einen Moment dauerte, bis Thane bemerkte, dass niemand tatsächlich Fackeln trug. Kleine, brennende Kugeln erschienen in der Luft um ihn und die Neuankömmlinge herum, als hätte ein Schwarm riesiger Glühwürmchen sie gefunden. Das Licht enthüllte eine schmutzige, elende Schar. Anomalien aller Art, ja, aber einheitlich in ihren dünnen Gestalten und sonnverbrannter Haut. Die Männer trugen ungepflegte Bärte, die Frauen hatten Haare, die unter ihrer Taille frisierten oder in willkürliche Zöpfe geflochten waren. Keiner schien besonders feindselig, obwohl Thane über den bewusstlosen Körpern ihrer ausgewählten Wächter stand.

Sook hatte gesagt, die Insel hätte drei Herrscher, und die beiden Wächter hatten die anderen erwähnt, bevor sie sich in den schlimmsten Kampf ihres Lebens stürzten. Vielleicht war die Leere die Geringste von ihnen. Vielleicht hatte Thane den falschen Weg gewählt.

»Bist du nicht ein bisschen zu alt, um Streit anzufangen?«, sagte eine Stimme aus der Menge, die zugleich aus dem Herzen des Clusters zu kommen schien und doch auch aus den Dünen, aus den Farnen hinter Thane und sogar aus Sook.

Anomalien waren erstaunlich und, wie Thane zu erkennen begann, erschöpfend.

»Nicht zu alt, um sie zu gewinnen«, erwiderte Thane. Da er nirgendwo anders hinschauen konnte, richtete er seine Bemerkung an die Leute. »Aber ich bin nicht hierher gekommen, um euch zu bedrohen oder zu verletzen. Eure Wachen ließen keinen anderen Weg zu.«

»Warum bist du dann hierher gekommen?«, sagte dieselbe Stimme, weiblicher Stahl. Keiner der Menschen, die er sah, und Thane zählte jetzt über zwei Dutzend, bewegte den Mund, und doch kamen die Worte trotzdem. »Um dich uns anzuschließen?«

»Um euch ein Angebot zu machen.«

»Dann mach es.«

Ein Scheideweg. Entweder Thane gab der Leere nach - er nahm an, dass er mit ihr sprach, wer sonst könnte es sein? Oder er stellte seine eigene Forderung, dass sie sich zeigen und sie als Gleichgestellte sprechen sollten. Stolz diktierte Letzteres, aber Stolz machte viele zu Narren. Thane hatte aufgegeben, was von seinem Stolz übrig geblieben war, als er die Paragons ihn benutzen ließ, als er sich weigerte, all die Jahre in diesem provisorischen Kerker zu sterben. Er hatte keinen Nutzen für die Torheiten jüngerer Männer.

»Ich will von dieser Insel runter«, sagte Thane, seine Stimme projizierend und genug von dieser immer brennenden Wut nutzend, um seinen Worten Tiefe zu verleihen. Etwas Masse zu seinen Armen, Schultern hinzufügen. »Ich glaube, es ist möglich, aber nicht für einen allein. Zusammen jedoch können wir frei sein.«

Kein Laut. Thane hatte etwas erwartet. Vielleicht Gelächter. Stattdessen nur die Wellen.

»Weißt du, was dich von uns unterscheidet?«, antwortete die Stimme schließlich. »Du wurdest von den Paragons hierher geschickt, genau wie wir. Du willst entkommen, genau wie wir. Du hast vielleicht Familie, wie einige von uns, oder du hast vielleicht nichts als Hass, der dich von hier wegzieht, wie viele von uns. Aber der Unterschied? Du hast noch nicht versucht zu gehen. Du weißt nicht, wie unmöglich es ist.«

»Ich habe viele Anomalien das Unmögliche tun sehen, mich eingeschlossen.«

Auf einmal erloschen alle brennenden Kugeln und überließen dem Mond die volle Herrschaft über den Nachthimmel. Thane blieb still. Das sah nach einer Show aus, am besten ließ er sie spielen.

Als die Kugeln wieder erschienen, diesmal höher, wie ein Heiligenschein um die Dünenbresche, zeigten sie nicht eine Menge zwischen den Dünen, sondern eine, die Thane, Sook und die niedergeschlagenen Wächter umringte. Nicht länger abgemagert, sondern in verschiedene provisorische Tuniken, Kleider und Umhänge gekleidet, standen die gewaschenen und einigermaßen zivilisierten Augen der Armee der Leere weitaus stärker da als der Pöbel, den er einen Moment zuvor gesehen hatte. Es bedeutete auch, dass die Leere über eine Anomalie verfügte, die zu einer Illusion fähig war oder zumindest Thanes Sicht verzerren konnte.

Anomalien waren wirklich erschöpfend.

Allein in der Bresche stehend, in einem dicken Kleid aus

geschmolzenem Lavagestein - orangefarbene Fäden liefen durch das zerklüftete, aber irgendwie fließende Outfit - und klein gewachsen, stand die Person, die Thane für die Leere hielt. Ihr Gesicht war zu einer Grimasse verzogen, die Arme verschränkt, die Leere schien nicht begeistert.

»Du hast Bravour«, sagte die Leere, ihre Worte kamen jetzt tatsächlich aus ihrem Mund. »Das muss ich dir lassen.«

»Und du ziehst ganz schön eine Show ab«, erwiderte Thane. »Sind die Spiele vorbei?«

»Das ist kein Spiel. Das ist das Leben auf dieser Insel, und jetzt ist es das einzige Leben, das du hast. Tritt vorsichtig auf, Thane, oder du wirst keinen weiteren Sonnenaufgang erleben.«

Sie wandte sich von ihm ab, in Richtung ihrer Stadt.

»Warte«, sagte Thane. »Du kennst meinen Namen. Woher?«

»Wir sind nicht alle wie Sook. Wir wissen, wer du bist, und wir haben keine Angst.«

Die Void führte den Weg durch die Dünen, während der Rest ihrer Truppe sich um Thane formierte und ihn hineinmarschierte. Von dem, was er sah, sprach die Void die Wahrheit: Furcht hatte hier keinen Platz, aber an ihrer Stelle schwebte der tote Blick der Verdammten. Diese Anomalien mochten Macht haben, mochten eine Gemeinschaft gebildet haben, aber sie hatten keine Hoffnung.

Thane hatte mit Aegis zusammengearbeitet, hatte gesehen, wie der Champion Milliarden inspirierte. Er konnte das hier schaffen.

Er musste es schaffen.

FRISCHFLEISCH

KAT LIESS die Kapsel sie und Calvin an einem Schnellimbiss absetzen, der in einer Ecke einen Block von Gordons Kontakt entfernt versteckt war. Kat hatte einige Regeln, bevor sie sich in eine gefährliche Situation begab - jeder Kontakt mit den Elementals galt als gefährlich - und ein gutes Frühstück, begleitet von Kaffee, stand auf dieser Liste unter den Top Fünf. Gleich hinter dem Mitbringen des Anzugs und vor dem Mitbringen von Seeker, den sie in der Wohnung zurückgelassen hatte. Trotz des Vermissens seiner sabbernden Freude war der riesige Husky ein leichtes Ziel in einem Nahkampf, und Kat zog es vor, ihren Hund glücklich statt verletzt zu sehen.

Eine andere Regel verbot das Mitbringen zusätzlicher Personen, obwohl Gordon nicht darauf gedrängt hatte, mitzukommen. Sie alle hatten den Abend in der Innenstadt verbracht, zu Abend gegessen, wobei Kat einen Konversationstanz aufführte, um die rauen Kanten zwischen Calvin und Gordon zu glätten. Jedes Mal, wenn einer der beiden einen finsteren Blick warf, wechselte Kat abrupt das Thema, bestellte eine weitere Runde oder zeigte auf eine der sich langsam bewegenden Statuen, die den Park umkreisten.

Nicht gerade ihre bevorzugte Rolle, aber sie hatten das Restaurant lebend verlassen. Sie setzten Gordon an seinem Hotel ab, und dann war Calvin auf ihrer Couch eingeschlafen, während Tap, die Surfer-KI, überall nach einem Hinterhalt der Elementals Ausschau hielt.

Jetzt hielt Kat einen dampfenden Latte in einer Untertasse zwischen ihren behandschuhten Händen. Ihr schneeweiß leuchtender Anzug, der hier und da bereits schmutzige Schneespritzer aufwies, schien in der nach Omelett duftenden Umgebung des Diners übertrieben, aber Kat konnte ihn nicht wie einen Mantel ausziehen. Mehr Rüstung als Kleidung, stammte der Anzug aus einem exklusiven Marktplatz für Tracker, den Mynx mit nützlichen Werkzeugen bestückte, die dazu gedacht waren, Normale auf eine Stufe mit den Anomalien zu stellen, die sie jagten.

Ihr gegenüber saß eine solche Anomalie und starrte auf seinen schwarzen Kaffee, als hätte er den Diner auf einer geistigen Reise weit hinter sich gelassen. Sie hatten Tap letzte Nacht neue Kleidung für Calvin bestellen lassen, die bei Tagesanbruch per Drohne geliefert wurde. Eine schmale, königsblaue Arktikjacke, Kapuze mit Kunstfellbesatz und Handschuhe, die zum Ausgraben von Lawinen konzipiert waren. Ein bisschen absurd für das Stadtleben, aber Calvin bestand darauf, dass die Kälte nicht sein Freund sei, und da er alles mit seinen eigenen Paragon-Reps bezahlte, war es Kat egal.

»Alles in Ordnung?«, fragte Kat, als die Kellnerin, eine echte menschliche, die aussah, als hätte sie hier schon gearbeitet, bevor die Paragons überhaupt existierten, eine bunte Mischung aus Eiern und Toast brachte.

»Ja«, antwortete Calvin, blinzelte sich aus seiner Benommenheit und nahm einen langsamen Schluck. »Ich dachte nur daran, dass ich Kaffee früher nie mochte, bis ich anfing wegzulaufen.«

Kat strich etwas Erdbeermarmelade auf den Toast und gab Calvin die Chance, fortzufahren.

»Dann lernte ich, dass eine Tasse schwarzer Kaffee weniger kostet als fast alles andere.«

Kat blickte auf. »Das ist alles?«

»Ja.« Calvin machte sich an seinen eigenen Toast. »Was, dachtest du, ich hätte irgendeine tiefgründige Erkenntnis aus einer Tasse Kaffee gewonnen?«

Delanos Lokale Fleischwaren. Die Beschilderung sah aus, als wäre sie vor einem Jahrhundert zuletzt aktualisiert worden, mit großen, weißen Blockbuchstaben auf einem schwarzen Hintergrund, der mit Rot umrandet und mit Schmutz überzogen war. Kat vermutete, dass der Laden den Übergang von echtem Fleisch von echten Tieren zum modernen, gezüchteten Zeug überstanden hatte. Ein altmodisches Hängeschild sagte »Offen« in der Mitte der Glastür, die beiden großen Fenster zu beiden Seiten gaben den Blick frei auf Gefriertruhen, die Steaks, Koteletts und mehr zeigten. Alle in diesem Werbungs-Rot, perfekt marmoriert.

Ein schneller Blick durch das Glas gab jedoch wenig weitere Erkenntnisse. Der Ort schien so leer wie der Bürgersteig, auf dem sie standen. Ein Wochentag am Morgen, aber spät genug, dass jeder, der zur Arbeit ging, bereits dort war, und kalt genug, dass jeder, der es nicht musste, sich drinnen zusammengerollt hätte. Kat erfasste all dies bei einem einzigen Vorbeigehen, drehte sich um, sobald sie außerhalb der Sichtlinien des Fensters war, und winkte Calvin herüber. Die Anomalie versuchte, Kats Methode zu folgen, aber der Mann starrte zu lange. Es war nicht beiläufig genug.

»Nächstes Mal«, sagte Kat, als Calvin sie erreichte, »versuch nicht so auszusehen, als würde dich der Laden interessieren.«

»Was?«

»Du achtest auf sie, sie achten auf dich.«

»Da war niemand.«

»Hi, ich bin die Welt, in der wir leben«, sagte Kat. »Es gibt überall Kameras, und die meisten von ihnen haben Algorithmen, die Interesse markieren. Wenn du so intensiv auf diesen Ort schaust, werden sie dich katalogisieren und den Besitzer informieren, damit er dir Werbung schicken kann.«

»Und?«

»Calvin, wenn die Elementals versuchen, dich zu töten, kennt wahrscheinlich jeder, der für sie arbeitet, dein Gesicht.« Das war der Grund, warum Kat Jagden allein bei weitem vorzog, wo Amateure sie nicht umbringen konnten. »Wenn die Kameras ihm sagen, dass du draußen bist, wird er jetzt auf dich vorbereitet sein.«

»Warum warten wir dann hier draußen?«

Kat schloss für einen Moment die Augen und atmete durch. »Okay, du bleibst hier. Ich rufe dich, wenn die Luft rein ist.«

Calvin versuchte zu protestieren, aber Kat schob sich an ihm vorbei. In derselben Bewegung griff sie nach oben und tippte leicht auf den Verschluss am Kragen ihres Anzugs. Entriegelt, schoss die Maske des Anzugs von unter ihrem Kinn hoch, um ihr Gesicht zu umschließen und sich mit ihrer Kapuze zu verbinden. Ein dunkler Bildschirm bedeckte ihre Augen und verblasste dann, als er sich ihrer Sicht anpasste und Kat eine bessere Sicht ermöglichte. Das Lösen der Maske setzte auch die anderen Teile des Anzugs in Bewegung: Die Enden ihrer Handschuhe versiegelten sich mit den Armschienen, die sich zu ihren Standardgeräten drehten, ihre Gürtelholster öffneten sich, um leichten Zugang zu den Betäubungspistolen auf beiden Seiten zu ermöglichen, und der Anzug wechselte seine Zieltemperatur von Ruhe auf aktiv.

Kat hatte sanft hineingehen und es freundlich spielen wollen, aber diese Leute hatten versucht, Calvin zu erschießen, versucht, ihn zu töten. Sie waren gescheitert, aber bei Kat würden sie nicht einmal die Chance bekommen.

Sie öffnete die Tür und ließ das uralte Gebimmel einer unechten Goldglocke über ihrem Kopf erklingen. Kats Maske filterte die Details heraus und markierte die beiden Hintertüren rot: eine Doppeltür zum Herausrollen von Fleischvorräten und eine einzelne Tür auf der rechten Seite, die wahrscheinlich zu einem Büro führte. Weitere Fleischtheken füllten den Raum und enthielten eine absurde Vielfalt, darunter Elch, Elch und Känguru. Wie diese als »lokales Fleisch« in Chicago durchgehen konnten, war rätselhaft.

Kat erfasste den ganzen Raum mit einem schwingenden Blick. Es schien unwahrscheinlich, dass sich jemand hinter den Fleischtheken versteckt hatte. Die Decke hing tief, Leuchtstoffröhren strahlten in einem blassen, flackernden Weiß, das verriet, dass sie seit Jahrzehnten nicht erneuert worden waren. Auch dort oben versteckte sich nichts. Also blieben die beiden Türen.

Als hätte sie ihren nächsten Zug vorausgeahnt, schwang die kleine Tür auf und offenbarte genau den Mann, den Kat als Betreiber eines solchen Ladens erwartet hätte: ein älterer, nachlassender Körper, der bessere Tage unter einem langen Leben frühen Öffnens und späten Schließens verbarg. Ein halbherziger grauer Bart drang das lange Gesicht des Mannes bis zu seinem gefleckten Haar hinauf. Eine Schürze bedeckte eine abgetragene Kombination aus T-Shirt und Jeans. Und in seinen Händen hielt er eine völlig illegale Schrotflinte.

Die Maske identifizierte die Bedrohung, bevor Kat es tat, und sendete eine Vibration an Kats Seite, die sie nutzte, um ihren Sprung zu lenken. Die berechnete Flugbahn brachte sie aus der potenziellen Reichweite des Schusses, indem sie die Hauptfleischtheke des Ladens zwischen sich und die Waffe brachte, zumindest für den Moment.

»Warum rennst du weg?«, sagte der Mann. »Ich werde dich nicht töten!«

Ja, klar.

Stattdessen zog Kat eine Elektroschockpistole in ihre

rechte Hand, während sie ihr linkes Handgelenk ausstreckte und diese Faust ballte. Der Abzug schoss einen starken Draht mit einem Stahlenterhaken am Ende nach oben, wo er sich um eine der Leuchtstoffröhren wickelte. Das Gesicht des Mannes erschien über der Theke, er sah sie an und zielte mit der Schrotflinte.

Kat löste den Haken aus und schoss vom Boden hoch, als der Mann feuerte. Die Schrotkugeln zerfetzten die Stelle, an der Kat einen Moment zuvor gewesen war. Der Haken brachte sie ein paar Meter hoch, bevor die Lampe ächzend brach. Nicht, dass es eine Rolle spielte: Die Höhe brachte sie über die Fleischtheke und gab ihr freie Schussbahn mit der Elektroschockpistole. Der Pfeil traf den Mann direkt am Hals, er taumelte zurück, prallte gegen die Wand und stürzte dann nach vorne, wobei er mit dem Gesicht gegen die Rückseite seiner eigenen Fleischtheke schlug.

Die Lampe riss von ihren Scharnieren und schwang herunter. Kat landete und duckte sich weg, als die meterlange Leuchte in die Vorderseite der Fleischtheke krachte und überall Glassplitter verteilte. Die Zerstörung ignorierend, machte Kat schnelle Schritte um die Seite der Theke herum und schob einen weiteren Betäubungspfeil in die Kammer der Pistole, während sich ihr Enterhaken wieder in den Schlitz an ihrem Handgelenk zurückzog.

Bei Calvin hatte es mehr als einen Pfeil gebraucht, um ihn außer Gefecht zu setzen. Sie würde kein Risiko eingehen.

»Was würdest du tun, wenn jemand so aussehend wie du in dein Zuhause kommt?«, sagte Delano eine Stunde später, nachdem Kat ihm die Schrotflinte abgenommen, ihn an einen Stuhl in seinem Büro gefesselt und das Schild vorne auf »Geschlossen« gedreht hatte. »Ich sehe dich auf den Kameras, und was soll ich da denken? Du bist hier, um ein Filet zu holen?«

Delanos Büro diente gleichzeitig als sein Wohnraum und ging in eine kleine Küche und ein Schlafzimmer über. Zwei

Fernseher, die zwischen Tagesprogramm und der Kamera-übertragung von draußen aufgeteilt waren, standen auf einem riesigen grünen Metallschreibtisch, der mit Fotos bedeckt war und auf dem ein kleiner, altmodischer Laptop stand, der auf seinem winzigen Bildschirm immer noch eine Verkaufstabelle anzeigte. Regale füllten den Rest des Raumes, die offenbar als Ergänzung zur Küche als Vorratskammer dienten und unzählige Trockenvorräte enthielten. Ohne ihre Maske und deren Luftreiniger durchdrang der schwere Eisengeruch von rohem Fleisch alles.

Calvin blieb am Rande stehen, lehnte in der Nähe der Ausgangstür und blickte mehr auf den Boden als irgendwohin sonst. Er war es nicht gewohnt, den Verhörer zu spielen. Was in Ordnung war. Kat konnte, hatte und würde weiterhin all die verdammten Fragen stellen, und sie hatte dieses Mal genug Schärfe für die Aufgabe: Delano hatte versucht, auf sie zu schießen. Mit einer echten Waffe.

»Also, weil du denkst, ich sehe seltsam aus, beschließt du, erst zu schießen und dann Fragen zu stellen?«, erwiderte Kat. Da Delano saß, stand Kat größer als der Mann, eine Position, die sie so selten einnahm, dass sie sie, hey, genießen würde. »Was, wenn ich ein Paragon gewesen wäre? Du würdest schon in irgendeiner Zelle sitzen oder tot sein.«

Delano zuckte mit den Schultern. »Schau dich hier um. Denkst du, ich habe viel zu verlieren?«

»Hör auf damit. Es scheint, als würde jedes Mal, wenn ich jemanden erwische, dieser nur davon reden, wie schrecklich sein Leben ist und dass es nicht schlimmer werden kann. Warum bist du dann noch hier? Das ist eine Menge Fleisch, das darauf wartet, verkauft zu werden, und es sieht frisch aus, was bedeutet, dass es dir gut geht.« Kat überraschte sich selbst ein wenig. Es schien viel zu sein, um es einem Mann zu sagen, den sie noch nie zuvor getroffen hatte, und es brachte sie dem, was sie wissen wollten, nicht näher. Manchmal fühlte es sich wohl gut an, jemanden anzufahren. »Wie auch immer, das spielt keine Rolle. Du hast deine eigenen Probleme. Wir sind hier, damit du uns mit unseren helfen kannst.«

»Weiß nicht, ob ich das kann, Lady«, erwiderte Delano und stieß am Ende ein kurzes Lachen aus. »Mit so einem Anzug wie deinem glaube ich nicht, dass ich Teil deiner Welt bin.«

»Ich wäre begeistert, wenn du es nicht wärst«, sagte Kat. »Aber mein Freund hier ist in Gefahr, und ich versuche, ihn da rauszuholen. Beantworte die Fragen, und wir werden vergessen, dass du je existiert hast.«

»Dann stell sie«, sagte Delano. »Du hast meinen Laden schon verwüstet und meinen Tag ruiniert. Ich würde dich auch gerne vergessen.«

In Filmen würden sie jetzt zu einem anderen Bild wechseln. Die offizielle Verhörmusik würde beginnen zu spielen, und Kat würde sich nach vorne lehnen, ihre Handflächen auf den Tisch legen und Delano einen vernichtenden Blick zuwerfen, während sie ihn mit scharfsinnigen Fragen löcherte. Hier sprach sie einfach und wünschte sich, sie hätte ein Glas Wasser, um all das Reden auszugleichen.

»Wir suchen nach den Elementals«, sagte Kat. »Ich habe gehört, du weißt, wo wir sie finden können?«

Zu Delanos Ehre muss man sagen, dass er seinen Gesichtsausdruck nicht im Geringsten veränderte. Das selbstgefällige Grinsen blieb aufgeklebt, seine faltigen Augen blieben hell: »Was meinst du mit den Elementals? Sind das 'ne Band?«

»Du bist nicht so dumm.«

»Du kennst mich nicht so gut.«

Kat rieb sich die Stirn und versuchte, die aufkommenden Kopfschmerzen abzuwehren.

»Sie haben auf mich geschossen«, sagte Calvin, ohne sich von seiner Wand wegzubewegen. »Die Elementals haben es getan. Gestern, vor dem Ort, den die Paragons mir gegeben haben.«

Jetzt drehte sich Delano um, sein Lächeln verzog sich ein wenig: »Du bist ein Paragon?«

»Er ist ein Paragon, ich bin eine Trackerin«, sagte Kat. »Du hast gesagt, du magst dein Leben nicht, wir können es für dich ruinieren, aber ich würde lieber seins retten.«

»Zum ersten Mal«, fügte Calvin hinzu. »Ich bin Teil der Gesellschaft, und jetzt versucht jemand, mich zu töten. Ich will wissen, warum.«

Delano schüttelte den Kopf: »So machen die das nicht. Die Elementals sind keine Auftragsmörder. Ich sage nicht, dass sie Helden sind, aber es geht ihnen nicht ums Morden. Das hilft ihnen nicht.«

»Du hast gesagt, du kennst sie nicht«, sagte Kat. »Vielleicht haben sich die Dinge geändert.«

»Vieles ändert sich gerade«, stimmte Delano zu und zuckte mit den Schultern, wodurch sein letzter Widerstand schwand. »Wie auch immer, ja, wer auch immer dein Informant ist, er hat recht. Ich kannte tatsächlich einige der Elementals, die in dieser Stadt arbeiteten. Kannte auch ein paar der alten Paragons.«

»Wie das?«

»Fleisch, logisch. Wenn du die besten Exemplare der Stadt willst, kommst du hierher. Ich bediente beide Gruppen, und dann treffen sie sich eines Tages hier und ich erwarte, dass die Hölle losbricht, aber sie fangen an zu reden und bald ist mein Laden so was wie der auserwählte Treffpunkt für Chicagos Powered-Players.«

Da gab es einiges zu verarbeiten. Paragons und Elementals, die zusammenarbeiten? Vereinbarungen treffen? Kat war nicht tief genug in Paragon-Kreisen, um zu wissen, wie das zustande kam, aber wenn man eine so große Stadt sicher halten wollte, musste man wohl mit denen zusammenarbeiten, die man hasste. Besonders wenn sie jederzeit einen Häuserblock in die Luft jagen konnten.

Als hätte Kat ein Ventil geöffnet, sprudelte es aus Delano heraus. Er erzählte immer weiter über die letzten paar Jahrzehnte, wie die Paragons und die Elementals eine Vereinbarung nach der anderen aushandelten, bis er schließlich zu dem kam, weswegen Kat und Calvin eigentlich hier waren: die jüngste Elemental-Enklave. Nicht allzu weit von hier entfernt.

Als Delano nichts mehr zu sagen hatte, näherte sich die Uhr der Mittagszeit und Kat musste raus aus dem eisernen, schweißigen Geruch. Sie befreite Delano aus der Bindung ihres Griffs und setzte die Ausrüstung zurück. Sie sagte Delano, sie würde in ein paar Tagen etwas Fleisch kaufen, um für die Reparaturen in seinem Laden zu bezahlen. Dann machten sie und Calvin sich auf den Weg zum Ausgang und stiegen über das Glas im Hauptraum.

»Hey«, sagte Delano, als Calvin nach der Tür griff. »Ich versuche die ganze Zeit, dich einzuordnen, Kat. Was haben deine Eltern gemacht?«

»Paragons. Wieso?«

»Ja, dachte ich mir. Du hast die Augen deines Vaters und die Haare deiner Mutter«, sagte Delano, nun mit einem Besen in der Hand. »Tut mir leid zu hören, was passiert ist.«

»Du kanntest sie?«

»Wo denkst du, kamen eure Mahlzeiten her?«, erwiderte Delano. »Sie gehörten zu den Guten. Kamen immer mit fröhlichen Gesichtern hier rein, bereit, über ihre Mädchen zu reden. Sie sagten, du wärst eine Kämpferin.« Delano zeigte mit dem Besen auf die Verwüstung. »Scheint, als hätten sie recht gehabt.«

KAPITEL 11
WOHNUNGSSUCHE

EINE HALBVOLLE WEINFLASCHE in Reichweite zu lassen, an einem Ort, den Zhan-Yo als seine persönliche Hölle beschrieb, hatte Konsequenzen, und die pochten nun. Er hatte den Cabernet nach Wexleys Abgang benutzt, um durch das Adrenalin des Tages zu sinken, und dann damit begonnen, auf sein Tama zu starren, auf der Suche nach irgendeinem Zeichen, dass sein Appell an die Welt Wirkung gezeigt hatte. Überall verbreiteten sich Dementis, während Führungskräfte und Vorstände, die Zhan-Yos Plan noch vor einer Woche befürwortet hatten, ihn nun in großspurigen öffentlichen Erklärungen verleugneten. Es gab keine Zusammenstöße auf den Straßen, keine Umstürze, keine Einladungen an Zhan-Yo, hervorzutreten und die stolzen Normalen der Welt an ihren rechtmäßigen Platz zu führen.

Völlig durchnässt fand sich Zhan-Yo mit der Uhr ab und verbrachte seine letzte wache Stunde mit der vergeblichen Suche nach Lichtschaltern in der Wohnung. Nach mehrmaligem Abtasten jeder Wand, wobei er ein Netzwerk von Haltegriffen aufbaute, um seine schwankenden Schritte zu stützen, wurde ihm klar, dass Wexleys Wohnung als Zugeständnis an modernste Annehmlichkeiten überhaupt keine

Schalter hatte. Zhan-Yo bestätigte diese Entdeckung, als die KI der Wohnung sich schließlich zu Wort meldete und darauf bestand, dass sie sich um Zhan-Yos Gesundheit sorge. In einem lallenden Wortschwall gab Zhan-Yo eine Liste von Forderungen von sich, von denen die meisten weit über die Fähigkeiten der KI hinausgingen.

Zhan-Yo gab sich mit Dunkelheit und etwas Wasser zufrieden.

Der späte Vormittag erwies sich als donnerndes Erwachen, das nur durch routinemäßige, langsam ausgeführte Prozesse gedämpft wurde, die darauf ausgelegt waren, die Macht eines Katers zu brechen. Zhan-Yo knabberte an Crackern, trainierte so hart, wie er es im Fitnessstudio im Untergeschoss des Gebäudes wagte, und nahm eine lange Dusche. Kopfschmerztabletten entfalteten ihre magische Wirkung, und als Zhan-Yo sich wieder eingepackt hatte, konnte er sich als lebendig bezeichnen.

Er hatte auch einen Plan.

Wexleys Gebäude bot einen sicheren Hafen, aber selbst nach und vielleicht gerade wegen gestern wollte Zhan-Yo nichts damit zu tun haben. Das Adrenalin, das Gefühl, etwas zu bewirken, erwies sich als eine Droge, die kein noch so vernünftiger logischer Gedanke besiegen konnte. Schließlich hatte Zhan-Yo seine Revolution nicht damit begonnen, in Zirans Büros herumzusitzen. Er war hinausgegangen, hatte sich und alles andere für seine Sache riskiert! Jetzt aufzuhören würde all das wertlos machen.

Sylvie hatte aus dem Schatten heraus operiert. Zhan-Yo lebte jetzt dort, am Rande. Er musste lernen, was sie gewusst hatte, verstehen, wie man Veränderungen bewirkt, ohne gesehen oder wahrgenommen zu werden. Sylvie hatte Ressourcen, Verbindungen und Methoden, nach denen Zhan-Yo nie gefragt hatte, aber Sylvie musste sie irgendwo aufbewahrt haben. Sicher nicht auf einem öffentlichen Server, wo Ziran sie hätte finden können: nach ihrem Tod hatte Zhan-Yo gesucht. Wexley hatte gesucht. Sie hatten keine Spur gefunden. Aber wenn Sylvie nicht alles in ihrem Kopf behalten hatte, und Zhan-Yo konnte diese Möglichkeit nicht ausschließen, musste sie es irgendwo gespeichert haben. Und von allen möglichen Orten hatte sich Zhan-Yo auf ihre Wohnung festgelegt.

Unter falschem Namen und in einer Nachbarschaft von so geringer Bedeutung registriert, hätte Zhan-Yo die Wohnung vielleicht gar nicht gefunden, wenn er nicht sorgfältig in Sylvies Pod-Aufzeichnungen gegraben hätte. Selbst die Meisterspionin konnte nicht jeden digitalen Tracker in der modernen Welt austricksen, und mit Wexleys Paranoia als Antrieb für seine Wahl hatte Zhan-Yo einen winzigen Teil von Zirans Netzwerk der Verfolgung ihrer Bewegungen gewidmet. In täglichen Schüben auf sein Tama geliefert, bestätigten die Aufzeichnungen Sylvies Loyalität, und einmal bestätigt, hatte Zhan-Yo das Programm vergessen, bis Sylvie starb. Dann wurden ihre Bewegungen, farbige Linien über Chicagos Raster, die zeigten, wo die ständige Verbindung ihres Tamas sie platzierte, zu einem bittersüßen Ratespiel. Warum war Sylvie an diesem Tag hierhin oder dorthin gegangen, war dies ihr Lieblingscafé oder wo sie gerne ihre Kleidung kaufte? Eine offensichtliche Liebe zum Field Museum? Die verborgenen Teile ihres Lebens enthüllten sich.

Jetzt stand er vor ihrem Komplex, sein Tachi unter seinem bodenlangen warmen Trenchcoat versteckt. Wexley hatte das Kleidungsstück im Schrank gelassen mit einer Notiz, die andeutete, es sei besser, die Schwerter unsichtbar zu halten. Zhan-Yo lächelte inmitten eines leichten Schauers – ein weiterer kühler Tag trotz der Wintersonne – Wexley würde nicht wollen, dass er überhaupt draußen war, aber der Mann kannte seinen Chef gut.

Wenn Wexleys Apartment im schlagenden Technoherzen Chicagos lebte, dann hatte Sylvies seinen Platz in den Knochen der Stadt. Menschen eilten hier die Straßen entlang, huschten in und aus Pods, hasteten zu den Geschäften oder in ihre Häuser. Soweit Zhan-Yo sehen konnte, reichten die Einkommen über eine breite Skala, aber er spürte keine Gesellschaft, die unter Stress hetzte. Lächeln zeigte sich häufiger als Stirnrunzeln, obwohl Zhan-Yo die nervöse Anspannung bei vielen seiner jüngsten Proklamation zuschrieb, seiner Einladung, einen Status quo zu zerschmettern, der offensichtlich dieser Gemeinschaft gut diente.

Aber er wollte die ganze Welt retten. Man konnte nicht auf die guten Flecken schauen und annehmen, dass überall alles in Ordnung sei.

Im Gegensatz zu Wexleys Gebäude hatte Sylvies wenige Sicherheitsmerkmale. Ein einziges Tama-abgleichendes Schloss hielt an der Vordertür Wache, und Zhan-Yo wartete einfach, rauchte eine Zigarette – Wexley, immer rücksichtsvoll, hatte ihm eine Packung dagelassen – und beobachtete die Passanten, bis jemand das Gebäude verließ. Er hielt die Tür auf, drückte den Tabak aus und glitt hinein. Fünf Stockwerke hinauf in einem tristen Aufzug, eine einminütige Wanderung durch einen fleckigen cremefarbenen Flur und einen Teppich, der nach Räumungsverkauf schrie, und Zhan-Yo kam an einer Tür an, die er nie zu sehen bekommen hatte, als es wirklich darauf ankam.

Er hatte die ganze Planung-eines-Attentats-und-andererdunkler-Taten dafür verantwortlich gemacht, dass ihre Beziehung nie über gelegentliche Abendessen hinausgegangen war. Eine hoffnungsvolle Sichtweise und möglicherweise eine wahnhafte: Sylvie hatte Zhan-Yo vielleicht nicht im gleichen Licht gesehen wie er sie, aber dennoch wünschte er sich, Sylvie hätte ihm diese Tür geöffnet.

Nur ein einziges Mal.

Ohne sie musste Zhan-Yo jedoch einen anderen Weg hinein finden. Zufällige Passanten würden Sylvies Tür nicht öffnen, und wenn Zhan-Yo lange genug vor der Wohnung herumlungern würde, würde er die falsche Art von Aufmerksamkeit auf sich ziehen. Ein Tama-Schloss, zweifellos direkt mit Sylvies Signatur verbunden, glänzte auf der rechten Seite wie eine schwarze Schiefertafel. Zhan-Yo fand es hässlich gegen den marineblauen Anstrich der Tür, aber dieser ganze Ort sah aus, als wäre er schon lange vor der Erfindung der Tamas entstanden. Die Moderne, die sich der Vergangenheit aufzwängt.

Zhan-Yo schaute den Korridor auf und ab. Das Gebäude war quadratisch, und der Flur passte zum äußeren Rahmen, wobei Sylvie natürlich die am weitesten von den Aufzügen entfernte Einheit gewählt hatte. Ihre Wohnung lag an einer Ecke und im Moment waren die Flure zu beiden Seiten leer. Zhan-Yo öffnete seinen Mantel und zog mit der rechten Hand eines der Tachi. Er verschob den Mantel, um die Klinge zu verbergen, und klemmte das Schwert zwischen Tür und Rahmen, dann ließ er die Schneide nach unten gleiten. In einem umgebauten Gebäude wie diesem, ähnlich Zhan-Yos alter Wohnung, würden sie die Schlüssellöcher durch Tamas ersetzen, aber er wettete, dass sie die Riegel selbst nicht ändern würden. Massives Metall, ja, aber Zhan-Yos Tachi waren dazu gemacht, härtere Dinge zu durchschneiden. Mit ein paar kräftigen Stößen, deren scharfes Klingen von Zhan-Yos Mantel gedämpft wurde, spaltete sich der Riegel und Sylvies Tür hing frei.

Zhan-Yo steckte das Schwert zurück in die Scheide, stieß die Tür auf und betrat einen Ort, den er sich oft vorgestellt hatte. Diese imaginierten Versionen, stellte sich heraus, waren falsch. Von dem Moment an, als er den Eingangsbereich betrat und die Tür hinter sich zugleiten ließ, dominierte ein Wort alles, was er sah:

Pflanzen.

Chicago hatte seine Gärten, aber seine Lage eignete sich weder für tropische Üppigkeit noch für die Pinienwälder, die man weiter nördlich fand. Zhan-Yo betrachtete Pflanzen eher als Garnierung denn als Höhepunkt eines Ortes, aber hier änderte sich etwas. Zwischen Aloen und Orchideen entdeckte Zhan-Yo spärliche, verstreute Anzeichen normalen Lebens: einen Tisch, einen einzelnen Stuhl. Die Fenster ließen genug natürliches Licht herein, wenn auch gefärbt durch Blumen, die sich an die größte Sonnenquelle geheftet hatten, die sie finden konnten. Ranken liefen über den Boden, krochen übereinander und über fast alles andere.

Chaos, aber auf natürliche Weise. Als ob Sylvie gewollt hätte, dass ihre Wohnung zeigt, was mit der Welt passieren könnte, wenn die Menschen verschwänden.

Pollen und Pflanzendüfte verdickten die Luft, die für diese Jahreszeit viel zu warm war. Sein Tama zeigte eine Temperatur von 26 Grad Celsius an, eine lächerliche Energieverschwendung, aber eine notwendige, um ein Gewächshaus wie dieses am Leben zu erhalten.

Zhan-Yo ging weiter in die Küche und sah dahinter, durch einen Türbogen, der mit einer leuchtend gelben Kletterrose überhangen war, was wie das Hauptwohnzimmer aussah. Zwischen den Blättern versuchte Zhan-Yo, irgendein Anzeichen zu finden, dass die Frau, die er bewundert, ja sogar geliebt hatte, hier gelebt hatte, aber es gab keine Bilder. Keine auf der Theke liegengelassenen Briefe. Jedes Produkt, das er sehen konnte, vom Toaster bis zum Messerset, das an der Wand neben einigen Schneidebrettern befestigt war, sah nach Basismodell aus.

Rätselhaft. Zhan-Yo hatte immer angenommen, dass Sylvie ein umfangreiches Leben jenseits ihrer Interaktionen führte, aber jetzt fragte er sich, ob dies ihr Zufluchtsort war. Ob Sylvie, nachdem sie einen weiteren Erpressungsauftrag oder ein Attentat ausgeführt hatte, hierher an diesen grünen Ort kam und einfach nur war. So viele Pflanzen hätten so viel Pflege, so viel Zeit erfordert, aber sie würden ihre Handlungen auch nicht beurteilen. Würden sie nicht bitten, die Folgen des Sturzes der Weltregierung zu bedenken.

Er lachte, als er unter der Kletterrose hindurchging. Was

hatte er eigentlich erwartet? Bilder von Sylvie in ihrer wöchentlichen Bowlingliga? Riesige Bücherregale mit Werken antiker Philosophen? Eine Strickgarnsammlung?

Sylvie hatte immer seine Erwartungen übertroffen. Warum sollte das jetzt aufhören?

Das Wohnzimmer unterstrich Sylvies Hingabe zum grünen Daumen, mit zwei Zwerg-Limettenbäumen, die einen riesigen Bildschirm flankierten. Hatte er ihre wahre Leidenschaft gefunden? Filme? Aber nein. Ein Blick auf den Couchtisch zeigte ein dediziertes Tama-Tablet, und er verstand. Videoverbundene Fenster auf dem Bildschirm würden laufende Operationen anzeigen. Am Ende musste Sylvie ihre eigenen Hände nicht schmutzig machen. Sie konnte aus der Ferne befehligen, zusehen, wie jeder Dolch seine Kehle fand, ohne je ihre Couch zu verlassen.

»Du solltest nicht hier sein«, kamen die schweren Worte hinter Zhan-Yo, und er wirbelte herum, stolperte über eine Efeuranke und taumelte rückwärts gegen den großen Bildschirm.

Ihn beobachtend, vor dem, was Zhan-Yo für das Schlafzimmer hielt, stand ein großer Mann. Schwergewichtig, aber ebenmäßig, komfortabel; Zhan-Yo wettete, der Mann wusste, wie er sein Gewicht einsetzen konnte. Jeans gingen in einen Pullover über. Kein Mantel, obwohl es draußen fast null Grad war. Hohle Augen, tiefe Tränensäcke darunter, folgten Zhan-Yos ungeschicktem Rückzug. Behandschuhte Hände, aber keine Waffen. Trotzdem zog Zhan-Yo seine Tachi und hielt beide bereit.

»Wer bist du?«, fragte Zhan-Yo.

»Ihr Bruder«, sagte der Mann. »Und du bist der Mann, der sie umgebracht hat.«

Ein Bruder? Zhan-Yo wünschte, er könnte überrascht sein, dass Sylvie das nie erwähnt hatte, aber ihre Familie stand fest auf der Liste der Dinge, die sie Zhan-Yo gegenüber nie zur Sprache gebracht hatte. Eine Sammlung von Gesprächsthemen, die mit Leichtigkeit abgewehrt wurde, wann immer Zhan-Yo versucht hatte, Sylvies Verteidigung zu durchbrechen.

»Aber ich habe sie nicht getötet«, erwiderte Zhan-Yo. Sylvies Bruder hatte sich nicht bewegt, und es schien ein guter Plan, die Couch zwischen ihnen zu halten. »Aegis tat es, und ich tat dasselbe mit ihm.«

»Sie hat mit mir über dich gesprochen. Wie du große Träume hattest. Sie sagte nie, ob sie es wert waren, dafür zu sterben.«

»Ich wäre für sie gestorben. Das hatten wir gemeinsam.«

»Aber du bist immer noch hier.«

Zhan-Yo hatte sich immer auf seine Geduld etwas eingebildet. Er hatte Ziran durch unzählige Wendungen und Drehungen nicht durch unnachgiebigen Zorn oder Sekundenentscheidungen wachsen lassen, sondern mit sorgfältiger Analyse und überlegten Zügen. Er hatte zugesehen, wie Rivalen zusammenbrachen, die Trends nachjagten oder ihre Gewinnschwellen für riskante, zum Scheitern verurteilte Investitionen ignorierten. Für Zhan-Yo war Ziran nicht persönlich. Es war ein zu lösendes Rätsel gewesen, und nicht viel mehr.

Sylvie war ein Rätsel gewesen, und so viel mehr.

Zhan-Yo durchquerte den Raum, bevor er merkte, was er getan hatte, beide Tachi direkt auf das Herz des Bruders gerichtet. Er hielt inne, als die Spitzen gegen den Pullover des Bruders drückten und kleine Einbuchtungen in dem schwarzen Stoff erzeugten.

»Stelle meine Gefühle für Sylvie noch einmal in Frage«, sagte Zhan-Yo. »Es wird das Letzte sein, was du sagst.«

Der Bruder ließ seinen Blick von den Schwertspitzen zu Zhan-Yos Gesicht wandern, »Wenn du die Wahrheit sagst, warum bist du dann hier?«

»Ich habe diesen Ort nie gesehen, als sie noch atmete«, sagte Zhan-Yo, ohne die Schwerter zu bewegen. »Ich wollte wissen, wie sie gelebt hat, und ich muss ihre Geheimnisse kennen.«

Damit löste sich die Spannung. Der Bruder trat vom Tachi zurück und nickte zustimmend zu Zhan-Yos Gründen, die er selbst teilte. Auch er war hierher gekommen, um herauszufinden, was seine Schwester getan hatte und wie sie gestorben sein könnte. Es gab hier keine Antworten, die er finden konnte, abgesehen von einer kleinen digitalen Speichereinheit im Schrank, die der Bruder nicht hatte öffnen können und sich auch nicht mehr darum kümmerte. Sylvie hatte beschlossen, ihr Leben auch nach ihrem Tod ein Geheimnis zu bewahren, und ihr Bruder konnte das akzeptieren.

»Was wirst du jetzt tun?«, fragte Zhan-Yo, als der Bruder sich zum Ausgang der Wohnung begab.

»Du leitest das Geschäft deiner Familie«, antwortete der Bruder. »Sylvie leitete unseres. Jetzt liegt es auf meinen Schultern.«

»Dann viel Glück«, sagte Zhan-Yo und verbeugte sich leicht vor dem Bruder.

»Meine Schwester mochte dich, wollte, dass deine Arbeit Erfolg hat«, sagte der Bruder, während er seine Schuhe anzog. »Nachdem ich die Stücke aufgesammelt habe, werde ich mich bei dir melden.«

Als sich die Tür hinter dem Bruder schloss, wurde Zhan-Yo bewusst, dass der Mann nie seinen Namen genannt hatte. Ein Leben im Schatten, genau wie Sylvie.

KAPITEL 12

TOCHTER DES HELDEN

HEISSE SCHOKOLADE. Der warme, verführerische Duft drang durch Mynx' langsam erwachendes Bewusstsein und taute ihren Geist mit glücklicheren Erinnerungen auf, bis sie in der Gegenwart ankam – einer, in der sie eigentlich auf Bastions Dach hätte erfroren sein sollen. Eine steife Trophäe, die erst bei der Frühjahrstauwetter von hungrigen Vögeln gefunden worden wäre, da Mynx nicht glaubte, dass sonst jemand den obersten Eingang des Turms benutzte.

Stattdessen öffnete Mynx, durch einen sonnenbrandähnlichen Schmerz hindurch, ihre Augen in einem Raum, den sie sehr gut kannte. Aegis' Kontrollzentrum, Wohnzimmer und Küche, alles in einem riesigen halbkreisförmigen Raum vereint, mit bodentiefen Fenstern auf einer Seite, die einen Blick über die südliche Hälfte Manhattans boten, als würde eine Göttin ihre Werke begutachten. Nach dem weichen Licht im Raum – hier gab es kein direktes Sonnenlicht – zu urteilen, war die Zeit bereits in den Nachmittag übergegangen. Mynx war nicht nach New York gekommen, um den Tag auf dem Boden liegend zu verbringen – obwohl sich ihr Rücken ganz gut anfühlte, was darauf hindeutete, dass jemand eine Decke unter sie gelegt hatte –, aber von dem sicheren Tod zurückzukommen, hatte eine Art, die Aufgaben des Tages in Perspektive zu setzen.

Mynx drehte den Kopf und folgte dem Dampf der heißen Schokolade zu dem großen blauen Becher neben ihr, der mit dem schrägen P-Logo der Paragons verziert war. Obwohl ihre Muskeln bei der Bewegung protestierten und deutlich zeigten, dass diese Auftauphase ein paar Tage zur Heilung brauchen würde, schaffte es Mynx, sich auf die Seite zu rollen und nach der Tasse zu greifen.

»Sie ist heiß«, sagte die einzig mögliche Stimme irgendwo hinter Mynx.

»Ich könnte jetzt gut was Heißes gebrauchen.« Aber Mynx trank noch nicht, stattdessen hielt sie die fluffige braune Mischung an ihre Nase und atmete ein, sog etwas Wärme auf und schwelgte in dem Aroma. In Pacifica wurde es selten kühl genug, um heiße Schokolade zu rechtfertigen, aber hier? Im Nordosten? Hier konnte sie sich das gönnen. »Danke.«

»Für die heiße Schokolade?«

»Dafür, dass du mein gefrorenes Ich gerettet hast. Ich nehme an, du warst das?«

Celice, Aegis' Tochter und eine Paragon, obwohl sie keine anomalen Fähigkeiten besaß, kam nicht in Mynx' Blickfeld, und Mynx musste sich vollständig auf den Bauch rollen, um Celice zu sehen, die an der modern-metallischen Küchentheke stand. In der Woche nach dem scheinbaren Tod ihres Vaters – Mynx hielt Aegis' eingefrorenen Zustand geheim, sowohl weil sie nicht wusste, wie oder ob sie Aegis zurückbringen könnte, als auch weil Zhan-Yo versuchen könnte, die Sache zu Ende zu bringen – hatte Mynx nichts von Celice gehört. Mynx hatte sich vorgestellt, dass das bedeutete, Celice hätte eine Selbstfindungsphase durchgemacht, möglicherweise auch nach Rache gesucht, aber sich etwas vorzustellen und es zu erleben, waren zwei verschiedene Dinge.

Praktikabilität war Celices prägendes Merkmal in Sachen Kleidung gewesen, solange Mynx sich erinnern konnte. Als junges Mädchen hatte Celice Kleider zugunsten von Taschen abgelehnt, eine Einstellung, die sich zu einer regelrechten Besessenheit entwickelt hatte, mehrere Tamas griffbereit zu haben und sie zur wichtigsten Koordinatorin der Paragons in der westlichen Hemisphäre gemacht hatte. Was Mynx jetzt sah, war keine Abkehr von diesem Ethos, sondern eine Neuausrichtung seiner Absicht. Die Taschen existierten immer noch an dem blau-schwarzen Outfit, das Celice trug, aber sie waren lang und schmal, um ihre Oberschenkel und entlang ihrer Taille geschnürt. Eine Aufmachung für den Einsatz, nicht fürs Büro.

»Du hast mir nicht gesagt, dass du kommst«, sagte Celice und wirbelte einen Löffel durch das, was Mynx für ihre eigene heiße Schokoladentasse hielt.

»Ich dachte nicht, dass du mich sehen willst.«

»Will ich auch nicht.«

»Aber du hast mich trotzdem reingezogen.«

»Was hätte ich denn tun sollen? Dich da draußen sterben lassen?« Celice ließ ihre Hände von der Tasse fallen, umklammerte die Kante der Theke und starrte darauf, als würden gleich Laser aus ihren Augen schießen. »Ich konnte dich nicht ganz bis zu den Schlafzimmern tragen.«

»Ich lebe, Celice. Es ist alles gut.« Mynx versuchte aufzustehen, aber ihre Beine, noch im Schock, wollten nicht kooperieren. Auch wenn es sich ein wenig absurd anfühlte, musste sie das Gespräch vom Boden aus führen. »Ich bin wegen dir hergekommen, weil du meine Anrufe nicht beantwortet hast.«

»Ich war beschäftigt.«

»Offensichtlich.«

Mynx ließ das Wort in der Luft hängen und lud Celice ein, den Köder zu schlucken.

Während Mynx von dem Rausch, noch am Leben zu sein, abkühlte, durchströmte sie Erleichterung darüber, Celice lebend zu sehen. Alpträume hatten sie die ganze Woche über geplagt, in denen Celice auf eine selbstmörderische Mission gegangen war, um jemanden zu töten, der für einen Normalen mit wenig Felderfahrung zu gefährlich war, egal wie viel Sparring Aegis mit seiner Tochter in diesem Turm auch gemacht haben mochte. Der ehemalige Champion hatte klargemacht, dass Celice nicht für Drecksarbeit ausgebildet wurde, dass ihre Bestimmung außerhalb der Gewalt lag, mit der die Paragons die Welt aufgeteilt hatten.

»Du weißt, wer ihn getötet hat«, sagte Celice. »Aber du hast Zhan-Yo nicht, oder?«

»Wir suchen.«

»Wie kann das so lange dauern? Ihr habt all diese Drohnen. Sein Bild ist auf jedem Bildschirm des Planeten. Jedes Mal, wenn er atmet, solltet ihr es wissen.« Die Worte ließen vermuten, dass Celice vor Wut hätte explodieren müssen, aber stattdessen kamen sie kraftlos, abgeflacht heraus.

»Er ist schlau, aber er kann sich nicht für immer verstecken.«

»Das muss er auch nicht«, sagte Celice. »Zhan-Yo versucht, alle gegen uns aufzubringen. Die Normalen. Wenn er weiterhin diese Botschaften senden kann, könnte er bald noch mehr Menschen auf seine Seite ziehen.«

»Du nimmst zu viel an«, erwiderte Mynx. Sie nahm einen Schluck von der Schokolade, die jetzt kühl genug zum Genießen war, und ihr flüssiger Zucker war in der Tat wunderbar. »Normale und Anomale kommen zu gut miteinander aus, um etwas zu riskieren. Die Welt ist ein guter Ort, Celice. Er mag ein paar finden, aber kaum eine Revolution.«

»Ich glaube, du irrst dich«, erwiderte Celice. »Ich denke, er kann mehr Schaden anrichten, als du glaubst.«

»Du klingst, als hättest du einen Plan.«

»Zhan-Yo hat Freunde. Er hatte eine ganze Firma. Sie werden wissen, wo er ist.« Celice trat vom Tresen zurück. »Es tut mir leid, dass ich die Tür oben versiegelt habe, Mynx. Ich wollte nicht, dass du unangemeldet hereinkommst, weil ich nicht wollte, dass du mich aufhältst.«

»Scheint, als hättest du Erfolg gehabt.«

Celice nahm das hin, kam dann zu Mynx herüber und stand über ihr. In Celices Augen konnte Mynx die verurteilenden Gedanken sehen: alt, verkrüppelt, nutzlos. Ein unterdrückter Seufzer bestätigte die Diagnose.

»Ich gehe jetzt, und du wirst mich hier nicht wiederfinden«, sagte Celice. »Das war Vaters Ort, nicht meiner. Wenn du Zhan-Yo vor mir erwischst, komme ich vielleicht zurück. Wenn ich ihn vor dir erwische ...«

»Tu, was du tun musst. Ich werde dich nicht aufhalten. Aber wenn du in Schwierigkeiten gerätst, weißt du, wie du mich erreichen kannst.«

Daraufhin zeigte sich ein kleines Lächeln auf Celices Gesicht. Sie streckte ihre linke Hand aus und drückte Mynx' Schulter. »Werd wieder gesund.«

Bevor Mynx einen weiteren Schluck der heißen Schokolade nehmen konnte, war Aegis' Tochter im Aufzug verschwunden.

Mynx setzte sich auf und begann, ihre Beine zu massieren. Zu sagen, dass der Besuch in New York erfolglos gewesen war, wäre noch zu viel des Lobes gewesen. Sie wäre beinahe gestorben, und nun war das einzige Ziel des Besuchs, Celice zurückzuholen, ohne ein Wimmern verschwunden. Mynx hatte nicht einmal protestiert, als Celice davongeschlüpft war.

Und sie wusste, warum. Weil sie an Celices Stelle auch allein gelassen werden wollte. Als ihre eigenen Eltern gestorben waren, nicht durch irgendwelche kataklysmischen Ereignisse, sondern durch den gewöhnlichen Lauf des Lebens, hatte Mynx keinen Trost in den Armen anderer gesucht. Sie hatte sich auf die Reise begeben, die sie zu Denise Jones und der Möglichkeit ewigen Lebens geführt hatte.

Natürlich war das ein kläglicher Misserfolg gewesen, aber

vielleicht würde Celice finden, wonach sie suchte. Zumindest schien sie stabil. Zusammenhängend.

»Reeves«, sagte Mynx, während sie weiterhin versuchte, das Gefühl in ihren Körper zurückzubringen. »Celice ist auf dem Weg aus dem Gebäude. Bitte verfolge und markiere sie.«

»Natürlich«, antwortete Reeves. »Ich habe bereits mehrere Drohnen in der Gegend. Muss sagen, es ist gut, deine Stimme zu hören.«

»Du wusstest, dass ich am Leben bin.«

»Die Vitalzeichen eines Menschen erzählen nur einen kleinen Teil der Geschichte. Ich wusste nicht, wie viel von dir nach dem Auftauen übrig sein würde.«

Mynx zuckte bei diesen Worten zusammen. »Wie lange war ich da oben, Reeves?«

»Mehr als eine Stunde. Bastions eigene Verteidigungssysteme blockierten eine Drohnenrettung, und bis ich sie davon überzeugt hatte, dass du es wirklich warst ...«

Nicht einmal die restliche heiße Schokolade konnte diese Angst wegschmelzen. Mynx war nicht scharf aufs Sterben. Sie konnte die Heldin spielen, aber es gab einen Grund, warum sie die Drohnen bevorzugte und sich gerne in dickes, widerstandsfähiges Metall hüllte, bevor sie in den Kampf zog. Unter all ihren Talenten verbarg sich ein einfacher, zerbrechlicher menschlicher Körper, der wie jeder andere zerbrechen konnte.

»Beim nächsten Mal hol mich raus, egal wie«, sagte Mynx. »Ich autorisiere es. Keine Chancen mehr.«

»Wirst du dich daran erinnern?«

»Nein, aber du wirst mich daran erinnern, und dann werde ich dankbar sein.«

Reeves klang nicht so überzeugt davon, aber die KI akzeptierte die überarbeiteten Parameter. Mynx plauderte weiter, während sie sich aufwärmte, aufstand und ins Badezimmer humpelte. Eine heiße Dusche gab ihr ihre fehlende Menschlichkeit zurück, und nachdem sie eine Mahlzeit aus der Paragon-Cafeteria dreißig Stockwerke tiefer bestellt hatte, fühlte sich Mynx recht gut.

Bis ihr Tama mit einem eingehenden Anruf vibrierte.

Acht Champions hatten zusammengearbeitet, um die Paragons zu gründen, und nachdem die Nationen der Welt sich geweigert hatten, den offensichtlichen Nutzen anzuerkennen, die mächtigsten Anomalien die Dinge sicher und geschützt zu halten, schufen diese acht Champions eine Bewegung, die jede törichte Kraft, die sich ihnen in den Weg zu stellen versuchte, plattmachte.

Mynx hätte die Geschichte gerne dort enden lassen, aber das Leben ging weiter, auch nachdem die letzten Länder ihre Unabhängigkeit aufgegeben hatten. Am nächsten Tag ging die Sonne wieder auf, und schon bald erklärte Lukas, dass er nach Hause zurückkehren würde und dass sein Zuhause ihm gehören würde. Von den tausend kleinen Splittern, die die Champions auseinanderbrachen, hatte Lukas beschlossen, der Keil zu werden, und hatte unerbittlich Säure auf ihre Differenzen gegossen, bis Aegis die Welt gespalten hatte, um sie zu heilen.

Jetzt erschien das Gesicht des Mannes auf ihrem Tama, aufgedunsen trotz Lukas' Größe. Farbige Flecken verunstalteten einen Teil seiner Haut, und sein Haar war zu einem dünnen Büschel geschrumpft, aber diese verdammten Augen sahen noch immer gleich aus. Ein farbiger Strichcode, so hatte Aegis sie genannt, und so hatte Mynx sie seitdem gesehen.

Trotzdem war er ein Champion, und Mynx brauchte ihn, um zu erscheinen.

»Lukas. Danke für deinen Anruf.« Mynx versuchte, gerader zu stehen, und passte den Winkel des Tamas an, um Bastions Fenster anstatt der langweiligen Küche zu zeigen. »Ich nehme an, du hast meine Nachricht erhalten?«

»Natürlich, natürlich habe ich das!«, sagte Lukas und blinzelte. Als er das tat, verschoben sich die Farblinien in seiner Iris und schoben Rot in die Mitte. »Was für eine großartige

Idee, ein Gipfeltreffen abzuhalten. Es ist so lange her, und ich stelle mir vor, ihr habt euch alle sehr verändert.«

»Einige von uns mehr als andere«, erwiderte Mynx. Lukas blinzelte erneut, und die Farben bewegten sich. Mynx versuchte sich zu erinnern, was jede einzelne bedeutete, gab dann aber auf. Sie hatte nichts vor Lukas zu verbergen. »Die Dinge bewegen sich. Wir werden älter, und wir brauchen einen Plan.«

»Und solche Pläne können nur in Los Angeles gemacht werden? Nicht in London oder Amsterdam?«

»Ich habe den Gipfel einberufen, ich wähle.«

Lukas sah für einen Moment so aus, als wolle er den Punkt anfechten, und Mynx konterte mit einem tiefen, ernsten Atemzug. Die beiden waren in ihren Champion-Tagen oft aneinandergeraten, und beide hatten ihre Strategien. Der Unterschied hier schien ein leises Piepen auf Lukas' Seite zu sein. Er schaute hin, immer noch in die Kamera, aber offensichtlich weg von Mynx' Gesicht, und verzog das Gesicht.

»Ein andermal, zu einer anderen Zeit«, sagte Lukas, als er wieder aufblickte. »Im Geiste unserer Kameradschaft, meine liebe Freundin, werde ich die Reise antreten. Schick mir die Daten und die Details, und ich werde da sein.«

»Das weiß ich zu schätzen.«

»Und Mynx, du solltest vielleicht deinen Arzt aufsuchen«, sagte Lukas und legte seine Hand an sein großes, kastenförmiges Kinn. »Es sieht aus, als hättest du ein paar Sorgen in diesem großen Gehirn von dir. Ich würde ungern sehen, wie ein Champion von einem Schlaganfall gefällt wird.«

»Auf Wiedersehen, Lukas.« Mynx wischte den Anruf weg und ließ sich auf einen von Aegis' harten Metallstühlen fallen.

Die Medien hatten ihn Spectrum genannt. Lukas mochte es, weil das Wort im Niederländischen und Englischen gleich war und es passte. Diese Augen ließen ihn sehen, was jede Lichtfrequenz zeigen konnte, und noch viel mehr darüber hinaus. Mynx war sich nicht sicher, wie es funktionierte, aber jedes Mal, wenn Lukas eine seiner spontanen Lesungen durchführte, fühlte sie sich verletzt.

Die Champions hatten zu viele Gedankenleser und Gefühlsmanipulatoren. Apinya, Lukas und Burov wendeten Normale gegen sich selbst. Bis ihre Opfer merkten, dass sie gegen ihren Willen verdreht worden waren, hatten Mynx und Aegis bereits lebenswichtige Infrastruktur beansprucht und jeden verwirrten Widerstand dezimiert.

Nur, als die Kämpfe aufhörten, richteten sich diese gleichen bewusstseinsverändernden Kräfte auf Mynx und Aegis. Der einzige Weg, um Geheimnisse zu bewahren und sicher zu sein, dass ihre Motivationen wirklich ihre eigenen waren, war es gewesen, die Welt zu spalten und die gefährlichen Champions in ihre Heimat zu schicken.

Jetzt holte Mynx sie zurück.

»Siehst du, Reeves?«, sagte Mynx und trank den letzten Schluck ihrer aufgewärmten heißen Schokolade. »Das bedeutet es, ein Champion zu sein.«

Und warum Mynx, wenn der Gipfel vorbei war, diesen Mantel ablegen würde.

KAPITEL 13

STRANDDIPLOMATIE

THANE ERWACHTE zum stets beruhigenden Wellenrauschen, diesmal als sie den Strand hinauf zu dem Sandfleck rollten, den er für sich beansprucht hatte. Sook schnarchte in der Nähe, ein Geräusch, das zwischen lauten Grummeln und hohen nasalen Quietschlauten wechselte, als würde er eine ungelenke Begleitung zum Lied des Ozeans spielen. Hinter ihm erwachte das Dorf mit der aufgehenden Sonne zum Leben. Feuer wurden entfacht, und einige Anomalien standen bereits am Wasserrand. Eine jüngere Frau schwang ihre Hände in weiten Kreisen hin und her, wobei jede Bewegung einen zappelnden Fisch aus dem Wasser zog und in die geschickten, fangbereiten Hände ihres Kameraden warf. Andere schöpften Wasser aus den riesigen Regenfässern, die im Dorf verteilt standen, und füllten dünne Steineimer, die, wie Thane erfuhr, von derselben Wächterin hergestellt wurden, die am Vorabend die Holzspeere gedehnt hatte: Steinformung zählte offenbar auch zu ihren Talenten.

In der ganzen Welt, die Thane kannte, gab es keine einzige Gesellschaft, die auf Anomalie-Kräften basierte. Als die Anomalien aufgetaucht waren, hatte die Menschheit bereits Wege entwickelt, all ihre Bedürfnisse ohne »magische« Mittel zu erfüllen, obwohl die Paragons darauf aus zu sein schienen, Anomalien dort einzusetzen, wo sie die Effizienz steigern konnten. Hier jedoch benötigten die Anomalien ihre Fähigkeiten zum Überleben. Eine interessante Dynamik, und Thane, der nach der langen Versammlung am Vorabend, bei der er die etwa zwanzig hier lebenden Menschen kennengelernt hatte, sah sowohl die Vorteile als auch die Nachteile.

Die Nutzung der eigenen Fähigkeit zum Überleben brachte einen ihr näher. Das Mädchen, das Fische mit den Händen aus dem Wasser zog – Thane fragte sich, welches Verbrechen sie hierher verbannt hatte – zeigte mehr Kontrolle und Leichtigkeit im Umgang mit ihrer Kraft als die meisten Anomalien, die er kannte. Wie ein zusätzliches Gliedmaß nutzte sie jeden Phantomzug, als würde sie es mit ihren echten Fingern tun.

In den lockeren Gesprächen des Vorabends hatte Thane die Anomalien immer wieder damit prahlen hören, wie ihre Fähigkeiten es ihnen ermöglichten, mühelos das Abendessen zu rösten, Farne zu nützlicher Kleidung zu formen oder dem ansonsten faden Regenwasser Geschmack zu verleihen. Alles nützlich, alles langweilig. Obwohl jeder hier etwas Schreckliches getan hatte, schienen sie dieses Potenzial vergessen zu haben und sich stattdessen in einer primitiven Existenz eingerichtet zu haben.

Thane würde diese Ruhe zerstören. Er musste es tun, sonst würden sie dieses Gefangenenparadies nie verlassen.

Nachdem er den Sand aus seinem neuen Palmkleid geschüttelt hatte, einem locker sitzenden Frondhemd und etwas, das einem grasgewebten Rock gleichkam, stapfte Thane an dem schlafenden Sook vorbei und ging hinauf zum Hauptgebäude des Dorfes, einer Strohhütte, die als Wohnsitz der Leere und einziger privater Versammlungsort im Lager diente. Als er die Dünen überquerte, zählte Thane drei brennende Kochfeuer, die näher am Ozean als an den Haupttoren lagen und jeweils für eine andere Mahlzeit zuständig waren.

Da die Sonne noch nicht voll aufgegangen war, wimmelte es wieder von diesen tanzenden Feuerkugeln, die ihr flackerndes Licht über die Anomalien warfen, die Gemüse und Vogeleier zerteilten, um sie zum frischen Fang hinzuzufügen.

Die Hütte der Leere stand im Zentrum des Lagers. Links davon schliefen die meisten Menschen unter einem großen Vordach, das von geschichteten Palmwedeln geschützt wurde. Rechts boten kleinere Hütten private Räume. Ein Anomalie hatte am Vorabend erklärt, dass man für Kranke oder diejenigen, die Privatsphäre benötigten, um ihre Arbeit zu erledigen oder sich zu sortieren, Platz schaffen musste. Eine wohlwollende Geste, bis Thane sich daran erinnerte, dass all diese Menschen in der Vergangenheit etwas Abscheuliches getan hatten. Raum zum Entspannen zu bieten, war möglicherweise weniger eine Freundlichkeit als ein Überlebensmechanismus.

Geflochtene Kisten standen überall im Lager verteilt und bewahrten getrocknete Waren auf. Genug improvisierte Speere, um eine Phalanx zu bewaffnen, säumten die Dünen innerhalb des Haupteingangs, während drei Pfeil-und-Bogen-Sets auf einem Gestell nahe dem Dorfzentrum lagen. Man könnte diese steinzeitlichen Waffen auf einer Insel mit so viel Macht leicht in Frage stellen, aber ein gut platzierter Schuss würde bei einer Anomalie das Gleiche bewirken wie bei einem normalen Menschen. Nicht viele konnten tödliche Wunden so wegstecken wie Thane und Aegis.

Die Leere saß in ihrer Hütte und nippte an etwas Dampfendem aus einem irdenen Becher. Das Steinkleid vom Vorabend lag zur Seite, und sie trug ein geflochtenes Outfit ähnlich dem von Thane. Sie blickte nicht auf, als Thane eintrat, obwohl die leichte Zustimmung, die sie gegeben hatte, nachdem Thane um Einlass gebeten hatte, bewies, dass sie wusste, dass er da war. Stattdessen blieb die Leere auf einen meterbreiten Sandkasten in der Mitte der Hütte fokussiert. Thane kam näher und blickte auf das, was die Insel zu sein schien, makellos in den Schmutz geritzt. Die Werkzeuge, Stöcke, die zu feinen Pinselspitzen gestreckt waren, lagen rechts bereit.

Kleine Kreise und Linien kennzeichneten Abschnitte, und Thane vermutete, dass sie die Territorien und Positionen der anderen Inselbewohner markierten. Aus dieser Perspektive schien es, als hätte die Herzogin den Großteil der Insel eingenommen, ein Gebiet um den zentralen Gipfel herum, wobei ihre Linien fast die Küste zwischen dem Dorf der Leere und Arthurs Lager auf der gegenüberliegenden Seite der Insel erreichten.

»Eyre zeichnet das jeden Morgen«, sagte die Leere mit einer sanfteren Stimme im Privaten. »Sie wirft ihren Blick so weit sie kann und schaut auf unser Zuhause herab. Lächerliches Glück, dass sie bei mir gelandet ist.«

»Was ist ihre Geschichte?«, fragte Thane und setzte sich der Leere gegenüber an den Sandkasten.

»Spielt das eine Rolle?«, erwiderte die Leere. »Sie ist hier, genau wie du. Ich denke, sie hat die falschen Leute ausspioniert, und anstatt sie direkt zu töten, hat Mynx sie auf dieser Insel abgesetzt.«

»Vielleicht denken die Paragons, dass sie sie benutzen können.«

Die Leere blickte von der Karte auf und verzog den Mund zu Thane hin. »Die Paragons? Ich benutze sie jetzt, und sie benutzt mich, wenn auch für unterschiedliche Dinge.«

»Natürlich«, sagte Thane. Er musste sich in dieser Machtdynamik erst zurechtfinden. Sein ganzes Leben lang war Thane entweder der stärkste Anführer im Raum gewesen oder ein Gefangener, der gezwungen war, den Befehlen der Paragonen zu folgen. »Du willst wissen, wo deine Feinde sind.«

Die Leere schüttelte den Kopf. »Nicht Feinde. Rivalen. Arthur und die Herzogin sind nicht dumm genug, um sich gegenseitig wegen diesem Felsen zu bekämpfen, und ich bin auch nicht dumm genug, um gegen sie zu kämpfen. Wir haben ein Gleichgewicht, und das funktioniert für alle.«

»Aber du postest Tag und Nacht Wachen?«

»Weil ich nicht blöd bin. Weil das Gleichgewicht nur funktioniert, wenn wir glauben, dass die Kosten zu hoch sind, um zu handeln.«

»Ah. Abschreckung.«

»Wir warten auf eine Chance.« Die Leere zeigte auf die Linie der Herzogin, die sich zum Meer hin ausdehnte. »Sobald sie Zugang zum Ozean hat, wird sie keinen Grund mehr haben, mit uns zu handeln.«

»Warum hältst du sie dann nicht auf?«

»Weil sie mindestens doppelt so viele Anomalien hat wie ich. Sie bekommt die meisten Mynx-Abwürfe. Und sie ist gut darin, sie zu überreden zu bleiben.«

»Du meinst, es gibt einen Grund, warum sie die Herzogin genannt wird?«

»Ich sage, dass wir in der Unterzahl sind«, antwortete die Leere, und obwohl Thane sich nicht als Gedankenleser bezeichnen würde, schien sie genervt. »Hier ist niemand loyal genug, um in einem sinnlosen Krieg zu sterben.«

»Ihr braucht einen Anführer.«

»Ich *bin* eine Anführerin.«

Thane zögerte. Eine weitere Messerschneide, die ihn in den Abgrund stürzen könnte. Wenn das, was Sook gesagt hatte, stimmte, könnte die Leere ihn tatsächlich töten. Selbst wenn sie es nicht könnte, wollte Thane nicht gegen all ihre Anomalie-Unterstützer kämpfen müssen. Aber er war nicht an diesen Ort gekommen, um Tage damit zu vergeuden, am Strand Fische zu fangen und mit anderen Kriminellen Kokosnüsse zu zählen.

»Wie heißt du?«, fragte Thane. »Dein richtiger Name.«

Die Leere stand auf und klopfte sich den Sand von den Knien. »Komm mit mir.«

Keine Antwort, aber zumindest schien sie nicht mehr so abwehrend.

Thane folgte der Leere aus der Hütte, und sie führte ihn an den Feuern vorbei, wo sie sich jeweils eine in Blätter gewickelte Fischportion und einige geröstete Wurzeln nahmen. Die Leere begrüßte jeden, an dem sie vorbeikamen, mit ihrem Vornamen, wenn auch selten mit einem Lächeln. Wie ein Kommandant, der seine Truppen inspiziert und die Moral überprüft.

Sook hatte die Insel wie einen chaotischen Kampf zwischen Anomalien erscheinen lassen, wo der Stärkste herrschte, aber das kleine Dorf der Leere fühlte sich eher wie eine kontrollierte Operation an. Jeder kannte seine Rolle und spielte sie, nur um einen weiteren Tag zu überleben.

Die Leere führte ihn hinunter zum Strand und weg vom Dorf, sie liefen an einem kristallklaren Ufer entlang in der Morgensonne. Muscheln übersäten den Sand, und ein Blick aufs Meer zeigte dunkle Formen, die unter der Oberfläche umherwuselten. Krabben flohen, als sie vorbeigingen, und oben nahmen die ersten Vögel des Tages ihre Flüge auf, ständig zwitschernd. Was idyllische Szenen anging, und Thane hielt sich nicht für einen Romantiker, nahm diese einen Spitzenplatz ein.

»Du bist die älteste Anomalie auf der Insel«, sagte die Leere, als sie den einzigen Wachposten passiert hatten, der den Strandabschnitt beobachtete, eine Frau mit einem knappen Nicken für ihre Anführerin. »Du siehst das vielleicht anders, aber der Rest von uns kam hierher mit der Aussicht auf ein langes Leben in Gefangenschaft.«

Thane lachte: »Ich habe Jahrzehnte in einer Zelle verbracht.«

»Dann schau dir all das an und frag dich, ob du es riskieren würdest, zurückzugehen. Was glaubst du, würden Mynx und die Paragonen tun, wenn wir entkämen? Uns gehen lassen? Uns einen Preis geben?«

Als er sie ansah, schätzte Thane die Leere auf etwas über vierzig. Sie hatte viel Sonne auf der Insel abbekommen, aber das Grau hatte noch keinen Einzug in ihr Haar gehalten, die Falten hatten keine Weisheitstäler in ihre Wangen gegraben, aber sie bewegte und sprach auch nicht mit Sooks jugendlichem Feuer. Sie wusste, was es bedeutete zu spielen und zu verlieren.

»Diese Insel ist ein Gefängnis«, erwiderte Thane. »Indem ihr bleibt, lasst ihr sie gewinnen. Sie herrschen ohne Konsequenzen, ohne Kontrolle. Mit all den Anomalien auf dieser Insel könnten wir Widerstand leisten. Sie zwingen, sich zu ändern.«

»All die Anomalien auf dieser Insel?« Jetzt war es an ihr zu lachen. »Vielleicht hundert von uns gegen die Millionen von Paragonen? Thane, ich weiß nicht, wie stark du bist, aber wir würden diesen Kampf nicht überleben.«

»Wir wären nicht allein. Die Paragonen sind nicht überall beliebt. Wir würden Verbündete finden.«

Sie erreichten eine schmale Sandbank, die sich wie ein Speer ins Meer erstreckte, und die Leere entschied sich, darauf entlangzugehen, das kühle Wasser umspülte ihre Füße. Hinter ihnen erstreckte sich ein riesiger Palmenhain, dessen Basis mit Farnen bedeckt war. Dahinter ragte der zentrale Gipfel der Insel hoch und grau in den wolkenlosen Himmel.

»Hast du vergessen, warum wir hier sind?«, sagte die Leere und führte ihren Spaziergang an. »Jeder von uns hat sich gegen seine Freunde, Familie und die Gesellschaft gewandt. Was lässt dich glauben, dass wir überhaupt zusammenhalten könnten? Wir sind keine Soldaten.«

»Jeder möchte, dass sein Leben etwas bedeutet«, sagte Thane. »Im Moment ist jeder von uns auf dieser Insel nichts für die Welt. Wenn du hier alt wirst und stirbst, ist das alles, was du bleiben wirst. Nichts.«

Die Leere blieb am Ende der Sandbank stehen. Dort draußen, in regelmäßigen Abständen am Horizont verteilt, waren die Drohnen. Bösartige schwarze Punkte. Die Leere streckte ihre linke Hand aus, und Thane spürte plötzliche Hitze. Fast sengend, von ihr ausstrahlend. Und dort draußen im Ozean zerbarsten die heranrollenden Wellen, Löcher erschienen zwischen ihren brodelnden Kämmen und ließen sie ineinander fallen. Sie prallten immer wieder aufeinander, bis ein schaumiges Chaos ihren kleinen Sandweg umgab.

Die Leere glühte förmlich vor Hitze, und Thane machte einen Schritt zurück, bis sie aufhörte und die Brise ihr die Wärme raubte.

»Ich komme hierher, weil es den Wellen egal ist, was ich mit ihnen mache«, sagte die Leere. »Und niemand kann sehen, wie wütend ich bin.«

»Wir sind alle wütend. Uns wurde Unrecht getan.«

»Es gibt hier viel zu verlieren.«

»Das ist nichts im Vergleich zu dem, was du bereits verloren hast.«

Die beiden blickten weiter geradeaus, hinaus zu diesen Drohnen. Diese unerbittliche Mauer.

»Wenn du unser Schicksal ändern willst, musst du die Herzogin überzeugen«, sagte die Leere. »Sie hat die meisten von uns. Bring sie dazu, deinem Traum zu folgen, und vielleicht denke ich dann, dass du doch nicht so verrückt bist.«

»Aber du wirst nicht? Jetzt?«

Die Leere schüttelte den Kopf. »Vor all dem war ich Lehrerin. Wenn du es glauben kannst. Eine Lehrerin, die ein paar Rückschläge hatte und es an den falschen Leuten ausließ. Die Paragonen fanden heraus, dass ich nie zugegeben hatte, eine Anomalie zu sein, und warfen mich hierher. Aber man wird nicht Lehrerin, ohne zu verstehen, was es bedeutet, sich um die Kleinen zu kümmern, und all die da hinten sind die meinen.«

»Sie sind nicht klein. Sie brauchen dich als Führung, nicht als Babysitter.«

»Vielleicht.« Die Leere strich sich eine verirrte Haarsträhne aus den Augen. »Thane, beweise, dass du deinen Worten Taten folgen lassen kannst. Dann, wenn du immer noch du selbst bist, werde ich dem zustimmen, worum du bittest. Bring die Herzogin auf deine Seite.«

Noch eine Anomalie, die es zu überzeugen galt. Wenn es die Dinge weiter voranbrachte, meinetwegen. Thane sagte dies auch so, und sie machten sich auf den Weg zurück zum Dorf.

»Ach, und Thane?«, sagte die Leere, als sie zum eigentlichen Strand zurückkehrten. »Mein Name ist Cassidy.«

KAPITEL 14
DER JÄGER UND DER GEJAGTE

AUSNAHMSWEISE HATTE der Feind ein Versteck in der Stadt. Kat liebte Chicagos äußere Wildnis, wo Industriebrachen die für die Existenz ihrer Angestellten so wichtigen Bars voneinander trennten, aber ab und zu war es eine nette Abwechslung, in die Techno-Umarmung der Stadt einzutauchen. Als sie die L-Station verließen, mit dem zischenden Pfeifen des Magnetschwebebahns hinter sich, marschierten Calvin und Kat durch den urbanen Dunst, während der Nachmittag in vollem Gange war. Die meisten Leute sahen Kats Anzug und machten ihr und Calvin Platz, drängten sich an Gebäude oder schlüpften in Cafés oder Geschäfte und beobachteten, bis der Verfolger vorüber war. Über ihnen durchbrach eine Drohne den Himmel, ihr lautloser schwarzer Körper trieb dahin. Restaurants, die sich auf das Abendessen vorbereiteten, erfüllten die Luft mit verlockenden Düften, die Kat ignorierte – wer wusste schon, ob sie überhaupt irgendwo bedient werden würde, so bewaffnet, wie sie war?

Delanos Informationen zufolge befand sich die aktuelle Basis der Elementals nicht weit die Straße hinunter, gegenüber einem quadratischen Häuserblock-Park. Schnee und Eis verwandelten die Spielgeräte des Parks in abstrakte Kunst, während sich die Menschen auf den Bänken zusammenkauerten, über ihre Tamas gebeugt und an Sandwiches knabbernd. Pods knirschten über die Straße, und während Kat beobachtete, was sie konnte, sah ihre Maske den Rest.

Keine potenziellen Bedrohungen tauchten auf, während sie sich dem Café näherten. Das schien ein wenig seltsam – die Elementals mussten wissen, dass sie Calvin nicht getötet hatten, und dass ein Angriff auf einen Paragon Vergeltung nach sich ziehen würde –, aber vielleicht waren sie alle beim Mittagessen?

»Deine Eltern waren Anomalien?«, fragte Calvin, während sie gingen.

Der Mann war fast den ganzen Weg von Delano bis hierher still gewesen, und jetzt begann er dieses Gespräch?

»Jap.«

Kat würde dieses Thema tausendmal umbringen.

»Aber du bist keine?«

»Nö.«

»Seltsam.«

»Jap.«

Ihr Tama piepste und Kat sah darauf. Das Café der Elementals sollte jetzt nah sein, gleich voraus. Als ob die Realität sich an die Daten des Tamas anpasste und nicht umgekehrt, bemerkte Kat, als sie wieder aufblickte, eine sanfte blaue Markise mit überall aufgeschablonten weißen Kaffeetassen. Winzige Eiszapfen hingen von den Kanten der Markise herab und ließen sie wie einen Kamm aussehen.

»Das ist das Ziel«, sagte Kat und nickte, anstatt zu zeigen, um ihr ohnehin schon auffälliges Erscheinungsbild nicht völlig zu übertreiben. »Du solltest zurückbleiben.«

»Kat, schau, ich bin nicht hilflos.«

»Wirklich? Du bist unbewaffnet, und dieser Mantel wird dich nicht schützen. Ich will nicht auf deinen Rücken aufpassen müssen.«

Calvin stammelte etwas davon, auf ihren aufzupassen. Kat legte ihm einen Finger auf die Brust, einen festen.

»Hör zu, ich kenne diese Leute. Oder zumindest einige von ihnen«, sagte Kat. »Ich kann mit ihnen reden, und wir können herausfinden, warum sie versucht haben, dich zu töten. Wie gesagt, Mord ist nicht wirklich ihr Ding, also müssen sie einen anderen Grund haben. Es sei denn, du kannst dir einen denken? Jetzt sofort?«

»Keine Ahnung. Ich hätte es dir gesagt. Der Schuss kam aus dem Nichts.«

»Dann bleib zurück. Ich gebe dir ein Zeichen, wenn du reinkommen kannst.« Kat trat von der Anomalie zurück. »Wenn du helfen willst, bleib außer Sicht. Achte auf alles Verdächtige.«

Calvin widersprach nicht. So viel erfrischender als Gordon, der anscheinend gerne bei allem mit ihr aneinandergeriet. Kat hatte nie einen Sidekick oder Partner gewollt, aber wenn, dann wäre Calvin mit seinem totalen Gehorsam vielleicht der einzige Typ, den sie akzeptieren würde.

Das Café erstreckte sich nicht viel weiter als die Markise, sein langes und schmales Profil ging von der Straße zurück. Getönte Fenster gewährten einen gedämpften Blick nach innen, obwohl hellbraune Tische, die an das Glas gedrückt waren, deutlich machten, dass der Raum irgendwann einmal etwas servierte. Jetzt aber nicht. Ein rot beleuchtetes Tama-Panel neben der Tür erklärte den Ort für geschlossen, trotz einer Stundenanzeige, die zeigte, dass das Café eigentlich geöffnet sein sollte.

Schien verdächtig.

Kat bewegte sich weiter, folgte ihrem eigenen Rat bezüglich der Kameras und bog in die nächste Müllgasse ein, ein Gebäude weiter. Sie tippte schnell eine Nachricht an Calvin von ihrem Tama aus und umrundete die Blockgrenze. Ein schmaler Raum mit hohen Gebäuden zu beiden Seiten, mit Metall-Feuerleitern, die auf und ab kletterten, und Müllcontainern, die jeden Quadratzentimeter entlang der Wände einnahmen, sah die Gasse kaum einladend aus. Kat erwartete jedoch keinen Empfang.

Die Elementals waren ein Anomalie-Kollektiv, das sich einen Namen mit verschiedenen Forderungen nach Freiheit, Rechten und anderen Dingen gemacht hatte, die darauf hinausliefen, das System der Paragons abzulehnen, ohne etwas Besseres anzubieten. Als ob die Normalen und die Paragons akzeptieren sollten, dass eine abtrünnige Anomalie-Bande frei herumlaufen könnte, ohne jegliche Überwachung, ohne Kontrolle. Wie Aegis in zahllosen Ansprachen verkündet hatte, war das Letzte, was die Welt brauchte, ein weiterer Krieg, geschweige denn einer zwischen mehreren supermächtigen Kräften. Daher war Kat nicht überrascht, die Gasse und das Café leer vorzufinden, da die Paragons einschritten, um ihre Zahl zu reduzieren, wann immer die Elementals ernsthafte Schritte unternahmen.

Zuschlagen, dann zusammenkauern und verstecken.

Trotzdem hielt Kat ihre linke Hand am Griff ihrer Betäubungswaffe, die in ihrem Oberschenkelholster ruhte. Anomalien konnten überall sein, unsichtbar oder, wie Vedder vor nicht allzu langer Zeit, ein visuelles Bild projizieren, das die Dinge viel sicherer erscheinen ließ, als sie tatsächlich waren. Nichts jedoch schleuderte feurige Bolzen vom Himmel oder schmolz den Beton unter ihren Füßen. Kats Inneres verbrannte nicht, ihr Verstand verfiel nicht dem Wahnsinn. Trotz des Verhörs fragte sich Kat, ob Delano ihnen die Wahrheit gesagt hatte.

Die Hintertür des Cafés, gekennzeichnet mit einem dicken Aufkleber auf der beigefarbenen Oberfläche, hatte ihre eigene Tama-Platte mit derselben Geschlossen-Nachricht. Ebenfalls verschlossen. Das bedeutete, wenn Kat hineingehen wollte, müsste sie einbrechen. Das wäre eine Verletzung des Paragon-Gesetzes, Tracker hin oder her. Bevor sie diese Grenze überschreiten würde, dachte Kat, könnten sie etwas Beobachtung betreiben. Eine Bank im Park finden, etwas zu Mittag essen und sehen, ob das Café doch noch öffnete. Oder die Elementals könnten Calvin sehen und sich entscheiden, einen Zug zu machen, und ihre Leute ins Freie bringen.

Kat tippte die Idee auf ihrem Tama weg, drehte sich zum Ausgang der Gasse zurück, und ihre Maske schrie rot auf.

Sie tauchte nach vorne, als hinter ihr eine Betonvertiefung explodierte, der Knall kam später und hallte durch die Gasse. Kat rollte sich nach rechts, als sie den Boden berührte, und brachte einen Müllcontainer zwischen sich und den Eingang der Gasse, die Richtung, aus der der Schuss gekommen war. Sie presste ihren Körper gegen das verrostete grüne Metall und las das durchscheinende blaue Feedback, das über ihre Maske lief.

Ihre Vitalwerte, der Anzug, all das war in Ordnung. Sie war nicht getroffen worden, aber der Klang und die Vertiefung, wo die Kugel eingeschlagen war, deuteten auf ein illegales Gewehr hin. Die Maske wies nicht darauf hin, dass fast alle Gewehre und Pistolen, die tödliche Kugeln abfeuerten, jetzt illegal waren.

Eine echte Waffe. Kat hatte es mit flammenspeienden Anomalien zu tun gehabt, solchen, die sich verwandeln konnten oder, wie Calvin, alles in ein tödliches Werkzeug verwandeln konnten, aber sie war noch nie von echten Kugeln beschossen worden. Der Anzug war nicht kugelsicher konzipiert, weil jeder, der solche Waffen benutzte, ein so großes Ziel auf den eigenen Rücken malte, dass es, nun ja, dumm war. Oder zu mächtig, um sich darum zu kümmern. Ihre Maske teilte ihr bereits mit, dass die Drohne, die sie vorher über ihnen hatten schweben sehen, bei dem Geräusch umdrehte.

Die Maske piepste erneut, die visuellen Sensoren des Anzugs erfassten jemanden, der einen Schuss anvisierte. Die rechte Seite der Maske leuchtete auf und zeigte Kat, woher der Schuss kommen würde. Sie sprang erneut, aber diesmal kam kein Schuss, nur das konstante Piepen, während die Maske schrie, dass sie im Visier von jemandem war. Kat brauchte Deckung, musste irgendwo hinein. Angst ballte sich in ihrem Hals zusammen, als Kat zurück in die Mitte der Gasse huschte und dann hinter einen anderen Müllcontainer auf der gegenüberliegenden Seite sprang, was die Panik der Maske für einen Moment unterbrach.

Kat hasste es, gejagt zu werden. Zusammengekauert hinter einem Müllhaufen, das Herz tausendmal pro Minute schlagend, die Hände zitternd und der Atem keuchend ein und aus, musste Kat sich beruhigen, musste aufhören, wie Beute zu denken.

Stattdessen der Jäger sein.

»Hey! Kat, alles in Ordnung?«, rief Calvin, seine Stimme kam vom Eingang der Gasse.

Verdammt. Anscheinend konnte sie heute nicht den Feigling spielen.

»Calvin!«, schrie Kat und stürzte um die Ecke. »Der Schütze ist auf dem Dach!«

Ihre Maske leuchtete nicht auf, und selbst als Kat auf Calvin zurannte und mit den Armen gestikulierte, er solle laufen, schaute sie nach oben, zum einzigen möglichen Ort, wo ein Schütze sein und sie immer noch zwischen den Müllcontainern verfolgen konnte. Sie erspähte ihn, und die Maske umriss die kauernde Gestalt in hellgrün. Es war schwer, sich auf spärlich bedeckten Dächern zu verstecken, wenn man so eine lange Waffe wie seine herumschleppte; der dünne Lauf der Waffe ragte über die Dachkante hinaus und zielte auf Calvin.

Die Anomalie gehorchte Kats Anweisungen nicht, sondern stand nahe am Eingang der Gasse, die Hand an der nächsten Gebäudeecke. Als Kat herumkam, sah sie, wie die Luft vor Calvin schimmerte, sich verhärtete und in den dicken roten Lehm verwandelte, aus dem die meisten der Ziegel bestanden, die Calvin berührte. Der Lehmschild bewegte sich mit Calvins Hand nach oben, während er wuchs, und als der Schuss ertönte, prallte die Kugel an der Barriere ab. Calvin zuckte nicht zusammen, also musste seine improvisierte Verteidigung funktioniert haben.

Kat wollte dem Schützen keine Zeit mehr geben. Mit der Aufmerksamkeit des Scharfschützen auf Calvin gerichtet, zielte sie mit ihrem Handgelenk auf das Dach des Scharfschützen und feuerte ihren Greifhaken ab. Der Haken wirbelte hoch und darüber, und als Kat zur Wand sprintete, zuckte sie mit dem Handgelenk, um den Greifhaken einzuziehen, sodass er sich in die steinerne Dachkante verbiss. Das Geräusch veranlasste den Scharfschützen, sich umzudrehen, als Kat mit einem Anlauf gegen die Wand prallte, während der sich zurückziehende Greifhaken sie gleichzeitig nach oben zog.

Wandlaufen. Von all den Dingen, die eine jüngere Kat als superheldenhaft bezeichnet hätte und die Kat fast täglich tat, gab ihr dies immer noch den Nervenkitzel, der mit dem Trotzen der normalen Ordnung einherging. Der Physik zum Trotz rannte Kat, angeführt von ihrem linken Arm, geradewegs die Seite des Gebäudes hinauf.

Der Scharfschütze, immer noch sichtbar, machte einen Satz zu ihrem Greifhaken, aber als ein einziger Ruck ihn nicht lösen konnte, griff der Mann – mit seiner schwarzen taktischen Ausrüstung und der Art, wie er sich bewegte, schätzte Kat den Killer als männlich ein – nach seinem Gewehr und rannte los.

Kat überquerte den Dachrand ein paar Sekunden später, keuchend nach dem Sprint über vier Stockwerke, aber bereit loszulegen. Der Scharfschütze war ein weiteres Gebäude weiter zurückgewichen und schien auf einen Wartungseingang zuzusteuern. Schwarze Drohnen näherten sich aus mehreren Richtungen, und der Scharfschütze hätte keine Chance, ihnen zu entkommen, wenn er jetzt nicht Gas gäbe.

Kat würde das nicht zulassen.

Sie rannte auf den Scharfschützen zu, während der Greifhaken in ihr Handgelenk zurückschnappte. Kat zog eine Betäubungswaffe mit ihrer Rechten, zielte und feuerte im Laufen, als der Scharfschütze die Wartungstür aufriss und sich dahinter duckte. Der Pfeil prallte von dem provisorischen Schild ab, aber der Zug brachte den Scharfschützen auf die falsche Seite seiner gewählten Treppe. Die Maske piepste, eine gelbe Linie erschien am unteren Rand ihres Sichtfeldes, und Kat nahm die Warnung gerade noch rechtzeitig wahr, um ihren Fuß auf die Kante zu setzen und abzustoßen, über den schmalen Spalt zu springen und auf dem nächsten Fliesendach zu landen.

Der Scharfschütze stieß die Tür weg, und Kats Maske schrie erneut auf. In der Sekunde, in der er sich ihrem Blick entzogen hatte, hatte der Scharfschütze sein Gewehr fallen gelassen und eine kleinere Handfeuerwaffe gezogen. Kat versuchte auszuweichen, sprang nach vorne – immer nach vorne, weil Schützen das nicht erwarteten. Sie kam aus dem Salto heraus, zielte mit ihrer Betäubungswaffe auf den maskierten Mann, und er feuerte.

Es fühlte sich an wie ein Schlag, ein atemraubender Hieb gegen ihre Brust, der Kat zu Boden warf. Sie versuchte, den Abzug ihrer eigenen Waffe zu betätigen, aber ihre Nerven waren anderweitig beschäftigt, konzentriert auf den plötzlichen Schmerz, den Schock und das Blut, das aus Stellen strömte, die eigentlich nicht bluten sollten. Ihr Kopf fiel zurück und traf auf das kalte Dach. Die Maske schrie sie an, diese perfekten Vitalwerte waren entstellt und verschlechterten sich rasch.

Aber der Scharfschütze. Kat durfte ihn nicht verlieren. Nicht jetzt, noch nicht.

Sie versuchte sich aufzusetzen, versuchte den Blick auf das Ziel zu richten, aber alles, was sie sah, war das Aufblitzen, als die Tür hinter ihm zuschlug und sie hier oben allein, kalt und sterbend zurückließ.

Von allen möglichen Arten zu sterben. Tracker starben ständig, aber nicht so. Nicht zufällig auf der Straße erschossen, nicht zum Ausbluten zurückgelassen. So sollte es nicht ablaufen. Selbst als sich die Kälte von ihrer Brust aus ausbreitete, versuchte Kat sich zu konzentrieren, versuchte zu überlegen, was sie tun könnte, wen sie anrufen könnte. Wenn dies ihre letzten Momente waren, dann sollte sie jemanden anrufen. Einfach nur, um nicht allein zu sein.

»Ruf ihn an«, sagte Kat zu ihrem Anzug, ihr Mund gleichzeitig kalt und heiß. »Ruf Gordon an.«

Ihr Tama stellte die Verbindung her, klingelte, während der bewölkte Himmel sich mit schwebenden Drohnen verdunkelte.

Sie hörte nicht, ob er abnahm.

KAPITEL 15

KNACKE DEN POSTEINGANG

ZHAN-YO STARRTE NUN SCHON seit Stunden auf den Computer. Das Speichergerät, eine abgekoppelte, robuste Maschine, gebaut um Jahrzehnte mit minimalem Stromverbrauch und maximaler Instabilität zu überdauern, stand in Sylvies Schrank, in die Ecke gedrückt und von hängenden Efeuranken verborgen. Ohne den Hinweis ihres Bruders hätte Zhan-Yo es vielleicht gar nicht gefunden, da das Gerät nicht viel größer als sein eigenes Tama war, kein Geräusch machte und keine Lichter hatte.

Der Bildschirm, grau und matt, ohne Hintergrundbeleuchtung, zeigte Zhan-Yo nur einen blinkenden Cursor und sonst nichts. Eine winzige Tastatur am unteren Rand des Geräts bot die Möglichkeit für Eingaben, und Zhan-Yo starrte sie lange an, ohne eine Taste zu berühren. Wer wusste schon, wie viele Versuche er haben würde, bevor das Ding ihn aussperrte? Jeder Versuch musste präzise und geplant sein.

Anfangs waren die unendlichen Möglichkeiten entmutigend - Sylvie kannte den Wert eines starken Passworts, und sie würde keine Spielchen treiben. Sie hätte Buchstaben und Symbole in einer zufälligen Reihenfolge ohne Zusammenhang gesetzt, ein paar Dutzend Zeichen, die jeden Versuch, hineinzukommen, vereiteln sollten. Wenn das der Fall wäre, würden Sylvies Geheimnisse für immer Geheimnisse bleiben, es sei denn, er würde es zu den Paragons bringen, die vielleicht eine Anomalie hätten, die das Ding knacken könnte. Und Zhan-Yo würde dieses Ding offensichtlich niemals in die Nähe der Paragons bringen.

Er saß in dieser pflanzendurchwucherten Wohnung und machte Pausen vom Grübeln, indem er die toten Nachrichten des Tages auf seinem Tama durchblätterte: Die interessanteste Geschichte, eine Live-Schießerei auf einem Dach nicht allzu weit von hier, war schnell und ohne offensichtliche Opferzahl zu Ende gegangen. Die Drohnen hatten auch ihren Mann verfehlt, genau wie bei Zhan-Yo und Rhimes. Vielleicht wurden die Maschinen alt.

Das gedankliche Brüten brachte seinen Geist auf andere Wege und ließ ihn auf den verlockenden Gedanken kommen, dass Sylvie gewusst haben musste, dass der Tod jederzeit eintreten konnte. Zhan-Yo, der sein eigenes Leben betrachtete, konnte sehen, wie sehr es sich in der kurzen Zeit verändert hatte, seit er sich der Schattenseite angeschlossen hatte: Wenn jede Handlung ein tödliches Risiko darstellte, bewertete man diese Handlungen anders.

Also wie hätte Sylvie gehandelt?

Sie hätte sich vorbereitet. Wie Zhan-Yo hatte sie sich einer Zukunft nach den Paragons verschrieben. Alles, was sie zusammen getan hatten, hatte sich darauf zubewegt, und Sylvie hatte weiter gedrängt, auch als die Risiken größer wurden. Aegis war ihr Plan gewesen. Was würde sie annehmen, was Zhan-Yo tun würde, wenn sie starb und er überlebte?

»Alles andere bringt mich nirgendwohin«, sagte Zhan-Yo zu sich selbst und sah sich dann lange im Raum um, als könnte Sylvies Geist erscheinen, um diese Tatsache zu bestätigen.

Wenn Zhan-Yo nicht glaubte, dass Sylvie davon ausgegangen war, dass er nach dem suchen würde, was er wusste, dann wäre er wieder am Anfang. Unendliche Möglichkeiten. Aber wenn er sich dafür entschied zu glauben, dass Sylvie wollte, dass er dies fände, dass sie erwarten würde, dass er versuchen würde, seine Geheimnisse zu knacken, dann hatte Zhan-Yo eine Chance. Der Plan begrenzte die möglichen Passcodes auf das, was Zhan-Yo erraten könnte. Aber auch auf das, was *nur* Zhan-Yo erraten könnte.

Gängige Begriffe waren unwahrscheinlich, ebenso wie leicht zu erratende Wörter, die sie geteilt hatten, wie »Ziran« und »Revolution«. Beide könnten von jedem mit oberflächlichem Wissen gefunden werden. Zhan-Yo starrte weiter auf das Gerät, sah nicht wirklich seinen Graustufenbildschirm, sondern tausend Fäden, die sich dahinter verzweigten, jeder führte zu einer möglichen Wahl. Zeit, diese zu reduzieren. Erstens würde das Passwort persönlich sein. Etwas, das nur zwischen ihnen beiden war.

Einige der Fäden verschwanden, viele blieben übrig.

Sylvie spielte ein hartes Spiel, forderte Zhan-Yo und alle um sie herum ständig zu Größerem heraus. Sie war nicht sentimental. Sie ließ Ehrgeiz weichere Gefühle verschlingen. Kleinigkeiten wie die Mahlzeiten, die sie geteilt hatten, oder der Name ihres Lieblingsrestaurants würden nicht zu ihrem Stil passen.

Mehr Fäden schwebten davon.

Sie kommunizierten über verschlüsselte Nachrichten. Eine Benachrichtigung würde in seinem Tama erscheinen und ihn einladen, auf ein anonymes Portal zu klicken und einen Einmalcode einzugeben, um zu sehen, was sie geschickt hatte, und dann auf die gleiche Weise zu antworten. Jede Nachricht wurde kurz nach dem Lesen gelöscht. Wäre Sylvie in diese Richtung gegangen? Ein Passcode, der sich auf ihr passcodegesteuertes Leben bezog? Zhan-Yo überlegte, seine Hände schwebten über der Tastatur, bereit, den Namen des gemeinsamen Dienstes einzugeben, den sie so viele Jahre lang genutzt hatten.

Nein. Der Dienst selbst war bekannt genug. Nicht emotional, aber auch nicht persönlich genug.

Er schnitt diese Fäden ab.

Nur wenige blieben übrig, und von diesen wenigen schien nur einer stark genug dafür zu sein. Sie trafen sich bevorzugt am Lake Michigan, nachts, und an einem besonders verlassenen Abschnitt zwischen Soldier Field und Navy Pier, wo sie, abgesehen von nächtlichen Joggern, den Platz mit niemandem teilen mussten. Pods navigierten nach Adressen, und dieser bestimmte Ort hatte keine.

Bei ihrem ersten wirklichen Treffen war es an diesem Abschnitt gewesen, auf Sylvies Vorschlag hin, dass sie beide von entgegengesetzten Enden starten und sich in der Mitte treffen sollten, um die Sache zufällig zu halten. Von dort aus würden sie, wenn sie fertig waren, ein Pod zu ihrem bestimmten Ort rufen und einen spezifischen Ortscode generieren. Clever von den Pods - der Code würde es dir ermöglichen, genau dorthin zurückzukehren, wo du abgeholt wurdest, falls du etwas verloren oder vergessen hattest, mit deiner eigenen persönlichen Kennung, sodass du den Ort mit jedem anderen teilen konntest.

Nach Zhan-Yos Wissen war Sylvies Code für diesen Ort am Lake Shore Drive nur an ihn geschickt worden. An diesem Ort hatten sie ihre Pläne geschmiedet, ihre Träume geteilt und die Arbeit geleistet, um diese Träume der Realität näher zu bringen. Das perfekte Passwort, das einzige Passwort.

Er rief den Code auf seinem Tama auf und gab dann die zwölf Ziffern ein. Der Graustufenbildschirm blinkte einmal, dann präsentierte er ihm Optionen. Er war drin.

In dieser pflanzenreichen, dunklen Wohnung erlaubte sich Zhan-Yo ein kleines Lächeln.

Was nun?

Zunächst las Zhan-Yo. Während das Durchstöbern des Geräts sich anfühlte wie das Lesen eines riesigen Wälzers ohne Inhaltsverzeichnis, tastete sich Zhan-Yo durch Dokumente, die Sylvies Gedanken zu allem von ihm selbst bis hin zu Ziran und der Welt im Allgemeinen enthielten. Anfangs erschienen die Möglichkeiten faszinierend: ein Fenster in Sylvies private Überlegungen über ihn? Über seine Sache? Doch anstatt herzlicher Botschaften erwies sich Sylvie als nüchterne Analytikerin. Zhan-Yos eigene Akte enthielt über eine rudimentäre physische Beschreibung hinaus – fähig, aber zögerlich? Damit hatte Zhan-Yo ein Problem – kaum mehr als ein paar Zeilen, die ihn als starken Anführer bezeichneten, aber als zu idealistisch, um sich auf ihn bei den härtesten Entscheidungen verlassen zu können.

Wertvoller waren die Aufstellungen und Kontaktmethoden für die zahlreichen Söldnergruppen, die sich noch im Untergrund der Paragon versteckten. All diese Soldaten mussten irgendwohin, als die Armee sich auflöste, und wenn sie an der Oberfläche friedliche Berufe ergriffen, übten viele ihre Fähigkeiten in Undercover-Arbeit aus, die die Paragons weitgehend ignorierten, es sei denn, die Zahl der Toten wurde zu hoch. Mit diesen Listen und genügend Kontakten könnte Zhan-Yo in kurzer Zeit eine gefährliche Armee aufbauen, auch wenn sie über die ganze Welt verstreut wäre. Wenn es ihm gelänge, die öffentliche Meinung zu kippen, würden diese Namen ihm das Zündholz liefern, um aus einem Funken ein Großfeuer zu entfachen.

Und doch, inmitten dieser Pflanzen sitzend, machte sich Enttäuschung breit. Zhan-Yo dachte, er wäre genau für das gekommen, was er gefunden hatte, die greifbaren Dinge, die seine Sache voranbringen würden. Statt Freude setzte sich eine nagende Traurigkeit in der Dunkelheit fest, als die Nacht über die Stadt hereinbrach. Sylvie benutzte entweder keine automatische Beleuchtung oder hatte keine, und Zhan-Yo hatte keine Lust, das Sofa zu verlassen. Also las er bei dem Licht seines Tama weiter, eine Datei nach der anderen, in der Hoffnung, etwas würde die Leere füllen.

Zhan-Yo war nicht dumm. Ihm war jetzt klar, dass er etwas Tiefgründigeres gewollt hatte. Irgendeine Notiz oder ein Video – obwohl dieses Gerät keine Bilder zu zeigen schien – nur für ihn, die ihm Lebewohl sagte, die offenbarte, was Sylvie insgeheim gefühlt, aber nie ausgesprochen hatte. Sein Herz sprach, während sein Kopf es besser wusste.

Sylvie hatte für den schlimmsten Fall geplant, aber sie hatte es auf die gleiche Weise getan wie alles andere: mit Blick auf Ergebnisse, nicht auf Gefühle.

Und vielleicht war das die beste Art, es zu betrachten. Sylvie vertraute darauf, dass Zhan-Yo die Zügel in die Hand nehmen, ohne sie weitermachen und ihren Traum verwirklichen würde. Sie ließ sich nicht von romantischen Torheiten ablenken, und das sollte er auch nicht. Revolutionen wie die ihre erforderten harte Herzen, entschlossene Willen. Sylvie hatte keine Notiz hier hinterlassen, weil sie es nicht musste. Zhan-Yo wusste bereits, was sie sagen würde.

Mach weiter. Die Welt wartet auf dich.

Zhan-Yo stand auf und stopfte das Gerät umständlich in eine seiner größeren Manteltaschen. Es sank auf den Boden und ließ Zhan-Yos linke Seite ausbeulen, als hätte er einen besonders fantastischen Tumor entwickelt, aber den altmodischen Computer in den Armen zu tragen, wäre noch auffälliger gewesen. Er warf einen letzten Blick auf die verschiedenen Pflanzen und wollte sich gerade sagen, dass er Wexley beauftragen würde, die Wohnung zu kaufen und jemanden zu schicken, der sich um sie kümmerte. Zhan-Yo würde ab und zu vorbeischauen, um sicherzustellen, dass alles so aussah wie jetzt.

Nein. Das war Sentimentalität. Sylvie würde das nicht gutheißen.

Stattdessen würde er eine anonyme Nachricht an die

Hausverwaltung schicken, sie wissen lassen, dass die Besitzerin dieser speziellen Wohnung gestorben war, und sie die Sache regeln lassen. Sie würden die Wohnung wahrscheinlich räumen, und in einem Monat gäbe es keine Spur mehr davon, dass Sylvie je hier gelebt hatte.

Allerdings schien jemand zu glauben, dass sie es noch tat.

Als Zhan-Yo sich der Tür näherte, um zu gehen, bemerkte er, dass ein einfacher weißer Umschlag durch den Türschlitz geschoben worden war. Er hob ihn auf, drehte ihn um und sah, dass auf der Rückseite nichts geschrieben stand. Es bestand die Möglichkeit, dass er aus der Tasche ihres Bruders gefallen war, aber dieser Mann schien nicht der Typ zu sein, der so etwas verlieren würde. Und da Sylvie ihre Post nicht mehr öffnen würde ...

Die Nachricht war nicht lang. Kaum zwei Absätze, getippt und weit auseinander gesetzt, wie der erste Aufsatz eines Schuljungen. Ihre Botschaft jedoch betraf Dinge, die deutlich schwerwiegender waren als ein Buchbericht.

Mehrere Quellen bestätigt: Die Champions bereiten einen Gipfel vor. Wahrscheinlichster Ort ist Los Angeles. Mynx soll der Initiator sein. Schnell zusammengestellt. Beginnt in wenigen Tagen. Plan senden.

Es folgten Buchstaben und Zahlen in einem zwanzigstelligen Code. Etwas, das Sylvie vielleicht zu entschlüsseln wüsste, etwas, das Zhan-Yo entziffern müsste. Der Punkt der Nachricht war jedoch nicht schwer zu verstehen: ein Gipfel? Wo alle oder die meisten Champions an einem Ort sein würden? Legenden, jeder einzelne von ihnen, und verwundbar. Wenn Aegis ein gescheiterter Anfang gewesen war, würde die Welt einen sauberen Durchmarsch durch ihre führenden Helden nicht leugnen können. Sylvie würde diese Gelegenheit nicht verstreichen lassen. Zhan-Yo auch nicht.

Er hatte sich auf der Flucht verloren gefühlt, versteckte sich vor Fenstern, vor Nachrichten, vor Verantwortungen. Seine Revolution war nicht zustande gekommen, aber was wie das Finale eines Jahrzehnts der Vorbereitung ausgesehen hatte, erschien nun wie der erste Akt. Die Paragons gaben Zhan-Yo eine zweite Chance, sie zu stürzen. Er würde nicht versagen.

Sylvie würde es nicht zulassen.

KAPITEL 16

FEINDE AUF LONG ISLAND

MANCHMAL MUSSTE man das Einfrieren in eine Chance verwandeln. In den Stunden, die Mynx tagsüber mit ihrer Erholung verbracht hatte, während ihr Körper auftaute, während ein Medikamentencocktail daran arbeitete, ihr körperliches Gleichgewicht wiederherzustellen, während eine Vollcreme-Offensive einen erfolgreichen Krieg gegen Mynx' ausgetrocknete und geschädigte Haut führte, hatte Pacificas Champion gegraben. Mit Hilfe von Polly, Aegis' KI, holte Mynx eine Armee von Monitoren aus Schlitzen rund um das Fenster mit Blick auf Manhattan hervor und durchforstete sie auf der Suche nach einer Idee, die zum Warum führen könnte.

Warum hatte Zhan-Yo, bei dem alles so gut lief, beschlossen, jetzt zu handeln?

Die Paragons schienen als weltweite Macht so stark zu sein wie nie zuvor. Mynx' eigene Drohnen deckten Amerika ab und expandierten nach Europa, da die anderen Champions erkannten, dass Paragons besser eingesetzt waren, um tatsächliche Probleme zu lösen, als die Straßen zu patrouillieren. Meinungsumfragen bewiesen, dass die Öffentlichkeit ihre Paragons liebte - Stabilität zählte offenbar - und Frieden herrschte im Allgemeinen überall. Zhan-Yo hatte auch viel zu verlieren, was eine solche Wendung noch weniger sinnvoll erscheinen ließ. Logischerweise würde er nur einen so drastischen Schritt unternehmen, wenn er Unterstützung aus einer anderen mächtigen Ecke hätte, einer, die Zhan-Yo vielleicht zu einer echten Bedrohung machen könnte.

Obwohl sie noch keinen großen Zug gemacht hatten, konnte Mynx nur an eine Gruppe denken, die töricht genug war, die Paragons offen herauszufordern: die Elementals.

Diese verdammten Terroristen waren wie eine Krankheit fast von Anfang an da gewesen, Anomalien, die behaupteten, sie wollten nicht in der neuen Ordnung arbeiten, sondern sie stattdessen aus Solidarität mit einer imaginären Freiheit herausfordern. Die Paragons waren keine Sklaventreiber, sie waren Beschützer. Die Elementals behaupteten, neue Gesetze wie die Anpassung an Reps, die Registrierung von Anomalien und die Beschränkung von Paragon-Positionen auf eben-diese Anomalien seien diktatorisch und strafend, aber sie verpassten den Punkt: In einer Welt, in der jeder eine wandelnde Atombombe sein konnte, war es einfach nicht machbar, alles offen zu lassen. Wenn ein Häuserblock explo-dierte oder ein volles Stadion zu Asche wurde, wusste man entweder mit den Anomaliegesetzen der Paragons, wer es getan hatte, oder man lebte in totaler Angst.

Zhan-Yo wollte offenbar eine Rückkehr zu dieser Angst, mit Gruppen von supermächtigen, aber ansonsten sehr menschlichen Leuten, die in den Straßen kämpften, während die Normalen in nutzlosem Entsetzen zusahen. Die Elementals würden dieses Ziel unterstützen, so dumm es auch war, und hatten Zhan-Yo vielleicht ihre Feuerkraft garantiert, wenn er diesen Zug machte.

Von all den Dingen, die Apinya getan hatte, und Mynx respektierte die meisten davon, war es das Schlimmste, dass sie die Paragons dazu gebracht hatte, die Elementals als poli-tische Gruppe weiterleben zu lassen, anstatt sie auszulöschen, wie die Paragons es mit jeder anderen Terroristengruppe getan hätten. Ja, es hätte überall auf der Welt Schäden gegeben, wenn die Paragons einen Anomaliekrieg gegen die Elementals geführt hätten. Es wäre schmerzhaft, sogar katastrophal an einigen Orten gewesen, aber die Paragons hätten gewonnen. Sie hätten dieses Problem ausgemerzt.

Mynx würde die Frage beim kommenden Gipfeltreffen erneut aufgreifen, aber wenn sie die Champions gegen die Elementals aufbringen wollte, würde sie zuerst einige Beweise brauchen. Zu diesem Zweck half Polly Mynx, Aegis' Aufzeichnungen zu durchforsten, um zu finden, was sie wollte: eine starke Enklave der Elementals, nicht allzu weit entfernt auf Long Island. Mynx könnte hingehen und einige harte Fragen stellen. Herausfinden, ob diese Monster wirklich eine Wende vollzogen hatten und eine Auslöschung verdienten.

»Polly, aktiviere Reserve-Anzug Nummer fünf«, sagte Mynx und stand von der Theke auf. »Und öffne das Dach. Es ist Zeit, etwas Produktives zu tun.«

An den Ort zurückzukehren, der sie fast getötet hätte, beunruhigte Mynx nicht im Geringsten. Man musste lernen, Nahtoderfahrungen in diesem Leben abzuschütteln, sonst wäre man nie in der Lage, irgendetwas zu tun.

Wieder in ihrem kinetischen Energieanzug, die Batterien durch ihr stetiges Hin- und Hergehen im Raum aufgeladen, verbrachte Mynx noch einige letzte Minuten damit, Aegis' altes Zuhause aufzuräumen. Sie räumte die Theke ab, ließ die Kombi-Geschirrspüler-Sterilisator laufen und ließ Polly den Monitor-Wald an seinen Ruheplatz zurückbringen. Es fühlte sich ein wenig so an, als würde sie sich von ihrer Freundin verabschieden, indem sie tat, was Aegis hätte tun sollen. Mit Celices Weggang, wer wusste, wie lange es dauern würde, bis jemand anderes hier hereinkäme? Der Paragon-Thron blieb vakant, vielleicht zu Recht.

Draußen peitschten die Winde weiter, und die sinkende Wintersonne trug nicht viel dazu bei, sie warm zu halten. Als

Mynx jedoch drei Schritte in Richtung ihres Jets gemacht hatte, fand sie der Reserve-Anzug Nummer fünf. Das leichte, paragon-blaue Metaloval schoss von seiner Lagerstation im Dach der Bastion, eines von vielen Geheimnissen, die Mynx und Aegis in das Gebäude eingebaut hatten, um eine Armada von Für-den-Fall-dass-Szenarien zu bewältigen.

Mit seiner Plutoniumbatterie hatte der Anzug genug Energie, um lange durchzuhalten, obwohl jede Durchdringung der dicken Abschirmung dieser Batterie ein schnelles Ende für den Insassen bedeuten würde. Risiko war jedoch allgegenwärtig, und Mynx hatte diesen zumindest selbst entworfen. Wenn er versagte, wäre es ihre Schuld und die von niemandem sonst.

Das Oval näherte sich, seine winzigen Düsen hielten es in der Luft, und als es das tat, teilten sich die verschiedenen Gitterwerke, die die äußere Hülle des Anzugs bildeten, und verschlangen Mynx wie das Maul einer Raubkatze. Mynx trat vorwärts in die Umarmung, glitt mit Händen und Füßen in gepolsterte Schlitze, während sich der Rücken des Ovals um sie herum neu formte und eine starke Stütze entlang ihres Rückens festzog. Mynx betrat ihren Metallkokon, und sobald er sich vollständig geschlossen hatte, verschwanden die Wände.

Ringsherum konnte Mynx sehen, als würde sie in einer Blase schweben. Ein Blick nach unten zeigte den Dachgehweg der Bastion, und oben sah man die tiefvioletten Wolken. Geradeaus stand ihr Jet, und daneben, in durchsichtigem Blau und Schwarz schwebend, waren Anzeigen zu sehen, die die Systeme des Anzugs, die Außentemperatur, die Zeit und mehr detailliert darstellten. Mynx hatte diesen Anzug seit Jahren nicht benutzt, aber es fühlte sich gut an, wieder darin zu sein. Als würde man ein altes Gerät einstecken und feststellen, dass es noch so funktionierte, wie man es in Erinnerung hatte.

»Reeves, hörst du mich gut?«, fragte Mynx.

»Klar und deutlich. Muss sagen, es ist angenehmer zu wissen, dass du in diesem Ding steckst, anstatt da draußen zu frieren.«

»Angenehmer für uns beide, denke ich.« Mynx gab die Koordinaten für die Elemental-Basis ein. Während sie das tat, schwebte vor ihr ein Satellitenbild und half ihr, das Ziel einzugrenzen. »Aegis vermutet, dass es hier ein Elemental-Zentrum gibt, und ich glaube, sie helfen Zhan-Yo. Ich möchte das gerne genau herausfinden. Lass uns ein paar Drohnen zur Unterstützung bereit machen, falls es seltsam wird.«

»Natürlich. Fühlst du dich der Sache gewachsen?«

»Es ist noch keine vierundzwanzig Stunden her, dass ich dem Tod nahe war. Genau wie in alten Zeiten«, antwortete Mynx, als ihr Anzug abhob, wobei die omnidirektionalen Düsen, die die Außenseite des Anzugs bedeckten, ihm ein sanftes, präzises Gleiten verliehen.

»Ich bin nicht sicher, ob du in die alten Zeiten zurück willst.«

»Hab keine Wahl«, sagte Mynx. »Sie sind hinter mir her gekommen.«

Im Laufe der Jahre veränderte die Techno-Verwandlung verschiedene Gebiete mit unterschiedlicher Geschwindigkeit. Orte mit Geschichte neigten dazu, diese aufzupolieren und zu bewahren, wobei ikonische Fassaden neben schimmernden neuen erhalten blieben. Dieser Trend setzte sich fort, als Mynx über die Burroughs in Richtung der östlichen Enden flog, wo beschaulichere Elemente weiterhin ihren Kulturkampf gegen New Yorks moderne Ansprüche führten. Fischerboote blinkten mit ihren Nachtlichtern in den sternenhellen Wolkenkratzerschatten. Pods bewegten sich in endlosen Linien entlang der Autobahnen, während kleinere Liefer-drohnen vorgeschriebene Flugbahnen unter Mynx verstopften und ein leuchtendes Gitter bildeten.

Schön, auf seine Art.

Ihr Ziel war weniger ansehnlich: ein verwässertes

Einkaufszentrum, das von seinen Eckgeschäften und wenig anderem überlebte. Das von den Elementals gewählte Zuhause machte Sinn in seiner Unsichtbarkeit, wenn auch nicht in seinen Annehmlichkeiten. Ein riesiger Parkplatz zeugte von der Lethargie des Gebiets - Pods machten solche Platzverschwendung genau zu dem - aber gab Mynx Raum, in der Nähe eines stillgelegten Lichtmasts zu landen. Einige Pods schlenderten in der Gegend umher und nahmen wartende Personen auf, die einen nahe gelegenen Spirituo- senladen und die beiden Restaurants, die das Einkaufszen- trum am Leben erhielten, durchstöberten. Die eisige Luft hatte die Zahl der Menschen begrenzt, und Mynx glaubte nicht, dass jemand einen Blick in ihre Richtung warf.

Lustig, das. Es war leicht, den Kopf über die Verände- rungen zu schütteln, die im Laufe der Jahrzehnte eingetreten waren, wie wenig Notiz die Menschen davon nahmen, wenn ein fliegendes Objekt in ihrer Mitte landete. Noch lustiger war, dass Mynx es lustig fand. So sehr sie sich auch gegen die Idee wehrte, dass Menschen zu ihren Eltern werden, die Jungen alt werden und sich der Kreislauf wiederholt, musste sie dessen Wahrheit in diesem Punkt eingestehen: Was für sie Wunder waren und immer noch sind, bedeutete für den Großteil der Welt nichts.

Die Elementals hatten ein kleineres Grundstück gewählt, das sich als exklusives Spa nur für Mitglieder ausgab. Während die Paragons mit Apinyas Zustimmung die Terro- risten nicht komplett auslöschen würden, hatten die Elemen- tals auch versprochen, ihre eigenen Operationen aus der Öffentlichkeit herauszuhalten. Mit anderen Worten, keine Werbung zu schalten, um die entmutigten Anomalien zu rekrutieren, die zu verängstigt waren, um ihren angeborenen Segnungen gerecht zu werden. Stattdessen versteckten sich die Elementals an Orten wie diesem und schickten straßen- kundige Verkäufer umher, die ihre Mitglieder durch Spiel- chen und falsche Versprechungen rekrutierten.

Ja, Anomalie, du kannst die Welt verändern. Versteck dich einfach ein paar Jahrzehnte lang in diesem schäbigen Einkaufszentrum, bis wir etwas anderes tun wollen, als alle anderen zu nerven.

Jetzt musste Mynx eine Entscheidung treffen: entweder mit dem Anzug hineingehen, gepanzert und für alles bereit, oder die Championin spielen und Unverwundbarkeit annehmen, bis das Gegenteil bewiesen war. Durch den Anzug zeigte sie die nächstgelegenen Drohnen und ihre Entfernungen am Himmel um sie herum an. Die beiden, die sie angefordert hatte, waren nah und könnten sie bei Bedarf innerhalb weniger Sekunden erreichen. Das könnte genügen. Mynx wollte keinen Krieg beginnen, noch nicht, und mit dieser waffenisierten Hülle um sich hereinzuplatzen, würde keine friedliche Prämisse vermitteln.

Zurück in der Kälte, sich auf ihren kinetischen Anzug verlassend, um weiterzulaufen, näherte sich Mynx dem Spa. Während ein Schild *Geschlossen* in rotem Neon im vorderen Fenster leuchtete, strahlten die mintgrünen Außenlichter des Spas, und sie konnte auch Menschen erkennen, die sich drinnen bewegten. Niemand jedoch beobachtete die Tür, als sich die Championin näherte.

»Reeves, halte die Drohnen scharf und bereit«, sagte Mynx. »Wenn ich das Zeichen gebe, erwarte ich, in weniger als zehn Sekunden abgeholt zu werden.«

»Erledigt. Soll ich auch die örtlichen Paragons alarmieren?«

»Nein, die haben genug zu tun.«

Aegis hatte nichts dagegen gehabt, dass Mynx in Atlantis arbeitete, als sie musste, aber nicht jeder Paragon schätzte es, wenn Champions außerhalb ihrer festgelegten Regionen eigenmächtig handelten. Pixie, die Frau aus Boston, die vorläufig die Leitung übernommen hatte, war immer freundlich erschienen, aber es gab bessere Wege, eine Arbeitsbeziehung zu beginnen, als ein spätnächtlicher Anruf, der eine aggressive Mission auf heimischem Boden offenbarte. Natürlich müsste Mynx die Entscheidungen erklären, wenn das alles schief ginge.

Sie würde dieses Risiko eingehen.

Mynx versuchte, die einscheibige Glastür zu öffnen, die hineinführte, und warf dabei einen Blick auf ihr eigenes verwaschenes Spiegelbild. Sie sah müde aus und weigerte sich, irgendetwas anderes über ihr Aussehen zuzugeben. Mynx stand aufrecht und setzte einen scharfen Blick auf für den Elemental, der kam, um die Tür aufzuschließen, ein jüngerer Mann mit einem zögernden Lächeln.

»Wir haben geschlossen?«, sagte der Mann wie eine Frage.

»Ich bin nicht wegen des Spas hier«, erwiderte Mynx. »Wer hat hier das Sagen?«

»Äh, was?«

Eine andere Anomalie erschien von hinten, eine ältere Frau in einem weich aussehenden Pullover-und-Jogginghosen-Ensemble, das tatsächlich aussah, als gehöre es ins Spa, und sie rettete den jungen Mann, indem sie ihm sagte, er solle zurückgehen und weiter aufräumen. Dann winkte sie Mynx herein.

»Danke«, sagte Mynx, trat durch die Tür und ließ ihren Blick im Inneren umherschweifen. Schwarze Knubbel verrieten Kameras in den Ecken, aber ansonsten entdeckte Mynx keine offensichtlichen Hinterhalte, die auf sie warteten. »Ich muss mit demjenigen sprechen, der diesen Zweig leitet.«

»Sie sprechen gerade mit ihr. Ich bin Rosamund, und ich leite den Nordosten für die Elementals«, antwortete die Frau. »Aber lassen Sie uns an einen bequemeren Ort gehen. Ich nehme an, eine Championin ist Besseres gewohnt als einen Eingangsbereich.«

Mynx ließ Rosamund sie zurück ins Spa führen, zu einem Massagebereich und einem Raum, der aussah, als wären Verkaufspräsentationen sein Hauptzweck; Poster und Broschüren übersäten den Bereich und verkündeten zahlreiche Möglichkeiten zur Stresslinderung, Muskelentspannung und mehr. Sanfte Flöten spielten über Dschungeltönen, und geschwungene Blumenschablonen säumten die Wände. Mynx hätte den Raum irgendwo zwischen spottbillig und echtem Luxus eingeordnet, genau richtig für ein sterbendes Einkaufszentrum in einer ansonsten florierenden Stadt.

Rosamund faltete ihre Hände auf dem Tisch und setzte ein Lächeln auf, als würde sie gleich Höflichkeiten in einem windigen Weg zum Punkt hervorsprudeln lassen. Mynx hatte keine Lust, darauf zu warten, also begann sie zuerst.

»Haben Sie Aegis getötet?«, sagte Mynx.

Das Lächeln verwandelte sich in ein Stirnrunzeln.

»Das haben wir nicht«, erwiderte Rosamund. »Tatsächlich war ich traurig, als ich von seinem Tod erfuhr. Wir hatten so etwas wie eine Beziehung, arbeiteten gut zusammen.«

»Ach wirklich.«

»Bis zu einem gewissen Grad«, sagte Rosamund. »Zwei Seiten, die unterschiedliche Dinge wollen, werden nicht immer einer Meinung sein, aber ich glaube, wir haben das böse Blut auf ein Minimum beschränkt.«

»Also soll ich Ihnen einfach glauben, nur weil Sie es sagen?«

Mynx ertappte sich jedoch dabei, dass sie Rosamund glaubte. Das ernste, aber traurige Gesicht der Frau und ihre zusammengesunkene Haltung erzählten die Geschichte von jemandem, der immer noch mit einer Tragödie rang, nicht von jemandem, der sich darauf vorbereitete, eine auszunutzen.

»Du hast das Video gesehen«, sagte Rosamund. »Der Mörder hat seine eigene Tat gestanden. Zirans Anführer hätte die Mittel, den Angriff ohne unsere Hilfe durchzuführen. Außerdem will er eine Rückkehr zu den Normalen. Das ist nicht unsere Agenda.«

»Also würdest du uns helfen, ihn zu finden?«

Dieses Lächeln kehrte zurück. »Wenn die Mächtigen die

Schwachen um einen Gefallen bitten, müssen die Schwachen etwas als Gegenleistung verlangen.«

»Und was möchten die Schwachen?«

»Einen Platz bei eurem Gipfeltreffen.«

Mynx hatte nicht erwartet, dass das Gipfeltreffen allzu lange geheim bleiben würde. Sie wollte warten, bis sich jeder Champion verpflichtet hatte, bevor sie es ankündigte, aber genug Leute wussten davon, sodass Mynx nicht überrascht sein konnte, dass die Existenz des Treffens seinen Weg hierher gefunden hatte.

»Ich dachte, du wärst traurig wegen Aegis«, sagte Mynx. »Jetzt nutzt du die Situation aus.«

»Wenn wir auf den perfekten Zeitpunkt warten würden, würden wir uns nie bewegen.«

»Ihr bewegt euch hier nicht. Das Gipfeltreffen ist für Paragons. Das wird nicht passieren.«

Rosamund nickte nicht, schüttelte nicht den Kopf und schrie nicht. Sie saß einfach da, hörte noch ein paar Flötenklänge vorübergleiten, bevor sie mit einem einzigen Finger auf den Tisch tippte.

»Thane hat sich nicht selbst befreit«, sagte Rosamund. »Andere Katastrophen könnten passieren, wenn ihr nicht auf die Risiken reagiert.«

»Du bedrohst jemanden, der dieses Gebäude in einer Sekunde dem Erdboden gleichmachen könnte.«

»Das tue ich.«

Mynx erwiderte Rosamunds Blick und überlegte, ob sie den Bluff durchschauen sollte. Sie könnte Reeves anweisen, die Drohnen einen Präzisionsschlag einen Meter vor Mynx' aktuellem Standort durchführen zu lassen und zusehen, wie Rosamund zu Asche wird. Doch von den Dingen, die sich die Paragons gerade nicht leisten konnten, stand ein offener Krieg mit den Elementals ziemlich weit oben auf der Liste.

Zeit, einen weiteren Ball in die Luft zu werfen.

»Ich halte das Gipfeltreffen ab, damit diejenigen, die es

verdienen, entscheiden können, wie es mit unserer Welt weitergeht«, sagte Mynx. »Beweise, dass ihr es verdient, und ich werde euch einen Platz besorgen.«

Dass die Elementals so etwas nie verdienen würden, nie verdienen könnten, blieb völlig unausgesprochen.

KAPITEL 17
ÜBERQUERUNG

THANE ERWACHTE ERNEUT BEI TAGESANBRUCH. Ohne Strom begannen die Nächte früher und die Tage mit ihrem ersten Flüstern. Thane ließ sich Zeit beim Aufstehen und lauschte den Wellen und den Vögeln, die allmählich erwachten. Die ersten Feuer ließen ihr Knistern unter den natürlichen Geräuschen der Insel erklingen. Er genoss die Atmosphäre, denn vielleicht würde er sie nie wieder erleben.

Den gestrigen Tag hatte er mit Cassidy, alias der Leere, und ihren Anomalien verbracht. Thane war fischen gegangen, hatte beim Bau einer neuen Schlafhütte geholfen und war auf der Suche nach Früchten und Beeren durch die Gegend gestreift. Am Abend saß er mit Cassidy zusammen und genoss die Früchte ihrer Arbeit, plus ein bisschen von einem seltsamen, weinähnlichen Gebräu, das eine der Anomalien mit Salzwasser, Kokosmilch und ihrer Fähigkeit hergestellt hatte. Es war, wie Thane ohne zu zögern zugab, der schönste Tag gewesen, den er seit dem Moment erlebt hatte, als die Paragonen ihm zum ersten Mal Handschellen angelegt und ihn in ihr Gefängnis gesteckt hatten.

Ein schöner Tag war genug.

Thane rollte sich vom Sand hoch und legte seinen Grasrock an, darauf bedacht, diese winzige, immer präsente Flamme der Wut am Leben zu erhalten. Er war jetzt nicht mehr so groß, und runzlige, gebräunte Haut war reichlich vorhanden, aber solange Thane genug Frust gegen Mynx und die Paragonen am Kochen halten konnte, würde er die Kraft haben, voranzukommen. Und egal wie schön die Insel auch sein mochte, das wahre Ziel lag dort draußen, jenseits dieser allgegenwärtigen Drohnenlinie.

»Steh auf«, sagte Thane zu Sook, der in der Nähe schnarchte. »Wir brechen auf.«

Die schmächtige Anomalie murmelte etwas und schwang den Arm über sein Gesicht, aber Thane sah, dass seine Augen offen waren. Sook würde gehorchen. Er konnte es sich nicht leisten, ohne Thanes Schutz zurückgelassen zu werden.

Cassidys kleines Dorf summte wieder vor Bewegung, als Thane seinen Weg hindurch zum Ausgang zwischen den Dünenwänden nahm. Ein geflochtener Rucksack lag neben der Lücke in der Barriere auf dem Boden, gefüllt mit geräuchertem Fisch und gerösteten Wurzeln. Eine einzelne aufgebrochene Kokosnuss lag obenauf. Ein ledrig wirkender, älterer Anomalie bewachte sowohl das Tor als auch die Vorräte, einen dieser spitzen Stöcke in den Händen, obwohl Thane wusste, dass dieser bestimmte Mann seine linke Hand so hart wie Diamanten und genauso scharf machen konnte.

»Sind die für uns?«, fragte Thane, als er sich näherte.

»Die Leere hat es angeordnet«, sagte der Mann, Hiram. »Ich bin froh, dass sie es getan hat.«

»Bist du das?«

»Du siehst diese Insel als das, was sie ist, und nicht als das, was wir vorgeben.« Hiram nickte an Thane vorbei in Richtung des offenen Ozeans und des Todes, der dahinter lauerte. »Ich lebe seit fast fünfzehn Jahren hier. Die dritte Anomalie, glaube ich, die auf diesen verfluchten Ort gebracht wurde. Wenn du uns hier wegbringen kannst, werde ich alles tun, um zu helfen.«

Thane streckte die Hand aus und schüttelte Hirams Hand, die rechte, und deutete dann zurück zum Dorf: »Wenn du helfen willst, überzeuge sie zu gehen.«

»Das werden wir, wenn du uns den Weg zeigst.«

Hirams Worte, so aufrichtig und ehrlich, brachten Thanes Gedanken ins Trudeln. Er hatte schon früher Söldner angeführt, aber diese Leute kamen wegen des Rufs und blieben aus Angst. Er war nie ein Champion gewesen, nie damit beauftragt worden, andere zu einem moralischen Zweck zu führen. Aber wie schwer konnte das schon sein? Thane wollte etwas, diese Leute wollten dasselbe und vertrauten darauf, dass er ihnen helfen würde, es zu bekommen. Das konnte Thane tun.

Sook kam nicht lange danach an, als Thane damit kämpfte, eine passende Position für den Rucksack zu finden, bei der sich die steifen Riemen nicht in seinen Rücken schnitten. Schließlich überreichte er das Ding Sook, und die Anomalie akzeptierte ihre Rolle, indem sie den Rucksack mit einem Zucken aufsetzte. Bereit machten sich die beiden auf den Weg an Hiram vorbei in Richtung Dschungel.

»Wartet!«, kam Cassidys Ruf klar und deutlich, und Hiram legte seine Hand auf Thanes Schulter, um ihn wieder umzudrehen. Cassidy näherte sich, einen eigenen Rucksack tragend, mit mehreren anderen Anomalien, die alle Speere trugen und für eine Reise bereit aussahen. »Wenn ihr zur Herzogin geht, kommen wir mit.«

»Ich dachte, du glaubst nicht an mich?«, fragte Thane.

»Hat nichts mit dir zu tun.« Cassidy grinste und schulterte ihren Rucksack. »Die Herzogin mag geräucherten Fisch, und wir könnten etwas von dem Metall gebrauchen, das sie aus dem Vulkan abbaut. Es ist reiner Zufall.«

»Schon klar«, zog Thane das Wort in die Länge und ließ Cassidy genau wissen, was er von diesem Zufall hielt. Dann änderte er seinen Gesichtsausdruck und seine Einstellung. »Trotzdem bin ich froh, dass ihr mitkommt. Sook scheint sich zwar auf der Insel auszukennen, aber ich würde mich lieber nicht verlaufen.«

»Ich hätte uns schon nicht verlaufen lassen«, murmelte Sook. »Bester Führer, den diese Insel je gesehen hat.«

Sook setzte sein Gemurre fort, als die Gruppe aufbrach, als sie durch die Farne stapften und sich vom Meer entfernten in Richtung höher gelegenes Gebiet, wo das üppige tropische Gefühl Meter für Meter langen Gräsern und Wildblumen wich. Bienen schwebten von einem lila Blütenblatt zum nächsten, während Singvögel über ihnen vorbeiflogen. Die Gruppe fuhr fort, sich mit Pflanzenölen einzureiben, um die schlimmsten Sonnenbrände zu vermeiden, was Thane jetzt zu schätzen wusste, als sie die Palmen hinter sich ließen und die weite Ebene betraten. Ohne Schatten brannte die Sonne heiß herunter, und nur eine stetige Brise machte die Dinge erträglich.

»Warum hat die Herzogin sich entschieden, hier zu leben?«, fragte Thane während sie gingen. »Die Küste scheint viel mehr Vorteile zu bieten.«

»Wenn man keine Möglichkeit hat, Süßwasser herzustellen«, antwortete Cassidy, »wird man am Meer durstig. Und es war überfüllt.«

»Überfüllt?«

»Bevor wir die Dinge geregelt haben, Arthur, die Herzogin und ich, haben sich alle am Strand zusammengedrängt. Eine ganze Ansammlung von Mördern, Betrügern und Schwindlern mit allen möglichen Kräften.«

»Eine gefährliche Situation.«

»Ich glaube, das war es, was Mynx wollte.« Cassidy spuckte zur Seite, ihre Augen blitzten auf. »Sie wollte, dass wir uns gegenseitig umbringen, damit sie rechtfertigen konnte, uns hierher zu bringen. Die Paragons könnten sagen, dass sie Recht hatten.«

»Aber ihr habt es nicht getan?«

»Doch, haben wir. Jeden Tag gab es mehr tote Anomalien. Ich schlief auf einem Baum, nutzte meine Kraft, um Griffe zu schnitzen und sie dann zu zerstören, sobald ich oben war. Nicht am sichersten, aber besser als die Kehle durchgeschnitten oder die Eingeweide gekocht zu bekommen. Diejenigen, die dem Stress nicht gewachsen waren oder dachten, sie könnten es, versuchten auf eigene Faust zu fliehen. Ich sah einen, der fliegen konnte, indem er fantastische Windböen beschwor. Er stürzte sich auf die Drohnen zu, in der Hoffnung, über sie hinwegzukommen.«

»Und?«

»Er schaffte es nicht mal einen Kilometer vom Ufer entfernt, bevor sie ihn umschwärmten. Hier gibt's kein Betäuben. Ein paar gezielte Blitze und er wurde zu gebratenem Fischfutter. Andere versuchten es durch den Boden oder unter Wasser. Hab keinen von denen je wiedergesehen.«

»Vielleicht haben sie es geschafft zu entkommen?«

»Hast du je von jemandem gehört, der von hier entkommen ist?«, fragte Cassidy.

»Nein.«

»Eben.«

Nachdem Thane Mynx' Drohnen in Aktion gesehen hatte, konnte er der Geschichte nicht widersprechen. Jeder Einzelausbruch würde ähnliche Konsequenzen haben. Bündele man jedoch eine Gruppe von Anomalien mit ihren sich ergänzenden Kräften, könnten diese Ergebnisse umgekehrt oder zumindest lange genug verzögert werden, damit einige durchkommen.

Das war natürlich der eigentliche Schlüssel. Unter der Illusion zu arbeiten, dass all diese Anomalien mit einer symphonischen Operation, die ihre Fähigkeiten verwebt, von dieser Insel kommen würden, würde bedeuten, sich einer Fantasie zu versklaven. Das Ziel war nicht, alle zu retten, sondern diejenigen, die den größten Einfluss haben könnten.

Wie Thane.

»Also wurdest du die ganze Zeit gefangen gehalten?«, fragte Cassidy, während sie am Morgen weiter gingen. »Sie haben dich benutzt?«

»Ich versuchte, gegen sie zu kämpfen und verlor«, antwortete Thane, das Gras kitzelte seine Füße unter den Sandalen. All die Empfindungen hier, einfach unter freiem Himmel zu sein, fühlten sich wunderbar an. »Sie hätten mich töten sollen, aber Apinya erkannte meinen Wert.«

»Ist er nicht der Nette?«

»Die anderen bevorzugen körperliche Strafen. Sie schlugen mich mit Fäusten, Maschinen, Kugeln, Schwertern und Speeren«, sagte Thane. In Wahrheit verschwamm die Schlacht zu einem Ganzen. Sein wütendes Ich kümmerte sich nicht viel um Erinnerungen oder Details. »Apinya geht anders vor. Er wird deinen Verstand gegen sich selbst wenden, dich auseinanderbrechen. Er hätte mich in einen Wahnsinnigen verwandeln oder zu einem lallenden Nichts reduzieren können. Stattdessen brach er meine Wut und ließ den Rest von ihnen die Oberhand gewinnen.«

Thane bemerkte, dass die anderen Anomalien zuhörten. Sie marschierten in einer Art Pulk, mit Sook ein paar Meter voraus, der den Weg im Auge behielt. Die Lauscher hielten Thane nicht zurück, und er sprach deswegen lauter. Jede dieser Anomalien würde später im Lager der Herzogin sein, und jede konnte seine Legende verbreiten.

»Aber jetzt bist du hier?«

»Ich habe es raus geschafft.« Thane warf Cassidy einen Blick zu, um sicherzugehen, dass sie verstand, dass dies keine Kleinigkeit war. »Es hat Jahrzehnte gedauert, aber ich habe ihre Ketten gesprengt und mir den Weg zu einem kleinen Hauch von Freiheit erkämpft.«

Cassidy lachte. »Muss wirklich klein gewesen sein, wenn du schon hier bist.«

Jemand, der nicht jahrelang an ein Bett gekettet, zwangsernährt, zwangsbewegt worden war, um Wundliegen zu verhindern, und eine Bettpfanne benutzen musste, hätte vielleicht noch Stolz gehabt, der durch Cassidys Worte und ihren Ton verletzt worden wäre. Thane jedoch hatte dort nichts mehr übrig. Nur brennenden Ehrgeiz, und der konnte einen Schlag einstecken, ohne sein Feuer zu verlieren.

Also lachte er mit ihr: »Es war vielleicht nicht der größte Ausbruch in der Geschichte der Paragons. Ich denke aber, er hat mich dahin geführt, wo ich sein muss.«

»Uns zu einer Weltuntergangsmission führen, die uns alle tot zurücklässt?«

»Das glaubst du nicht«, sagte Thane. »Wenn du das tätest, wärst du nicht hier.«

»Wir liefern den geräucherten Fisch.« Cassidy schob ihren Rucksack zurecht, als wolle sie Thane daran erinnern, obwohl der ständige, nahezu überwältigende Geruch das ohnehin schon tat.

»Eine Reise, die heute, genau zu dieser Zeit stattfinden musste?«

Jetzt war es an Cassidy, Thane einen Blick zuzuwerfen: »Nein, es musste nicht heute sein. Aber es ist lange her, dass jemand in diesem Ort Hoffnung angeboten hat, und selbst wenn das Einzige, was ich heute sehen werde, ist, wie du in einen Vulkan geworfen wirst, wird es wenigstens etwas anderes sein.«

Die Herzogin hatte offenbar ein Hinrichtungs-Sortiment parat. Sie hatte sich auf der Insel den Ruf erworben, rücksichtslos gegenüber Feinden und Verrätern zu sein und unter denen, die ihren Stamm wählten, eine todessichere Loyalität zu inspirieren. Von diesen Hinrichtungen war ihre Lieblingsmethode, laut Sook und seinem zufälligen Wissen vom Herumstreifen auf der Insel, eine Anomalie irgendwie zu lähmen - Sook war sich nicht sicher, ob die Herzogin dies selbst tat oder eine andere Anomalie in ihren Diensten -, sie dann zum Vulkanrand zu tragen und hineinzuwerfen.

»Sie klingt wie ein Cartoon-Bösewicht«, sagte Thane. »Niemand macht wirklich solche Sachen. Zu zeitaufwändig, zu riskant.«

»Wir haben hier nichts als Zeit«, erwiderte Cassidy. »Und was das Risiko angeht, was hat sie zu verlieren?«

Thane wollte weder in einen Vulkan geworfen werden, noch einen Kampf beginnen. Jede verlorene Anomalie bedeutete eine weniger, die er benutzen konnte, um die Drohnen zu besiegen oder abzulenken. Wenn die Herzogin Bittsteller wollte, dann würde sie sie bekommen. Bis Thane sie davon überzeugt hatte, sich einzureihen.

»Wenn wir ankommen«, sagte Thane, »werde ich so tun, als wäre ich einer eurer neuen Anomalien. Ich werde vorgeben, dass ich zur Herzogin überlaufen will, und ein Treffen mit ihr bekommen. Dann werde ich sie überzeugen, sich unserem Ziel anzuschließen.«

»So sicher von dir selbst«, sagte Cassidy. »Wann hast du gelernt, so eingebildet zu sein?«

»Als ich Aegis geschlagen und gebrochen auf einem gefrorenen Feld zurückließ.«

KAPITEL 18

LEBENSPREIS

KAT WACHTE NICHT SO SEHR auf, sondern fand ihren Weg durch die dicken Spinnweben, die ihren Verstand vernebelt hatten. Sie schob und zerrte, riss und zerrte an den klebrigen silbernen Fäden, auf ein blaues Leuchten zusteuernd. Flackernd und entfernt zog das Licht sie durch die Stränge, und Kats Schritte wurden schneller, je weiter sie ging. Bald teilten sich die Netze und zerfielen zu Staub, als sie dem Licht näher und näher kam, obwohl die winzige Größe des Leuchtens gleich blieb. Sie stand über dem blauen Punkt, fast geblendet, und obwohl Kat ihre Hände, ihre Beine nicht spüren oder irgendeinen Teil von sich selbst sehen konnte, griff sie trotzdem danach, dem einzigen, was in dieser endlosen Dunkelheit übrig geblieben war.

Und sah einen sanften türkisfarbenen Raum, der aussah, als gehöre er einem Intriganten, Tageslicht strömte durch ein einziges schmales Fenster hoch oben an einer Wand.

Ernteten sie ihre Organe?

Kat versuchte zu atmen und fand einen Schlauch, der mit ihrem Mund verbunden war und entlang ihrer Brust zu einer Seite führte. Luft wurde hindurchgedrückt und hielt ihre Lungen gefüllt. Sie konnte ihre Hände nicht bewegen – sie konnte sie spüren, aber sie waren durch etwas festgebunden, das sie unter der breiten gelben Decke, die auf ihr lag, nicht sehen konnte. Kats andere Sinne schalteten sich ein, um ihr von der kühlen Luft, dem eisenhaltigen Geschmack in ihrem Mund und einer gewaltigen Leere in ihrer Brust zu berichten.

Sie war angeschossen worden. Der Moment kam in weniger als einem Blitz und mehr als einer Halluzination zurück, eine Zeitlupenwiederholung mit dem maskierten Mann und ihrer Vorwärtsrolle, der ruhig gezielten Pistole und dem einzelnen Knall, der sie in die dunkle Welt schickte, aus der sie gerade erwacht war. Obwohl Kat solche Waffen nicht in freier Wildbahn begegnet war, hatte sie die Filme gesehen und genug Berichte über deren Schaden gelesen, um zu wissen, dass sie das nicht hätte überleben sollen.

Was dies entweder zum schäbigsten, feindseligsten Krankenhaus der Welt oder zu einer Art surrealem Jenseits machte. Kat hatte nicht viel von einer bestimmten Religion gehalten, aber dies schien nicht zur Endspiel-Definition irgendeiner zu passen. Es sei denn, sie hätte ihren Weg in die Hölle gefunden, und dies wäre der Beginn ihrer ewigen Folter.

Ein vertrautes Gewicht zog ihre Aufmerksamkeit auf sich. An Kats linkem Handgelenk, der Tama. Seine Anwesenheit bestätigte Kats eigenes Leben, während es gleichzeitig Zweifel an ihrem bevorstehenden Ableben aufkommen ließ. Ein Tama würde auf jede echte Gefahr mit einem Notruf an die Rettungsdienste reagieren, und seine Kombination aus GPS und Handyortung würde Drohnen und mehr zu Kats Position schicken. Wenn sie ihren Tama noch hatte – dann musste, wer auch immer sie festhielt, sie am Leben und gesund halten, sonst wären sie schon gefasst worden.

Was bedeutete das genau?

Erstens, sie war gerettet worden. Von wem, wusste sie nicht, aber von den Leuten, die wussten, dass sie auf dem Dach gewesen war, die gewusst hätten, dass sie angeschossen worden war, stach Calvin als einzige Option hervor, es sei denn, der maskierte Mann hätte beschlossen, sie zu entführen und am Leben zu erhalten, nachdem er sie angeschossen hatte, was weit hergeholt schien. Wenn Drohnen sie erreicht hätten, würde Kat jetzt in einem Krankenhaus aufwachen, einem echten, also schieden die aus. Also musste Calvin etwas getan, sie irgendwohin gebracht haben.

Zweitens, selbst mit Medikamenten konnte Kat nicht glauben, dass sie nichts von der Schusswunde spürte. Keine Schmerzen in ihrer Brust, kein Gefühl eines riesigen Lochs oder auch nur die Schwäche, die sie von einer fast tödlichen Wunde erwartet hätte. Es sei denn, Kat wäre wochenlang in Stasis gewesen – sie hoffte, jemand hatte Seeker gefüttert – sollte sie sich nicht so fühlen, sich gut fühlen, wenn auch müde. Was bedeutete, dass sie eine besondere Heilung erfahren hatte.

Drittens, wenn jemand, der nicht Teil der Notfallversorgung war, beschlossen hatte, sie vom Rande des Todes zurückzuholen, mussten sie das aus einem Grund getan haben. Organernte flammte wieder mit ihrem schrecklichen Kopf auf, aber Kat unterdrückte diesen weit hergeholten Plan. Ihr Retter konnte alles Mögliche wollen. Als Trackerin hatte Kat Zugang zu allen möglichen Informationen. Sie könnten sehen wollen, wohin eine bestimmte Anomalie gegangen war, oder wer sonst ihre Arbeit in Chicago oder einer anderen Stadt machte. Vielleicht wollten sie nur Reps, obwohl auch das unwahrscheinlich schien.

Unabhängig davon fühlte sich Kat lebendig und in Ordnung, was bedeutete, dass sie von diesem Bett, aus diesem Raum herauskommen musste. Ihren Anzug finden, ihn reparieren lassen und den maskierten Mann aufspüren. Erst Rache nehmen, dann hierher zurückkommen und herausfinden, was wirklich los war. Wem sie eine Schuld für die Rettung ihres Lebens schuldete.

Kat ruckte mit ihrer rechten Seite, um das Bett zum

Kippen zu bringen, aber jemand hatte es am Boden verankert. Nichts zu machen. Als nächstes versuchte sie, ihre Hände, ihre Handgelenke aus den Fesseln zu winden, aber wer auch immer die Dinger festgebunden hatte, wusste, was er tat. Ihre Beine waren an den Knöcheln gefesselt, was sie ebenfalls außer Gefecht setzte. Das Beste, was Kat tun konnte, war, ihren Kopf zu schütteln, bis sich der Schlauch löste und zur Seite fiel, sodass sie zumindest etwas echte Luft einatmen konnte. Sie schmeckte steril, plastikähnlich.

Als ihr Fluchtplan scheiterte, öffnete sich eine andere Tür.

Die buchstäbliche Tür.

Ein großer, nicht besonders fitter Mann, der kaum mehr als ein Tanktop und weite Shorts trug, führte den Weg an, und Kat ertappte sich dabei, wie ihre Augen über die Tätowierungen überall auf seinem Körper wanderten. Anstatt eines großartigen künstlerischen Ausdrucks schienen die Tätowierungen zufällige Symbole und abstrakte Linien zu sein, die oft übereinander lagen, wie ein Kind, das immer wieder dieselbe Seite ausmalt. Ein hässlicher Look, aber faszinierend in der schieren Farbmenge, die der Mann auf seine Haut gepackt hatte. Kat erwartete Bosheit oder ein fieses Grinsen, aber stattdessen räumte der Mann den Schlauch weg und machte sich daran, Kats Fesseln wortlos zu lösen. Auch Kat sprach nicht.

Stattdessen sah sie, wer als Nächstes hereinkam, denn Beth veränderte alles.

»Das Nächste, was du tust, sollte besser sein, mich aus diesem Bett zu befreien«, sagte Kat zu der blonden Frau, die mit einem Lächeln um ihr faltiges Gesicht wie eine geduldige Mutter aussah, die einem quengelnden Kleinkind zuhört. Nervig. »Ich nehme an, du hast irgendwie mein Leben gerettet, aber das bedeutet nicht, dass ich deine Gefangene bin.«

»Er hat eigentlich dein Leben gerettet«, sagte Beth und zeigte auf den tätowierten Mann. »Siehst du all diese Formen auf seiner Haut? Eine davon gehört dir.«

»Gehört?«

Der Mann blickte zu Beth hinüber, die nickte, und er begann, den Rest ihrer Fesseln zu lösen.

»Wir haben dich fast tot aufgefunden«, sagte Beth. »Wir kamen heraus, als wir den Schuss hörten, und wen sollten wir finden, als Calvin, die Anomalie, nach der wir gesucht hatten, der sagt, dass die Trackerin, die uns verraten hat, unsere Hilfe braucht.«

»Ich habe euch nicht verraten«, sagte Kat. Ihr linkes Bein wurde frei, und sie bewegte es, um das Blut in die steifen Muskeln zurückfließen zu lassen. »Ich habe nie etwas zugestimmt.«

»Semantik«, erwiderte Beth. »Taro hier hat dich gerettet. Er hat deine Wunde und all ihre Schäden genommen und sie in diese lange Linie auf seiner Wange verwandelt, diese hellrote da. Er hat auch eine Entscheidung getroffen, die richtige.«

»Danke«, sagte Kat zu Taro, der ihre linke Seite befreite und sich auf den Weg zur rechten Seite machte. »Ich schaffe den Rest.«

Kat hatte die Fesseln in ein paar Sekunden gelöst, während Taro sich neben Beth stellte. Kat rutschte vom Bett, stolperte, als ihre Beine noch nicht ganz bereit für sie waren, und lehnte sich schließlich gegen die Wand, Beth anstarrend.

»Du hast fast achtzehn Stunden auf diesem Bett gelegen. Dein Körper wird Zeit brauchen, um sich zu erholen.«

»Ich dachte, du hättest gesagt, Taro hätte das alles übernommen.« Kat warf Taro ein gezwungenes Lächeln zu. »Nochmals danke, dass du mein Leben gerettet hast. Ich meine das ernst.«

»Das glaube ich dir«, sagte Beth, »und ich bin sicher, du weißt, dass eine so schwere Verletzung wie deine Auswirkungen hinterlässt, die über ihre Heilung hinaus andauern. Leider kannst du nicht hier bleiben, um dich davon zu erholen.«

»Keine Sorge, hatte ich auch nicht vor«, sagte Kat und versuchte dann, an Beth vorbeizuschauen. »Wo ist Calvin? Ihr zwingt ihn doch zu nichts, oder?«

»Calvin ist vor einer Stunde gegangen«, antwortete Beth. »Er ist mit deinem Hund spazieren gegangen.«

Wow. Vor nicht allzu langer Zeit hatte Calvin Seeker fast mit einem kreativen, konkreten Einsatz seiner Kraft getötet, und jetzt ging er mit dem Hund spazieren. Was für eine Wendung. Es bewies auch, dass Kat die richtige Entscheidung getroffen hatte, den Mann den Paragons zu übergeben: Ein gutes Herz würde dort weiter kommen als bei diesen manipulativen Anomalien.

Beth bewegte sich und ließ Taro an ihr vorbeigehen, sodass die beiden Frauen allein im Raum waren. Kat bemerkte jedoch, dass Beth die Tür blockierte. Sie wollte etwas, und Kat hatte keine andere Wahl, als zu fragen, was es war.

»Du hast den Schützen gesehen«, sagte Beth. »Du bist nicht sein erstes Opfer.«

»Ich weiß, Calvin tauchte vor ein paar Tagen mit einer Schusswunde auf. So fing das Ganze an.«

»Calvin war nicht der Anfang.« Beths Fassade begann zu bröckeln, das glatte Lächeln rutschte um einige Stufen nach unten. »Ich glaube nicht, dass der Schütze bisher irgendeinen Paragon getroffen hat, aber wir haben gelitten.«

»Moment, du denkst, er zielt auf Elementals ab?« Kat versuchte, dieser Offenbarung zu folgen. »Ich dachte, er wäre einer von euch. Dass ihr Calvin verletzen wolltet, weil er zu den Paragons gegangen ist.«

»Wir sind keine Attentäter. Wir würden nicht versuchen, eine Anomalie zu töten, nur weil sie ein Paragon ist. Wie würde das unseren Zielen dienen?«

»Hey, ich kenne euch nicht. Alles, was ich höre, sind die Nachrichten, die mir sagen, dass ihr alle darauf aus seid,

Chaos zu stiften, Panik auf den Straßen zu verbreiten und all das.«

»Das ist nicht ganz falsch.« Beth schob die Tür zu. »Aber wir tun das nicht. Wir erschießen keine Anomalien mit so einer Waffe.« Beth sah jetzt ein wenig grün aus, ein wenig wie vom Schlag getroffen, und sie lehnte sich auf das Bett. »Er hat in den letzten zwei Monaten fünf von uns getötet. Wir können ihn nicht finden, und die Paragons sind wegen Aegis zu zerstreut.«

»Fünf?« So viele Morde waren heutzutage unerhört, wo schon ein aggressiver Blick einen Drohnen an den Hintern heften würde, bevor man ein wütendes Wort herausgebracht hatte. »Alle so offen wie bei mir?«

»Überall. Nachts, tagsüber. Nicht alles waren Scharfschützeneinsätze.« Beth schüttelte den Kopf, Kat bemerkte ihre geballten Fäuste. »Wir müssen ihn finden, Kat, aber wir sind nicht dafür ausgebildet. Wir sind keine Tracker.«

Ah. Jetzt ergab es Sinn, warum Beth ihr Leben gerettet hatte, warum sie Kat hier behalten hatten, anstatt sie zu heilen und irgendwo anonym abzuladen. Ein Gefallen.

»Rate mal was?«, sagte Kat. »Normalerweise würde ich dir das in Rechnung stellen. Sehr viel in Rechnung stellen. Aber wenn mich jemand anschießt, mache ich es mir zur Aufgabe, es ihm heimzuzahlen.«

Dass dies eine neue Richtlinie war, die jetzt in Kraft trat, nachdem sie zum ersten Mal angeschossen worden war, blieb unausgesprochen. Beth hinterfragte es nicht und begann, das Wo und Wann der vorherigen Attentate darzulegen. Mittendrin kehrte Taro mit Kats Anzug zurück, dessen Stoff bereits repariert war und, abgesehen von einigen roten Flecken auf der Brust, einsatzbereit war.

Was die neue Farbe anging, störten Kat die blutigen Flecken nicht. Sie würde sich die Hände schmutzig machen. Da konnte sie auch so aussehen.

KAPITEL 19

DER DEAL STEHT

ALS ZHAN-YO in Wexleys hypermodernem Apartment aufwachte, weniger überwältigend ohne die mentale Bombe eines Katers, tat er das, was er schon die ganze Zeit getan hatte, seit er von Sylvies alter Wohnung zurückgekehrt war: Er versuchte, die Existenz des Gipfeltreffens zu bestätigen oder herauszufinden, wer der Kontakt sein könnte.

Keine Nachrichtenorganisation hatte irgendetwas darüber gedruckt, dass sich die Champions irgendwo versammelten, obwohl das angesichts der eisernen Faust, mit der der Paragon besagte Nachrichten kontrollierte, nicht überraschend war. Zhan-Yo konnte jedoch auch in den sozialen Medien keine kleinen Hinweise auf erhöhte Sicherheitsmaßnahmen, schnelle Bauarbeiten oder irgendetwas anderes finden. Er stieß auf Aegis-Tributvideos, von kleinen Kindern bis hin zu ergrauten Senioren, die Geschichten darüber posteten, wie der Champion ihr Leben verbessert hatte.

Nicht einer sprach über die Freiheiten, die Aegis ihnen genommen hatte. Nicht einer untersuchte, wie Normale heutzutage keine Rolle mehr in der Regierung spielten.

Andererseits, wie konnte Zhan-Yo etwas anderes erwarten? Die Paragons hatten faire Repräsentation vom Planeten gefegt. Niemand dachte mehr darüber nach, niemand kümmerte sich darum. Wenn jemand, der mit einer Handbewegung ganze Häuserblocks auslöschen konnte, die Dinge leiten wollte, konnte man es genauso gut zulassen. Alles andere würde Katastrophe bedeuten.

Also wandte sich Zhan-Yo stattdessen dem Kontakt zu und versuchte herauszufinden, wen Sylvie kennen könnte, der über solche Informationen verfügte. Sylvie schien nicht der Typ zu sein, der eine offene Hinweishotline hatte oder ihre Kontaktinformationen an zufälligen Orten hinterließ, damit ihr zufällige Informationen zugetragen werden konnten. Sie hatte auch nie ein Kopfgeldprogramm für heiße Neuigkeiten erwähnt, was bedeutete, dass Sylvie diese Person irgendwie kennen musste. Und diese Person blieb anonym, was bedeutete, dass sie sich in einer Position mit einer gewissen Macht befand.

Wenn man diese beiden Dinge kombinierte, blieb nur eine Lösung übrig: ein Paragon. Einer von Aegis' Soldaten, der zum Verräter wurde. Die Idee wäre absurd erschienen, wenn Zhan-Yo nicht schon gesehen hätte, wie Sylvie es mit Innis getan hatte, dem Paragon-Anführer von Chicago, der anscheinend mehr von Aegis' Tod profitierte als jeder andere. Paragons, so schien es, waren genauso machthungrig wie alle anderen, bereit, einen Schuss zu riskieren, um an die Spitze zu gelangen.

Aber wenn es jemanden gab, der die Paragons nicht kannte, der sie aktiv mied ... Zhan-Yo starrte auf die verhassten verchromten Geräte, deren glänzende Oberflächen irgendwie eine Metapher für das Leben waren, das er geführt hatte, im Vergleich zu dem Leben, das er jetzt führte. Auf der Jagd nach Verrätern. Seine - war Schwarm noch ein Begriff, der heutzutage verwendet wurde? Nicht für ihn. Sylvie, das war sie, und das waren die Ressourcen, die er nutzte, um nach jemandem zu suchen, den er korrumpieren konnte.

Schien weit entfernt von dem moralischen Hochgrund, auf dem er beharrlich behauptete zu stehen.

»Du siehst bedrückt aus«, sagte Wexley, als er die Tür öffnete, gepflegt wie immer mit seinem glatten Haar, der Brille, dem langen schwarzen Wollmantel. Schwarze Lederhandschuhe klatschten auf den Tresen. »Ich habe gehört, du hast heute einen Ausflug gemacht.«

»Gehört?«

Spionierte ihn jetzt sein eigener Leutnant aus?

»Einige Leute haben Fotos mit ihren Tamas gemacht«, sagte Wexley. »Vor Sylvies altem Gebäude. Ich musste das Stück nachschlagen, weil es keinen Sinn ergab, warum du für einen Tagesspaziergang alles riskieren würdest.«

Wexley zog einen Stuhl heraus und setzte sich auf dessen Kante. Zhan-Yo konnte diesen Teil nicht sehen, aber er konnte Wexleys perfekte Haltung erkennen, als wäre die Rückenlehne des Stuhls radioaktiv. Der Mann schlug die Beine übereinander, verschränkte die Arme und ließ seine Hände unter dem Tisch ineinander ruhen; Wexley, ein Psychologe, der gekommen war, um Zhan-Yos Probleme anzuhören. Dann wartete Wexley.

So wie Zhan-Yo früher auf ihn gewartet hatte.

Na schön. Manchmal verschob sich das Gleichgewicht. Wexley hatte jetzt seinen Namen auf Ziran. Zhan-Yo diente immer noch als Spross der Revolution, als das Gesicht, zu dem die Unterstützer, wer auch immer sie sein mochten - falls es überhaupt welche gab - für Inspiration aufsahen. In der Realität jedoch konnte Wexley Zhan-Yo auf die Straße setzen und die Drohnen ihn jagen lassen. Das hätte eine erschütternde Erkenntnis sein sollen, aber stattdessen fühlte sich Zhan-Yo frei. Seine einzigen zugänglichen Vermögenswerte befanden sich in diesem Raum. Er konnte alles tun, ohne einen Sekretär zu kontaktieren und einen Kalender freizuräumen, ohne dass eine Gruppe ihm folgte und ihn mit diesem oder jenem Markt, Meeting oder Antrag belästigte.

»Na und?« Zhan-Yo lachte fast, als er sprach. Er klang wie ein Teenager. »Ich kann tun, was ich will.«

»Natürlich kannst du das. Die Frage ist, ob das, was du willst, in deinem besten Interesse ist. In unserem besten Interesse.«

»Du würdest es vorziehen, wenn ich den ganzen Tag hier drinnen bleibe und warte? Das ist das, was ich vorher getan habe, nur dass ich ein ganzes Unternehmen hatte, um mich abzulenken.«

»Das ist tatsächlich der Grund, warum ich gekommen bin«, erwiderte Wexley. »Ich habe für heute Abend ein weiteres Treffen organisiert. Die Leute, die du kontaktiert hast, diejenigen, die das nicht öffentlich anfassen wollen, sie wollen immer noch privat reden. Sie haben den Traum nicht aufgegeben, Zhan-Yo, sie sind nur noch nicht bereit, sich zu verpflichten.«

Zhan-Yo schob den Stuhl zurück, stand auf und ging zum Fenster. Nicht so hoch wie das in seinem Büro, nicht ganz so majestätischer Ausblick, aber er konnte immer noch die Morgenmenge sehen, die umherwanderte. Menschen, die auf ihn warteten.

»Ich habe mich verpflichtet«, sagte Zhan-Yo. »Ich hatte am meisten zu verlieren und ich habe mich verpflichtet. Was hält sie zurück?«

»Angst.« Wexley zögerte nicht, hielt auch seine Verachtung nicht zurück. »Du hast alles auf eine Chance gesetzt. Sie werden es nur für ein sicheres Spiel tun.«

»Was ist mit dir?«

»Ich bin doch hier, oder?«, sagte Wexley, obwohl er Zhan-Yo nicht zum Fenster folgte. »Wohin dieser Weg auch führt, ich werde ihn gehen. Die Paragons müssen vernichtet werden.«

Zhan-Yo nickte mehrmals, presste die Lippen zusammen und grübelte über die richtige Art, es zu formulieren, bevor er sich für den direkten Ansatz entschied: »Ich war bei Sylvie, um zu sehen, ob ich etwas finden könnte. Sie hatte immer mehr am Laufen, als sie zugab.«

»Deshalb habe ich ihr nie vertraut.«

Es gab Zeiten, um genervt zu sein, und Zeiten, um es zu ignorieren.

»Sie hat jemanden innerhalb der Paragons. Nicht Innis«, sagte Zhan-Yo. »Sie haben ihr gestern eine Nachricht geschickt, dass es ein Paragon-Gipfeltreffen geben wird. Alle Champions an einem Ort.«

»Mit mehr Sicherheit als irgendwo sonst auf dem Planeten.«

»Vielleicht«, sagte Zhan-Yo. »Aber ich glaube nicht, dass wir das auslassen können. Wenn Aegis unsere Revolution nicht in Gang bringen konnte, dann könnte das hier es schaffen. Stell dir das Chaos vor, wenn wir sie alle ausschalten würden? Die Menschen bräuchten jemanden, an den sie sich wenden können.«

Es würde schnell passieren. Mit den toten Champions würden interne Kämpfe bei den Paragons ausbrechen, während Anomalien versuchten, ihre Plätze zu beanspruchen. Sie würden sich gegenseitig zerstören, während Zhan-Yo alle anderen um sich scharte und Frieden, Ordnung und eine repräsentative Weltregierung versprach. Anfangs, ja, würde es Schmerzen geben, aber danach? Wenn das Bedürfnis nach Stabilität alles andere überwiegen würde? Die Menschen könnten die Macht zurückerobern. Eine Region nach der anderen würde sich einreihen. Zhan-Yo würde den Paragons sogar Plätze in der neuen Regierung anbieten, um Blutvergießen zu verhindern. Ein sauberer Übergang.

»Die Welt würde sich niemals jemandem unterwerfen, der die Champions getötet hat«, sagte Wexley. »Niemals. Ich glaube, du realisierst nicht, wie sehr die Menschen das hassen, was du Aegis angetan hast.«

»Das war notwendig.«

»Du hast den Kindheitshelden von Milliarden zerstört. Ich mochte die Idee anfangs nicht, und jetzt siehst du, warum. Zhan-Yo, du kannst diese Revolution in Gang bringen, aber du wirst sie niemals anführen.«

»Worte von jemandem, der nie etwas geführt hat. Wenn die Zeit kommt, werde ich es erklären, und sie werden verstehen.«

Wexley nickte nicht, sagte nichts. Zhan-Yo runzelte die Stirn. Der Mann verdarb den Tag, die Entdeckung. Der Gipfel sollte etwas Gutes sein! Ein Grund zum Feiern und dann zum Planen. Stattdessen schien Wexley mehr darauf bedacht zu sein, Zhan-Yos Geist zu brechen als alles andere.

»Das liegt sowieso alles in der Zukunft«, sagte Zhan-Yo. »Was jetzt zählt, ist der Insider. Wir müssen wissen, wer es ist, wie wir mit ihnen korrespondieren können. Wie du sagtest, wird es schwierig sein, an einen Ort mit so vielen Paragons vorzudringen. Aber wenn wir jemanden auf der Innenseite haben, dann haben wir eine Chance.«

»Hast du irgendwelche Anhaltspunkte, oder ist das ein wilder Griff nach Strohhalmen?«

»Alles, was ich habe, sind wilde Griffe, Wexley. Deshalb bin ich in deiner lächerlichen Wohnung, nach dem, was mein größter Triumph hätte sein sollen. Sieh mich an, sieh dir das an.« Zhan-Yo folgte seinen eigenen Anweisungen, sah seine dünnhäutigen Hände, einen Körper, der Anzeichen zeigte, dass er dem Kampf gegen die Welt nicht gewachsen war. »Ich werde diesen Paragon finden, wir werden zu diesem Gipfel gehen, und wir werden eine bessere Welt in Gang bringen.«

Wexley hatte keine Antwort für ihn, und nachdem der Mann Zhan-Yo das Versprechen abgerungen hatte, dass er am Abend in die Mall gehen würde und dass Zhan-Yo den Tag damit verbringen würde, sich nicht von allen auf dem Planeten sehen zu lassen, ging er.

Zhan-Yo wartete, bis Wexley gegangen war, zog sich einen unauffälligen Pullover und Jeans an, setzte eine Kunstpelzmütze auf, ließ die Schwerter zurück und wagte sich in den späten Vormittag hinaus. Er hatte ein Ziel, nicht weit von Wexleys glänzendem Gebäude entfernt, ein Restaurant im alten Stil, mitten in einer Seitenstraße der Michigan Avenue eingebettet, ein Raum, der aussah, als hätte die Zeit seine Existenz vergessen, mit Holz überall, fleckigen Metalllaternen, die seit Jahrhunderten nicht mehr gereinigt worden zu sein schienen, und einer langen Bar, an der eine gebeugte Menge saß, die schwarzen Kaffee nippte und vage auf verstreute Fernseher starrte.

Zhan-Yo nahm sich einen eigenen Tisch, ohne Einwände von einer Hostess, die mehr mit ihrem Tama beschäftigt war als mit ihrer Arbeit. Eine unangezündete Kerze schmückte die Tischplatte, so oft neu lackiert, dass sie wie Plastik glänzte. Neben den Bildschirmen hingen um Zhan-Yo herum alte Gegenstände ohne jeden Reim und schon gar keinen Grund, als hätte jemand Nachlassverkäufe durchstöbert, wahllos Objekte gegriffen und sie an die Wände genagelt. Hier ein Fahrradrad, dort ein Filmplakat aus dem letzten Jahrhundert, und ja, das war eine echte Jukebox in der Ecke, ihre Lichter an, aber keine Schallplatten zum Abspielen bereit. Die wären zu teuer gewesen, und die Bar hatte sowieso Sport über ihre Lautsprecher laufen.

»Ich hatte keine Nachricht um zwei Uhr morgens von dir erwartet«, sagte Sylvies Bruder, als er den gegenüberliegenden Stuhl herauszog und seine große Gestalt darauf niederließ.

»Ich arbeite immer«, sagte Zhan-Yo und hätte fortgefahren, wenn die Kellnerin nicht vorbeigekommen wäre mit einem Blick, der sagte: Bestell jetzt oder schweig für immer. Nachdem Eier, Speck und mehr Kaffee gesichert waren, wandte sich Zhan-Yo wieder Sylvies Bruder zu. »Deine

Schwester hat eine Nachricht von jemandem erhalten, und ich will wissen, wer dieser Jemand ist.«

»Gibt viele Jemande in der Welt.«

»Sie hatten Wissen, das die meisten nicht hätten«, erwiderte Zhan-Yo. Er sah sich um, niemand schien ihnen Aufmerksamkeit zu schenken. Mikrofone könnten überall sein, aber niemand würde all das aufgezeichnete Rauschen ohne Grund abhören. »Ich denke, es ist ein Paragon.«

Sylvies Bruder reagierte nicht auf die Aussage, verdrehte dann die Augen und schaute auf sein Tama. »Klar, ich frage gleich jeden Paragon, ob er meine Schwester kannte. Das willst du doch, oder?«

»Hör zu«, sagte Zhan-Yo. »Ich weiß nicht, wie diese Dinge funktionieren, aber ich muss in diesen Gipfel reinkommen, und ich kann nicht in diesen Gipfel reinkommen, ohne dass mir ein Paragon hilft.«

»Du nimmst an, dass sie, nur weil dieser eine dir eine Nachricht geschickt hat, bereit sein werden, den nächsten Schritt zu gehen?«

»Ich nehme es an.«

»Gefährlich.« Der große Mann hörte auf mit dem Augenrollen und dem Achselzucken. Jetzt sprach er Klartext. »Jeder ist bereit, alles zu riskieren, wenn der Einsatz nicht real ist. Wenn du diesen Paragon bittest, ihre Zukunft, ihre ganze Organisation für dich aufs Spiel zu setzen, könnten sie einen Rückzieher machen.«

Zhan-Yo nickte, »Ich muss es versuchen. Sobald die Paragons sich wieder geordnet haben, werden sie mich finden, und wenn sie das tun, ist dieser Traum tot.«

»Und dafür ist Sylvie gestorben?«

»Ja.«

»Dann zeig mir die Nachricht«, sagte Sylvies Bruder. »Digitale Fingerabdrücke sind leicht zu lesen.«

»Danke.«

»Dank mir nicht, ich habe dir die Rechnung noch nicht

geschickt.« Der Mann bot ein halbes Lächeln. »Ich heiße übrigens Mathieu.«

»Zhan-Yo.«

Hände wurden geschüttelt, das Frühstück kam, und sie planten die neue Welt bei Speck und Eiern.

KAPITEL 20
DER RAT EINES CHAMPIONS

ERSTAUNLICH, was eine gute Nachtruhe und ein Morgen mit Drohnen-Einsatzberichten bei einer Tasse Tee bewirken konnten. Mynx beendete ihre Aktualisierungsliste und schickte sie an Reeves, der den Tag damit verbringen würde, die Software anzupassen, um einige der gestrigen Probleme zu beheben - insbesondere einen neuen Modestil mit reflektierenden Bändern, der die Drohnenkameras durcheinanderbringen könnte. Bis morgen würden die Drohnen die Färbung berücksichtigen und die Träger als Menschen registrieren, anstatt sie etwa für Verkehrskegel oder Schilder zu halten.

Aegis hätte es langweilig genannt, nicht im Feld zu sein und irgendeinem Schläger die Faust ins Gesicht zu rammen. Das war zum Teil der Grund, warum sie so gut zusammengearbeitet hatten: Aegis und sein ständiger Wagemut zogen die Presse auf sich, sodass Mynx im Hintergrund Wunder wirken konnte, um die Welt sicher zu halten. Ohne ihn musste Reeves ständig die Presse abwimmeln und sie an regionale Paragon-Manager verweisen, was die Reporter und Institutionen unweigerlich nicht zufriedenstellte.

»Du könntest die Reporter für illegal erklären, weißt du«, fragte Reeves.

»Nein, ich bin froh, dass es sie gibt«, antwortete Mynx und wischte eine weitere Interviewanfrage von ihrem Tama weg. »Nicht so glücklich bin ich darüber, dass ich im Mittelpunkt stehe.«

Die Champions hatten die Gesellschaft zunächst radikal umgekrempelt. In jenen berauschenden Zeiten, nachdem die letzten Regierungen nachgegeben hatten und sich alle in der relativen Sicherheit Genfs zusammendrängten, hatten die Champions eine Wunscherfüllungstour gestartet. Sie hatten Anweisungen herausgegeben, Länder gezwungen, sich in Regionen umzugestalten, Währungen in den einzigartigen Rep zusammengelegt und dann diesen Umbruch genutzt, um Industrien neu auszurichten, die nach Meinung der Champions unter dem Joch des Kapitalismus gelitten hatten. Mynx hatte ihre vage Unterstützung dem Journalismus zugewandt - mehr weil es eine einfache Gelegenheit bot als aus edlem Antrieb: Die Verbesserung des Drohnenprogramms hatte bereits ihre Zeit und Energie in Anspruch genommen. Publikationen aller Art und Qualität schossen wie Pilze aus dem Boden, wobei dienstleistungsbasierte Reps eine gesunde Grundlage boten, um fast alles zu verfassen und zu verbreiten.

Jetzt erhielt Mynx Anrufe von renommierten Medien, die die Paragon-Übernahme überlebt hatten, und den kleinsten und speziellsten Outlets, von denen jedes hoffte, als Erstes ihre versiegelten Lippen zu öffnen. Seit Aegis' Tod hatte Mynx eine einzige Erklärung abgegeben. Für Trauer und Ruhe. Sie hatte keine Zeit für etwas anderes gehabt. Sie wusste nicht, was sie sagen würde, wenn sie gefragt würde.

»Sie werden dich nicht in Ruhe lassen, bis du ihnen etwas gibst«, sagte Reeves. »Ich habe eine Analyse der Anrufvolumen durchgeführt, die du während früherer Krisen erhalten hast, und sie alle gingen zurück, sobald du dich geäußert hast.«

»Reeves, ich hoffe, ich habe keine superintelligente KI

gebaut, um mir zu sagen, dass die Leute aufhören werden, nach Zitaten zu fragen, sobald ich ihnen ein Zitat gebe.«

»Ich bestätige nur das Offensichtliche.«

»Richtig.«

Mynx musste das Tama sowieso frei halten. Sie erwartete einen weiteren Anruf, diesmal aus der nebulösen Region, die Osteuropa und Zentralasien umfasste. Burovs umkämpftes Gesicht, das immer im Krieg mit sich selbst zu sein schien, sollte bald auftauchen.

Von den Champions war Burov Aegis am ähnlichsten. Er hatte sich zuerst in seinem Heimatland Russland zu einer Legende aufgebaut und war dann durch eine herausragende Leistung nach der anderen über die nationalen Grenzen hinausgewachsen. Im Gegensatz zu Aegis benutzte der Mann nicht seine Fäuste.

Mynx erschauderte. Sie wandte den Blick vom Tama ab und zur Stadt unter ihr. Paragons mit physischen Fähigkeiten, selbst solche, die physikalische Gesetze verspotteten, konnte Mynx verstehen und schätzen. Die anderen, wie Apinya, wie Burov, die deinen Verstand wie Knetmasse formen konnten, machten sie krank. Burov insbesondere fühlte sich immer falsch an. Nicht die Schuld des Mannes - er hatte seine Kraft nicht gewählt -, aber auch nicht wirklich ihre eigene.

Wie auf Stichwort summte ihr Tama und zog ihre Augen zurück. Burovs Gesicht, bedeckt mit dem schweren Make-up, das der Mann immer trug, um die sich bewegenden Schatten unter seiner Haut zu verbergen. Er sah aus wie eine Wachs- puppe, weigerte sich, eine Maske zu tragen, beugte sich aber auch der inhärenten Unmöglichkeit, mit jemandem zu spre- chen, dessen Gesicht aussah, als ob ... nun ja, als ob Schatten unter der Oberfläche krochen.

»Mynx!«, rief Burov aus, als sie den Anruf annahm. »Wie geht es dir? Es ist so lange her!«

»Heute etwas Enthusiasmus abgesaugt?«, sagte Mynx.

Sie hatten sich zum ersten Mal in Japan getroffen. Eine

gemeinsame Rettungsaktion nach einem Erdbeben. Während Aegis, Mynx und andere dort waren, um die physischen Aufgaben zu bewältigen, saugte Burov die Panik, die Angst auf und ersetzte sie durch Ruhe. Entschlossenheit. Er ersetzte Verzweiflung durch Zuversicht, zumindest für eine Weile.

»Natürlich!«, antwortete Burov. »Ich habe heute Morgen eine Schule besucht, kleine Kinder, die ihren Champion treffen wollten. Sie waren so aufgeregt, dass ich dachte, ich würde sie ein wenig beruhigen. Nicht, dass ich den Schub brauche, um mit dir zu sprechen!«

»Brauchst du ihn nicht?«

Burovs Augen verdunkelten sich um einen Schatten und hoben sich von seinem spärlichen dunklen Haar ab. »Mynx, du bittest mich, zu deinem Gipfeltreffen zu kommen, aber du bist so kalt?«

Was machte Burov mit all dieser Traurigkeit? All der Angst, die er den Menschen stahl, die sich um die Trümmer scharten, an ihren Familien zerrten und auf Nachrichten warteten, von denen sie vermuteten, dass sie schrecklich sein würden? Burov speicherte sie, behielt sie in diesen Flecken, die um seine Haut herumschlichen, und gab sie an seine Feinde zurück.

Wenn es ein Geheimnis der Weltübernahme der Champions gegeben hatte, dann war es Apinyas mentale Manipulation gewesen, gepaart mit Burovs Ängste absaugen und sie in die Herzen jedes Weltführers, jedes Generals, jedes Politikers senden, der ihnen gegenübersaß. Mynx hatte zugesehen, wie gegnerische Willen in Echtzeit zusammenbrachen, hatte nichts gesagt, als erzwungene Unterschriften den Champions ihre Träume in die Hände spielten.

»Tut mir leid, Burov«, sagte Mynx und klebte ein schmallippiges Lächeln auf ihr Gesicht. »Es war eine lange Woche. Ich habe nicht mehr viel Freude übrig.«

»Ah, dann sollte ich vorbeikommen. Wir können das in Ordnung bringen.«

»Da bin ich mir sicher«, sagte Mynx.

»Oh, schau nicht so. Ich nehme die Freude eines Welpen und sie ist im Nu wieder da, aber du kannst sie einen ganzen Tag lang behalten. An so einem Handel ist nichts auszusetzen.«

»Komm zum Gipfeltreffen, dann können wir das klären.«

»Mynx, natürlich komme ich. Was passiert ist ...« Hier versagte Burov zum ersten Mal die Fassung. »Was mit Aegis geschehen ist, war eine monströse Tat. Er hatte Besseres verdient. Ich werde kommen, und gemeinsam können wir diesen Zhan-Yo finden. Er wird für das, was er getan hat, bezahlen.«

»Das wird er.« Nachdem sie die Zusage gesichert hatte, wollte Mynx nichts mehr, als das Gespräch zu beenden. Sie glaubte, eine Bewegung unter Burovs linkem Auge zu sehen. Wessen Gefühle waren das? »Sobald ich ihn erwische.«

Burov neigte den Kopf. »Ich bin überrascht, dass er noch frei ist. Wenn das hier passiert wäre, würde so ein Verbrecher keinen Tag überleben, ohne gefasst zu werden.«

»Die Drohnen werden ihn finden. Die Lage war chaotisch.«

Das Gespräch plätscherte danach dahin, trotz aller Bemühungen von Mynx, Burov loszuwerden. Der Russe wollte alle Details für den Gipfel besprechen, die kommenden Änderungen in Atlantis - Burov bestand darauf, Pixie zu treffen, bevor er seine Zustimmung gab - und dann fragte er nach Mynx' Privatleben, was so weit über die Grenze ging, dass Mynx dem Champion schließlich geradeheraus sagte, sie müsse gehen.

»Immer noch empfindlich, selbst nach all den Jahren?«, sagte Burov bei der Verabschiedung. »Was sagt Apinya dazu?«

»Er sagt nichts, weil er Grenzen versteht.«

»Und schau, wohin dich das gebracht hat.« Burov schaffte es tatsächlich, enttäuscht auszusehen, eine Leistung für seinen kantigen Kopf. Trotz der Fähigkeit des Mannes, Emotionen zu stehlen, hatte seine Körpersprache die Finesse eines Steins. »Eine Wunde heilt nur, wenn du es zulässt.«

»Auf Wiedersehen, Burov.«

Mynx wischte den Anruf weg, bevor der Champion ein weiteres Wort einwerfen konnte. Von allen Zeiten, diesen ausgetretenen Pfad zu betreten, war jetzt nicht die richtige.

»Irgendein Zeichen von Celice?«, fragte Mynx Reeves über ihr Tama, während sie Drohnen über Manhattan schweben sah.

»Sie ist noch nicht aufgetaucht«, antwortete Reeves. »Eine Analyse eures letzten Gesprächs lässt vermuten, dass sie nach Chicago gehen will.«

»Dann wir beide. Burov hatte einen Punkt, Reeves. New York hat nicht das, was wir wollen. Schick die Bestätigung an Pixie und sag ihr, sie soll nach dem Gipfel hierher umziehen. Sie ist jetzt die vorläufige Championin und muss Atlantis in Ordnung bringen.«

»Erledigt. Soll ich den Jet aufwärmen?«

»Ja.« Der wolkenlose blaue Himmel sah schön aus, aber sie konnte sehen, wie der Schnee zwischen den Gebäuden peitschte, kalt und scharf. »Mach ihn sehr warm.«

Zhan-Yo war den Drohnen zu lange entkommen. Mynx musste den Mann finden, bevor Celice es tat, denn die Welt musste sehen, dass die Paragons mehr als fähig waren, ihre eigene Gerechtigkeit zu vollstrecken.

Revolutionen würden nicht standhalten.

KAPITEL 21
EIN TREFFEN MIT DEM ADEL

VON DER KÜSTE AUS ragte der Vulkan der Insel schwarz und spitz empor, eine Nadel, die in den blauen Himmel der Bucht stach. Aus der Nähe betrachtet, und Thane spürte die Steigung bei jedem Schritt in seinen unbarmherzigen Sandalen, offenbarte der Vulkan seine wahren Eigenschaften: Felsvorsprünge, robuste Pflanzen, die sich zwischen den Steinen eingenistet hatten, und dampfende Schlote, die deutlich machten, dass dieses geologische Wunder lebendig war.

Cassidy lief neben ihm an der Spitze der kleinen Gruppe, Sook versteckte sich weiter hinten, wo seine Anwesenheit, die offenbar für jede Fraktion auf dieser Insel ein ständiges Ärgernis war, hoffentlich unbemerkt bleiben würde. Sook selbst hatte die Idee vorgeschlagen und erklärt, dass sie möglicherweise sofort angegriffen würden, wenn er vorne laufen würde.

Und das würde, angesichts der Stadt der Herzogin, ein schnelles Ende bedeuten. Im Gegensatz zu Cassidys Hüttenansammlung am Strand schien dies eher ein voll funktionsfähiger Ort zu sein, an dem ein echtes Ökosystem gedieh. Rauch stieg auf, aber nicht nur von Kochfeuern: Hämmernde

Schläge, Rufe nach Vorräten und zischende Funken von Anomalieenergie innerhalb der Felswände übertrafen Cassidys bescheidene Angebote bei weitem.

»Ich hab's nie abgestritten«, sagte Cassidy mit zusammengepressten Lippen. »Sie hat das meiste Land. Die meisten Leute, die auf der Insel abgeladen werden, fangen hier an.«

»Wie hat sie das geschafft?«

»Ihre Kraft«, Cassidy spuckte diese Worte fast aus. »Man hört von Anomalien, die mit dem Verstand spielen, aber das hier ist was anderes. Ich hab's nie gespürt. Hab sie nie nah genug rankommen lassen.«

»Ist das der Grund, warum Mynx sie hierher gebracht hat?«

»Keine Ahnung. Aber ich denke, du wirst die Gelegenheit bekommen, sie zu fragen.«

Die Felsmauer der Stadt sah aus, als wäre sie zusammengepresst worden, schlecht passende Steine, die ineinander gerieben wurden, wobei die Reparatur durch eine smaragdgrüne, moosartige Substanz deutlich zu erkennen war, die ihre Zwischenräume ausfüllte. Am Haupteingang, dem sich Thane und Cassidys Gruppe näherten, zog sich die moosige Versiegelung von unten bis oben an den Seiten entlang und ließ Platz für ein zehn Meter breites Tor.

Cassidys Dorf wirkte halb fertig, ein vorübergehender Lebensraum, der die Menschen am Leben erhalten sollte, bis sich eine bessere Alternative ergab. Dieses hier jedoch fühlte sich dauerhaft an. Die Menschen schufen sich hier ein Leben, auch wenn 'hier' ein Gefängnis war, das sie sich nicht ausgesucht hatten.

Was das für Thanes eigene Ziele bedeutete, war er sich nicht sicher, aber er bezweifelte, dass es helfen würde. Die Menschen hatten nichts dagegen, eine provisorische Unterkunft zu verlassen, aber ein Zuhause?

Drei Wachen kamen ihnen entgegen, ein gemischtes Trio, das Grasgewebe wie Thanes eigenes trug. Keine sichtbaren

Waffen, und ohne Gürtel, um die Griffe zu halten, schien es unwahrscheinlich, dass es irgendwelche versteckten Optionen gab.

Nicht, dass Anomalien normale Waffen bräuchten.

»Cassidy«, sagte der Anführer der Wachen, ein dürrer Mann, dessen Worte vor Süße nur so trieften. »Wir haben euch kommen sehen. Das Übliche ist fast fertig.«

»Du kannst mich die Leere nennen.« Cassidy streifte das Paket mit geräuchertem Fisch ab und stellte es vor sich hin. »Der Vorname ist nur für Freunde.«

»Wir sind keine Freunde?«

»Mort, wir sind keine Freunde. Aber Thane könnte interessiert sein, wenn du's anbietest.«

Morts Blick wanderte zu Thane, aber nichts Freundliches zeigte sich auf dem Gesicht des Mannes. Thane erwiderte das finstere Starren. Trotz Cassidys Worten ging es hier nicht darum, Freunde zu finden. Er brauchte eine Armee, und zwar eine loyale. Das war alles.

»Ich muss die Herzogin sehen«, sagte Thane. »Ich habe einen Plan, wie wir alle von dieser Insel runterkommen, und dafür brauche ich ihre Kooperation.«

»Cassidy«, sagte Mort. »Dein Freund – zählt *er* als einer? – hat Nerven. Er glaubt, er kann hier einfach reinspazieren und sie sehen?«

»Das kann ich«, antwortete Thane, während Cassidy Mort böse anstarrte. »Und du wirst mich hinbringen. Jetzt. Der Rest von euch kann eure Geschäfte abschließen.«

Mort schüttelte den Kopf und verschränkte die Arme. »Ach, das geht nicht. Weißt du, die Herzogin ist heute beschäftigt. Keine Audienzen. Keine neuen Eintritte. Cassidy-«

Thane sah sie nicht sich bewegen, aber er sah Cassidys Ergebnis: Morts Gewebe löste sich von seiner Haut und wurde zu einem Punkt gezogen, den Thane nur wenige Zentimeter vor Morts Brust vermutete. Die Grashalme trafen auf diesen Punkt, wirbelten herum und wurden erst zu Staub und dann zu nichts.

Mort, nackt und alles andere als begeistert darüber, jaulte auf und trat hinter die beiden anderen Wachen zurück.

»Ich hab gesagt, nenn mich die Leere. Beim nächsten Mal nehme ich mehr als nur deine Kleidung.«

Hinter seinem menschlichen Schutzschild ragte Morts Kopf über ihre Schultern. Er spuckte in ihre Richtung, ein Fehlschlag, der weit vor dem Ziel auf den Boden traf.

»Beim nächsten Mal nehmen wir eure Köpfe«, sagte Mort.

»Ich glaube nicht, dass deine Herzogin das sehr mögen würde«, sagte Thane. »Nicht, wenn sie Fische wie diese will. Also, ich hab dich höflich gebeten. Bring mich rein.«

Ein Anführer zu sein erforderte viele Eigenschaften, nicht zuletzt das Verständnis dafür, wann ein Mann befehligt werden konnte. Morts Zorn beiseite, konnte Thane sehen, wie der Mann zerbrach und stotterte, um seine Statur zu bewahren. Die anderen beiden Wachen konnten ihr Grinsen nicht unterdrücken, als ihr nackter Chef versuchte, seine Autorität aufrechtzuerhalten. Cassidys Gruppe lachte.

Auch Mort erkannte, dass er diesen Kampf verloren hatte. Er holte tief Luft, während alle warteten, und räusperte sich dann wie ein pompöser Berater, was, wie Thane jetzt dachte, genau zu dem Mann passte.

»Gut. Ich werde euch hineinführen. Der Rest wartet hier draußen, schließt eure Geschäfte ab und verschwindet«, verkündete Mort. »Ich warne euch jedoch, die Herzogin wird ihre Zeit nicht verschwenden wollen.«

»Das ist mein Problem. Lass uns gehen.«

Der Tag hatte bereits seinen Mittagszenit erreicht, und jetzt, da sein Plan voranschritt, spürte Thane jede vergehende, nutzlose Stunde. Die Welt musste gerettet werden, und Zeit auf dieser mickrigen Insel zu verbringen, half dabei nicht.

Cassidy und die anderen protestierten nicht gegen Morts finale Anordnung, und nach ein paar Minuten, in denen er

Teile anderer Geflechte zusammenkratzte, bastelte Mort einen einfachen Grassrock und führte Thane durch die Tore in die Stadt der Duchess.

»Willkommen in Avalon«, verkündete Mort, als sie durch die Tore gingen und dabei an mehreren Anomalien vorbeikamen, die in die andere Richtung gingen, mit Säcken voller Holz, polierten Steinen und was wie geräuchertes Fleisch einer kräftigeren Sorte aussah.

»Avalon?«, Thane lachte fast. »Ist das nicht ein bisschen anmaßend?«

»Du hast sie noch nicht kennengelernt.«

Stimmt. Thane hatte die Duchess noch nicht getroffen und vor seiner Ankunft auf dieser Insel auch noch nie von ihr gehört. Obwohl die Champions Thane nicht alles erzählt hatten, was während seiner Jahre in Gefangenschaft passiert war, hatte er das Gefühl, dass er von einer gottgleichen Anomalie erfahren hätte, die hervorgekommen war und versucht hatte, eine mythische Stadt nachzubauen.

Es schien viel wahrscheinlicher, dass die Duchess ihr Ego als Mittel nutzte, um verzweifelte, gefangene Anomalien zu kontrollieren. Warum nicht aus deinem Inseldorf einen magischen Ort machen? Wer hier würde sich beschweren?

Avalon folgte nicht Cassidys Dorfvorlage. Wie sich Inlandstädte von Küstenstädten unterscheiden, beherbergte Avalon Gebäude aus schwarzem Gestein, darunter einige, die zu groß für Wohnhäuser waren und die, wie Mort auf Nachfrage erklärte, für die Produktion genutzt wurden. Schmieden für Werkzeuge, Waffen, ein Webbereich für wärmere Kleidung.

Während Cassidys Dorf für alles auf den Ozean angewiesen war, einschließlich Unterhaltung und Bewegung, hatte Avalon keine solche Möglichkeit. Anomalien sammelten sich um ein großes Rechteck in der Mitte, kickten einen rudimentären Ball zwischen provisorischen Toren hin und her. Andere spielten ein Spiel mit Steinchips an einem Stehtisch, stapelten sie aufeinander.

»Nicht viel im Vergleich zu zu Hause«, sagte Thane zu Mort. »Aber unter den gegebenen Umständen bin ich beeindruckt.«

»Es interessiert niemanden, ob du beeindruckt bist.«

»Mich schon. Die Duchess scheint sich um euch zu kümmern.«

»Ja. Wir gehören ihr. Sich um uns zu kümmern ist wie sich um sich selbst zu kümmern.« Wieder bekamen Morts Stimme und seine Augen diesen entrückten Glanz, wenn er von der Duchess sprach. »Wir gehen jetzt zu ihrem Haus, wo du warten wirst, bis sie bereit ist, dich zu empfangen.«

Das Haus der Duchess erwies sich als bescheiden in der Größe - die Schmieden und dergleichen waren größere Strukturen - aber bei weitem das schönste. Vulkangestein, geglättet und aufeinandergeschichtet, bildete, was wie ein umgekehrter schwarzer Eiszapfen aussah, der etwa zehn Meter in die Luft ragte. Rauch kräuselte sich aus der Spitze und sandte seinen schwarzen Finger zum Himmel.

In jeder anderen Stadt auf der Erde würde die Struktur eine seltsame Statue abgeben. Auf dieser Insel, ohne andere Konkurrenz, passte sie zu einer Göttin.

Mort setzte Thane vor dem Eingang des Gebäudes ab, das unbewacht war. Thane stand allein da und ging, nachdem er ein paar Minuten dem Ballspiel zugesehen und neugierige Blicke auf sich gezogen hatte, hinein.

Schwarze Steinböden begrüßten seine Füße, und Thane wurde klar, dass dies das erste Mal war, dass er auf echtem harten Boden lief, seit er die Höhle verlassen hatte. Nach einem Leben auf solchen Oberflächen war es angenehm gewesen, seinen Füßen eine Pause zu gönnen, die Konturen der Erde zu spüren. Jetzt, in diesem höhlenartigen Raum, fühlte sich Thane vom Planeten losgelöst. Klein und unbedeutend.

Kaskadierende Runen, die in die Wände des Gebäudes gemeißelt waren, unterstrichen dieses letzte Gefühl. Riesige

Buchstaben in verschiedenen Sprachen wirbelten von der Spitze herab, beleuchtet von einem kleinen, blendenden Feuer. Zunächst dachte Thane, die Runen seien Gesetze oder Maximen, aber als er herumlas, erkannte er, dass sie viel ... dümmer waren.

Duchess. Das war alles, was sie sagten, aber in verschiedenen Schriften. Sie hatte eine in römischen Buchstaben dort gelassen und damit jegliches Geheimnis beseitigt. Dies war kein Lobgesang auf Weisheit, die Runen waren für sie selbst.

Königtum, selbst selbsternanntes, brauchte ihre Burg.

»Mort sagte, ich hätte einen Besucher?«, ertönte eine geschmeidige Stimme hinter ihm, und Thane drehte sich um, schon dabei, sich zu verbeugen. Diktatoren mochten Unterwerfung, und Thane hatte keine Skrupel, sie vorerst zu geben. »Aber er sagte nicht, wer es war.«

»Thane«, sagte er und hob seine Augen, um eine abgehärtete Frau vor sich zu sehen.

Wie eine kostümierte Waise trug die Duchess Gewänder, die aus so vielen Stoffen zusammengenäht schienen, von denen viele durchgescheuert waren. Sie türmten sich um sie und ihr langes silbernes Haar, ein Outfit, das Thane überall sonst als lächerlich empfunden hätte: Macht kam auf unterschiedliche Weise, und echte Kleidung zu tragen, während alle anderen Grasgeflechte trugen, zeigte, wie weit die Duchess über ihnen stand. Während Thane vermutete, dass sie genau diese Kleidung von den Anomalien genommen hatte, als sie hier gelandet waren, würden solche Feinheiten für ihre Anhänger keine Rolle spielen.

»Ich weiß, wer du bist«, erwiderte die Duchess und betrat ihr Haus, wobei sie links an Thane vorbeiging. »Der lange Gefangene, endlich befreit, nur um sich in anderen Ketten wiederzufinden.«

»In der Tat«, sagte Thane und folgte dem Gang der Duchess mit seinen Augen. Sie bedeutete ihm, sich auf einen von mehreren Steinhockern zu setzen - die Duchess hatte etwas, das wie ein grober, rechteckiger Thron aussah - und Thane tat es, froh, irgendwo anders als auf dem Boden zu sitzen. »Es war nicht die Freilassung, auf die ich gehofft hatte.«

»Also planst du jetzt eine weitere?«

Thane legte den Kopf schräg. Woher wusste sie das?

»Thane«, fuhr die Duchess fort. »Es gibt nur wenige Anomalien auf dieser Insel, die ich als Bedrohung betrachten würde, was an diesem Ort die einzige Überlegung ist, die zählt.« Sie lehnte sich vor, wobei sich die Kleidung auf ihrem Schoß zusammenballte. »Die Leere und Arthur halten sich an ihre Rollen. Die anderen arbeiten für mich. Was soll ich mit dir machen?«

»Zuhören.«

Das tat sie.

Die Duchess, die ab und zu das Feuer mit einem angekohlten Stock, der offenbar dafür bestimmt war, schürte, hörte Thanes Geschichte, wobei sie von Zeit zu Zeit Fragen einstreute, als wolle sie Interesse zeigen.

Thane streifte die Höhepunkte, vom Ausbruch in Neuengland bis zum Abwurf auf der Insel, Cassidy und die Reise hierher. Er schloss mit seinem Plan zur Flucht, der bis zu diesem Punkt bedeutete, die Anomalien zu vereinen und zu sehen, was sie gemeinsam tun konnten.

Am Ende davon stand die Duchess auf, ging in einem großen Kreis um Thane herum. Inspizierte ihn. Thane folgte, drehte sich auf der Stelle.

»Alt, aber rüstig«, sagte die Duchess. »Eine faire Charakterisierung?«

»Stark und weise, denke ich.«

»So weise, dass du allein hier hereinspazierst? Ohne Freunde, ohne Verstärkung außerhalb meiner Mauern?«

»Wie ich sagte, ich bin nicht hier, um zu kämpfen.«

Die Duchess setzte ihr Umhergehen fort, ihre grasgepolsterten Sandalen hinterließen Stücke und Spuren auf den Steinen, während sie sich bewegte. Ihre Hände waren an ihren Seiten, obwohl Thane bemerkte, dass die Duchess etwas mit ihren Fingern zu halten, zu kneten schien. Körner fielen zu Boden.

»Nein, und du wirst es nicht«, erwiderte die Duchess. »Du wirst glauben.«

»Was?«, sagte Thane, aber als er zu Ende gesprochen hatte, begann er zu verstehen.

Die Duchess glühte. Eine schwache weiße Aura wie ein Engel in alten Filmen, und mehr noch, sie ließ keine Körner aus ihren Händen fallen, sondern winzige funkelnde Sterne. Ihr silbernes Haar, das verfilzt und zerzaust gewesen war, floss nun frei in langen Strähnen bis unter ihre Taille.

Diese Kleidung bestand nicht länger aus Flicken, sondern war ein nahtloses, glitzerndes goldenes Gewand. Wäre Thane künstlerisch veranlagt gewesen, hätte er es als die Farbe der Morgenröte selbst bezeichnet.

Die Herzogin bewegte sich weiterhin um Thane herum, sprach ununterbrochen und erzählte ihm all die Dinge, an die er von nun an glauben würde. Dass er jetzt in Sicherheit sei, bei seiner Beschützerin, seiner Königin.

Dass Thane nach einer so langen Reise und solchen Strapazen endlich ruhen könne. Thane hörte diese Worte, und sein Herz, das so lange spröde und zornig gewesen war, schmolz dahin. Frieden erfüllte ihn, und Thane konnte sich nichts anderes mehr wünschen.

KAPITEL 22

HUNDESPAZIERGANG

NACH HAUSE ZURÜCKZUKEHREN, nachdem man dem Tod nur knapp entkommen war, fühlte sich nicht richtig an. Kat ging die Stufen von der Magnetschwebebahn zu ihrer Straße hinunter, wobei die Metallroste unter ihren Füßen wackelten, was aber sonst niemand zu bemerken schien. Der Schnee quetschte sich nicht mehr seitlich weg, wenn sie darauf trat. Die Straßenbeleuchtung reflektierte überall, grell und hell. Die Dinge hatten eine Schärfe, eine Verzerrung. Wie ein Traum, nur intensiver.

Sie konnte Beth und die Elementals nicht aus dem Kopf bekommen. Was sie gesagt und verlangt hatten. Für sie arbeiten? Einen Mörder fangen, der sie fast umgebracht hätte? Kat sollte keine Heldin sein. Sie sollte nicht das Böse auf den Straßen jagen.

Tracker waren dafür da, Anomalien zu jagen, die sich ihrer Verantwortung entzogen hatten, die zwar gefährlich waren, ja, aber keine Mörder. Verwirrt oder einfach nur verängstigt, akzeptierten die meisten, die Kat fing, ihre Rolle in der Gesellschaft, sobald die Paragons sie ihnen zuwiesen, und machten weiter. Einige fielen zurück, versuchten zu fliehen und bezahlten dafür mit ihrem Leben.

Keiner von ihnen hatte Menschen auf der Straße erschossen. Keiner hatte auf sie geschossen.

Und für alle hatte Kat, wenn sie gefangen wurden, eine ordentliche Belohnung bekommen. Diesmal, wenn sie Beth trauen konnte, würde sie ihr Leben bekommen. Höheres Risiko, höhere Belohnung.

»Glaubst du wirklich, dass das passieren wird?«, sagte Calvin, der mit Seeker auf dem Schoß auf ihrem Sofa saß. »Ich hab immer gehört, dass die Elementals die Bösen sind. Deshalb wollte ich nie zu ihnen, selbst als sie es mir angeboten haben.«

»Was bleibt mir für eine Wahl?«, schoss Kat zurück, während sie sich gegen ihren Schreibtisch lehnte. »Wenn ich diesen Typen nicht finde, bringt er mich entweder um, oder Beth macht ihre Drohung wahr, und ich kippe um, wenn Captain Tattoo da drüben mich verschwinden lässt.«

»Wir könnten sie bei den Paragons melden«, sagte Calvin, dann blinzelte er. »Verdammt, ich bin ein Paragon. Ich könnte ein paar Drohnen rufen.«

»Daran hab ich auch schon gedacht«, sagte Kat. »Weiß immer noch nicht, wie die Tattoos funktionieren. Er könnte mich töten, bevor sie in die Nähe kommen.«

»Warte, wie wär's damit? Wir bringen dich ins Krankenhaus, lassen dich komplett verkabeln und rufen dann die Kavallerie. Richtig? Tattoo-Typ lässt dich explodieren, alle sind bereit zu helfen.«

»Siehst du, das Problem bei dieser Idee ist, dass ich verletzt würde. Schon wieder.«

Calvin zuckte mit den Schultern. Kat starrte ihn finster an. Seeker bellte, und das war der Moment, in dem Kat beschloss, dass sie spazieren gehen würden. Nach so langer Zeit in dem engen Keller der Elementals würde eine Runde um den nahe gelegenen Park guttun.

Der späte Nachmittag bedeutete, dass die Leute unterwegs waren, von der Arbeit kamen oder einfach nur die kühle Luft genossen. Wolken zogen auf, aber nicht so viele, um den Sonnenuntergang zu verdecken, der noch so früh war. Kapseln rollten die Straßen entlang, und gelegentliche Schilder und Schaufenster versprachen Ablenkungen, keine davon stark genug, um ihr ständiges Gespräch zu unterbrechen.

Während Seeker an allem schnüffelte, was er konnte, diskutierten Kat und Calvin weiter die Optionen, aber es gab keine guten. Alles führte zu Gefahr, aber nur eines führte zur Rache.

»Also willst du diesen Typen wirklich schnappen?«, sagte Calvin. »Ich meine, willst du wirklich einen Kerl jagen, der dich aus nächster Nähe angeschossen hat? Schon wieder?«

Kat wollte das nicht. Wie so oft wollte sie eigentlich nur eine heiße Schokolade und einen Film. Oder mal wieder schön essen gehen. Solche Dinge schienen allerdings eher ein ewiger Traum als Realität zu sein.

»Du hattest es schwer, oder?«, sagte Kat.

»Ist das eine ernsthafte Frage?«

»Was ich meine ist, ich hatte es auch nicht leicht.« Kat zog Seeker von einer faszinierenden Mülltonne weg, und der große Hund nahm den Hinweis an und sprang vorwärts, zog sie mit. »Also könnte man sagen, ich bin nicht besonders gut angepasst.«

»Was soll das denn heißen?«, erwiderte Calvin.

»Ich meine all diese Leute hier. Diese Stadt. Diese Welt. Es ist, als ob jeder akzeptiert, wo er steht, und einfach nur am Ende des Tages nach Hause kommen und glücklich sein will.«

»Also bist du, was, nicht einer von denen?«

»Doch, bin ich, aber ich weiß nicht, wie man das ist.«

»Hat der Schuss deinen Kopf durcheinandergebracht?«

Sie erreichten den Park, ein großes Quadrat mit blattlosen Bäumen, die ein skelettartiges Blätterdach bildeten. Ein kleiner Spielplatz, bei dem der Schnee zu einer Art Grube um die Rutsche, die Klettergerüste und die Schaukeln geschoben worden war, nahm die Mitte ein. Bänke, einige mit Menschen, einige ohne, säumten geräumte Wege. Friedlich genug, um Kat zucken zu lassen.

»Denke, angeschossen zu werden, bringt die meisten Leute durcheinander«, sagte Kat. »Was ich meine ist, ich weiß nicht, wie man so ist. Ich kann das nicht.«

»Okay?«

»Also wenn du sagst, ich soll die Paragons rufen. Wenn du sagst, nimm den Weg, der mich da raushält, weiß ich nicht, wie ich diese Person sein soll.«

»Kat, ich bin lange weggelaufen. Es funktioniert. Man gewöhnt sich daran, Konflikte zu vermeiden, und weißt du was? Ich war vielleicht nicht glücklich, aber ich war am Leben.«

»Du hast auf einem Schrottplatz gelebt.«

»Hab nie gesagt, dass es perfekt war.«

Kat lachte, und das fühlte sich gut an. Calvin lachte, und weißt du was, das fühlte sich auch gut an. Einen Moment mit einem Freund zu teilen. Verdammt. Sie musste das öfter machen. Brauchte mehr Freunde.

»Also wirst du hinter ihm her sein, ist es das, was du sagst«, sagte Calvin.

»Ja.«

»Wirst du mich helfen lassen?«

»So wie du das letzte Mal so viel geholfen hast?«

Calvin bückte sich und schaufelte etwas Schnee auf. Das meiste zerbröckelte in seiner Hand – zu kalt für einen richtigen Schneeball –, aber er warf die Reste in Kats Richtung. Sie duckte sich, und Seeker, der es bemerkte, sprang zurück und bellte. Calvin warf mehr Schnee nach dem Hund, der aufsprang und die Flocken auffing.

Von da an versank alles im Chaos. Die beiden warfen improvisierte Schneebrocken aufeinander, während Seeker mittendrin herumsprang. Soweit Kat es beurteilen konnte, beobachteten die anderen im Park das Geschehen mit einem Lächeln im Gesicht.

Kat gelang es, einen ziemlich großen Brocken in ihre linke Hand zu bekommen und warf ihn direkt auf Calvins Brust. Die Anomalie fing ihn mit der linken Hand auf, und der zackige Klumpen schrumpfte, als würde er an einem heißen Tag schmelzen. In Calvins rechter Hand formte sich ein perfekter Schneeball. Er warf ihn in Kats Richtung, doch Seeker schnappte ihn und zermalmte den Ball zu Staub.

Eine Anomalie. Kat hatte es in dem Moment fast vergessen. Calvin war ein Paragon, kein Freund, der einfach so Schneebälle im Park warf. Wie ihre Eltern würde er auf Missionen geschickt werden, mit Aufgaben betraut sein und Teil von etwas sein, dem sie sich nie anschließen konnte. Und wenn er Kinder hätte, dann könnte eines vielleicht-

»Hey, willst du zurückgehen?«, sagte Calvin. »Ich weiß ja nicht, wie's dir geht, aber es wird dunkel und mir wird kalt.«

»Lass uns etwas zum Mitnehmen bestellen und versuchen herauszufinden, wer dieser Typ sein könnte.«

»Nicht gerade mein idealer Abend, aber ich bin dabei. Wenn du bezahlst.«

»Dafür, dass du mein Leben gerettet hast?«, sagte Kat. »Oh, Moment, das warst ja gar nicht du.«

»Ich, äh, hab deinem Hund Gesellschaft geleistet?«

Die beiden schafften es, Seeker aus dem Park zu locken und gingen zurück, mit einem halbwegs ausgearbeiteten Plan. Sie würden den Schützen gemeinsam finden. Die Morde stoppen und dann die Elementals dazu bringen, Kat aus ihrer Bindung zu entlassen. Einfach genug.

Es war bereits dunkel geworden, als sie zu Kats Gebäude zurückkehrten, obwohl zahlreiche Straßenlaternen für eine gemütliche Atmosphäre sorgten. Sie hatten sich für etwas Heißes und Würziges entschieden, wobei Calvin Seekers Leine hielt, während Kat ihre Tama an den Eingangsscanner des Gebäudes hielt.

Seekers Jaulen kam zuerst, ein panischer Laut, der Kat dazu brachte, sich umzudrehen, als die Kugel an ihrem Kopf vorbeizischte und ein Loch in die Holztür hinter ihr schlug. Kat dachte nicht nach, sie sprang einfach die Stufen hinunter und versuchte, hinter den Bäumen entlang der Straße in Deckung zu gehen.

Calvin rief irgendetwas, ließ Seekers Leine fallen und berührte den Gehweg. Als Kat sich hinunter kämpfte, ertönte ein weiterer Schuss, der in Calvins provisorische Betonbarriere einschlug, die sich um die beiden und den bellenden Seeker herum ausdehnte, den Kat am Halsband packte.

»Ich rufe die Drohnen«, sagte Kat, während sie sich eng zusammenkauerte und den Alarm in ihre Tama eintippte.

So sehr sie den Kerl auch selbst fangen wollte, es schien keine gute Idee zu sein, es im Dunkeln, ohne ihren Anzug oder irgendwelche Waffen zu versuchen.

Es fiel kein dritter Schuss, und als dreißig Sekunden später Drohnen über ihnen auftauchten und ihre Lichter über die umliegenden Gebäude schweifen ließen, gab es auch keine Festnahmen.

Calvin wartete, bis die Drohnen Entwarnung gaben, bevor er seine Kuppel sinken ließ. Kat blickte auf die Gebäude um sie herum, die sich im Dunkeln auftürmten, jedes ein potenzieller Scharfschützenstandort. Der Schütze wusste offenbar, wer sie war und wo sie wohnte.

»Wir können nicht hier bleiben«, sagte Kat.

»Frag nicht nach meiner Wohnung, weil ich keine habe«, erwiderte Calvin. »Ich hab bei den Paragons übernachtet, aber die sind gerade ein Chaos.«

»Nein, nein.« Kat schloss für einen Moment die Augen. »Ich weiß, wohin wir gehen können.«

»Mir gefällt nicht, wie du das sagst.«

Gordon würde es auch nicht gefallen, aber er würde darüber hinwegkommen. Gordon tat das immer.

KAPITEL 23

DER UNTERGRUND

AEGIS' TOD LIESS das Einkaufszentrum kalt.

Zhan-Yo verließ die Kapsel und blieb am Bordstein stehen, überwältigt von den Massen an Käufern, die ein- und ausströmten. Eigentlich hätten Drohnenlieferungen allein diesen Ort zu einer leeren Hülle machen sollen, aber als die Geschäfte sich darauf umstellten, Erlebnisse statt Verkäufe zu schaffen, kehrten die Menschen zurück. Man hätte meinen können, der Glaube an den bevorstehenden Zusammenbruch der Paragons, der Stützen der Gesellschaft, würde die Leute zu Hause halten. Stattdessen schien der Plan der Menschen, die Dinge am Laufen zu halten, darin zu bestehen, Geld auszugeben, auszugeben und nochmals auszugeben.

Einige schlenderten mit Tüten vorbei, andere gingen mit schwebenden Drohnenwagen hinter sich her, auf dem Weg zu Kapseln jeder Größe, um ihre Errungenschaften nach Hause zu bringen. Zhan-Yo sah all diese unbekümmerten Gesichter, eingemummelt oder rosig in der Kälte. Als ob er überhaupt nichts getan hätte. Musik, irgendein fader, wortloser Beat, spielte im Hintergrund.

Das also war seine Revolution bei der Arbeit.

Vorerst.

Zhan-Yo folgte den Lichtern nach drinnen, durch den Vakuumdruck-Eingang, der darauf ausgelegt war, kalte Luft hinauszudrängen und die Wärme dort zu halten, wo sie sein sollte. Der leichte Druck drückte gegen sein Gesicht, aber auf der anderen Seite streifte er den unauffälligen Mantel ab, den Wexley ihm geliehen hatte, und genoss die Wärme.

Fliesen in einem unlösbaren Muster breiteten sich vor ihm aus, und die zwei Stockwerke des Einkaufszentrums erstreckten sich bis zu einer weit entfernten Decke, von der Kunstwerke und Verkaufsschilder hingen. Dinge, die Zhan-Yo vorher nicht bemerkt hätte, außer dass er nicht erwartet hatte, dass all das noch hier sein würde.

Zhan-Yos Enttäuschung wandelte sich in Hoffnung, als er sah, wie das normale Leben weiterging. Er hatte so viele Abende damit verbracht, sich Sorgen darüber zu machen, wie sehr die Zerstörung der Paragons die Welt verändern würde. Wenn aber die Gesellschaft ein so großes Ereignis wie Aegis' Tod mit so wenig Veränderung durchstehen konnte, dann würden seine eigenen Bemühungen vielleicht doch eine erkennbare Zivilisation zurücklassen. Zhan-Yo könnte die Führung einer beschädigten, aber funktionierenden Menschheit übernehmen.

Dieser Gedanke verlieh seinen Schritten etwas Schwung, als Zhan-Yo zu einem Geschäft mit dem Namen und Logo von Ziran schlenderte. Der Laden, der Techno-Ausrüstung verkaufte, von den Tamas selbst bis hin zu Zubehör und jedem erdenklichen Haushaltsgerät, sah ebenfalls unverändert aus. Obwohl Zirans ehemaliger CEO das Ende des modernen Lebens verkündet hatte, wirkten die Angestellten drinnen genauso gelangweilt wie zuvor. Die rot-schwarzen Farben waren genauso auffällig wie eh und je.

Sie bemerkten allerdings, wie Zhan-Yo durch den Laden zum hinteren Bereich ging. Ein Schild, das auf Toiletten hinwies und erklärte, dass diese nur für Angestellte seien, markierte den Durchgang. Zhan-Yo hielt nicht an.

»Kann ich Ihnen helfen?«, fragte einer der Angestellten, Zhan-Yo schätzte den Jungen mit den zerzausten Haaren auf fünfzehn, und ging mit dem nervösen Gang von jemandem, der es nicht gewohnt war, Erwachsene zur Rede zu stellen, auf Zhan-Yo zu.

»Nein, kannst du nicht«, erwiderte Zhan-Yo und ging weiter.

»Das ist, äh, nur für Angestellte?«, versuchte es der Junge erneut.

»Mir ist es erlaubt«, sagte Zhan-Yo, hielt dann aber seinen Marsch nach hinten und zu dem, was dahinter lag, an. »Wie viele sind schon gekommen?«

»Was?«

»Hier hinten. Wie viele?«

Das Gesicht des Jungen veränderte sich, und er trat sogar einen Schritt zurück. »Einige, glaube ich. Wexley hat uns gesagt, wir sollen sie durchlassen. Tut mir leid, ich wusste nicht...?«

»Du machst das gut. Nichts, wovor du Angst haben musst.«

Der Junge starrte ihn an, also drehte Zhan-Yo sich wieder um, ging am Nur-für-Angestellte-Eingang vorbei und scannte mit seinem Tama durch eine verschlossene Tür. Sanftes gelbes Licht leitete seine Schritte die Treppe hinunter zu einer einfachen Lobby, in der ein paar billige Stühle standen und sonst nicht viel.

Eine einzige dicke Holztür führte weiter hinein, und Zhan-Yo zögerte, bevor er sie öffnete. Auf der anderen Seite würde, in Ermangelung eines besseren Wortes, sein Schicksal liegen. Die Macht, die ihm noch geblieben war, hing an einem seidenen Faden, und selbst wenn Mathieu die verräterischen Paragons finden würde, die sie brauchten, konnte Zhan-Yo keinen Schritt machen ohne die Unterstützung dieser Leute.

Zhan-Yo würde ihre Vertreter, ihre Männer, ihre Ressourcen brauchen, und er würde sie bekommen.

Er stieß die Tür auf, ohne anzuklopfen, was die Gespräche verstummen ließ und die etwa ein halbes Dutzend Männer und Frauen im Raum erstarren ließ. Sie sahen ihn mit panischen Blicken an, die sich allmählich in die Grimassen und bösen Blicke verwandelten, die Zhan-Yo erwartet hatte.

»Du hast es geschafft«, sagte Wexley und kam von der linken Seite des Raums herüber, wo er gerade Whiskey mit einem Anführer des weltweiten Transportgeschäfts getrunken hatte. »Ich war mir nicht sicher, ob die Kapseln dich mitnehmen würden.«

»Ich habe deinen Account benutzt.« Zhan-Yo ließ seinen Blick über die Gäste schweifen, registrierte jeden, der gekommen war, und zeigte, zumindest äußerlich, dass er nichts Geringeres erwartet hatte. »Das ist eine gute Beteiligung.«

»Sie wollten sichergehen, dass du weißt, dass sie nicht glücklich sind.«

Zhan-Yo roch den Whiskey in Wexleys Atem und bemerkte, dass sein Leutnant nicht die Geschäftskleidung trug, die normalerweise wie angeklebt an ihm hing. Stattdessen trug Wexley heute Abend eher Sportkleidung, als ob er vor dem Treffen hier noch joggen gewesen wäre. Zumindest passte es zur Vorliebe der ganzen Gruppe für Schwarz.

»Willkommen«, begann Zhan-Yo. »Bitte, setzt euch. Wir haben viel zu besprechen, und ich kann mir vorstellen, dass die meisten von euch lieber überall sonst wären als hier.«

»Da hast du Recht«, sagte eine Frau mit Akzent, die eine Naturproduktfirma von jenseits des Meeres vertrat, in dem, was einmal Afrika gewesen war. »Wir sind hier, weil du anscheinend nicht verstehst, was wir dir per Video mitgeteilt haben.«

Zhan-Yo kannte alle ihre Namen, weigerte sich aber, sie jetzt hervorzukramen. Sie waren in diesem Moment alle gleich, Kreaturen, die es mit allen nötigen Mitteln zu kontrollieren galt.

»Ihr seid verärgert, weil ich etwas begonnen habe, an das ihr alle geglaubt habt«, sagte Zhan-Yo.

»Wir waren nicht bereit!«, sagte ein anderer Mann zu Zhan-Yos Rechten. »Es war nicht der richtige Zeitpunkt!«

»Und wann wäre der gewesen? Wann wäre der richtige Zeitpunkt gewesen?«

Der Mann warf die Hände in die Luft. Die anderen im Raum sahen sich gegenseitig an, ihre Tamas. Denn natürlich würde es nie einen richtigen Zeitpunkt geben. Große Worte sprechen und sie vergessen, wenn man sie untermauern musste.

»Ich glaube, der richtige Zeitpunkt ist, wenn sich eine Chance bietet«, sagte Zhan-Yo. Er lehnte sich in seinem Stuhl nach vorne, die Arme ausgestreckt, die Handflächen nach oben. Vorerst bittend. »Aegis hat uns eine Gelegenheit gegeben, also habe ich sie ergriffen. Ob das jetzt etwas bedeutet, liegt an euch.«

An den Gesichtern um den Tisch herum konnte man erkennen, dass Zhan-Yos Worte nicht viel bedeuteten. Die meisten waren ausdruckslos, und ein paar sahen sogar krank aus. Als ob es ihnen unangenehm wäre, im selben Raum wie ein Mörder zu sitzen. Zhan-Yo wäre vor ein paar Jahren vielleicht genauso gewesen, aber er hatte die Verleugnung hinter sich gelassen.

Veränderung erforderte Opfer, und diese Leute verstanden das nicht. Noch nicht.

»Wexley«, sagte Zhan-Yo. »Kannst du die Tür abschließen?«

»Ich ... kann?«, sagte Wexley, stand aber trotzdem auf und folgte Zhan-Yos Anweisung, indem er sein Tama gegen den schwarzen Scanner neben der Tür strich, dessen Licht von einem angenehmen Grün zu einem warnenden Rot wechselte.

Zhan-Yo ließ seinen Blick erneut über seine Gegner schweifen und fixierte sie mit einem geraden Blick: »Bevor jemand diesen Raum verlässt, werdet ihr euch zu diesem Kurs verpflichten. Ich habe einen neuen Plan, und er wird Geld und Ressourcen erfordern. Ihr werdet ihn unterstützen.«

»Du kannst uns nicht zwingen«, sagte ein Mann links, der seinen eigenen Stuhl zurückschob. »Du hast deine Vision verloren, Zhan-Yo. Wir haben uns nicht für ein Blutbad angemeldet.«

»Und ich wollte auch keins«, sagte Zhan-Yo und stand auf, um dem Mann gegenüberzutreten, der größer, aber nicht fitter war als er. Zhan-Yo hob einen Finger, um Wexley davon abzuhalten, zu seiner Verteidigung zu kommen. »Pläne müssen sich ändern, um den Umständen gerecht zu werden. Das Ziel bleibt dasselbe, die Methoden unterscheiden sich.«

Als Zhan-Yo den Mann musterte, konnte er erkennen, dass er aus privilegierten Verhältnissen kam, und nicht von der Art, die nur für den Namen allein Luxusmarken verschleuderte. Der Anzug des Mannes war von dezenter Qualität, sein Tama neu, aber mit farbigen Tags versehen, die von Leuten angebracht worden waren, die wussten, was sie taten. Er konnte wahrscheinlich Wexleys Türschloss überschreiben, wenn er wollte.

Geschwollene Augen zeigten, dass dem Mann der Schlaf fehlte, wahrscheinlich wegen Überarbeitung, und obwohl er an den Rändern weicher geworden war, blieb genug übrig, um seine Kleidung mit einer fitteren Vergangenheit auszufüllen. Dass Zhan-Yos Annäherung keine erkennbare Angst bei dem Mann auslöste, deutete auf Erfahrung mit Widrigkeiten hin.

Alles in allem eine imposante Persönlichkeit, und während Zhan-Yos Wahrnehmung ihm in unzähligen Geschäftstreffen geholfen hatte, die richtigen Worte und Wünsche zu finden, um einen Vertrag zu unterzeichnen, zeige sie hier nur, dass das, was Zhan-Yo im Begriff war zu tun, schlecht enden könnte.

Bei allem, was Zhan-Yo dafür riskiert hatte, was machte da eine Sache mehr aus?

»Setz dich«, sagte Zhan-Yo.

»Ich bin für eine Diskussion gekommen, nicht für Befehle. Ich gehe.«

»Nein, das tust du nicht. Nicht ohne die neue Vereinbarung zu akzeptieren.«

Der Mann schüttelte den Kopf und machte einen langen Schritt um Zhan-Yo herum in Richtung Wexley und der Tür. Zhan-Yo ließ ihn vorbei, versetzte ihm dann aber, als der Mann ihm den Rücken zuwandte, einen scharfen Tritt gegen den linken Knöchel. Ein solides Bein, aber Zhan-Yo traf es richtig und fegte den Knöchel nach vorne, sodass der Mann nach hinten taumelte.

Keuchen und Rufe, sowohl unterdrückt als auch nicht, erfüllten den Raum.

Zhan-Yo fing den großen Kopf des Mannes auf, bevor er auf den Boden aufschlug, und ließ ihn dann sanft herunter, wobei er den weit aufgerissenen Augen des Mannes einen ernsten Blick zuwarf.

»Das ist nicht, was ich wollte«, sagte Zhan-Yo und blickte zur Menge zurück. »Aber ich hoffe, ihr seht, wie ernst es mir ist. Wir werden das durchziehen, und ihr werdet helfen. Es gibt kein Zurück mehr.«

Als Zhan-Yo fertig war, sah er ein Zucken unter sich, und der Mann, den er zu Boden gebracht hatte, schlug von seinen Knien aus wild in Richtung Zhan-Yos Bauch. Zhan-Yo blockte den Schlag nach unten ab, trat einen Schritt zurück und ließ den Mann auf die Füße kommen, wobei der schicke Anzug durch die Begegnung mit dem Betonboden beschädigt war.

»Die Paragons halten einen Gipfel ab«, sagte Zhan-Yo und wich einem weiteren schwerfälligen Schwinger aus. »Alle Champions werden kommen.«

Der Mann verfolgte ihn um den Tisch herum, alle beobachteten den Tanz. Wexley, der aus dem Weg ging, kehrte zu seinem Platz zurück.

»Bis dahin müssen wir unsere Waffen sammeln, sowohl physische als auch digitale«, fuhr Zhan-Yo fort und duckte sich unter einem weiteren Schlag weg.

Das Gesicht des Mannes wurde immer röter, während sie weiter um den Tisch kreisten, Schweiß zeichnete sich auf seiner langen Stirn ab. Er hielt seine Fäuste wie ein Boxer, aber einer, der nur wilde Schwinger warf.

»Wenn sie sich versammeln, werden wir zuschlagen«, sagte Zhan-Yo. »Wir werden ihren Gipfel lahmlegen und beweisen, dass wir es verdienen, unseren Platz in ihrer Welt zu haben. Jede Kamera wird dort sein, jeder wird unsere Worte hören.«

Sie kamen an der Ausgangstür vorbei und der Mann warf einen Blick darauf, sein Tama bereit für den befreienden Wisch. Dann wandte er sich wieder um und nickte zu Zhan-Yos Beinen.

»Große Worte für einen Feigling«, sagte der Mann. »Du hast mich getreten, und jetzt willst du, dass ich mit dir kämpfe?«

»Ich frage nicht.«

Der Mann knurrte, zweifellos sehr daran gewöhnt, zu bekommen, was er wollte, und frustriert, dass das hier nicht der Fall war. Er startete wieder nach vorne. Er stolperte – vielleicht hatte Zhan-Yo mehr als nur den Knöchel gestreift – in einen weiteren großen Schwinger.

Diesmal trat Zhan-Yo hinein, darum herum. Er ging direkt vor das Gesicht des Mannes und schob, indem er sein rechtes Bein hinter das des Mannes stellte, seinen Gegner nach vorne. Diesmal fing er den Sturz nicht auf.

Während der Mann am Boden stöhnend lag, wandte sich Zhan-Yo wieder den anderen zu, diesen zögernden Anführern, die so unwillig waren, das zu riskieren, was sie hatten, um Normale auf eine Stufe mit den Paragons zu stellen.

Früher, als er mitreißende Reden über eine bessere Zukunft gehalten hatte, hatte Zhan-Yo Hoffnung in diesen Gesichtern gesehen. Hatte Mut in ihren Schultern, ihren nickenden Köpfen gelesen. Jetzt sah Zhan-Yo Angst.

Er würde auch das nutzen.

KAPITEL 24
VERRÄTER

WAS GEBÄUDE ANGING, neigten die Paragons dazu, das höchste und imposanteste Bauwerk zu wählen, das sie in ihren Städten finden konnten. Trotzdem schien es für Chicago übertrieben, das obere Viertel des Willis Tower zu besetzen. Aber hey, Mynx lebte in einem Bergversteck außerhalb von LA, also was wusste sie schon davon, über die Bevölkerung zu herrschen?

Kurz vor der Abendessenszeit bedeutete, dass nur wenige Paragons die Büros besetzten, und diejenigen, die da waren, waren entweder jung und frisch oder alt und engagiert. Sie standen oder saßen an ihren Plätzen und überprüften laufende Fälle oder digitale Stadtpläne, die mit Drohnenalarmen überlagert waren. Einige sprachen mit diesen Drohnen oder den Menschen darin, Befehle und Ratschläge durchbrachen den ansonsten sterilen Raum.

Jedes Paragon-Büro hatte seinen eigenen Charakter. Das von Chicago feierte die lokale Kultur, die Wurzeln der Stadt, sowohl in der fernen Vergangenheit als auch in ihrer jüngeren, von den Paragons geprägten Ära. Bilder, echte, physische Bilder, säumten die Wände mit Gesichtern aus den lokalen

Reihen, entweder im Porträtstil oder in Aktion, wie sie jemanden oder etwas retteten.

Lustig, wie wenige von ihnen Mynx kannte oder auch nur erkannte. So viele Paragons jetzt, so viele Anomalien, die unter ihrem Namen frei herumliefen. Vor langer Zeit hatten die Champions jeden neuen Rekruten persönlich begrüßt, hatten ihre Fähigkeiten überprüft und sie mit der gleichen Sorgfalt in ihre jeweiligen Abteilungen eingeteilt, mit der jemand Farben in einem Gemälde platzieren würde. Jetzt erledigten Algorithmen alles, und die regionalen Leiter griffen nur ein, wenn es nötig war.

Die Champions? Theoretisch beschäftigten sie sich mit den größeren Problemen. In Wirklichkeit bastelten sie an ihren Lieblingsprojekten und ließen die Welt gleiten.

Ihr Ziel, ein Konferenzraum im Zentrum des Paragon-Blocks, hatte eine einzige, dicke weiße Tür mit einer leuchtend roten Linie, die den Außenrand umrahmte. Mynx betrachtete sich selbst, jetzt in einer klassischen blauen Paragon-Uniform gekleidet. Trotzig weit entfernt von Business-Formal, jederzeit bereit für Action, ähnelten die Uniformen der Eng-Anliegenden aus alten Comics und schienen auch deren scheinbare Unverwundbarkeit zu besitzen.

Einen Paragon zu töten, erforderte selbst ohne dieses Ding viel Arbeit. Damit würde derjenige, der Mynx angriff, Glück haben, überhaupt zu überleben, selbst mit dem Überraschungsmoment auf seiner Seite.

Deshalb verspürte sie nicht mehr als Neugier, als sie die Tür ansah und dann hindurchging. Ihr Tama piepste einmal kurz, als sie das tat, und kündigte den Signalverlust an, als Mynx die Schwelle überschritt und die Tür sich hinter ihr schloss.

Im Gegensatz zu den mit Bildern beladenen Wänden außerhalb des Raumes dominierte hier schiefergraue Farbe jede Oberfläche. Ein langer Tisch, groß genug für ein Dutzend

Personen, stand in der Mitte. Ein einzelner, bulliger, rothaariger und bärtiger Mann nahm am Kopfende Platz und nickte Mynx zu, als sie hereinkam.

»Willkommen, Champion«, sagte Innis, angeblich der letzte Paragon, der Aegis lebend gesehen hatte. »Ich bin froh, dass du endlich Zeit gefunden hast zu kommen.«

»Innis.« Mynx nahm ihren eigenen Platz gegenüber dem Mann am anderen Ende des Tisches ein. Die Entfernung zwischen ihnen war absurd, aber Mynx verspürte kein Verlangen, sie zu verringern. Innis wirkte zu gefasst, sein Lächeln zu falsch und seine Augen zu hart. Mynx hatte den Mann noch nie gemocht, und die formelle Begrüßung tat nichts, um ihre Einstellung aufzutauen. »Wie du weißt, war es nicht einfach.«

»Nee, war's nicht«, erwiderte Innis. »Wir halten aber ganz gut zusammen. Du hast's gesehen, da draußen ist alles normal.«

»Wie ich es erwarten würde. Aber ich bin nicht hier, um zu sehen, wie du dein Büro führst. Ich will wissen, warum du ihn noch nicht gefunden hast.«

»Wen?«

Mynx verengte ihre Augen. »Spiel nicht den Dummen. Ich hab keine Zeit dafür, und du auch nicht.«

»Er ist glitschig«, räumte Innis ein. »Zhan-Yo hat viele Verbindungen, viele mächtige Freunde. Ich hab Leute, die Tag und Nacht nach ihm suchen.«

»Ja, das hast du. Ich hab das überprüft. Scheint, als wären es deine jüngsten Teams, die die Jagd machen, und sie sind auch die ersten, die abgezogen werden, wenn ein Einsatz reinkommt. Meine Drohnen sind die einzigen, die die echte Arbeit machen.«

»Werden die nicht besser darin sein?«

»Wenn Zhan-Yo ins Freie wandert, vielleicht«, sagte Mynx. »Du hast Anomalien, die durch Wände sehen können, die in

die Köpfe der Leute gehen und ihre Geheimnisse heraus-
reißen können. Warum setzt du die nicht ein?«

Innis lehnte sich zurück, legte den Kopf schief: »Dachte
nicht, dass wir die Art von Helden sind, die sowas machen.«

»Mörder finden?«

»Unschuldige Leute foltern.«

Mynx wollte die Idee zunächst zurückweisen – was die
Anomalien tun konnten, war nicht schmerzhaft, die meisten,
die Gedanken durchforsten konnten, würden Geheimnisse
gewinnen, ohne dass das Ziel überhaupt merkte, was
passierte – aber stattdessen atmete sie tief durch und nutzte
den Moment, um Innis' Blick zu studieren, das kleine selbstgefällige Grinsen, das sich zwischen seinen brennenden Stop-
peln eingenistet hatte.

»Warum kämpfst du in dieser Sache gegen mich an?«,
fragte Mynx stattdessen. »Willst du ihn überhaupt fangen?«

Innis fuhr mit den Handflächen über den Tisch, als würde
er imaginäre Krümel auf den Boden fegen, dann verschränkte
er die Hände unter seinem Kinn, sein Mund zuckte.

»Siehst du, Mynx, genau das ist es.« Innis' Gesicht wurde
wahnsinnig, und Mynx' Magen zog sich zusammen. »Ich will
nicht. Kein bisschen.«

Innis stand vom Stuhl auf, drückte einen Knopf an seinem
Tama, und die schwere Tür hinter Mynx, der einzige Ausweg
aus dem Konferenzraum, verriegelte sich mit einem lauten
Klicken.

»Du weißt nicht, wie es war, unter Aegis' Stiefel zu leben«,
sagte Innis und begann, um den Tisch herum auf Mynx zuzu-
gehen. »Er sagte etwas, und man musste springen. Er änderte
die Regeln, und man musste sich anpassen. Und er mochte
mich nicht. Ich würde nie ein Champion werden. Würde nie
entkommen.«

Mynx hörte die Worte und trennte ihre Gefühle ab.
Genauso wie sie eine frustrierende Routine umprogram-

mieren oder mit den lästigen, aber notwendigen Anforderungen eines Tages umgehen würde, schob Mynx die tote, kalte Wut beiseite und betrachtete die Situation.

Innis strahlte Bedrohung aus. Als Verräter würde Innis einen ziemlich hohen Platz in der Paragon-Struktur einnehmen, um überzulaufen, aber ein Verrat wie seiner wäre nicht unerhört. Mit all ihrer Macht dachten einige Anomalien, sie wären bessere Herrscher als die Champions. Einige versuchten, nach diesen Gedanken zu handeln.

Sie scheiterten alle.

»Also wirst du jetzt genau da sitzen bleiben, und wir werden die anderen Champions an die Leitung holen«, sagte Innis und ging nun langsam, um seinen eigenen Worten Zeit zu geben, sich zu entfalten, als ob er seinen Plan erst beim Sprechen entwickelte. »Dann wirst du ihnen sagen, dass du mir Atlantis gibst. Nicht Pixie. Dann wird alles gut sein.«

Innis passierte die Hälfte des Tisches. Er kam näher. Ohne ein Tama-Signal konnte Mynx keine Hilfe rufen. Reeves konnte sie nicht hören. Und mit der verschlossenen Tür konnte sie nicht nach draußen flüchten.

Na gut.

Mynx, noch immer sitzend, hob ihr linkes Bein und trat den Stuhl zu ihrer Linken weg, sodass er auf Innis zurutschte, während sie selbst von ihm weggeschleudert wurde. Er grunzte und warf den Stuhl beiseite, als Mynx aufstand.

»Das wird nicht passieren«, sagte Mynx. »Niemals.«

»So stur. Genau wie Aegis.«

Innis stürzte auf sie zu, drängte sich um den Tisch und rannte mit der Absicht, sie zu tackeln, auf sie zu. Der Mann hatte genug Muskeln, und Mynx hatte dünne genug Knochen, dass ein solcher Angriff sie zu einem gebrochenen Wrack machen würde. Also rannte sie los, schob ihren Stuhl in Innis' Weg und umrundete den Tisch.

Jetzt stand sie gegenüber der Tür, gegenüber von Innis.

»Hast du Aegis gebeten, in den Ruhestand zu gehen?«, fragte Mynx. »Wie hat er es aufgenommen?«

»Ungefähr so gut wie du.« Innis sprang auf den Tisch, der unter seinem Gewicht ächzte. »Der Mann wollte weiterkämpfen, bis er tot umfällt.«

Ein weiterer schwerfälliger Angriff. Diesmal glitt Mynx unter den Tisch, während Innis oben vorbeirannte. Über den Teppich zu kriechen fühlte sich nicht besonders heldenhaft an, aber es hielt die Pranken des Mannes von ihr fern. Im Moment war das das Wichtigste.

Sie begann nach rechts zu rollen, wechselte dann aber nach links, als Innis, dessen Beine sichtbar waren, als er vom Tisch sprang, Hinweise auf seine Richtung gab. Mynx stieß sich hoch, sobald sie den Tisch passiert hatte, und schaffte einen einzigen Schritt, bevor Innis ihren rechten Arm packte.

»Hab dich!«, schrie Innis und zog Mynx zurück.

Mynx nutzte den Schwung, nutzte die Jahre, die sie mit Aegis verbracht hatte, mit ihm trainierend auf sein Beharren hin, dass ein Champion sich nie allein auf Gadgets verlassen dürfe. Helden, würde Aegis sagen, müssten bereit sein, ihre Hände zu benutzen. Jetzt benutzte Mynx ihre linke Hand, um Innis auf die Nase zu schlagen, wobei der Handballenschlag eine knirschende Verbindung herstellte, die Innis taumeln und sein Gesicht umklammern ließ.

Innis fluchte, und Mynx rannte zur Tür. Sie griff nach dem Griff, traf das Schloss und fiel hinein.

Eine leere weiße Landschaft erstreckte sich bis in die Unendlichkeit unter einem grauen Himmel. Sich verändernde Zahlen bildeten schwebende Säulen, die über ihr und um sie herum glitten und sich hier und da mit der weißen Ebene vermischten, während sie in einem unsichtbaren, unfühlbaren Wind schwankten.

Zeit mochte hier keine Bedeutung haben, aber draußen verging sie trotzdem. Mynx musste das Schloss finden, und zwar schnell, bevor Innis merkte, was sie tat, und sie außer

Gefecht setzte. Jedes Schloss hatte seinen eigenen Charakter, aber sie alle teilten einige Eigenschaften: Eine dieser Säulen würde der Schlüssel sein.

Aber es gab Tausende, vielleicht Millionen, die über alles schwebten, was sie sehen konnte. Unmöglich.

Also, anstatt den Schlüssel zu finden, änderte Mynx das Schloss. Sie steckte ihre Hände in den weißen Boden - es fühlte sich nach nichts an - und Lila-Schwarz breitete sich von ihrer Berührung aus, korrumpierte und veränderte den Code des Schlosses.

In etwas mehr als zwei Sekunden verwandelte Mynx das Standard-Paragon-Programm des Schlosses - eines, das sie selbst entworfen hatte - in ein neues, das an Mynx' Tama gebunden war. Auf dessen Signal, und nur auf das ihres Tamas, würde sich die Tür öffnen und schließen.

Als die letzte Variable an ihren Platz glitt und die letzte dieser Zahlensäulen zu virtuellem Staub zerfiel, verschwamm der gesamte Raum, wie Statik, die über eine Antenne kommt.

Innis hatte sie.

Mit einem Blinzeln, einer harten Verschiebung, wie wenn man schnell aus einem Nickerchen aufsteht, wirbelte Mynx aus dem virtuellen Universum des Schlosses heraus und erwachte zurück im versiegelten Raum. Gerade rechtzeitig, damit Innis sie von der Tür wegschleuderte und auf den Tisch warf.

»Weißt du«, sagte Innis, schwer atmend, zwei Blutspuren verunzierten sein Gesicht auf ihrem Weg nach unten von seiner Nase. »Ich wollte einen Deal machen. Jetzt denke ich, es könnte besser sein, dich auch einfach zu töten.«

Sie *auch* zu töten?

Interessant.

»Du hast deine Chance verpasst.« Mynx tippte auf ihr Tama und sendete das Signal an das Schloss.

Die Tür gehorchte, piepste hell und schwang auf. Drau-ßen, bereits wartend, vielleicht angezogen von den Geräuschen aus dem Inneren des Raumes, standen ein halbes Dutzend Paragons. Uniformiert, bereit, ihrem Champion zu Hilfe zu kommen.

Dann lachte Innis. Winkte zur Tür hinaus zu den versammelten Paragons.

»Kommt rein!«, bellte Innis. »Mynx sieht die Dinge nicht so wie wir, also kommt und helft mir, sie zu überzeugen.«

Die Erleichterung starb, bevor sie eine Chance hatte zu wachsen. Mynx verarbeitete kaum Innis' Worte, ihre Auswirkungen und was die plötzliche Enge um ihre Brust für ihr Überleben bedeutete. Ein Paragon trat vor, streckte seine Hand aus und schloss sie zu einer Faust, wodurch er sie weiter zusammendrückte.

Der Mann hob seine Faust, und Mynx schwebte vom Tisch. Er zog seinen Arm zurück, und sie bewegte sich auf ihn zu, während Innis die ganze Zeit zu ihrer Rechten nickte.

»Siehst du, Mynx?«, sagte Innis und folgte Mynx aus dem Raum. »Kevin hat dich schon geschlagen. Er ist eindeutig besser, also warum steckt er hier fest, wenn er eine Region leiten sollte?«

Mynx hätte geantwortet, aber Kevins Faust machte es schwer zu atmen, zu sprechen. Denken jedoch lief frei.

Mindestens ein Dutzend Verräter hier. Nach den Blicken auf ihren Gesichtern zu urteilen, dachten diese leichtgläubigen Trottel zweifellos, Innis würde sie zu Macht, wenn nicht gar zu Ruhm führen. Dass sie eine Art Status erreichen würden, der ihnen durch die Arbeit hier verwehrt geblieben war. Als ob die Erhaltung der Zivilisation nicht genug wäre.

Wie oft hatten die Champions schon die Fäulnis aus den Reihen der Paragons beseitigt? Apinya und Burov unternahmen ihre Weltreisen, blickten in Herzen und Köpfe und vernichteten jeden, der aufrührerische Gedanken hegte. Die Säuberungen hatten ausgereicht, um die Reihen der Paragons und die Welt im Großen und Ganzen davon zu überzeugen, dass Dissens nicht geduldet würde.

Aber diese Überprüfungen endeten vor Jahren, als die Paragons zu groß wurden, um sie mit individuellen Untersuchungen zu überwachen. Mynx schlug stattdessen die Drohnen vor, autonome, unbestechliche Körper, die über die Versuchten und Verdrehten wachten. Ihre Maschinen verfehlten dieses Ziel. Jedes System hatte Schwachstellen, und es schien, als könnte dieses sie umbringen.

Kevin – der ernst, aber selbstgefällig aussah – lenkte seine unsichtbare Faust, um Mynx in die Menge der Paragons zu befördern, die sich mit dem Champion in der Mitte teilte. Blaue Uniformen umringten sie, grimmige Gesichter, hier und da durchbrochen von einem halben Lächeln von jemandem, der endlich bekam, was er wollte.

»Was glaubst du, passiert?«, brachte Mynx hervor, während sie Luft holte. »Du tötest mich, du verrätst die Paragons? Wie lange überlebst du?«

Es gab Hunderte allein im Großraum Chicago. Wenn Innis sie nicht alle umgedreht hatte, würde diese kleine Gruppe innerhalb von Stunden vernichtet werden. Ohne Plan war das nichts weiter als Selbstmord.

»Wir haben dich nicht getötet«, sagte Innis und trat in den Ring. »Du bist bei dem Versuch, Zhan-Yo zu finden, gestorben. Wir haben dich gefunden. So tragisch.«

Mynx verdrehte die Augen, blieb aber am Boden. Sie wollte noch nicht ganz sterben.

»Ihr glaubt ihm?«, sagte Mynx zu den anderen. »Ihr denkt, er wird in der Lage sein, euch zu beschützen?« Die Punkte verbanden sich weiter, führten zurück zu Innis' anderen Worten. »Er hat jeden anderen verraten, warum nicht auch euch?«

»Was haben wir zu verlieren?«, sagte Kevin, hockte sich hin und sah Mynx in die Augen. »Ein Leben lang damit festzustecken oder einen Moment lang nach unserem wahren Potenzial zu greifen? Ich weiß, wofür ich mich entscheiden würde.«

Aegis hätte das Gefühl gehabt, diese Paragons im Stich gelassen zu haben. Er hätte ihre Moral beklagt, dass sie einen solchen Weg hätten wählen können. Was dieser unerfüllte Ehrgeiz für die Paragons als Ganzes bedeutete.

Mynx lachte nur.

»Mach sie fertig, Kevin«, sagte Innis zu dem Geräusch. »Wir müssen mit dem Aufräumen anfangen.«

»Tu es, Kevin«, sagte Mynx. »Erfülle dein Potenzial, oder welchen Unsinn du dir auch immer einredest.«

Das zumindest entlockte dem jungen Paragon ein Stirnrunzeln. Er stand jedoch aufrecht, streckte seine Faust aus, und Mynx spürte wieder, wie sich die Luft veränderte, sich eng um sie legte.

Nicht die Art, wie sie dachte zu gehen, aber wie viele dürfen schon wählen?

Die Luft schloss sich um sie, hob sie über die Paragon-Verräter und begann dann, sie zu einem Ball zusammenzupressen. Als sich ihre Arme nach innen falteten und ihre Beine hochkamen, blickte Mynx über ihre Köpfe hinweg und aus den Fenstern, ein letzter Blick auf Chicagos glitzernde Lichter.

Nur sah sie keine. Schieferschwarz draußen vor jeder Scheibe, als wären Jalousien heruntergelassen worden.

»Beende es«, sagte Innis.

Innis sprach den Befehl, und diese schwarzen Fenster barsten in helles Licht. Millisekunden später, noch während die Paragons zu schreien begannen, erfüllte das Rasseln und Krachen zersplitternden Glases, vermischt mit Sturmfeuer, die Etage. Kugeln, konzipiert, um Paragon-Rüstungen zu durchdringen, fegten durch die Reihen unter Mynx und mähten die Verräter nieder.

Kevins Faust löste sich auf, ebenso wie Kevin selbst, und Mynx fiel zu Boden, als das Feuer aufhörte. Sie landete genau da, wo sie gewesen war, diesmal umgeben von zerfetzten Körpern. Innis unter ihnen. Leblos.

»Ich hatte Sorge, du hättest nicht genug Zeit«, sagte Mynx, während sie von Körper zu Körper ging und ihr Ende bestätigte.

»Der Sicherheitsraum öffnete sich vor fünf Minuten«, antwortete Reeves, seine Stimme kam durch den Tama. »Ich brauchte nur drei.«

KAPITEL 25

DIE ANDERE SEITE DES VERLANGENS

THANE LEBTE im Raum zwischen Traum und Wachen. In jenem Realitätssplitter, wo er sich nicht ganz bewegen konnte, wo seine halb geöffneten Augen schwarze Felsen sahen, die zu Erinnerungen verschwammen. Handlungsunfähig, aber verstehend.

Die Vibrationen, die minimal kühlere Luft, die veränderte Brise bestätigten, dass wer auch immer ihn trug, einen Hang hinaufmarschierte. Das Klappern ihrer Schritte bestätigte Stein, die Stetigkeit einen gut ausgetretenen Pfad. Die Logik diktierte, wohin sie unterwegs waren und warum.

Die Herzogin fürchtete ihn.

Wie sie es sollte. Aus ihrer Position heraus, eine große Gruppe von Anomalien durch ihre eigene Fähigkeit zu führen, sollte die Herzogin Thane fürchten, eine Kreatur, die absichtlich oder versehentlich in eine gewalttätige, gedankenlose Wut verfallen konnte. Warum ein solches Monster in der Nähe behalten? Warum ihn nicht töten?

Ah, aber Thane zu töten wäre nicht so einfach. Würde man ein Messer an ihn ansetzen, würde sich Thanes Haut bei der Berührung verhärten, seine Knochen würden zu Stahl werden, und dann wäre alles vorbei.

Wie also diese plötzliche, tödliche Unannehmlichkeit beseitigen?

Thane sprang von diesem Gedankengang ab. Es spielte keine Rolle, ob die Herzogin einen Weg hatte oder nicht. Die interessantere Frage war, warum sie nicht von der Insel wegwollte, wenn Thane doch offensichtlich die beste Möglichkeit dafür darstellte. Ein unbesiegbares, tobendes Monster wie er könnte entweder die Drohnen zerstören oder sie lange genug ablenken, damit die Herzogin ihre Flucht machen könnte.

Die Antwort kam über dieselbe Luft wie die Brise, aber durch Klang. Thane zählte zwei Handpaare, die ihn trugen, jedes verbunden mit einem Mund, und jeder Mund flüsterte ein Gebet. Nicht zu irgendeinem alten Gott oder einer gängigen Religion, sondern zur Herzogin.

Der süße Nektar der Macht hatte sie ergriffen. Warum einen ergebenen Kult für das unberechenbare Andere aufgeben? Die weite Welt hatte sie hierher geschickt, und hier gedieh sie, also wollte sie hier bleiben.

Thane wollte, was sie wollte. Die Herzogin verdiente alles, und indem er ihr alles gab, würden sie glücklich sein. Er würde glücklich sein. Wie lustig, dass er so fühlen konnte, während er wusste, dass die Herzogin ihn wahrscheinlich töten lassen würde. Aber so ist die Liebe, nicht wahr? Jemanden über sich selbst zu stellen, und Thane würde die Herzogin so hoch halten, wie er nur konnte.

Mit seinen schwachen Muskeln und brüchigen Knochen könnte das nicht sehr weit sein. Diese ganze friedliche Anbetung hatte Thanes Kraft so sehr abgesaugt, dass sein eigenes Herz das Blut nur noch mit schwachen Pulsen pumpte, seine Lungen keuchend ein und aus atmeten. Wenn er zu lange in diesem Zustand bliebe, würde Thane sterben, selbst wenn die Herzogin gar nichts täte.

Das würde nicht gehen.

Die Herzogin ließ ihn aus einem bestimmten Grund

diesen felsigen Pfad hinauftragen, und wenn Thane verscheiden würde, bevor sie den Gipfel erreichten, wäre sie enttäuscht.

Also musste er leben. Also musste er etwas Wut finden, etwas Schmerz, etwas Antrieb.

Thane versuchte, mit den Händen zu sprechen, die seine Schultern hoben, der Person, die Thane über ihrem Kopf trug. Zuerst kam nur ein Keuchen heraus und verschwand ohne viel Klang. Stimmbänder geschrumpft und schwach. Er musste die Energie sammeln, die er noch hatte, die Kelle in diesen seichten Teich tauchen und herausholen, was er konnte.

»Helft mir«, sagte Thane, die Worte klangen wie der Wind.

»War das er, der da geredet hat?«, sprach die Stimme unter ihm.

»Ich hab nichts gehört«, antwortete eine andere Stimme, nahe Thanes Beinen.

»Helft mir«, sagte Thane erneut, diesmal seinen Hals mit echtem Ton kratzend.

Jetzt hielt das Gehen an. Thane spürte ein Rascheln, spürte, wie die Stimmen ihn auf den Boden senkten, die vordere sagte der hinteren, dass Thane etwas gesagt hatte. Definitiv sprach er jetzt mit ihm.

»Du willst mir erzählen, dass dieses verschrumpelte Ding zu dir gesprochen hat?«, sagte die Stimme. Thanes Kopf ruhte auf dem Felsen, zur Seite blickend. Er hatte nicht die Kraft, sein Gesicht zu drehen, um zu sehen, wer ihn trug. »Sieht aus, als wär er tot.«

»Er hat gesagt, wir sollen ihm helfen. Ich schwör's.«

Die hintere Stimme lachte: »Das tun wir doch, oder? Wen interessiert, was er will. Wir sind fast da.«

»Ich will nicht, dass er mir wehtut.«

»Wie sollte dieses Ding dir wehtun?«

Ja, fragte sich Thane, wie könnte ich dir wehtun? Wie könnte ich irgendjemandem wehtun?

»Ich weiß nicht«, sagte die vordere Stimme. »Die Herzogin hat nur gesagt, er sei gefährlich. Ich dachte nicht, dass er aufwachen würde.«

Die Herzogin hatte gesagt, Thane sei gefährlich? Der Gedanke überschwemmte ihn mit Traurigkeit, genauso wie damals, als Aegis Thane gesagt hatte, er gehöre nicht mehr zu den Paragons, dass jemand so Gefährliches wie Thane weggesperrt werden sollte. Dort gehalten, wo er niemandem schaden konnte. Als Aegis das gesagt hatte, wollte Thane den kleinen Mann zerstören, aber jetzt, wenn die Herzogin dasselbe sagte, hatte Aegis vielleicht recht gehabt. Vielleicht sollte Thane enden.

»Tut es«, keuchte Thane. »Tötet mich.«

Die Stimmen, die noch stritten, verstummten bei Thanes Worten. Dann sah Thane dicke Beine in sein Blickfeld wandern, gebräunt und in denselben Grassandalen endend, die alle auf der Insel trugen. Der Besitzer des Beins hockte sich hin, und Thane spürte den Atem des Mannes in seinem Gesicht, heiß und widerlich. Nicht viel Mundhygiene an einem Ort wie diesem.

»Siehst du?«, sagte die zweite Stimme, die nahe bei seinem Gesicht war. »Er will es auch.« Die zweite Stimme streckte sich aus, stieß Thane in die Schulter. »Es ist ihm egal, was wir mit ihm machen, er will es einfach erledigt haben. Wie die Herzogin gesagt hat.«

»Ich weiß nicht.«

Die zweite Stimme entfernte sich von Thane, ging zurück zu Thanes Beinen. »Du hast solche Angst vor diesem Typen. Er ist nur ein alter Mann. Schau.«

Thane, schwach und zerbrechlich, spürte, wie der Fuß auf seinen Knöchel trat und die Knochen brachen. Seine atrophierten Nerven folgten der Empfindung mit dem erforderlichen Schmerz, mit Schock, mit lähmender Panik. Die Herzogin mochte ihn tot sehen wollen, das konnte Thane erkennen, aber sie würde nicht wollen, dass er, einer ihrer ergebenen Untertanen, leiden würde. Nein, das würde keinen Sinn ergeben. Das würde keinem Plan folgen.

Sie wollte keinen Schmerz.

Sie waren Verräter, diese schrecklichen Stimmen. Sie hatten ihm wehgetan, ohne Grund. Nur um gemein zu sein. Unnötig grausam.

Die Flamme, einmal entfacht, brannte hell durch Thanes benebelten Verstand, zunächst klärend und dann ihn verzehrend. Während dies geschah, wuchsen dieselben Muskeln, die kaum stärker als ein Faden waren, wie dieses Feuer, dehnten sich aus, heilten und verwandelten sich in wütende Energie.

»Was zum-« Die Worte kamen vom ersten Wächter und endeten in einem fluchenden, zunehmend höher werdenden Strom, als Thane sich vom Boden erhob und wie ein gefangenes Tier knurrte.

Die Herzogin hatte Gehorsam, Anbetung, Unterwürfigkeit gefordert. Solche Dinge bedeuteten jetzt nichts mehr. Solche Konzepte lagen außerhalb von Thanes Reichweite. Die beiden Wächter nicht. Thane schlug sie im Takt seines Herzens an der Bergseite, dick und rot.

Frische Luft drang in seine Nase, die Brise maskierte die Nachwirkungen von Thanes Zerstörung. Die Insel lag ausgebreitet unter seinen Augen, üppige Palmen und Farne mischten sich mit grasigen Ebenen. Außer an einem Ort, nicht weit unter ihm, wo Feuer brannten und ihre rauchigen Ranken zu ihm hochsandten, reich an kochendem Essen.

Thane hatte seit Stunden nichts gegessen, und sein Magen brannte nach Fisch, Wildschwein, was auch immer dort unten lag. Er blickte auf die beiden Körper, die er gerade zerschmettert hatte, aber sie waren zu zerquetscht zum Essen. Er würde frischere Dinge brauchen.

Dickere Dinge.

Den Berg hinunterrennend, über die Felsen springend, in den Wind brüllend, stürmte Thane auf die Gerüche zu. Auf das Essen zu. Als er sich näherte, begannen kleine Menschen zu erscheinen, zu schreien und vor ihm wegzulaufen. Einige manifestierten seltsame Dinge, beschworen Blitze aus der Luft oder machten die Oberfläche, auf der Thane lief, glitschig. Brennende Kratzer zerfurchten seine Kehle, während plötzliche, ohrenbetäubende Explosionen seine Ohren hämmerten. Er brüllte durch alles hindurch, drängte weiter zu den dünnen Wänden und dann hindurch, in die Stadt selbst.

Die scheinbar nicht mehr da war. Stattdessen stand Thane auf einer großen blauen Ebene, mit silbergekleideten, durchscheinenden Geistern, die um ihn herumschwebten. Spiegelbilder seiner selbst, sie gestikulierten, als Thane sich drehte, brüllten, wenn er brüllte. Aber sie rochen nicht, wie er riechen konnte. Konnten die Angst nicht schmecken, wie Thane es konnte. Also als er den Geruch aufnahm, herumwirbelte und tauchte, verschwanden das blaue Gras und die geisterhaften Gestalten und offenbarten die Stadt und einen kleineren, schreienden Mann in seinem Griff. Ein leichter Snack.

»Halt!« Ein Befehl, kein Hilferuf.

Thane warf die Anomalie beiseite, ließ ihn von einem Gebäude abprallen und zu Boden fallen. Er drehte sich zu der Person, die nun ihren Befehl wiederholte. Sie stand rechtschaffen und großartig da, von einem Leuchten umhüllt, die Personifizierung der Brillanz. Thane blinzelte, als sie ihm zum dritten Mal befahl anzuhalten. Er sollte auf sie hören, flüsterte sein Verstand, und in diesem Flüstern begann die Kraft aus seinen Knochen zu schwinden.

Er sollte zuhören und gehorchen.

Aber Thane war so, so hungrig.

Sie befahl ihm, sich hinzusetzen, und das konnte Thane nicht tun. Würde er nicht tun. Sie war jetzt näher gekommen. Drei Meter entfernt. Viel zu nah, und er war so hungrig.

Das Monster hörte nicht, was sie sonst noch zu sagen hatte.

Seine Wut ließ Thane allein im Zentrum von Avalon

zurück, die Haut von seinen Anstrengungen befleckt. Keine Seele blieb, obwohl die Feuer noch brannten. Fetzen sammelten sich um ihn herum, zerrissen wie alles andere. Ruiniert wie alles andere. Die Herzogin hatte ihn genommen, und nun hatte er sie zerstört. Fragmente spielten sich ab, als sein Feuer schwand: das Hinauftragen auf den Berg, der Ansturm ins Dorf.

Wenn er seiner Wut nicht nachgegeben hätte, wäre Thane tot. Besser sie als er, oder?

»Thane?«, rief Cassidy vom Rand der Stadt, flankiert von jenen Mauern. »Bist du ... wieder zurück?«

Thane stand auf, wischte die Überreste von seinen Händen, »Ich könnte ein Bad gebrauchen.«

Die überlebenden Anomalien der Herzogin hatten beschlossen, dass es Sinn machte, die Loyalität zur Leere zu wechseln, also fanden sie, als sie vor Thanes Amoklauf flohen, Cassidy jenseits der Mauern und formierten sich um sie. Die meisten waren noch benommen, aufgrund der Jahre, die sie unter dem Bann der Herzogin verbracht hatten, und Thane sah Tränen über viele Wangen laufen, als sie in ihr altes Zuhause zurückwanderten. Sie hatten ihre Anführerin verloren, ihr Leuchtfeuer. Thane selbst spürte sogar den Verlust, eine schmerzende Wunde in seinem Herzen, obwohl er nur einen Tag lang in ihrem Bann gewesen war.

»Wie viele, denkst du, werden kommen?«, fragte Thane Cassidy, während er etwas tatsächliches Essen zu sich nahm, nachdem er lange Zeit damit verbracht hatte, sich in einem nahe gelegenen Bach abzuspülen.

»Wohin kommen? Hängst du immer noch an diesem dummen Traum?«

»Dumm? Ich denke, es ist der einzige Traum. Es gibt hier einige mächtige Anomalien. Wenn wir uns konzentrieren, können wir-«

»Nicht ohne Arthur.« Cassidy biss in die Orange und leckte sich den Saft vom Kinn. »Ich werde diese Leute nicht da draußen diesen Drohnen aussetzen, es sei denn, wir haben alle auf dieser Insel zusammenarbeitend.«

»Er wird mich jetzt kommen sehen«, erwiderte Thane. »Ich werde so etwas wie das hier nicht noch einmal durchziehen können.«

»Thane, das ist eine gute Sache. Du bist erschreckend.«

Er wollte darüber lachen, aber Cassidy hatte Recht. Thane war erschreckend. Aber er tat auch, was getan werden musste, und was als nächstes anstand, erforderte Hilfe. Erforderte, wage er es zu sagen, Freunde.

»Warum bist du zurückgekommen?«, sagte Thane. »Hierher, nachdem ich fertig war? Warum du?«

»Sook weigerte sich. Sagte, du hättest vorher versucht, ihn zu essen.« Cassidy schüttelte den Kopf. »Ich schätze, ich wollte nicht weglaufen, wissend, dass du vielleicht weitermachen und diese ganze Insel zerreißen würdest.«

»Also hattest du einen Plan.«

»Falls du immer noch das verrückte, knurrende Monster gewesen wärst? Ja, ich hatte einen Plan. Ich hätte ein Loch in dein Herz und in deinen Kopf kollabieren lassen.«

Sie nahm noch einen Bissen von der Orange und blickte weg zum Himmel und den Inselvögeln, die durch die wolkenlose Luft flatterten.

KAPITEL 26
INNENSTADT

DAS GLAS FIEL wie Kugeln herab, schnitt in die Fußgänger unter dem Paragon-Turm, während Kat, Calvin und Seeker in ihrer Kapsel vorbeifuhren. Zuerst verstand sie nicht, warum die Leute schrien, warum Scherben in einem verheerenden Regen über den Beton explodierten, aber als andere nach oben zeigten, weit nach oben, begann Kat zu verstehen.

Sie hielten die Kapsel an und gesellten sich zu der Menge, die auf das Symbol für Recht und Ordnung Chicagos starrte. Drohnen schwebten um die oberen Stockwerke des Turms, mehr Drohnen, als Kat je zuvor an einem Ort gesehen hatte, beleuchtet von Lichtern von unten wie außerirdische Raumschiffe. Einen Moment lang fragte sich Kat, ob die Drohnen die Paragons verraten hatten, ob dieselbe Gruppe, die Aegis getötet hatte, es irgendwie geschafft hatte, die schützenden Maschinen der Gesellschaft gegen sie zu wenden.

Die Gesellschaft würde in diesem Fall nicht lange überleben.

»Weiß nicht, was ich davon halten soll«, sagte Calvin, als die ersten Notfallkapseln in die Gegend sausten und elektronische Befehle Kats und Calvins ursprüngliche Fahrt weiterschoben. »Ich bin jetzt sozusagen ein Paragon, aber ich bin so lange vor ihnen weggelaufen ...«

»Ich denke, du kannst dich schlecht für sie fühlen.« Kat zeigte auf die Menschen am Boden. »Und für uns.«

»Für uns?«

»Die Paragons sind vielleicht nicht immer die Besten, aber sie halten die meisten Anomalien in Schach.« Kat warf einen Blick auf ihr Tama, keine sofortigen Nachrichten. Keine Notfallmeldungen. Also hatten die Paragons entweder alles unter Kontrolle, oder sie hatten überhaupt keine Kontrolle. »Ohne sie würde das ständig passieren.«

»Du denkst also, dass wir Anomalien alle verrückt sind.«

»Vielleicht.« Kat nickte den Block hinunter, in Richtung ihres Zielhotels. »Komm, lass uns gehen, bevor noch etwas passiert.«

»Ich werde nicht vergessen, was du gesagt hast.«

»Ist mir egal, Calvin.«

Ihr Ziel erinnerte an vergangenen Luxus, der im Laufe der Zeit verblasst war, bis zu dem Punkt, an dem seine goldenen Buchstaben und das Vordach über der Drehtür wie eine Selbstparodie wirkten. Ein echter, lebendiger Portier stand draußen und winkte sie durch. Kat musste Calvin hineinziehen - er war noch nie durch eine solche Tür gegangen.

Sie marschierten durch eine Lobby voller Menschen, die auf ihre Tamas starrten, einige stammelten darüber, was ein Paragon-Angriff für ihre Meetings, ihren Urlaub oder ihre Restaurantreservierungen bedeuten könnte.

Kat war schon früher in solchen Orten gewesen, Hochburgen alten Geldes, aber im Allgemeinen, um Ziele zu verfolgen. Anomalien, die sich der Paragon-Zuweisung entzogen, kamen in allen Arten und Geschmacksrichtungen. Nicht alle waren Ausreißer wie Calvin, die sich auf Schrottplätzen versteckten und auf das Ende warteten.

Trotzdem waren die Kronleuchter, die Fliesen - einige abgesplittert - und die große Treppe zu einer echten

Zwischenetage nicht Kats Ding. Auch nicht Gordons, soweit Kat wusste, also warum hatte er sich entschieden, hier zu bleiben?

Seeker zog Blicke auf sich, als sie weitergingen, und Kat sah keine anderen Haustiere, aber hier herrschte Selbstvertrauen. Sie wusste, was sie tat, und alle anderen schienen zuzustimmen. Genauso wahrscheinlich war, dass das Hotel Verträge mit einigen Anomalien hatte, um Reinigungsdienste zu leisten. Hundehaare, Gerüche, stellten keine große Schwierigkeit dar, wenn jemand mit einer Handbewegung alles verschwinden lassen konnte.

Die Aufzüge knarrten sich ihren Weg in den zwanzigsten Stock hinauf, und nachdem sie sich durch einen verblassten grünen Flur mit angelaufenen goldenen Leuchten gewunden hatten, klopfte Kat an Gordons Tür. Calvin stand zur Seite, in Sichtweite, aber sehr als Beiwerk. Besser, hatte Kat gesagt, die Anomalie am Rande zu halten.

»Du siehst besser aus als vorher«, sagte Kat, als Gordon die Tür öffnete, in einem weißen Hemd und Schlafanzughose.

Gordon hatte tiefe Ringe unter den Augen, und seine Haut hatte diesen wächsernen, blassen Ton, der von zu viel Zeit drinnen, im Bett, kommt. Wasser tropfte von seinem Haar und bewies, dass Gordon sich zumindest bemüht hatte, sich vor Kats und Calvins Ankunft zu säubern. Kat hatte das nicht erwartet, hatte eine mürrische Begrüßung und ein Durcheinander dahinter erwartet.

»Danke«, erwiderte Gordon, trat beiseite und ließ sie eintreten, mit einem Nicken zu Calvin. »Ich würde sagen, ich arbeite daran, aber eigentlich liege ich nur hier rum.«

»Das ist es, was du tun sollst.«

»Sie warnen dich nicht, wie langweilig es ist.«

Gordons Zimmer enthielt die traditionelle Hotelausstattung; langweilige, beruhigende Gemälde verstreut an den cremefarbenen Wänden, ein Schreibtisch und eine Kommode mit einem Breitbildschirm darauf. Ein Queensize-Bett schmiegte sich in das winzige Zimmer, mit einem dunklen Holznachttisch, der den Abstand zwischen Matratze und Wand füllte. Ein schrankartiges Badezimmer befand sich rechts. Ein einzelner gepolsterter Stuhl besetzte die Ecke neben dem Schreibtisch und sah aus, als wäre er seit Jahrzehnten nicht benutzt worden.

Seeker stürmte an ihnen allen vorbei und sprang aufs Bett, was ein Lachen hervorrief. Calvin schlüpfte ins Badezimmer und schloss die Tür, sodass Kat und Gordon allein im engen Raum standen. Sie nahm den Stuhl, und Gordon setzte sich neben Seeker aufs Bett und streichelte den Husky, der ihm im Gegenzug ein paar große Schlecker gab.

»Die habe ich vermisst«, sagte Gordon. »Ich bin froh, dass Calvin dir nicht wehgetan hat wie mir.«

»Er hat es versucht«, sagte Kat, dann verzog sie das Gesicht. Schlechter Zug. Sie brauchte Gordon, um die neue Anomalie zu akzeptieren, wenn nicht sogar zu mögen. »Nicht wirklich, allerdings. Calvin hat sich zurückgehalten.«

»Mmhmm.«

»Seeker mag dich immer noch.«

»Das sehe ich. Du hast ihn nicht gegen mich aufgebracht?« Gordon nahm das Gesicht des Hundes in seine Hände. »Deine Mami und ich verstehen uns nicht immer, aber ich werde dich immer lieben.«

Seeker gab ihm noch einen sabbrigen Schlag.

»Ich hatte eigentlich gehofft, dass du ihn eine Weile behalten könntest.« Kat schaute zum Fenster hinaus, als sie endete, in das Bürogebäude gegenüber. Lichter spielten Dame durch das Glas, Menschen, die spät arbeiteten. Wie sie. »Wir stecken mitten in etwas, und ich möchte nicht, dass Seeker verletzt wird.«

Gordon blickte Richtung Badezimmer. »Mitten in etwas? Hast du mit Delano über die Elementals gesprochen?«

Kat berichtete von den Ereignissen, und als sie fertig war, war Calvin aus dem Bad gekommen und hatte sich zu ihnen gesellt. Er lehnte an der Wand und schaute auf sein Tama. Gordons Augen wanderten zwischen ihnen hin und her, während Kat sprach, und die Ringe unter seinen Augen wurden dunkler, als seine Stirn sich immer mehr runzelte.

»Du sagst also, jemand versucht, dich umzubringen, vielleicht auch die Elementals, und ich soll auf deinen Hund aufpassen? Das ist es, was du willst?«

»Gordon, du kannst kaum laufen. Ich werde dich nicht in einen Kampf mit diesem Typen hineinziehen.«

»Ein Typ, der dich fast getötet hat. Zweimal.«

»Wir werden besser«, warf Calvin ein. »Wir wissen, wie er arbeitet. Dächer, lange Waffen. Wir können ihn in die Falle locken.«

Gordon ließ sich aufs Bett fallen und beendete die Bewegung mit einem übertriebenen Stöhnen. »Wenn ich Kat kenne, wird nichts, was ich sage, sie dazu bringen, ihre Meinung zu ändern, und obwohl ich dich nicht kenne, Calvin, scheinst du genauso zu sein. Also, wenn ihr wisst, was ihr tun wollt, warum seid ihr hier? Nur wegen Seeker?«

»Wir brauchen einen sicheren Ort«, antwortete Kat. »Es wird spät, wir sind müde, und von all den Orten, zu denen ich gehen könnte, denke ich nicht, dass der Killer von dir wüsste.«

»Was ist mit dem Paragon da drüben? Kann er euch nicht in ihren Turm bringen?«

»Der Turm ist im Moment nicht wirklich sicher«, murmelte Calvin.

Das führte zu einer ganz anderen Besprechung, bei der Gordon den Bildschirm einschaltete, damit sie die vollständige Videoversion der Nachrichten sehen konnten. Die aktuelle Darstellung bezeichnete den Vorfall als einen anomalen Unfall, einen Test, der schiefgegangen war. Das passte nicht ganz zu einer ganzen Drohnenarmee, die sich wie aus einem Guss entschieden hatte, ein Stockwerk mit tödlichen Kugeln zu erleuchten, aber niemand hinterfragte die Paragons, also trug der Reporter die Erklärung mit ernster Miene vor.

»Also gut«, sagte Gordon, als der Clip zu Ende war. »Ihr wollt also hier übernachten und dann morgen früh diesem Typen hinterherjagen?«

»Das ist der Plan«, sagte Kat. »Hättest du etwas dagegen?«

»Ob ich etwas dagegen hätte, dass die Anomalie, die mich so gemacht hat, in meinem Zimmer schläft?«

»Selbstverteidigung«, sagte Calvin.

»Sei still.« Kat hob ihre Hand in Richtung der Anomalie. »Du schienst nicht so wütend zu sein, als er hier mit mir aufgetaucht ist.«

»Ich habe meine Meinung geändert.«

Gordon stand auf, eine wacklige Bewegung, aber eine erfolgreiche. Kat erhob sich, um ihm zu begegnen, und nun füllten sie alle den engen Raum zwischen Bett, Schreibtisch und dem Ausgang des Hotelzimmers.

»Ah, schaut euch diesen Kerl an«, sagte Calvin, der durch Kats warnende Hand hindurchschritt, um Gordon direkt ins Gesicht zu sehen. »Wirst ganz übermütig, nachdem ich dich fertiggemacht habe? Soll ich es noch mal tun? Denn das werde ich.«

»Tricks, das ist alles, was du hattest«, erwiderte Gordon, blickte zu Calvins Gesicht auf, die Fäuste geballt, den Mund zusammengekniffen. »Wenn wir es noch mal machen, wirst du nicht gewinnen.«

Calvin bewegte sich schnell, streckte die Hand aus und gab Gordon einen leichten Schubs. Der Fährtenleser hätte sich vielleicht fangen können, wenn er gesund und bereit gewesen wäre. Jetzt aber trafen seine Beine das Bett und Gordon fiel rückwärts darauf. Ein harter Aufprall auf der festen Matratze.

»Calvin, geh eine Runde«, sagte Kat, während Gordon versuchte aufzustehen. »Ihr benehmt euch beide wie Idioten.«

»Wenn er mich herausfordert, sollte er es auch durchziehen«, sagte Calvin, tat aber, worum Kat ihn gebeten hatte, und schlüpfte hinaus.

»Gut«, murmelte Gordon und setzte sich auf. »Er ist sowieso nur Ärger.«

»Du bist Ärger, und obendrein dumm. Calvin ist auf unserer Seite. Wir brauchen seine Hilfe.«

»Tun wir das? Seit wann brauchen wir eine Anomalie? Es ist ja nicht so, als wüsste er, wie man jemanden aufspürt.«

»Er hat mein Leben gerettet, Gordon.«

»Er hat meins fast genommen.«

Kat öffnete und schloss ihren Mund. Sie blickte zu Seeker, der das Bett nicht verlassen hatte und keine Antworten lieferte. Vielleicht war sie zu schnell vorgegangen. Sie hatte Calvin besiegt, also war es für sie nicht viel, der Anomalie eine weitere Chance zu geben. Gordon hingegen war auf mehr als nur körperliche Weise verletzt worden.

»Ich hätte ihn nicht hierherbringen sollen«, sagte Kat. »Mir war nicht klar, wie sehr er dich verletzt hat.«

Gordon winkte ab. »Es ist Eitelkeit, Kat, das weiß ich. Ich bin nicht so dumm, wie ich aussehe, aber ja, Calvin ist nicht gerade mein bester Freund.«

Und da war das Gordon-Rätsel. In einem Moment war er ein heißblütiger Idiot, der jeden verärgerte und verlangte, wie der coolste Typ im Viertel behandelt zu werden, und im nächsten starrte er auf den Teppich und Kat tat er leid.

Würde er, wenn dieses ganze Durcheinander nicht damit zu tun hätte, dass sie angeschossen wurde.

»Ich brauche dich jetzt erwachsen, Gordon«, sagte Kat. »Calvin auch. Ihr beide. Im Moment kannst du mir nicht den Rücken freihalten, also, wenn du nicht willst, dass ich allein in Schusslinien wandere, solltest du mir helfen, ihn wieder auf meine Seite zu bringen.«

Gordon nickte, immer noch ohne sie anzusehen. »Klar, ja. Ich verstehe. Aber wenn ich wieder fit bin, verschwindet er.«

»Was auch immer nötig ist, um mich durch diese Nacht zu bringen«, sagte Kat und stand auf. »Jetzt sei nett.«

Sie ging zur Zimmertür, Gordon ließ sich wie ein trotziges Kind, das sich endlich dem Unvermeidlichen fügt, aufs Bett fallen. Kat drückte die Klinke herunter, öffnete die Tür zum Flur und wollte gerade sagen, dass Calvin hereinkommen könne.

Nur war die Anomalie nicht da.

KAPITEL 27
KONFRONTIERE DEN MÖRDER

NUR WENIGE DINGE konnten Zhan-Yos Stimmung so heben wie aggressive, erfolgreiche Verhandlungen. Er hatte den körperlichen Adrenalinschub vom Herumschubsen des idiotischen Mannes und den geistigen Rausch davon, dass alle anderen seinen Forderungen nachgegeben hatten.

Sie hatten zugestimmt, mit voller Kraft vorzugehen, wenn Zhan-Yo den Gipfel-Trick durchziehen könnte.

Noch wichtiger war, dass Zhan-Yo und Wexley alle ihre Antworten aufgezeichnet hatten. Sollte diese Gruppe wieder kalte Füße bekommen, würde die Aufnahme als sehr überzeugendes Erpressungsmaterial dienen. So oder so würden die großen Unternehmen der Welt, alles Relikte aus der Zeit vor den Paragons, zusammenkommen, um für ihre Freiheit zu kämpfen.

Die Kapsel glitt durch die überfüllten, verschneiten Straßen, und zum ersten Mal genoss es Zhan-Yo, die zusammengedrängten Menschenmengen zu beobachten, wie sie in Geschäfte, Restaurants oder andere Kapseln schlüpften. Nach den Feiertagen schien es nicht klug, einfach nur spazieren zu gehen, um die nächtliche Kälte zu genießen, aber viele in

Chicago wagten trotzdem einen Ausflug. Sie verließen ihre Häuser, um Teil ihrer Gemeinschaft, ihrer Stadt zu sein.

Das waren Zhan-Yos Leute. Bürger, die ihr Leben in der Hoffnung lebten, dass jeder Tag ein bisschen besser sein würde als der letzte. Zhan-Yo hatte sie mit Aegis einen großen Schritt näher an diese Wahrheit herangeführt, und jetzt würde er sie beim Gipfeltreffen über die Ziellinie tragen.

Die Kapsel piepste und Zhan-Yo warf einen Blick auf das Display, das vorne gegen die Glashülle schwebte. Wo zuvor eine verblasste blaue Linie den geplanten Weg der Kapsel zeigte, mit einer Adresse, die erschien, wenn Zhan-Yo hinschaute, tauchte jetzt eine Stadtkarte auf, die ein neues Ziel anzeigte.

Eines, das Zhan-Yo nicht gewählt hatte.

Zhan-Yo griff nach den Türen der Kapsel und zog am Griff, der nicht reagierte. Er berührte den Notfallknopf, einen roten Kreis unten bei seinem Schienbein, und auch das bewirkte nichts. Die Untätigkeit bestätigte jedoch, dass dies keine einfache Umleitung war.

Nur Paragons oder ihre Drohnen konnten eine Kapsel so einschränken.

Das Fahrzeug kam jedoch nicht zum Stillstand, damit Anomalien aus den umliegenden Gassen strömen und Zhan-Yo verhaften konnten, noch verkündete die Kapsel irgendeine Botschaft, die ihn warnte, sich zu ergeben. Stattdessen schlitterte sie durch den Matsch und reihte sich in den übrigen Verkehr ein, der sich vom Stadtzentrum weg nach Süden bewegte.

Als Gefangener warf Zhan-Yo einen Blick auf das neue Ziel und erwartete ein bestehendes Gefängnis, einen Paragon-Außenposten oder vielleicht ein vergessenes Hafengelände, wo Zhan-Yo ermordet und in den Michigansee geworfen werden könnte. Stattdessen plante die Kapsel, Zhan-Yo zu einem alten Supermarkt in einem Industrieviertel zu bringen, das zu dieser Stunde sehr ruhig sein würde.

Warum sollten die Paragons ihn dorthin bringen? Warum keine aufsehenerregende Verhaftung inszenieren?

Zhan-Yo konnte keine Gedanken lesen, aber er konnte sich auf das vorbereiten, was kommen mochte. Er nahm sein Tama heraus und schickte Wexley schnell eine Nachricht mit den neuen Koordinaten. Eine weitere Merkwürdigkeit: Zhan-Yo nahm an, dass jeder Hinterhalt der Paragons mit Signalblockaden einhergehen würde, einem Einfrieren seiner Geräte, um genau das zu verhindern.

Was bedeutete, dass Zhan-Yo es nicht mit Paragons zu tun hatte, oder nicht einmal mit Profis.

Faszinierend.

Das Ziel erfüllte sein Versprechen: eine dunkle, eingezäunte Grube inmitten einer ruhigen Nachbarschaft, die viele der gleichen Veränderungen durchmachte, die Zhan-Yo sich während der Paragon-Jahre von der Stadt aus ausbreiten sah. Ganze Wirtschaftszweige wurden auf den Kopf gestellt, als die Champions nach ihren momentanen Launen entschieden, was legal sein würde und was nicht, was toleriert würde und was nicht. Abgesehen von diesen von oben diktierten Kräften zerstörten die Anomalien allein die Hierarchie; eine einzige effiziente Anomalie konnte Hunderte oder Tausende in Fabriken und Büros ersetzen.

Infolgedessen verloren Orte wie dieser ihren Zweck. Kein Bedarf mehr für Supermärkte oder Geschäfte an jeder Ecke, wenn man sich alles von einer Drohne liefern lassen konnte. Also, wenn man nicht gerade nach Erkundung lechzte oder zu den Geschäften gelangte, die Zhan-Yo in der Innenstadt sah, jenen, die die Langeweile mit Erlebnissen bekämpften, warum sollte man das Haus verlassen?

Und so lagen diese Nachbarschaften still in der Kälte, ihre Familien verbrachten jeden Tag und jede Nacht schwebend auf einem dünnen Reputationspolster, versorgt und abhängig von den Paragons.

Nicht mehr lange. Zhan-Yo würde ihrem Leben wieder einen Sinn geben. Bald.

Das Klopfen kam von rechts, und die Kapsel reagierte so, wie Kapseln es tendenziell taten, wenn die Obrigkeit rief: Ihre Türen öffneten sich und das Innenlicht, eine Wölbung in der Mitte der Kapseldecke, leuchtete sanft grün auf. Eine angemessene Farbe, da Zhan-Yo keine sichtbaren Waffen bei sich hatte. Er hatte seine Schwerter in Wexleys Wohnung gelassen, wo sie keine Blicke auf sich ziehen würden. Oder Blut vergießen würden.

Zwei Paragons – also hatte Zhan-Yo falsch geraten – warteten draußen vor der Kapsel auf ihn, standen da und schienen in der Kälte zu zittern. Beide trugen die üblichen blauen Uniformen, und beide sahen aus wie junge Männer, ihre verschränkten Arme und nervösen Blicke verrieten einiges.

»Du bist Zhan-Yo, richtig?«, sagte der schmächtigere von beiden mit schneeweißem Haar und einem großen schwarzen Leberfleck auf der rechten Wange. »Der Typ, der Aegis getötet hat?«

»Der Typ, der Aegis getötet hat?«, erwiderte Zhan-Yo langsam. »Das habe ich noch nicht gehört, aber ich nehme an, es stimmt.«

Der andere Paragon zeigte auf den Boden, als wäre Zhan-Yo ein Kind. »Dann runter mit dir. Küss den Asphalt.«

Zhan-Yo hob die Augenbrauen und blickte auf den kleinen, von schwarzem Matsch und Schlamm bedeckten Parkplatz, wo ihn die Kapsel abgesetzt hatte. »Nein, ich denke nicht, dass ich das tun werde.«

»Tu, was er sagt«, sagte Schockweiß. »Oder sonst.«

»Oder sonst? Du bist ein bisschen jung, um jemandem wie mir zu drohen. Wie du sagtest, ich habe euren Champion getötet.«

»Deshalb sind wir hier«, sagte der andere, und Zhan-Yo beschloss, ihn wegen des schwarzen Stoppelbartes an seinem dunklen Kinn so zu nennen. »Du hast Aegis getötet. Wir wollen Rache.«

»Dann solltet ihr sie euch besser holen.«

Mit dem Geschäftsführer zu spielen, war eine Sache gewesen, eine Demonstration für die Menge. Zhan-Yo hatte jedoch seit dem Kampf mit Aegis in Chicagos Unterstadt keinen richtigen Kampf mehr gehabt. Er war zu viel gerannt, hatte zu viel geredet.

Zhan-Yo vertrieb diese Dämonen, indem er auf Stoppelbart zustürmte und, gerade als dieser zurückwich, vom rechten Fuß absprang und sich auf Schockweiß stürzte. Der Paragon sah den Zug nicht kommen, denn wie so viele Anomalien vergaßen sie die Grundlagen des Kampfes und verließen sich auf ihre Kräfte. Schockweiß sah Zhan-Yo sich zu ihm wenden, hob in Panik die Hände und ließ zu, dass ein Mann, der dreimal so alt war wie er, ihn packte und auf den Asphalt schleuderte.

Zhan-Yo blieb nicht stehen, sondern stieß sich vom am Boden liegenden Paragon ab und rannte weiter. Hinter ihm fasste sich Stoppelbart endlich genug, um ... etwas freizusetzen. Zhan-Yo sah Linien, wie grüne Schneeflocken, um ihn herum ausbrechen, bevor sie sich in Rauch auflösten. Er versuchte, um die winzigen Wolken herumzutanzen und dabei wieder auf Stoppelbart zuzulaufen, konnte ihnen aber nicht allen ausweichen.

Die Wolken brannten, fingen seine Kleidung und fraßen sich hinein, wobei sie schwarze, irgendwie schöne Umrisse hinterließen. Zhan-Yo spürte eine ätzende Flocke auf seiner Wange und wusste, dass sie eine rote oder schlimmere Spur hinterlassen würde. Die kalte Luft milderte jedoch den Brand und verlieh dem Schmerz eine eisige Note.

Stoppelbart konnte Zhan-Yos Angriff nicht ganz abwehren, und als der ältere Mann näher kam, verschwanden die ätzenden Flocken und Stoppelbart drehte sich um, um wegzulaufen. Der Junge machte einen Schritt, vergaß, dass er auf einer Eisplatte stand, und schlug auf den Boden. Zhan-Yo erwischte ihn einen Augenblick später, stellte seinen Fuß auf den Rücken des Paragons und legte eine Hand um den Hals des jungen Mannes, um Stoppelbart festzuhalten.

»Tu ihm nicht weh!«, rief Schockweiß von hinten, nicht wenig schmerzerfüllt. »Oder ich bringe dich um!«

»Eine Bewegung und ich breche ihm das Genick«, sagte Zhan-Yo und drehte den Kopf, um den stehenden Paragon anzusehen. Die Worte stimmten nicht wirklich – Zhan-Yo hatte hier nicht den richtigen Griff, um eine tödliche Drehung auszuführen –, aber er wettete, dass Schockweiß das nicht wissen würde. »Warum fangen wir nicht noch einmal von vorne an, indem du mir sagst, wie ihr meine Kapsel gefunden habt und warum ihr mich hierher bringt, wo euch niemand helfen kann?«

Schockweiß blickte an Zhan-Yo vorbei zu seinem Freund, der irgendetwas getan haben musste, denn die ganze Prahlerei, das ganze Selbstvertrauen oder was davon übrig war, floss aus Schockweiß heraus und ließ ihn auf einem Matschhaufen neben der ruhenden Kapsel sitzen. Der Paragon fuhr sich mit den Händen durch die Haare und beschmierte sie mit Schlamm, schien es aber nicht zu bemerken.

»Du solltest dich nicht wehren«, sagte Schockweiß. »Jeder hat die Videos gesehen. Es brauchte etwa ein Dutzend von euch, um Aegis zu kriegen. Er hatte dich, bevor du ihn reingelegt hast.«

»Das Leben läuft nicht immer so, wie man es plant«, erwiderte Zhan-Yo. »Beantworte bitte die Fragen.«

»Wir sind dumm. Reicht das?«

»Das ist offensichtlich, aber keine Antwort.«

»Sag's ihm, Mann, damit er von mir runtergeht!«, sagte Stoppelbart unter Zhan-Yo, die Worte kamen kratzig und gepresst heraus, da der Boden das Kinn des Paragons quetschte.

»Wir haben für Innis gearbeitet!«, sagte Schockweiß.

»Viele von uns hier taten das. Er sagte immer, wir würden bald befördert werden. Richtige Aufgaben bekommen, nicht nur Patrouillen und so. Als Aegis starb, waren wir alle traurig, dann meinte Innis so, wer kriegt den nächsten großen Job? Und wer profitiert davon?«

»Ihr?«

»Das dachten wir. Innis ließ uns sogar Informationen an diese Frau weitergeben. Wir schickten Nachrichten über Paragon-Pläne, und er sagte uns, das sei der Weg nach vorn«, antwortete Schockweiß. »Dann fingen die Dinge an, schlimmer zu werden. Innis wurde nicht zum nächsten Champion gewählt.« Schockweiß atmete aus und blickte auf das P auf seiner Uniform, als erwarte er, dass es sich ablösen und zu Boden fallen würde. »Dann meldet sich dieser Typ, sagt, er wüsste, was wir früher gemacht haben, und trägt uns auf, mit dir Kontakt aufzunehmen. Jetzt ist Mynx aufgetaucht, und wir waren auf Patrouille, aber es ist überall in den Nachrichten.«

Der Kampf am Paragon-Turm. Zhan-Yo hatte davon auf seinem Tama gehört. Eine Art Drohnenangriff und eine Explosion. Die Nachrichten taten es als fehlgeschlagenen Test ab, aber dies schien weitaus interessanter zu sein. Mathieu hatte die Paragon-Insider gefunden, obwohl es zweifelhaft schien, ob sie es noch lange bleiben würden.

»Innis ist tot«, schloss Schockweiß.

Dass der wimmernde Paragon-Verräter gestorben war, ließ Zhan-Yo eigentlich nichts fühlen. Innis war Sylvies Ziel gewesen, ein Mann, der vom fauligen Geruch sinnlosen Ehrgeizes umhüllt war. Zhan-Yo hatte ihn nach dem Kampf aus der Unterstadt entkommen lassen in der Hoffnung, Innis würde die Paragons weiter infizieren, und anscheinend hatte er das getan.

»Also seid ihr jetzt aufgeflogen und allein«, sagte Zhan-Yo, der Stoppelbart immer noch festhielt. »Mynx könnte euch töten, wenn sie je herausfindet, wo eure Loyalität lag, also wollt ihr euch ihr Wohlwollen mit meinem Körper erkaufen.«

Schockweiß starrte auf den Boden und nickte leicht.

Werkzeuge gab es in vielen Formen. Zhan-Yos Tachi, zurück in Wexleys Wohnung, diente einem physischen Zweck. Menschen jedoch konnten größere Probleme lösen, vorausgesetzt, man setzte die richtige Person für die Aufgabe ein. Diese beiden glücklosen Anomalien mochten nicht die Besten oder auch nur durchschnittlich sein, aber wenn man sie für das richtige Problem einsetzte, könnten sie funktionieren.

»Das werdet ihr jetzt tun«, sagte Zhan-Yo. »Ihr werdet zurückgehen, niemandem von eurer Beziehung zu Innis erzählen und stattdessen für mich arbeiten.«

»Was? Warum?«, sagte Schockweiß. Stoppelbart versuchte auch zu protestieren, aber Zhan-Yo drückte sein Gesicht fester auf den Asphalt, um ihn zum Schweigen zu bringen. »Das wird uns nicht auf Mynx' Seite bringen.«

»Mynx wird nicht mehr lange das Sagen haben. Und sie wird zu beschäftigt sein, um sich um euch zwei zu kümmern. Außerdem denke ich nicht, dass ihr in der Position seid, zu widersprechen.«

Schockweiß kämpfte nicht gegen diese Tatsachen an und gab der Realität nach. Zhan-Yo erklärte die Aufgabe, eine einfache: herausfinden, wo der Gipfel stattfinden würde, wie er geschützt sein würde und, wenn möglich, sich selbst dorthin zu bringen, um zu helfen, wenn es soweit wäre. Wenn sie das täten, sagte Zhan-Yo, würden sie sich an hohen Stellen wiederfinden, wenn die Revolution käme.

»Woher willst du wissen, dass wir tun, was du sagst?«, fragte Shockwhite, als Zhan-Yo fertig war. »Vielleicht drehen wir uns einfach um und töten dich, sobald du Marcus loslässt?«

»Vielleicht tut ihr das, aber ich habe Freunde, und mein Tama hat dieses ganze Gespräch aufgezeichnet. Sie werden die Nachricht erhalten, und ihr werdet das nicht lange überleben.« Zhan-Yo wusste, wie man bei Bedarf ein stahlhartes Edikt erlässt. »Ihr habt euch tief reingeritten, kleine Paragons, und ich bin der Einzige, der euch einen Ausweg anbietet. Ihr solltet ihn besser annehmen.«

Angemessen bedroht bestätigten Marcus alias Stubble und Xander alias Shockwhite ihre Namen und sagten, sie würden die Chance annehmen, die Zhan-Yo ihnen bot. Sie klangen nicht begeistert, sahen nicht glücklich aus, aber Revolutionen erforderten Opfer von vielen, und diese beiden uniformierten Anomalien konnten sich den Preis leisten. Würden sich den Preis leisten müssen.

Zurück in der Kapsel glitt Zhan-Yo durch die Straßen in Richtung Wexleys Wohnung und schwelgte im Adrenalin, in der Action. Das war es, was Sylvie all diese Jahre getan hatte: Deals im Dunkeln abschließen, Menschen mit Drohungen und Versprechungen ihrem Willen beugen. Zhan-Yo verstand jetzt, warum sie es genoss, warum sie trotz der Gefahr weitermachte.

Dies war eine mächtige Droge, und er wollte mehr davon.

KAPITEL 28
KÖRPERARBEIT

GEMETZEL SOLLTE es heutzutage nicht mehr geben. Zumindest war es nicht vorgesehen. Die Paragons, die Drohnen, sie alle existierten, um sicherzustellen, dass Massenmorde, egal aus welchem Grund, ein Ende hatten. Die Guten sollten die Probleme aufspüren und beheben, bevor sie sich wie Krebs ausbreiten konnten.

Mynx stand im Unmöglichen und beobachtete, wie Paragons von den unteren Stockwerken, die den Champions und der Sache noch treu waren, die Körper ihrer ehemaligen Freunde zu wartenden Drohnen schleppten. Die Leichen würden weit weggebracht, gereinigt und langsam für Beerdigungen zurückgebracht werden, wobei Ausreden für ihre Tode entwickelt würden. Niemand würde je erfahren, was hier wirklich geschehen war, und diese Paragons würden mit der Zeit erkennen, dass es gesünder war, zu vergessen.

Man lernte das in diesem Leben.

Ekel vermischte sich mit eisigem Schock in ihrem Magen und weigerte sich zu verschwinden, selbst nachdem die Gefahr vorüber war. Denn es ging hier nicht um die Gefahr, nicht um Innis und seine Handlanger, die versuchten, sie umzubringen. So viele Menschen und Schlimmeres hatten in ihren Jahrzehnten in der Öffentlichkeit versucht, das zu tun. Die Verräter aber blieben ihr im Gedächtnis.

Dass Innis sich gegen die Paragons stellte, wäre nicht unerhört gewesen - Anomalien hatten oft große Macht, obwohl Innis selbst nicht besonders stark gewesen war -, Ehrgeiz brannte immer bei den Anomalien an der Spitze. Schlimmer und seltsamer war die Zahl der Toten um sie herum.

Wie hatte Innis, bei weitem nicht der eloquenteste Mensch, so viele Paragons dazu gebracht, bei seinem Plan mitzumachen? Was hatte er ihnen sagen können, um sie zu überzeugen, dass ihre Bemühungen belohnt würden? Nachdem Mynx Pixie als neuen Champion von Atlantis ausgewählt hatte, mussten Innis und seine Anhänger gewusst haben, dass es keine Chance geben würde.

»Vielleicht sollten Sie sich säubern?«, sagte Reeves, wobei die Nachricht stumm auf ihrem Tama angezeigt wurde. »Kameras werden warten, und ein Champion, der mit Blut bedeckt ist, kommt laut den Daten, die ich analysiert habe, nicht gut an.«

Mynx ignorierte die Nachricht und wies einige der loyalen Paragons zu einer neu ankommenden Transportdrohne. Kleine Moment-für-Moment-Befehle dienten dazu, ihren Verstand wiederherzustellen und etwas Normalität in ihr Leben zurückzubringen. Vielleicht wäre es das Beste, als Nächstes das Blut und Schlimmeres von ihrer Uniform zu entfernen.

»Keine Kameras hier oben«, verkündete Mynx dem Stockwerk. »Wenn jemand fragt, sagt ihnen, ich werde bald im Erdgeschoss sein, um Fragen zu dem Unfall zu beantworten.«

Sie legte Gewicht auf das letzte Wort, genug, damit jeder verstand. Dies war ein Unfall, eine unbeabsichtigte Folge schlechter Entscheidungen. So würde es erklärt werden, und das repräsentierten diese Körper.

Schreckliche Unfälle.

Als Mynx sich in Richtung der Toiletten und einer Wasch-
gelegenheit begab, sah sie Innis selbst, immer noch ausgestreckt in der Nähe der Tür zu seinem zentralen
Konferenzraum. Es sah aus, als hätte der Mann versucht,
nach drinnen zu fliehen und dabei Schüsse in den Rücken
abbekommen. Ein Verräter und ein Feigling.

Aber einer mit einem Tama. Dort, an seinem linken Handgelenk. Bespritzt und ramponiert, ja, aber wahrscheinlich
noch funktionsfähig.

»Was machen Sie da?«, fragte Reeves, als Mynx die Richtung änderte und sich über Innis kniete. »Ich glaube nicht,
dass Sie seine Kleidung nehmen wollen.«

»Dima, pass auf mich auf«, sagte Mynx zu einem naheste-
henden, jüngeren Paragon, der betäubt, aber einigermaßen
ansprechbar aussah. »Es wird so aussehen, als würde ich
schlafen, aber berühre mich nicht und halte alle anderen
fern.«

Dima kam verwirrt näher, »Wie lange?«

»So lange, wie ich brauche.«

Mynx blickte auf Innis' Tama, streckte ihre Hand danach
aus und fiel hinein.

Fässer, Fässer, so hoch gestapelt, wie Mynx sehen konnte,
einschließlich über ihrem Kopf und in unmöglichen Winkeln.
Nicht die großen, filmartigen, sondern raffinierte Fässer, die
für die Lagerung von Whiskey und Wein gedacht waren. Ihre
Füße standen ebenfalls auf weiteren Fässern, balancierend
zwischen zweien. Ihre Stapel schienen Wände zu bilden, die
sich teilten und in verschiedene Pfade führten, als Mynx den
Raum in sich aufnahm.

Innis hatte eine einzigartige digitale Zusammensetzung,
aber das hatte jeder. Mynx war sich nicht ganz sicher, wie ihre
Fähigkeit die Welt formte – sie konnte sie selbst mit der Zeit
in etwas völlig anderes umformen –, aber Mynx vermutete,
dass die Fässer etwas mit Innis' Interessen zu tun hatten. Mit

anderen Worten, es sah so aus, als wäre Innis ein bisschen dem Alkohol zugeneigt.

Ein genauerer Blick zeigte, dass die Fässer mehr als nur Dekorationen waren. Jedes hatte ein Etikett, eingebrannt in schwarz-violetten Markierungen, das den Inhalt des Fasses deklarierte. Hier und da waren Nachrichten zwischen Innis und verschiedenen Personen. Der Stapel zu ihrer Rechten enthielt all seine jüngsten Einkäufe, und die Fässer, auf denen Mynx stand, enthielten Innis' verschiedene Videos.

Keines schien gesichert zu sein, und um es zu testen, griff Mynx nach unten zu einem, das mit einem zehn Jahre alten Datum markiert und mit 'Geburtstag' beschriftet war. Sie berührte die Vorderseite des Fasses, ohne das Holz in dieser digitalen Welt zu spüren, und kein Passwort erschien, keine Verschlüsselung widersetzte sich ihrer Inspektion, und die Vorderseite verblasste.

Das Video begann zu spielen und bildete ein virtuelles Quadrat in der Luft, direkt auf Mynx' Augenhöhe. Innis, der mit mehreren kleinen Kindern herumtollte und sich wie der große, unbeholfene Mann benahm, für den Mynx ihn immer gehalten hatte. Hinter ihm, kochend vor einem blauen Sommerhimmel, waren andere Erwachsene. Einer rief den Kindern ständig zu, sie sollten ihren Onkel fangen, und schließlich gelang es der Gruppe, wobei Innis einen Sturz auf das weiche Gras vortäuschte und einer tackelnden Kaskade erlag.

Mynx wischte das Video weg. Also hatte Innis eine Familie. Aegis hatte auch eine, ebenso wie all diese anderen Paragons, die Innis in den Abgrund gefolgt waren. Mynx würde ihren Toden die Anonymität geben, die sie nicht verdienten. Als Paragons begraben, würde für ihre Familien gesorgt werden. Diese Kinder würden nie vom Makel ihres Onkels erfahren.

Obwohl sie es vielleicht sollten. Man musste bei Menschen kreativ werden, um ihre Loyalität zu behalten. Eine Drohne brauchte nie Überzeugung, brauchte keine Karriereförderung als Anreiz. Wenn normaler Paragon-Dienst nicht mehr ausreichte, um Anomalien zu zwingen, würde vielleicht ein bisschen rohes Beispiel besser funktionieren.

Ein Dilemma für ein andermal.

Mynx ging durch die Stapel, schritt über die Fässer und las ihre Etiketten, auf der Suche nach etwas Nützlichem. Sie interessierte sich nicht für die Korrespondenz, nicht für die Familienerbstücke oder den großen Stapel, der offenbar Innis' bisher unbekannter Schuhbesessenheit gewidmet war; der Paragon hatte Hunderte davon, in allen Formen und Größen, fotografiert und in Foren zur Bewunderung virtueller Fremder ausgelegt.

Schließlich blickte Mynx wieder zur Decke. Sie konzentrierte sich und wurde größer oder zog die Decke näher heran. Beide Konzepte funktionierten in dieser Welt, und das Endergebnis erlaubte es ihr, die Etiketten zu lesen, die zunächst zu weit entfernt gewesen waren.

»Innis, vielleicht habe ich dir zu wenig Anerkennung gezollt«, sagte Mynx, dachte, was auch immer. Kein Geräusch hier, um die Worte zu tragen, aber ihr digitaler Mund bewegte sich trotzdem. »Bewahre deine Geheimnisse offen auf, und vielleicht sieht sie niemand.«

Die Fässer, die die Decke bildeten, lagen weit hinten in den verschachtelten Dateien, die Innis' Tama ausmachten. Tief unten in den Ordnern des Systems, aber ohne schützende Barrieren, hatte sie ihre Relevanz übersehen. Clever, aber nur praktikabel, wenn man einem Eindringling keine Zeit gibt. Und mit Innis tot hatte Mynx reichlich davon.

Diese Fässer enthielten ebenfalls digitale Konversationen, aber mit mehr daneben. Tracking-Signaturen, Adresslisten, Namen und Tama-Kennungen. Alle mit seltsamen Codes beschriftet. Mynx öffnete ein paar und las deren Inhalte, aber die tatsächlichen Werte waren Unsinn.

Hier war die echte Verschlüsselung. Mache die Dateien

schwer zu bemerken und fülle dann Tausende von ihnen mit Dummy-Daten. Wenn man nicht genau wusste, wonach man suchte, konnte man tagelang durch Innis' Labyrinth sieben und nie wissen, ob das, was man fand, echt war.

Mynx jedoch wusste, was sie wollte. Sie legte ihre Hand, die Handfläche ausgebreitet, gegen die Decke. Ein hellblauer Film breitete sich von ihren Fingerspitzen aus, lief mit zunehmender Geschwindigkeit, bis er jedes hängende Fass bedeckte. Das Blau blitzte einmal auf, um zu signalisieren, dass die Suche jedes einzelne Objekt erfasst hatte, und dann setzte Mynx ihre Funktion in Gang.

Zuerst isolierte sie offensichtliche Ziele: Aegis, Ziran, Zhan-Yo und Schlüsselwörter wie Chicagos untere Ebene. Sie fügte auch sich selbst hinzu, nur zum Spaß. Jeder Befehl schoss von ihrem Kopf durch ihre Arme zu ihren Fingerspitzen und in die Funktion.

Die Suche begann ihre Arbeit, und als die Begriffe sich ihren Weg durch die Fässer bahnten, begannen die Ziele zu verschwinden, während Mynx sie herausfilterte. Die Decke verblasste in ganzen Abschnitten, als irrelevante Fässer verschwanden. Andere, die der blaue Film in einem Neongrün hervorhob, schoben sich durch ihre sich auflösenden Brüder und bildeten eine ordentliche Box über Mynx.

Die Zeit stand in der digitalen Welt nicht still, aber ohne Referenzpunkte wie die Sonne oder eine Uhr konnte Mynx sie nicht verfolgen, also konnte sie nicht sicher sein, wie lange ihre Suche gedauert hatte, wie lange sie in Innis' Fässerlabyrinth gewesen war, aber als die Funktion fertig war, hatte sie sechs Ziele über sich.

Mit schnellen Wischbewegungen scannte Mynx deren Inhalte. Fand, was sie vermutete: die ersten Pläne bezüglich des Hinterhalts - Innis hatte mit jemandem namens Sylvie zusammengearbeitet, die offenbar sowohl Innis' Ehrgeiz genährt als auch genau jene Familienmitglieder bedroht hatte, die Mynx zuvor gesehen hatte, um seine Kooperation sicherzustellen.

Ein anderes enthielt gründliche Planungen mit den anderen Paragons über ihren möglichen Aufstieg zur Größe, größtenteils gefüllt mit Fantasien über zukünftige Macht.

Das dritte enthielt etwas Besseres. Etwas, das sie benutzen konnte. Ein Dossier, das Innis über den Drahtzieher hinter Aegis' Ermordung zusammengestellt hatte, eine Sammlung, von der Innis selbst in einer knappen Beschreibung im Fass notiert hatte, dass sie zu seinem eigenen Schutz sei. Falls Zhan-Yo jemals entscheiden sollte, dass Innis es nicht wert war, war Innis vorbereitet gewesen, die Informationen des Mannes an Aegis, an die Champions weiterzugeben.

Und Innis hatte die Ware gefunden. Der Mann war ein hinterhältiges Monster, aber er hatte sich besser geschlagen, als Mynx erwartet hätte. Hier war, was sie brauchte, hier war der Schlüssel zum Gipfel, um die Katastrophe zu beheben, die begonnen hatte, als Zhan-Yo sein Schwert in Aegis' Rücken stieß.

KAPITEL 29

HEISSE LUFT

DER SCHMALE VORSPRUNG bot genug Platz für die ehemaligen Anhänger der Herzogin, um zuzusehen, wie Thane die gesammelten Lumpen, die die Anomalie einst getragen hatte, in das brodelnde, orangefarbene Glühen weit unten warf. Die Kleider erreichten nicht einmal den Boden, sondern gingen in Flammen auf, bevor sie ein Dutzend Meter gefallen waren. Als Zeremonie war die Beerdigung der Herzogin, abgesehen von den Blubbern und Knistern aus der Tiefe, ziemlich still und es fehlte so ziemlich alles, sogar der Körper.

»Du hast die richtige Entscheidung getroffen«, sagte Cassidy, nachdem die Beerdigung am frühen Morgen beendet war und die versammelte Gruppe den Berg hinunterzog. »Sie werden es zu schätzen wissen.«

»Sie waren Sklaven. Warum sollten sie sie ehren wollen?«, sagte Thane. »Ich würde mich nie für jemanden einsetzen, der mich kontrolliert hat.«

»Du bist stark«, erwiderte Cassidy. »Die meisten Anomalien hier haben nicht mit Champions gearbeitet, nicht mit den Paragons gespielt. Wir waren Diebe oder Leute, die eine schlechte Idee hatten, die uns hierher gebracht hat.«

»Ah ja, ihr seid nicht alle böse. Das vergesse ich manchmal.«

»Sarkasmus steht dir nicht.«

»Mir steht selten etwas.«

Während sich Cassidys Vorhersage bewahrheitet hatte - die führerlosen Anomalien hier hatten sich an Thane und, wie Cassidy sich selbst nannte, die Leere um Führung gewandt - hatte Thane immer noch wenig Ahnung, welche Kräfte in der Gruppe steckten, die mit ihnen den Berg hinunterwanderte, oder in der Gruppe, die noch unten im Dorf war und die Dinge zusammenpackte, die sie mitnehmen wollten.

»Du scheinst zu glauben, dass dir Macht steht«, sagte Cassidy und holte ihn zurück ins Gespräch.

»Hat bisher niemandem gestanden, den ich gesehen habe«, erwiderte Thane. »Kann genauso gut mal an der Reihe sein.«

»Es ist nicht einfach.«

»Ist das eine Warnung?« Thane wischte eine verirrte Fliege weg, die versuchte, vom Schweiß zu naschen, der ihn bedeckte. Stellte sich heraus, dass Vulkane die Dinge heiß machen, und die Inselbrise hatte ihn noch nicht abgekühlt. »Denn ich weiß, worauf ich mich einlasse.«

»Weißt du das?«

»Wirst du mich weiterhin mit Fragen bombardieren, oder wirst du mal was Sinnvolles sagen?«, sagte Thane und sah, wie sich Cassidys Gesicht bei der Bemerkung verdüsterte. »Denn ich frage mich, wie ich dich ernst nehmen soll, wenn deine große Leistung auf dieser Insel darin besteht, ein paar Fische zu fangen und eine Hütte am Strand zu bauen.«

Cassidy sprach auf dem restlichen Weg nach unten nicht mehr, und Thane sagte sich, dass es ihm egal war. Der Spaziergang gab ihm Zeit zum Nachdenken, um einen Plan für Arthur und das, was danach kommen würde, zu schmieden.

Indem er diese kleine zornige Flamme am Leben erhielt,

um zu verhindern, dass seine Muskeln völlig verkümmerten, konzentrierte sich Thane auf die Drohnen, die in ihrem dunklen Ring sichtbar waren. Zu viele, um sie zu zerstören, zu viele, um sie direkt zu bekämpfen, egal welche Anomalien er hatte.

Aber der Ring war flach, und er konnte keine Verstärkungen sehen. Wenn man die erste Linie schnell genug durchbrechen könnte, könnte man vielleicht weiterkommen. Ob irgendeine Anomalie an diesem Ort eine solche Beschleunigung erzeugen konnte, wer wusste das schon?

»Also, äh, hast du schon entschieden, wer was sein darf?«, sagte eine neue Stimme, Sook. Cassidy war in die Menge zurückgefallen, unter die Leute, die sie mitgebracht hatte. Sook hatte die Leere an seiner Seite ersetzt, und es schien, als hätte er unterwegs seine Kleidung, Schuhe und seinen Wanderstock aufgewertet. »Ich möchte darauf hinweisen, dass ich die ganze Zeit hinter dir stand. Du wärst wahrscheinlich immer noch in dieser Höhle, wenn ich nicht gewesen wäre.«

Ah. Macht zog Schmarotzer aus allen Ecken an.

»Sook, ich habe dich nicht vergessen. Was möchtest du? Welche Rolle würde dich am glücklichsten machen?«

Wäre Thane ein freundlicherer Mann gewesen, hätte das Funkeln in Sooks Augen bei dieser Frage vielleicht etwas Wärme hervorgerufen, ein wohliges Gefühl, jemanden so nah an seinen Traum herangeführt zu haben. Stattdessen runzelte Thane die Stirn über Sook und bemitleidete dessen kleine Ambitionen.

Nicht dass Sook das bemerkte.

»Ich wäre ein ausgezeichneter Wächter«, sagte Sook. »Und, weißt du, die Wachen zu leiten. Deine eigene Wache. So was wie Leibwächter.«

»Leibwächter.«

»Jeder Wichtige hat welche. Du bist wichtig.«

»Ich bin unbesiegbar.« Thane wusste nicht, ob das technisch gesehen stimmte, aber es kam der Sache nahe. »Wozu brauche ich Leibwächter?«

»Wegen des Anscheins, Thane!« Sook drehte sich mitten im Schritt um und gestikulierte in Richtung der Menge. »Sie erwarten es. Wenn du nicht ständig bewaffnete Anomalien Wache stehen hast, wirst du schwach aussehen!«

»Und ausgerechnet du, Sook, würdest mich stark aussehen lassen?«

Sook lachte, ein keuchendes kleines Geräusch. »Lass es mich dir beweisen. Ich werde ein paar gute aus der Mischung aussuchen, und wir werden dich wie den Anführer aussehen lassen, der du sein sollst, ich schwöre.«

Thane hatte schon Dutzende angeführt, aber das waren immer militärische Einheiten gewesen, die darauf aus waren, Ziele zu erreichen, nie eine Gesellschaft, die aktiv nach Führung suchte. Vielleicht hatte Sook recht, vielleicht musste Thane jetzt nach anderen Regeln spielen.

»Dann, Sook, gebe ich dir die Erlaubnis. Halte mich sicher, lass mich stark aussehen. Wähle vier andere aus, mit denen du zusammenarbeiten willst. Wenn du Erfolg hast und wir von dieser Insel runter sind, kannst du dir in unserer neuen Welt eine Position aussuchen.«

Sook nahm die Nachricht genau so auf, wie es ein Kind getan hätte, und die Anomalie verschwand, um alle anderen nach ihren Fähigkeiten, kämpferisch und anderweitig, auszufragen. Thane musste Sook das zugestehen: Der Mann hatte Enthusiasmus.

Nach dem Abstieg versammelte Thane das volle Kontingent außerhalb der Überreste des Dorfes. Er sprach langsam, gleichmäßig und deutlich über das Ziel, Arthur auf ihre Seite zu bringen und durch die Drohnen in eine neuere, bessere Welt durchzubrechen.

Die Anomalien reagierten auf die Rede nicht mit begeisterten Jubelrufen, sondern mit grimmigen oder gedämpften Reaktionen. Ein paar nickten, aber ansonsten sahen diese wie

Schafe aus, die zufrieden waren, der Herde zu folgen. Diener, die Anleitung brauchten.

Nun, Thane konnte ihnen das geben.

»Hattest du eine Familie?«, fragte Cassidy ihn danach, während die Vorbereitungen zum Aufbruch weitergingen und das Erbe der Herzogin in geflochtene Körbe gepackt wurde. »Zu Hause?«

»Nicht wirklich. Vor langer Zeit.«

»Das erklärt, warum du die ganze Zeit so ein Arschloch bist.«

Thane lachte. »Die ganze Zeit? Und wer von uns hatte schon eine gute Familie, ein gutes Zuhause?«

»Ich.«

»Du hast also diese Familie verraten und bist stattdessen hier gelandet?«

»Ich habe Fehler gemacht. Du auch.« Cassidy sagte das, als würde sie Thane kennen, als hätte sie eine Ahnung von seinem Leid.

Dennoch ertappte sich Thane immer wieder dabei, wie er mit ihr sprach. Als würden Magnete sie nach jedem Ereignis zusammenziehen. Es brauchte nicht viel Analyse – Thane hatte genug Hirnschmalz übrig für diese eine –, um zu erkennen, dass Cassidy einfach interessantere Dinge zu sagen hatte als die anderen Anomalien.

Und die Macht, um das zu untermauern.

»Was ich nicht verstehe«, sagte Thane, »ist, warum du immer noch so nett bist. Ich unterdrücke kaum meine Wut die ganze Zeit. Nicht nur wegen dieser Situation, sondern wegen des Lebens im Allgemeinen. Ich wollte diesen Fluch nicht.«

Nicht wahr. Nicht im Entferntesten wahr. Thane hatte dort nicht lügen wollen, aber er genoss seine Stärke, seine Kräfte, und das schon immer. Manchmal klang es jedoch besser, es zu leugnen.

»Weil ich versucht habe, mich zu wehren und gescheitert bin«, sagte Cassidy. »Das hat mich hierher gebracht, und ich würde alles dafür geben, zurückzugehen und es noch einmal zu versuchen. Die Geschichte zu ändern. Aber das kann ich nicht, und nachdem ich viele Nächte damit verbracht habe, wütend darüber zu sein, habe ich beschlossen, es nicht mehr zu sein.«

»Du hast beschlossen, nicht mehr wütend zu sein.« Thane bückte sich, pflückte eine kleine Wildblume aus dem Gras und beobachtete, wie sie sich im Wind bog. »Bist aufgewacht und hast gesagt, das war's.«

»So einfach war es nicht, aber ja«, sagte Cassidy. »Ich war müde, und ich fand immer mehr Anomalien wie mich, die nicht wussten, was sie auf dieser verdammten Insel tun sollten. Wir haben einander einen Sinn gegeben.«

»Wie eine Familie. So hast du es gesagt.«

»Du solltest dich ihr anschließen. Der Insel, unserer Familie.«

»Ich will nicht hierbleiben. Das ist der Punkt.«

Cassidy blickte zum Himmel, der immer klar blau war und heller wurde, als die Sonne höher stieg. Sie würden bald aufbrechen müssen.

»Sie werden dir nicht bis zum Ende so folgen«, sagte Cassidy. »Ich auch nicht. Du denkst, alle wollen von dieser Insel runter, aber viele haben hier ein Leben. Liebhaber, sogar eine Familie oder zwei.«

»Die sie hier aufziehen wollen, auf einem kleinen Kreis voller Verbrecher?«

»Wo sonst? Ich glaube, dein Problem ist, dass du zu sehr darauf fixiert bist, wegzugehen, um zu sehen, wie es besser sein könnte zu bleiben. Du könntest, wir könnten, hier etwas aufbauen.«

Thane hielt an diesem ›wir‹ fest. Cassidy war nicht viel für Betonung oder, soweit er gesehen hatte, Zuneigung. Er selbst hatte dieses Spiel nie viel gespielt, da diese Emotionen der Wut gefährlich nahe kamen. Nach einigen katastrophalen Ergebnissen als Teenager – diese Jahre hatten ihn auf die falschen Radare gebracht, bevor die Champions überhaupt existierten – hatte Thane die körperlicheren Freuden des Lebens zugunsten der unendlichen geistigen gemieden.

»Was meinst du mit wir?«, fragte Thane, seiner Neugier nachgebend.

»Du bist ein Ideenmensch, ich bin ein einfühlsamer«, Cassidy nahm ihm die Wildblume aus der Hand und steckte sie sich ins Haar, über ihr Ohr. »Du holst sie mit deiner Vision her, und ich halte sie hier, indem ich ihren zuhöre.«

»Eine Partnerschaft also.«

»Ein Team.«

Thane ließ das auf sich wirken, kaute darauf herum. Wenn Cassidy ihm einige der weicheren, chaotischeren Teile der Führung vom Hals halten könnte, dann könnte das die Sache wert sein. Vorausgesetzt, sie würde sein Ziel unterstützen.

»Ich bleibe nicht auf der Insel«, sagte Thane. »Das musst du akzeptieren.«

»Ich akzeptiere, dass du jetzt gehen willst. Und dass ich vielleicht in der Lage sein werde, deine Meinung zu ändern.«

Oh, wie lange war es her, dass Thane echte Gespräche mit, wenn nicht Gleichgestellten, so doch Menschen geführt hatte, die nahe dran waren. Cassidy hatte Feuer, und er konnte dieses Feuer gebrauchen. Mit der Zeit würde er sie dazu bringen, seine Sichtweise zu teilen, zu verstehen, dass die Insel eine Falle war, ein Ort, den man hinter sich lassen musste.

KAPITEL 30
UNTERWEGS IN DER STADT

DIE UHR AUF IHREM TAMA, grell weiß, als sie im dunklen Zimmer darauf sah, näherte sich Mitternacht. Immer noch kein Calvin. Gordon hatte vorgeschlagen, sie solle die Anomalie eine Weile allein losziehen lassen. Meinte, der Mann sei wahrscheinlich daran gewöhnt, für sich zu sein, Calvin würde schon zurückkommen, wenn er bereit wäre.

Jetzt erschienen ihr diese Worte wie Wahnsinn. Da draußen lauerte ein Killer, der es auf Anomalien abgesehen hatte, die ihm nicht zu gefallen schienen, und Kat hatte Calvin einfach allein losziehen lassen. Vielleicht lag Calvin gerade in einer Gasse und verblutete an einem Bauchschuss. Vielleicht war er entführt worden und der Killer folterte ihn, um Kats Aufenthaltsort herauszufinden.

Oder vielleicht machten das Hotelzimmer und Gordons leises Schnarchen sie verrückt.

Kat schlüpfte aus der Decke und stand für einen Moment auf dem Teppich, um ihren Körper an die plötzliche Bewegung zu gewöhnen. Seeker, der am Fußende des Bettes schlief, öffnete ein Auge. Kat bemerkte die Bewegung, als das Licht von draußen auf sein Auge fiel und zu ihr zurückreflektierte.

Kat legte einen Finger auf ihre Lippen und nickte in Richtung Gordon. Seeker öffnete jetzt beide Augen und seine Zunge hing aus seinem breiten Maul. Der Husky konnte sich für alles begeistern, aber eine nächtliche Reise?

Oh ja, auf jeden Fall. Seeker wollte mit.

Wenn es einen Vorteil gab, wenig Gepäck zu haben und einfach auf dem Bett zu liegen und ein paar Stunden in einem halbwachen Schlaf zu verbringen, dann war es Kats Bereitschaft, loszuziehen. Immer noch in Straßenkleidung, musste sie sich nicht umziehen. Hätte sie die ganze Nacht in Jeans geschlafen? Unklar, aber der Gedanke löste einige Sorgen um ihren Geisteszustand aus.

Wenn Kat grundlegende Gewohnheiten vergaß, wie das Anziehen von Schlafanzügen, schien das ein Zeichen dafür zu sein, dass sich etwas ändern musste. Wie zum Beispiel, Killern aus dem Weg zu gehen.

Kat öffnete vorsichtig die Türklinke, um sich und Seeker mit minimalem Geräusch in den Flur zu lassen. Von dort aus ging sie den langweiligen, gelblich beleuchteten Weg zum Aufzug und fuhr summend in die Lobby hinunter. Wenn jemand sie gefragt hätte, worüber sie in diesen wenigen Minuten nachgedacht hatte, hätte Kat es nicht gewusst. Abgesehen von dem Wunsch, Calvin zu finden, war alles andere zu einem geistigen Nebel geworden.

In der Lobby, weil dies Chicago war und es noch nicht so spät war, tummelten sich Leute. Die schicke Bar und das Restaurant auf der einen Seite schienen voll von Menschen, die ihr Bestes taten, um dem kommenden Tag zu entgehen, während die Rezeptionisten sich um Spätankömmlinge vom Flughafen oder anderen Zielen kümmerten, die in Scharen eintrafen. Die Februartemperaturen machten alle unter riesigen Mänteln gleich.

Kat, mit Seeker an ihrer Seite, steckte den Kopf ins Restaurant und scannte die Barhocker ab. Kein Calvin, also schüttelte sie nur den Kopf, als die Hostess, die von der späten

Stunde erschöpft wirkte, fragte, ob sie einen Tisch wolle, und ging auf die Straße hinaus.

Schneeflocken beschlossen, ihren nächtlichen Auftritt zu machen, und trieben in spärlicher Zahl zwischen den großen Gebäuden. Nicht genug, um die Dinge magisch zu machen, aber die Flocken verliehen den leuchtenden Lichtern und den vereinzelten Menschen, die über die Bürgersteige stapften, eine Textur. Pods füllten die Straßen nicht, aber sie kamen oft vorbei und fügten ihr rollendes Rauschen zu den Geräuschen der Stadt hinzu.

Alles in allem fühlte sich die Innenstadt im Vergleich zu Kats ruhigerer Wohnung ziemlich gut an. Wie eine harmlose Postkarte.

»Irgendwelche Vermutungen?«, fragte Kat Seeker, der damit beschäftigt war, eine Flocke zu zerkauen.

Der Hund sah sie an und konzentrierte sich dann auf die Gerüche an einer nahen Straßenlaterne.

»Auch gut«, murmelte Kat.

Calvin war nicht an der naheliegendsten Option – der Hotelbar – und Kat bezweifelte, dass er mit einem Pod zurück in die Vororte gefahren wäre. Selbst angesichts Gordons Feindseligkeit war Calvin klug genug, sich nicht ohne Hilfe wieder in tödliches Gebiet zu begeben. Zumindest hoffte Kat das.

Gleichzeitig bezog Calvin erst seit einer Woche ein Paragon-Gehalt, was bedeuten könnte, dass er die Angebote des Hotels allein wegen des Preises ausgeschlagen hatte. Könnte auch heißen, dass er es ablehnte, einen Pod zu mieten. Mehr noch, wenn Kat Pods als potenzielle Option einbezöge, hätte sie zu viele mögliche Ziele.

Stattdessen hob sie ihr Tama, rief Bars in der Gegend auf und fand die billigste, schmutzigste. Ein paar Blocks entfernt, in einem Laden, der tagsüber als Pod-Reparaturwerkstatt fungierte und sich nach Sonnenuntergang in einen Imbiss für Nachtarbeiter verwandelte.

Oil and Vinegar hatte das Aussehen, und nach der Speisekarte zu urteilen, die jemand an die Außenwand geklebt hatte, definitiv auch die Preise. Die Beschilderung hatte einen flackernden Neonschein, der nach Unachtsamkeit schrie, und die einzige Tür war so beschlagen, dass Kat nicht hineinsehen konnte. Keine Türsteher hier, und seine beiden Luxus-Nachbargeschäfte – die wahrscheinlich hofften, dass *Oil and Vinegar* in Flammen aufgehen würde – waren geschlossen, so dass die Kaschemme allein dastand, als die Uhr sich der Eins näherte.

Drinnen schlängelte sich eine schmale Bar zwischen Geräteregalen durch, wobei die verspiegelten Regale dahinter mit Flaschen bedeckt waren, die Kat weder identifizieren noch trinken wollte. Etiketten waren abgerissen worden, und die Frau, die hinter dem Tresen stand, sah aus, als würde sie das schon seit Jahren machen. Obwohl Rauchen in Innenräumen illegal war, paffte sie an einer Zigarette und warf Kat einen eisigen Blick zu, als die Trackerin mit ihrem Hund hereinkam.

Ein halbes Dutzend anderer Gäste trotzten dem Rauch der Barkeeperin, um an der Bar zu plaudern oder auf den einzigen Fernseher in dem Laden zu starren, der auf Sportwiederholungen vom frühen Abend festzuhängen schien. Am anderen Ende, an etwas Dunklem nippend, saß ihre Beute.

»Keine Hunde«, sagte die Barkeeperin, nahm die Zigarette aus dem Mund und deutete damit auf Seeker, der sich hinter Kats Beinen versteckte.

»Sie sollten auch keinen von denen haben«, erwiderte Kat. »Seeker wird keinen Ärger machen, aber ich vielleicht.«

»Dann kannst du dich umdrehen und gleich wieder rausspazieren.«

Stattdessen ging Kat zur Bar, wo die Frau ihr Rauch ins Gesicht blies. Kat schloss die Augen, als die Wolke über sie hinwegzog, und hielt den Atem an, um nicht zu husten. Dann zeigte sie auf eine braune Flasche, von der sie betete, dass sie Whiskey enthielt.

»Ich nehme das Doppelte davon«, sagte Kat. »Pur.«

Der Barkeeper bewegte sich für eine volle Sekunde nicht. Kat verschränkte ihre Arme auf der Bar. Seeker streifte ihre Beine und wollte hochspringen, um zu sehen, was los war, aber Kat schob ihre eigene Wade vor den Welpen und hielt ihn unten. Dieser Willenskampf brauchte nur zwei Spieler.

Einen Moment später hatte Kat ein rauchiges Glas voll mit … irgendetwas vor sich. Der Barkeeper wandte sich anderen Gästen zu, und Kat bewegte sich zum hinteren Ende, wo Calvin saß und den Fernseher anstarrte, als wünschte er, dieser würde ihn irgendwohin teleportieren, egal wohin.

»Was läuft da?«, fragte Kat, als sie sich setzte.

Calvin hatte eine Flasche Bier vor sich, das Etikett noch dran. Kluger Mann.

»Ich habe mich nie wirklich für Sport begeistern können«, sagte Calvin. »Ich glaube, das bindet dich an einen Ort, und ich hatte nie wirklich ein Zuhause.«

»Ich habe ein Zuhause, und es interessiert mich trotzdem nicht.«

»Warum nicht?«

»Weil ich zu beschäftigt damit bin, mich am Leben zu halten«, sagte Kat. »Hast du schon mal darüber nachgedacht? Denn ich beginne daran zu zweifeln.«

»Keine Chance, dass dieser Typ in der Innenstadt war, nachdem er uns im Westen angegriffen hat.«

»Woher weißt du das?«

»Eine Ahnung.«

Kat verdrehte die Augen, probierte ihr Getränk und … wow. Es war nicht großartig, aber sie hatte definitiv Whiskey in der Hand. Nicht etwa reines Gift oder, wie der Name des Restaurants vermuten ließ, Öl.

»Wolltest du heute Abend überhaupt ins Zimmer zurückkommen?«, fragte Kat.

»Spielt das eine Rolle?«

»Du weißt, dass es das tut.«

»Nee, Kat, weiß ich nicht.« Calvin hob seinen linken Arm und schaute auf sein Tama. »Weißt du, was dieses Ding mir sagt, seit wir hier unten sind? Dass irgendein Unfall, diese Sache, die wir gesehen haben, heute Nacht einen Haufen meiner neuen Kollegen ausgelöscht hat.«

»Ausgelöscht?«

Calvin gab tropfenweise weiter, was er wusste, und garnierte jedes Detail mit Einschüben darüber, wie er diesen Kerl oder jenes Mädchen nicht kannte, wie er nie auf diesem Stockwerk gewesen war. Dass er Innis nur einmal getroffen hatte, mit einem halben Dutzend anderer Neulinge, und der Mann damals ganz in Ordnung schien, so wie Menschen, von denen man denkt, man würde sie nie wiedersehen müssen, ganz in Ordnung erscheinen können.

»Jetzt sind sie alle einfach … weg«, schloss Calvin. »Zum ersten Mal in meinem Leben bekomme ich so etwas wie eine Familie, und natürlich sind sie tot.«

»Moment mal. Eine Familie? Du wolltest doch kein Paragon sein.«

»Das heißt nicht, dass ich die guten Seiten nicht sehen kann.«

»Und deine Lösung, nachdem du das alles gelesen hast, war, in eine Bar zu gehen und zu trinken?«

Calvins Mund öffnete sich und blieb so, dann wandte er sich seinem Bier zu und nahm noch einen Schluck.

»Alter«, fuhr Kat fort. »Du hast Probleme. Und das sage ich als Mädchen, das selbst genug davon hat, aber du wirst sie nicht hier und jetzt mit diesem Bier lösen.«

»Als ob du sie mit diesem Whiskey lösen würdest?«

»Das hier? Das ist Mitgefühl.« Kat beugte sich hinunter und streichelte Seeker. »Lass uns einen auf die Tragödie trinken.«

Sie stießen an und nahmen einen Schluck.

»Jetzt«, sagte Kat, »werde ich dich um etwas bitten.«

Calvin lehnte seinen Kopf zurück und sah sie mit gespieltem Schrecken an.

»Du musst nett zu Gordon sein«, sagte Kat. »Weil er zu blöd ist, nett zu dir zu sein. Lass ihn jammern, sich beschweren, was auch immer, denn wir werden seine Hilfe brauchen. Oder zumindest einen Platz zum Schlafen. Denn morgen werden wir diesen Typen finden und ausschalten.«

Calvin lachte: »Wirklich? Das ist es, was du jetzt bringst?«

»Genau das.« Kat sagte es und begann auch zu lachen. Eine gemeinsame Quest zu verkünden, um einen Mörder in diesem verschwitzten, metallenen Ort zu fangen, schien lächerlich. »Das ist es, was ich will.« Dann hörte sie genauso schnell auf, wie sie angefangen hatte. »Denn, Calvin, dieser Typ hätte mich fast erledigt. Zweimal. Ich weiß nicht, ob ich allein mit ihm fertig werde.«

»Weiß nicht, ob ich viel helfen kann.« Calvin schwenkte sein Getränk und leerte es dann. »Aber okay, Kat. Schätze, all diese Paragons würden wollen, dass ich sowieso mitkomme. Ich soll jetzt der Gutmensch sein, richtig?«

»Genau«, sagte Kat. »Tu, was dein Champion von dir erwarten würde.«

»Weißt du, wer das jetzt ist?«, sagte Calvin. »Diese Frau, Pixie, im Osten? Kennst du sie?«

Kat schüttelte den Kopf: »Nein, und es interessiert mich auch nicht.« Sie trank ihren Whiskey aus und trat von der Bar zurück. »Willst du das wahre Geheimnis zum Überleben wissen, jetzt, wo du in dieser Welt bist?«

»Was?«

»Bleib in deiner Spur, Calvin. Bleib in deiner Spur.«

KAPITEL 31

SCHWERTKÄMPFER

WENN ZHAN-YO seinen Vater verletzen könnte, dürfte er das Tachi behalten. Eine einzige Berührung, das war alles, was der Sohn schaffen musste, hier in diesem weiß getäfelten Raum mit hellem Holz, der schon so lange, wie Zhan-Yo sich erinnern konnte, als Heiligtum seines Vaters diente.

»Aber wir haben diese Woche doch schon jeden Tag geübt«, sagte Zhan-Yo. Er spürte die Schmerzen in seinen Armen und Beinen und wollte nichts mehr, als zu seinem Handy zurückzukehren, seiner Verbindung zu Freunden und Dingen, die viel interessanter waren als die alten Schwerter seines Vaters.

»Und wir werden jeden Tag weiter üben, bis du Erfolg hast«, erwiderte sein Vater. »Ausdauer hat genauso viel mit dem Gewinnen zu tun wie der erste Versuch. Du musst weitermachen.«

Zhan-Yo hatte mit seinem Vater eine Hierarchie etabliert, die festlegte, bei welchen Themen er widersprechen durfte. Kleinere Dinge, wie ob und wohin Zhan-Yo abends ausgehen durfte, waren leichte Siege. Sein Vater hatte zu viel Arbeit, seine Mutter widmete sich Gemeinschaftsprojekten, und diese geteilte Aufmerksamkeit ließ ihn davonkommen.

Diese Lektionen jedoch standen fest an der Spitze der Pyramide. Kein Betteln, Überreden oder Vorschläge, den Tag ausfallen zu lassen und stattdessen Snacks zu holen, fanden Gehör.

Das hölzerne Tachi – die scharfen, echten hingen an Haken an den Wänden des Raumes – fühlte sich in Zhan-Yos Hand luftig an, wie ein Spielzeug. Er hatte schon die echten in der Hand gehalten, und die fühlten sich an, als könnten sie echten Schaden anrichten. Sein Vater bestand jedoch darauf, dass die Tachi ein Privileg waren, das man sich verdienen musste. Zhan-Yo, noch nicht einmal fünfzehn, hatte das noch nicht geschafft.

»Komm schon«, sagte sein Vater und hielt sein eigenes Holzschwert. »Je schneller du mich besiegst, desto schneller kannst du zu deinen Nachrichten zurückkehren.«

Von dieser Inspiration angetrieben, hob Zhan-Yo das stumpfe Tachi und stürmte plötzlich los, wobei er die Waffe für einen Überkopfschlag anhob. Ein telegrafierter Zug, der seinen Vater dazu brachte, zur Seite zu treten, ein telegrafierter Zug, der Zhan-Yo die Öffnung gab, die er wollte. Als sein Vater der Erwartung auswich, änderte Zhan-Yo seinen Schritt, pflanzte stattdessen seinen linken Fuß auf und schwang das Tachi weit aus.

Die plötzliche Panik im Gesicht seines Vaters war alles wert. Der ältere Mann riss sein eigenes Tachi hoch, um Zhan-Yos Angriff mit einem lauten Klonk abzuwehren, und Zhan-Yo nutzte den umgekehrten Schwung, um zurückzutreten und sich auf etwas anderes vorzubereiten.

»Das war anders«, sagte sein Vater und kopierte Zhan-Yos Bewegung, um den Abstand zu vergrößern. »Ich bin beeindruckt.«

Ein Lob, das nicht leichtfertig gegeben wurde. Zhan-Yo verfolgte das Schwert seines Vaters, wie er es bereit in beiden Händen hielt. Nicht die entspannte Haltung von jemandem, der sich seines Erfolges sicher war, sondern eher von jemandem, der bereit war, sich zu verteidigen. Ein würdiger Gegner.

Wurde auch Zeit.

»Bereit zu sehen, was ich noch drauf habe?«, sagte Zhan-Yo.

Denn trotz all seiner Freunde, trotz all dem Spaß, den er später mit ihnen in der Innenstadt haben würde, hatte Zhan-Yo geübt. Hatte von einem Lehrer gelernt, der besser war als sein alter Herr.

»Sylvie hätte so ein Date respektiert«, sagte Wexley, der Zhan-Yo gegenübersaß, während die Stunden auf den Morgen zukrochen. »Ein Paar Schwerter und ein Kampf, um zu sehen, wer dem anderen die Zähne ausschlagen kann?«

Wexley war nicht gerade glücklich gewesen über Zhan-Yos Nachricht aus der Kapsel auf dem Rückweg, aber er hatte zugestimmt, in ein paar Stunden vorbeizukommen, was Zhan-Yo Zeit für ein kurzes Nickerchen gegeben hatte. Jetzt, mit frischem Kaffee um vier Uhr morgens, musste Zhan-Yo seinen Leutnant davon überzeugen, dass er nicht verrückt war.

Um das zu tun, fühlte Zhan-Yo, dass er wieder eine Verbindung zu Wexley aufbauen musste, ihm beweisen, dass Zhan-Yo noch bei Verstand war. Dass er noch immer zurechnungsfähig war und bereit, einen Krieg gegen die größte und einzige Macht der Welt zu führen.

»So haben sie sich kennengelernt«, sagte Zhan-Yo. »Die Eltern meiner Mutter betrieben ein Studio, in dem meine Mutter unterrichtete, als sie jünger war. Mein Vater kam für eine Lektion, ich schätze, er wollte etwas Abwechslung vom Büro.«

»Das war's? Hat er deine Mutter nach einem Date gefragt, nachdem sie ihn k.o. geschlagen hatte?«

»So in etwa«, sagte Zhan-Yo. Sie hatten ihm nie genau erzählt, wie es passiert war, aber seine Mutter behauptete immer, dass sein Vater sie nie besiegt hatte. »Dann begann sie, mich heimlich zu trainieren. Mein Vater wollte immer diese Duelle, aber meiner Mutter ging es um Technik. Darum, wirklich besser zu werden.«

»Meine sind ins Kino gegangen«, sagte Wexley. »Ich habe Fußball gespielt.«

Sie nahmen lange Züge von ihrem Kaffee, wobei Wexleys Augen zu seinem Tama glitten. Zu dem, was wahrscheinlich eine vernichtende Besprechung und E-Mail-Liste war. Die Art, die Zhan-Yo früher kannte und die er manchmal vermisste.

»Also hast du diese Paragons in der Tasche. Du glaubst, du kannst ihnen vertrauen.« Wexley sagte es mit einer Stimme, die zeigte, wie wenig er von dem Plan hielt. »Sie werden dir die Details des Gipfels liefern.«

»Vielleicht«, sagte Zhan-Yo. »Mathieu setzt sie unter Druck. Es sind Kinder. Ehrgeizige. Wir können sie vielleicht benutzen, um auf den Gipfel selbst zu kommen.«

»Und dann?«, sagte Wexley. »Willst du den Ort in die Luft jagen?«

»Genau«, erwiderte Zhan-Yo. »Es geht nicht darum, wie viele ich töte oder auch nur verletze. Es geht um die Botschaft. Die Welt muss sehen, dass die Paragons, die Champions zu verwundbar sind, um sie zu führen. Das wird unsere Chance schaffen.«

»Du willst also eine Bombe in den bestbewachtesten Ort des Planeten schmuggeln? Dort werden Anomalien sein, die deine Gedanken lesen können, die in einem Augenblick jede deiner Motivationen verstehen werden. Du wirst keine Geheimnisse bewahren können.«

»Sie müssen mich erst einmal finden.« Zhan-Yo winkte zum Fenster hin. »Die Paragons haben mich hier noch nicht gefunden, und ich bin bereits der meistgesuchte Mann der Welt. Was lässt dich glauben, dass sie auf dem Gipfel besser sein werden?«

»Weil du zu ihnen kommst?«

»Vertrau mir, Wexley. Das wird funktionieren. Ich brauche nur, dass du die Konten aufgefüllt hältst. Mathieu erledigt die Vorbereitungen für mich und holt die Leute, die wir dafür brauchen werden. Sie müssen bezahlt werden.«

»Kann nicht behaupten, dass ich erwartet hätte, einen Guerillakrieg zu finanzieren, als ich den Job bei Ziran annahm«, sagte Wexley. »Aber ein Versprechen ist ein Versprechen.« Der Leutnant stand auf und warf seinen leeren Kaffeebecher in den silbernen Mülleimer neben der Theke. Ein perfekter Winkel, ein perfekter Wurf. »Du wirst deine Reps haben. Sei nur vorsichtig, Zhan-Yo. Wenn du stirbst, stirbt all das mit dir.«

Als er seinen Vater besiegt hatte, nicht lange nach seinem sechzehnten Geburtstag, hatte Zhan-Yo Stolz in den Augen seines Vaters erwartet. Etwas Freude in seinem Gesicht. Stattdessen hatte Zhan-Yo schmerzliche Akzeptanz gesehen. Eine lange gefürchtete Realität, die endlich eingetreten war.

Vielleicht fühlte Wexley dasselbe. Vielleicht die Welt auch. Sie alle nervös wegen des Unvermeidlichen.

Zhan-Yo hatte sich diese Tachi verdient, und er trug sie immer noch.

KAPITEL 32
MILA

MILA, die letzte Championin, ging beim ersten Klingeln ran. Diesmal kein Videoanruf, und Mynx, erschöpft nach der langen Nacht, störte es nicht, dass Milas Vorliebe für Berggipfel ihr eine so schlechte Verbindung bescherte, dass Gesichter keine Option waren.

»Mynx.« Milas karamellfarbene Stimme kam jedoch gut durch. »Ich bin so traurig, dass du erst als Letztes zu mir kommst. Ich dachte, wir wären Freunde.«

»Deshalb habe ich bis zum Schluss gewartet«, sagte Mynx und blickte von Innis' ehemaligem Büro auf den Lake Michigan hinaus. »Ich brauchte etwas, worauf ich mich freuen konnte.«

»Dann solltest du hierher kommen, wo es immer etwas Schönes am Horizont gibt.«

»Wie zum Beispiel?«

»Oh, heute? Heute wache ich auf den sonnengeküssten Hängen über Lima auf, mit dem Ozean zu meinen Füßen und den Gipfeln über meinem Kopf«, sagte Mila. »Der schönste Anblick.«

»Da bin ich mir sicher. Aber ich brauche dich für eine Weile hier. Der Gipfel beginnt in ein paar Tagen. Ich weiß, du hast die Details gesehen.«

»Hab ich, und ich werde natürlich da sein, auch wenn es mir wehtut, meine Lieben zurückzulassen.«

Mynx hatte sich früher Sorgen um Mila gemacht, nachdem sie sich zum ersten Mal getroffen hatten. Die Frau beschrieb alles, was sie mochte, als ihre 'Lieben' und schien ihre Welt durch eine seifige, kitschige Linse zu betrachten. Alles war entweder in verheerendem oder hinreißendem Maße von Emotionen durchtränkt.

Dann sah Mynx, wie Mila den Körper eines Killers veränderte und den starken, schlanken Mann in einen schwachen, gebrochenen verwandelte, der nicht einmal stehen konnte. So wie Mynx mit Computercode umging, so beherrschte Mila die physische Form; sie konnte in einen Menschen eindringen und ihn in alles umschreiben, was sie wollte.

Erschreckend, sicher. So sehr, dass Aegis sie zerstören wollte, bevor Mila sich dazu entschloss, die Körper der Champions durcheinanderzubringen. Stattdessen hatten Mynx und die anderen sie rekrutiert und Aegis bewiesen, dass Milas Fähigkeiten gut sein konnten. Unglaublich sogar.

Ein Versprechen, das nur teilweise erfüllt wurde.

»Danke«, sagte Mynx. »Ich weiß, es ist ein Risiko, uns alle zusammenzubringen, aber wir müssen der Welt zeigen, dass die Champions vereint bleiben und dass wir einen Plan für die Zukunft haben.«

»Und haben wir den? Einen Plan?«

Andere hätten bei dieser Frage anklagend oder sogar spöttisch geklungen, aber Mila ließ am Ende ein kleines Lachen erklingen, als ob die Vorstellung, dass die Champions keinen solchen Plan hätten, lächerlich wäre.

»Wir werden ihn gemeinsam verfeinern, aber der Punkt liegt darin, zu wählen, wer euch ersetzen wird, wenn ihr weg seid.« Mila sollte das wissen, wenn sie die Nachrichten gelesen hatte, die Reeves mit den verschiedenen Details des

Gipfels verschickt hatte. »Genau wie wir die regionalen Paragons gewählt haben. Wie wir dich gewählt haben.«

Stille am Telefon, dann ein Rascheln. Mila bewegte sich irgendwohin. Mynx nutzte die Gelegenheit, um den Kaffee und den Donut zu genießen, den jemand für sie hochgebracht hatte.

»Ich erinnere mich an diesen Tag«, sagte Mila. »Wie erinnerst du dich daran? Die meisten von euch haben mir nicht vertraut.«

»Schwer, wenn man weiß, wozu du fähig bist.«

»Aber ihr habt mich trotzdem reingelassen, und sieh, was passiert ist.«

»Es war schon was«, Sentimentalität war nicht Mynx' bevorzugter Spielplatz. »Aber, Mila, ich habe nicht gut geschlafen, und hier ist viel los. Können wir auf dem Gipfel mehr reden?«

»Hak mich auf deiner Liste ab und verschwinde, nehme ich an?«

»Das ist nicht fair.«

»Oh, ich spiele nur. Geh, sei Königin.«

»Ich bin keine Königin.«

»Was immer du sagst«, erwiderte Mila. »Aber wenn du diesen einen schnappst, halt ihn für mich fest. Nichts beruhigt eine Revolution schneller, als wenn ihr Anführer zu einer kleinen, stillen Rosine zusammenschrumpft.«

»Wird gemacht. Danke, Mila.«

Die Champions legten auf, als der Himmel von Schwarz zu Dunkelblau überging, die ersten Anzeichen von Orange klammerten sich an den Horizont. Mila hatte einen guten Punkt. Zhan-Yos Geist verdrehen, ihn zu einem überzeugten Paragon-Unterstützer machen? Hinterhältig, aber perfekt.

Mynx stand auf und begann, im kargen Büro auf und ab zu gehen. Innis hatte einen großen Schreibtisch dort, zwei Monitore. Keine persönlichen Bilder, keine Kunst an den Wänden. Entweder verbrachte er selten Zeit hier oder hatte einfach keinen Geschmack für Dekoration. In gewisser Weise schätzte Mynx das - nichts, was vom Plan ablenken konnte.

»Reeves, wir haben die Ziele«, sagte Mynx.

»Ja. Die Drohnen sind startbereit, sobald Sie es sagen.«

»Gib ihnen noch zwei Stunden. Ich will, dass die Stadt es sieht. Ich will, dass die Kameras bereit sind, um einzufangen, was passiert.«

»Eine sichtbare Gefangennahme riskiert, Zhan-Yos Basis zu energetisieren«, antwortete Reeves. »Sie könnten es als Wendepunkt sehen und ihre Revolte beginnen. Andere Revolutionen wurden durch solche Momente ausgelöst.«

»Nein, wir machen das nicht im Stillen. Wir müssen allen zeigen, dass das nicht toleriert wird. Nicht erlaubt wird. Zhan-Yo hat seinen Zug offen gemacht, und wir werden es auch tun.«

Reeves, wie es sich für eine KI gehörte, akzeptierte das Argument und begann, Pläne zu machen. Mynx, deren Erschöpfung die Ränder verschwimmen ließ, verließ Innis' Büro und ging zurück zur zerstörten Etage.

Die Leichen waren bereits entfernt worden, und mehrere Paragons mit konstruktiven Fähigkeiten fügten das Glas mit Handbewegungen oder einfachen Blicken wieder zusammen. Ein anderer formte verschossene Kugeln in neue um, bereit, um in die Drohnen nachgeladen zu werden. Bis zum Mittag würde das Gebäude wieder in perfektem Zustand sein.

Mynx beobachtete sie bei der Arbeit und grübelte. Wie viele waren wirklich loyal, wie tief war Innis' Korruption gegangen? Nach dem Gipfel würde sie mehr Zeit in dem Tama des Mannes verbringen, all diese Fässer durchsuchen - oder wahrscheinlicher, Reeves knacken lassen -, um herauszufinden, wer von diesem verräterischen Apfel gekostet hatte.

Zuvor hatte Mynx gedacht, sie würde jeden Einzelnen von ihnen ausrotten und die zu Gefährlichen auf ihrer Insel aussetzen. Aber wie viele konnte sie mitnehmen? Wie viele konnte sie erwarten, dass Apinya und Burov mit ihren gedankenverändernden Kräften umstimmen würden?

Drohnen hinterfragten ihre Befehle oder ihren Kommandanten nicht. Sie taten, was ihnen gesagt wurde, und führten es mit maximaler Fähigkeit aus. Die Paragons hatten menschliche Schwächen, und es wurde zunehmend schwieriger, sie zu tolerieren.

Also warum sie überhaupt tolerieren?

KAPITEL 33
EINEM SCHURKEN BEGEGNEN

DIE POLIZEI FAND IHN ALLEIN, auf einem blutgetränkten Teppich, weinend. Sein Körper war geschrumpft, kalt und rot gefärbt. Es war kurz nach neun Uhr morgens, und Thane hätte eigentlich in der Schule sein sollen. Stattdessen wollte er ein altes Hemd tragen. Seine Mutter hatte ihm ein neues gekauft. Allein dafür hatte Thane sie alle getötet.

Trotz seiner Intelligenz, trotz all der Stunden, die er zusammengekauert unter den Lichtern im Gefängnis des Champions verbracht hatte, konnte Thane nie herausfinden, warum sich seine Fähigkeiten ausgerechnet an jenem Morgen manifestiert hatten. Warum der Protest eines Zwölfjährigen zur Verwüstung geführt hatte.

Nachdem er das Krankenhaus zerstört hatte – wohin die Polizei seinen geschrumpften Körper zur Versorgung gebracht hatte – und auf seinem verdrehten Amoklauf zum schlammigen Bach, wo Thanes Vater ihn früher zum Angeln mitgenommen hatte, mehrere Gebäude dem Erdboden gleichgemacht hatte, fanden ihn die ersten Paragonen.

Wieder weich und schwach, auf dem Moos liegend und mit Trümmern bedeckt.

»Sie wollten mich retten«, sagte Thane und schob die Farne beiseite, die Cassidy den Weg versperrten, während ihre Gruppe vom Zentrum der Insel zur Ostseite stapfte. »Sie dachten, ich könnte es kontrollieren. Ein Kind.«

»Hättest du es vorgezogen, wenn sie dich in Ketten gelegt hätten, so wie sie es später taten?«

Thane hatte sich für sein früheres Verhalten entschuldigt und versucht, etwaige Wunden zu heilen. Es würde keine Zeit für Drama bleiben, sobald sie Arthur erreichten, besonders wenn der Schurke Cassidys Einschätzung als der gefährlichste auf der Insel entsprach.

Sie ging neben ihm, schien damit zufrieden zu sein, wenn auch vorsichtiger als zuvor. Ein Auge, bemerkte Thane, blieb immer auf ihm, abwägend. Ein verdientes Misstrauen, vermutete er.

»Rückblickend betrachtet, ja«, sagte Thane. »Ich hatte kein Verständnis von mir selbst, von dem, was ich tun konnte. Ich war eine blinde Waffe, überschäumend vor Hormonen, die die einzigen Menschen, die sie liebte, abgeschlachtet hatte. Ich hätte weggesperrt werden sollen.«

»Sie glaubten damals«, erwiderte Cassidy. »Ich bekam diese Chance nie.«

»Es war kein Glaube.« Thane tastete sich auf dem Boden voran. Das dichte Unterholz machte es leicht, auszurutschen und sich den Knöchel zu verstauchen. »Es war Unsicherheit. Sie dachten, sie könnten mich benutzen.«

»Ich hätte sie mich benutzen lassen, wenn ich gewusst hätte, was kommen würde.« Cassidy hatte einen Ast aufgehoben und benutzte ihn als Wanderstock, um den Weg abzutasten. »Ich dachte, indem ich ihre Befehle missachtete, würde ich irgendwie Stellung beziehen. Stattdessen habe ich ihnen nur ins allmächtige Gesicht gespuckt.«

Die Paragonen hatten Thane weit weg von der Stadt gebracht, an einen abgelegenen Ort in den nördlichen Wäldern, nahe der Grenze zwischen den USA und Kanada. In ein Lager, wo Anomalien lernten, nicht jeden um sich herum zu töten. Gab es diesen Ort noch? Schickten kraftbegabte Kinder immer noch Novas in die Nacht, beschützt von Paragonen, die sie am Leben erhalten konnten?

Wie oft hatten sie Körper repariert, die Thane zerbrochen hatte?

»Sie formen dich in diesen Lagern«, sagte Thane. »Sie brachten mir bei, meine Familie zu vergessen. Ich erinnere mich nicht einmal mehr an ihre Namen, nur an die Lektion.«

Jeder brauchte seinen eigenen Plan. Behandlung, vom ersten Tag bis zum Abschluss, Jahre oder Monate oder Wochen später, wenn sie dachten, dass man mit der Gesellschaft umgehen konnte. Mit echter Arbeit umgehen konnte.

»Ich habe gehört, sie reißen die Gedanken auf?«, fragte Cassidy.

»Mehr als das. Die Idee ist es, den perfekten Paragon zu erschaffen. Jemanden, der strategisch denken kann, der führen und kämpfen und dienen kann, der niemals zu viel trinken und eine Menschenmenge verdampfen wird.«

»Das Letzte klingt nicht nach einem schlechten Ziel.«

»Denkst du, ich hasse, was sie getan haben?« Thane schüttelte den Kopf und lachte. »Nein, ich liebe sie dafür. Die Paragonen gaben mir ein Leben zum Leben. Ohne sie wäre ich wütend und unaufhaltsam gewesen, bis jemand einen Weg gefunden hätte, mich zu töten. Stattdessen machten die Paragonen mich rational, ließen mich vergessen, wie man menschlich ist.«

»Du bist immer noch ziemlich menschlich, Thane. Du machst definitiv genug Fehler, um dich zu qualifizieren.«

»Was ich wissen möchte, ist, warum sie dich nicht mitgenommen haben.«

»Zu alt.«

»Nein. Sie hätten jemanden mit deiner Kraft in jedem Alter genommen.«

Cassidy blickte weg, zum Horizont. Die allgegenwärtige schwarze Drohnenlinie hielt unter wachsenden Wolken still.

»Ich habe es dir gesagt. Ich hatte keine Wahl.«

Cassidy bot nicht mehr an und Thane drängte nicht weiter. Sie näherten sich ohnehin dem Ende des Hangs und kamen in einen flachen, bewaldeten Abschnitt vor dem Lagunen-Strand, den Arthur sein Zuhause nannte. Sie hatten das Gebiet der Herzogin verlassen und standen nun auf umkämpftem Boden.

Im Gegensatz zu Cassidys Seite veränderte sich das Klima der Insel hier, wobei der Vulkan dazu diente, die Wolken aufzuhalten und zu teilen, sodass Regen die Farne bedeckte und das Grün viel tiefer erschien. Üppig beschrieb alles. Der Boden wurde schlammiger, und Thanes geflochtene Sandalen taten wenig, um zu verhindern, dass der matschige Boden zwischen seinen Zehen hervorquoll. Mehr Insekten schwirrten umher und nutzten das großzügige Wasser, um es in Brutstätten zu verwandeln. Blühende Pflanzen profitierten davon, ihre violetten und roten Blütenblätter lugten in schüchterner Pracht hervor.

Schön und ablenkend.

Die ehemaligen Anomalien der Herzogin hatten während des Marsches davor gewarnt und gesagt, Arthur halte ein wachsames Auge auf alles, was auf der Insel vor sich ging. Gerüchten zufolge hielt der Mann eine Anomalie, die hier und da sehen konnte, wie ein Scheinwerfer, der auf eine schwarze Gebäudewand leuchtet. Der Gedanke, dass sie sich nähern, direkt zur Lagune laufen könnten, wie Thane und Sook sich Cassidys Stadt genähert hatten, wurde verspottet.

Also marschierte Thane an der Spitze der Kolonne. Obwohl Thane mit seinem ständig schwelenden Ärger nicht als das bedrohlichste Monster erschien, konnte er einiges einstecken. Sollte Arthur einen Überraschungsangriff wählen, würde Thane wahrscheinlich lange genug überleben, um zu kontern.

Wie oft dient der Anführer als Köder, als Zielscheibe?

Für Thane schien das ständig der Fall zu sein.

Diese Logik nahm dem Schock die Wirkung, als die erste Anomalie aus dem Dschungel trat, mit einer Schärpe über der Brust, die von zerquetschten Blütenblättern purpurblau gefärbt war. Anders als Cassidys Wachen trug dieser keine Waffen, sah aber fit genug aus. Gebräunt, muskulös und grimmig.

Der Ruf ging die Seiten der Kolonne entlang, und Thane wandte sich von dem ersten Neuankömmling ab, um zu sehen, wie die Luft entlang seiner Truppe flimmerte. Weitere Anomalien erschienen, als würden sie Decken abwerfen, blaue Schärpen über ihren Körpern. Obwohl ihre Linie dünner war als Thanes Gruppe, hatten die Neuankömmlinge sie innerhalb weniger Sekunden umzingelt.

Das Problem mit Anomalien: Strategien wurden nutzlos, weil man nie wusste, womit man es zu tun hatte.

»Seid gegrüßt«, sagte eine weitere Anomalie, sehnig und klein, mit von Natur aus brauner Haut. »Willkommen in unserer Wahlheimat. Ich bin Arthur, und ihr seid die Eindringlinge.«

Angesichts des Namens hätte Thane nicht erwartet, was er sah: Arthur sah überhaupt nicht aus wie der europäische Ritter aus der Legende. Er hatte jemanden erwartet, der körperlich beeindruckend war und bereit, seine Fähigkeiten mit roher Gewalt und einer düsteren Einstellung zu ergänzen. Stattdessen brach Arthur in ein breites Lächeln aus. Mit ausgebreiteten Armen ging er nach vorne und streckte Thane eine Hand entgegen.

Der zögerte. Auch Cassidy warf Arthur wütende Blicke zu, doch das Lächeln des Mannes schwankte nie. Die Anomalie schien entschlossen, sich mit seinem schmutzigen Grinsen durch die Situation zu zwingen.

»Mein Name ist Thane.« Er bot keine Hand an. »Weißt du, warum ich hier bin?«

»Du bist hier, um uns allen zu helfen, von dieser Insel wegzukommen«, antwortete Arthur.

»Dann brauchst du uns nicht zu umzingeln. Du bist nicht das Ziel.«

Arthur lachte, ein dünnes Kichern. »Natürlich bin ich das nicht. Aber ich lasse dich auch nicht einfach in mein Gebiet spazieren. Das ist eine Übernahme, und eine, die ich nicht zulassen werde.«

Optionen. Entweder sie kämpfen es hier aus, was angesichts Arthurs offensichtlicher Vorteile zu Toten führen würde, die sich niemand leisten konnte. Oder Thane konnte die Umstände akzeptieren und mit Arthur mitgehen, wie er es mit der Herzogin getan hatte, und seinen Schlag später planen. Keine allzu schwierige Entscheidung.

»Erinnerst du dich an Sienna?«, fragte Cassidy, bevor Thane sprechen konnte. »Eines deiner Teams hat sie gefunden und mitgenommen.«

Arthur ließ die Hälfte seines Lächelns sterben. Er legte eine Hand ans Kinn und richtete seinen Blick in einem übertriebenen Ausdruck zum Himmel, was Thane dazu brachte, eine Hand auf Cassidys linken Arm zu legen. Sie konnte so wütend auf Arthur sein, wie sie wollte, solange sie nicht danach handelte.

»Sienna. Hmm«, sagte Arthur und schnippte dann mit den Fingern seiner linken Hand. »Ich erinnere mich! Sie ist genau da.«

Arthur zeigte die Linie hinunter auf eine jüngere Frau - Thane schätzte Anfang zwanzig -, die versuchte, sich hinter den anderen zu ducken. Selbst aus zehn Metern Entfernung konnte Thane die Röte in ihrem Gesicht sehen.

Manchmal vergaß Thane, wie lange diese Anomalien schon auf dieser Insel waren, wie viel Geschichte sie ansammeln konnten.

»Also hast du sie auch belogen.« Cassidy drehte sich nicht einmal um. Sie brach nicht zusammen und wich auch nicht vor Arthurs offensichtlichem Triumph zurück. »Du sammelst deine Figuren mit süßen Worten über Flucht.«

»Belogen? Ist das nicht der Grund, warum ihr hier seid? Um von dieser Insel wegzukommen?«

»Wir werden es tatsächlich tun«, sagte Thane und übernahm das Gespräch wieder, bevor Cassidy beschloss, ihrem Impuls zu folgen und ein Loch in Arthurs Brust zu öffnen. »Wir haben gehört, dass du einen Plan hast, also sind wir gekommen, um dir zu helfen, ihn umzusetzen. Das sollte kein Kampf sein.«

»Und du? Void? Was sagst du?« Arthur verschränkte die Arme. »Kommst du auch, um für mich zu arbeiten?«

»Nicht für«, sagte Cassidy. »Mit. Nur dieses eine Mal.«

Diesmal, als Arthur seine Hand ausstreckte, schüttelten Thane und Cassidy sie nacheinander. Gemeinsam würden sie von dieser Insel kommen oder bei dem Versuch sterben.

KAPITEL 34

KILLERJÄGER

IHR ANZUG TAT SEIN BESTES, um das Wasser draußen zu halten, aber Kat spürte, wie der Matsch zwischen ihre Stiefel und Gamaschen eindrang. Es war kalt, besonders angesichts des unerwartet heißen Angriffs der Sonne auf die Winterkälte. Der schmelzende Schnee ließ ihren Tarnungsversuch, regungslos in einem Dachschneehafen nahe dem Café des Elementars liegend, mit fortschreitendem Morgen immer dümmer aussehen.

Vorerst hatte Kat eine freie Sichtlinie über alle Dächer in den umliegenden Häuserblocks, und ihr weißer Anzug ging, laut Calvin, als besonders hartnäckige Schneewehe durch.

»Irgendwelche Anzeichen?«, sprach Kat in ihr Tama.

»Nichts am Boden«, sagte Calvin. »Ich habe aufgehört, die Runden zu zählen.«

»Gesünder so. Überwachungen neigen dazu, lange zu dauern.«

»Ich bekomme auch viele Blicke. Muss vielleicht kurz verschwinden.«

»Mach deine Kaffeepause, wenn du sie brauchst.« Kat erwähnte ihre aktuelle Situation nicht, wie ihre Muskeln einschliefen, wie sie eine Toilette oder etwas Wasser gebrauchen könnte. »Ich bleibe hier.«

Mental hatte sie sich darauf vorbereitet. Auf dem Rückweg von der Bar letzte Nacht hatten Kat und Calvin entschieden, dass der beste Weg, mit einem Attentäter umzugehen, darin bestand, den Kampf zu ihm zu bringen. Sie hatten Gordons Zimmer am frühen Morgen verlassen – nachdem Kat ihrem Tracker-Freund das Versprechen abgenommen hatte, auf Seeker aufzupassen – und sich zurück zu Kats Wohnung begeben.

Sie hatte Calvin draußen Wache halten lassen, während Kat durch eine Seitentür ging und den Eingang und die mögliche Kugel, die damit einhergehen könnte, vermied. Ihre Wohnung war nicht durchwühlt worden, und ein vorsichtiges Türöffnen erwies sich als unnötig. Keine Hinterhalte. Anscheinend beschränkte der Killer seine Fallen auf das Äußere.

Was genau das war, was Kat und Calvin jetzt taten. Sie waren zum Café des Elementars zurückgekehrt – Kat hatte ihnen sogar eine Vorwarnung geschickt, um die abtrünnigen Anomalien wissen zu lassen, dass sie wie gewohnt weitermachen und die Beute nicht verscheuchen sollten. Hoffentlich würde dieser Typ kommen und versuchen, sein Ding durchzuziehen.

Und Kat hoffte wirklich, wirklich, dass er es tun würde. Sie hatte sich nie für einen rachsüchtigen Menschen gehalten, hatte immer gedacht, sie stünde darüber, aber der letzte Tag hatte an ihr genagt, ihrem Unterbewusstsein zugeflüstert, wie nahe sie dran gewesen war, ins Gras zu beißen. Und nicht nur der Beinahe-Tod, sondern auch, dass Kat es zweimal nicht geschafft hatte, diesen Kerl zu schnappen.

Tödlich und auch beleidigend.

»Willst du, äh, einen Latte oder so?«, meldete sich Calvin über das Tama. »Das klingt vielleicht seltsam, aber ich habe jetzt Reps zu verbrennen, seit ich ein Paragon bin. Bin es nicht gewohnt, Leute einzuladen.«

»Was willst du machen, ihn zu mir rüberwerfen?«

Calvin zögerte: »Vielleicht?«

»Ich bin schon mit Matsch bedeckt. Wenn du Kaffee über mich schüttest, brauchen wir den Attentäter nicht mehr für eine Leiche heute.«

»Tut mir leid, dass ich gefragt habe«, sagte Calvin. »Werd nicht zu wütend da oben.«

»Wird nur noch schlimmer werden.«

Kat beendete das Gespräch. Sie verschob sich, um einen besseren Blick über die östlichen Dächer zu bekommen. Flacher in dieser Richtung für eine Weile, obwohl die Gebäude in den nächsten paar Blocks meist Häuser waren. Nicht dass der Attentäter aus irgendeinem Dachfenster kriechen würde, um die Straßen anzuvisieren.

Und doch.

In dieser Richtung, so als käme er nicht ganz aus einem dieser Häuser, sondern sei über ein älteres Reinigungsunternehmen auf die Dächer gelangt, durchschnitt eine Gestalt Kats Blickfeld. Anders als die massiven silbernen und schneebedeckten Aufbauten bewegte sich die Gestalt, sah aus wie ein Mensch und trug das komplett schwarze Outfit, das ihr Ziel bevorzugte.

Kat zählte nicht einmal die große Knarre mit, die vom Rücken der Gestalt hing, ihr Lauf bildete einen geraden Kontrast zur athletischen Form des Attentäters, als er von einem Dach zum nächsten sprang. Er bewegte sich mit einer Geschwindigkeit, die auf Planung hindeutete, oder zumindest auf genügend Wiederholungen, um die ideale, am wenigsten riskante Route zu lernen: Jeder Dachsprung erfolgte am nächstmöglichen Punkt zwischen unregelmäßigen Gebäuden, nutzte Überhänge und aufgebaute Kanten zu seinem Vorteil.

Kat hätte die Vorführung applaudiert, wenn sie sie in

einem Film oder bei einem Wettbewerb gesehen hätte. Jede Landung kam geschmeidig und hielt ihn in Bewegung, jeder Sprung war mit seinem Abstoß so getaktet, dass der Attentäter maximale Luftzeit und Platz zum Landen hatte. Kat befand sich fast nie auf Dächern, um Anomalien zu jagen, aber selbst so wünschte sie sich sein Talent.

Stattdessen würde Kat alles andere nehmen.

»Er kommt«, sagte Kat ins Tama. »Sieht aus, als würde er auf die gegenüberliegende Seite des Cafés gehen, um sich einzurichten.«

Der Attentäter stieß auf ein Hindernis in seiner Reise, kurz nachdem Kat die Worte gesagt hatte. Während er auf die Hauptallee und eine Skybridge zugesteuert war, die zwei Bürogebäude verband – wahrscheinlich um über das Dach zu huschen –, unterbrachen Drohnen seine Reise und passierten das Gebiet wie die stillen Beobachter, die sie waren. Zweifellos hatten die Schießereien des Attentäters in der Gegend die Drohnen zu zusätzlichen Patrouillen veranlasst.

Also spielte der Attentäter gern gefährlich. Der gesunde Menschenverstand diktierte, dass er seine Morde zufällig über die Stadt verteilen sollte, um zu verhindern, dass jemand darauf kam, dass sie von derselben Person begangen wurden. Dass er sich nicht darum scherte, deutete entweder auf Wahnsinn hin oder darauf, dass der Attentäter sich für unbesiegbar hielt.

So oder so, Kat hatte ihr Ziel. Sie verschob sich, zuckte auf ihrer Brust, um den Attentäter im Blick zu behalten, als er sich zur Hauptallee und den Menschen, die sie verstopften, bewegte. Der warme Tag trieb alle nach draußen, ein Vergnügungsschraubstock, der die Bevölkerung ins Freie quetschte.

Über der belebten Straße zu stehen und zu versuchen, einen Schuss abzugeben, würde den Attentäter nur sofort auffliegen lassen, also ließ er sich einige Gebäude zurückfallen und begann, sein Gewehr auszupacken.

»Er ist in der Mitte des Blocks«, sagte Kat. »Drei zurück.

Sieht aus wie ein Apartmentgebäude. Er macht sich bereit. Wie ist dein Status?«

»Bin auf dem Weg zu dir«, sagte Calvin. »Schwierig zu rennen mit heißem Kaffee.«

»Dann wirf ihn weg, du Idiot.«

»Das ist etwa das fünfte Mal, dass ich Kaffee von meinem eigenen Geld gekauft habe«, erwiderte Calvin. »Den werfe ich nicht weg.«

»Was auch immer. Er ist fast fertig. Ich gehe rein.«

Kat beendete den Chat und rollte sich von der Schneeverwehung, als der Attentäter, vier Dächer von ihr entfernt, sich über das Gewehr beugte, um dessen Beine gerade auszurichten. Kat beendete ihre Rolle und huschte hinter einen Lüftungsschacht, warf einen Blick, um sich zu vergewissern, dass die Waffe noch immer die Aufmerksamkeit des Attentäters fesselte. Das Zielfernrohr musste noch befestigt werden, also schaute der Killer nicht in Kats Richtung.

Jetzt kam der schwierige Teil. In einem schnellen Sprint zwischen den Gebäuden springen. Die Dächer waren nicht gerade Kissen, aber Kat würde versuchen, die Landungen so leise wie möglich zu halten. Auf den Füßen landen, weiterlaufen und all das.

Sie liebte den Abgrund, den Moment vor dem Beginn der Aktion, wenn alles sich verlangsamte. Es gab kein Zurück mehr, sobald sie diesen nächsten Schritt machte. Kat wurde aus vielen Gründen eine Trackerin, und diese Momente waren definitiv einer davon.

Also ergriff Kat den Augenblick, drehte sich um den Lüftungsschacht und seinen ausstoßenden weißen Rauch und rannte los. Ihre engen Stiefel griffen die Ziegel, gaben jedem Beinschub den ganzen Schwung, den sie brauchte. Das Atmen fiel ihr leicht. Der Anzug bewegte sich mit ihr, wie eine zweite Haut.

Die Maske, die den Attentäter rot hervorhob, zeichnete den optimalen Weg zu ihm. Dachkanten leuchteten grün, mit gelben Pfeilen, die auf die besten Bögen für Laufsprünge zeigten – als ob Kat sie perfekt treffen könnte. Als Kat an Geschwindigkeit gewann, blitzte die erste Kante auf und blieb dann hell: Die Maske meinte, sie hätte genug Schwung, um die erste Lücke zu überwinden.

Kat setzte ihren rechten Fuß nahe der Kante auf und sprang, den Atem anhaltend, während die Gasse unter ihr vorbeizog. Müllcontainer, wenn sie Augen gehabt hätten, hätten ihren wallenden weiß-silbernen Körper für einen Sekundenbruchteil über sich fliegen sehen und sonst nichts. Sie hörte keine Rufe von unten, ihre Heldentaten blieben von Lebewesen unbemerkt.

Die Landung kam schnell, dieser zweite schwebende Moment endete mit einem harten Aufprall, der Kat in eine Rolle zwang. Etwas auf dem Dach quietschte, als sie darüber rollte, hart und glatt. Als sie aus der Rolle kam, etwas auf Matsch rutschend, blickte Kat nach unten. Solarpanele. Warum waren sie nicht aufgerichtet, um Sonnenlicht zu sammeln, statt flach zu liegen, bedeckt mit schmelzendem Matsch?

Weil Kat einfach miserables Glück hatte, deshalb.

Ihre Maske piepte in ihrem linken Ohr, als Kat ihren verbliebenen Schwung sammelte und sich zum Killer drehte. Der war nicht mehr da, wo sie ihn zuletzt gesehen hatte. Das Gewehr des Mannes stand noch da, auf Stützen und bereit, aber sein Besitzer ...

Kat drehte sich weiter nach links und zog eine gerade Linie von ihrem Gebäude über zwei weitere Dächer zur Hauptstraße. Der Killer sprang über die Lücke zur Mitte und landete geschmeidig auf dem Dach. Keine Solarpanele auf diesem.

Mit ihrem Überraschungsangriff zunichte gemacht, hob Kat ihr linkes Handgelenk und drückte ihre Handfläche zusammen, wodurch zwei silberne Kugeln über ihr Dach dorthin geschleudert wurden, wo sich der Attentäter ihr zuwandte. Als die Kugeln landeten, ging Kat in die Hocke und stieß sich vorwärts. Ihr linker Fuß traf die Dachkante – da der Attentäter auf sie zukam, musste Kat nicht über das ganze Dach laufen, um zu springen – und sie flog.

Der Attentäter blickte auf die silbernen Kugeln, dann hob er dieselbe Pistole gegen sie. Kat, im Flug, schwebte ohne jegliche Deckung. Ihre Maske, als ob sie entschieden hätte, dass Kat ihren eigenen Tod nicht sehen müsse, verdunkelte ihre Sicht. Ihr Magen verkrampfte sich, und Kat versuchte, ihr eigenes Raumgefühl zu behalten, wo sie war und wo sie in einer Sekunde sein würde.

Zwei Blitze, und Kat landete, als ihre Sicht zurückkehrte, eine plötzliche Klarheit, die zeigte, wie der Killer von ihr zurücktaumelte, von diesen silbernen Kugeln, seine Waffe wild schwenkend, während seine andere Hand nach seinem Gesicht griff.

Niemals einen Vorteil verstreichen lassen, Kat nutzte ihren. Sie stürzte sich in einem Tackle nach vorne und versuchte, die Distanz zu dieser Waffe zu schließen, sie nutzlos zu machen. Das Zurückweichen des Attentäters verhinderte, dass Kats Angriff glorreiche Perfektion erreichte, und stattdessen endete Kat damit, die Knöchel des Killers zu packen.

Nutze, was du kriegst.

Kat zog die Füße des Killers zu sich, und der Mann ließ die Waffe fallen, um seinen Sturz abzufangen, die Pistole klapperte über die Ziegel und prallte weg. Kat schnappte mit ihrem linken Handgelenk, als sie sich an der vieltaschigen Hose des Mannes hochzog, wechselte von den leeren Blendgranaten zu etwas Nützlicherem. Mit ihrer rechten Hand versuchte sie, das Handgelenk des Attentäters am Boden festzunageln.

Das funktionierte nicht. Der Killer lehnte sich auf, immer noch den Kopf schüttelnd, und schwang einen unbeholfenen Schlag mit seiner linken Hand. Der Treffer knallte gegen Kats

Gesicht, wobei die Maske den Aufprall dämpfte, aber Kats Angriff ins Stocken brachte und dem Attentäter erlaubte, etwas Halt mit seinen Füßen zu finden und sich unter ihr wegzuschieben.

Kat griff nach ihrer Elektroschockpistole, brachte sie hoch und feuerte aus nächster Nähe auf den Attentäter. Der Pfeil grub sich in die schwarze Weste des Mannes, fiel dann ab. Der Killer schien sich nicht darum zu kümmern, und beide erhoben sich auf die Füße, starrten einander in einer eisigen Pfütze direkt an.

»Du solltest tot sein«, sagte der Attentäter. »Wie?«

»Geht dich einen Scheißdreck an«, erwiderte Kat, dann ging sie in einen Tritt über, der auf die Knöchel des Killers zielte.

Er tanzte zurück, ließ den Tritt ins Leere gehen, behielt aber seine eigenen Fäuste erhoben, »Anomalien?«

»Die, die du noch nicht getötet hast.« Kat täuschte einen weiteren Schlag vor, dann richtete sie ihr linkes Handgelenk auf das rechte Bein des Attentäters und feuerte.

Das Stahlkabel schoss heraus und bohrte sich in den Ober-schenkel des Killers, und der Mann schrie auf, hoch und laut. Nicht gerade der Schrei eines Berserkers, sondern der pani-sche Aufschrei von jemandem, der nicht viel echten Schmerz gespürt hatte. Er würde noch viel mehr spüren.

Kat ruckte mit ihrem linken Handgelenk, und das Kabel zog den Killer erneut auf den Rücken, ließ ihn hart auf dem Dach aufschlagen.

»Kat, wo bist du?«, kam Calvins Stimme aus dem Tama. »Welches Dach?«

»Komm hoch und du wirst uns sehen«, sagte Kat, während sie auf den Killer zuging.

Als Kat sich näherte, griff der Killer, schwer atmend, nach einem Summmesser an seinem Gürtel. Er führte die Klinge zu seinem Oberschenkel und begann, die Kante gegen das Kabel zu arbeiten, für ganze eine Sekunde, bis Kat es wegtrat.

»Hast mich einmal erwischt«, sagte Kat und blickte auf den Mann hinab. Seine Maske verbarg sein Gesicht, und obwohl er keinen Mantel wie Kat trug, bedeckte schwarze Ausrüstung alles, sogar das Tama des Mannes. »Nie wieder.«

Kat zielte mit der Elektroschockpistole direkt auf den Hals des Killers, an einer Stelle, die in der Rüstung weich sein sollte.

»Halt! Waffe runter!« Der strenge Befehl der Drohne dröhnte laut, während die dunkle Kugel von der Hauptstraße auf sie zuschwebte, ihre Technik wie ein Kaktus auf Kat und den Killer gerichtet. »Keine Bewegung, oder Sie werden verletzt!«

Die Drohnen waren in der Nähe gewesen, aber nicht nah genug, um in Sekunden bei ihnen zu sein. Es hatte keine lauten Schüsse gegeben, und Kat hätte nicht erwartet, dass jemand von der Straße Hilfe rufen würde, selbst wenn er ein Paar zwischen den Dächern springen gesehen hätte. Aber die Drohne war hier, was bedeutete, dass Kat gehorchen musste. Sie senkte die Betäubungswaffe und starrte dabei die ganze Zeit die Drohne an.

Der Killer verstand die Botschaft nicht. Als Kat die Waffe fallen ließ, spürte sie, wie ihr Knöchel unter ihr wegknickte, als der Killer zutrat. Er rollte sich ab, während Kat ausrutschte und die Drohne ihnen zurief, sich nicht zu bewegen. Der Killer, mit Kats Kabel um seinen Oberschenkel, rollte zum Dachrand der Gasse und bewegte sich weiter, zog sich über die Kante und verschwand.

Was? Hatte der Mann sich gerade selbst umgebracht?

Kat spürte, wie sich das Kabel von ihrem Handgelenk abspulte, und machte eine blitzschnelle Berechnung. Nicht genug Spielraum, um ihn bis zum Boden zu bringen, was bedeutete, er würde sie auch über den Rand ziehen. Sie schnippte mit dem Handgelenk, löste die Kabelklemmen und spürte, wie das Ding einen Moment später erschlaffte. Sie ging zum Rand, blickte hinunter in die Gasse und erwartete, einen zerschmetterten Körper zu sehen.

Stattdessen sah sie einen verbeulten Müllcontainer und eine humpelnde Gestalt, die um eine Ecke verschwand, tiefer in die Gassen hinein.

»Sofort stehenbleiben!«, rief die Drohne erneut. »Oder ich schieße!«

»Nicht nötig«, sagte Kat, drehte sich zur Drohne um und zeigte ihre Hände, die Betäubungswaffe wieder im Holster. »Ich leiste keinen Widerstand.«

»Sie ist nicht das Ziel!«, rief diesmal Calvin vom Nachbardach, während er eine Feuerleiter hochkletterte. »Es ist der Typ in Schwarz, Mann!«

Die Drohne schwenkte verwirrt zwischen Kat und Calvin hin und her.

»Der, mit dem ich gekämpft habe«, sagte Kat und setzte sich auf den Rand. Sie hätte versuchen können, den Killer zu verfolgen, aber vom Dach zu springen schien keine gute Idee. »Verfolg ihn. Er ist derjenige, der Leute erschießt.«

Die Drohne schien es endlich zu verstehen. Die Maschine befahl den beiden zu bleiben und schwebte dann in Richtung des Killers davon. Vielleicht würde sie Glück haben, wahrscheinlicher war, dass sie nur leere Luft erwischen würde.

»Ist er entkommen?«, rief Calvin vom anderen Dach herüber. »Ich dachte, du hättest ihn?«

»Hatte ich, bis dieses Ding auftauchte.« Kat spulte ihr Kabel wieder auf. »Aber es ist nicht alles schlecht. Wir können ihn jetzt finden.«

Sie zeigte auf ein paar Dächer weiter, wo das Gewehr des Killers noch immer aufgebaut stand und darauf wartete, sie zu seinem Besitzer zu führen.

KAPITEL 35
GENERATIONEN

DIE INNENSTADT von Chicago im Februar blieb ihrem alten Spitznamen treu, und Windböen peitschten Zhan-Yo über die Bürgersteige, während er mit hochgezogener Kapuze unter Glas- und Stahltürmen entlangging. Heute kein Tachi, und er hielt den Kopf gesenkt, wich den Blicken der Passanten aus, die zur Arbeit, zum Vergnügen oder zum Einkaufen unterwegs waren. Tatsächlich schien jeder seinen Blick nach unten zu richten und das Gesicht vor dem eisigen Kuss des Windes zu schützen.

Er überquerte den Lake Shore Drive, dessen breite Alleen einst prächtig waren, jetzt aber geschrumpft, um der erhöhten Effizienz der Pods gerecht zu werden. Der Asphalt war herausgerissen und mehr Gras, Bäumen und natürlichen Dingen gewichen, die bei der Eroberung der Menschheit zerstört worden waren. Er hatte nichts gegen die grüneren Dinge im Leben, aber Zhan-Yo spürte diesen vertrauten Schmerz: wieder eine Kindheitserinnerung, die nur noch das war – eine Erinnerung.

Die Weite des Lake Michigan, bedeckt mit schwimmenden Eisschollen wie eine Szene aus einer waghalsigen arktischen

Rettungsaktion, heilte jedes Unbehagen. Während die Brise so frisch wie eh und je blieb, schien sie hier weniger feindselig, mit dem weiten Ufer, das sich in beide Richtungen erstreckte. Zhan-Yo überquerte den Weg, der normalerweise von Radfahrern, Spaziergängern und Zufallspassanten wie ihm selbst bevölkert war, jetzt aber eine öde Strecke darstellte, bis zur Mauer am Rand und lehnte sich mit den Ellbogen auf den kalten Stein, das Gesicht nach vorne gerichtet.

Lange Zeit hatte dieser Ausblick ihm als Orientierung gedient. Heute filterten Wolken die Sonne, aber ihr sanftes Orange war immer noch inspirierend, eine Chance, sich mit mehr als nur unmittelbaren Empfindungen zu verbinden. Eine Chance, tiefer in seinen Zweck einzutauchen. Jeder sollte einen solchen Ausblick betrachten und das Gefühl haben, dass auch er auf eine hellere Zukunft hoffen kann, die durch die eigenen Handlungen ermöglicht wird, nicht durch die Großzügigkeit eines Paragons.

Sein Tama piepste und vibrierte, das verräterische Doppelsignal rief Zhan-Yo aus seiner Träumerei zurück zu den Anforderungen der Gegenwart. Der dicke Jackenärmel hatte ein Klettverschlussfenster, das Zhan-Yo öffnete und ihm erlaubte, Sylvies Bruder auf dem Bildschirm des Tamas zu sehen. Die Stimme des Mannes kam gedämpft durch, der Wind übertönte sie, sodass Zhan-Yo seinen eigenen Arm heben und ihn nah an sein Ohr halten musste, wie ein Telefon aus längst vergangenen Zeiten.

»Ich habe Kontakt zu den beiden Paragons aufgenommen, die du erwähnt hast«, sagte Mathieu. »Wenn du meine ehrliche Meinung willst, ich würde ihnen nichts Wichtiges anvertrauen.«

»Wir brauchen sie für nichts anderes als mich hineinzubringen«, antwortete Zhan-Yo. »Sie können mich an allem vorbei bringen, was den Eingang bewacht. Von da an lassen wir sie aus dem Spiel.«

»Jetzt willst du also auch, dass sie rüberkommen.«

»Darum wird sich Wexley kümmern. Sag ihm, wie viele Plätze du brauchst«, sagte Zhan-Yo. »Erledige es. Wir sind fast da.«

»Und die andere Sache, die Pakete?«

Der kryptische Tanz. Zhan-Yo lächelte in den Wind. Er hatte den Gipfel nicht erwähnt, zu dem seine abtrünnigen Paragons fliegen würden, und nun sprachen sie über dieses Spionagefilm-Klischee: Pakete. Jeder Paragon, der tatsächlich das Gespräch belauschte, wäre wahrscheinlich verwirrt, vielleicht sogar misstrauisch, aber die Beweise würden nicht existieren. Sie konnten nicht dagegen planen. Zhan-Yo hatte immer gedacht, dass diese Art von Zeug albern erschien, eine Verschwendung, aber jetzt, wo er tatsächlich wie ein Spion sprach?

Er könnte sich daran gewöhnen.

»Genau wie bestellt«, sagte Zhan-Yo. »Wir dürfen das nicht vermasseln, denn es wird keine zweite Chance geben.«

Das hatte Zhan-Yo auch bei Aegis gedacht, und er hatte seine zweite Chance gefunden, aber so viel Glück mehrmals zu haben, schien ein schlechter Plan zu sein.

»Nein, die wird es nicht geben.«

Zwischen dem Wind, dem an sein Ohr gehaltenen Tama und dem Zusammenkneifen der Augen, während er über den See blickte, brauchte Zhan-Yo einen Moment, um zu registrieren, dass die Stimme, die die Worte sagte, nicht die von Sylvies Bruder war und dass sie nicht aus dem Tama kamen.

Mit Nerven, die in einen aufregenden Cocktail zuckten, drehte sich Zhan-Yo um. Auf der anderen Seite des Weges stand eine Frau, die Zhan-Yo nicht erkannte, in ähnlich dicker Winterkleidung, die ihr Gesicht im Heiligenschein einer tiefblauen Jacke einrahmte.

»Du kennst mich nicht, oder?«, sagte die Frau. Zhan-Yo warf einen Blick auf sein Tama, wo Mathieus fragendes

Gesicht zurückblickte, und Zhan-Yo ließ es in Ruhe. Er konnte nicht wissen, was als Nächstes passieren würde, und einen Freund mithören zu lassen, könnte wertvoll sein. »Du hast mich verletzt, und du weißt nicht einmal, wer ich bin.«

Groll häufte sich in einem Leben wie dem seinen an. Ein Unternehmen wie Ziran zu führen, bedeutete unzählige Entscheidungen, die Gewinner und Verlierer hervorbrachten. Woher sollte er wissen, welcher sich schließlich entschieden hatte, seine Beschwerden auf eine körperliche Ebene zu bringen?

»Ich habe viele Feinde«, erwiderte Zhan-Yo. »Welcher bist du?«

»Dein schlimmster.«

Die Frau machte drei lange Schritte über den Weg, als würde sie einen harten Tritt oder vielleicht einen Schlag austeilen wollen. Von all den Dingen, die Zhan-Yo nicht passieren durften, stand eine offene Prügelei auf einer stark frequentierten Straße ganz oben: Die Paragons würden kommen, und dann würde er festgenommen werden. Also bot Zhan-Yo stattdessen seine Hände an, hielt sie vor sein Gesicht und wählte den erbärmlichen Weg.

»Hör auf damit«, sagte die Frau, als sie auf Zhan-Yos Seite trat, ohne ihn zu schlagen. »Nimm deine Hände runter und kämpf mit mir, wie du es mit meinem Vater getan hast.«

Und da war es. Der Hinweis, den er brauchte. Keine Tochter eines Geschäftsmannes würde ihn auf offener Straße angreifen. Aber Aegis?

»Wenn ich meine Hände senke, lässt du mich dann sprechen?«, sagte Zhan-Yo. »Oder bist du nur gekommen, um mich zu töten?«

»Nur um dich zu töten.«

Auf den Punkt gebracht also. Zhan-Yo konnte das bewundern. Würde es bewundern, außer dass Sterben seine Pläne ruinieren würde.

»Dann wirst du nie erfahren warum«, sagte Zhan-Yo, immer noch die Hände erhoben, jetzt rückwärts gehend, bis er die Mauer hinter sich spürte. »Ich wollte deinen Vater nicht töten.«

»Ist mir egal«, sagte die Frau, und Zhan-Yo teilte seine Hände ganz leicht, um zu sehen, wie sie ihm folgte, ihr Atem Wolken ausstoßend, während sie sich bewegte. »Was zählt, ist das Endergebnis.«

»Dann bist du genauso kurzsichtig wie dein Vater«, sagte Zhan-Yo und ging ein Risiko ein.

Aegis' Tochter ging nicht auf den Köder ein. Sie trat schnell an Zhan-Yo heran und versetzte ihm einen schnellen Ellbogenstoß in den Magen. Ein stechender Schmerz breitete sich aus, und Zhan-Yo sog die kalte Luft lungenvoll ein, beugte sich vornüber und hustete sie wieder aus. Natürlich hatte Aegis seiner Tochter das Kämpfen beigebracht.

Vielleicht war sie auch eine Anomalie und konnte ihn auf ein Dutzend Arten brechen.

»Letzte Worte?«, fragte die Frau.

Zhan-Yo ließ sich nach vorne fallen, in Richtung der Frau, die mit einem angewiderten Geräusch zur Seite trat. Sobald Zhan-Yos Ellbogen den Boden berührten, rollte er sich nach vorne, ignorierte den Protest seines verwundeten Bauches. Er beendete den Salto mit einer Drehung und stand in Kampfstellung auf, locker auf seinen Knien ruhend.

Die Frau lachte ihn aus und wischte sich sogar ein paar Tränen aus den Augen. »Wie viele von euch brauchte es, um meinem Vater wehzutun, wenn das alles ist, was du drauf hast?«

Um sie herum schien sich nichts zu bewegen, außer gelegentlichen Kapseln zurück auf der Straße und, jenseits davon, den langsam schreitenden Riesenstatuen in ihrer ewigen Umlaufbahn um den Park. Trotz der Bemerkungen der Frau hatte der Ort etwas Episches an sich, dieses Kribbeln, wenn das Schicksal zuschlägt.

Zhan-Yo konnte ein Grinsen nicht unterdrücken. Er lechzte nach dieser Energie.

»Wie heißt du, Kleine?«, fragte er, als die Frau wieder mit selbstsicheren Schritten auf ihn zukam. »Wie hat Aegis dich genannt?«

»Celice«, antwortete die Frau. »Und du hast kein Recht, seinen Namen auszusprechen.«

Wieder stürmte sie los, und wieder wich Zhan-Yo über den Gehweg zurück und auf den Schnee, der den Weg der Menschen von der Expressstraße der Kapseln trennte. Seine Füße brachen durch die knusprige Oberfläche und versanken im Pulverschnee darunter. Zhan-Yo nutzte das aus: Er blieb stehen und kickte den Schnee in Celices Angriff.

Die kalten Flocken richteten keinen Schaden an, aber sie brachten Celice dazu, die Augen zu schließen und für einen Moment eine Hand vors Gesicht zu heben. In diesem Augenblick trat Zhan-Yo nach vorne und zur Seite, fing Celice ab, als sie ihm in den Schnee folgte, und warf sie an sich vorbei, wobei er ihren Knöchel mit seinem eigenen umschlang. Sie krachte in den Schnee, rappelte sich fast genauso schnell wieder auf und stand da, mit Flocken, die ihre Hände und ihr zerzaustes Haar bedeckten.

»Aggressiv, Celice«, sagte Zhan-Yo und fand sich damit ab. »Wie der Vater, so die Tochter.«

Der Kampf könnte aus vielen Gründen sein Ende bedeuten, aber wenn er ihn schon nicht verlassen konnte, dann würde Zhan-Yo ihn wenigstens genießen.

Celice starrte Zhan-Yo für einen langen Moment an, so lange, dass Zhan-Yo sich fragte, ob sie auf Zeit spielte. Vielleicht gab sie den Drohnen etwas mehr Zeit, aber er konnte keine schwarzen Kugeln auf sie zurasen sehen. Noch nicht.

»Mein Vater liebte diese Kämpfe«, sagte Celice und machte schließlich einen langsamen Schritt auf Zhan-Yo zu, der standhaft auf dem Bürgersteig stand. »Er konnte stundenlang darüber reden, wer welchen Schlag ausgeführt, welchen

Tritt angesetzt hatte. Weil er am Ende dachte, dass man durch körperliche *Überlegenheit* beweisen konnte, dass man Recht hatte.«

»Eine vereinfachte Sichtweise«, erwiderte Zhan-Yo und trat zurück, um den Abstand zwischen ihnen zu wahren.

Celice legte einen Unterton in ihre Stimme, der Zhan-Yo ein ganz klein wenig nervös machte. Eine seltsame Ruhe, gepaart mit einem leeren Blick, ließ die Möglichkeit aufkommen, dass Celice die letzten Reste ihrer Menschlichkeit abgeschnitten hatte und kalte Rache und deren Brutalität nun der einzige Befehl ihres Körpers waren.

»Ich habe es immer anders gesehen«, sprach Celice weiter und ging weiter. »Aegis verprügelte seine Feinde, aber sie kamen immer wieder, weil man eine Bewegung nicht mit einem Schlag ausschalten konnte. Man konnte eine Organisation nicht mit einem Aufwärtshaken zerstören.«

»Du hast also doch eine Rolle gespielt«, sagte Zhan-Yo. »Die kleine Helferin deines Vaters.«

»Seine Beschützerin«, erwiderte Celice. »Er kümmerte sich um die Oberfläche, ich zog die Wurzeln heraus. Jetzt muss ich beides tun.«

Celice machte am Ende einen schnellen Schritt, verkürzte den Abstand zu Zhan-Yo und führte einen rechten Haken in Richtung von Zhan-Yos Bauch. Er brachte seine Arme nach unten, um zu blocken, erkannte, dass Celice eine Finte machte, als sie ihre Hand hochzog und gleichzeitig zutrat.

Der hohe Schlag traf Zhan-Yos Kinn und warf ihn zurück. Das weiche Knirschen des Bürgersteigs ließ ihn wissen, dass der Folgeangriff kam, noch während Zhan-Yo versuchte, seinen Blick wieder zu senken und die plötzliche Unschärfe in seinem Sichtfeld zu stoppen.

Der Instinkt rettete ihn, warf Zhan-Yo nach vorne in Celices Körper, prallte gegen ihren Schlag und minderte dessen Wirkung. Er bewegte seine Arme wie ein Motor und führte schnelle, enge Stöße gegen Druckpunkte aus, während Celice versuchte, sich aufrecht zu halten, und scheiterte.

Als Zhan-Yo spürte, wie ihr Gleichgewicht ins Wanken geriet, flachte er seine Handflächen ab und stieß zu, schickte Celice zu Boden, wo sie einen Meter weit rutschte und mit schmerzverzerrtem Gesicht und Blut, das von ihrer Lippe tropfte, zu ihm hochstarrte. Auch Zhan-Yo spürte die Prellungen entlang seines Kiefers, wo ihr Tritt getroffen hatte.

Mit Celice am Boden hatte der Kampf seinen Höhepunkt erreicht. Zhan-Yo, der sein Gesicht massierte, ging auf Celices Seite zu. Ein scharfer Tritt gegen den Kopf und das wäre das Ende, und Zhan-Yo könnte sogar entkommen.

Noch keine Drohnen.

Sie zog die Waffe schneller, als Zhan-Yo es für möglich gehalten hätte. In einem Moment waren ihre Hände noch auf dem kalten Boden und stützten sie ab. Im nächsten waren sie in ihren Mantel geglitten und mit zwei sehr illegalen Handfeuerwaffen wieder aufgetaucht, die direkt auf Zhan-Yos sich nähernde Gestalt zielten.

Noch nie war eine Waffe auf ihn gerichtet gewesen. Nicht ein einziges Mal in all seinen Jahren hatte Zhan-Yo sich mit der unmittelbaren, lebensbedrohenden Gefahr auseinandersetzen müssen, die von diesen schwarzen Läufen ausging.

Zhan-Yo erstarrte. Hob die Hände. Sein Verstand raste zwischen dem, was er sagen, tun oder glauben könnte, um den Ausgang zu ändern.

»Dein Vater hat die nie benutzt«, sagte Zhan-Yo.

»Ich bin nicht mein Vater«, erwiderte Celice.

»Aber du bist auch keine Mörderin«, die Stimme war nicht seine, und Zhan-Yo schaute auf, den Bürgersteig entlang, um Mynx dort stehen zu sehen, ihre Paragon-Uniform leuchtend hell gegen den Tag, schwarzes Haar im Wind wehend. »Leg die Waffen weg, Celice.«

»Er hat ihn getötet!«, schrie Celice, ohne sich von Zhan-Yo

abzuwenden. »Er hat ihn getötet, und du willst, dass ich die hier weglege?«

»Er ist bereits erledigt«, sagte Mynx, und Zhan-Yo hob die Augenbrauen, öffnete den Mund, um eine Frage zu stellen, und spürte zwei plötzliche Einschläge in seinen Rücken, die ihn nach vorne warfen.

Zhan-Yo blieb nicht wach, um den Boden zu sehen, auf den er aufschlug.

KAPITEL 36

DER ZORN DER TOCHTER

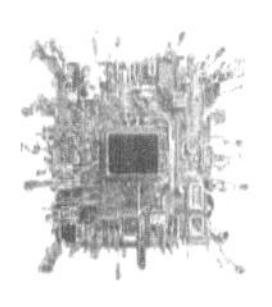

DIE DROHNEN SCHOSSEN AUF ZHAN-YO. Sie trafen ihn mit zwei betäubenden Pfeilen, und dann half Mynx dabei, den schlaffen Körper des Mannes in einen ihrer engen Frachträume zu zerren. Mit einem kurzen Befehl, Zhan-Yo zum Flughafen zu bringen, verließen die Drohnen Mynx und düsten davon.

»Ich will, dass er komplett raus ist«, sagte Mynx. »Zurück zu unserer Einrichtung.«

»In der Nähe von zu Hause?«, sprach Reeves, ihre KI, über das Tama. »Ist das nicht zu nah am Gipfel für jemanden wie ihn?«

»Nah genug, dass ich alles aus ihm herauspressen kann, was er noch hat, und es trotzdem noch zu meiner Veranstaltung schaffe.«

»Ist das nicht riskant?«, erwiderte Reeves. »Ich will nicht nervös erscheinen, aber Zhan-Yo in die Nähe der Champions zu bringen, ist wie eine Katastrophe heraufzubeschwören.«

»Er wird eingesperrt und sediert sein«, sagte Mynx. »Sobald wir unser Gespräch geführt haben, schicke ich ihn auf die Insel. Mal sehen, wie lange er es dort mit all den anderen Anomalien aushält. Vielleicht beißt Thane ihm den Kopf ab.«

»Das ist ein grausiges Bild.«

Mynx widersprach nicht, aber sie blickte den Bürgersteig hinunter, wo Celice ihre Verfolgung gestoppt hatte und von einem Aussichtspunkt aus zusah. Sie wartete auf ein Gespräch, das stattfinden musste, eines, auf das sich Mynx nicht freute.

Was machte man mit der gefährlichen, ehrgeizigen Tochter der besten Freundin?

»Wohin bringst du ihn?«, fragte Celice, als Mynx näher kam. Sie wandten sich beide um, um den See und die Eisschollen zu betrachten, was Zhan-Yo ebenfalls getan hatte. »Hoffentlich in eine geheime Folterkammer?«

»Wir werden herausfinden, was er weiß. Apinya kommt zum Gipfel. Wenn Zhan-Yo nicht mit mir reden will, dann wird Apinya seinen Verstand lesen.«

»Was glaubst du, wirst du finden? Einen großartigen Plan?« Celice lachte. »Denkst du, ein Typ, der alleine am See entlangwandert, hat irgendeine große Streitmacht, die nur auf das Startsignal wartet? Du hättest mich ihn erschießen lassen sollen.«

»Das hätte dir auch nichts gebracht.« Mynx legte eine Hand auf Celices Schulter. »Hast du jemals ein Leben genommen?«

Celice schüttelte den Kopf. »Er hätte mein erster sein sollen.«

»Nein«, erwiderte Mynx. »Du solltest nie einen ersten haben. Halte deine Weste sauber. Deine Träume werden nicht so schrecklich sein.«

»Das hat Dad immer gesagt«, Celice strich sich die Haare aus dem Gesicht und legte ihre Hände auf den sicherlich eiskalten Stein. »Jeder einzelne bleibt bei dir hängen.«

»Für ihn bestimmt.«

»Aber für dich nicht?«

»Es ist anders, wenn du in einer Maschine bist oder eine steuerst«, sagte Mynx. »Ich nehme es nicht zu persönlich.«

Aegis hatte einen Deal mit Mynx geschlossen, als die Champions erkannten, dass K.O.-Schläge nicht ganz ausreichten. Als ihre Feinde von anomalen Kriminellen zu Armeen und abtrünnigen Staaten übergingen. Mynx entwarf Waffen, die in der Lage waren, Hunderte, Tausende auszulöschen.

Drohnen zur Zerstörung zu bauen, war einfach gewesen. Mynx hatte die Idee mitgetragen, angetrieben von Aegis' Rhetorik und Apinyas philosophischer Notwendigkeit: eine neue Welt zu erschaffen, angetrieben von denen mit Kräften statt von Gier und Korruption. Sie hatte geliefert, und als die ersten Feinde fielen, zerfetzt von Raketen und Kugeln, hatte Mynx den Schmerz nicht gespürt. Die seelenzereißende Qual, von der Aegis sagte, sie käme mit jedem tödlichen Schlag.

Aber vielleicht hatte sie es doch, und wusste es nur nicht. Vielleicht war die taube, kalte Sichtweise, die Mynx in den Jahren danach angenommen hatte, in der feindliche Leben eher Hindernisse als Menschen waren, mit diesen frühen Tagen gekommen und nie wieder gegangen.

»Dad sagte gerne, die Champions würden keine Rache üben«, sagte Celice. »Ich dachte nie, dass das stimmt. Er hielt an Leuten fest, die ihn oder die Paragons hintergangen hatten. Sprach mit mir über sie. Meine Schulfreunde lachten über Filme oder einen Freizeitpark, während ich beim Abendessen von irgendeinem brutalen Monster am anderen Ende der Welt hörte.«

»Du warst sein Ventil. Aegis versuchte immer, die Organisation sauber zu halten. Mir war das egal, aber er wusste, dass die Leute uns nicht folgen würden, wenn wir Groll hegten. Wenn die stärksten Anomalien auf dem Planeten nicht vergeben konnten, wie konnte es dann jemand anders? Die Paragons haben Teams, die sich vom Rampenlicht fernhalten. Sie fangen wichtige Verbrecher, dann bringen wir sie vor Gericht.«

»Fern vom Rampenlicht. Das ist lustig. Du leitest die Tracker. Sind die nicht genauso wie ich? Darauf ausgerichtet, Gesetzesbrecher zu jagen?«

»Reeves leitet die Tracker mehr als ich«, Mynx erschauderte, ihr kinetischer Anzug war fast leer. Zeit, sich in Richtung eines warmen Ortes zu bewegen. »Ich werde dir keine Predigt halten, Celice. Dein Vater wurde ermordet, wie du damit umgehst, ist deine Sache. Aber Zhan-Yo hat ein Verbrechen begangen, und er muss dafür öffentlich bezahlen. Mit Paragon-Gerechtigkeit und nichts anderem. Also, ob du ihn in Ruhe lässt, um deine Seele zu schonen, oder weil dein Vater es gewollt hätte, ist mir egal. Such dir eins aus.«

Mynx stieß sich von der Mauer ab und wandte sich einem wartenden Pod zu.

»Ich dachte, du wärst meine Freundin?«, fragte Celice Mynx' Rücken. »Und das ist alles, was du mir über den Mann zu sagen hast, der meinen Vater getötet hat? Such dir eins aus?«

»Wir alle mussten harte Entscheidungen treffen, um hierher zu kommen, dein Vater eingeschlossen. Wenn du bei uns bleiben willst, musst du lernen. Die Paragons, die Champions sind größer als du und das, was du willst. Also ja, such dir eins aus und mach weiter. Die Welt hat es bereits getan.«

Hart, vielleicht. Andererseits hatte Mynx ähnliche Entscheidungen treffen müssen, als sie älter wurde, als die Paragons wuchsen. Zu oft, um es zu zählen, hatten sie entscheiden müssen, ob sie Feinde eliminieren sollten, und ehemalige Freunde, die der wachsenden Macht der Paragons nicht mehr zustimmten. Auch Verluste mussten bewältigt werden. Ihnen eine Träne nachweinen, eine Beerdigung geben und weitermachen.

Wenn Celice es immer noch wollte, nachdem Zhan-Yo seinen Prozess hatte, nachdem seine Schuld und Scham vor aller Welt zur Schau gestellt worden waren, damit jeder, der ähnliche Gedanken hegte, sehen konnte, wie tief man fallen konnte, würde Mynx sie abdrücken lassen. Celice könnte es in einem Hinterzimmer tun, ohne Zuschauer. Ihren Zorn ausleben und sehen, ob ihr die Auslöschung Zhan-Yos irgendeine Genugtuung verschaffen würde.

Ein Leichnam hatte Mynx nie Trost geboten. Der Sieg, ja. Die Lösung, ja. Der finale Akt? Nein. Mynx überließ das jetzt den Maschinen. Sie kümmerten sich nicht darum und sie versagten nicht.

Mynx beobachtete Celice, als die Kapsel sich entfernte. Aegis' Tochter hatte sich wieder dem See zugewandt und starrte hinaus, als läge ihre Antwort irgendwo zwischen den Eisschollen.

Wer weiß, vielleicht tat sie das ja?

KAPITEL 37

DER STRAND

ARTHURS PLAN WÜRDE sie alle umbringen. Thane wusste das so sicher wie sonst kaum etwas, obwohl Arthurs bombastische Präsentation, komplett mit einer in einen provisorischen Tisch eingelassenen Sandgrafik, Cassidy und die anderen Anomalien in dem großen Raum zu überzeugen schien.

Dass sie überhaupt in einem Raum standen, zeugte von Arthurs Macht auf der Insel. Wenn Cassidys Gruppe Strandhütten und Fischernetze hatte und die Herzogin dies mit einer richtigen Stadt und größeren, wenn auch immer noch strohgedeckten Häusern übertraf, so hatte Arthur ein sprödes Dorf.

Die Erklärung, als sie durch ein voll funktionsfähiges Holztor gingen, beruhte auf mehreren Anomalien, deren Kräfte zusammenwirken konnten, um Sand in stabiles, widerstandsfähiges Glas zu formen. Die Bindung verdunkelte den Sand, sodass die Wände des Dorfes, die Häuser und das Tor alle wie glänzender Schlamm aussahen.

Ein interessanter Look, und sicher nicht einer, den Thane wählen würde, wenn er die Wahl hätte, aber auf einer Insel wie dieser arbeitete man mit dem, was man hatte, und was Arthur hatte, übertraf den Rest.

Hier, in diesem Raum, hatte Thane sogar einen Stuhl. Gepolstert mit einem Gras- und Blättergeflecht, umringten die Stühle Arthurs zentralen Tisch in einem von Fackeln erleuchteten Haus. Dieser Tisch, jetzt aufgedeckt und einen Sandkasten mit gezeichneten Diagrammen enthüllend, erinnerte Thane an die Planungstreffen von Paragon vor langer Zeit. Obwohl im Vergleich zu Computern primitiv, lag die wahre Stärke des Tisches darin, dass alle am selben Ort standen und Meinungen und Ideen austauschten.

»Anderswo würdest du den Ort niederbrennen«, sagte Arthur, als er seine eigene Kraft demonstrierte, um die erste Fackel zu entzünden. Thane konnte das schwächere Licht um sich herum nicht wahrnehmen, als Arthur die Sonnenenergie für die erste Flamme anzog, aber alle anderen Fackeln flackerten, als Arthur ihre Photonen für die nächste in der Reihe abzog. Die Anomalie berührte jeden unbeleuchteten Docht, sein Arm glühend, und Feuer sprühte und entstand. »Aber unsere Häuser sind stark, feuerfest. Besser als zu Hause, denke ich.«

Sicher, wenn man nichts gegen Lehmböden, fehlende Sanitäranlagen hatte und nur an Orten mit idealem Klima lebte. Thane hielt jedoch den Mund. Lass den Mann mit seinen Spielzeugen angeben.

Thane konnte sie ihm später wegnehmen.

Im Sand, umgeben von gehärteten Versionen seiner selbst, hatte Arthur seinen Plan zur Flucht von der Insel gezeichnet. Thane, Cassidy und mehrere andere Anomalien hatten zugesehen, wie Arthur verschiedene Positionen, Verantwortlichkeiten und Zeitpläne illustrierte, die, wenn sie zu einem absolut perfekten Ende geführt würden, genug Drohnen zerstören würden, um ihnen die Flucht zu ermöglichen.

»Wir können nicht direkt gegen sie kämpfen«, sagte Thane, nicht zum ersten Mal an diesem Abend. »Die meisten dieser Anomalien haben keine Kampfausbildung, Ausrüstung oder Fähigkeiten. Sie werden abgeschlachtet werden.«

»Sie werden geschützt sein.« Arthur stieß einen Glasstab in die Mitte des Sandes, wo er ein A gezeichnet hatte, um seinen Platz zu markieren. »Ich werde die Drohnen anlocken, erinnerst du dich? Jeder, der nicht zum Hinterhalt beitragen kann, wird versteckt. Sie werden auf die Archen springen und warten.«

»Mynx hat diese Drohnen gebaut. Sie werden nicht auf deinen Trick hereinfallen.«

Arthur zeigte auf Cassidy: »Was ist mit dir? Ziemlich still. Willst du diesen Kerl weiter Beleidigungen gegen meinen Plan werfen lassen?«

»Ich bin auf Thanes Seite«, sagte Cassidy. »Wir können keinen Krieg gewinnen. Wir können vielleicht eine Flucht bewerkstelligen.«

»Richtig«, fuhr Thane fort und versuchte, seinen Ärger im Zaum zu halten, damit er nicht anfing, Worte zu verschlucken und seine Ideen zu verlieren. »Ein Pfeil. Von euren Docks direkt nach Süden, nach Hawaii. Es ist der nächstgelegene bewohnte Ort.«

Von Thane und Cassidy blockiert, wandte sich Arthur nun an die anderen Anomalien und breitete seine Hände aus wie ein Verkäufer, der von den dummen Worten, die er hörte, angewidert war.

»Ah ja. Geht direkt dorthin, wo Mynx, diese Person, von der ihr behauptet, sie wüsste alles, es vermuten würde«, sagte Arthur. »Wenn ihr die Drohnen nicht zerstört, werden sie euch folgen. Brecht durch ihre Linie, und sie werden euch jagen.«

Thane konnte diesen Punkt nicht bestreiten. Die Drohnen würden definitiv folgen, und zwar mit tödlicher Absicht. Eine Flucht würde einen kämpferischen Rückzug bedeuten, bis sie ihre Verfolger abschütteln könnten. Was sie schaffen könnten.

»Da brauchen wir Hilfe«, sagte Thane. »Aber mit dem, was ich hier sehe, denke ich, können wir es schaffen.«

»Es schaffen?«, fragte Cassidy. »Ich dachte, wir hätten das noch nicht ausgearbeitet.«

Arthur lachte: »Seht ihr? Sie kennen nicht einmal ihre eigenen Pläne!«

»Nein«, sagte Thane. »Du bist der Schlüssel.« War Arthur wirklich der Schlüssel? Thane konnte es nicht mit Sicherheit wissen, aber es half in der Regel, jemandes Ego zu schmeicheln. »Die, die dein Glas machen? Sie können die Archen überkuppeln. Sie dicht verschließen, aber eine Tür lassen. Dann brechen wir auf und halten dich geschützt. Du ziehst die Sonnenenergie an, leitest sie ins Meer.«

»Und erzeugst Dampf.« Arthur sagte es, sein Grinsen verwandelte sich in einen geraden Blick, den Thane als positives Zeichen deutete. »Blende die Drohnen für einen Moment und dann tauchen wir unter. Wenn das Timing stimmt, könnten wir sie abschütteln.«

»Und wir lassen nicht so viele Anomalien sterben«, sagte Cassidy.

Jetzt nickte Arthur mit ihnen: »Wir müssen die Drohnen trotzdem ins Zentrum locken. Ohne das werden sie uns einfach umzingeln, und ob wir untertauchen oder nicht, wir werden verfolgt werden.«

»Jeder, den wir ins Zentrum schicken, wird es nicht rechtzeitig zurückschaffen«, sagte Thane. »Es wäre Selbstmord.«

»Nicht so!«, sagte Arthur. »Und hier sehe ich eine Möglichkeit, wie unsere Pläne zusammenkommen können. Wir hatten nie vorgehabt, dass der Vulkan unser letzter Standpunkt sein sollte, sondern vielmehr ein Sammelpunkt, um die Drohnen anzulocken, wo ich das Licht und die Energie der Lava nutzen könnte, um sie zu zerstören. So etwas könnte den Vulkan selbst zum Ausbruch bringen, deshalb haben wir Gleiter gebaut.«

Cassidy schnaubte und verschränkte die Arme. »Gleiter?

Ihr wollt alle Maschinen in die Luft jagen und dann einfach nach Hause schweben?«

»Natürlich«, sagte Arthur. »Wir hatten mit der Herzogin zusammengearbeitet, um sie auszustatten, aber ihr müsst wohl mit ihr fertig geworden sein, bevor ihr von unserem Deal erfahren habt?«

»Wir haben nicht viel geredet«, sagte Thane.

»Nun, zum Glück haben wir das.« Arthur rammte seinen Stock in die Mitte des Sandes, wie eine Fahne. »Wir locken die Drohnen an, zerstören, was wir können, dann gleiten wir zu euch und machen unseren Abgang. Perfekt.«

»Diese Gleiter«, sagte Thane. »Wie lange, bis sie fertig sind?«

Arthur blickte zu einer anderen Anomalie hinüber, einem stämmigen Wesen mit manischen Augen und Händen, die, wie Thane bemerkte, nie stillstanden.

»Wir haben das Design«, brummte die Anomalie. »Noch ein Monat, um die Prototypen zu bauen, ein weiterer zum Testen und Perfektionieren, und noch einer, um sicherzugehen. Drei Monate?«

»Nein«, erwiderte Thane. »Zu lang.«

»Zu lang? Ihr seid gerade erst angekommen. Wir sind seit Jahren hier. Warum die Eile?«

»Weil ihr seit Jahren hier seid.« Thane stach mit dem Finger in den Sand und umkreiste das Schiff. »Wir haben genug Anomalien. Gemeinsam können wir uns ohne die Gleiter den Weg in die Freiheit bahnen. Und wir können es morgen tun.«

»Morgen? Das wird nie funktionieren. Nein. Wir brauchen Zeit zur Vorbereitung.«

»Die hattet ihr. Ich habe eure Stadt gesehen. Ihr habt Nahrung zum Einlagern, die meisten Anomalien der Insel, die gehen wollen, sind bereits hier. Warten macht das Weggehen nur schwieriger.«

»Deine Eile wird uns umbringen.«

»Deine Faulheit wird uns für immer hier festhalten.«

»Aber wir werden am Leben sein«, sagte Arthur, hob dann beide Hände und rieb sich mit einer sanft über die geschlossenen Augen. »Es tut mir leid, aber ich bin erschöpft, und dieses Argument tut meinen Kopfschmerzen nicht gut. Wir werden dieses Gespräch morgen früh fortsetzen.«

Nach einer solchen Sitzung fühlte sich Thane überhaupt nicht müde. Cassidy auch nicht. Arthur machte nach seiner Erklärung eine zweite über seine bevorstehende Schlafenszeit, und die anderen Anomalien taten es ihm gleich, sodass Thane und Cassidy in die Nacht und ein ruhendes Dorf entkommen konnten.

Sie mussten nicht reden, um zu wissen, wohin sie gehen sollten: zum Strand, wo sich Cassidys Gruppe bereits mit ihren zerlumpten Schlafsäcken niedergelassen hatte. Überreste von Kochfeuern zeugten von einem kärglichen Abendessen, aber bisher hatte es keinen einzigen Kampf gegeben.

»Glaubst du, es kann funktionieren?«, fragte Thane Cassidy, als sie von den anderen wegwanderten, die Wellen leckten an ihren Füßen.

»Du bist derjenige, der so hart dafür gekämpft hat.«

»Ich weiß, und ich glaube daran. Aber ich brauche auch dein Vertrauen in den Plan. Ihr Mut wird schwanken, und die anderen werden zu dir aufschauen, nicht zu mir.«

»Hah«, sagte Cassidy und zeigte auf einen Punkt am Strand, einen Meter vor ihnen. Ein Loch erschien, als hätte ein unsichtbarer Löffel den Sand ausgehöhlt. Meerwasser strömte hinein, um es zu füllen. »Siehst du das? Dem vertraue ich. Alles andere ist nur eine Vermutung.«

Die Vorführung verwirrte Thane, »Ich verstehe nicht. Wenn du so wenig Vertrauen hattest, warum bist du dann mitgekommen? Warum hast du mir geholfen?«

»Es liegt nicht an dir.« Cassidy blieb stehen und drehte sich zum Horizont, umarmte ihre Schultern. »Es ist all das hier. Jeder. Ich weiß, dass wir uns gegenseitig umbringen, ich weiß, dass wir all die Dinge nicht haben, die ich früher geliebt habe. Ich weiß, dass meine Familie nicht hier ist. Aber Thane, wie Arthur sagte, wir leben.«

Sie sah ihn an, und Thane spürte, wie seine Muskeln müde wurden, weicher, als er versuchte, sie zu ergründen. Versuchte, sich in ihren Kopf zu versetzen.

»Hör auf«, sagte Cassidy. »Du veränderst dich. Lass mich einfach reden. Danach kannst du dein Gedankenzeug machen, wenn du willst.«

Thane nutzte Cassidys Befehl als Motivation. Er hielt an dem winzigen verletzten Stolz fest und ließ diese Wunde ihn wieder aufbauen. Cassidy wartete und wechselte Blicke zwischen den Wellen und Thanes Gesicht.

»Bist du wieder halbwegs normal?«, fragte Cassidy.

»Ich habe kein Normal«, antwortete Thane. »Aber ich kann deine Gedanken nicht lesen, wenn du das meinst.«

»Gut genug, schätze ich. Was ich dir zu sagen versuche, ist, dass ich Angst habe. Ich habe hier viel zu verlieren, und ich frage mich schon eine Weile, ob das nicht Mynx' ganzer Plan war. Ob sie uns hierher gebracht hat, um zu sehen, ob wir bessere Menschen werden können, als wir waren.«

»Sie wird nicht zurückkommen, um euch zu holen.«

»Das weißt du nicht. Diese Drohnen beobachten jeden unserer Schritte. Vielleicht müssen wir nur irgendeinen Algorithmus bestehen, und ein Flugzeug taucht auf und bringt uns nach Hause. Wir kämpfen gegen die Drohnen, vielleicht verlieren wir das alles. Vielleicht verlieren wir alles.«

Thane sagte nichts. Es war eine Wahl, wie es für Cassidy jede Minute gewesen war, seit sie auf dieser Insel war. Weglaufen oder kämpfen. Bisher war sie weggelaufen, und alles, was es ihr gebracht hatte, war geräucherter Fisch und die ständige Bedrohung, dass irgendeine Anomalie sie im Schlaf abschlachten würde.

Er wollte all das sagen, aber es schien grausam. Unnötig.

»Dann musst du dich entscheiden«, sagte Thane. »Ich oder

Mynx. Du könntest heute Nacht gehen, zurück zu deinen Hütten, und deine Tage mit Warten verbringen. Oder du könntest mit mir handeln und dein eigenes Schicksal kontrollieren.«

»Leicht zu sagen, wenn man so schwer zu töten ist, wenn man so wenig riskiert.«

Thane schüttelte den Kopf, »Ich riskiere dich, und das ist keine Kleinigkeit.«

Die Worte überraschten ihn genauso wie sie Cassidy überrascht haben mussten, aber sie waren trotzdem wahr. Thane kannte die Leere erst seit ein paar Tagen, aber sie hatten Stunden und Stunden miteinander verbracht, gemeinsam Gefahr und Hoffnung erlebt, und, logisch betrachtet, nahm Thane an, ergab es Sinn.

Es war so lange her, dass er sich um jemanden außer sich selbst gekümmert hatte. So lange, dass er sich nicht sicher war, ob er noch wusste wie.

Aber als er spürte, wie ihre Finger die seinen fanden, wusste Thane noch, wie man ihre Hand hält.

KAPITEL 38

DETEKTIVARBEIT

DER MÖRDER WOLLTE NICHT GEFUNDEN WERDEN. Kat unterzog das Gewehr einer erneuten Prüfung – eine etwas surreale Erfahrung, auf ihrer Couch mit einer so großen Waffe zu sitzen – und bestätigte, dass jede einzelne Kennung entfernt worden war. Falls das Gewehr überhaupt jemals welche gehabt hatte. Der Lauf und der Körper schienen neu zu sein oder mit fanatischer Sorgfalt gepflegt worden zu sein. Während die meisten Schusswaffen dieser Art aus der Zeit vor der Paragon-Kontrolle stammten, würde Kat wetten, dass diese erst vor wenigen Monaten hergestellt worden war.

Das Paragon-Gesetz verbot diese Waffen, weil die Champions nicht unverwundbar waren. Die meisten Anomalien waren keine Aegis und konnten aus der Distanz mit einem gut platzierten Schuss niedergestreckt werden. Wenn Kat sich richtig an ihre Geschichte erinnerte, verloren die ersten Paragons große Zahlen im Kampf gegen solche Waffen und deren schneller feuernde Verwandte. Dann änderten sie ihre Taktik.

Kats Eltern hatten ihr Geschichten über diese Tage erzählt, als die Paragons aufkamen und Anomalien ihre Seiten wählten. Diejenigen mit den stärksten Fähigkeiten, die mit einer Handbewegung Dutzende oder Hunderte oder Tausende auslöschen oder mit einem Blinzeln ganze Armeen neutralisieren konnten, wurden zu Handelsobjekten. Nationen spielten Loyalitätskarten und versuchten, ihre genetischen Lotteriegewinner davon zu überzeugen, dass sie ihr Land vor ihre Kräfte stellen sollten. Der Rangordnung beitreten, für ihre Anführer kämpfen.

Die Paragons boten Veränderung an. Gleichheit in einer Organisation, die dich respektierte und für dich kämpfen würde. Mit Aegis an der Spitze, der ein Attentat nach dem anderen überlebte, während die Normalen ihr bevorstehendes Ende sahen, wusste jede Anomalie, die ihrer Art treu war, in welche Richtung sie gehen sollte.

In einer Nacht, als die Welt am Rande eines globalen Konflikts stand, machten die Paragons einen entscheidenden Zug. Kat erinnerte sich nicht an Namen, aber sie erinnerte sich an die Bilder. Wie Schätze aus einer legendären Vergangenheit hochgehalten, gaben die Bilder, Videos und Anekdoten der Nacht – von den Paragons als ›die Befriedung‹, von allen anderen als ›das letzte Mal, dass Normale den Planeten beherrschten‹ bezeichnet – ihre Bedeutung: Paragon-Einsatzteams, die Anomalien und ihre kombinierten Kräfte nutzten, zerstörten oder machten fast jeden bedeutenden militärischen Außenposten auf der ganzen Welt unbrauchbar.

Kats Mutter schien mit den Implikationen zu kämpfen, die das darstellte: Wenn die Paragons solche Angst vor diesen Dingen hatten, aber die Macht besaßen, sie alle in weniger als zwölf Stunden auszulöschen, waren die Paragons dann nicht noch gefährlicher? Ihr Vater hingegen frohlockte in diesem Moment. Das war der Zeitpunkt, an dem die Paragons die Linie von einer Randgruppe zu einer weltweiten Macht überschritten, von einem Blip zu einer Unvermeidbarkeit.

»Wir wussten, dass wahre Helden die Welt veränderten«,

hatte ihr Vater einmal gesagt, bevor sie wussten, dass Kat keine Kräfte haben würde, keine Anomalie sein würde. »An diesem Tag bewiesen wir, dass wir es wirklich tun konnten, und sie konnten uns nicht aufhalten.«

Was für ein Satz, der sich gewandelt hatte, als Kat aufwuchs, als sie zu ihrem eigenen Gateway-Test ging, Doppel-Anomalie-Eltern aufgeregt zu sehen, was ihre Tochter mit diesen mächtigen Genen tun könnte, und nichts. Nichts.

Gewehre wie dieses hier waren so lange die Macht der Normalen gewesen. Die Betäubungswaffen, die Kat benutzte, diese blassen Imitationen, sie passten in die rechtlichen Grenzen der Paragons. Hielten die Normalen davon ab, zu stark zu werden, genau das zu tun, was dieser Killer im Sinn hatte.

Die Tage nach ihrem Gateway hatten sich in Kats Gedächtnis eingebrannt. Ihre Eltern versuchten, den Schmerz zu lindern, die Peinlichkeit, indem sie es selbst den Verwandten erzählten, aber Kat kümmerte sich nicht um Tanten und Onkel, Großeltern, Cousins. Nicht einmal um die anderen Kinder in der Schule, von denen die meisten wie sie endeten. Alle, denen die genetischen Götter Anomalie-Gaben geschenkt hatten, verschwanden in den Programmen der Paragons.

Die kleinen Veränderungen schmerzten. Wie ihre Eltern reagierten, wenn Kat morgens herunterkam, wie sie jetzt mehr darüber sprachen, was sie nach ihrem Abschluss machen könnte. Erzwungener Optimismus färbte ihre Stimmen, und was Liebe gewesen war, begann sich weniger so anzufühlen, ein Gift, das durch Berührung und Ton einsickerte.

Also begann Kat wegzugehen. Nächte bei Freunden zu verbringen, oder im Park, oder in der Bibliothek, oder überall sonst, nur nicht in diesem Haus, wo alles Kat daran erinnerte, dass sie versagt hatte. Bis ihre Schwester durch unendlich schlimmeres Lotterie-Pech als Kats dieses Problem löste und Millionen neue schuf.

Das Gewehr hatte keine Nummer darauf, keinen Namen daran befestigt, aber das bedeutete nicht, dass die Waffe nicht zurückverfolgt werden konnte. Jemand hatte das Ding hergestellt, und es war nicht das erste Mal, dass Kat oder die Paragons auf so etwas gestoßen waren. Das Schöne daran, die Welt zu regieren: Man hatte in der Regel Ressourcen.

Da die Drohnen die Überwachung durchführten und die meisten polizeilichen Aufgaben übernahmen, wurden die alten Stationen in Chicago und, wie Kat vermutete, überall sonst umgestellt, um stattdessen die Bedürfnisse der Paragons zu unterstützen. Diese reichten von den üblichen Beschwerden darüber, dass eine Drohne dies oder jenes umgestoßen hatte, bis hin zu Bitten um Anomalie-Hilfe bei der Rettung von, sagen wir, einem verlorenen Haustier. Kat nutzte die Stationen, um alle Anomalien abzuliefern, die sie aufgegriffen hatte, und gelegentlich, um auf einige Dienste zuzugreifen, die die Paragons für sich behielten.

Wie zum Beispiel, wer in der Gegend illegale Waffen herstellen könnte.

»Das ist ein hübsches Stück«, sagte der Paragon, eine ältere Frau in dieser hellblauen Uniform, die Haare zurückgebunden als einziges Zugeständnis an Strenge. Alles andere, von ihrer Haltung bis zu ihren halb geschlossenen Augen, sprach von einer erdrückenden Langeweile, die nicht einmal das Gewehr durchdringen konnte. »Gib es her.«

Kat hatte die Schwelle der Station überschritten, von ihrer langweiligen Lobby mit ihrer Kohlenstoffkopie einer Aegis-Statue – diese würden zweifellos irgendwann durch Atlantis' neuen Champion ersetzt werden – zu dem dahinterliegenden Labyrinth von Fluren. Zellen für Anomalien und Normale grenzten an Ausrüstungsschränke, getrennt von Büros durch dicke Wände.

Kat hatte den Werbeslogan für die grauen Betonwände

gehört, angeblich »anomalie-sicher«. Normale mit Vermögen aus der Vor-Rep-Zeit verpulverten alles für Häuser aus diesem Zeug. Lächerlich. Niemand konnte garantieren, dass eine Anomalie etwas nicht in die Luft jagen würde. Oder in Gelee verwandeln. Oder in nichts auflösen.

Jetzt beobachtete Kat, wie die Frau das Gewehr anhob und es zwischen ihren Händen balancierte. Kat hätte schwören können, dass die Uniform der Frau plötzlich ein wenig aufleuchtete, wie eine Lampe, die angeschaltet wird, und die Frau nickte.

»Wir haben schon ähnliche gesehen«, sagte die Frau, legte das Gewehr auf ihren Schreibtisch und tippte auf ihrem Tama. »Sie kommen alle vom selben Ort. Tatsächlich gar nicht weit von hier.«

»Was?«

Die Frau blickte auf, genauso verwirrt wie Kat. »Hast du mich nicht gehört?«

»Doch«, Kat schüttelte den Kopf. »Nein, ich verstehe es nicht. Du sagst, ihr habt mehr davon?«

»Oh ja. Nicht Gewehre wie dieses, aber kleinere Waffen«, die Frau kicherte, als wären tödliche Werkzeuge einfach urkomisch. »Erstaunlich, wie viele diese Leute verlieren. Wir bekommen sie ständig abgegeben.«

»Diese Leute?«

»Es ist eine Gruppe.« Die Frau kicherte wieder, diesmal jedoch düsterer. »Wenn man es so nennen will. Sie sammeln diese Waffen von außerhalb der Stadt. Wir wissen nicht, was sie damit machen, aber ab und zu vermasseln sie es, werden erwischt oder lassen eines dieser Dinger fallen.«

»Moment, das passiert also oft? Also, es ist fortlaufend?«

Kats Tonfall ließ die Haltung der Frau erstarren, und sie lehnte sich hinter ihrem Schreibtisch zurück, die Arme gerade auf die Oberfläche gestützt, als wolle sie Kat wegschieben.

»Du klingst ziemlich vorwurfsvoll, Tracker«, sagte der Paragon. »Ich würde auf deinen Ton achten.«

»Auf meinen Ton achten? Du erzählst mir, dass ihr eine Bande bewaffneter Killer in der Stadt herumlaufen lasst?«

»Killer? Kaum. Sie belästigen keine Normalen. Sie belästigen uns nicht.«

Kat wünschte, sie wäre naiv genug, diese Antwort zu akzeptieren und damit zufrieden zu sein. Wünschte, sie könnte die Punkte nicht verbinden, wünschte, sie würde nicht verstehen, wie die Elementare und die Paragons, die beide Kämpfe zwischen Anomalien auf den Straßen vermeiden wollten, andere Agenten benutzen könnten, um gegeneinander vorzugehen.

»Also weil sie hauptsächlich Elementare angreifen, ist es euch egal«, sagte Kat.

»Das hat Innis gesagt. Sie bleiben in ihrer Spur, wir in unserer. Es ist ja nicht so, als wären die Elementare hilflos: Alle Waffen, die wir bekommen, stammen aus Kämpfen, die sie gewinnen.«

»Ja, nun, nicht mehr.« Kat zeigte auf das Gewehr. »Diese Leute spielen nicht fair. Sie haben auf Calvin geschossen. Einen Paragon. Und, ich weiß nicht, ist es euch völlig egal, auf der richtigen Seite zu stehen?«

Die Frau betrachtete Kat für einen langen Moment. Vielleicht versöhnte sie ihr jetziges Selbst mit dem, das vor wie vielen Jahren auch immer in diese blaue Uniform geschlüpft war, mit etwas Größerem im Sinn, als gleichgültig Mörder in ihrer Nachbarschaft gewähren zu lassen.

»Hör zu«, sagte die Frau. »Ich bin keine Kämpferin, und eigentlich ist es keiner von uns hier. Dafür sind die Drohnen da. Wenn du dem nachgehen willst, schicke ich dir die Adresse auf dein Tama. Von dort werden all diese Waffen abgeholt.«

»Danke«, sagte Kat und warf noch einen Blick auf das lange Gewehr. »Woher weißt du das? Kannst du es irgendwie lesen?«

Die Frau bot ein trauriges Lächeln, »Wenn jemand eine

starke Emotion an ein Objekt bindet, kann ich diesen Moment sehen. Ihn zurückverfolgen. Wenn du jemanden töten oder verletzen willst, ist das eine große Sache. All diese Waffen, dieses Signal kommt vom selben Ort.«

Ein Ort, zu dem Kat gehen würde, bereit, sich einzumischen und bereit, das zu tun, was die Paragons nicht tun würden. Weil es verdammt nochmal jemand tun musste.

KAPITEL 39
VERHÖR

ZHAN-YO KNISTERTE WIE SCHMELZENDES EIS. Seine Knochen schmerzten, seine Muskeln zuckten, als seine Nerven wild feuerten, und sein Gehirn war wie in Nebel gehüllt. Trotzdem konnte er die Wände sehen, grau und glatt, wie ungestrichener, perfekter Beton. Der Boden passte dazu, und als Zhan-Yo begriff, dass er ohne jegliche Unterlage auf dieser harten Oberfläche lag, ergaben die Schmerzen einen Sinn.

Besonders als sein Tama ihm mitteilte, dass er schon seit Stunden dort lag.

Schlimmer noch, sein Tama verriet ihm nichts anderes. Totale Trennung von jedem Netzwerk. Nur eine blinkende Uhr und ein Fehlersymbol kamen von dem Gerät an seinem Handgelenk, Zhan-Yos Verbindung zur Welt.

Eine einzelne Tür befand sich auf der gegenüberliegenden Seite, bündig in die Wand eingelassen und in glänzendem Silber. Keine Fenster, und das weiße Licht kam von einer leuchtenden Decke, als wäre das Ganze eine einzige große Lampe.

Mynx hatte ihn mitgenommen, daran erinnerte sich Zhan-Yo. Wahrscheinlich hatte sie ihm das Leben gerettet, denn es sah so aus, als hätte Celice kurz davor gestanden, abzudrücken. Wenn Zhan-Yo raten müsste, würde Mynx diese Aufgabe wahrscheinlich zu Ende bringen, sobald sie die Informationen, die sie wollte, aus ihm herausgepresst hätte.

Und wie würde sie an dieses Wissen kommen? Würde sie Zhan-Yo foltern?

Der Gedanke kam mit einer seltsamen Mischung von Gefühlen. Beklemmung, ja, aber auch mit ein wenig Aufregung. Zhan-Yo war noch nie gefangen genommen worden. Ein Mann konnte auf viele Arten gemessen werden, und zu sehen, wie lange Zhan-Yo einem Verhör standhalten würde, war eine davon.

Seine rationale Seite verwarf diese Vorstellung als dumm, töricht. Eine toxische Perspektive zu akzeptieren. Zhan-Yo sollte Angst haben, sollte sich darauf vorbereiten, was er preisgeben könnte, um sein eigenes Leben zu retten. Die Revolution hatte nur eine Chance mit ihm an der Spitze, egal wen er dafür opfern müsste, um dort zu bleiben.

Die Tür öffnete sich mit einem Knacken und Zischen, das Zhan-Yo verriet, dass die Luft in dieser speziellen Zelle abgedichtet werden konnte. Ersticken, Vergasen, alles möglich. Alles beunruhigend.

Das Erste, was hereinkam, rollte auf fünf schmalen Beinen, jedes endete in einer flexiblen Metallklaue. Eine glänzende, kastenförmige Maschine, etwa einen Meter hoch, mit einer schwarzen Kameralinse, die wie eine Beule aus der Oberseite ragte. Dahinter kam Mynx, und hinter ihr ein Dritter, eine humanoide Drohne, die Zhan-Yo von Sicherheitsoperationen in Chicago kannte. Die Letzte hielt ein Betäubungsgewehr für Angriffseinsätze, blaue Linien, die über das graue Metall der Waffe liefen, verrieten seinen Zweck.

»Wir hatten nie eine richtige Vorstellung«, brachte Zhan-Yo heraus, während er sich aufsetzte und eine schmerzverzerrte Grimasse verbarg. »Danke, dass Sie mich gerettet haben.«

»Ich würde mich nicht zu früh freuen«, erwiderte Mynx.

Trotz all seiner Statur, seiner Ziele und seiner Erfahrung gerann Zhan-Yos Herz, als Mynx ihren starren Blick auf ihn richtete. In der Gegenwart einer Legende zu sein, verzerrte die Realität - Zhan-Yo hatte Mynx und Aegis und die anderen Champions lange Zeit beobachtet und ihnen die Daumen gedrückt, bevor er von ihren Bemühungen enttäuscht wurde - und der Raum und sein Inhalt verschwammen. In Zhan-Yos Ohren klingelte es, und seine Augen brannten, während Mynx ihr schweigendes Urteil fortsetzte.

Es fühlte sich an wie die Enttäuschung seiner Mutter. Seine eigene Scham.

Logik kämpfte sich durch die Emotionen. Kämpfte gegen die Flut an, als Mynx der spinnenartigen Drohne winkte, vorzurücken. Zhan-Yo war kein Kind. Er hatte die Konsequenzen bedacht und kannte sie, bevor er gehandelt hatte. Die Champions waren nicht seine Eltern. Sie hatten keinen moralischen Hochgrund. Mynx, Aegis, waren nicht die Helden, die Zhan-Yo vergöttert hatte: Das waren Mythen, dies waren Menschen.

Fehlerhafte Menschen.

Ein Atemzug, zwei. Fokussieren, wie Chloe, seine Kampfkunstlehrerin, oft sagte. Im Konflikt wirf das Überflüssige raus und konzentriere dich auf das Hier und Jetzt. Zum Beispiel darauf, wie dieser Roboter sehr nahe gekommen war und wie Zhan-Yo nicht wollte, dass das Ding ihn berührte.

»Kämpf nicht, oder ich werde dich wieder bewusstlos schlagen«, sagte Mynx, als Zhan-Yo vor der Drohne zurückwich. »Und ich würde das liebend gerne tun, aber es macht das Reden schwierig.«

»Was macht dieses Ding da?«

Zhan-Yo stand auf, sodass die Drohne ihm nur bis zur Taille reichte. Die Veränderung hielt die Drohne nicht auf, die

Zhan-Yo weiterhin mit geduldiger Geschwindigkeit verfolgte. Die Maschine schien zu wissen, dass Zhan-Yo nirgendwo entkommen konnte, was seinen müden Nerven nicht gerade gut tat.

»Ich glaube, Sie sind ein kluger Mann.« Mynx und die andere Drohne hatten sich nicht von ihren Plätzen nahe der Tür wegbewegt. »Und Sie waren ein sehr wohlhabender Mann. Jemand wie Sie riskiert nicht alles ohne einen Plan, und ich denke, ein Plan wie Ihrer erfordert Hilfe.«

Zhan-Yo wich in eine Ecke zurück und lockerte dann seine Knie, als die Spinnendrohne näher kam. Wenn er gegen das Ding kämpfen musste, würde er es tun. Als die Drohne auf einen Meter herangekrochen war, schnellte Zhan-Yo mit einem Tritt vor. Er traf nicht. Oder besser gesagt, sein Fuß traf auf die vordere Klaue der Drohne, die sich mit unglaublicher Geschwindigkeit gehoben hatte, um Zhan-Yos Angriff abzufangen. Die Drohne ruckte an Zhan-Yos Kickbein, und der ehemalige Anführer von Ziran, der Funke der Revolution, fand sich hart auf dem Rücken liegend wieder, starrte an die weiße Decke und versuchte, Luft zu bekommen.

»Ich erwarte nicht, dass Sie mir die Wahrheit sagen. Nicht ohne eine Bestätigung«, sagte Mynx, und ihrer Stimme nach zu urteilen, war sie näher gekommen. »Sie wissen, dass wir das Tama nicht entworfen haben. Die Champions, meine ich?«

Zhan-Yo hob seinen Kopf, als er spürte und sah, wie die zweite Klaue der Spinnendrohne auf seiner Brust landete und sich ausbreitete. Die Maschine fixierte Zhan-Yo, und als er versuchte, sich zu bewegen, erhöhte sich der Druck, um ihn festzuhalten und ihm die Luft aus den Lungen zu pressen. Als Zhan-Yo sich wieder zurücklegte, lockerte sich der Druck und ließ ihn atmen.

Das waren die Regeln.

»Ich kenne den Erfinder«, sagte Zhan-Yo. »Ziran hat in seine Firma investiert.«

»Das haben die Paragons auch, und wir waren sehr überzeugend«, sagte Mynx. Zhan-Yo blickte nach links, und dort stand Mynx, nur dass sie nicht sein Gesicht ansah, sondern sein linkes Handgelenk. Die Champion nickte einmal. »Ihr Handgelenk hat alles, was wir brauchen.«

»Unmöglich. Tamas löschen alles, wenn sie entfernt werden. Das ist der einzige Grund, warum ich eines tragen würde.«

»Unmöglich ist relativ.«

Zhan-Yo spürte einen Stich nahe seinem Ellbogen, und innerhalb von Sekunden wurde sein gesamter linker Arm taub. Er hob seinen Kopf, während die Maschine seine Brust nach unten drückte, und tat alles, um seinen Schrei in seinem Kopf zu behalten.

Wenn es um Versprechen in der heutigen Zeit ging, hielten die Tama ein unzerbrechliches. Dein Freund, dein Lehrer, dein Gedächtnis vom Moment des Anlegens bis zum Moment deines Todes, dein Tama sollte dir gehören und nur dir allein. Klar, Dinge, die du von ihm ausstrahltest, konnten abgefangen werden, aber die Daten, die es über deine Gesundheit sammelte, die Aufnahmen, die es machte, die Momente, die es speicherte, alles gesteuert von Algorithmen, die darauf ausgelegt waren, Langweiliges herauszufiltern und Bedeutungsvolles zu behalten, das alles gehörte dir.

Nur dir.

Die Drohne drückte eine weitere Klaue gegen den Bildschirm von Zhan-Yos Tama. Die Metallenden breiteten sich aus und bedeckten die Oberfläche, bevor sich winzige Klappen entlang der Klaue öffneten und etwas, das wie hundert winzige Werkzeuge aussah, hervorsprang. Kleine blau-weiße Blitze funkelten, als sich die Geräte wie ein Baldachin über Zhan-Yos Tama ausbreiteten, und er hatte genug Ziran-Fertigung gesehen, um zu wissen, dass diese Lichter präzise Messungen markierten.

»Wie habt ihr dieses Geheimnis bewahrt?«, flüsterte Zhan-

Yo, als die kleinen Werkzeuge ihre Positionen fanden. »Niemand würde-«

»Denk es durch«, sagte Mynx und behielt die Drohne im Auge. »Du wirst es schon herausfinden.«

Die Drohne gab tief aus ihrem mechanisierten Inneren ein summendes Wimmern von sich, und die Werkzeuge setzten sich in Bewegung. Sie tauchten in das Tama ein, gruben sich in mikroskopisch kleine Löcher, von denen Zhan-Yo nicht wusste, dass sie existierten, die aber da sein mussten. Die bei der Konstruktion eingebaut worden sein mussten. Von den Paragonen mit Hintertüren versehen.

Mit seinem tauben linken Arm spürte Zhan-Yo eine Minute später nicht, wie das Gewicht sein Handgelenk verließ. Er bemerkte nicht, dass zum ersten Mal seit fast fünfzehn Jahren seine Arme gleich waren. Er konnte es jedoch sehen, und die haarlose, bleich weiße Stelle an seinem Arm sah fremd aus. Tamas nutzten verschiedene Mittel, um ihre Bereiche steril und sauber zu halten, aber sie konnten nicht, ja sie sorgten nicht dafür, dass die Haut, die sie bedeckten, irgendwo anders passte. Warum sollten sie auch? Man würde nie am Leben sein, um es zu sehen.

Die Drohne hob das Tama weg, sein Bildschirm und das Verbindungsarmband hingen lose und schlaff in der Luft. Trotz allem, was es enthielt, wirkte das Gerät so klein, so unbedeutend.

»Ich werde mir das mal ansehen«, sagte Mynx. »Leider für uns beide werde ich beschäftigt sein, also könnte es eine Weile dauern, bis ich mit Fragen zurückkomme.«

Die Drohne hob ihre Klaue von Zhan-Yos Brust, als sie sich zur Tür zurückzog. Die Klauen lösten sich, und die plötzliche Verzweiflung, sein Tama von ihm wegfliegen zu sehen, ließ Zhan-Yo sich aufrollen und auf Mynx losstürmen. Die einzige Chance, das Tama zurückzubekommen oder es zu zerstören, lag darin, die Championin als Geisel zu nehmen.

Er kam nie so weit.

Der Betäubungsschuss traf Zhan-Yo, bevor er irgend-welche Fortschritte machen konnte, und sein halber Aufstieg verwandelte sich in einen Krampf, als er zur Seite fiel, weit entfernt von einem mächtigen Krieger, von einem letzten Gefecht, von irgendetwas. Mynx beobachtete, wie sich ein Stirnrunzeln in etwas verwandelte, das fast wie echte Traurig-keit aussah.

»Du glaubst wirklich an dich selbst«, sagte Mynx. »Wenn es hilft, wenn es wichtig ist, wir tun es auch. Und wir werden alles tun, um die Welt zu schützen, die wir geschaffen haben.« Ihr eigenes Tama piepste, und Mynx blickte auf, drehte sich zur Tür. »Ruh dich aus. Versuch, noch ein letztes Mal ein paar schöne Träume zu haben.«

Zhan-Yo sah nicht, wie Mynx den Raum verließ, hörte nicht, wie die Wachdrohne ihn wieder einschloss, denn als Mynx zu Ende gesprochen hatte, ließ er das Bewusstsein hinter sich.

KAPITEL 40

VOR ORT

OBWOHL SIE DEM potenziellen Mörder ihres ältesten Freundes ein Tama entrissen hatte, fühlte sich Mynx verdammt gut, als sie auf dem Landeplatz auf dem Stadiondach landete. In der letzten Woche hatten Drohnen- und menschliche Crews die riesige Arena in ein Paragon-blaues Zentrum verwandelt, bereit, die Champions der Welt, regionale Paragon-Leiter und unzählige Anbietergruppen zu empfangen, die hastig Tagesordnungen zusammengestellt hatten. Erstaunlich eigentlich, wie schnell Unternehmen sich bewegen konnten, wenn sie die Chance bekamen, ihre Visionen dem Weltregierungsgremium vorzustellen.

Und es begann heute. Heute Abend sogar.

»Wer ist schon da?«, fragte Mynx, als die Drohne landete. Diese war groß genug, dass Mynx in einem richtigen Stuhl sitzen konnte, im Gegensatz zu ihrem engen Jet oder der handlichen, kleinen Drohnensammlung, die sie für ihre eigenen Einsätze trug. »Sag mir, dass es nicht alle sind.«

Ja, irgendwann wollte Mynx, dass alle Champions erscheinen. Morgen würden die echten Diskussionen beginnen, um zu einer einheitlichen Nachfolgebotschaft zu gelangen, einer Vorlage dafür, wie die Welt sich weiterdrehen würde, wenn

Champions in den Ruhestand gingen oder, so hart der Gedanke auch sein mochte, starben. Sie hoffte, dass der heutige Tag als Aufwärmphase dienen könnte, ein vorsichtiges Eis brechen für einige, die sich seit Jahren nicht gesehen hatten. Zu viel persönliches Gepäck, zu viele zerbrechliche Egos auf einmal, und Mynx befürchtete, die ganze Veranstaltung könnte zusammenbrechen, bevor sie überhaupt begann.

»Apinya und Burov sind vor Ort«, antwortete Reeves. »Sie unterhalten sich. Höflich.«

»Sonst noch jemand unterwegs?«

»Die Kapseln zeigen noch niemanden, aber die eingehenden Flugaufzeichnungen zeigen, dass alle Champions, einschließlich Pixie, im Großraum LA angekommen sind.«

»Also könnte die Party jeden Moment beginnen.«

»Ich würde es nicht als Party bezeichnen.«

Mynx nickte ins Leere. Reeves würde es natürlich sehen, da die KI mit den Kameras im Stadion, ihrem eigenen Tama, den Kapseln und der Flugverkehrskontrolle sowie jedem anderen System in Pacifica verbunden war. Manchmal überlegte sie, ob es klug war, Reeves so viel Macht zu geben. Wenn Mynx ihrem eigenen Code und den Grenzen, die er Reeves setzte, nicht vertrauen konnte, dann sollte sie auch die Drohnen zerstören. Und jede Anomalie mit genug Macht, um ähnlichen Schaden anzurichten.

Kurz gesagt, die Welt war voller potenzieller Katastrophen, und im Moment hatte Mynx nur Platz für eine.

Burov hatte das Wort in der Mitte des Stadions, stand auf einer Bühne und prahlte Apinya gegenüber über irgendetwas, das Mynx glücklicherweise verpasst hatte. Sie hatte sich durch das Labyrinth vom Dach bis zum Boden und auf ein künstliches Feld gewagt, das mit Stühlen bedeckt war, die Schilder trugen, um die morgigen Teilnehmer zu ihren richtigen Reihen und Gruppen zu führen.

»Gott sei Dank, unsere Gastgeberin ist da«, sagte Apinya, der gepflegt und strahlend in einer roten Paragon-Uniform mit rein schwarzem Logo und Nähten aussah. »Mynx, kannst du mich aus dieser Qual retten?« Er winkte in Richtung Burov. »Ich glaube, wenn ich ihm noch länger zuhöre, verliere ich den letzten Rest Verstand, den ich noch habe.«

Burov, der das Paragon-Blau darunter beibehielt, trug als clevere Hommage an die alten Länder, die seine Region ausmachten, eine Jacke, die scheinbar aus deren Flaggen gewebt war. Los Angeles hielt es im Februar warm, sodass Mynx sich nicht sicher war, wie der Champion den Schweiß vermied, aber Burov wirkte genauso makellos wie Apinya.

Der Russe teilte Apinyas zurückhaltende Begrüßung nicht. Stattdessen sprang Burov von der Bühne, schritt an Apinya vorbei und umarmte Mynx für einige Sekunden. Sein Atem roch nach Nelken, und Mynx musste sich zusammen-reißen, um nicht zu husten, als Burov sich löste und einen Arm um einen die Augen verdrehenden Apinya legte.

»Wir sind da!«, verkündete Burov. »Die Champions vereint an diesem großartigen Ort, den du gebaut hast. Sieh dir all das Blau an. Wie viele Kameras werden laufen? Sind wir gerade live?« Er warf sein breites Grinsen in die Runde, dann schüttelte er den Kopf, während Mynx ihn mit hochge-zogener Augenbraue anstarrte. »Mynx, ich weiß, du warst noch nie eine für die Show, aber das ist eine Gelegenheit, die man nicht verpassen darf!«

»Und doch wünschte ich, ich könnte«, erwiderte Mynx, unfähig ein Lächeln zu verbergen. »Es ist schön, euch beide zu sehen, und ich bin froh, dass ihr früh hier seid. Wenn wir eine Position festlegen können, dann denke ich, wir drei können die anderen dazu bringen mitzumachen.«

Um sie herum setzten die Arbeiter auf dem Feld den Aufbau fort, alles beobachtet von mehreren schwebenden Sicherheitsdrohnen. Blau uniformierte Paragons aus Paci-fica durchstreiften das Gelände und nutzten ihre Fähig-keiten, um dem Dekor funkelnden Glanz zu verleihen, zu anderen Ebenen aufzusteigen oder Illusionen für die

Eröffnungszeremonie zu üben. Jede Menge Aktivität, und das brachte lauschende Ohren mit sich, also verließen die drei, mit Burov, der sich über den plötzlichen Wechsel zur Arbeit beschwerte, das Zentrum des Stadions in Richtung einer der langweiligen, aber weitaus privateren Logen.

Das Trio schaffte es bis zum äußeren Rundgang, auf dem Weg zu den Rolltreppen nach oben. Die sich drehenden schwarzen Stufen verdeckten fast die sich nähernden Füße, aber die Champions mit ihren im Kampf geschärften Gewohnheiten konnten die laufenden Schritte nicht ignorieren.

Drei Personen, eindeutig nicht in Paragon-Blau oder irgendetwas Ähnlichem, näherten sich im Sprint. Der Bereich um die Rolltreppen, eine weite offene Betonfläche mit geschwungenen Fenstern vom Boden bis zur fernen Decke auf der einen Seite und den gestapelten Ebenen auf der anderen, bot ein ideales Schlachtfeld. Was perfekt zu den Personen passen würde, die auf sie zukamen.

»Nicht«, murmelte Apinya, als das Trio näher kam. »Sie werden nicht kämpfen.«

Starke Worte. Rosamund führte die drei an, ihre feine Haltung durch den Lauf zerrüttet. Die anderen beiden, ein jüngerer Mann – Mynx hatte die Fähigkeit verloren, das Alter genau zu schätzen – und eine ältere Frau, schienen besser damit zurechtzukommen, aber ihre gebräunte Haut verriet, dass sie aus der Nähe kamen, während Rosamund einen weiten Weg aus dem Nordosten zurückgelegt hatte. Nicht, dass die Entfernung den kalten Zorn in ihrem Gesicht gemildert hätte.

»Keine Einladung!«, sagte Rosamund zur Begrüßung. »Keine. Und trotzdem nennt ihr das ein Treffen, um über die Zukunft des Planeten zu entscheiden?«

Obwohl Rosamund direkt zu Mynx sprach, hatte Pazifikas Champion keine Chance zu atmen, bevor Burov sich vor sie stellte, wieder einmal mit weit ausgebreiteten Armen, ein Showman, der sein Publikum verspottete.

»Ah, wenn das nicht die Elementals sind? Habt ihr euch ausgeschlossen gefühlt? Zu schade! Wenn ihr wollt, lade ich euch ein, in meine Region zu kommen, wenn das hier vorbei ist. Dort gibt's genug Spaß für uns alle.«

Rosamund warf dem Russen einen verengten Blick zu, ging dann um ihn herum und direkt zu Mynx. Kein schlechter Zug. Burov hatte im Gegensatz zu den anderen Champions eine harte Linie gegen Elemental-Operationen in seinem Teil der Welt eingenommen. Alle Anomalien, die nicht mit den Paragons verbunden waren, wurden aufgespürt, zurückverfolgt und wieder in Betrieb genommen, und das war's. Es spielte keine Rolle, zu welcher Organisation man angeblich gehörte.

»Willst du dieses Biest für dich sprechen lassen?«, sagte Rosamund.

»Burov, bitte.« Mynx seufzte. »Das ist mein Zuhause, nicht deins.«

Das brachte ihr ein abweisendes Achselzucken vom Champion ein, aber Burov trat beiseite, was das Beste war, worauf Mynx hoffen konnte.

»Es ist auch unser Zuhause, und wir wollen die Chance haben, für unseren Platz darin zu kämpfen«, sagte Rosamund, glücklicherweise einen Schritt zurücktretend. »Ich-«

»Wie seid ihr reingekommen?«, unterbrach Mynx sie. »Ich muss wissen, ob die Sicherheit Lücken hat.«

»Deine Sicherheit ist in Ordnung«, sagte Rosamund, und Mynx bemerkte eine leichte Pupillenverschiebung zu Rosamunds Linken, in Richtung des jungen Mannes. »Niemand sonst kann tun, was wir getan haben, und wir sind nicht hier, um zu kämpfen. Offensichtlich.«

»Nicht offensichtlich«, bemerkte Apinya. »Alles an eurem Auftreten sagt das Gegenteil. Ich dachte, die Elementals wollten mehr als Blut auf den Straßen, doch hier seid ihr, wie jeder andere Schurke. Ihr weigert euch, nach den Regeln zu spielen.«

»Die Regeln sind manipuliert«, sagte Rosamund. »Ihr alle wisst das.«

Das lag daran, dass diejenigen an der Macht die Regeln gemacht hatten, aber Mynx sagte das nicht. Sie ließ Rosamund und Apinya hin und her diskutieren, ihre Argumente wurden zunehmend esoterischer und abstrakter. Es gab hier Lösungen, und sie reichten von harten Ablehnungen bis hin dazu, den Elementals einen Slot zu geben, um ihren Standpunkt zu präsentieren, was, nein. Niemals.

»Du kannst teilnehmen«, sagte Mynx. »Du, Rosamund, und das war's. Und du kannst zuhören, aber keine Fragen stellen.«

Rosamund schnaubte: »Wie ist das fair?«

»Es ist nicht fair, aber das ist es, was ich dir zu geben bereit bin«, sagte Mynx. »Du wolltest rein, und ich gebe dir diese Chance. Wenn du es nicht vermasselst, gibt es vielleicht später mehr.«

Apinya und Burov verstanden den Hinweis und gingen zur Rolltreppe. Mynx folgte, nachdem sie sich eine gute Sekunde lang mit Rosamund angestarrt hatte. Die Champion spürte, wie Kopfschmerzen aufkamen, und sie hatte noch einen ganzen Tag vor sich. Reeves würde etwas Tee bringen müssen, vielleicht ein paar Pillen, falls Mynx noch stundenlang so tanzen musste.

»Ich werde hier sein!«, rief Rosamund ihnen nach. »Wir alle verdienen eine Stimme, Mynx!«

Und Rosamund wusste leider, wie man seine Stimme einsetzt.

KAPITEL 41

DIE WENDE

DIE BRANDUNG VERÄNDERTE sich mit Thane. Zunächst, in der frühen Morgendunkelheit, war jeder Spritzer kalt und prickelnd. Als Thane sich zur Entschlossenheit, zu Kraft und Antrieb zwang, folgte sein Körper dem Sprung zur Widerstandsfähigkeit und stürzte sich in die sprudelnden Wellen.

Hinter und um ihn herum am Strand erhoben sich andere Anomalien, um den Tag auf ihre eigene Art zu begrüßen. Einige erwachten funkelnd mit ihren eigenen Fähigkeiten zum Leben: einer wachte auf und schüttelte goldene Flocken ab, als würde er eine Haut abwerfen, während ein anderer sich zum Meer streckte und wie ein Saugrohr Meerwasser in seine hohle Hand leitete und trank. Rituale, in Eisen gegossen durch Tage, Monate, Jahre, die zum gleichen Horizont aufwachten, zur gleichen schwarzen Linie, die dort draußen schwebte und sie alle beobachtete.

»Du bist immer früh auf«, sagte Cassidy und bürstete Sand von ihrer Haut, als sie neben ihn trat. »Und dieses Wasser ist eiskalt.«

»Ist es das?«, sagte Thane und blickte auf die Brandung hinab. »Ich fühle nicht viel davon.«

»Das ist mir aufgefallen.« Cassidy kniff die Augen zusammen, als die Sonne ihren Auftritt begann.

Die Morgendämmerung zu beobachten, war alltäglich geworden, seit Thane die Insel erreicht hatte. Etwas an dem Mangel an künstlichem Licht ließ ihn aufstehen, wenn der Himmel gefroren blau wurde, dann violett, dann orange. Es schien nie irgendwelche Wolken zu geben, und die Sterne erloschen einer nach dem anderen, das Universum verabschiedete sich, während Thane sich auf die Erde konzentrierte.

Keiner von beiden sagte ein Wort, bis die Sonne ihre volle Masse über dem Horizont hatte, drei schwarze Flecken verunstalteten ihre perfekte Oberfläche.

»Bist du bereit?«, fragte Thane.

»Du gibst uns nicht viel Zeit.«

»Ich habe nicht viel Zeit zu geben«, erwiderte Thane. »Jeder Tag, den wir hier verbringen, ist verschwendet. Diejenigen, die bleiben wollen, werden bleiben, und diejenigen, die gehen wollen, verlieren Zeit, die wir nie zurückbekommen werden.«

»Aber wir könnten einen besseren Plan finden«, sagte Cassidy.

Zu ihrer Linken näherte sich eine Anomalie dem Ozean, aber sie sah immer wieder zu ihnen herüber. Thane erkannte sie, konnte den Namen aber nicht zuordnen, bis Cassidy ihn laut und mit genug Schärfe aussprach, um Thanes Aufmerksamkeit zu erregen.

»Sie hat uns verlassen«, sagte Cassidy, als sie seinen fragenden Blick bemerkte. »Wir waren Freunde, dachte ich. Bis sie nicht zurückkkam.«

Sienna, ihr langes Haar – die meisten auf der Insel hatten langes Haar – breitete sich hinter ihr in der Brise aus, schenkte Cassidy ein kleines Lächeln und wandte sich dann dem Ozean zu. Die Anomalie stand still, als würde sie in eine meditative Trance fallen, dann schoss Siennas rechter Arm, die Hand zur Faust geballt, in den Himmel.

Sienna zog ihren Arm herunter, stieß ihn wieder nach oben, wieder und wieder.

»Was macht sie da?«, sagte Thane. Anomalie-Kräfte konnten alles sein, aber so etwas hatte er noch nicht gesehen. »Schlägt sie die Luft?«

»Schau einfach zu«, knurrte Cassidy.

Der Ozean, einige Meter entfernt, schäumte und blubberte. Wellen brachen, wo vorher keine waren, und umspülten ein verborgenes Hindernis. Eines, das sich Momente später mit einem weiteren Faustpumpen von Sienna zeigte.

Ein Schiff. Nein, ein Boot. Zu klein für ein Schiff und zu grob. Thane schätzte es auf fünfzehn Meter Länge, vielleicht halb so breit. Ein kastenförmiges Ding, das dennoch das Sonnenlicht auf seiner braunen Palmenmasse einfing und wie ein beleuchtetes Ornament schimmerte.

»Es ist getöntes Glas«, sagte Thane.

Das konnte nicht stimmen – Glasboote gab es nicht – und doch war es da. Glatt und schimmernd. Das Boot stieg zur Oberfläche auf, und Sienna pumpte weiter mit der Faust, warf jetzt Steine, die auf das Boot geladen worden waren, in kaskadierenden, riesigen Spritzern ins Meer.

Thane hatte angenommen, Arthurs Fluchtfahrzeug würde von irgendeiner Anomalie kommen, vielleicht ein riesiges Schiff aus Sand formen. Aber das hier, das funktionierte auch.

»Sienna hat eine beeindruckende Kraft«, sagte Thane. »Ich kann verstehen, warum du sie in der Nähe behalten wolltest.«

»Sie wollte genauso sehr weg wie du«, erwiderte Cassidy. »Geschwister zu Hause. Ich glaube, ich war ihr nicht schnell genug.«

»Jetzt bist du es.«

Cassidy nickte. »Wir brechen heute Nachmittag auf?«

»Ja. Mit so vielen, wie mitkommen wollen.«

»So viele, wie wir unterbringen können.« Cassidy ging an Thane vorbei in Richtung Sienna, die ihren Angriff auf den Himmel beendet hatte, ihr Gesicht gerötet und die Arme sich reibend.

Andere Anomalien begannen, sich um das Boot zu kümmern, verluden Vorräte und entfernten Seetang und anderen zufälligen Meeresmüll, der seinen Weg an Bord gefunden hatte. Abgesehen von seiner Masse hatte das Boot mehrere Ruderschlitze und eine einfache Kabine am Bug, genug, um einem halben Dutzend Menschen bei einem Sturm Schutz zu bieten. Thane sah, wie eine Anomalie eine Luke anhob und einige Kokosnüsse hineinwarf, also gab es zumindest etwas Stauraum.

Wenn sie es an den Drohnen vorbei schaffen würden, wer wusste, wie lange sie segeln würden. Während die Anomalien, mit denen er gesprochen hatte, Arthur eingeschlossen, die Insel in der Nähe von Hawaii verorteten – die Sternbilder am Himmel schienen es zu bestätigen –, würde Thane jede Kalorie mitnehmen, die er konnte.

»Boss. Alles klar bei dir?«, fragte Sook, der, wie er es viel zu häufig tat, herankam.

»Hast du einen Kater?«, beurteilte Thane die müden Augen und das verschwitzte Gesicht des Mannes.

Thane würde nicht sagen, dass die Insel das Trinken leicht machte, aber die Anomalien hatten herausgefunden, wie man Wein aus fermentierten Früchten herstellt, und die Ergebnisse waren letzte Nacht zu sehen gewesen. Eine letzte Party für ihr Inselgefängnis.

»Nichts, was ein bisschen Sonne nicht vertreiben wird«, sagte Sook und beugte sich dann hinunter, um sich mit Salzwasser zu bespritzen.

»Wenigstens hat jemand eine gute Zeit.« Thane blickte zurück zu Arthurs Lager und dessen zunehmender Aktivität. »Sieht aus, als würde Arthur für unsere Flucht mobilisieren.«

»Tun sie das?«, Sook, mit tropfendem Gesicht, spiegelte Thanes Blick. »Sah nicht danach aus, als ich hierher kam.«

»Schau sie dir an. Wie Ameisen, die herumwuseln.«

»Ja, aber, wie der da? Da drüben?« Sook zeigte auf eine Anomalie, die ins Meer ging und mit einem Ruck eine einfache Falle ins Meer zurückbrachte. »Warum stellen sie die Fallen auf, wenn wir gehen werden?«

Sook zeigte auf einen anderen, bevor Thane eine Antwort finden konnte. »Und diese zwei, sie arbeiten immer noch an einer neuen Hütte. Wozu sich die Mühe machen, weißt du?«

Cassidys Warnung ging Thane durch den Kopf. Nicht alle Anomalien würden die Insel verlassen wollen, nicht alle würden dies für ein unbekanntes, von Paragon kontrolliertes das opfern wollen.

»Wenn einige bleiben wollen, ist das ihre Entscheidung«, sagte Thane. »Vorausgesetzt, wir bekommen die notwendigen.«

Das Boot, die Drohnen, erforderten genug Anomalien mit nützlichen Fähigkeiten. Ohne ihre Unterstützung würde die Flucht sie alle umbringen. Oder sie würde gar nicht erst in Gang kommen. Ein erbärmliches Ende für einen Traum, den Thane nicht opfern wollte.

»Komm mit«, sagte Thane. »Lass uns uns umsehen.«

Sook reihte sich ein, und als sie sich von den küssenden Wellen entfernten, bemerkte Thane, dass mehrere andere Anomalien sich bewegten, um ihnen zu folgen. Er erkannte diese und realisierte mit einem Funkeln, dass Sook seinen Job ernst genommen hatte. Der Leibwächter hatte sein Versprechen gehalten und Beobachter rekrutiert.

Manchmal kamen die besten Leute von den überraschendsten Orten.

Arthurs Lager erwies sich als so geschäftig, wie es aussah, aber für jede Anomalie, die Thane sah, die Vorräte ins Schiff lud oder Ausrüstung für die Reise zusammenstellte, zählte er eine andere, die sich auf nutzlose Aufgaben konzentrierte.

Neue Gebäude, Gärten anlegen und bestellen, vom Wind beschädigte Dünenwände ausbessern.

Eine Frau, die in der Nacht zuvor in Arthurs Haus gewesen war, als sie über die Pläne sprachen, beugte sich über eine schlammige Grube und formte aus steiferer Erde einen Topf. Die Hände der Anomalie hinterließen überall, wo sie berührten, verblasste rote Spuren, die rauchten und den Brei versengten, ihn hart werden ließen.

»Du machst Töpferwaren«, begann Thane das Gespräch, über ihr stehend. »Warum?«

»Weil wir sie brauchen«, antwortete die Frau, ohne aufzublicken.

»Wofür?«

»Zur Aufbewahrung.« Die Frau begann, mit ihrer rechten Hand eine träge Spirale in die Seite des Topfes zu zeichnen. »Unsere Ernten sind jetzt groß genug, wir brauchen einen Platz, um die Überschüsse aufzubewahren.«

»Außer, dass wir nach heute nicht mehr hier sein werden und auf dem Boot keine Töpfe brauchen werden«, Thane fühlte sich ein wenig dumm, das offensichtlich Scheinende zu sagen.

»Ich gehe nicht mit«, erwiderte die Frau.

»Warum?«

Sie blickte zu ihm auf, ihr schmutziges Haar klumpte um ihre Schultern, ihre Zähne waren angelaufen und ihre Haut salzig und trocken, »Weil Arthur mich gebeten hat zu bleiben, also bleibe ich.«

Thane fragte und die Frau beantwortete weitere Fragen, wobei sie mit jeder Antwort spöttischer wurde. Thane würde seine wahren Gläubigen bekommen, diejenigen, die die Insel wirklich verlassen wollten. Alle anderen, die an der Grenze standen, die es nicht als ein edles Ende ihres Lebens ansahen, unter Drohnenfeuer zu sterben, würden bleiben. Arthur würde sie willkommen heißen.

Arthur würde sie unterstützen.

Denn der verdammte Schurke ging auch nicht.

KAPITEL 42
IN IHRE EIGENEN HÄNDE

FÜR EINE LETZTE Mahlzeit genoss Kat das Sandwich und die Pommes in vollen Zügen. Das Fett, der Senf und das geröstete Brot. Der Laden war nicht fancy, aber er hatte Nähe: zwei Blocks vom Zielort entfernt. Kat trug ihren Anzug, ließ die Maske aber unten. Die Leute wurden tendenziell nervös, wenn sie in einem vollen Raum in den vollen Kampfmodus ging.

Kat bezahlte das Essen und fegte zurück auf die kalte Straße, wobei sie sich zum fünfzigsten Mal in der letzten Stunde fragte, warum sie beschlossen hatte, das allein durchzuziehen.

Die Begründung lautete wie folgt: Gordon, der sich noch erholte, war nicht in der Lage zu kämpfen, selbst wenn er gewollt hätte. Calvin, ein Ausreißer, der seine Zeit damit verbracht hatte, sich vor Feinden zu verstecken, anstatt sich ihnen zu stellen, könnte sich vielleicht behaupten, aber die Anomalie hatte bei dem Killer nicht geholfen. Es war besser, Calvin in Reserve zu halten, Seeker zu beobachten und auf einen Anruf zu warten.

Vor allem aber zog Kat es so vor. Kein Ballast. Keine

Sorgen um jemand anderen als ihr eigenes gepanzertes, hochqualifiziertes Selbst.

Für ein Haus, das mit tödlichen Waffen handelte, sah dieses gar nicht so gefährlich aus. Verblasste hellblaue Farbe vermischte sich mit einer weiß getünchten Veranda, dunkelblauen Fensterläden und einem schneebedeckten Rasen, um alle gewöhnlichen Kästchen abzuhaken. An den Fenstern im zweiten Stock hingen, als wollten sie die gelangweilte Stimmung bestätigen, noch ein paar Lichterketten, die ihre Besitzer zu faul waren, nach den Feiertagen wegzuräumen.

Eine Frage: jetzt die Maske aufsetzen oder später? Maximaler Schutz gebot, mit der Erwartung von Tod und Zerstörung hineinzugehen, aber Kämpfe begannen oft, wenn jemand kampfbereit eintrat. Wenn Kat zum Reden hereinkam, wären die Leute hier vielleicht bereit, darauf einzugehen. Sie konnte nicht sicher sein, ob der Killer hier war, und ihre einzige Spur zu verscheuchen, würde nichts bringen.

Also wählte Kat den Mittelweg. Sie zuckte mit den Handgelenken, um die Blendgranaten bereitzumachen, richtete ihren Kragen so, dass die Maske mit einem schnellen Nicken hochspringen würde, ließ aber ansonsten ihr rotnasiges, halberfrorenes Gesicht offen zur Welt.

Keine Klingel, kein Tama-Scanner, also klopfte Kat an die hellbraune Zedernholztür. Wartete. Stieß ein paar rauchige Atemzüge aus. Klopfte wieder. Wartete wieder.

Als ob er ihre Gedanken und deren Tendenz, die Tür einzuschlagen, timen würde, schwang ein Mann sie auf. Er stand hinter dem Fliegengitter in einem Outfit, das Kat als taktisch geschmackvoll beschrieb: Ein Pullover mit Rentieren saß eng über einer offensichtlichen kugelsicheren Weste, während schwarze Hosen voller Taschen gerade genug Platz ließen, dass schneeflockenverzierte Socken hervorschauten.

»Nicht jeden Tag bekomme ich einen Tracker an meiner Haustür«, sagte der Mann durch das Fliegengitter. »Was kann ich für dich tun?«

Moment mal, was?

»Woher wusstest du, dass ich ein Tracker bin?«, fragte Kat.

Der Mann neigte den Kopf, zuckte dann mit den Schultern und öffnete die Fliegengittertür, »Nicht viele Normale tragen solche Ausrüstung. Und bevor du fragst, woher ich wusste, dass du ein Normaler bist ...« Er trat zur Seite und hielt die Türen für sie offen. »Warum kommst du nicht rein?«

»Du lässt eine Fremde in dein Haus?«, versuchte Kat, Zeit zu gewinnen und das Spiel des Mannes zu verstehen.

»Besser, als die ganze Heizung zu verlieren«, erwiderte der Mann. »Komm schon rein, ich verspreche, es ist schön hier drinnen. Kaffee und alles.«

Kat zeigte ein kurzes, kaltes Lächeln, »Na, wenn es Kaffee gibt ...«

Sie ging an dem Mann vorbei und hielt dabei ihre Muskeln angespannt und ihre Augen die ganze Zeit in Bewegung. Direkt im Inneren verriet das Haus seine einfache Herkunft. Eine zentrale Treppe führte in den zweiten Stock, Räume rechts und links waren mit generischen, sanft farbigen Möbeln gefüllt, die nichts über die Besitzer aussagten, und ein Flur führte nach hinten zu dem, was Kat auf die Küche wettete.

Die ganze Anspannung führte dazu, dass sie leicht zusammenzuckte, als der Mann die Tür hinter ihr schloss. Kat drehte sich um, als der Mann lachte, spürte, wie ihr die Röte in die Wangen stieg, und hasste es.

»Warum bist du so nervös?«, sagte der Mann. »Du bist doch hergekommen, erinnerst du dich? Nun komm schon mit nach hinten. Lass uns reden.«

»Stopp«, sagte Kat und hielt ihre Arme an den Seiten, wo mit einer weiteren Bewegung ihre Betäubungspistolen-Holster für einen Mikrosekundenbruchteil zum Ziehen und Schießen herausschwingen konnten. »Wer bist du, und was geht hier vor?«

»Rhimes«, sagte der Mann und streckte die Hand aus,

als wolle er Kats Hand schütteln. Sie beäugte das Angebot, beäugte sein breites, zahniges Lächeln und gab ihm einen einzigen Händedruck, wobei sie ihren Namen nannte. »Und Kat, was hier vorgeht, ist, dass du auf meiner Veranda aufgetaucht bist und aussiehst, als wärst du auf etwas Raues vorbereitet. Ich bin bereit für ein warmes Getränk, also wähle ich diese Option, wenn das für dich in Ordnung ist?«

»Ich höre, was du fragst, aber was du trägst, sagt etwas anderes.«

Rhimes ließ sein Lächeln zum ersten Mal brechen, »Kat, lass uns etwas Zeit sparen und aufhören, uns dumm zu stellen. Ich wette, du tauchst nicht überall so auf, was bedeutet, dass du weißt, was hier los ist und was wir anbieten. Also lass uns darüber reden, wie ich dir helfen kann.«

Unverblümte Ehrlichkeit. Kat bewunderte das wirklich. Machte die Dinge viel schneller. Als Rhimes das Geständnis mit einem Gang in Richtung Küche beendete, folgte Kat ihm und setzte die Inspektion fort, fand aber nichts weiter als generische Kunstwerke, die zu dem bewohnten, leblosen Haus passten.

Ein kleiner Tisch diente als Ruhepunkt in der gefliesten Küche, und Kat nahm auf einem knarzenden Holzstuhl Platz, während Rhimes ein paar Tassen und eine Kanne von dem einzigen Ding holte, das im Haus wirklich herausstach: ein Luxusklasse-Brüher, hergestellt von Anomalie-Händen, um den optimalen Geschmack und Koffeingehalt aus den Bohnen zu extrahieren, basierend auf der Menge Wasser, die man hineingab. Die Dinger waren wunderbar, und Kat überlegte immer wieder, ob sie sich einen gönnen sollte, entschied sich aber stets für mehr Spielzeug für Seeker.

»Der ist wirklich gut«, sagte Kat nach dem ersten Schluck mit Schokoladen-Nuss-Geschmack.

»Ist er immer«, erwiderte Rhimes und nippte an seiner eigenen Tasse. »Also, ich dachte nicht, dass Tracker das tödliche Geschäft mögen? Schmälert das nicht eure zukünftigen Einnahmen?«

»Als ich sah, was mit Aegis passiert ist, dachte ich, ich sollte mich besser schützen«, antwortete Kat und rollte eine Geschichte zusammen. »Nicht jeder spielt fair.«

»Natürlich. Die Paragons haben nichts für dich?«

»Sie schenken mir im Moment nicht viel Aufmerksamkeit.«

Rhimes lachte, was er oft zu tun schien.

»Klar. Macht Sinn. Lass mich eine andere Frage stellen. Woher wusstest du, dass du hierher kommen sollst? Wir möchten gerne wissen, wer Empfehlungen gibt, damit wir sie belohnen können, verstehst du.«

»Bin bei der Arbeit auf jemanden gestoßen. Er hatte beeindruckendes Zeug. Er wollte es mir zunächst nicht verraten, aber ich konnte diesen Ort aus ihm herauspressen.«

»Wir sind eine eingeschworene Truppe.« Rhimes leerte den Kaffee mit einem langen Schluck. »Ich will dich nicht hetzen, aber wir erwarten bald mehr Leute, und ich würde dich lieber rausbringen, bevor sie reinkommen. Kunden mögen es nicht, einander zu sehen, verstehst du?«

»Klar. Was hast du?«

»Folge mir«, sagte Rhimes und stand auf. »Und wenn's dir nichts ausmacht, lass den Kaffee hier. Wir wollen nicht riskieren, dass es schmutzig wird.«

Kat hätte ihn lieber ausgetrunken, aber köstlicher Kaffee rangierte irgendwo unter dem Bedürfnis, den Mörder zu finden und zu verstehen, wie diese Crew arbeitete. Eine Waffe von Rhimes zu kaufen, würde Kat nicht genau das bringen, was sie wollte, aber sie zu sehen, könnte ihr helfen herauszufinden, woher sie die Waffen bekamen.

Als Rhimes zu einer schlichten Tür ging, sie öffnete und den Keller als ihr Waffenlager offenbarte, musste Kat keine Überraschung verbergen.

»Ein bisschen klischeehaft, oder?«, sagte Kat, als Rhimes

sie stabile Stufen hinunterführte, metallene, die vom üblichen Holzambiente des Hauses abwichen. »Alle Geheimnisse im Keller zu verstecken?«

»Ich finde, wenn man mit gefährlichen Leuten zu tun hat, hilft es, berechenbar zu sein«, erwiderte Rhimes. »Die Leute halten den Finger vom Abzug, wenn sie wissen, was kommt.«

Klar, was auch immer, Mann.

Kat musste keine Antwort finden, denn als sie den eigentlichen Keller erreichten, wo die Lichter automatisch angingen – wahrscheinlich Bewegungsmelder –, erstarb das Gespräch.

Kat hatte noch nie etwas gesehen, das das Wort 'Arsenal' rechtfertigte, bis jetzt. Kat ging an Rhimes vorbei, der am Ende der Treppe mit einem wissenden Grinsen stehen blieb, und betrachtete Pistolen, Messer, lange Gewehre und Dinge, die eher für militärische Aktionen geeignet waren, alle an schiefergrauen Wänden montiert und nach Tödlichkeit sortiert.

Der Keller hatte auch einen zweiten Raum, und Kat erhaschte einen Blick auf das gegenüberliegende Ende durch einen türlosen Eingang: Rüstungen, Westen, Stiefel und all die Ausrüstung, die sich ein wählerisches Monster wünschen könnte.

»Beeindruckend.«

»Nicht wahr?«, sagte Rhimes hinter ihr. »Das ist es, wonach du gesucht hast, oder?«

»Eher nach einem Wer als nach einem Was. Führt ihr eine Kundenliste? Namen, Nummern, so was?«

»Natürlich. Aber die würden wir niemandem zeigen. Nicht mal einem Tracker.«

Kat drehte sich um, sah Rhimes direkt an: »Die Paragons mögen ein Chaos sein, aber ich wette, sie würden ein Team zusammenstellen, wenn sie wüssten, was ihr hier habt. Das ist weit mehr als ein paar Waffen.«

Wieder ließ Rhimes sein Grinsen zu einer studierten Stirnrunzelung fallen. Der Mann war ein Meister der Gesichtsausdrücke, alles so übertrieben, dass Kat nicht sagen konnte, ob Rhimes es ernst meinte oder nicht.

»Ich dachte, wir hätten einen netten Nachmittag«, erwiderte Rhimes. »Schade, dass er verdorben ist.« Er griff rüber, zog seinen Pulloverärmel über sein Tama und tippte einen Moment darauf herum. »Ich habe unsere Liste genau hier. Reicht dir eine einfache Tama-Übertragung?«

»Du gibst sie mir einfach so?«

»Was sind meine Optionen?« Rhimes kam zu ihr und hielt seinen linken Arm mit dem Tama nach vorne. »Ich sage nein, du lässt die Paragons uns auslöschen. Ich verliere lieber einen Kunden als alle.«

Ein vernünftiger Zug, obwohl Kat das Gefühl hatte, die Verhandlung sei zu schnell gegangen. Zu glatt. Trotzdem würde die Kundenliste das Rätsel eingrenzen. Mit der eigenen Datenbank der Paragons könnte sie einige wahrscheinliche Verdächtige festmachen und Drohnen losschicken, um sie alle auszuspionieren. Sobald sie den Richtigen gefunden hätten, könnte Kat die Drohnen das Problem auch lösen lassen. Einfach.

Kat hielt ihr eigenes Tama vor, knapp vor ihren kabelabschießenden Handschuhen am Handgelenk. Rhimes kam nah heran, hielt sein Tama aus, um Kats zu berühren. Ein Klingeln ertönte von beiden und bestätigte die Verbindung. Jetzt musste Rhimes nur noch das Dokument rüberschicken, und...

Der Mann hielt eine Waffe in seiner rechten Hand.

Kat konnte sie nicht sehen, während die Tamas zusammen die Sicht versperrten, aber sie erkannte eine Ziehbewegung, wenn sie eine sah. Eine kleine Waffe, nach der Leichtigkeit zu urteilen, mit der Rhimes sich bewegte, und wie nah er herankommen wollte, um sie zu benutzen.

Kat gab ihm diese Chance nicht.

Kat riss ihren Kopf zurück, und die Maske schoss hoch, umhüllte sie und markierte sofort die gezogene Waffe als Bedrohung. Rhimes drückte ab, und die Kugel prallte von ihrem plötzlichen Schild ab, hinterließ einen soliden Riss im Glas der Maske – verdammt teuer zu reparieren – und ließ Kats Kopf kurz kreisen.

Sie reagierte mehr aus Instinkt als aus Überlegung. Sie stürmte vorwärts, benutzte ihren linken Arm, um Rhimes' Waffe wegzudrücken, während Kats rechte Hand schnelle Schläge auf Druckpunkte ausführte. Rhimes hatte offensichtlich schon Kämpfe hinter sich und blockte weiter ab, schwächte den Angriff.

Schlimmer noch, die Maske erfasste und markierte mit kleinen grünen Impulsen Geräusche von oben. Schritte, die sich schnell näherten. Die Haustür fiel auch zu, nachdem sie anscheinend mit leisen Absichten geöffnet worden war. Verstärkung.

Nicht gut.

Kat änderte ihre Strategie. Sie griff hinüber, packte Rhimes' rechtes Handgelenk mit ihrer freien Hand und brach es, wodurch der Mann die Waffe fallen ließ. Kat kickte sie unter die Treppe, als Rhimes versuchte, sie wegzuschieben. Kat wich zur Seite aus, spürte, wie Rhimes an ihr zerrte, als er vorbeiging, und sie stürmte auf die Treppe zu.

Sie musste raus. Jetzt.

Kat erreichte die erste Stufe, sah, wie sich die Kellertür öffnete und einen weiteren schwarzmaskierten Mann zeigte – zu stämmig, um der Mörder zu sein –, der dort stand. Sie hob ihr linkes Handgelenk, schnappte es zum Kabel und feuerte. Der Mann starrte auf seinen linken Oberschenkel, der plötzlich einen glänzenden Stahlhaken trug, und Kat zog. Das Bein des Mannes wurde unter ihm weggezogen, und er rutschte auf dem Rücken die Treppe hinunter.

Kat löste das Kabel mit einem weiteren Handgelenkschnappen, sprang und pumpte mit den Beinen, als sie über den rutschenden Mann stieg wie jemand, der über ein Hindernis in einem Parcours springt. Die letzten paar Stufen hoch zum Flur, und –

»Halt, oder wir schießen!«, rief eine andere Stimme, diesmal die einer Frau.

Diese stand an der Haustür Wache, mit etwas, das wie ein ziemlich schweres Gewehr aussah, in den Händen. Ein zweiter Ruf kam einen Atemzug später, von hinter Kat. In der Küche. Ihre Maske färbte sowohl vorne als auch hinten rot ein, dann kam noch ein weiteres Rot hinzu, als Schritte Rhimes' Aufstieg ankündigten.

»Du willst hier nicht sterben, Kat!«, rief Rhimes von der Kellertreppe. »Es wäre eine Verschwendung.«

»Eine Verschwendung wovon?«, sagte Kat, während sie sich in beide Richtungen drehte und versuchte, einen Ausweg zu finden. »Und hast du nicht gerade versucht, mich zu erschießen?«

Ihr Anzug konnte ein paar Treffer von kleinen Waffen verkraften, war aber nicht dafür ausgelegt, schwerem Beschuss standzuhalten. Tracker sollten nicht bewaffneten Schurken hinterherjagen, sondern eher geringfügigen Anomalien, die abtauchten. Die Paragons sollten sich darum kümmern, nicht Kat.

Aber sie waren nicht hier, und sie war es.

»Ich habe dir die zweite Chance gegeben, dich zu retten«, sagte Rhimes und kam näher. »Du bist ein Normal, Kat, und ein guter dazu. Ich will dich nicht tot sehen.«

»Das ist ja beruhigend.« Kat stürmte los, als sie die Worte aussprach, und tauchte zurück in Richtung Küche.

Der Mann dort war langsam am Abzug, und die Frau an der Front versuchte nicht einmal zu schießen. Wahrscheinlich gut so, denn als Kat wegtauchte, stand der Partner des Schützen direkt in ihrer Schusslinie.

Kat fing ihren Sprung ab, als sie auf die Fliesen traf, und sprang direkt auf die Glastüren und die schneebedeckte Veranda dahinter zu. Sie würde direkt durchgehen, zur Seite ausweichen und verschwinden.

Oder sie würde spüren, wie der Schütze sie tackelte und

Kat zurück gegen den Tisch warf, durch ihn hindurch, auf dem immer noch die Kaffeetassen standen. Kats Essensreste verteilten sich über sie beide, als sie den Mann mit einem Schlag gegen den Hals traf, bevor sie ihn abwarf.

Da stand Rhimes, verschwitzt und mit einem Riss in diesem Pullover, und hielt eine Betäubungspistole, die sehr vertraut aussah. Kat tastete nach ihrem rechten Oberschenkel, wo Rhimes unten gegen sie gelaufen war, und griff ins Leere.

»Wie ich schon sagte«, Rhimes hob die Waffe. »Ich will dich nicht tot sehen.«

Der Pfeil traf die Maske genau an dem Riss, den Rhimes zuvor gemacht hatte. Als er versucht hatte, sie zu töten, egal was er sagte. Kat spürte den Stich in ihrer Stirn, die eisige Taubheit, die folgte.

Kat würde es ihm heimzahlen. Ihnen allen heimzahlen.

Gleich nachdem sie sich daran erinnert hatte, wie man läuft, spricht, denkt oder die Augen offen hält.

KAPITEL 43

EINE WEITERE CHANCE

KEINE FENSTER, kein Tama, keine Zeit. Zhan-Yo konnte nicht sicher sein, wann er aufgewacht war, nur dass er allein aufwachte. Immer noch in dem versiegelten Raum, zurückgelassen mit Kopfschmerzen, einem knurrenden Magen und einem trockenen Hals. Der ideale Zustand, um über Versagen nachzudenken. Verpasste Gelegenheiten.

Wenn Zhan-Yo schon frustriert gewesen war, als Aegis' Tod keinen großen Aufstand auslöste, hatte er zumindest noch die Hoffnung, es erneut zu versuchen. Eine Revolution auf andere Weise anzustoßen. Jetzt aber würde sein Tama Mynx alle Informationen geben, die sie brauchte, um jeden zu verfolgen, der ihm je geholfen hatte. Wexley wäre der Erste, und wahrscheinlich würde Ziran selbst folgen. Dann könnte Mynx daran gehen, jeden Unternehmenschef, jeden aufgebrachten Bürger und jeden wahren Patrioten aufzurollen, mit dem Zhan-Yo im Laufe der Jahre gesprochen hatte. Eine totale Säuberungsaktion, wie aus den brutaleren Epochen der Menschheit.

Alles nur, weil er einen Spaziergang zum See gemacht hatte.

Zhan-Yo trommelte mit den Fingern auf den Zellenboden, beobachtete, wie sie sich bewegten, und verfolgte die Adern auf seinen Händen. Sie traten jetzt deutlicher hervor, bei seiner dünner werdenden Haut. Eine lebende Metapher, während Zhan-Yo die überflüssigen Teile seines Lebens verlor und sich auf das Wesentliche reduzierte. Sylvie hätte diese Einschätzung vielleicht geschätzt, aber dann war sie ja auch immer zu hundert Prozent wesentlich gewesen. Keine Ablenkungen, nur die Aufgabe.

Er stand auf, schnüffelte und hustete wegen des Geruchs an seiner Kleidung - immer noch dieselbe, die er angezogen hatte, bevor er Wexleys Haus verließ. Die Dehydrierung bedeutete, dass Zhan-Yo keine Notwendigkeit hatte, die Toilette zu benutzen, die er zufällig fand, als er auf die eine hellblau schattierte Bodenfliese trat. Hinter ihm war eine Fliese weggerutscht und hatte ein Loch offenbart, und wie ein cleveres Spielzeug faltete sich von der Seite eine winzige Vorrichtung mit Desinfektionsmittel und Toilettenpapier aus.

Wahrlich, er lebte in wunderbaren Zeiten.

Bei einer müßigen Erkundung versuchte Zhan-Yo jetzt, mit der Toilettensache zu spielen. Er umfasste die Metallstange, die die Rolle und den Desinfektionsmittelspender trug, und zog daran. Sie kam nicht frei. Bewegte sich nicht einmal. Vielleicht lachte irgendwo in der Ferne ein Paragon, oder vielleicht eine Drohne, über ihn.

Oder vielleicht irgendwo näher.

Er hörte ein kurzes Stakkato, was echtes Gelächter hätte sein können. Mynx hatte die Drohnen vielleicht aus Bosheit mit dem erniedrigendsten Lachen programmiert und Zhan-Yo gnadenlosem Spott ausgesetzt. Es kam wieder, lauter diesmal, jedes Lachen ging in das nächste über, als ob die Person nicht aufhören könnte zu lachen.

»Ja, ja!«, rief Zhan-Yo in Richtung Tür und trat von der Platte, woraufhin die Toilette wieder in der Versenkung verschwand. »Ich bin sicher, das ist alles urkomisch für dich.«

Er hätte weiter seinen namenlosen Peiniger angeschrien, aber schon das eine Schreien kratzte in seinem Hals, die Worte kamen rau und heiser heraus. Stattdessen ging Zhan-Yo zur Tür und hämmerte dagegen. Dann schlug er wieder und wieder.

Das Lachen traf auf sein drittes Klopfen, laut und hart. Es ließ die Tür vibrieren. Tief und scharf. Anders als jedes Lachen, das Zhan-Yo je gehört hatte, und seltsam genug, dass er zurückwich und sich fragte, ob Mynx beschlossen hatte, ihn jetzt gleich umzubringen. Ob sie fand, dass es langweilig geworden war, Zhan-Yo, den Witzrevolutionär, am Leben zu lassen.

Ein weiterer Schlag von außen, und die Zellentür sprang auf, weißer Rauch kräuselte sich um die Ränder, bevor sie aufschwang. Xander, einer der verräterischen Paragons aus Chicago, kam herein und sah genauso verwirrt und verängstigt aus wie Zhan-Yo. Hinter Xander konnte Zhan-Yo andere ausmachen, hörte Rufe und weitere Schläge. Kein Lachen, wurde ihm klar, sondern Waffen. Echte Waffen in einer Paragon-Einrichtung.

»Was machst du hier?«, sagte Zhan-Yo und neigte den Kopf.

»Wir holen dich«, antwortete Xander. »Wir müssen jetzt gehen. Bevor sie herausfinden, was los ist.«

Zhan-Yo hatte genug Filme gesehen, genug Geschichten gelesen, um einen Gefängnisausbruch zu erkennen, wenn er einen sah, und obwohl diese Geschichten dazu neigten, jemanden für die Flucht zu bestrafen, hatte er nicht wirklich viel zu verlieren. Als Xander zu sprechen begann, hatte Zhan-Yo sich bereits zur Tür in Bewegung gesetzt. Als Xander fertig war, war Zhan-Yo schon hindurch.

Zhan-Yo hatte einen Flur erwartet, Zellen, die sich an festen Wänden entlang reihten, mit all den düsteren Einrichtungen, die für Gefängnisse typisch sind. Stattdessen verließ er seine Zelle und betrat einen weiten Raum, eine ganze

Etage, deren mittlerer Bereich mit Glas bedeckt war. Zhan-Yos Zelle reihte sich tatsächlich mit anderen um den äußeren Rand der Etage, jede öffnete sich zu harten Schieferplatten. Keine Fenster, außer der zentralen Säule, deren transparenter Aufbau sich offenbar vom Boden bis zum Dach erstreckte.

Das einfallende Sonnenlicht offenbarte die Arbeit von Zhan-Yos angehenden Rettern, da Drohnen den Raum übersäten, zusammengekrümmt und in den Ecken funkensprühend, während maskierte Männer in schwarzer taktischer Ausrüstung die Roboter zusammenzogen und aufeinander stapelten.

»Also lebst du doch noch«, sagte Mathieu, der herüberkam und Zhan-Yo jemanden gab, auf den er sich konzentrieren konnte, um seinen Schock zu überwinden. »Wir konnten nicht sicher sein, dass sie dich nicht getötet hat.«

»Wie?«, Zhan-Yo nickte an Mathieu vorbei zu der Crew und bemerkte, dass Stubbles auch da war und krank aussah, während er half, eine Spinnendrohne auf ihren gladiatorenartigen Kameraden zu stapeln.

»Dein Tama«, sagte Mathieu. »Wexley hatte es verfolgen lassen, und so wussten wir, dass du hierher gekommen warst. Als du für eine Weile verschwandest, während wir noch unterwegs waren, dachten wir, du wärst tot. Dann kam dein Tama wieder online.«

»Mynx hat es genommen.«

»Ich glaube, er hat es noch«, sagte Mathieu. »Es ist im Gebäude, aber wir haben keine Zeit, danach zu suchen. Mynx ist wahrscheinlich schon auf dem Weg.«

Zhan-Yo wollte mehr hören, aber nachdem die letzte Drohne gebündelt war, platzierten die Söldner etwas, das wie Plastiksprengstoff aussah – beigefarbene Würfel mit kleinen schwarzen Zündern – neben jedem Haufen. Einer gab Mathieu ein Zeichen, und Zhan-Yo brauchte keine Übersetzung, um zu wissen, dass sie gehen mussten.

Nur wie? Es schien weder eine Treppe noch einen Aufzug zu geben.

»Komm schon«, sagte Mathieu und trat auf das Glas. »Ich muss zugeben, ich finde es eine ziemlich clevere Art, sich fortzubewegen.«

»Was denn?«, fragte Zhan-Yo und trat ebenfalls auf das Glas.

Marcus, der andere Paragon-Verräter, kam zu ihnen herüber und warf Zhan-Yo einen vorsichtigen Blick zu. »Bereit?«

»Los geht's«, sagte Mathieu.

Marcus tippte auf seinem Tama herum und wählte Dinge aus, die Zhan-Yo nicht sehen konnte. Der gesamte Boden bewegte sich und sank in Richtung Erdgeschoss. Die weißen Fliesen samt der Drohnenkörper blieben regungslos.

Ein raumgroßer Aufzug. Ineffizient, es sei denn, man wollte seine Gefangenen daran hindern auszubrechen. Wenn Zhan-Yo es geschafft hätte, aus seiner Zelle zu entkommen, hätte ihn ein zwölf Meter tiefer Sturz erwartet.

»Gut, dass wir diese Paragons gefunden haben«, sagte Mathieu gerade. »Sieht aus, als wäre dies ein regionales Zentrum, eine Menge wertloser Anfänger werden hier festgehalten. Marcus, Xander könnte mit ihren Zugangsdaten einfach reinspazieren.«

»Die werden sie nicht mehr lange haben«, sagte Zhan-Yo.

»Wir hätten sie sowieso verloren«, meinte Xander, obwohl sein niedergeschlagener Blick andeutete, dass dieser Preis nicht umsonst war. »Allein wären wir tot. Mit dir haben wir vielleicht eine Chance.«

Der gläserne Aufzug erreichte das Erdgeschoss und fügte sich in die Lobby ein. Mathieu befahl allen, durch die Doppeltüren in Richtung der Nachmittagssonne hinauszugehen, dann packte er Zhan-Yos Arm und gab ihm ein kleines schwarzes Gerät.

»Willst du die Ehre haben?«, fragte Mathieu.

Zhan-Yo wollte, und sie rannten hinaus, während über ihnen Explosionen ertönten und Splitter in wunderschönem metallischem Geklirr hinter ihnen herabregneten.

Drei große Passagierkapseln warteten, zweifellos von ihrem zentralen Netzwerk getrennt. Mathieu bestätigte Zhan-Yos Vermutung, als er, nachdem er Xander und Marcus zum ersten Wagen geschickt hatte, auf den linken Sitz des zweiten Wagens glitt, wobei das Notlenkrad hochgeklappt und aktiviert war. Zhan-Yo nahm den rechten Sitz ein, und zwei weitere Söldner füllten das Fahrzeug aus.

»Ich habe Kontakte zu einem sicheren Haus im Osten, in der Nähe der Wüste«, sagte Mathieu. »Mit dem Gipfeltreffen werden wir Zeit haben, uns zu überlegen, wo wir als Nächstes hingehen, bevor jemand die Jagd auf uns eröffnet.«

Ja. Sie könnten zurück in ihre Löcher kriechen, sich verstecken und darauf warten, dass Mynx Zhan-Yo wieder findet, diesmal mit tödlicher Gewalt. Ohne sein Tama hatte Zhan-Yo keine Verhandlungsmacht mehr. Sie würde ihn einfach töten, und alle anderen auch.

»Du sagtest, Marcus' und Xanders Paragon-Status sei noch aktiv?«, fragte Zhan-Yo, als die Kapseln starteten.

»So sind wir ins Gebäude gekommen.«

Zhan-Yo blickte zurück zum Gefängnis. Ohne Fenster, mit all dem dicken braunen Stein, hatten ihre Bomben keine Spuren hinterlassen. Zu sehr wie Zhan-Yos eigene Bemühungen.

»Wir fahren nicht zum sicheren Haus«, sagte Zhan-Yo. »Bring uns in die Innenstadt, aber trenne uns. Mach es nicht verdächtig. Wir können den Plan immer noch ausführen.«

»Wenn sie hört, was hier passiert ist, wird Mynx niemanden in ihre Nähe lassen«, sagte Mathieu. »Der Plan ist geplatzt, Z.«

»Nein.« Zhan-Yo blickte aus den Fenstern der Kapsel in Richtung der fernen Innenstadt von LA. »Ich war schon einmal da, wo Mynx jetzt ist. Sie wird es nicht absagen, sie wird keinen Notfall ausrufen. Mynx bewirtet all ihre Rivalen, und sie kann nicht schwach aussehen. Wir gehen.«

KAPITEL 44

IN DER BOX

NACHDEM DIE ELEMENTARE BESÄNFTIGT WAREN, schafften es Mynx, Burov und Apinya zur oberen Loge für ein spätes Mittagessen. Eines, von dem Mynx, die bereits spürte, wie ihre soziale Ausdauer nachließ, hoffte, dass es klein sein würde, mit nur einem Überraschungsgast.

Pixie, allein im Raum, pickte an einem zentralen Buffet, das mit Pacifica-Essen gefüllt war. Tacos mischten sich mit frisch gefangenem Fisch und hawaiianischer Ananas. Mandeln und Cashewnüsse lagen in Schalen an den Rändern des Raumes, perfektes Fingerfood. Reeves, den Mynx mit den Catering-Aufgaben betraut hatte, hatte seine Arbeit getan.

»Du bist vor uns hier«, sagte Mynx, während sie Apinya und Burov in den Raum führte und den wärmsten Blick aufsetzte, den sie finden konnte. »Die Elementare sind angekommen und haben eine Szene gemacht.«

Pixie nickte mit der abgeklärten Geduld, die man nur bei Müttern findet: »Ich hatte gehört, dass sie vielleicht kommen würden.«

»Und jetzt sind sie hier«, sagte Mynx. »Aber sie haben zugestimmt, sich zu benehmen, also lass uns tun, was wir vorhaben.« Eine unbeholfene Pause – Übergänge waren nicht

Mynx' Stärke. »Pixie, das sind Burov und Apinya. Ich weiß nicht, ob ihr euch schon kennengelernt habt?«

»Haben wir nicht«, Apinya streckte eine Hand aus, die Pixie, nachdem sie ihren kleinen Teller auf den Tisch gestellt hatte, schüttelte. »Willkommen in unserem kleinen Club.«

»Ja!«, echote Burov und ergriff Pixies Hand, sobald Apinya sie losgelassen hatte. »Ich beneide dich nicht darum, Aegis' Nachfolge anzutreten, aber ich wünsche dir Glück. So ein Vermächtnis würde mich zur Tür hinaus und weit weg rennen lassen.«

»Burov«, sagte Mynx. »Bitte.«

Pixie jedoch lachte. Tief, aber sanft, mit echter Wärme.

»Aegis und ich waren gute Freunde. Wir haben lange Zeit zusammen gekämpft, und da New York so nah an Boston liegt, waren wir eher Partner als alles andere. Ich sehe das nicht so, als würde ich in seine Fußstapfen treten, sondern eher als würde ich neben dem stehen, was er aufgebaut hat, und mein Bestes tun, um es zu verbessern.«

Stille. Mynx konnte nicht anders, als beeindruckt zu sein. Besonders nach Innis, diesem verräterischen Penner, waren regionale Paragon-Anführer in Mynx' Schätzung gesunken. Hier kam jedoch Pixie, bereit mit Anmut und Demut, im Schatten einer Legende zu wandeln.

Mynx hätte sich versteckt. Sich in Arbeit vergraben, um sich von dem Moment abzulenken, bis er völlig vorüber gewesen wäre. Eine jüngere Version hätte vielleicht Eifersucht empfunden, Pixie und ihr Selbstvertrauen beneidet. Die heutige Mynx schätzte und respektierte es.

»Nun, ich denke, wir haben die richtige Entscheidung getroffen«, sagte Mynx. »Pixie, ich freue mich, dich in unseren Reihen willkommen zu heißen. Die anderen Champions sollten in den nächsten Stunden eintreffen, und ich hoffe, du kannst sie alle kennenlernen, bevor wir dich der Welt vorstellen.«

Das Mittagessen ging weiter, die Vierergruppe arbeitete

sich durch das Essen und die fließende Unterhaltung, ohne dass irgendwie das Drama aufkam, das sich normalerweise einstellte, wenn die Champions länger als eine Minute an einem Ort versammelt waren. Selbst Burov, mit seinem wächsernen Gesicht, das alle Emotionen verbarg, die er sich für den Tag gestohlen hatte, wirkte weniger unheimlich als sonst. Mynx hätte sogar fast gelacht.

Zweimal.

Eine Stunde dehnte sich zu zwei, und Mila kam an, gefolgt von Lukas und den anderen, bis die ganze Gruppe umherwanderte und Geschichten austauschte. Alles in allem war Mynx erstaunt. Kein einziger Ausbruch, keine einzige Drohung oder alte Feindschaft kam auf.

»Mynx«, sagte Pixie, die an Mynx' Seite auftauchte, als Pacificas Champion einen Moment Luft holte, während sie ihr Wasserglas nachfüllte. »Eine Frage.«

»Frag.«

»Ich weiß, dass einige der anderen Champions Familien haben«, sagte Pixie. »Aber nach dem, was mit Aegis passiert ist, hoffe ich, dass ich einige deiner Drohnen bekommen kann, um über meine Kinder zu wachen. Und meinen Mann.«

»Pixie, du hast das Kommando über jede Drohne, die in Atlantis ist«, sagte Mynx und zog ihren vollen Becher zurück, ein Paragon-blaues Plastikgefäß, das nach dieser Veranstaltung seinen Weg in einen anomaliebetriebenen Recycler finden würde. »Du kannst jede von ihnen überall hinbeordern.«

»Nein, ich meine, ich will etwas Besseres«, sagte Pixie, und Mynx bemerkte den Tonfall. »Ich bin nicht Aegis, ich bin nicht die gleiche Art von Kämpferin, und ich lebe nicht in Bastion. Meine Kinder sind verwundbar.«

Eine schwer zu beantwortende Frage. Ja, Mynx könnte eine neue Drohne entwerfen. Könnte alle möglichen Gadgets und Gimmicks anbringen, um sie zur besten je gebauten

Maschine zu machen. Aber das würde Pixies Kernfrage, ihre Hauptsorge, nicht beantworten.

»Du bist eine Champion, Pixie«, sagte Mynx. »Du wirst jetzt ein Ziel sein. Deine Familie vielleicht auch. Aber du bist nicht allein. Du hast uns alle, du hast die Paragons. Die Drohnen. Jeder, der dich angreift, wird gefunden und zur Rechenschaft gezogen. Das kann ich dir versprechen.«

»Mir geht es nicht um Rache.«

»Dann tust du dein Bestes, um sie zu schützen«, sagte Mynx. »Zieh nach Bastion. Mach es wie Aegis. Stell Tutoren ein. Lass sie bei vertrauenswürdigen Paragons.«

»Das würde sie von einem normalen Leben abhalten. Sie würden ihre Freunde verlieren.« Pixie blickte auf ihr Tama, das mit einer Nachricht von, wie Mynx vermutete, einem dieser Kinder summte. »Es machte mir nichts aus, meine Region zu verwalten, aber das hier?«

»Das ist es, was du jetzt bist. Es tut mir leid, Pixie, aber es gibt kein Zurück. Wir haben dich ausgewählt. Atlantis, die Welt, braucht dich. Würdest du uns im Stich lassen?«

»Für meine Familie? Absolut.«

Mynx holte tief Luft. Das war nicht das Gespräch, das sie führen sollte. Apinya wäre besser darin. Pixie sah jedoch aus, als bräuchte sie jetzt eine Antwort.

»Pixie, ich-«

Die Türen des Raumes flogen so heftig auf, dass sie an ihren Angeln zurückprallten. Celice, immer noch in derselben Ausrüstung, die sie in Chicago getragen hatte, kampfbereit, stürmte herein und feuerte Blicke auf alle gleichzeitig ab. Nach einem heißen Moment, in dem sie den Raum scannte, während Apinya den ersten fließenden Schritt in ihre Richtung machte, fokussierte sich Celice auf Mynx und Pixie.

»Da kommt sie«, sagte Mynx. »Du wirst gleich sehen, warum wir dich brauchen.«

Pixie sagte kein Wort. Klug.

»Was habt ihr mit ihm gemacht?«, eröffnete Celice das Gespräch. »Wo ist er?«

»Sicher, in Gewahrsam«, antwortete Mynx.

»Von wem reden wir?«, mischte sich Apinya in das Gespräch ein und ließ Pixie in Mynx' Schatten verschwinden, weg von Celices Hitze. »Celice, wir haben dich so lange nicht gesehen!«

»Halt die Klappe, Apinya. Ich rede über den Mörder meines Vaters. Mynx hat ihn, und ich will wissen, wo.«

Apinya blickte in Mynx' Richtung, und sie nickte ihm leicht zu, hielt ansonsten aber den Mund. Lass den Diplomaten das regeln.

»Weil du Rache willst?«, fragte Apinya.

»Verdammt richtig, ich will Rache«, erwiderte Celice und zeigte mit dem Finger auf Mynx. »Ich hatte sie fast in Chicago, bevor sie ihn weggeschafft hat. Ich hoffte, vielleicht würde ich auf dem Weg hierher sehen, dass du etwas unternimmst, Mynx. Irgendetwas. Aber nein. Alle denken immer noch, er sei da draußen, frei.«

»Ist er nicht«, antwortete Mynx. »Wenn wir der Welt sagen, dass wir ihn haben-«

»Dann zeigt ihr, dass man einen Preis zahlt, wenn man die Paragons angreift«, sagte Celice. »Ihr zeigt, dass mein Vater Gerechtigkeit erfahren wird.«

»Ist es das, wie es funktioniert?«, fragte Apinya. »Gerechtigkeit? Ich erinnere mich, dass solche Ankündigungen eher mehr Gefahr schüren als sie zu unterdrücken. Vielleicht treibt es die Unterstützer dieses Mannes ans Licht. Stattdessen lassen wir ihn für eine Weile verschwinden, und der Eifer stirbt ab. Dann, wenn wir einen gebrochenen, verlorenen Mann zeigen, ist die Sache vergessen.«

Celice schloss die Augen. Ballte ihre Fäuste. Mynx kannte die Zeichen: Apinya setzte seine Fähigkeit ein, manipulierte ihren Geist. Etwas, das Mynx noch nie bei einem anderen

Paragon gesehen hatte, geschweige denn bei jemandem wie Celice, die wusste, wozu Apinya fähig war. Trotzdem, wie die Spannung, die von einer Saite gelöst wird, entspannte sich Celices Gesicht, ihre Schultern sackten herab, und ein paar verirrte Tränen ersetzten die Wut, die die Tochter von Aegis einen Moment zuvor noch erfüllt hatte.

Auf ein Zeichen von Apinya hin ging Burov hinüber und legte sanft eine Hand auf Celices Schulter. Unter dieser Maske konnte Mynx nicht sehen, was geschah, konnte die sich verändernden Flecken nicht sehen, aber als Celice in hemmungsloses Schluchzen ausbrach, sah sie die Auswirkungen. Apinya hatte die Frau vorbereitet, und Burov hatte sie über die Kante gestoßen.

Bevor Celice die Augen öffnete, trat der Russe zurück, wandte sich wieder Mila und Lukas zu, als wäre er nie in der Nähe gewesen.

»Es tut mir leid«, sagte Celice. »Ich kann einfach, ich kann einfach nicht so weitermachen. Er war wirklich alles, was ich hatte.«

»Komm schon.« Apinya legte sanft einen Arm um sie. »Lass uns dir etwas zu essen besorgen, viel Wein, und du kannst mir all deine Lieblingsgeschichten über deinen Vater erzählen.«

Eine solche Aussage hätte bei einer klardenkenden Celice – oder bei Mynx selbst – nicht funktioniert, aber mit Apinya, der sie sanft leitete, nahm die Tochter von Aegis den Balsam an und ging zum Buffet hinüber.

»Das«, sagte Pixie, »das war unglaublich.«

»Erschreckend, eigentlich«, erwiderte Mynx. »Wir haben ihn aber tatsächlich. Zhan-Yo. Bald werden wir jeden haben, mit dem er je zusammengearbeitet hat. Wir werden sie alle zusammentreiben. Ich werde sie sogar abdrücken lassen, wenn sie will.«

Ihr Tama vibrierte. Wütend, dringend. Eine Vibration, die

für Notfälle reserviert war. Mynx sah darauf. Las die Nachricht einmal, zweimal.

»Was ist los?«, fragte Pixie.

»Alles.«

KAPITEL 45

DER KÖNIG IN SEINER BURG

ARTHURS HAUS – beeindruckend für die Insel, eine Bruchbude überall sonst – summte, als der Morgen in vollem Gange war. Als Thane sich dem Gebäude näherte, das am Dorfrand auf einem kleinen Hügel lag und eine atemberaubende Aussicht bot, trugen Stimmen mit dem Wind. Auch Gelächter. Die Gesprächskadenz, die entsteht, wenn ein Sprecher vor einem anbetenden Publikum auftritt.

Dass Arthur einen Verrat plante, dass er versuchte, die wertvollsten Anomalien für sich zu behalten, überraschte Thane nicht allzu sehr. Man durfte nicht vergessen, dass jeder auf dieser Insel wegen irgendeines schweren Vergehens hierher geschickt worden war. Warum sollten sie nicht ein weiteres begehen?

Und dennoch.

Hoffnung war nie Thanes Stärke gewesen. Er hatte mit Biss überlebt, durch erzwungene medizinische Behandlungen und die allmähliche Erkenntnis, dass nichts in seinem Leben je vom Glück begünstigt sein würde. Arbeiten, kämpfen, zerreißen, zerfetzen, und vielleicht würde Thane irgendwohin kommen. Zum ersten Mal in gut vierzig Jahren hatte Thane die echte Chance, seinen eigenen Weg zu schmieden.

In dieser Möglichkeit schwelte Hoffnung, und Arthur wollte sie ihm wegnehmen.

Warum?

Thane näherte sich der Tür, einem blättrigen Schutz, der kaum mehr Barriere bot als Luft, aber der Privatsphäre einen leichten Knicks machte. Drinnen, auf demselben Erdboden, den er am Abend zuvor betreten hatte, sah er genug neue Fußabdrücke, um die Geräusche zu bestätigen. Keine kleine Versammlung hier.

Das Monster hatte viele Freunde.

Sobald Thane durch die Pflanzentür trat, verstummten die Gespräche. Nicht in der abnehmenden Art, wie es bei Unterhaltungen üblich ist, die sich dem Ende zuneigen, oder in dem plötzlichen Schweigen, das Klatschbasen beanspruchen, wenn ihre Gesprächsobjekte in ihrer Mitte auftauchen. Nein, diese Stille kam mit Vakuumkraft, als hätte Cassidy eine Leere geschickt und das gesamte Publikum weggesaugt.

Doch als Thane um die Ecke bog und in den zentralen Raum des Hauses kam, mit seinem sandigen Kartentisch und seinen geflochtenen Stühlen, sah er sich bewegende Münder, ein Dutzend Anomalien, die miteinander schwatzten, ohne dass ein einziger Laut zu Thane durchdrang. Arthur, der bereits stand und auf Thane zukam, setzte sein Showman-Grinsen auf.

Als Arthur eine unsichtbare Linie überschritt, fanden seine Schritte ihr sandiges Rascheln, wie Thanes eigene. Die Knöchel des Mannes knackten, als er seine Hände streckte, bevor er sie weit ausbreitete.

»Ein unerwarteter Gast«, sagte Arthur. »Was führt dich hierher, Thane?«

»Ich kann sie nicht hören?«, kam Thane direkt zur Sache. Arthur wusste zweifellos, warum Thane gekommen war, und Thane wollte lieber potenzielle Bedrohungen verstehen, als Höflichkeiten auszutauschen. »Welche Anomalie?«

»Nur eine kleine Blase«, antwortete Arthur. »Sehr nützlich

in einer Welt ohne Wände, um ein Gespräch ohne neugierige Ohren zu führen. Wie deine.«

»Wie meine.« Thane unterdrückte seinen Ärger. Jetzt war nicht der Zeitpunkt, einen Kampf anzufangen. Er brauchte seinen Verstand dafür, nicht seine Muskeln. »Was willst du nicht, dass ich höre?«

Arthur bewegte sich, um seine Hand auf Thanes Schulter zu legen, und Thane trat einen Schritt zurück, was Arthur zu einem Achselzucken und dann zu einem finsteren Blick zwang.

»Du willst die Insel heute verlassen, richtig?«, sagte Arthur. »Deshalb lässt du all diese Anomalien an diesem Boot arbeiten?«

»Das war der Plan.«

»Nicht jeder läuft nach deiner Uhr. Einige von uns, wie sich herausstellt, haben diese Insel lieb gewonnen. Wir mögen es hier.«

»Das habe ich mitbekommen.« Thane deutete hinter Arthur, wo die Gruppe ihr Gespräch beendet hatte und, immer noch stumm, die Konfrontation beobachtete. »Ist das eure Versammlung, um die Insel aufzuteilen, nachdem wir weg sind?«

Arthur lachte: »Sie haben mir gesagt, du seist schlau! Dir hat mein Plan nicht gefallen, mir gefällt dein Plan nicht, also haben einige von uns beschlossen, stattdessen hier zu bleiben.«

»Du hast meinen Plan gestern Abend gehört.« Der Wunsch, Arthur zu erwürgen, begann Thanes Vernunft zu überwältigen. »Wir verlassen die Insel heute.«

»Ah, aber Thane, das ist es ja. Pläne ändern sich. Meine Pläne, speziell. Deine Pläne, nicht so sehr. Nimm das Boot. Es gehört dir. Geh mit meinem Segen.«

»Ich will deinen Segen nicht.«

»Warum bist du dann noch hier?« Arthur schaffte es, verwirrt auszusehen. »Keiner von uns will mit dir gehen.«

»Ich bin hier, weil dieser Plan einige Anomalien braucht, um erfolgreich zu sein. Die, die wir nicht brauchen, können bleiben, die, von denen ich entscheide, dass wir sie brauchen, werden gehen.«

»Oh, ich glaube nicht.« Arthur schüttelte den Kopf. »Nein, nein, das wird nicht funktionieren. Jede Anomalie auf dieser Insel darf ihre eigene Entscheidung treffen, mein Freund, und du musst damit leben, wen du für deine kleine zum Scheitern verurteilte Bootsfahrt überreden kannst.«

Thane zählte zehn andere in diesem Raum. Fast ein Viertel der Anomalien im Lager. Bereits ein gefährlicher Rückgang der Fähigkeiten, und wer wusste, wie viele andere das Schiff gesehen, einen Blick auf die Drohnen heute Morgen geworfen und ihr Vertrauen schwinden gefunden hatten?

Könnte Thane sich hier zum Sieg kämpfen? Arthur und seine Anhänger verprügeln und niederringen, und dann versuchen, jeden auf ein Boot zu zwingen, wo sie zusammenarbeiten müssten, um die Drohnen zu überwinden?

Eine unwahrscheinliche Idee.

»Alles in Ordnung, Thane?«, fuhr Arthur fort. »Du starrst einfach ins Leere. Machst mir ein bisschen Angst.«

»Ich überlege, ob ich dich töten soll.«

»Ah. Mach nur weiter. Wisse nur, dass ich dich rösten werde, wenn du es versuchst, und dich dann zum Abendessen verspeise. Wette, du wärst ein bisschen zäh mit all den Muskeln. Nicht meine Vorliebe.« Arthur lachte wieder, ein nerviges Glucksen. »Ich bevorzuge das fettige Zeug. Einen guten Fisch. Etwas Schweinebauch. Hatte ich schon lange nicht mehr. Vielleicht, wenn du wegkommst, könntest du uns etwas schicken? Per Luftabwurf?«

»Bitte, bitte halt den Mund.«

»Nein, das werde ich wohl nicht tun.« Arthur schenkte seinem Publikum ein Lächeln, das sie erwiderten. »Das ist mein Revier, Thane. Das sind meine Regeln. Du wirst heute abreisen, und mit wem du gehst, liegt ganz bei ihnen.«

»Dann bring sie zusammen. Ich will alle am Ufer sehen. Wir werden unsere Argumente vorbringen und sehen, wer sich entscheidet zu gehen und wer bleibt.«

»Eine Debatte bei Tageslicht? Klingt wunderbar. Ich werde da sein.«

Thane wartete nicht auf weitere Worte. Der Lärm kehrte zurück, als er Arthurs Haus verließ, den Hügel hinunterging und ins Dorf zurückkehrte. Er fand Frühstück und biss mit gieriger Verzweiflung in den geräucherten Fisch, seine Frustration trieb Thanes Mund an. Sook hielt sich in sicherer Entfernung und hielt andere fern.

Unten am Ufer sah Thane, wie Cassidy immer noch mit Sienna sprach. Andere Anomalien bewegten sich umher, blickten zum Boot oder verweilten bei ihren Hütten, über ihrem kochenden Fisch oder aufgebrochenen Kokosnüssen. Gefangen zwischen einem stagnierenden, stabilen Leben und der Hoffnung auf ein besseres.

Thane würde seine Argumente vorbringen, er würde seine Vision einer mutigen neuen Welt verbreiten, angeführt von denen, die die aktuelle verloren hatten. Er würde sie überzeugen, an Bord dieses Bootes zu gehen, ihre Kräfte zu nutzen, um die Drohnen abzuschirmen, zu zerstören und vor ihnen zu fliehen. Eine Armee von Anomalien, die ihren ersten Vorstoß macht.

Dann würde Arthur seine eigene Rede halten, und wenn der kleine Mann fertig wäre, würde Thane die Auswirkungen sehen. Wenn Arthur sich gut geschlagen hätte, wenn er zu viele Seelen schwanken sähe, würde Thane ihm einfach dort das Genick brechen. Die Bewegung mit dem Mann töten.

Thane würde diese Insel mit den Anomalien verlassen, die er brauchte. Heute. Egal um welchen Preis.

KAPITEL 46

DER MANN HINTER
DER MASKE

JEMAND HIELT IHRE HAND. Nicht auf liebevolle Art, sondern mit festem Griff, der sie auf das weiche Kunstleder drückte, das man in hochwertigen Pod-Autos findet. Die, für die Leute extra Reps bezahlen, um sie zu reservieren.

Kat wollte ihre Augen öffnen, aber die Lider fühlten sich schwer an, und was dahinter lag, würde ihre Stimmung wahrscheinlich nicht verbessern. Kopfschmerzen wechselten sich mit ihrem schmerzenden Körper ab - nicht wirklich schmerzhaft, eher wie ein medizinischer Schock - der von dem betäubenden Bolzen nachließ. Glücklicherweise hatte jemand den Pfeil aus ihrer Stirn gezogen.

Der andere Grund, warum sie ihre Augen geschlossen hielt? Leute redeten.

»Aber hättest du den Sprung erwartet?«, sagte Rhimes zu jemand anderem, seine Stimme nah genug, um Kat zu verraten, dass er ihr Handgelenk festhielt. »Ich glaube, wenn ich das versuchen würde, würde ich mich zum Narren machen.«

»Das würdest du«, eine Frauenstimme - die mit der Waffe? »Ich hab dich schon mal rennen sehen. Nicht hübsch.«

»Ich mag zwar nicht geschmeidig in der Aktion sein, aber wer hat sie da runter geredet?«

»Und wer hat sie entkommen lassen?«

»Hast du schon mal einen Tracker festgenagelt? Ich glaube nicht.«

Kat spürte, wie das Pod-Auto langsamer wurde, eine lange Linkskurve nahm und kaum beschleunigte. Eine kleine Straße also. Sie wollte auf ihre Tama schauen, herausfinden, wohin sie sie brachten, hielt sich aber zurück. Stattdessen machte sie eine weitere körperliche Bestandsaufnahme, testete ihre Nerven und verfolgte die Schmerzen, um zu bestätigen, dass nichts gebrochen oder gefesselt war. Abgesehen davon, dass Rhimes ihr Handgelenk festhielt, hatten sie sie nicht gefesselt.

Kühn und dumm.

»Rhimes«, die Stimme der Frau veränderte sich jetzt, wurde weicher, weniger selbstsicher. »Du hast doch von dem Paragon-Gebäude gehört, oder?«

»Was ist damit?«

»Ich glaube, wir haben seitdem kein Wort mehr von Innis gehört.«

»Und?«

»Ich hab mich dem hier nicht angeschlossen, um getötet zu werden.« Ein Geräusch, jemand der sich auf dem breiten Pod-Sitz bewegte. »Wir hatten unseren Deal, aber ohne Innis, der uns beschützt, wie lange können wir das noch machen?«

»Solange wir dafür bezahlt werden.« Rhimes, unerschütterlich.

»Er hat dich, nicht wahr?«, erwiderte die Frau. »Was hat er gegen dich in der Hand?«

»Reps.«

»Was werden die wert sein, wenn wir tot sind, oder, verdammt, wenn wir gewinnen?«

»Dann ist es vielleicht Loyalität. Oder die Kontakte. Warum stellst du mir all diese Fragen?«

Das Pod wurde langsamer, hielt an. Kat versuchte, flach

und gleichmäßig zu atmen. Versuchte, die Worte zu verarbeiten, zu einer Schlussfolgerung zu kommen, und scheiterte.

»Ich weiß nicht. Schätze, Pod-Fahrten machen mich nachdenklich. Schätze, vielleicht mache ich mir Sorgen.« Die Frau öffnete ihre Tür, ein leises Klonk.

»Tu mir einen Gefallen«, sagte Rhimes, ohne sich zu bewegen. »Behalt deine Sorgen für dich. Sie helfen gerade nicht.«

Wenn die Frau antwortete, bekam Kat es nicht mit. Die Tür der Frau schloss sich, und ein paar Sekunden später öffnete sich die Tür hinter Kat mit einem Plopp, was sie rutschen ließ, bis Hände nach ihr griffen und Kats Rücken auffingen.

Kalte Luft schlug Kat ins Gesicht, drang durch den Riss in der Maske und wurde entlang ihrer Wangen und ihres Halses gefangen. Kat konnte das Zittern nicht unterdrücken und riss ihre Augen auf, direkt in das Gesicht der Frau blickend, das sich zu einem fiesen Lächeln verzog, das perfekt zu ihrer trockenen, sommersprossigen Haut passte, die mehr Falten aufwies, als die Jahre der Frau verdienten.

»Schau mal, wer wach ist?«, sagte die Frau und zog Kat heraus.

Kat hatte genug Gefühl, um ihre Beine unter sich zu bringen, als sie den Pod-Sitz verließ, und verhinderte so einen dummen und peinlichen Sturz auf den Boden. Mit der Frau, die sie hochzog, und Rhimes, der losließ, stand Kat auf und sah sich um.

Und sah nicht weniger als drei Waffen auf sich gerichtet.

Der Mann aus dem Haus, plus zwei weitere, alle in der gleichen schwarzen Ausrüstung, standen vom Pod zurück, gerade weit genug voneinander entfernt, um zu verhindern, dass Kat sie alle auf einmal treffen konnte. Jeder von ihnen hatte seine Waffe in einer festen Form auf sie gerichtet, die auf jahrelange Erfahrung schließen ließ.

Eine Karriere, die sie offenbar alle in einen Park geführt hatte, und zwar weit genug weg, dass nur entfernte Gebäude, die über blattlose Baumwipfel lugten, Hinweise auf Chicagos Nähe gaben. Spatzen flogen über ihnen, zwitschernd, während die kühle Brise die Spitzen des freiliegenden Präriegras hin und her wehte. Am Ende des Platzes stand ein Wärmehäuschen, neben einer Eislaufbahn.

Alles leer. Seltsam für einen so schönen Ort an einem sonnigen Wintertag.

»Kat Collins«, verkündete eine neue Stimme, die mit Rhimes und der Frau an seiner Seite näher kam. »Chicagos bestplatzierte Trackerin, hier in Fleisch und Blut. Willkommen.«

Dieser Typ trug im Gegensatz zu den anderen einen Geschäftsmantel, schwarze Lederhandschuhe, eine dünne Sonnenbrille und kurz geschnittenes blondes Haar. Ein so perfekter Filmschurken-Look, dass Kat fast gelacht hätte.

Fast, denn sie bemerkte, wie er ging, wie der sich bewegende Mantel ein Hüftholster mit einer Handfeuerwaffe darin enthüllte, eine, die sie erkannte.

Mit einem Zucken ließ Kat ihre Maske in ihren Anzug zurückklappen, wobei der Riss aufbrach und etwas Glas versprengte. Das würde teuer zu reparieren sein, aber besser etwas mehr Schaden als mit verschwommener, zerkratzter Sicht in eine Konfrontation zu gehen.

Und sie wollte diesen Typen wirklich direkt ansehen.

»Du bist derjenige, der auf mich geschossen hat«, sagte Kat, als der Mann auf sie zukam, vorsichtig darauf bedacht, sich aus der Schusslinie seiner Verbündeten zu halten. »Auf den Dächern.«

»Um fair zu sein«, sagte der Mann und faltete die Hände, »du warst nicht mein Ziel, bis du mir keine andere Wahl gelassen hast.«

»Weil ich nicht wollte, dass du auf meinen Freund schießt.«

»Welcher war das?«, fragte der Mann, dann warf er einen

Blick zu den anderen Söldnern. »Hat einer von euch auf ihren Freund geschossen?«

»Calvin ist sein Name. Einer von euch hat versucht, ihn zu töten.«

»Ist er eine Anomalie?«

»Er ist ein Paragon.«

Der Mann faltete die Hände und schüttelte den Kopf. Genug falsches Bedauern, um einen Preis zu gewinnen.

»Ach, dann tut es mir so leid«, sagte der Mann. »Wir hätten ihn gleich beim ersten Mal töten sollen, das hätte uns dieses schwierige Gespräch erspart.«

Kat zählte sieben zu eins gegen sie auf dem Parkplatz. Sie hatte zwar die Gadgets ihres Anzugs, aber ihre Oberschenkel fühlten sich so leicht an, dass Kat vermutete, ihre Betäubungspistolen seien verschwunden. Selbst mit ihnen wäre es, äh, nicht gut ausgegangen, wenn sie sich in einen Kampf gegen so bewaffnete Leute gestürzt hätte. Also schluckte sie ihren Ärger hinunter.

»Wer bist du?«, fragte Kat. »Und warum hast du mich hierher gebracht?«

»Die zweite Frage führt zur ersten. Um es kurz zu machen, ich habe dich hierher gebracht, weil ich weiß, wer du bist und was du nicht bist.«

Kat wartete. Ließ den Mann sich selbst verraten.

»Die Trackerin mit Paragon-Eltern«, fuhr der Mann fort, als Kat nicht sprach. »Immer einen Groll gegen die Anomalien hegend, selbst als du von ihnen profitiert hast. Wie oft hast du einen ausgeschaltet, ihn eingeliefert und dich gefragt, warum das Schicksal dir nicht gegeben hat, was sie hatten?«

»Spielt keine Rolle«, sagte Kat. »Komm auf den Punkt.«

Das kollektive Zögern um sie herum bei Kats Antwort bestätigte die Chef-Handlanger-Beziehung zwischen dem Mann und seinen Waffenfreunden.

»Effizient. Das gefällt mir.« Der Mann ließ seinen Blick erneut über den Parkplatz schweifen, als wolle er sagen, dass dies, hier, der Punkt sei. »Du wirst unter dem Stiefel der Anomalie zerquetscht. Wir arbeiten daran, sie zu zerstören.«

»Indem ihr sie ermordet?«

»Die Macht ausgleichen. Das ist alles. Es fair machen für diejenigen von uns, die das Schicksal nicht gesegnet hat. Wir müssen ihnen zeigen, dass Normale es verdienen, richtig behandelt zu werden, als Gleichgestellte.«

»Du hast eine seltsame Art, Diplomatie zu betreiben.«

»Dann bitte ich dich, schließ dich uns an. Hilf uns, besser zu werden«, sagte der Mann, und Kat ertappte sich dabei, dass sie den Worten glaubte, auch wenn sie ihn bereits als Psychopathen abgestempelt hatte. »Wenn du einen friedlichen Weg zu dem finden kannst, was wir verdienen, dann werden wir ihn gehen. Bis dahin ist unsere einzige Option die Angst.«

»Ich hatte lange Zeit Angst«, erwiderte Kat. Das Angebot des Mannes machte klar, was hier passieren würde, besonders wenn Kat nein sagte. Das bedeutete, dass jede Sekunde, die sie gewann, ihr eine weitere Chance gab, das Rätsel zu lösen, einen Ausweg zu finden. »Ich habe jede Anomalie gemieden, die ich sah, bin vor Paragons weggelaufen. Aber nach Jahren wurde mir klar, dass das keine Art zu leben ist. Anomalien wählen nicht, was sie sind. Es ist nicht ihre Schuld.«

»Also hast du dich ihnen angeschlossen.«

»Ich habe beschlossen, mein Leben zu leben, anstatt es von meiner Vergangenheit kontrollieren zu lassen.«

Der Mann seufzte, zog seinen linken Ärmel hoch und warf einen Blick auf seine Tama.

»Ich hatte gehofft, dass ich dich überzeugen könnte, indem ich persönlich hierher gekommen bin«, sagte der Mann. »Aber ich habe das Gefühl, du sagst nein.«

Kat sagte in der Tat nichts.

»Bedauerlich, aber wenn ich ein Problem nicht in einen Vorteil verwandeln kann, dann werde ich es beseitigen.«

Der Mann hob eine Hand.

»Warte«, sagte Kat, scharf und plötzlich. »Du hast mir nie gesagt, wer du bist.«

»Die Toten müssen das nicht wissen«, erwiderte der Mann und schnippte mit einem einzigen Finger in Kats Richtung, während sich vier Gewehre hoben, die Finger an den Abzügen.

KAPITEL 47

INFILTRATION

SOWEIT ZHAN-YO WUSSTE, gab es keinen Leitfaden für das Infiltrieren von Paragon-Versammlungen. Und selbst wenn es einen gäbe, ohne sein Tama hätte Zhan-Yo ihn nicht finden können. Das hielt ihn jedoch nicht davon ab, sich von Mathieu und den anderen Söldnern zu trennen und sich mit Marcus und Xander zum Gipfel zu begeben.

Mathieu hatte gegen diese Vereinbarung protestiert, bis die ganze Gruppe nach einiger Überzeugungsarbeit einem Plan zustimmte, der Zhan-Yo ins Rampenlicht rücken würde. Er würde die Aufmerksamkeit bekommen, und dann würde die ganze Welt sehen, wofür seine Revolution stand.

Mit dem Stadion, das sich außerhalb der Kapsel erhob – einer kleineren, normalen Kapsel, die sich nur durch ihre schmutzig grüne Langeweile auszeichnete – stiegen Zhan-Yo und seine Paragon-Partner in die späte Nachmittagssonne aus. Obwohl LA für Sommerverhältnisse nicht warm war, fühlte sich Zhan-Yo im Vergleich zu einem Februar in Chicago, als sollte er in Shorts sein. In einem T-Shirt. Am Strand.

Null von drei auf dieser Front.

Obwohl sie auf dem Weg Zeit gefunden hatten, in einem

anständigen Laden vorbeizuschauen, damit Zhan-Yo sich einen passablen Anzug überwerfen konnte – er hatte seltsame Blicke der Ladenbesitzer wegen seiner Tama-losen Arme ertragen, aber sie hatten Mathieu die Kleidung ohne Kommentar kaufen lassen. Jetzt sah der Anführer der Revolution eher wie ein mittlerer Manager aus als wie ein Krieger des Wandels, aber angesichts der Tatsache, dass Zhan-Yo eigentlich in einer Zelle verrotten sollte, schien es ein wenig übertrieben, sich über Mode zu beschweren.

Marcus und Xander hatten ihre Paragon-Blaus mitgebracht, sodass sie wie aus dem Ei gepellt aussahen, als das Trio sich dem Haupteingang des Gipfels näherte, einem glitzernden Ding, das mit blauem und goldenem Glitter, Luftschlangen und bemalten vier Meter großen Gladiatorendrohnen überhängt war. Hinter den Farben entdeckte Zhan-Yo improvisierte Beweise: Der Gipfel war in wenigen Tagen zusammengeworfen worden, und hinter der eilig angebrachten Dekoration verliehen der rohe graue Beton und das Metall des Stadions dem Ganzen ein unfertiges Gefühl.

»Ziran hat besser aussehende Veranstaltungen als diese organisiert«, sagte Zhan-Yo zu Marcus, als sie sich den Drohnen näherten.

»Ziran versucht, Tamas zu verkaufen«, erwiderte Marcus. »Paragon verkauft nichts.«

»Nur ihre gesamte Regierung.«

»Mmmhmm«, murmelte Xander, während Marcus mit den Schultern zuckte, auf sein Tama schaute und zu seinem Paragon-Profil tippte, uninteressiert an dem, was Zhan-Yo zu sagen versuchte.

Denn natürlich. Warum sollten sich Xander und Marcus um die Welt kümmern, um diejenigen, die sie regierten? Die Kinder schauten nur auf sich selbst. Kurzsichtig, aber Zhan-Yo konnte das akzeptieren.

Diese beiden waren nur Mittel zum Zweck.

Die beiden Drohnen traten im Gleichschritt vor, als sich das Trio näherte, schlossen die Reihen vor dem Eingang und ließen ihre Helmlichter aufleuchten – Augenimitate, die hell weiß glühten. Marcus und Xander hielten ihre Tamas hoch, und beide Drohnen, die sich neigten, um einen Paragon anzuschauen, ließen ihre Augenlichter grün aufblitzen. Beide wandten sich dann Zhan-Yo zu.

Ein Gesicht, das in jeder Beobachtungsliste der Paragons hätte registriert sein müssen, das eine sofortige Festnahme hätte auslösen sollen, sorgte stattdessen für Zögern. Zhan-Yo musste nicht nach links schauen, um zu sehen, wie Xander seinen Zauber wirkte und die Lichtwellen zwischen den Drohnen und Zhan-Yo manipulierte. Der Junge hatte versprochen, dass Zhan-Yo nicht erkannt werden würde, und die Tatsache, dass er noch nicht in Stücke gesprengt worden war, schien dieses Versprechen zu bestätigen.

»Wir begleiten diesen Normalen«, sagte Marcus. »Er hat ein Treffen mit den Champions, bevor der Gipfel beginnt.«

Ob die Gladiatoren Marcus' Worte verarbeiten würden oder nicht, wurde zu einer überflüssigen Frage, als die beiden Maschinen zurückwichen und zur Seite traten, um einen weiteren Paragon zu zeigen. Keinen, den Zhan-Yo erkannte, aber offensichtlich kannten seine Mitarbeiter ihn, denn beide versteiften sich bei seinem Anblick.

Eine kleinere, stämmige Frau mit einem Stirnrunzeln und in einem luftigen Outfit – immer noch blau, immer noch mit dem Paragon-*P* auf der Brust – kam zwischen den Drohnen hervor und musterte Zhan-Yo genau.

»Wie ist der Name?«, fragte sie mit einer Megaphonstimme, die Zhan-Yo erschreckte und zum Antworten brachte.

»Wexley«, sagte Zhan-Yo. »Bin nur wegen des Sponsorings hier.«

Ob er den Paragon überzeugt hatte, konnte Zhan-Yo an ihrem Gesicht nicht ablesen. Er konnte es immer noch nicht erkennen, als die Frau verblasste, durchsichtig wurde und dann in eine Milliarde winziger Partikel zerbarst. Der Staub blies durch Zhan-Yos Anzug und auf der anderen Seite wieder heraus, wo Zhan-Yo, als er sich umdrehte, sie wieder beobachtend vorfand, mit noch tieferem Stirnrunzeln.

»Kein Tama, keine Identifikatoren«, sagte die Frau. »Dieser Gipfel wurde nicht gerade gut geplant, also haben wir keine Liste, was bedeutet, dass Sie nicht darauf stehen. Ich kann Sie nicht reinlassen, es sei denn, ein Champion bürgt für Sie.«

»Komm schon, Settra«, sagte Marcus. »Er ist von hier. Er sagt, er hat eine Sandwich-Kette in der Gegend und möchte Gutscheine anbieten.«

Sandwich-Kette? Gutscheine?

Zhan-Yo versuchte sehr, sehr hart, ein unschuldiges Lächeln auf seinem Gesicht zu behalten. Er hatte darauf gedrängt, versucht, den Moment zu ergreifen, und wenn man schnell vorging, hatte man es manchmal mit Amateuren zu tun. Er musste sich daran erinnern, dass es einen Grund gab, warum Marcus und Xander in Chicago miese Paragon-Dienste leisteten.

»Gutscheine«, erwiderte Settra, genauso ungläubig wie Zhan-Yo bei der Idee. »Und woher kennen zwei Paragons aus Chicago einen lokalen Sandwich-Ladenbesitzer?«

»Ich kenne seinen Vater«, unterbrach Zhan-Yo. »Von früher, aus dem College. Ich habe mich gemeldet, als ich hörte, dass der Gipfel stattfindet, da ich wusste, dass sie Paragons sind. Ich wollte sehen, ob sie mir ein Treffen verschaffen könnten? Für meine Läden?«

»Richtig, ja«, fügte Xander hinzu. »Wir, äh, helfen nur aus.«

Settra hatte einen Blick, der sagte, dass noch weitere Fragen kommen würden, bis der Drohne zu ihrer Rechten, die Wache stand, Funken aus ihrem Hinterbein schossen. Das

Ding kniete nieder, seine weißen Augen blitzten gelb auf. Settra starrte es wütend an und fluchte.

»Ihr beiden«, sagte Settra. »Habt ihr die Karte des Gipfels auf euren Tamas?« Marcus und Xander nickten. »Dann bringt diesen Kerl zum Haupteingang. Dort gehen die Medien hin. Jemand wird ihm dort helfen.«

»Verstanden«, sagte Marcus, und die drei wandten sich um, um hineinzugehen.

»Und verliert ihn nicht«, rief Settra ihnen hinterher. »Wenn irgendetwas Dummes passiert, mache ich euch beide dafür verantwortlich.«

Keiner der Paragons antwortete, aber Zhan-Yo bemerkte die Angst in ihrem Gang und ihren Augen. Diese beiden waren Kinder, die ein gefährliches Spiel spielten, und jetzt hatten sie einen Zug gemacht, den sie nicht rückgängig machen konnten.

»Guter Einfall«, brachte Xander hervor, als sie die Schwelle des Stadions überschritten hatten und die Betonböden sich über ihnen wölbten. »Sie hätte uns nicht gehen lassen.«

»Nicht das erste Mal, dass ich eine Drohne ausschalten musste«, sagte Marcus mit jener falschen Prahlerei, die Zhan-Yo schon so oft bei Leuten gesehen hatte, die versuchten, sich vor ihresgleichen zu beweisen. »Ein bisschen Saft direkt auf die Gelenke, und sie knacken.«

Zhan-Yo ließ sie die Gipfelkarte aufrufen, während sie zum Haupteingang schlenderten. Als sie außer Sichtweite von Settra und inmitten der umherstreifenden Paragon-Menge waren, die sich für die Eröffnung des Gipfels zu sammeln begann, zog Zhan-Yo sie zur Seite.

»Ihr kennt eure Rollen«, sagte Zhan-Yo, und die beiden Paragons nickten. »Dann macht euch an die Arbeit.«

Sie stellten keine Fragen, und obwohl er vorher genervt von ihnen gewesen war, ließ Zhan-Yo seinen Blick auf den beiden

Paragons ruhen, als sie sich unter die Menge mischten und ihn verließen. Die beiden Jungen hatten ihre Aufgabe erfüllt, sich der Prüfung gestellt und waren erfolgreich gewesen.

Bei der Revolution ging es nicht darum, die Paragons zu zerstören. Nicht darum, Anomalien zu beenden oder sie auszugrenzen. Zhan-Yo wollte die Normalen aufwerten. Parität herbeiführen. Es gab gute Menschen in beiden Lagern, und gemeinsam sollten sie in der Lage sein, eine bessere Welt zu schaffen.

Die Champions würden es allerdings nie so sehen.

Zhan-Yo bestätigte diese Ansicht, als er sich unter die Menge mischte und sich langsam zum Stadionzentrum bewegte. Während er sich unter die Leute mischte, den Mund hielt und die Ohren offen hielt, hörte Zhan-Yo Gesprächsfetzen, die sich fragten, warum der Gipfel überhaupt stattfand, übliche Promi-Kommentare über die gesichteten Champions und, noch wichtiger, angespannte Flüstereien über Aegis und was in seinem Gefolge kommen würde.

Damit einhergehend kamen die Beleidigungen, die Zhan-Yo erwartet hatte, die er aber trotzdem traurig war zu hören. Die Paragons hatten immer auf die Normalen herabgesehen, aber in der Öffentlichkeit neigten sie dazu, diese Gefühle mit erhebenden Plattitüden und hohlen Lobpreisungen eines einheitlichen Edens zu übertünchen. Hier hingegen kamen rachsüchtige Versprechen, wütende Verleumdungen und Lügen, die alle darauf abzielten, den Durchschnittsbürger in ein misstrauisches Monster zu verwandeln, das nur auf eine Gelegenheit wartete, jeder Anomalie in den Rücken zu fallen.

Aegis hatte in seinen Reden oft davon gesprochen, die Krankheit der Gesellschaft zu beseitigen, Hass und Wut zu entfernen und sie durch Zusammenarbeit und Liebe zu ersetzen. Wenn Zhan-Yo eine Sache an dem Mann respektierte, dann war es die Fähigkeit der Legende, an diesen Prinzipien festzuhalten, auch wenn die Organisation, die er führte, sie missachtete. Sicher, Aegis würde Schläge austeilen, aber er tat es mit der aufrichtigen Hoffnung, dass jeder Faustkampf die Welt zu einem besseren Ort machen würde.

Zhan-Yo würde das Gleiche tun, tat es bereits. Im Gegensatz zu Aegis würde er Erfolg haben.

An der nächsten Abzweigung bog Zhan-Yo rechts ab, schlüpfte an blauen Uniformen und den gelegentlich summenden Drohnen vorbei, um in einen Tunnel zu tauchen, der zum grünen Gras im Stadionzentrum führte.

Die Sonne fiel schräg auf Stühle, die in Reihe um Reihe aufgestellt waren und wie die erhöhten Sitze auf eine zentrale Kreisbühne blickten. Zhan-Yo ging einen Gang entlang - hier waren weniger Paragons, einige halfen noch beim Aufbau, andere machten Fotos mit ihren Tamas. Niemand beachtete Zhan-Yo, als er mit den Fingern über die warmen Metallstühle strich und auf die verblassten weißen Linien trat, die für Spiele gedacht waren, die heute nicht gespielt wurden.

Blaues Tuch drapierte die Bühne selbst, ansonsten war sie schmucklos. Zweifellos würden alle Redner mit Mikrofonen ausgestattet oder durch Anomalie-Kräfte verstärkt werden. Zhan-Yo berührte den Rand, fühlte den Stoff. Er hatte seinen Unterstützern ein Zeichen versprochen. Er schuldete der Welt das Gleiche.

Mit beiden Handflächen auf der Bühne stemmte sich Zhan-Yo hoch. Er zog sich in aller Öffentlichkeit hinauf. Hunderte, vielleicht Tausende, die ihn tot sehen wollten, hatten jetzt freie Schussbahn, und niemand würde protestieren, wenn sie es täten.

Aber als Zhan-Yo aufstand, stand er aufrecht. Dies war seine Zeit, und kein Paragon konnte sie ihm nehmen.

KAPITEL 48
BEOBACHTEN

WENN SIE DIE WAHL HÄTTE, würde Mynx immer ihre Fabrik wählen. Das geschäftige, maschinenerfüllte Konstrukt kam ihren Träumen ohne Drama entgegen und ließ Mynx mit ihren Ideen spielen, ohne dass Idioten Amok liefen und alles ruinierten.

Leider hatte Mynx keine Wahl. Sie beobachtete, wie Zhan-Yo die Bühne von der Champion-Loge hoch oben bestieg, und biss langsam, ganz langsam, durch die Karotte, die sie einge-taucht hatte, bevor Reeves sie auf den unerwünschten Eindringling aufmerksam machte.

Die KI hatte den Gefängnisausbruch gemeldet, als er geschah, und Drohnen losgeschickt, um ihn zu verhindern, aber Zhan-Yo, der glitschige Bastard, war entkommen. Mynx hatte gedacht, der Revolutionär würde in irgendeinem Versteck verschwinden und mit seinen Plänen in der Tiefe vor sich hin modern. Stattdessen, und Mynx musste Zhan-Yo dafür widerwillig Anerkennung zollen, ging der Mann auf Wirkung.

Nicht dass Zhan-Yo von dort aus viel an die breite Öffent-lichkeit bringen würde. Der Gipfel war offiziell noch nicht eröffnet, und die Medien waren in einen Eingangsbereich gepfercht worden, um aufsehenerregende Fotos von ankommenden Champions zu machen. Was auch immer Zhan-Yo dort sagte, welchen Protest er auch immer in den Momenten machte, bevor Mynx seine Existenz auslöschen ließ, würde nur von den vorbeiziehenden Paragons gehört werden.

Hoffentlich würden die Worte des Mannes auf taube Ohren stoßen, und Mynx müsste ihrer vollen Liste nicht noch mehr Aufräumarbeiten hinzufügen.

»Apinya wird sich um den Mann kümmern«, sagte Burov und gesellte sich zu ihr. Die bombastische Einstellung des Russen hatte sich gemildert, seit Celice aufgetaucht war, da er sich ständig an der Tochter von Aegis vorbeischlich, um ihr Wut und Hysterie zu stehlen. »Wir müssen sie von ihm fernhalten.«

Mila und Pixie waren gerade mit Celice beschäftigt und hielten sie von den Fenstern fern und bei den Snacks. Wenn Mynx richtig hörte, drängte Pixie Celice dazu, eine höhere Position in Atlantis anzunehmen. Die Paragons würden sie vielleicht nicht zu einem Champion machen, aber die Tochter der Legende, die in ihrem eigenen Recht geschickt genug war, im Team zu behalten, wäre ein guter Schachzug für die Medien.

»Ich hasse das«, sagte Mynx.

»Welchen Teil?«

»Jeden einzelnen.«

»Ich könnte mich darum für dich kümmern«, sagte Burov, und Mynx verdrehte die Augen, bevor sie sein ernstes Gesicht bemerkte.

Der Mann dachte, er könnte ihre Abneigungen wegsaugen? Ihre Persönlichkeit in einen Champion verwandeln, der das Rampenlicht liebt?

»Behalt deine Kräfte für dich«, sagte Mynx und deutete dann zum Fenster. »Ich gehe runter, um Apinya Rückendeckung zu geben. Falls wir Zhan-Yo vernichten müssen, ist es besser, jemanden bereit zu haben, der es tun kann.«

»Den Gipfel mit einem Mord zu eröffnen«, sinnierte Burov. »Ein kühner Schritt für dich, Mynx.«

»Könnte mein einziger sein.«

Mynx entsorgte ihren Teller und nickte Pixie ein letztes Mal zu, wobei sie mit Blicken ihre jeweiligen Missionen für Zhan-Yo und Celice austauschten, dann machte sich Mynx auf den Weg zurück in die Vorhalle.

Die Eröffnungszeremonie war noch ein paar Stunden entfernt, aber Paragons aus ganz Pazifika und jene, die Reisen aus der ganzen Welt unternommen hatten, verstopften bereits die Gänge. So sehr Mynx den Gipfel geplant hatte, damit die Champions reden konnten, hatten verschiedene Paragon-Gruppen ihre knappen Ressourcen gebündelt und Sitzungen, Kurse und mehr organisiert.

Die schiere Produktion hatte Mynx' eigene Pläne für die Veranstaltung bisher so sehr in den Schatten gestellt, dass sie nicht anders konnte, als beeindruckt zu sein, als sie Schilder sah, die jede Kreuzung bedeckten und detailliert aufführten, welche Räume und welche Bühnen welche Gespräche beherbergen würden. Manchmal vergaß sie, dass die Paragons weit mehr als nur einige Champions waren; sie lenkten die Welt und nahmen es ernst.

Nicht weit von der Loge entfernt, bei einem Summen ihres Tamas, bog Mynx links ab und ging zum Rand der Vorhalle. Sie konnte hier durch die hohen Fenster in den LA-Nachmittag blicken, die Höhe zeigte Pod-Stationen und Nachbarschaftsläden und Restaurants. Mynx fand auch Platz, und eine Drohne fand sie.

Winzige Maschinen, jede von der Größe eines Schokoriegels oder kleiner, schwebten um sie herum und setzten sich wie viele Dekorationen an ihrer Uniform fest. Am Ende sah es aus, als hätte Mynx ihren Paragon-Anzug mit Juwelen geschmückt. Arm- und Fußbänder umschlangen ihre Gliedmaßen. Ein bisschen lächerlich, aber angesichts dessen, was einige Anomalien hier trugen, nichts, was viel Aufmerksamkeit erregen würde.

»Hat lange genug gedauert«, tadelte Reeves, die Stimme der KI kam jetzt direkt in ihr Ohr, dank ihres neuen, mechanisierten Ohrringes. »Statistisch gesehen war ein Angriff vor einer Stunde wahrscheinlich.«

»Konnte nicht weg«, antwortete Mynx, blieb noch an ihrem Platz und schaute aus den Fenstern. »Gib mir die Zusammenfassung.«

Sie hätte die Informationen auf ihrem Tama lesen können, aber Mynx fand es einfacher, mit Ideen zu spielen, während sie einer verbalen Erzählung zuhörte. Lass Reeves die Probleme beschreiben, während sie sie löste.

»Es sieht nach einem harten Tag aus«, sagte Reeves. »Erstens hast du den Gefängnisausbruch. Frühe Berichte sagen, dass die Wachdrohnen durch konventionelle Waffen deaktiviert und dann durch gesetzte Sprengsätze zerstört wurden. Andere Gefangene waren nicht betroffen.«

»Na, das ist doch was. Irgendeine Ahnung, wer ihn befreit hat?«

»Eine normale Gruppe. Nach den Videos zu urteilen, Ex-Militär.«

»Natürlich. Aktiviere Haftbefehle. Töten bei Sichtkontakt.« Mynx trommelte mit dem Finger auf das Geländer.

»Keine Gefangennahme?«

»Keine Gefangennahme. Wir haben Zhan-Yos Tama. Kein angeheuerter Schläger wird bessere Informationen haben. Und Zhan-Yo hat seine Position bereits klar gemacht. Jeder, der ihm hilft, ist mitschuldig.«

»Erledigt«, Reeves machte eine Pause. »Dieses nächste Stück ist ungewöhnlich.«

»Warte.«

Mynx blickte zurück zur Vorhalle, zu den Videomonitoren, die angegangen waren und sich auf die Mittelbühne konzentrierten, wo Zhan-Yo groß dastand und Dinge zu rufen schien. Ohne Mikrofon, Gott sei Dank, konnte sie nicht verstehen, was er sagte, aber angesichts der vielen Paragons, die sich dem Feld zugewandt hatten, würde diese Barriere nicht mehr lange bestehen bleiben.

»Rede weiter«, sagte Mynx, als sie ihre Oase verließ und sich durch die Menge schob, um zur Mitte zu gelangen. »Die Lage hier verschlimmert sich.«

»Überall«, erwiderte Reeves. »Unsere kleine Anomalie-Insel hat Probleme. Es scheint, sie haben ein Boot gebaut.«

»Sie kennen die Regeln. Lass die Drohnen es zerstören.«

»Wird erledigt. Allerdings signalisiert dieses Ereignis auch eine Zusammenarbeit auf einem Niveau, das wir nicht erwartet haben. Wenn die Anomalien ihre Fähigkeiten kombinieren, berechne ich, dass die Drohnen möglicherweise Schwierigkeiten haben könnten, erfolgreich zu sein.«

»Reeves. Du hast da draußen dutzende tödliche Drohnen. Es ist mir egal, was du tun musst, aber kümmere dich darum. Ich kann mich jetzt nicht auf ein paar entfernte Anomalien konzentrieren.«

»Natürlich.«

Mynx erreichte die Erdgeschossebene und hielt sich absichtlich vom Haupteingang und den sicherlich fragenden Kameras fern. Reporter. Sie sah Rosamund und die Elemental-Crew, die sich vorwärts bewegten und die Paragons teilten, als sie aufs Feld marschierten. Sie hatte geahnt, dass sie ganz vorne sein würden, in der Hoffnung, jeden zu hören, der die Weltordnung anprangerte.

»Da ist noch etwas«, sagte Reeves. »Über Zhan-Yo.«

»Sprich.«

»Es sieht so aus, als wäre er mit zwei anderen Paragons eingetreten. Wir suchen jetzt nach ihnen.«

»Also noch mehr Verräter.« Anscheinend brauchten die Paragons eine weitere formelle Säuberung. Apinya und Burov würden vielleicht wieder von Person zu Person gehen müssen, egal wie lange es dauern würde. »Warum ist das eine Neuigkeit?«

»Weil ich Schwierigkeiten habe zu verstehen, warum Zhan-Yo so schnell nach seinem Ausbruch hierher kommen würde«, antwortete Reeves. »Es gibt keinen guten Grund dafür. Hierherzukommen garantiert seine Gefangennahme oder seinen Tod, oder beides, und wir können die Erzählung kontrollieren.«

»Es sei denn?«

»Es sei denn, er plant etwas Größeres.«

Mynx verließ den Tunnel und trat auf das helle Gras. Die Sonne war teilweise hinter die äußere Stadionmauer gesunken, und ihr gebrochenes Licht hüllte das Feld in leuchtendes Orange. Zhan-Yos Stimme war jetzt deutlich zu hören. Eine schimpfende Rede darüber, wie die Paragons sich nicht von früheren Diktatoren unterschieden, dass die Welt Gleichheit verdiene und andere sinnlose Plattitüden.

»Mynx, hörst du zu?«, fragte Reeves.

»Ich habe dich gehört.« Mynx hielt inne und sah, dass Apinya sich der Plattform genähert hatte. Sie blickte sich im Stadion um und entdeckte die Champion-Loge mit Mila in den Fenstern, die ihr zuwinkte. »Was ist größer als Aegis zu töten?«

»Den Rest von euch zu kriegen?«

Mynx spürte nicht mehr oft Eis in ihren Adern. Sie hatte das meiste gesehen, was man im Leben, in Gefahr, sehen konnte, und hatte überlebt. Aber sie hatte auch eine ganze Welt von Grund auf aufgebaut. Ihre Architekten waren jetzt in diesem Raum bei ihr, und das machte sie verwundbar, egal wie mächtig sie waren.

Reeves hatte jedoch so viel Sicherheit um das Stadion herum. So viele Drohnen und so viele Anomalien, die zum Schutz eingesetzt wurden. Wie konnte Zhan-Yo, der erst kürzlich gefangen genommen wurde, etwas so Komplexes orchestrieren, um ihre Maßnahmen zu umgehen?

Mynx blickte zurück zur Bühne, zu dem Monster, das dort seine Rede hielt. Aegis hatte den Mann unterschätzt, seine eigene Unverwundbarkeit bis zum Schluss angenommen. Mynx würde, konnte nicht denselben Fehler machen.

»Reeves«, sagte Mynx. »Befiehl-«

Sie spürte eine Hand auf ihrer Schulter, die sie herumdrehte, und Mynx wandte sich um, um Celices wildes, wütendes Gesicht zu sehen.

»Du hast gesagt, du hättest ihn«, fauchte Celice. »Du hast gelogen.«

Mynx sah die Faust nicht kommen, hatte nie gedacht, dass die Tochter ihrer besten Freundin, ein Mädchen, das sie so lange gekannt und geliebt hatte, zuschlagen würde, aber Celice traf sie hart, direkt am Kiefer, und Mynx war bewusstlos, bevor sie auf dem Gras aufschlug.

KAPITEL 49

ZUR SEE

THANE SPIELTE NICHT das politische Spiel. Er warb nicht um Unterstützung, präsentierte seine Position nicht oder hielt keine großen Reden, um die Leute dazu zu bringen, ihm zu folgen. Drohungen, Ruf und die Gier nach Macht waren Thanes bevorzugte Mechanismen. Wenn man Recht hatte, wenn alle sahen, wie viel sie durch das Folgen zu gewinnen hatten, wie sehr sie leiden könnten, wenn sie es nicht täten, wozu brauchte man dann Demokratie?

Diese Strategie scheiterte kläglich in der Zeit vor dem Mittagessen. Thane ließ Sook und seine anderen Leibwächter jede Anomalie, die sie finden konnten, befragen, wo sie standen: gehen oder bleiben, und wenn Letzteres, welche Fähigkeiten sie hatten?

Thane sagte ihnen, sie sollten nett sein, wohl wissend, dass er selbst diese Fähigkeit nicht besaß. Stattdessen entschied er sich dafür, seinen eigenen Beitrag zu leisten, indem er etwas tat, das er verstand. Thane machte sich wieder auf den Weg zum Ufer - Sienna und Cassidy hatten das Boot verlassen und waren irgendwohin verschwunden - und kletterte an Bord des Schiffes. Er ging über das Deck von achtern nach vorn und inspizierte dessen schimmernde Oberfläche.

Das Sonnenlicht blendete auf den Planken, grob gefertigte Teile, die durch Anomalienkräfte eher in Form gebracht als handwerklich gearbeitet worden waren. Viele glänzten noch von Meerwasser, Salzkristalle waren sichtbar, wo die Hitze ihre Arbeit getan hatte. Die Schutzglasur bot jedoch keine Unverwundbarkeit; Thane bemerkte Stellen, an denen das Holz verfault war, wo Meerestiere Löcher und Behausungen geschaffen hatten, und Bretter, die sich schwammig anfühlten. Dieses Boot mochte eine Weile schwimmen, aber es würde keine längere Seereise überstehen.

Während Thane seinen Weg fortsetzte, nährte er diese winzige, zornige Flamme. Er fütterte ihren Hunger, so dass er größer und stärker wurde. Ein Riese unter den arbeitenden Anomalien. Die anderen Winzlinge würden ihren Anführer sehen, groß und schrecklich.

Die Schüchternen wichen vor ihm zurück, selbst als sie mehr Nahrung an Bord brachten. Sie brachten Ersatzholz an Bord. Steckten Stangen und behelfsmäßige Ruder in ebenso minderwertige Öffnungen. Werkzeuge für schwächere Körper. Thane konnte den ganzen Weg schwimmen. Mit einer Hand einen Fisch essen, mit den Beinen treten.

Der Größte, der Stärkste.

Der kleinste Mann kündigte später seinen Weg zum Strand an und unterbrach Thane, der Fische im Wasser beobachtete und sich fragte, wie sie wohl schmecken würden, wenn er sie jetzt sofort greifen und essen würde.

Arthur.

Der Name des Mannes hinterließ einen verschwommenen Fleck auf Thanes Zunge. Einer, den es zu zerstören galt, wenn die Dinge sauer würden. Wenn Thanes Magen zu sehr knurrte.

Anomalien folgten Arthur, darunter einige, die Thane erkannte, auch wenn ihm ihre Bezeichnungen nicht in den

Sinn kamen. Keine Nahrung, diese, sondern Freunde. Solche, die es zu beschützen galt. Die ihm später helfen würden. Eine, eine braunhaarige Frau, winkte Thane vom Boot weg. Er sollte es verlassen, sich dem kleinen Mann nähern. Dem Snack.

Gut.

Mit einem großen Platschen hinter sich stapfte Thane neben Arthur, seine riesigen Füße versanken im nassen Sand. Arthur schien es nicht zu bemerken. Der Mann sprach zur Menge, sagte Dinge, denen Thane nicht zuzuhören gedachte. Es waren langweilige Worte, von einem schwachen Mann gesprochen.

Aber der schwache Mann hatte die Aufmerksamkeit. Die Augen waren auf Arthur gerichtet, und Thane sah Nicken. Ein paar Lächeln. Sogar ein Lachen. Thane grunzte. Das war nicht der Plan. Sie sollten Thane mögen, das, was er anbot. Ihm auf das Boot und darüber hinaus folgen.

Thane streckte die Hand aus, legte eine große Hand, deren Haut straff über lange Knochen gespannt war, auf Arthurs Schulter. Thane wollte ihn nicht wirklich stoßen, aber er schubste Arthur in den Sand. Arthur hörte auf zu sprechen, und Thane sah, wie diese Lächeln verschwanden. Die Augen wandten sich ihm zu.

»Schwach«, sagte Thane und drückte Arthur weiter in den Sand. Der Mann versuchte, Thanes Hand wegzuschieben, wie eine Mücke, die versuchte, einen Felsbrocken anzuheben. »Stark.«

Thane hob seine andere Hand, die Finger zu einer riesigen Faust geballt. Er trat zur Seite, behielt seine rechte Hand auf Arthurs Schulter und zeigte auf das Boot.

»Frei«, schrie Thane. »Wir!«

Anstelle von Applaus oder einer tobenden Stampede in Richtung Boot, die Thane mit sich riss, spürte die Anomalie einen Stich. Roch den beißenden Geruch von verbranntem Fleisch.

Sein Fleisch. Sein Arm.

Arthur, umgeben von einem dunklen Schatten, als der Mann das Umgebungslicht anzog und es zu einem brennenden Mantel um seine Hand verdrehte, sah kaum noch aus wie die hilflose Beute, die er einen Moment zuvor gewesen war. Stattdessen fehlte jedem Teil von ihm das Licht: Seine Augen waren schiefergrau, die gebräunte Haut aschfahl, und selbst seine Zähne wirkten wie hohler Staub.

Also warf Thane ihn. Ruckte mit seinem rechten Arm, zog Arthur und Sand hoch und weg. Arthur flog und platschte in eine heranrollende Welle, die sich schwarz und hell wälzte, als die Natur ihr Anathema zurück an den Strand warf, wo einige andere Anomalien ihm halfen aufzustehen, hustend, während normale Farbe in Arthurs Körper zurückkehrte.

Thanes Arm blieb heiß rot und weiß, wo Arthurs Griff ihn versengt hatte. Der Schmerz hätte Thane wütend machen sollen, hätte ihn in Raserei versetzen sollen, aber nein. Stattdessen rieb Thane an seinem Arm, runzelte die Stirn und versuchte zu verstehen.

Dieser Teil, diese Form, sie spürte keinen Schmerz. Sie wurde nicht verletzt. Thane konnte herumgestoßen werden, konnte gefangen oder betäubt werden, aber Schmerz? Schaden an seinem Körper? Niemals. Nicht so.

»Thane, beruhige dich.« Eine Frau sprach, kam auf ihn zu. »Wenn du die Beherrschung verlierst, werden wir sie alle verlieren.«

Die Frau. Thane kannte sie, und sie sah nicht ängstlich aus wie die meisten, die ihn beobachteten. Er könnte gegen sie kämpfen, sie essen, sie zerstören. Aber er blickte zu Arthur, der jetzt etwas anderes zur Versammlung rief, etwas Wütendes.

Dieser eine konnte ihm wehtun. Thane rieb wieder seinen Arm. Konnte ihn vielleicht töten.

Und zum ersten Mal spürte Thane Angst.

Aber wovor hatte er eigentlich Angst? Thane schüttelte

den Kopf, während sein Körper schrumpfte, seine Muskeln sich zurückbildeten, bis ein normaler, älterer Mann am Strand stand. Sook und seine Leibwächter nahmen das als Zeichen, eine lockere Linie zwischen Thane und den anderen Anomalien zu bilden.

Falls Arthur irgendwelche Bewegungen machen würde, würde Sook ihn verteidigen. Cassidy würde eine Leere im Geist des Mannes öffnen. Thane hatte hier Verbündete, und wenn die Dinge wirklich schlimm werden würden, nun, Thane würde immer noch auf seinen zermalmenden Zorn gegen Arthurs Lichtshow setzen. Bis zu diesem Moment wäre jedoch eine andere Methode besser. Er hatte es mit Stärke versucht, jetzt musste Thane seine silberne Zunge benutzen.

»Das ist deine Wahl!«, schrie Arthur wieder. »Dieser Wahnsinnige oder ich! Derjenige, der euch bis hierher geführt hat!«

»Derjenige, der euch nicht weiter führen wird«, verkündete Thane und schob Sook beiseite, damit sein Publikum ihn direkt sehen konnte. »Ihr solltet Arthur für seine Dienste danken, aber er hat seine Reise beendet. Ich frage euch, habt ihr eure beendet?

Die Paragons, die euch hierher gebracht haben, wurden nicht bestraft. Eure Familien leben ohne euch, fragen sich, wohin ihr verschwunden seid. Was auch immer für Ambitionen ihr gehabt haben mögt, wie können sie hier erfüllt werden, wo ihr in diesem Gefängnis dahinvegetiert und nur das habt, was die Paragons euch geben?«

Die Gesichter wandten sich hin und her, zu Arthur, der am Kopf des Strandes stand, sein Dorf hinter ihm, und zu Thane, der vom Boot eingerahmt wurde.

»Die Paragons haben uns unser Leben geschenkt«, konterte Arthur. »Ich hege keine Liebe für sie, aber ich habe auch keine Lust zu sterben. Thane würde euch nirgendwo anders hinführen als auf den Grund des Meeres.«

»Ich entscheide mich dafür, nicht in Angst vor diesen

Drohnen zu leben«, sagte Thane. »Ich entscheide mich dafür, nicht in Angst vor denen zu leben, die sie predigen. Es ist Zeit, der Welt zu zeigen, dass wir noch nicht mit ihr fertig sind. Kommt jetzt mit uns, oder ihr werdet nie wieder eine Chance haben, diese Insel zu verlassen.«

Wenn Thane ein einziges Argument als wirksamer als alle anderen bezeichnen könnte, schien dieses letzte die meiste Aufmerksamkeit zu erregen. Jede Anomalie, die Thane sehen konnte, versank in sich selbst, blickte zum Meer oder zum Vulkan der Insel und spielte zweifellos ihr Leben bis zu ihrem unvermeidlichen Ende durch: Tage, die damit verbracht wurden, Fische zu fangen, neue Kleider zu weben und den Wolken beim Vorbeiziehen zuzusehen, bis irgendein Sturm oder eine einfache Krankheit sie Jahrzehnte vor ihrer Zeit dahinraffte.

Thane gab ihnen drei lange Atemzüge, dann drehte er sich um und watete ins Wasser, auf das Boot zu. Cassidy und Sook verstanden und folgten. Ein wenig früher als geplant, aber jetzt war der Moment gekommen.

Das Gehirn siegte, wo die Bestie versagte, aber Thane würde seine Flucht haben. Das platschende, klatschende Geräusch von Füßen, die ins Wasser traten, bewies es.

KAPITEL 50
VERPFUSCHTE HINRICHTUNG

DER MANN, der ihren Tod befohlen hatte, kehrte zu seinem Pod zurück und ließ Kat mit einer Fünf-zu-eins-Übermacht auf dem verschneiten Parkplatz zurück. Rhimes, flankiert von Söldnern mit Sturmgewehren, hielt seine Hand hoch und den Feuerbefehl zurück, während der Pod ihres Anführers hochfuhr und davonknirschte. Der König musste von möglichen Querschlägern ferngehalten werden.

»Befriedige die Neugier eines toten Mädchens«, sagte Kat. »Wie viel bezahlt er euch?«

Während Kat die Frage stellte, zuckte ihr linkes Handgelenk kaum merklich, was dazu führte, dass der Anzug ihre Gadgets rotieren ließ.

»Uns bezahlen?«, sagte Rhimes. »Spielt keine Rolle. Wenn wir fertig sind, wird Kohle keinen Pfifferling mehr wert sein.«

»Also macht ihr das alles aus was, Liebe?«

»Schon mal was von Loyalität gehört, Trackerin?«, Rhimes blickte weg, in Richtung des Pods, der auf die Straße rollte und an Geschwindigkeit gewann. »Oder bist du zu einsam dafür?«

Kat ballte ihre linke Hand. Zwei kleine, silberne Kugeln schossen aus ihrem Handschuh, knallten hart auf den schneebedeckten Asphalt und sprangen wieder hoch. Alle Augen richteten sich auf die Objekte, als Rhimes seine Hand senkte.

»Ups«, sagte Kat und *bewegte sich*.

Mit einem Zucken ihres Nackens nach rechts schob Kat die beschädigte Maske wieder hoch, als sie ihre Augen schloss und auf den nächsten bewaffneten Schläger zustürmte. Die silbernen Kugeln explodierten in einem grellen Blitz in der schwindenden Dämmerung. Die Maske blockierte genug, sodass Kat nur ein leichter Schimmer durch ihre Augenlider drang, ein violett-blauer Spritzer gegen das Schwarz.

Kat öffnete sie wieder, als sie mit ihrem rechten Arm den ersten Schläger erwischte und mit ihrem rechten Bein in dessen Knie trat und es brach, während seine Hände zu seinen verbrannten Augen fuhren. Das Gewehr des Mannes, das an einem Riemen hing, schwang in der Luft, als er fiel, und Kat fing es auf, ging in die Hocke und hob die Waffe auf.

Kats Erfahrung im Umgang mit Projektilwaffen, im Gegensatz zu den rückstoßfreien Betäubungspfeilen, beschränkte sich ausschließlich auf von Paragon genehmigte Schießstände. Der Rückstoß ließ ihr Zielen springen, aber aus dieser Entfernung spielte das kaum eine Rolle. Kugeln sprühten, als die anderen vier herumtaumelten, wobei Kat zuerst auf den nächsten Schläger zielte und dann die Mündung zu den beiden weiter entfernten schwenkte und alle drei mit ihrem Feuer erwischte.

Rhimes, dieser Bastard, schaffte es, genug Fassung zu bewahren, um sich fallen zu lassen und zur anderen Seite eines Pods zu kriechen. Er entkam Kats anfänglichem Ansturm, indem er sich flach auf den Boden presste, und ihrem zweiten Feuerstoß dank der robusten Konstruktion des Premium-Pods. Das Glas des Fahrzeugs zersplitterte zwar, aber der Rahmen hielt stand.

Kat ließ den Abzug los, ihre Schulter schmerzte, da sich die Waffe in diesen wenigen Sekunden tausendmal gegen sie gedrückt hatte. Abgesehen von Rhimes sah sie keinen einzigen anderen Feind sich bewegen. Auch keine Zuckungen.

Hatte sie gerade vier Normale getötet?

Ein plötzlicher Drang sich zu übergeben wallte in ihrem Magen auf, nur unterdrückt durch Rhimes' Rufe aus seinem Versteck.

»Nicht schlecht für 'ne Trackerin!«, rief Rhimes. »Scheint, wir hätten dich nicht unterschätzen sollen.«

Rhimes redete weiter, aber Kat hörte nicht mehr zu. Sie musste sich konzentrieren. Im Moment bleiben. Moralische Argumente konnten warten, Selbstmitleid musste warten. Überleben war am wichtigsten. Erst Rhimes, dann Kat.

»Hör auf!«, schrie Kat zurück. »Einfach, einfach aufhören.«

Rhimes hörte, Gott sei Dank, auf.

»Du bist erledigt, klar?«, sagte Kat, die jetzt neben dem Typen saß, dessen Bein sie zertrümmert hatte. Der zumindest lebte noch, stöhnte neben ihr und umklammerte sein Knie mit beiden Händen. »Es ist vorbei.«

Oder fast. Die Schüsse hatten bereits den Alarm ihres Tamas ausgelöst, was bedeutete, dass Drohnen kommen würden, selbst aus dieser Entfernung. Alle Paragons in der Nähe würden ebenfalls benachrichtigt werden. Wenn Rhimes und seine Crew geschossen und sich dann aus dem Staub gemacht hätten, wären sie wahrscheinlich davongekommen. Jetzt? Ein Paragon-Gefängnis war ihre beste Hoffnung. Der Tod ihre schlimmste.

»Vorbei?«, sagte Rhimes. »Kat, das ist erst der Anfang.«

Woher nahm dieser Kerl sein Großmaul? Kat beugte sich vor, löste das Gewehr von dem stöhnenden Wächter, stand auf und sah, wie Rhimes um die Ecke auf sie zurannte, die Arme pumpend. Kat hob das Gewehr, die Hand am Abzug, aber Rhimes schlug den Lauf beiseite und rammte seine Schulter in sie.

Auf dem rutschigen Asphalt glitten Kats Füße weg und sie fiel nach hinten, wobei ihr Kopf hart auf den Boden knallte. Ihre Kapuze und Maske dämpften das Schlimmste ab, aber das Gerüttel ließ sie scharf einatmen, selbst als sie nach oben griff, Rhimes' Fuß erwischte, als er auf sie treten wollte, und ihn unter ihm wegriss.

Rhimes fiel nach hinten und Kat hörte den Knie-Wächter aufschreien, als sein Boss auf ihn landete. Sie wartete nicht darauf, dass Rhimes wieder aufstand; sie krümmte sich nach vorne, zog sich auf die Füße, bewegte ihr Handgelenk zum Stahlseil und hob es.

Feuerte.

Rhimes drehte sich, sodass das Kabel sich in seine ausrüstungsbedeckte Brust bohrte, statt in den Arm, auf den Kat gezielt hatte. Der Mann zuckte zusammen, packte dann das Kabel und riss daran, zog Kat zu sich und verschaffte sich so den Hebel, um selbst auf die Füße zu kommen.

An einen Mann wie Rhimes gefesselt zu sein, war nicht gut. Kat versuchte, das Kabel zu lösen, aber es spannte sich nur gegen Rhimes' Kleidung, ohne durchzubrechen. Ihre Versuche halfen Rhimes, die Lücke zu schließen, und der Mann stürmte erneut auf sie zu, wischte Kats versuchten Tritt beiseite.

Unter Rhimes zerquetscht zu werden, war keine Option.

Kat hielt ihre Füße in Bewegung, wich vor Rhimes' Ansturm zurück, selbst als sie die Grenzen des Parkplatzes überschritten und in tieferen Schnee traten. Sie schlug Jabs mit ihrer linken Hand, während Rhimes ihre rechte mit seiner eigenen festhielt. Er gab den Tackle auf, blieb aber durch das verdammte Kabel eng mit ihr verbunden, Rhimes schwang nach Kats Kopf und verfehlte.

Ein dummer Tanz. Ein tödlicher. Zwei verzweifelte Kämpfer, aneinander gefesselt, und zwischen dem Ausweichen und dem Adrenalin und dem Schlagen konnte Kat nur daran denken, dass sie hier draußen sterben könnte, neben einem zugefrorenen Teich, und wie sie nie erwartet hätte, auf diese Weise zu gehen.

Keine Schüsse, keine Schlägereien. Kat wollte den Weg einer alten Frau gehen; im Schlaf und in Sicherheit.

»Ich hab den falschen Job gewählt«, sagte Kat und duckte sich unter einem weiteren wilden Schwinger weg.

»Ich auch«, erwiderte Rhimes und drängte Kat weiter durch den Schnee den Hang hinunter.

Kats linker Fuß landete auf etwas, das kein Schnee war. Es war tatsächlich Eis. Sie rutschte aus, drehte sich und zog Rhimes mit sich, wobei die schiere Kraft dem Kabel genug Schwung verlieh, um durch Rhimes' Weste zu reißen und eine Lücke in der Mitte zu hinterlassen, sie aber zumindest zu befreien.

Für einen heißen Moment standen die beiden einander gegenüber, umhüllt von ihrem eigenen Atem. Die Realität hatte einen Moment Zeit, einzusinken.

»Du hast meine Soldaten getötet«, sagte Rhimes, ohne jegliches fröhliches Lächeln.

»Sie wollten mich töten.«

Es gab Strategien. Wege, auf einer solchen Oberfläche zu gewinnen. Kat musste Rhimes nur zu einem weiteren Angriff verleiten, und er würde wahrscheinlich fallen. Dann ein schneller Schlag auf den Kopf, und Rhimes wäre ausgeschaltet, und sie hätte einen Gefangenen. Jemanden, den sie den Paragons oder den Elementals oder wem auch immer übergeben könnte, der sich dem Rest dieser waffenschwingenden Verrückten stellen wollte.

Während Kat sich eine Therapie gönnen würde. Und ein langes Nickerchen.

»Du hattest eine Wahl!«, sagte Rhimes. »Er hat dir ein Angebot gemacht.«

»Und was für ein Angebot das war.« Kat blickte nach rechts zum Himmel. Suchte nach Drohnen, sah keine. Wie weit waren sie hinausgegangen? »Ich sage ja, ich darf mich eurer Killertruppe anschließen. Ich sage nein, ich sterbe.«

»Nein, das war überhaupt nicht die Wahl. Er bot dir eine Chance zu entkommen. Du lebst in einem Gefängnis, das du nicht sehen kannst, isst von dem Löffel, mit dem die Paragons dich füttern. Bei uns hättest du Freiheit haben können. Hättest der Welt helfen können zu sehen, was sie so lange geblendet hat.«

Toll. Was ist schlimmer als Auftragskiller? Fanatiker. Erst die Elementals, jetzt diese Typen. Warum kamen sie immer zu ihr? Was machte Kat für diese Leute so attraktiv?

»Vielleicht mag ich mein Gefängnis«, sagte Kat. »Es hat einen netten Hund. Guten Whiskey. Ein warmes Bett. Wenn du mich jetzt bitte gehen lassen würdest, ich würde gerne dorthin zurückkehren.«

Rhimes schüttelte den Kopf: »Nee, das geht nicht. Mitmachen oder sterben, Kat. Das ist das Spiel.«

»Was für ein beschissenes Spiel.« Kat hob ihr linkes Handgelenk, bereit, das Kabel abzufeuern.

Rhimes sah die Bewegung und stürmte los, seine Füße rutschten auf dem Eis. Kat hielt ihr Feuer zurück. Ließ Rhimes' panischen Ausbruch ihn außer Kontrolle geraten. Der Mann kam stolpernd auf sie zu, die Hände nach Kat ausgestreckt, und sie wich ihm aus, pflanzte ihre eigenen Füße flach auf, sodass sie haften blieben. Als Rhimes vorbeirauschte, versetzte sie ihm einen Nierenschlag mit ihrer Rechten, der ihn aus der Bahn warf und auf dem Eis aufschlagen ließ.

Sie nutzte die Gelegenheit, trat schnell zu Rhimes hinüber, rutschte ein wenig, schaffte es aber, ihr Gleichgewicht zu halten. Rhimes, sein Gesicht zerkratzt und blutig vom Sturz, versuchte sich aufzurappeln, rutschte aus und schlug erneut auf dem Eis auf.

»Sieht aus, als hättest du diese Runde verloren«, sagte Kat, zielte mit ihrem Fuß und fiel, als aus dem Nichts Kugeln um sie herum einschlugen.

Als Kat auf dem Eis aufschlug, rollte sie sich ab und blickte zurück in Richtung des Angriffs. Sie sah den Wächter – es musste der mit dem verletzten Knie sein, so wie er sich an die Kapsel lehnte –, der sein Gewehr hielt und auf sie zielte. Er pausierte sein Feuer.

»Lass mich freikommen«, sagte Rhimes, seine Füße schabten über das Eis weg von Kat. »Dann töte sie!«

Die Hände auf dem Eis, die Stiefel rutschend, während Kat versuchte, Halt zu finden, blickte sie durch die Maske auf das Gewehr, auf die Hand des Schlägers, als sie zum Abzug hinunterglitt.

Es war wirklich ein beschissenes Spiel.

KAPITEL 51
SEELE DES FEINDES

ZUGEGEBEN, Zhan-Yo hatte nicht erwartet, seine inspirierende, revolutionäre Rede damit zu beginnen, herumstreifende Paragons anzuschreien, um ihre Aufmerksamkeit zu erlangen. Irgendwie hatte er gedacht, dass es reichen würde, die Bühne in der Mitte des riesigen Stadions zu betreten. Kameras würden erscheinen und Zhan-Yo würde in die ganze Welt übertragen werden. So lief es normalerweise bei Ziran-Konferenzen ab, wenn er bei pulsierendem Musikbeat, Applaus und tausend bewundernden Blicken die Bühne betrat, alle gespannt darauf wartend zu erfahren, welche neuen Tamas in diesem Jahr veröffentlicht würden.

Zhan-Yo zählte vielleicht ein Dutzend blauer Anzüge unter den Zuschauern auf den Sitzen. Eine Person schaute mit genug Intensität, um zu vermuten, dass sie wusste, wer Zhan-Yo war. Als sich ihr Gesicht zu einer immer tieferen Grimasse verzog, fragte sich Zhan-Yo, ob sie ihn vielleicht auf der Stelle auslöschen würde. Einen Laser vom Himmel beschwören oder vielleicht sein Inneres zu Gelee verwandeln.

»Paragons!«, rief Zhan-Yo erneut. Er warf die Hände in die Luft, als versuche er, die untergehende Sonne einzufangen. »Hört mir zu!«

Sie taten es nicht. Die Eröffnungsfeier, wie Zhan-Yo den überall im Stadion angebrachten Schildern entnehmen konnte, war noch mehrere Stunden entfernt, und die Paragons schienen mehr daran interessiert zu sein, Freunde zu treffen, als dem seltsamen Menschen auf der Bühne zuzuhören.

Mit einer Ausnahme.

Den Mittelgang direkt auf Zhan-Yo zukommend, mit einem gelassenen Lächeln im Gesicht, näherte sich ein Champion, den Zhan-Yo noch nie persönlich gesehen hatte, aber gut genug kannte. Faltig, mit längerem zurückgebundenem Haar, trug Apinya eine rot-schwarze Paragon-Uniform, und obwohl er ohne Stab ging, konnte Zhan-Yo nicht anders, als sich einen in den Händen des Champions vorzustellen. Ein alter Zauberer, der kam, um einen Zauber über den Emporkömmling zu sprechen.

Wenn die Paragons Zhan-Yo keine Aufmerksamkeit schenkten, so gaben sie Apinya sicherlich all ihre Zuneigung. Blaue Anzüge folgten dem Champion ins Zentrum, flossen hinter ihm her und stellten sich zwischen den Sitzen auf, um zu sehen, was passieren würde, ob der legendäre Geistesmeister vielleicht die eine oder andere Weisheit verteilen würde.

»Da bist du ja«, sagte Apinya, als er sich der Bühne näherte, und nicht mit der donnernden Stimme, die Zhan-Yo erwartet hatte, sondern in einem milden Ton. Ein Gespräch zwischen zwei Personen, keine öffentliche Schelte. »Mitten im Geschehen.«

»Am Anfang davon«, erwiderte Zhan-Yo und verließ die Bühnenmitte, um zum Rand zu gehen, wo er vor und über Apinya stand. »Heute beginnen wir etwas Neues.«

»Tun wir das?« Apinya neigte seinen Kopf ganz leicht, ohne Ärger darüber zu zeigen, dass Zhan-Yo die erhöhte Position eingenommen hatte und offenbar beabsichtigte, sie zu behalten. »Und was ist dieses Etwas?«

»Ein Neuanfang für uns!« Zhan-Yo blickte bei diesen Worten nach oben und ignorierte Apinyas Gesprächslautstärke. Sein Publikum hier war nicht der Champion. Es waren auch nicht wirklich die Paragons im Stadion. Sie waren Zuschauer für die wahren Ziele: die Öffentlichkeit. Zweifellos nahm jemand das auf, möglicherweise wurde es live in die Welt gesendet. »Die Paragons und die Normalen. Heute fangen wir neu an. Gemeinsam, als Gleichgestellte.«

»Eine kühne Behauptung«, erwiderte Apinya. »Eine, denke ich, die mehr in Worten als in Taten lebt.«

Während Aegis seine Glanzzeit damit verbrachte, auf Magazincovern zu posieren und bei jeder Gelegenheit für die Kameras zu grinsen, die legendäre Rolle zu umarmen und darin zu schwelgen, schlich sich Apinya in zweite Absätze, Hintergrundfotos. Er spielte den Vermittler, den Problemlöser, den subtilen Verhandlungsführer. Der Champion würde versuchen, mit Zhan-Yos Worten zu spielen, sein Argument öffentlich zu zerlegen und die Revolution ins Lächerliche zu ziehen.

Zhan-Yo würde, konnte ihn das nicht tun lassen.

»Ich weiß, ihr denkt, was ihr tut, ist richtig«, verkündete Zhan-Yo und ignorierte Apinya erneut zugunsten seines weltweiten-vielleicht-Publikums. »Dass ihr ein friedliches System bewahrt. Aber ich sage euch, schaut euch um, seht all jene, die ihr, die Paragons, Tag für Tag unter euren Stiefeln zermalmt. Ihr haltet euch für ehrenhaft, für Verteidiger der Gerechtigkeit, und doch weigert ihr euch, denen, die ihr verteidigt, zu erlauben, ihre eigenen Schilde aufzuheben, ihre eigenen Sachen zu vertreten. Durch Zufall werden die Milliarden der Menschheit in ihre Stellungen gezwungen, wie die alten göttlichen Könige.«

Er musste Atem holen. Die Luft ging in seine Lungen, erfrischte seine Worte für neue Zeilen. Als er begann, sie auszusprechen, stand er nicht länger auf der Bühne. Er predigte nicht länger einer gebannten Welt.

Stattdessen saß Zhan-Yo auf einem steinernen Hocker auf einem Berggipfel. Ein Schachbrett aus Granit, das Spiel bereit zum Start, stand vor ihm, und auf der anderen Seite, auf einem ähnlichen gedrungenen Hocker, saß Apinya. Der Champion hatte dasselbe Lächeln, das Grinsen, das man einem Kind schenken würde, das in seinem seltsamen, harmlosen Verhalten beharrt.

Zhan-Yo konnte keinen Wind spüren, und obwohl er Schnee zu seinen Füßen und sich bewegende Wolken unter ihm sehen konnte, berührte keine Kälte seine Haut. Keine Höhe verdünnte seinen Atem, nicht dass er überhaupt atmete.

»Der Geist eines jeden ist anders«, sagte Apinya und griff dann aus, um einen zentralen weißen Bauern ein Feld nach vorne zu bewegen. »Früher begrüßte ich die Menschen auf ihre eigene Art, versuchte, ein Zuhause zu schaffen, das zu ihrer Erfahrung passte. Ich erkannte, dass das meinen Bemühungen nicht half. Also bringe ich sie jetzt hierher.«

Apinya nickte in Zhan-Yos Richtung.

Zirans ehemaliger Anführer wusste, wie man Schach spielt, aber die Regeln zu kennen und gut in dem Spiel zu sein, waren zwei verschiedene Dinge. Also kopierte er Apinyas Zug und versuchte, sich eine Antwort zu überlegen.

»Ich weiß, du bist vielleicht verwirrt, sogar verängstigt«, sagte Apinya und schob seine Dame auf das freigewordene Feld des Bauern vor. »Aber hier wird dir kein Leid geschehen. Und draußen wird kaum Zeit vergehen. Unsere Worte sind leicht, unsere Körper jenseits physischer Grenzen. Hier können wir ohne Emotionen argumentieren, ohne Wut Lösungen finden.«

Wieder kopierte Zhan-Yo den Zug seines Gegners.

»Ich habe nichts zu diskutieren«, sagte Zhan-Yo. »Du weißt, wofür ich kämpfe, was ich will.«

»Normale auf einer Ebene mit Paragonen.« Apinya bewegte einen weiteren Bauern. Zhan-Yo hörte auf, sich um das Spiel zu kümmern - er würde jeden Zug Apinyas kopieren, bis der Champion gewann oder es ein Durcheinander wurde. »Ein edles Ziel, wenn auch ein fehlgeleitetes.«

»Die Mächtigen wollen oft ihre Macht behalten.«

»Du bist nicht jung.« Apinya fügte seinem Ton einen belehrenden Touch hinzu. »Du hast unseren Aufstieg miterlebt und kennst die Welt, die davor war. Das Chaos, das herrschte, als Anführer ihrer Gier, ihren Vendetten und ihren egoistischen Ideen nachgingen. Du hast in dem, was danach kam, floriert, und doch würdest du es abschaffen?«

»Nicht abschaffen. Teilen. Behaltet eure Champions, behaltet eure Paragonen, aber lasst uns hinein. Gebt den Normalen die Chance, über unser eigenes Schicksal zu entscheiden. Bringt die Regierung zu allen Menschen zurück, nicht nur zu einigen wenigen.«

Apinya und Zhan-Yo spielten mehrere Züge schweigend, bevor der Champion wieder sprach.

»Du behauptest, dass ein solcher Schritt den Vielen nützen würde, aber wo sind deine Beweise? Demokratische Gesellschaften existierten schon vor den Paragonen, konnten unseren Aufstieg aber nicht verhindern. Sie scheiterten unter fehlerhaften Führern.«

»Und so werdet auch ihr. Ihr seht es bereits, nach Aegis. Nicht jeder Paragon ist ehrenhaft. Nicht jeder Champion ist wie du. Was passiert, wenn einer eigene Wege geht? Was passiert, wenn Millionen sterben, weil es einem Champion egal ist?«

»Dann wird man sich darum kümmern.«

Zhan-Yo wollte lachen, wollte weinen. »Siehst du? Das meine ich. Es gibt keine Kontrollen, keine Hebel für die normalen Menschen, um euch in Schach zu halten. Die Polizei kontrolliert die Polizei, und die Normalen leiden darunter.«

Apinya nahm Zhan-Yos Dame. Ein stolpernder Zug, der offensichtlich gewesen wäre, wenn Zhan-Yo aufgepasst hätte.

Da er Apinyas Züge nicht mehr kopieren konnte, beschloss Zhan-Yo, mit unberechenbarer Hingabe zu spielen und eine Figur gegen eine andere zu tauschen, um das Spiel schnell zu beenden.

»Du hast Aegis getötet«, sagte Apinya. »Egal was du sagst, wir können nicht zuhören. Indem du dieses Schwert in seinen Rücken gestoßen hast, hast du deine eigene Position zerstört.«

»Das war ein Fehler«, antwortete Zhan-Yo. »Ich wollte ihn nicht töten. Ich wollte nur, dass er meine Sichtweise versteht.«

»Und er hat es nicht verstanden?« Apinya nahm eine weitere Figur, diesmal einen Springer.

Zhan-Yo rächte sich, auch wenn das Nehmen von Apinyas Springer seinen eigenen Läufer in Gefahr brachte.

»Ich ... er glaubte mir nicht. Er dachte, ich sei arrogant. Dass ich einen Fehler mache.«

Apinya nickte langsam, während er Zhan-Yos Läufer nahm und sich selbst vor jedem echten Gegenangriff schützte.

»Denkst du, wenn eine Legende andeutet, dass du vielleicht einen Fehler machst, dass du das Problem vielleicht aus dem falschen Blickwinkel angehst, könnte er Recht haben?«

Zhan-Yo versuchte, Apinyas Worte zu überdenken, aber sie schienen weniger wie ein Argument und mehr wie ein Gefühl, das in ihm aufstieg, die kalte Verdammnis, die kommt, wenn der falsche Weg gewählt, begangen wird.

»Ich tue, was ich für richtig halte«, sagte Zhan-Yo. »Aber vielleicht mache ich es falsch.«

Er bewegte eine Figur ziellos. Ein Bauer kroch vorwärts. Apinya nahm Zhan-Yos letzten Springer. Ließ Zhan-Yo wieder schweigend ziehen, und Apinya schnappte sich eine weitere Figur. Das Spiel war zu einer vollständigen Niederlage geworden.

»Denk daran, wir alle sind der Menschheit verpflichtet«, sagte Apinya. »Gemeinsam bringen Normale und Paragonen die Gesellschaft voran. Du selbst hast die Welt durch Zirans Bemühungen mehr verändert als fast jeder von uns.«

»Stimmt.«

Ein weiterer Zug. Zhan-Yo hatte nur noch ein paar Figuren übrig, umgeben von Apinyas Horden.

»Stimmst du dann nicht zu, dass wir unsere Rollen zu spielen haben, die Normalen und die Paragonen? Dass diese Revolution von dir Leben und Energie verschwendet, die sonst dazu genutzt werden könnten, denen zu helfen, die es brauchen?«

Zhan-Yo konnte keinen zusammenhängenden Gedanken fassen. Worte entglitten ihm, als er versuchte, sie zu sagen. Stattdessen fühlte Zhan-Yo, wie bei einem einsetzenden starken Rausch, nur, dass Apinyas Argument eine unermessliche Wahrheit enthielt. Diese Revolution, diese Sache, war eine Verschwendung. Eine Fehlleitung, die zu Kummer und wenig anderem führen würde.

»Ich verstehe«, flüsterte Zhan-Yo.

Apinya bewegte seine Dame, kombinierte sie mit einem Turm und trieb Zhan-Yos König in ein Schachmatt-Gefängnis.

»Dann stimme mir zu«, sagte Apinya, ohne dass dieses Grinsen sein Gesicht verließ. »Lade mich auf deine Bühne ein und sage der Welt, dass du einen besseren Weg siehst. Gemeinsam können wir unser Volk vereinen und einen Weg in eine bessere Zukunft schmieden.«

Zhan-Yo streckte die Hand aus, stieß seinen König um und nickte die ganze Zeit. Apinya hatte Recht. Es gab zu viele wichtige Dinge zu tun für einen albernen Kampf zwischen Paragonen und Normalen. Besser für jede Seite, sich an ihre Rollen zu halten und die Gesellschaft nach bestem Vermögen voranzubringen.

Das Brett, die Figuren und der Berggipfel verblassten und für einen Moment fühlte Zhan-Yo, als fiele er durch diese Wolken, bis er in seinen eigenen Körper zurückstürzte, auf dieser Bühne, mit Paragonen, die ihn ansahen, Drohnen, die über ihm schwebten, und dem Tod, der Sekunden entfernt war.

»Wir haben eine Vereinbarung getroffen«, verkündete Apinya. Der Mann war nicht überschwänglich, aber die Drohnen nahmen seine Worte auf und verstärkten sie. »Gemeinsam werden wir Zusammenarbeit herbeiführen. Eine Partnerschaft zwischen Paragon und Normal.«

Zhan-Yo nickte von der Bühne aus und winkte Apinya, sich ihm anzuschließen. Der ältere Champion begann, sich zur Seite zu bewegen, wo eine kleine Treppe für jeden platziert worden war, der nicht klettern wollte. Während der Champion ging, wandte sich Zhan-Yo wieder der erwartungsvollen Paragon-Menge zu, den sich drängenden Drohnen.

Weiter hinten, sich nach vorne drängend, erkannte er ein Gesicht. Die Frau, die versucht hatte, ihn in Chicago zu töten. Zhan-Yo musste ihr sagen, dass er einen Fehler gemacht hatte. Dass er falsch lag. Sie sollten nicht im Krieg sein, sondern Verbündete, die kämpfen, um diese perfekte Welt zu bewahren.

Zhan-Yo hob seine rechte Hand hoch, winkte ihr zu, sah Celice in seine Richtung blicken, den Hass in diesem Gesicht. So stark, so wütend. Zhan-Yo ging einen Schritt zurück, zwei, und ließ seine Hand sinken, unsicher und verstört.

Wie konnte man eine Brücke zu diesem Menschen schlagen? Zhan-Yo wusste es nicht, und so wandte er sich an Apinya, der gerade die Treppe betrat, und suchte nach Antworten.

Doch das Lächeln des Champions verschwand mit reißender, brüllender Erde. Rasselnde Explosionen, spuckende Flammen, und plötzlich zog eine dunkle Kraft Zhan-Yo hinab, hinab, hinab.

KAPITEL 52

EINSCHÄTZUNG DER SCHÄDEN

MYNX.

MYNX.

Das Geräusch, das ihre Augen aufspringen ließ, war kein Wort, sondern ein nahtloser Ton, der direkt in Mynx' Geist gesendet wurde, entwickelt und getestet, um jedes Mal eine instinktive Reaktion hervorzurufen. Der Ping prallte ab, dröhnte und durchbrach die Scheuklappen, die Mynx bewusstlos hielten, und offenbarte das Stadion unter ihr.

Unter ihr?

Moment mal.

Als Mynx in die Realität blinzelte, erschienen kleine Quadrate in ihrem Sichtfeld in Blau-, Grün- und Rottönen. Sie bewegten sich und zentrierten sich auf verschiedene Stellen um … Verwüstung. Rauch stieg auf, darunter flackerten Feuer, während sich Körper bewegten oder reglos dalagen. Hilferufe und Schreie derer, denen keine Hilfe mehr helfen konnte, hallten wider, während sich Notfallsirenen näherten. Inmitten ausgehöhlter Tribünen und verbranntem, zerfurchtem Rasen stand noch immer die Betonhülle des Stadions, wie ein gebrochenes, leeres Skelett. Eines, das sie zurückgelassen hatte und über dem sie nun schwebte.

Ein Anzug. Da befand sie sich also. Mynx arbeitete sich durch den mentalen Rückstau, während immer mehr Quadrate auf ihrem Visier auftauchten und übereinander herfielen. So viele, und so wenige, die sich bewegten.

»Ich habe dich evakuiert, bevor die Sprengsätze hochgingen«, sagte Reeves, die KI, die ihre Worte mit angemessener Traurigkeit überzog. »Nachdem Celice dich getroffen hatte, hatte ich sowieso schon den Notfallanzug aktiviert.«

»Woher wusstest du das?«

»Was wusste ich?«

»Ich nehme an, es waren Bomben?«, sagte Mynx. »Deshalb sieht das Stadion so aus? Oder hat ein Anomaler den Verstand verloren?«

»Die Analyse deutet auf Zhan-Yo als wahrscheinliche Quelle hin. Als er die Bühne betrat, begann ich sofort eine Sicherheitsanalyse, da-«

»Er hat keine Selbstmordtendenzen«, unterbrach Mynx und ließ kalte Logik die kranke Verzweiflung betäuben, die in ihrem Bauch wuchs. »Überspring die Details, nenn mir die Ursache.«

»Es scheint keine einzelne Fehlerquelle zu geben. Verschiedene Sprengsätze gingen im ganzen Stadion hoch.«

Mynx übernahm die Kontrolle über den Anzug und begann einen kontrollierten Abstieg zurück zum Stadion. Der Notfallanzug, mehr eine große, sichere Box als ein Mittel für Kampf oder Dienst, hatte zwei flexible Arme, die Mynx benutzen konnte, um einige Körper herauszuheben. Jetzt, da die Situation nach einem Helden verlangte, konnte Mynx genauso gut einer sein.

»Kleine Bomben haben das nicht angerichtet«, sagte Mynx. »Wir hatten für so etwas geplant. Für Unruhen. Für Angriffe mit Kleinwaffen durch Zhan-Yos Leute.«

»Das mussten sie auch nicht«, sagte Reeves. »Wer auch immer das geplant hat, wusste, was er tat, Mynx. Die Angriffe kamen nicht von außen. Sie waren bereits im Stadion versteckt.«

»Wo versteckt?«

»Überall«, antwortete Reeves. »In der Merchandise, dem Essen, den Stühlen und der Bühne. In den Lüftungsschächten des Stadions. Ich denke, der einzige Grund, warum das Stadion noch steht, ist, dass genug Anomale reagiert und den Schaden mit ihren Kräften unterdrückt haben. Ihr alle solltet tot sein.«

Reeves sagte, ihr gesamter Gipfel, jedes einzelne Teil davon sei kompromittiert gewesen. Mynx hatte zwar für Sicherheit gesorgt, ja. Hatte Drohnen um den Eingang platziert und die Unternehmen überprüft, die jeden Gegenstand lieferten. Alles hatte sich als in Ordnung erwiesen. Alle hatten seit Jahren Geschäfte mit den Paragons gemacht.

Also hatte entweder jemand es geschafft, Sprengstoffe einzuschmuggeln, oder die Paragons waren von Anfang an kompromittiert gewesen. Die Lieferungen hatten vor zwei Tagen begonnen, Großlieferungen, die der Eile des Gipfels entsprachen. Mynx dachte, sie hätten ihr Bestes getan, aber vielleicht waren Fehler gemacht worden. Annahmen angenommen worden.

Wer würde es schließlich wagen, gegen die Champions vorzugehen?

Als sie sank, sah Mynx Paragon-Flaggen, die ihre zerfetzten Überreste im staubigen Wind wehen ließen. Weitere Schreie drangen durch die Lautsprecher des Anzugs, und als Mynx im zerbrochenen Zentrum des Stadions landete, mit zerrissenem Rasen, Stuhlteilen und zersplittertem Glas überall, kämpfte sie darum, ein Schluchzen zu unterdrücken.

Die Paragons taten, was sie sollten: Die Helden, die nicht durch die Explosion zerstört worden waren, sprangen umher, räumten Trümmer beiseite und machten Platz für medizinische Drohnen und inzwischen auch für Normale, um die

Verwundeten herauszuholen und wegzubringen. Niemand achtete auf die Frau in ihrem Anzug in der Mitte, die zusah, wie sich ihre Katastrophe entfaltete.

Mynx ging weitere Checks mit Reeves durch, bestätigte gefühllos die Notfallmaßnahmen und stellte sicher, dass alle LA-Drohnen entweder bei der Katastrophe halfen oder nach den Verantwortlichen suchten. Als sie am Ende angekommen war, wobei Reeves ihr ständig sagte, dass er all dies und mehr bereits getan hatte, nahm Mynx einen langen, zitternden Atemzug.

»Lass mich raus«, sagte Mynx, und trotz Reeves' Protest gehorchte der Anzug.

Seine Glasabschirmung öffnete sich, und Mynx trat auf die zerstörte Oberfläche hinaus. Sie schwankte ein wenig, ihr Kopf schmerzte, aber es gelang ihr, sich mit ausgestrecktem Arm zu stabilisieren. Ohne die Filter des Anzugs atmete Mynx wer weiß wie viel Staub, wie viele Chemikalien ein. Sie spürte die Hitze von Restbränden, deren flackernde Flammen um sie herum glühten, während die Sonne unterging. Und sie hörte, oh, sie hörte.

Champions hatten schon alles gesehen. Das hatte Mynx gedacht, das hatte sie sich vor unzähligen Missionen gesagt. Nichts könnte sie überraschen, und kein Grauen könnte zu viel für ihre eiskalten Adern sein. Mynx konnte alles ertragen, es wegsperren und zu ihren Maschinen zurückkehren. Sie noch gnadenloser, noch effektiver machen, damit die Paragons, die die Menschheit in ihren schlimmsten Momenten nicht ertragen konnten, es nicht müssten.

Und doch, hier war etwas, das sie noch nicht gesehen hatte. Ihre Freunde, einige ihrer engsten Vertrauten, könnten jetzt um sie herum begraben sein. Andere könnten tot und fort sein. Verdampft oder in Krankenwagen weggebracht, nur um bei einer Beerdigung oder in der Leichenhalle wiedergesehen zu werden.

Mynx hielt sich für ein logisches Wesen. Aufgebaut auf

Zahlen und Beweisen, Fakten und Daten. Apinya und Burov, sie kümmerten sich um die Emotionen. Sie waren darauf vorbereitet, damit auf der erforderlichen Ebene umzugehen. Mynx konnte nur damit fertig werden, indem sie Emotionen in Zahlen umwandelte.

Wenn auch nur die Hälfte der Champions heute getötet worden wäre, würde die Welt ins Chaos gestürzt. Macht-kämpfe wie der in Atlantis würden ausbrechen, und Frak-tionen wie die Elementals – hatte Rosamund überlebt? – könnten die Situation ausnutzen und ihre eigenen kleinen Territorien bilden. Die Paragons könnten die Dinge vielleicht wieder in den Griff bekommen, aber es würde massive Anstrengungen erfordern.

Mynx würde Drohnen zu Tausenden, zu Millionen benöti-gen. Aber wer würde ihr jetzt noch vertrauen? Sie würde allein sein, nachdem sie die Champions und so viele Paragons in eine offensichtliche Falle gelockt hatte. Mynx würde keinen Respekt bekommen, und sie würde auch keinen verdienen.

Sie ging, denn was sollte sie sonst tun?

Nicht weit von ihr entfernt berührte ein Paragon in zerfetztem Blau einen Betonbrocken, der daraufhin zischte und zu Staub zerfiel, wobei eine zusammengekauerte Gestalt darunter zum Vorschein kam. Zwei kleinere Drohnen schossen herbei, hefteten sich an den Körper und hoben ihn weg, während der Paragon zum nächsten weiterging.

Mynx ging langsam um ihren gelandeten Anzug herum, als befände sie sich in einem Albtraum, und hielt eine Hand an der Maschine, um sich körperlich und geistig zu stabilisie-ren. Sie war am Ende ihrer Kräfte.

Die Bühne war in Stücke zersplittert. Eine Bombe musste darunter gewesen sein. Keine Leichen dort, keine Teile herum. Kein Zhan-Yo in Sicht, auch kein Apinya, obwohl die beiden genau hier gewesen waren. In der Mitte.

Apinya hätte Zhan-Yo aufhalten sollen. Der Champion konnte jeden gegen alles wenden oder in nichts verwandeln.

Jetzt war er selbst verschwunden. Vielleicht weggeblasen. Mynx konnte nur hoffen, dass Zhan-Yo das gleiche Schicksal erlitten hatte.

»Mynx«, sagte Reeves, der jetzt durch ihren Tama sprach. »Bitte. Ich bekomme zu viele Anfragen, um sie zu bewältigen. Die Paragons brauchen Anweisungen, und sie brauchen sie von dir.«

»Nach dem, was ich getan habe? Was ich angerichtet habe?« Mynx streckte die Hand aus und berührte den zerrissenen, schlappen Stoff der Bühne. »Was wollen sie von mir?«

»Erinnerst du dich, als du mir vor all dem gesagt hast, dass du wieder ein Champion sein würdest?«

Mynx sagte nichts. Sie blinzelte den Staub aus ihren Augen. Beobachtete die Drohnen und Paragons, die umherflogen.

»Du hast gesagt, du würdest es tun. Du hast gesagt, du würdest das sein, was die Welt jetzt braucht, da Aegis es nicht mehr kann.«

»Das hat ja gut geklappt.«

»Es läuft noch. Wir sollten bald eine Opferliste haben. Mynx, ich kann nicht derjenige sein, der der Welt mitteilt, was passiert ist. Ein Computer sollte keine solchen Nachrichten überbringen.«

»Oh, Glück für mich.« Mynx setzte sich auf die Bühne. Sie holte tief Luft und hustete den Staub aus.

Ein Champion zu sein bedeutete, tausend Leben zu leben. Mynx hatte in ihrer Fabrik unzählige Träume erfüllt, war mit Aegis und den anderen auf Abenteuer gegangen, und jetzt war die Zeit für die tragische Seite gekommen. Sie trug die Uniform – Mynx blickte an sich herunter – und trug sie immer noch. Auch wenn sie die einzige war.

»Sag mir, Reeves. Wen haben wir verloren?«

KAPITEL 53
DER SCHWARZE HORIZONT

IN DEN TRIEFEND nassen Momenten nach dem Ansturm durch die Wellen zum Boot mussten Thane und die anderen Anomalien ihre Flucht unterbrechen und sich der Realität stellen. Genauer gesagt, sie hatten ein Boot ohne Motor, einige Vorräte und etwa zwei Dutzend Leute mit Kräften, die keine Ahnung hatten, wie man zusammenarbeitet. Da der Tag sich dem Nachmittag zuneigte und niemand im Dunkeln gegen Drohnen kämpfen wollte, riss Thane sich zusammen, um die Dinge schnell zu regeln.

Während Cassidy eine Namensliste der Anomalien aufrief, stützte Thane sich auf sie und platzierte jede Antwort an der optimalen Position auf dem Boot. Sook mit seinen Luftstoß-Fähigkeiten war ein natürlicher Motor. Er würde am Heck sein und sich mit Sienna abwechseln, die ihre kinetische Energie umleiten konnte, um dem Boot einen Schub zu geben.

Eine andere Anomalie, Avery, behauptete, derjenige zu sein, der das Boot ursprünglich versiegelt hatte. Seine Fähigkeit, Oberflächen in glattes Glas zu verwandeln, schien zunächst nutzlos, aber Thane musste an mehr denken als nur an das ruhige Wasser in Arthurs Bucht; dort draußen, wo die

Wellen hoch aufsteigen und das kleine Boot von der Brandung geschaukelt werden könnte, könnte das Versiegeln der Oberfläche zu einer glatten, ebenen Linie lebenswichtig sein.

Andere Anomalien konnten Energie verdrehen, ihre eigene Haut formen oder aus der Ferne harte Netze zwischen Molekülen weben. Thane versammelte diese um die Mitte des Bootes, wo sie sich verschieben konnten, um einem möglichen Drohnenangriff entgegenzuwirken, egal woher er kommen würde. Im Idealfall würden die fliehenden Anomalien Zeit haben, bevor die Drohnen reagierten, und genug Geschwindigkeit aufnehmen, um der Verfolgung zu entkommen.

Die Drohnen könnten in der Lage sein, dem Boot den ganzen Weg bis nach Hawaii zu folgen, aber Thane hielt an der Hoffnung fest, dass sie mit genügend Schwung und ein wenig Offensive durch die Linie brechen und die weiter entfernten Maschinen überholen könnten, um rechtzeitig die Zivilisation zu erreichen, das Boot loszuwerden und zu verschwinden.

»Das sind alle«, sagte Cassidy, und Thane warf einen schwachen Blick auf die Gruppen, die er arrangiert hatte. »Glaubst du, das reicht?«

»Wir können immer mehr gebrauchen«, sagte Thane und blickte zurück zum Strand, wo Arthur und seine Gefolgschaft standen und zusahen. »Ruf sie noch einmal. Sieh nach, ob jemand seine Meinung geändert hat.«

»Ich bin nicht sicher, ob das eine gute Idee ist. Ich glaube nicht, dass du dir mit deinem Vorstoß vorhin viele Freunde gemacht hast.«

»Ich versuche nicht, Freunde zu machen.«

Cassidy schüttelte den Kopf und seufzte: »Thane, wenn du ein echter Anführer sein willst, musst du lernen, so zu tun, als ob du dich kümmerst.«

»Es ist nicht so, dass ich mich nicht kümmere. Es ist so, dass ich mich um wichtigere Dinge kümmere als um die

Gefühle der Leute. Frag sie. Wenn Arthur versucht zu kämpfen, springe ich von diesem Schiff und reiße ihn in Stücke.«

Thane hoffte, dass er die leichte Angst nicht zeigte, die bei diesem Gedanken in ihm aufstieg. Sein Arm schmerzte immer noch dort, wo Arthur ihn am Strand verbrannt hatte, eine einzigartig seltsame Empfindung nach Jahrzehnten, in denen er Schmerz als Neuheit behandelt hatte. Trotzdem war jetzt nicht der Zeitpunkt, das Vertrauen in seine Fähigkeiten zu verlieren. Thane musste der unbesiegbare Leuchtturm sein.

»Wenn du uns umbringen lässt, werde ich sehr sauer sein«, sagte Cassidy, übergab Thane dann an Sook zur Unterstützung und machte sich auf den Weg vom Schiff zurück ins Wasser.

»Bring mich nach hinten. Ich will sehen, was passiert.«

»Klar, Boss«, sagte Sook. »Übrigens, ziemlich beeindruckend. Weißt du, ich dachte nicht, dass das wirklich passieren würde, als ich dich in dieser Höhle gefunden habe. Dachte eigentlich, wir wären jetzt schon tot.«

Sook, der zerzauste, schlaksige Leibwächter, hatte gedacht, Thane würde ihn in den Tod führen, und war trotzdem mitgekommen?

»Danke, nehme ich an«, sagte Thane. »Ich schulde dir etwas dafür, dass du mich aus dieser Höhle geholt hast. Wenn wir in eine richtige Stadt kommen, werde ich dafür sorgen, dass deine Schuld beglichen wird.«

»Mach dir darüber keine Sorgen. Das hier war schon mehr als genug. Mehr, als ich gedacht hätte, jedenfalls.«

Mit Sienna auf der einen und Sook auf der anderen Seite beobachtete Thane, wie Cassidy sich dem Strand näherte. Arthur kam, um mit ihr zu sprechen, und obwohl Thane über das Rauschen des Ozeans nicht genau hören konnte, was Cassidy sagte, konnte er sehen, dass sie um ihn herum sprach, zu der Gruppe von Anomalien am Strand.

Arthur schüttelte den Kopf, noch bevor Cassidy begann,

dann bedeutete er ihr aufzuhören, sein Gesicht wurde mit jedem Wort röter und röter. Die Anomalien hinter ihm schienen sich auch nicht um Cassidy zu kümmern und standen mit steinernen Mienen da, während die Leere ihr Plädoyer hielt.

Oder es versuchte.

Mit einer plötzlichen Verdunkelung stieß Arthur seine Hand in die Luft und zog das Licht um sich herum, um den Strand, sodass die Schatten aller zu der Anomalie hingezogen wurden. Cassidy wich einen Schritt zurück, aber Arthur schien sie nicht mehr anzusehen. Stattdessen starrte er an ihr vorbei, am Boot vorbei, und saugte weiter das Licht ein.

»Wird er sich gleich in die Luft jagen?«, sagte Sook.

»Man kann nur hoffen«, murmelte Thane.

Arthur ging jedoch nicht in die Luft. Cassidy brach ab und rannte zurück zum Boot, während Arthur weiterhin das Licht anzog, und platschte hindurch, als ein heller Nachmittag sich in eine düstere Abenddämmerung verwandelte und dann in eine lichtlose Nacht.

Die Anomalie leuchtete wie ein Leuchtfeuer, mit gelb-weißem Licht, das um ihn herumwirbelte, als wäre Arthur zu seinem eigenen Stern geworden. Thane glaubte, Arthur jetzt schreien zu hören, einen wortlosen Schrei.

Vielleicht hatte Sook recht. Vielleicht würde Arthur dieses ganze Abenteuer sabotieren, indem er sich selbst in die Luft sprengte und alle ins Nichts beförderte. Thane konnte darüber nicht einmal wütend sein – dafür war keine Zeit, und auf gewisse Weise wäre ein solch grandioses Ende zu beeindruckend, um sich dagegen zu wehren. Es blieb nichts anderes übrig, als abzuwarten und zu sehen, ob Arthur sie alle zu Asche verwandeln würde.

Dann, als würde er einen schnellen Ball werfen, ballte Arthur sich zusammen und schleuderte einen Arm nach vorne. Das ganze Licht in ihm, all das Licht, das Arthur dem Tag entzogen hatte, strömte in diesen Arm und aus dessen

Ende heraus, schoss über das Boot hinweg zum fernen Horizont.

In dem Moment, als das Licht Arthur verließ, wie eine sich entfernende Wolke oder eine endende Sonnenfinsternis, kehrte das Tageslicht in einer Welle zurück, während sich alle umdrehten, um zu sehen, ob Arthur nur eine hübsche Show abgezogen hatte oder ob er einen Zweck verfolgte.

Arthurs Blitz bewegte sich so schnell, dass Thane, als er sich umdrehte, nur noch die Nachwirkungen sah. Eine wabernde, zuckende Explosion draußen an der dunklen Drohnenlinie, die ausbrach und sich ausdehnte, sich wie ein Virus zwischen den Drohnen ausbreitete und eine nach der anderen explodieren ließ, bis fünf oder sechs direkt im geplanten Kurs des Bootes in der Nova verschwunden waren.

»Er hilft uns?«, sagte Sienna. »Was?«

Thane verstand es auch nicht. Warum sollte Arthur sich um ihre Flucht kümmern, warum sollte er sich so viel Mühe machen, die Drohnen in ihrem Weg in die Luft zu jagen? Freundlichkeit, nachdem Thane ihn am Strand blamiert hatte, schien nicht Arthurs Art zu sein.

»Thane!«, Arthurs Stimme trug kaum über die Wellen. »Ich hoffe, dir hat meine Show gefallen! Es wird die letzte sein, die du je siehst!«

Eine dumme Drohung. Thane wollte sich zu Arthur umdrehen, ihm Kontra geben, aber Rufe und Fingerzeige über das Boot hinweg hielten seine Aufmerksamkeit am Horizont, auf all den anderen schwarzen Punkten.

Drohnen umringten die Insel, und jetzt bewegten sie sich, reagierten auf Arthurs Angriff, einen Blitz, der sie direkt hierher führen würde. Direkt zu Thane und ihrer Flucht.

Und die Anomalien bewegten sich überhaupt nicht.

»Los«, sagte Thane. »Bringt das Boot in Bewegung. Wir müssen jetzt los!«

Cassidy kam herüber, packte Thane, während Sook und Sienna sich umdrehten, um das Boot in Gang zu bringen.

Thane rief weiter den Anomalien zu, ihre Positionen einzunehmen, sich auf den Angriff vorzubereiten, auf das Eintreffen des Drohnenschwarms.

Als Cassidy Thane zur Bootskabine zog, drehte er sich um und warf einen letzten Blick zum Strand, wo Arthur gewesen war. Wo die Drohnen ihn finden würden, sollten. Er könnte zwar die Aufmerksamkeit auf das Boot lenken, aber Arthur würde Mynxs robotischen Zorn auch auf sich ziehen.

Doch als Thane sich umdrehte, waren Arthur und seine verbliebene Gruppe verschwunden, als wären sie nie dort gewesen.

»Wir können uns keine Gedanken mehr um ihn machen«, sagte Cassidy. »Jetzt liegt es ganz an uns, und wir folgen dir, also führ uns.«

Thane hätte sagen können, dass die Führung der vom Elemental angeheuerten Schläger in einem aussichtslosen Kampf gegen die Paragons etwas ganz anderes war als . . . nun, vielleicht war dies gar nicht so weit davon entfernt. Das Ziel im Nordosten war es gewesen, lange genug durchzuhalten, um die Paragons zu einem Deal zu bewegen. Hier mussten sie lange genug durchhalten, um zu überleben.

Damit konnte er arbeiten.

»Positionen nach euren Kräften!«, rief Thane, trat von Cassidy weg in die Mitte des Bootes und drehte sich dabei, um die Blicke aller einzufangen. »Beschützer nach vorne, Kämpfer in die Mitte. Das wird nicht schnell gehen, also redet miteinander. Findet eure Freunde und arbeitet zusammen.«

Ob nun die Verzweiflung des Moments die Reaktion kristallisierte oder irgendeine Anomalie-Kraft alle zu koordiniertem Handeln antrieb, das Boot schwankte, als die Anomalien ihre Positionen einnahmen. Als er die Reaktion sah, spürte Thane einen bitteren Stolz: all diese Schurken und Außenseiter, die ihre verbrannte Vergangenheit beiseite warfen, um sich in einem wahrscheinlich zum Scheitern verurteilten Versuch zusammenzutun.

Wenn es so sein sollte, dann würde Thane glücklich sein, an ihrer Seite zu stehen. Sein allererstes, wahres Team.

Die Drohnen kümmerten sich kein bisschen um Thanes Team, ob wahr oder nicht. Die kleinen schwarzen Punkte wurden zu autogroßen Monstern, als das Boot an Geschwindigkeit zunahm und sich von der Insel entfernte. Die fliegenden Maschinen rasten heran, eine nach der anderen.

»Sobald sie in Reichweite sind, feuert alles, was ihr habt!«, schrie Thane. »Wenn ihr einen Schild habt, arbeitet mit euren Partnern zusammen und errichtet sie abwechselnd!«

Keine besonders einheitliche Verteidigung – mit mehr Zeit hätte Thane Feuersequenzen ausarbeiten können, damit die Anomalien ihre Energien nicht beim Angriff oder der Verteidigung gegen dieselben Ziele verschwendeten. Thane hatte diesen Luxus nicht – sie würden im Flug lernen müssen.

Kaum hatte er zu Ende gesprochen, sah Thane, wie zwei Anomalien in der Mitte des Bootes auf die herannahende Drohne zeigten. Ein kleines Brett schoss von der Bootsoberfläche empor, wurde lang und scharf, bevor es sich – Thanes Vorstellung nach die Arbeit der zweiten Anomalie – in einen schimmernden Speer verwandelte, der in die Hülle der anfliegenden Drohne eindrang und die Maschine in funkelnde, feurige Hälften spaltete, die im Wasser verschwanden.

Ein Jubel brach aus, der schnell erstarb, als mehrere weitere Drohnen sich näherten und Dutzende weitere hinter diesen summten.

Wie viele mehr konnte diese zerlumpte Truppe noch zerstören?

KAPITEL 54

VERBINDUNG

KENNST DU DEN BESTEN WEG, einer Kugel auszuweichen? Lass einen Hund zuerst den Schützen beißen.

Kat dachte, sie würde gleich wieder eine Reise in die Schusshölle antreten, aber Seekers schwarz-weißer Schemen tackelte den knienden Schützen, bevor er abdrücken konnte. Der Husky warf den Angreifer zu Boden und knurrte und schnappte nach seinem Handgelenk.

Kat ließ sich die Gelegenheit nicht entgehen, rappelte sich auf ihre wackeligen Beine und machte sich langsam auf den Weg zum Ufer des Teichs. Rhimes ging auch in diese Richtung, kam zuerst dort an und bahnte sich schreiend einen Weg nach oben, wobei er Kats Hund verfluchte. Zumindest bis Calvin hinter dem Welpen hergerannt kam.

Und definitiv, als Calvin eine Hand in den Schnee steckte und die andere auf den Körper des am Boden liegenden Mannes legte. Ein menschlicher Eiszapfen lässt einen seine Handlungen überdenken, und Rhimes verwandelte seinen Rettungsangriff in eine gerade Fluchtlinie durch den Schnee, schnitt zwischen Kat und Calvin hindurch und steuerte auf die Pods zu.

»Lass ihn nicht entkommen!«, rief Kat. Sie versuchte, den Greifhaken zu zielen, setzte einen Fuß falsch auf und landete mit dem Gesicht voran am verschneiten Ufer des Teichs.

Sie steckte ihren Kopf aus dem Schnee und sah, dass Seeker immer noch die Hand seines Opfers nicht losgelassen hatte. Calvin war losgerannt, um Rhimes zu verfolgen, aber trotz einiger Eisstöße, die gegen Rhimes' Rücken prallten, gelang es ihm nicht, ihn einzuholen.

»Danach«, knurrte Kat zu sich selbst, spuckte dabei Schnee aus und kam wieder auf die Beine, »ziehe ich in den Süden.«

Anstatt Rhimes' Weg entlang des verschneiten Ufers zu folgen, ging Kat direkt zum Parkplatz. Sie brach auf den Asphalt durch, zuckte bei den Leichen zusammen, die ihn immer noch bedeckten, und sah Rhimes, der auf den Pod zustürzte, den sie hierher gebracht hatten, als Kat noch sediert gewesen war.

Das fühlte sich wie eine Ewigkeit her an. Die Zeit verging wirklich schnell, wenn man beschossen, geschlagen, getreten und auf dem Eis herumgeworfen wurde.

Calvin schickte eine weitere gefrorene Kristallsalve in Richtung des Pods und beugte sich beim Laufen vor, um mit der Hand durch den Schnee zu fahren. Das Eis knackte und zerschellte an Rhimes' Fahrzeug, richtete aber rein gar nichts aus, als der Pod rückwärts fuhr und sich in Richtung des Parkausgangs drehte.

Kat zielte, überlegte, ob sie den Greifhaken abfeuern sollte, ließ dann aber ihren Arm sinken, als Rhimes davon-rollte und seine Soldaten im Stich ließ. Selbst wenn der Greif-haken sich hätte festhalten können, und Kat bezweifelte, dass das Ding am Pod haften geblieben wäre, hätte es sie nur auf eine wirklich kalte, unbequeme Fahrt mitgezogen.

»Lebst du noch?«, sagte Calvin, als er herüberstampfte und einen langen Blick auf die Leichen warf. »Ich dachte, wir hätten es nicht richtig getimt, als ich das Gemetzel sah.«

»Richtig getimt?«, sagte Kat, die sich damit abfand, dass sie tatsächlich noch am Leben war. »Ihr wart viel zu spät. Ich hätte etwa ein Dutzend Mal sterben sollen.«

»Zu spät?«, sagte Calvin, als sie sich beide zu Seeker umdrehten, der immer noch fest an seinem menschlichen Snack festhielt. »Ich dachte, du wolltest nicht, dass wir zu früh kommen? Als du das Signal gesendet hast, habe ich so lange gewartet, wie du gesagt hast.«

»Ich dachte nicht, dass ich bewusstlos geschlagen würde«, sagte Kat.

Tamas für vorprogrammierte Benachrichtigungen zu nutzen, war kein Geheimnis. Ob man jemandem eine Nachricht schicken wollte, wenn man zur Arbeit kam, oder wenn man seinen Namen gefolgt von einer Aufgabe aussprach, einen subtilen Strahl zu einem Freund zu senden, erreichte nicht gerade Superspion-Level. Kat war zu Rhimes' Haus gegangen, um die Waffen aufzuspüren, während Calvin die ganze Zeit über ihren Fortschritt im Auge behielt.

Die Idee war natürlich, dass Calvin die Drohnenkavallerie rufen konnte, wenn die Dinge aus dem Ruder liefen. Stattdessen war nichts passiert, als Kat während des Kampfes im Haus das Signal gesendet hatte – zwei schnelle Tama-Tipper, während sie die Treppe hinaufgerannt war, hatten gereicht. Das Haus war laut Calvin eine Todeszone gewesen. Kat war verschwunden, als sie hineingegangen war, und tauchte später wieder auf, als sie nach Norden und Westen in Richtung des Teichs unterwegs war.

»Warum?«, fragte Kat, während sie zu jedem gefallenen Feind ging und bestätigte, dass sie nie wieder aufstehen würden. »Warum seid ihr und mein Hund hier und nicht die Drohnen?«

»Ich weiß es nicht!«, sagte Calvin, und angesichts der Hand-fliegenden Verzweiflung in seiner Stimme war Kat geneigt, dem Mann zu glauben. »Ich hab's versucht! Buchstäblich, ich hab die Paragon-Nummer angerufen, die wir alle bekommen, und gesagt, hey, meine Freundin, eine Trackerin, ist in Schwierigkeiten und braucht Hilfe, und rate mal, was sie gesagt haben?«

»Was?«

»Wir sind verdammt beschäftigt. Anscheinend hat es was mit diesem Gipfel zu tun. Sie sagten, sie würden mich zurückrufen.«

»Welcher Gipfel?«, sagte Kat abgelenkt, als sie den vierten fühlte und erkannte, dass ihre Todesrate bei hundert Prozent lag.

Sie hatte ihre Tötungsanzahl an einem einzigen Nachmittag verdoppelt. Und anders als einige Tracker, die anscheinend jeden Kopfgeld-Auftrag für Anomalien annahmen und ein 'Tot oder lebendig' an die Bedingungen anhängten, wollte Kat sich übergeben. Wollte allein sein. Wollte bei Freunden sein. Wollte vergessen, dass das je passiert war.

»Dieser große in LA?«, sagte Calvin. »Weiß nicht, warum das die Dinge für uns durcheinanderbringt, aber als sie sagten, sie würden nicht helfen, dachte ich, Seeker und ich sollten besser losziehen.«

»Mmhmm.«

Kat schloss für einen Moment die Augen. Vier Menschen. Vielleicht mit Familien. Leben.

»Aber Kat, weißt du, Paragons? Wir bekommen die Überbrückungscodes für die Pods? Die gehen super schnell! Ich dachte, wir würden abstürzen, aber das Ding bewegte sich. Wir wären ohne es viel zu spät gekommen.«

»Calvin, bitte, sei still.«

»Tut mir leid, ich bin nur aufgeregt.«

»Ja«, sagte Kat. »Ich auch.«

Seeker bellte. Lenkte ihre Aufmerksamkeit zurück auf den Husky und sein Opfer. Kat bewegte sich nicht schnell; der am Boden liegende Mann bewegte sich nicht.

Seekers Fang, stellte sich heraus, hatte sich dem Rest von

Rhimes' Sicherheitskräften im Jenseits angeschlossen. Kat kniete sich neben den Soldaten, sagte Seeker, er solle den Mann in Ruhe lassen, und nahm schnell den Puls. Nichts, was Sinn ergab, da Eis jede Höhle füllte, die Kat sehen konnte. Ohren, Augen, Mund.

»Mensch, Calvin«, sagte Kat langsam, stand auf und schüttelte den Kopf. »Das hättest du nicht tun müssen.«

Calvin schaute nicht besonders reumütig. »Der Kerl hat versucht, dich zu erschießen, Kat. Ich habe nicht darüber nachgedacht, nett zu ihm zu sein.«

»Ich glaube, es gibt einen Mittelweg zwischen nett sein und jemandes Innereien in eine Eisskulptur zu verwandeln.« Mit diesem Satz schien Kat allerdings den Rest ihres Adrenalins verbraucht zu haben. Als wäre sie erneut auf dem Eis ausgerutscht, fühlte sich Kat schwer und müde, und pochende Kopfschmerzen bestätigten, dass sie ihre Kräfte überstrapaziert hatte.

»Weißt du, für eine Rettung gibst du mir ganz schön viel Mist«, sagte Calvin. »Ich denke, Seeker und ich haben ein Dankeschön verdient.«

»Ich weiß, das habt ihr. Danke. Aber können wir jetzt von hier verschwinden? Irgendwann wird jemand nach diesen Leuten suchen.«

Kat sagte nicht, dass sie, egal wer dieser Jemand war - ob es nun Paragons waren, die Calvins Anruf nachgingen, oder die zweite Abrisstruppe des Killers -, sich nicht mit ihnen auseinandersetzen wollte. Konnte.

Sie hatte bereits genug Albträume.

Auf der Fahrt zurück in die Innenstadt zu Gordons Hotel - ihre Wohnung war jetzt, da Rhimes und sein Boss sie im Visier hatten, lächerlicherweise tabu - streichelte Kat Seekers Fell und starrte ins Leere. Calvin versuchte ein paar Mal zu reden, spürte aber ihre Stimmung und wandte sich stattdessen seinem Tama zu.

Abgesehen davon, dass sie Gordon eine Nachricht schickte, um ihn wissen zu lassen, dass sie kamen, mied Kat die Welt. Calvins Gesichtsausdrücke, sein Pfeifen und gemurmelten Flüche machten deutlich, dass etwas Schlimmes passierte, aber während der einstündigen Fahrt in der Kapsel dachte Kat nur an die Leichen.

Sie hatte ihre Eltern einmal gefragt, als Kat etwa dreizehn war, ob sie jemals jemanden getötet hätten. Ob sie Menschen verletzen mussten, wie es Aegis ab und zu tat. Zunächst hatten sie nein gesagt. Sie hatten beide gesagt, ihre Rollen seien friedlich. Freundlich. Kat hatte ein weiteres Jahr damit gelebt, bis ihre Mutter eines Abends spät nach Hause gekommen war, mit einem langen Kratzer im Gesicht und einem Handgelenk im falschen Winkel.

Kats Vater war mit ihr im Krankenhaus verschwunden, und dank der Paragon-Versorgung waren sie in einer Stunde zurück, Kats Mutter sah perfekt aus. Die Beweise hatten jedoch für eine Nachfrage gereicht, eine drängende Frage.

Warum hatten sie ihr die Wahrheit gesagt? War es, weil sie zu diesem Zeitpunkt alle wussten, dass Kat keine Anomalie sein würde? Versuchten sie, Kat ein besseres Gefühl zu geben, als sie ihr mit einer Tasse heißer Schokolade in den Händen erklärten, dass die Arbeit bei den Paragons chaotisch war? Dass man lernen musste, mit schrecklichen Dingen zu leben?

Wie man das tat, wie man mit diesen Dingen lebte, war ein Thema, das für einen anderen Tag aufgespart wurde. Einen Tag, der nie kam.

Gordon empfing sie in der Hotellobby und sah viel zu grimmig aus für jemanden, der sich endlich wieder normal zu bewegen schien. Zunächst dachte Kat, der aschfahle Gesichtsausdruck des Mannes käme daher, dass er Calvin wiedersah, aber als Gordon in Richtung Bar nickte und Calvin zustimmte, verwarf Kat diese Logik.

Und als sie die Nachrichten sah, die über die Bildschirme

liefen, als sie es auf ihrem Tama bestätigte, schloss sich Kat dem geschockten Schweigen der überfüllten Bar an, das nur vom Plätschern des Alkohols in die Gläser unterbrochen wurde.

Was konnte man auch sonst tun am Ende der Welt?

KAPITEL 55
EXPLOSIONSZONE

KOLLATERALSCHÄDEN. Das war das Risiko gewesen, und Zhan-Yo hatte es akzeptiert. Er hatte Mathieu angewiesen, ihm so wenig wie möglich über den Plan zu erzählen, die schnelle Reaktion, die Zhan-Yo selbst Tage zuvor angeordnet hatte, als sie den Ort des Gipfels entdeckt hatten. Apinya und andere Paragons könnten möglicherweise die Pläne aus Zhan-Yos Kopf extrahieren. Der einzige Hinweis, den Mathieu gegeben hatte, der einzige Fluchtweg, den er Zhan-Yo gelassen hatte, waren die Worte, die er ihm vor der Trennung nach der Rettung zugeflüstert hatte: *Bühnenmitte*.

Als die Bomben explodierten, erwartete Zhan-Yo zu sterben. In einem flammenden Geysir zu verschwinden oder so hoch in die Luft geschleudert zu werden, dass er beim Aufprall zerschmettert würde. Stattdessen fiel er. Er . . . stürzte einfach, als die Bühne um ihn herum zerbrach, in der Mitte absackte und Zhan-Yo in die unteren Labyrinthe des Stadions fallen ließ.

Er landete auf einem Haufen Kunsterde, während Kunstrasen um ihn herum rieselte. Zhan-Yos Ohren klingelten, und Apinyas mentale Säuberung hatte seinen Kopf taub werden lassen. Schmerzhafte Nadelstiche breiteten sich aus.

Ein blau-weißes Licht, das einst an der Decke der Kammer befestigt war und nun an einem Kabel hing, flackerte, während weiterhin Trümmer herabfielen. An den Rufen von oben merkte Zhan-Yo, dass er entweder ohnmächtig geworden war oder schon minutenlang auf diesem Haufen gelegen hatte. Er wollte noch einige Minuten liegen bleiben, den Schock abklingen lassen.

Aber das würde nicht funktionieren.

Zhan-Yo hatte seine ultimative Tat begangen. Die Welt destabilisiert. Jetzt zu sterben wäre definitiv nicht in seinem besten Interesse. Es würde diese wunderbare Gelegenheit verschwenden.

Er bewegte sich, griff und zog sich über die Erde vorwärts, den Hügel hinunter und in Richtung des steinernen Bodens. Jede Bewegung schmerzte, und Zhan-Yo spürte die verräterische Wärme des Blutes, nass an seinen Beinen, Armen, über sein Gesicht laufend. Splitter vielleicht, oder die Druckwelle der Explosion. Wer wusste das schon.

Aber er lebte, und Zhan-Yo hatte nicht einmal so viel erwartet.

Der Zementboden bot kalten Trost. Zhan-Yo hustete in der schmutzigen Luft. Seine Augen tränten im Staub, brannten, da wer weiß wie viele gefährliche Substanzen nun umherflogen. Eine tiefe Vibration entstand, als etwas Schweres oben landete und noch mehr Erde und funkelnde Drähte aus ihren beschädigten Behältern rüttelte.

Als er sich mit zittriger Anstrengung aufrichtete, warf Zhan-Yo seinen ersten Blick über den weiten Raum und erkannte, dass der Raum die gesamte Länge des Stadions einnahm. Das ganze Feld, mit Türen an beiden Enden. Vielleicht für die Wartung des Rasens.

Was würde er jetzt tun?

Der Gedanke reizte Zhan-Yo. Zukunftsplanung war ein riskantes Unterfangen gewesen, dem man sich nur mit vagen Worten und Maximen genähert hatte, einem unbestimmten inspirierenden Ton, der die Tür für die schmale Möglichkeit des Erfolgs offen ließ. Er hatte sich auf das Hier und Jetzt konzentriert, aber während Zhan-Yo humpelnd über den Zement ging und um die eingestürzten Abschnitte herumwanderte, spielte er mit einer neuen Welt.

Obwohl er nicht wissen würde, wie viele Paragons, wie viele Champions bei dem Bombenanschlag gefallen waren, ging Zhan-Yo davon aus, dass das Chaos absolut sein würde. Und normale Beteiligung wäre hier zu schwer zu verbergen. Die Welt würde wissen, dass Menschen beschlossen hatten, sich gegen ihre Herren zu wehren, und diese Menschen würden einen Anführer brauchen. Würden Zhan-Yo als solchen hochhalten.

In ihrer erschütterten Angst würden die Paragons, alle verbliebenen Champions, verhandeln müssen. Mit den Normalen, Milliarden und Abermilliarden, die hinter ihm standen, hätte Zhan-Yo den Hebel in der Hand. Die Paragons konnten ihn nennen, wie sie wollten, konnten ihn als Monster und Terroristen bezeichnen, und Zhan-Yo würde sich an diese sauberere Alternative klammern: Freiheitskämpfer.

Am Verhandlungstisch, angesichts weltweiter Unruhen, würden die Paragons Zugeständnisse machen müssen. Würden eine gleichberechtigte Stellung, Behandlung akzeptieren müssen. Eine Rückkehr zur demokratischen Regierung. Das Volk, nicht mehr zwischen Normalen und Anomalien geteilt, würde wieder seine Zeit haben.

Und wenn die Paragons nach all dem darauf bestünden, dass Zhan-Yo trotzdem noch hingerichtet werden sollte? Nun, das könnte er akzeptieren. Sein Leben war nicht das Ziel. Die Geschichte würde sich an ihn erinnern.

Zu seiner Linken ließ ein knarrendes-stöhnendes-brechendes Geräusch, gepaart mit Erde, die in dunklen Wellen herabfiel, Zhan-Yo nach rechts stolpern. Er hatte sich einem Ende genähert - in der Dunkelheit unter der Erde hatte Zhan-Yo keine Ahnung, welches Ende, er ging einfach auf eine Tür zu - und jetzt schien es, als hätte er die falsche gewählt. Zhan-Yo bewegte sich weiter, beobachtete, wie sich die Decke bog und wölbte und brach, Trümmer von oben auf den Boden krachten und Staubwolken aufwirbelten, Steine freisetzten und Zhan-Yo zwangen, seine Augen zu schützen, seinen Mund zu schließen und zu hoffen, dass nichts Tödliches ihn treffen würde.

Nichts tat es, aber dasselbe konnte nicht von dem Körper gesagt werden, der zwischen den Steinen und dem blauen Paragon-Rasen lag, der eine der Endzonen hielt. Ein Arm, ein Bein und ein kurzgeschorener Kopf, fast von Erde verschluckt, ragten heraus, zerkratzt und blutig.

Zhan-Yo zuckte zusammen, ging dann weiter. Musste weitergehen, musste raus.

»Hilfe.«

Zhan-Yo konnte nicht sicher sein, ob sie die Worte überhaupt gesprochen hatte, oder ob sie nur gestöhnt hatte und sein Verstand den Rest erledigte. Trotzdem drehte er sich stirnrunzelnd um.

»Hilfe.«

Diesmal bewegten sich ihre Lippen, und sieh an, sie hatte ein Auge geöffnet. Das andere sah geschwollen aus, nicht in gutem Zustand. Die Art, wie ihre Gliedmaßen ausgestreckt waren, deutete auf gebrochene Knochen hin, und man sollte jemanden in so einem Zustand nicht bewegen. Könnte zu dauerhaften Schäden führen.

Er sollte weitergehen.

Doch die Decke stöhnte erneut. Weiter hinten, in Richtung der Stelle, wo Zhan-Yo zuerst hingefallen war, brach ein weiteres Loch ein. Das Feld selbst schien auseinanderzufallen. Egal, welchen Schaden der Paragon erleiden könnte, wenn Zhan-Yo ihr half, es musste besser sein als zu sterben, oder?

»Bitte.«

Aber das hier, das war der Feind. Würde er der Paragon helfen, würde er genau den Leuten Beistand leisten, die er aufzuhalten versuchte. Nun, nein. Er wollte die Paragons nicht wirklich aufhalten. Zhan-Yo wollte Gleichberechtigung. Das bedeutete, zusammenzuarbeiten.

Ja, er hatte diese Katastrophe verursacht, um seinen Standpunkt klarzumachen. Aber diese Paragon, dieses einzelne Opfer, sie war nicht sein Hauptziel. Sie hatte vielleicht keine Macht, aber sie könnte sich später an die Person erinnern, die sie gerettet hatte.

Zhan-Yo würde sich auch daran erinnern, und in den langen Tagen und Nächten, die noch kommen würden, wäre es vielleicht gut, etwas zu haben, womit er sein Gewissen beruhigen konnte. Eine gute Tat, um sie über seine schrecklichen zu streuen.

»Boss, wir müssen los«, kamen die Worte von hinter ihm, und Zhan-Yo drehte sich um und sah die offene Tür, in der Marcus stand, staubig, aber ansonsten unverletzt in seinem Paragon-Blau. »Sie sind noch verwirrt, aber sie sammeln sich schnell.«

»Richtig.« Zhan-Yo blickte zurück zu der verletzten Paragon, deren beide Augen nun geschlossen waren. »Komm her, hilf mir mit ihr.«

Marcus rannte zu Zhan-Yo in die Nähe der Paragon, aber seine geweiteten Augen und sein fragendes Gesicht passten zu seinen erstarrten Händen, als er ankam. Zhan-Yo hatte bereits begonnen, etwas Schutt wegzuräumen, hob einen Stein auf und warf ihn beiseite.

»Was machst du da?«, sagte Marcus. »Bist du verrückt? Hast du 'ne Gehirnerschütterung? Sie ist nicht auf unserer Seite.«

»Noch nicht. Wir sind keine Monster, Marcus. Hilf mir, sie hier rauszuholen.«

Kopfschüttelnd begann Marcus, an den Steinen zu ziehen. »Mann, du hast gerade ein Stadion auf einen Haufen Heldenköpfe fallen lassen. Wenn du kein Monster bist, weiß ich nicht, wer es ist.«

»Und trotzdem hilfst du mir.«

»Schau, ich helfe dir, weil ich meine Entscheidung getroffen habe«, antwortete Marcus, während er mit Zhan-Yo einen Betonbrocken anhob und wegrollte, um den Oberkörper der Paragon freizulegen. »Das heißt nicht, dass ich mich selbst belüge.«

Log Zhan-Yo sich selbst an? Hatte er diese Grenze vom Visionär zum Terroristen überschritten, wie so viele selbstgerechte Könige und Diktatoren, die zu Asche der Geschichte geworden waren?

Während Zhan-Yo die Schultern der Paragon führte, befreite Marcus ihre Beine, und die Heldin rutschte den Trümmerhaufen hinunter auf den Boden. Zhan-Yo gab sein Bestes, ihren Hals gerade und eben zu halten, und als sie auf dem Beton lag, war er überrascht über seine eigene Erleichterung, als er sah, dass sie atmete.

»Lass uns sie zur Tür ziehen, dort ist es stabiler«, sagte Zhan-Yo. »Dann können wir sie dort lassen.«

»Der Sünder und der Heilige«, murmelte Marcus, aber er gehorchte. »Du bist ein seltsamer Typ, Z.«

Z. Wexley und Sylvie nannten ihn so. Sonst eigentlich niemand. Es war schon eine Weile her. Vielleicht sollte er das öfter erwähnen. Hatten nicht all diese historischen Monster große Namen? Unheimliche? Zhan-Yo konnte einfach Z sein, simpel und leicht. Jemand, mit dem man zusammenarbeiten konnte, jemand, für den man arbeiten konnte, jemand, der die Welt retten konnte.

Sie ließen die Paragon am Türrahmen fallen, und mit Marcus an der Spitze verschwanden sie im Stadion und dem chaotischen Gedränge, während Menschen und Drohnen daran arbeiteten, die Retter zu retten.

KAPITEL 56
ZAHL DER TOTEN

MYNX KONNTE die Lichter des zerstörten Stadions vom Paragon-Turm in LA aus sehen. Es schwebte vor den großen Fenstern, noch immer von dichtem Rauch umhüllt, während Drohnen und menschliche Crews direkt von der Rettung zur Reparatur übergingen. Auch die umliegenden Blocks brauchten Hilfe; zerborstene Fenster, eingeklemmte Menschen, Kapseln, die ihrem Katastrophenvermeidungsprogramm gefolgt waren und ineinander gekracht waren.

»Du hast ihn nicht gefunden, oder?«, sagte Celice.

Irgendwie hatte Aegis' Tochter diese Katastrophe überlebt. Ein Wunder der Platzierung, aufgefangen in der Schutzblase eines Paragon, die der namenlose Held aus den Rängen aktiviert hatte, als die ersten Explosionen kamen. Während Mynx darüber geschwebt war, hatte Celice zugesehen, wie das Stadion um sie herum zusammenbrach, wie riesige Trümmer gegen den Schild krachten und abrutschten, ein halbes Dutzend Paragons dicht um sie gedrängt.

»Reeves hat weder seine Gefangennahme noch seinen Leichnam gemeldet«, sagte Mynx. »Es besteht die Möglichkeit, so gering sie auch sein mag, dass Zhan-Yo sich nicht im Stadion selbst verbrannt hat.«

Eine größere Chance als gering. Mynx hatte das Loch in der Bühnenmitte gefunden. Sie hatte eine Drohne hindurchgeschickt und schmutzige Fußabdrücke gesehen, die wegführten. Dann war das ganze verdammte Feld eingestürzt und hatte jegliche Beweise – und ihre Drohne – unter Tonnen von Rasen und Erde begraben. Ob Zhan-Yo in diesem Einsturz gefangen worden war, würde sich erst in Tagen, möglicherweise Wochen herausstellen.

»Bei unserem Glück ist er wahrscheinlich heil und gesund davongekommen«, sagte Celice. Sie saß am Tisch, während Mynx stand, beide tranken Tee und blickten größtenteils aus den Fenstern in den Nachthimmel von LA. »Nimmt vermutlich gerade eine große Ankündigung auf. Erklärt, dass jetzt alles umgekrempelt werden muss. Du hättest mich auf ihn schießen lassen sollen.«

»Das hätte ich tun sollen.«

Celice klang jedoch nicht aufgebracht. Sie klang nicht wütend. Sie klang verloren, besiegt. Wie Mynx.

»Tut mir leid, dass ich dich geschlagen habe«, sagte Celice, zum dritten Mal jetzt, seit sie in diesem Raum Zuflucht gefunden hatten. »Ich hab ihn einfach gesehen und die Beherrschung verloren.«

»Ich verstehe das.« Mynx blickte auf ihr Tama hinunter und tippte einige schnelle Befehle an Reeves und andere Paragons. »Ich kann nicht sagen, dass ich dasselbe getan hätte, aber ich verstehe es.«

»Ich wollte direkt auf ihn zugehen. Ihn dort vor aller Augen erledigen. Das war mein Plan. Alles davon.« Celice seufzte. »Es ist, als hätte mein Leben eine schwarze Box um ihn herum. Ich konnte nicht über ihn hinausblicken. Über das hinaus, was er getan hat.«

Oh, Mynx kannte diese schwarze Box. Sie konnte sie sehen, oder bildete es sich zumindest ein, im Norden. Ihre Fabrik, die darauf wartete, sie zurück in ihre surrenden, mechanisierten Grenzen zu ziehen. Projekte, mit denen sie spielen konnte, die jetzt schon zu lange auf Eis lagen. Die noch ein bisschen länger warten mussten.

»Das können wir uns nicht mehr leisten«, sagte Mynx. »Wir können uns das nicht mehr leisten.«

»Ja, ich glaube, ich verstehe das.«

»Die Paragons werden dich brauchen. Ich weiß nicht genau, wie viele Champions das hier überstehen werden, aber wir werden Anführer brauchen.«

»Du willst nicht, dass ich im Moment irgendetwas anführe.«

»Nicht wollen, *brauchen*, dass du anführst. Ob du es glaubst oder nicht, die Paragons sehen zu dir als Aegis' Tochter auf. Wir brauchen deine Unterstützung.« Mynx riss sich von den Fenstern los, setzte sich Celice gegenüber und nahm einen kräftigen Schluck aus ihrer heißen Tasse. »Reeves hat weiter an Zhan-Yos Tama gearbeitet.«

»Während das Stadion in die Luft flog?«

»Er ist ein Computer. Er kann mehrere Dinge gleichzeitig tun.«

Celice nickte langsam. Mynx fragte sich, ob sie genauso müde und mitgenommen aussah wie Celice. Wahrscheinlich. Vielleicht sogar schlimmer, da Celice gut dreißig Jahre jünger war.

»Zhan-Yos ganzer Plan dreht sich darum, die Normalen dazu zu bringen, sich gegen uns aufzulehnen«, sagte Mynx.

»Das ist dumm. Jeder liebt die Paragons. Der Welt geht es so gut wie nie zuvor.«

»Du musst öfter raus, wenn du das glaubst.«

»Sagt die Champion, die ihre Fabrik nie verlässt.«

Mynx erkannte diese Wahrheit an, indem sie ihre Tasse hob. Ließ das Argument im Sande verlaufen.

»Mein Punkt ist«, fuhr Mynx fort, »dass er versuchen wird, die Öffentlichkeit gegen uns aufzubringen. Wir müssen dem entgegenwirken. Normalerweise würde ich sagen, die Champions könnten ihm einfach ins Gesicht lachen.«

»Aber ihr seid schwach.«

»*Wir* sind schwach, Celice. Nach diesem Vorfall sind wir sehr schwach. Wir müssen zeigen, dass wir nicht gebrochen sind und dass wir bereit sind, uns zu ändern.«

Celice lehnte sich zurück, ihre Augen verengten sich zu Schlitzen, ihr Griff um die Tasse wurde fester. »Du willst eine Galionsfigur. Das ist es, wofür du mich brauchst. Eine berühmte Normale, der man einen Platz an der Spitze gibt.«

»Keine Galionsfigur«, widersprach Mynx. Überrascht auch, dass sie es ernst meinte. »Es fällt mir nicht leicht, das zu sagen, Celice, aber ich lag vielleicht falsch. Vielleicht brauchen wir tatsächlich Normale bei den Paragons, vielleicht brauchen wir sogar einen normalen Champion.«

»Und du sagst, das wäre ich. Wie praktisch.«

Mynx presste die Lippen zusammen, entspannte sie dann wieder und versuchte, die diplomatische Linie zu finden, und nee, sie konnte es einfach nicht. Nicht an einem Tag wie heute. Nicht jetzt, wo ihr Tama jede Sekunde mit einem neuen Opferbericht vibrierte. Eine weitere Schlagzeile, die die Champions für tot erklärte und die Welt in Aufruhr.

Sie schlug hart auf den Tisch. Stand auf und starrte auf das kleine Mädchen herab, das sich zu einem nicht enden wollenden Ärgernis entwickelt hatte, seit ihr Vater verschwunden war.

»Du wirst damit aufhören, und zwar sofort. Das hier ist größer als du, größer als dein Stolz. Wir können es uns nicht leisten, jetzt diese dummen Spielchen zu spielen. Mach mit oder verschwinde.«

Für einen Moment, einen allzu kurzen Moment, schien es, als würde Celice tatsächlich zuhören. Als würde Aegis' Tochter diesem Argument nachgeben und das Angebot annehmen.

Celice schob sich vom Tisch weg und stellte sich auf Augenhöhe mit Mynx.

»Ich habe dich einmal gebeten, mich aufzunehmen, und

du hast nein gesagt«, erwiderte Celice. »Du hast mir gesagt, die Paragons seien nur für Anomalien. Dass ich nicht dazugehöre. Du kannst das nicht ändern, wenn es dir gerade passt. So funktioniert das Leben nicht. Ich bin nicht dein Ticket nach draußen, und ich will dein Spiel nicht mitspielen.« Celice ließ ihren Becher auf dem Tisch stehen und ging zur Tür. »Ich werde Zhan-Yo folgen. Ich werde zu Ende bringen, was ich begonnen habe. Und wenn ich fertig bin, werden wir sehen, Mynx. Wir werden sehen, was für eine Welt uns dann noch bleibt.«

»Ich werde warten«, sagte Mynx, aber als die Worte über ihre Lippen kamen, hatte Celice die Tür bereits zugeschlagen.

Wieder weg.

»Mynx«, unterbrach Reeves die Stille. »Ich versuche schon die ganze Zeit, dich zu erreichen.«

»Hab's bemerkt.«

»Wir haben Apinya gefunden. Er lebt.«

KAPITEL 57
DER AUSWEG

EINE BESTANDSAUFNAHME der Anomalien während
eines aktiven Kampfes durchzuführen, war in der Tat nicht
einfach. Thane, der versuchte, seine Wut und Verzweiflung
im Zaum zu halten und nicht wie ein rasender Wahnsinniger
auszurasten, rannte auf dem schwankenden Schiff umher,
fragte zusammengekauerte Anomalien, wer was tun konnte,
und wies sie dorthin, wo sie eingesetzt werden konnten.

Diejenigen ohne offensive oder defensive Kräfte gingen zu
den Polen und halfen dabei, das Boot durch die Riffe und
Sandbänke entlang der Inselränder zu steuern. Andere
verschwanden unter Deck in den flachen Laderaum, der mit
Kokosnüssen und getrocknetem Fisch gefüllt war, wo sie
nicht im Weg sein würden.

Mehr als zwei Dutzend Anomalien auf dem Boot fanden
jedoch Plätze für ihre Kräfte. Da Mynx die Insel für gefährliche Anomalien genutzt hatte, war Thane nicht allzu überrascht, dass die Luft um das Boot bald von zuckenden
Blitzen, aus dem Meer geschleuderten Wassersäulen,
Cassidys schwerkraftverzerrenden Leeren und anderen
physikverachtenden Manifestationen erfüllt war.

Zunächst nahmen die Drohnen die Treffer gedankenlos

hin und flogen in ihren tödlichen Angriffen durch, wobei sie Feuer versprühten, das Cassidy in ihrer Leere einfing. Oder wenn Cassidy eine Pause brauchte, sprang stattdessen eine andere Anomalie-Kombination als Schild ein: Die beiden Anomalien, die bei Arthur gewesen waren, arbeiteten im Tandem. Eine schleuderte eine riesige Wassersäule aus dem Ozean, wobei sie ihre Arme wie ein Showman hochschwang, und die andere verwandelte den Sprühnebel in reines Salz, wodurch eine dicke, weiße Säule entstand, die aufpuffte, wenn das Drohnenfeuer darauf einschlug.

Offensivere Anomalien schossen ihrerseits und brachten Drohnen mit Säure, Flammen oder purer Konzentration, die die Metallrahmen der Maschinen verbog und zerbrach, zum Absturz oder beschädigten sie.

Das Boot bewegte sich weiter vorwärts, wobei Sook und Sienna ihre Windstöße und kinetischen Schübe abwechselten, und sie gewannen an Geschwindigkeit. Sie passierten das Riff, und größere Wellen peitschten gegen das Boot, schleuderten es alle paar Sekunden in die Luft, wenn es einen Wellenkamm nach dem anderen überwand. Die Anomalie-Versiegelung, die das Boot zusammenhielt, hielt stand, und das Gefährt glitt über die Wasseroberfläche, als gehöre es dorthin.

Thane erlaubte sich, ein wenig zu hoffen.

Aber Anomalien waren nicht unermüdlich, und als der Tag voranschritt, begannen die Anzahl der Drohnen und die endlosen Wellen zu ermüden. Anomalien wurden getroffen. Laserverbrennungen oder Kugeln warfen sie auf das Deck oder über Bord. Nicht dass jemand Zeit hatte zu trauern oder etwas anderes zu tun, als den Platz der Gefallenen einzunehmen.

Diese Flucht würde kein schneller Sieg werden, es würde ein Ausdauertest sein. Eine Herausforderung, durchzuhalten, bis sie bewohnte Gebiete erreichten, und dort könnten sie vielleicht in der Menge untertauchen.

Oder, ein wirklich düsterer Gedanke, diese Drohnen würden vielleicht nie aufhören. Die Verfolgung könnte ihnen bis zum bitteren Ende folgen, bis jede Anomalie tot wäre, ob auf dem Meeresgrund oder in einer überfüllten Straße.

»Cassidy!«, rief Thane, als ein weiterer Drohnenangriff die Anomalien nach Luft schnappen ließ. Diejenigen an der Front wechselten sich ab, zogen sich zur Bootsmitte zurück, während Ersatz an ihre Positionen ging und auf den nächsten Angriff wartete und sich vorbereitete. »Wir müssen unseren Plan ändern!«

Die Leere, die sowohl erschöpft als auch frustriert aussah, lehnte sich an Thane, als sie von ihrer Position wegging.

»Einverstanden. Ich glaube nicht, dass wir das noch viel länger durchhalten können«, sagte Cassidy, und Thane, der die von ihr ausgehende Hitze spürte, konnte nicht widersprechen. »Was ist dein Plan? Bringt er uns hier raus?«

»Wir spielen Verteidigung, und das muss sich ändern«, sagte Thane. »Ich denke, wir werden ihnen nie davonlaufen können.«

»Wie sollen wir sie angreifen?«, erwiderte Cassidy. »Wir bleiben gerade so am Leben, falls du es nicht bemerkt hast.«

»Du, Cassidy. Du bist der Schlüssel.«

»Das ist nicht das, was ich hören will.«

Thane zog Cassidy nach unten, als Salzsäulen hochschossen und die nächste Drohnenwelle vorbeizog. Eine Anomalie, die auf dem höchsten Punkt des Bootes stand, schien mehrere Energietreffer von den Drohnen einzustecken und gab die Schläge, als sie vorbeizogen, an ihre Erzeuger zurück, wobei zwei Maschinen ins Meer stürzten. Ein zerfetzter Jubel erhob sich, selbst als die Anomalie auf die Knie sank und Blut aus ihrer Nase strömte.

»Wie groß kannst du eine machen?«, fragte Thane. »Könntest du eine ganze Welle einfangen?«

Cassidy schüttelte den Kopf an seiner Schulter. »Ich weiß

nicht, Thane. Ich bin schon so müde. Selbst wenn ich es täte, könnte ich verbrennen. Das Schiff in Brand setzen.«

»Ich möchte dich nicht darum bitten, aber ich sehe keinen anderen Weg.« Die nächste Drohnenwelle drehte bei, zwei Dutzend schwenkten zu einem Angriff vom Heck des Bootes ein. »Wir werden zusammenbrechen, und zwar bald.«

»Ich dachte, du hättest auf der Insel gesagt, dass wir das gemeinsam schaffen können«, murmelte Cassidy. »Ich habe dir geglaubt.«

»Und ich werde dich nicht im Stich lassen.« Thane zog Cassidy auf die Füße und zuckte zusammen, als ihre Haut seine Hände versengte. »Wir brauchen das jetzt einfach.«

Die Befehle kamen schnell, sobald er Cassidy zum Heck des Bootes bewegte. Die Leere blickte auf die herannahenden Drohnen und konzentrierte sich, ihre Haut glühte rotglühend. Sienna zog auf Thanes Bitte hin Wasser heran und besprühte Cassidy mit eiskaltem Meerwasser, eine kontinuierliche Dusche, die Cassidy aufschreien ließ und sie in Nebel verschwinden ließ, als die Flüssigkeit sie traf und verdampfte.

Verdampfte. Thane blickte auf seine eigenen Hände, Schultern. Sie waren rot, ja, aber nicht schwarz oder sich abschälend, als wäre er gekocht worden. Er konnte so viel aushalten.

Rufe jedoch lenkten Thanes Aufmerksamkeit himmelwärts, und dann sah er, warum.

Die herannahenden Drohnen schienen zu flimmern und sich zu dehnen, einige verschwanden ganz, als ein schwarzes Oval erschien und wuchs, dessen Ränder keine dicke Linie, sondern ein verschwommener Schleier waren. Licht, das nicht entkommen konnte. Wenn Cassidy zuvor einen kleinen negativen Raum erschaffen hatte, war dies jetzt eine echte Leere, die alles in der Nähe einsaugte.

Und die Drohnen flogen direkt hinein.

Was spektakulär hätte sein können, hätte sein sollen, war

stattdessen ein stiller Triumph. Ohne Licht kam Cassidys Wirksamkeit von den Drohnen am Rand der Formation, denjenigen, die gerade außerhalb des stärksten Sogs der Leere dahinrasten. Selbst dort verdrehte Cassidys Werk ihren Flug, riss die Maschinen härter herum, als sie ausgleichen konnten, zog sie hinein und ließ sie gegeneinander krachen. Ihre feurigen Wracks wurden in Cassidys Leere zurückgesaugt, als würden sie eingesaugt, dehnten sich, bis sie verschwanden.

Keine einzige Drohne kam durch, obwohl Thane das kaum erkennen konnte, da der Nebel das gesamte Boot eingehüllt hatte.

»Aufhören!«, rief Thane. »Cassidy, es ist vorbei!«

Das stimmte nicht ganz. Es kamen mehr Drohnen, weitere Wellen, aber für ein paar Minuten zumindest hatten sie Zeit. Thane befahl Sienna, weiter zu sprühen, bis sich der Nebel schließlich nicht mehr erneuerte und das schnelle Boot seine Überreste hinter sich ließ. Thane legte Cassidy aufs Deck, ihre Augen waren geschlossen, um die wenigen Sekunden Ruhe zu nutzen, die sie vor der nächsten Welle haben würde.

Der Plan hatte funktioniert. Ein ganzer Drohnenschwarm war eliminiert worden. Wenn sie das noch ein paar Mal schafften, könnten sie den Himmel räumen. Sich die Freiheit erkaufen, die sie brauchten, und Raum für Thane, um eine neue Idee zu entwickeln.

»Haben wir gewonnen?«, fragte Cassidy, als Thane sie Minuten später mit noch mehr kaltem Wasser geweckt hatte, während sich die nächste Drohnenwelle für ihren Angriff formierte. »Ich schätze, ich lebe noch?«

»Du warst brillant«, antwortete Thane, der sie immer noch hielt. »Du warst alles, was wir brauchten. Du hast sie alle erwischt. Jeden einzelnen.«

Cassidy lachte trocken und ließ ihren Blick über das Boot gleiten. »Von dieser Gruppe. Ich werde es wieder tun müssen, oder?«

Thane konnte sie nicht mehr anlügen. Nicht jetzt, nicht jemals. »Kannst du das?«

»Wir sterben, wenn ich es nicht tue, richtig?«

Thane hatte keine Antwort. Nur ein trauriges Nicken.

»Du wirst mich wieder halten müssen«, sagte Cassidy. »Dieses Mal fester. Ich bin fast abgerutscht, und es wird nur noch schlimmer werden.«

Neben einem lodernden Inferno stehen, während sie ihr Leben rettete? Das konnte Thane tun. Konnte in die tiefe Ungerechtigkeit greifen, in die unheilvolle Welt, die sie in diesen Moment gebracht hatte, und Cassidy aufrecht halten, sich selbst am Leben erhalten.

»Ich werde da sein«, sagte Thane und zog sie auf die Füße. »Ich stehe bei dir bis zum Ende.«

KAPITEL 58
DER MORGEN DANACH

KAT KONNTE dem Weltuntergang nichts Positives abgewinnen. Sie wollte sich nicht irgendwelchen Feierlichkeiten anschließen, alle Sorgen über Bord werfen und die Vernichtung in einem riesigen Saufgelage akzeptieren, während die Uhr bis zum Unvermeidlichen tickte und sie zu Asche werden ließ. Nein. Stattdessen starrten Kat, Calvin und Gordon nach dem ersten Drink einander und die anderen in der Bar an, die alle dasselbe taten, und machten sich dann auf den Weg zu Gordons Zimmer.

Sie redeten nicht wirklich, tauschten keine Geschichten aus oder beschrieben nicht einmal, wie Kat die Begegnung mit Wexley, Rhimes und seinen Schlägern kaum überlebt hatte. Die ganze Sache schien im größeren Zusammenhang keine Rolle zu spielen; wenn die Weltordnung in einer heißen Explosion verschwand, wirkten Kats eigene Probleme lächerlich.

Nur Seeker, der schnaufend umherlief und an Kats weißen Stiefeln leckte, schien unbeeindruckt.

Calvin folgte ihnen nicht ganz. Sein Tama leuchtete mit Paragon-Anforderungen, Bitten und dann Befehlen auf, sich zur Zentrale für Aufträge und Informationen zu melden. Kat versuchte, ihn auszuquetschen, bevor der Anomalie ging, um einige Details zu erfahren, aber Calvin hatte nichts zu sagen, außer dass er sich melden würde. Der Mann verschwand in eine stille, panische Nacht.

Sich in Gordons Hotelzimmer zurückzuziehen fühlte sich falsch an, oder zu beengt, oder zu wenig angesichts von ... der Existenz? Was machte man bei so einer Katastrophe? Die Champions waren keine Freunde, keine Verwandten, kamen nicht zu Kats Geburtstagsfeiern – als ob sie Geburtstagsfeiern hätte –, aber die schrecklichen Berichte aus LA fühlten sich trotzdem wie Messerstiche in den Bauch an.

»Ich gehe mit Seeker spazieren«, hatte Kat gesagt, nachdem sie den Aufzugknopf gedrückt hatten, aber bevor sich die Türen öffneten.

»Gute Idee«, hatte Gordon geantwortet, ohne zu bedenken, wie absurd ein Mitternachtsspaziergang in einer Stadt wäre, die nach wiederholten Paragon-Katastrophen in Aufruhr war.

Keiner von beiden sprach, als sie mit Seeker Blocks umrundeten. Pods rollten vorbei, obwohl Kat gesagt hätte, dass die Straßen leerer waren als erwartet – alle drinnen, über ihr Schicksal grübelnd. Sie kamen an noch überfüllten Bars vorbei, deren Gäste mehr auf Fernseher oder Tamas starrten als zu trinken. All diese Neonlichter, die herauslockten, verblassten im dichten Schatten der Sorge.

Kat wusste nicht, wann der Schlaf kam. Sie fielen auf die Matratze, Seeker zwischen ihnen, und wachten genauso auf, in einem surrealen Zustand, der nur eine Agenda verfolgte: herauszufinden, was mit ihrer Realität passiert war?

»Es gibt Leute, die dich umbringen wollen«, sagte Gordon, als sie Zähne putzten, Gesichter wuschen, etwas Normalität auflegten. »Ich weiß, ich weiß, da ist die ganze Paragon-Sache. Aber das wird sich entwickeln. Du kannst dich nicht ablenken lassen. Nicht jetzt.«

»Mhm.«

»Ich meine, wir sind Tracker. Wir haben Fähigkeiten. Wenn die Paragons nicht funktionieren, dann wird etwas nach ihnen kommen, das uns brauchen wird. Wir werden schon klarkommen.«

»Klar werden wir das.« Kat starrte sich im Spiegel an. Nicht allzu schlecht. Ein kleiner Kratzer am Arm vom Sprung im Waffenhaus, ein roter Schorf an der Stirn vom Pfeil, aber ansonsten verbargen ihr Mantel und ihre Jeans die Prellungen vom mörderischen Eistanzen. »Alles wird genau so sein wie vorher, Gordon.«

Mit ihrer in der einfachen Übernachtungstasche verpackten Uniform, die sie vollstopfte, musste Kat entscheiden, wohin sie gehen sollte. Sie war der Aufklärung des Mordes nicht nähergekommen, und abgesehen davon, zum Haus zurückzukehren und zu sehen, ob Rhimes eine zweite Runde wollte, gab es keine klaren Optionen.

Ganz zu schweigen davon, dass Kat eine Menge Handlanger ausgeschaltet hatte. Wenn der Mann sie vorher tot sehen wollte, würde er sie heute wahrscheinlich nicht mehr mögen. Sie wäre in der Unterzahl, unterlegen. Es sei denn...

Kat betrachtete ihr Tama an ihrem linken Handgelenk. Wie Tamas es taten, und wie Kat sicherstellte, dass ihres es sehr gut tat, hatte es jedes Gespräch aufgezeichnet, das sie gestern geführt hatte. Mit den Paragons auf ihrer Seite könnte Kat Calvin die Aufnahmen geben und zusehen, Popcorn in der Hand, wie Anomalien und Drohnen Kats Rache für sie übernahmen. Zum Haus gingen und Rhimes niederbrannten. Vielleicht den Anführer anhand seiner Stimme identifizierten und alles auf einmal erledigten.

Sicher, die Paragons hatten wahrscheinlich Probleme, aber ein Mordring in Chicago musste doch einiges Handeln rechtfertigen. Die Stadt konnte nicht wegen einer Katastrophe in LA der Anarchie überlassen werden.

»Kann ich mit dir kommen?«, fragte Gordon, als sie das

Zimmer verließen. »Die Tracker-Foren haben keine Informationen. Mynx, falls sie noch am Leben ist, sagt nichts.«

»Klar«, antwortete Kat. »Denk nur daran, dass ich anscheinend ein Ziel bin. Wenn du mit mir läufst, könntest du erschossen werden.«

»Daran bin ich gewöhnt.«

»Bist du das?«

Gordon zuckte mit den Schultern, und Kat hatte nicht genug Energie, um den Streit weiterzuführen. Sie brauchte Kaffee und Essen. Und vorzugsweise eine Rückkehr in ihre Wohnung ohne die Angst, in Stücke gesprengt zu werden.

Chicago fühlte sich offenbar genauso. Nach einer langen Nacht des Katastrophen-Nachdenkens quollen die Schlangen vor den Cafés in der Innenstadt über, als die Leute erkannten, dass die normale Arbeit weitergehen würde, auch wenn ihre Normalität jetzt lächerlich erschien. Kat stellte sich trotzdem an. Gab die Bestellung auf ihrem Tama auf und nahm sie entgegen, als der dampfende Becher auf den Tresen plumpste.

Die Reps funktionierten. Bezahlten den Einkauf. Der ganze Austausch reichte aus, um einem Mädchen das Gefühl zu geben, dass die Dinge vielleicht doch nicht so schlimm sein würden.

Dieses Gefühl hielt dreißig Minuten an, bis Kat, Gordon und Seeker den Paragon-Turm erreichten. Sie hatte versucht, Calvin eine Nachricht zukommen zu lassen, aber er hatte nicht geantwortet. Die Morgennachrichten berichteten immer noch über LA. Anscheinend hatten einige Champions es durchgestanden, Mynx eingeschlossen, obwohl nichts mehr als eine flüchtige Erklärung über Ausdauer, das Finden der Schuldigen und bla bla Standardphrasen herausgegeben worden war.

Aegis wäre all dem voraus gewesen. Er hätte in diesen Ruinen gestanden und Feuer und Schwefel gepredigt, Mut und Überzeugung. Inspiration und Entschlossenheit im Angesicht der Tragödie.

Stattdessen fanden Kat und Gordon eine Menschenmenge vor dem Paragon-Turm, die sich von den Türen des Gebäudes bis in die breiten Straßen erstreckte. Drohnen und einige Paragon-Polizisten hatten in der kühlen Morgensonne Absperrungen errichtet und leiteten Pods um, aber sie sahen zerzaust aus und winkten Kat einfach durch.

»Willst du da wirklich reingehen?«, fragte Gordon, als sie am Rand standen.

Die Menge schwankte zwischen besorgten Rufen und wütenden Demonstrationen, seltsame Worte und Gesänge forderten mehr Freiheit, mehr Wahlmöglichkeiten und Gerechtigkeit für Normale. Schilder, von denen einige viel zu professionell aussahen, um in der halben Zeit zwischen der Krise in LA und diesem Morgen entstanden zu sein, forderten das Gleiche.

»Was geht hier vor?«, fragte Kat in die Luft und erhielt keine Antwort. Selbst Seeker klammerte sich an ihre Beine und wollte sich der negativen Energie nicht nähern. »Gerechtigkeit für Normale?«

»Klingt nach dem Typen, der Aegis getötet hat«, sagte Gordon, während er sich mit ihr durch die Menge zwängte. »War das nicht sein Ding?«

»Hatte in letzter Zeit nicht wirklich Zeit, Nachrichten zu lesen«, erwiderte Kat, aber Gordons Kommentar kam ihr bekannt vor.

Jedenfalls sah es so aus, als hätten die Paragons alle Hände voll zu tun. Kat konnte sich nicht vorstellen, dass jemand ihre Bitte anhören würde, selbst wenn sie es nach drinnen schaffen würde. Eine vermeintliche Mörderin war im Vergleich zum Zusammenbruch der Regierung nicht von Bedeutung.

»Wo gehen wir jetzt hin?«, fragte Gordon, als sie ihre ziellose Wanderung durch die Straßen der Stadt fortsetzten. »Zurück ins Hotel? Abwarten und sehen, was passiert?«

»Ich will in meine Wohnung«, sagte Kat. »Und ich will nicht mehr ständig über meine Schulter schauen müssen.«

»Ich will auch Dinge, Kat.«

»Der Unterschied ist, ich weiß, wie ich das bekomme, was ich will.« Manchmal kamen Ideen aus den seltsamsten Quellen, und Gordons simple Antwort weckte Kats Erinnerung. »Gordon, du musst dich jetzt sofort entscheiden.«

»Oh oh.«

»Verdammt richtig, oh oh. Ich weiß nicht, was als Nächstes passieren wird, aber ich glaube nicht, dass ich diese Typen alleine erledigen kann. Die Paragons werden nicht helfen, nicht bald, vielleicht nie«, sagte Kat und bog in Richtung Bahnhof ab. Gordon folgte ihr. »Ich brauche Verbündete, die handeln werden.«

»Ich reiche nicht?«

»Du hilfst.« Kat lächelte kurz. »Aber du und ich sind diesem Typen nicht gewachsen.«

»Wer dann?«

»Der Killer hat sich einige Feinde gemacht. Jetzt, wo ich eine Ahnung habe, wie ich ihn finden kann, könnten sie uns helfen, ihn zur Strecke zu bringen. Aber Gordon, das sind keine guten Leute. Wenn wir zu ihnen gehen, gehen wir einen Pakt mit Leuten ein, die die Paragons nicht mögen. Das könnte für uns nicht gut ausgehen.«

»Aber wenn wir das nicht tun, wird dieser Typ dich töten.«

»Wahrscheinlich.«

»Dann ist das alles, was ich wissen muss.«

KAPITEL 59

DEN KRIEG BEGINNEN

WAS MACHST DU, wenn alles gut gelaufen ist und du dich trotzdem in einem dunklen Wohnwagen wiederfindest, wo du Nachrichten über andere Leute, andere Orte und andere Projekte verfolgst?

Zhan-Yo hatte kein Tama, aber Mathieus Versteck hatte einen Computer, und er hatte sich über ein signalverschleierndes Netzwerk mit seinen alten Konten verbunden, um Rückverfolgungen nahezu unmöglich zu machen. Er hatte eine Flut erwartet, unzählige Fragen und Interviewanfragen von Nachrichtenorganisationen aus der ganzen Welt.

Wie hatte er das geschafft?

Warum hatte er es getan?

Was bedeutete das alles?

Null. Und es war nicht so, als wären diese Informationen geheim. Zhan-Yos persönliche Kontaktdaten waren schon früher veröffentlicht worden, auch von ihm selbst. Ein kurzer Blick ins Internet würde einem die Infos liefern. Doch nichts.

Die Paragons beantworteten verständlicherweise Tausende von Fragen. Jedes Nachrichtennetzwerk, ja sogar jeder Privatbürger, warf ihren Vertretern panische Vorschläge an den Kopf, die Unheil verkündeten. Als ob diese Explosion, eine einzige in einem einzigen, größtenteils leeren Stadion, das Ende bedeuten würde.

Andererseits könnte man das denken, wenn man den Paragons zuhörte.

»Wie können sie das sagen?«, gestikulierte Zhan-Yo in Richtung des Bildschirms, wo der regionale Paragon-Leiter von LA gerade alle gewarnt hatte, vorsichtig zu sein und öffentliche Plätze zu meiden, bis die Paragons die Verbrecher zur Rechenschaft gezogen hätten. »Das war kein zufälliger Angriff.«

»Besser, es so aussehen zu lassen«, sagte Xander, bevor der junge Mann zu seinem Abendessen zurückkehrte und in etwas Fisch biss, der in der Nähe gezüchtet worden war. »Die Paragons wollen nicht-«

»Die Leute spalten, ja, ich verstehe das.« Zhan-Yo beugte sich vor. Sein linkes Handgelenk juckte, wo früher sein Tama gewesen war. »All dieser Einheitsquatsch. Wo war das gestern?«

»Brauchte man gestern nicht.«

Zhan-Yo warf Xander einen gereizten Blick zu, aber der Junge sah nicht hin. Er schaute auf den Bildschirm. Zumindest hatte der Fernseher eine ordentliche Größe; Zhan-Yo hatte zwar nicht die sofortigen Informationen eines Tamas zur Hand, aber Mynx' großes Gesicht zu sehen, als es auf dem Bildschirm aufleuchtete, war auch nicht schlecht.

Sorge zeichnete die Falten der Championin. Ihre grauen Haare wirkten jetzt ausgeprägter, und ihre Augen sahen ziemlich rot aus. Nicht genug Schlaf, und trug sie immer noch ihre Paragon-Uniform vom Stadion?

Das fühlte sich nun wie ein Kompliment an. Einer Championin so viel nervenaufreibende Ablenkung und Katastrophe zu bereiten, dass sie nicht einmal saubere Kleidung anziehen konnte?

Wenn er schon keine Revolution haben konnte, dann würde sich Zhan-Yo damit zufriedengeben.

Er fuhr sich mit der Hand durch die Haare und zuckte zusammen, als sie einen Schnitt streifte. Zhan-Yo hatte davon jede Menge. Und Prellungen auch. Und sein rechtes Ohr schien etwa die Hälfte der Dinge zu verpassen, die hereinkamen. Mathieu hatte keinen Arzt zur Hand, aber einer der Söldner war Sanitäter gewesen, und seine Untersuchung hatte Zhan-Yo als angeschlagen, aber lebendig eingestuft.

»Hey, Käpt'n«, sagte Xander, und Zhan-Yo sah, wie Mathieu den Raum betrat, zwei Teller und zwei weitere Sandwiches in der Hand. Der Mann trug immer noch seine taktische Ausrüstung, als müsste er jederzeit für einen Angriff bereit sein.

»Wie läuft's?«, fragte Mathieu und reichte Zhan-Yo einen Teller. »Bekommen wir die Berichterstattung, die wir wollten?«

»Berichterstattung ja«, sagte Zhan-Yo. »Aber es dreht sich alles um die Paragons. Alles darum, wie sie mit dem Bombenanschlag fertig werden. Sie dürfen all diese tränenreichen Reden über eine bessere Zukunft halten.«

»Und das gefällt dir nicht?«

»Nicht, wenn wir nicht dabei sind«, antwortete Zhan-Yo. »Wexley sagte, er habe seinen Teil getan. Die Demonstranten sind überall unterwegs, an jedem größeren Paragon-Turm in jeder größeren Stadt. Nur sind sie nie auf dem Bildschirm zu sehen. Wir werden mundtot gemacht.«

»Überrascht dich das?«

»Es klingt, als würde es dich nicht überraschen.«

Mathieu nahm einen großen Bissen und wischte sich etwas übrig gebliebenen Senf mit der Hand ab, während der Fernseher weiter von Ausgangssperren und verstärkter Drohnenpräsenz berichtete. Sylvies Bruder kaute auf dem Sandwich, und wie bei Mathieus Schwester wünschte sich Zhan-Yo, er könnte die Gedanken des Mannes lesen.

»Es gibt zwei Möglichkeiten für dich«, antwortete Mathieu. »Entweder du akzeptierst das als deinen besten

Zug, lässt die Ergebnisse sich entwickeln und hoffst, dass etwas passiert. Du ziehst dich zurück, änderst deinen Namen, und wir schicken dich irgendwohin, um dein Leben in Frieden zu genießen.«

Er zögerte. Beobachtete Zhan-Yos Gesicht und sah zweifellos sein sich vertiefendes Stirnrunzeln.

»Ich tue das nicht für den Frieden«, erwiderte Zhan-Yo. »Ich tue das genau deshalb, weil der Frieden uns unseren Platz in unserer eigenen Welt geraubt hat.«

»Dann betrachten wir die zweite Möglichkeit. Das bedeutet, wir gehen diesen Weg weiter, folgen ihm, wohin er auch führt, egal was es kostet.«

Zhan-Yo verdrehte die Augen. Eine Angewohnheit, die er nicht mochte und auch nicht anwendete, aber der momentane Frust überwog seine Zurückhaltung.

»Mathieu, was an dem, was wir gerade getan haben, schreit für dich nach *zivilisiert*? Wir haben Bomben in einem Stadion platziert. Wir haben Paragons verletzt oder getötet, unschuldige, und normale Menschen außerhalb und um den Ort herum verletzt. Wenn es einen dunklen Weg zu gehen gibt, bin ich bereits darauf.«

»Allerdings weigere ich mich, diesen Weg blind zu gehen. Ich werde keinem Mord ohne Zweck zustimmen. Es ist noch früh. Wenn dies unsere Revolution nicht in Gang bringt, dann bewegen wir uns vielleicht weg von der Gewalt. Vielleicht hören wir auf zu zerstören und fangen an aufzubauen.«

»Kein schlechter Einfall«, sagte Xander. Zhan-Yo hatte vergessen, dass der Paragon-Verräter noch da war. »Als sie uns damals ausgebildet haben, ging es immer darum, diese gemeinsame Basis zu finden. Nicht jeder, selbst andere Paragons, würde wie du sein. Man musste sie für sich gewinnen, besonders wenn sie ängstlich oder wütend waren.«

Xander verstummte und beobachtete die beiden älteren Männer. Zhan-Yo fand, dass der Paragon in diesem Moment so jung wirkte, wie er seine Meinung vor Leuten äußerte, die weit über seinem Rang standen, und dann wartete und hoffte, dass sie gut aufgenommen würde.

Zhan-Yo verschaffte sich mit einem Bissen einen Moment Zeit. Mathieu tat dasselbe und wandte sich wieder dem Fernseher zu. Xander hatte nicht Unrecht. Zhan-Yo hatte die Angst geschaffen, aber vielleicht war diese Angst noch nicht ganz ausreichend. Er musste zeigen, was die Menschen haben *könnten*, wenn sie ihre Chance ergriffen, die Paragons beiseite schöben und ihr eigenes Schicksal in die Hand nähmen.

»Einige Champions sind gestorben«, sagte Zhan-Yo. »Wo?«

»Russland, Europa.« Mathieu überlegte einen langen Moment. »Ich glaube, das sind die bestätigten Fälle. Andere könnten verletzt sein, aber das wissen wir nicht.«

»Ich habe Freunde in Europa«, sagte Zhan-Yo. »Dort gibt es Möglichkeiten. Xander, deine Idee gefällt mir. Hier ist die Führung noch intakt. Die Paragons sind zu stark. Auf der anderen Seite des Ozeans könnte es jedoch Gelegenheiten geben.«

Zhan-Yo stand auf und verzog das Gesicht, als seine Knie knackten. »Ich werde Wexley sagen, dass ich ins Ausland gehe. Er wird die Treffen arrangieren. Mathieu, mach deine Leute bereit. Wir müssen schnell handeln.«

»Schnell handeln?«, fragte Mathieu und verschlang dann den Rest seines Sandwiches mit einem riesigen Bissen. »Was werden wir tun?«

»Dem Chaos Ordnung bringen.«

Und wenn mehr Chaos nötig wäre, könnte Zhan-Yo auch das liefern.

KAPITEL 60

GENESUNGSZIMMER

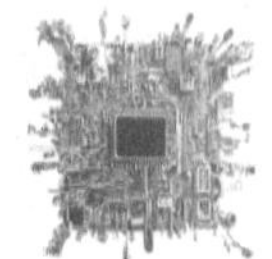

KRANKENZIMMER LÖSTEN SELTEN EUPHORIE AUS, aber dieses hier tat es, weil Apinya darin lag und er am Leben war. Der Champion, der in seinem blau-weißen Krankenhauskittel seltsam aussah, hielt eine Krankenschwester in seinen Bann, als Mynx eintrat. Soweit Mynx es beurteilen konnte, gab Apinya der Krankenschwester Ratschläge für ihre Ehe, und nach den Notizen zu urteilen, die sie in ihr Tama tippte, während Apinya sprach, war es nicht alles schlecht.

»Du hörst wohl nie auf, was?«, sagte Mynx, nachdem die Krankenschwester aus dem Zimmer gehuscht war.

»Warum?«, Apinya verzierte die Worte mit einem sanften Lächeln. »Ich genieße meine Gabe und so gebe ich sie weiter.«

»Ich bin froh, dass du das immer noch kannst.«

»Ja, nun«, Apinya hob seine Arme und zeigte, dass sie frei von Schläuchen und Verbänden waren. »Es sieht nicht so aus, als wäre ich in sehr schlechter Verfassung. Tatsächlich haben mir die Maschinen gesagt, dass ich heute Nachmittag gehen könnte.«

»Weniger als ein Tag.« Mynx schüttelte den Kopf. »Wir werden wirklich gut darin.«

»Nein«, sagte eine andere Stimme, die sich mit zwei Energydrinks in der Hand an Mynx vorbeidrückte. »Ich bin zufällig hier.«

Mila, die aus Südamerika heraufgekommen war, hatte vielleicht Dank erwartet, aber Mynx bezweifelte, dass sie die Umarmung erwartet hatte. Tief, lang und überhaupt nicht steif, eine unnatürliche Mischung für Mynx, die sich hier und jetzt dennoch notwendig anfühlte.

»Wie viele hast du gerettet?«, fragte Apinya Mila.

»Ich hab's dir schon gesagt.«

»Sag es noch mal.« Apinya nickte in Richtung Mynx. »Damit sie es weiß.«

»Siebenunddreißig«, antwortete Mila, verschränkte die Arme und blickte auf die Fliesen. »Hätten mehr sein sollen, aber es hat zu lange gedauert, aus der Stadionloge rauszukommen. Die Treppe ist eingestürzt, also musste ich einen Umweg machen, bevor ich zu den Körpern gelangen konnte.«

»Trotzdem die Arbeit eines Champions.« Apinya faltete seine Hände und lehnte sich auf dem Bett zurück. »Und dann hast du mich hier gefunden und mich von einem runzligen Wrack in einen gesunden Mann verwandelt.«

»Immer noch runzlig, allerdings.« Mynx schloss die Zimmertür. Sie würde diesem Ort keinen vertraulichen Status geben, aber es wäre schön, zufälliges Mithören zu verhindern. »Wir haben Lukas und Burov verloren. Die meisten anderen sind bereits abgereist. Zurückgeflogen zur Behandlung in ihren eigenen Regionen.«

Der Gipfel war ein furchtbarer Misserfolg gewesen, und es wurde immer schlimmer. Mynx hatte sich, mit Reeves' ständigem Flehen, gezwungen, ein paar Interviews zu geben und weitere einigende Erklärungen abzugeben. Es klang alles etwas hohl, aber anscheinend kam es gut an.

Es waren einige Proteste ausgebrochen, aber sie waren unter Kontrolle, und die regionalen Paragons hatten bisher die Ruhe bewahrt. Was passieren würde, wenn es an der Zeit wäre, die Opfer zu sortieren und die Lücken zu füllen, konnte Mynx nicht sagen.

»Ich werde mich ihnen anschließen«, sagte Apinya. »Heute Abend, denke ich. Sofern keine Rückschläge auftreten. Deine kleine Magie verursacht keine davon, oder?«

»Nur wenn du mich wütend machst«, erwiderte Mila.

»Ah, dann muss ich definitiv so bald wie möglich abreisen.«

»Apinya«, sagte Mynx. »Ich hatte gehofft, du könntest noch ein oder zwei Tage bleiben. Einfach noch ein wenig Einigkeit zeigen. Den Eindruck aufrechterhalten, dass nicht alles so schlimm ist.«

»Aber es ist alles schlimm«, murmelte Mila.

»Ich würde, Mynx. Wir hatten noch nicht einmal Zeit, uns auf den neuesten Stand zu bringen.« Apinya streckte seine Hand nach Mila aus, die sie ergriff und still blieb. »Leider habe ich jetzt, wie die anderen, eine dringende und fordernde Öffentlichkeit, die nicht ruhen wird, während ich weg bin. Sie werden Antworten wollen, und ich werde sie ihnen geben müssen. Persönlich und mit Überzeugung.«

Apinya schloss nicht mit einer Entschuldigung. Mynx hätte keine erwarten sollen. So waren die Dinge nun mal. Nicht mehr und nicht weniger.

»Hast du dann einen Rat für mich?«, fragte Mynx. »Da Pixie so neu in all dem ist, werde ich die Führung übernehmen müssen. Das Bild des Paragon-Stolzes und all das.«

»Mein Rat? Ich würde diejenigen finden, die das getan haben, und zwar schnell. Ruiniere sie vor den Augen der Welt und wirf sie dann dorthin, wo niemand ihre Leichen finden kann.«

»Celice ist bereits auf dieser Mission.«

»Ist sie allein unterwegs?«

Mynx blickte zu Mila, die ihr ein kaum merkliches Schulterzucken gab. Rache und Zorn waren eigentlich nicht

Apinyas Ding, aber hier kamen die leidenschaftlichsten Worte, die Mynx seit Jahrzehnten von ihm gehört hatte.

»Ich weiß nicht?«, antwortete Mynx. »Sie ist in Eile aufgebrochen.«

»Dann geh ihr nach. Die Champions wurden angegriffen, Mynx. Die Paragons wurden überfallen. Vernunft und Dialog sind nutzlos, wenn der Feind sich weigert zuzuhören. Eine solche Bedrohung muss beseitigt werden, nicht toleriert.«

Jetzt verschränkte Mynx die Arme und stellte sich Apinya direkt gegenüber: »Du hast mit Zhan-Yo gesprochen. Als er auf dieser Bühne war. Hast du etwas erfahren, das dich so reden lässt?«

»Ich habe gelernt, dass er mit ganzem Herzen an seine Sache glaubt«, sagte Apinya. »Er wird nicht aufhören, Mynx. Er wird nicht aufhören, bis er bekommt, was er will.«

»Nun, ich auch nicht.«

Mynx verließ das Zimmer etwas später, nachdem sie Mila überredet hatte, für die Kameras Apinyas Rolle der Einigkeit zu übernehmen. Als Mynx das Krankenhaus verließ und die Kapsel bestieg, die sie zu ihrer Fabrik bringen würde, gab sie Befehle aus.

Alle Drohnen weltweit sollten weiter nach Zhan-Yo suchen. Wenn sie ihn fänden, gäbe es keine Gefangennahme. Kein Betäuben und Verhören.

Und wenn Zhan-Yo sich ruhig verhielt? Sich versteckt hielt?

Mynx hatte schon vor der Herrschaft der Champions die sichersten Orte des Planeten infiltriert. Hatte Schurken aus der Ferne mit einem winzigen, gut platzierten Schuss ermordet. Die Drohnen, die für die Paragon-Revolution leise, blutige Ergebnisse geliefert hatten, hatten jahrelang ungenutzt herumgelegen.

Zeit, sie aufzuwecken.

KAPITEL 61
DER TAUCHGANG

WIE VIELE GEFÄNGNISAUSBRÜCHE beinhalteten ein paar Dutzend Anomalien, die in einem provisorischen Boot, das nur durch Spucke und Superkräfte zusammengehalten wurde, über den Ozean rasten? Thane würde hart darauf wetten, dass es null waren, aber er begann zu glauben, dass dies beim ersten Versuch ein Erfolg werden könnte. Mit Cassidy, die immer wieder auftauchte und von den anderen Anomalien durch ihre Fähigkeiten Deckung erhielt, hatten die Drohnen schwere Verluste erlitten. Die Wellen hinter dem Boot glitzerten von schwarzen Flecken, einige davon qualmten noch, als Beweis für Cassidys Arbeit.

Nicht, dass Cassidy selbst nicht erschöpft war. Thane musste sie jedes Mal stützen und seine eigene Angst und Verzweiflung nutzen, um sich vor Cassidys intensiver Hitze zu schützen, während eiskaltes Meerwasser über sie schwappte. Die Leere tat jedoch ihre Arbeit und saugte eine Drohne nach der anderen in dieses dimensionale Loch, zerriss sie und hielt die Flüchtlinge am Leben.

Die Insel schrumpfte am Horizont, ihr Vulkan ein dunkler Speer, der den fernen Himmel teilte. Arthur und seine verräterische Bande waren noch dort, sicher auf dem Land, das größtenteils unbestritten bleiben würde. Sie konnten ihr gefangenes Paradies haben. Ihr ruhiges Leben leben, ohne etwas vorzuweisen für die großartigen Gaben, die die Natur ihnen geschenkt hatte.

»Was machen die da?«, murmelte Cassidy und lehnte sich in Thanes Armen zurück, während er sich wiederum an die Backbordseite des Bootes lehnte.

»Wer?«, Thane blickte über das Boot zu den Anomalien in ihren zugewiesenen Positionen.

Erstaunlich eigentlich, wie schnell sie sich alle eingereiht hatten. Thane musste nur ein paar Befehle bellen, und diese abgehärteten Schurken sprangen sofort zu dem, was getan werden musste. Die Tatsache, dass Versagen den Tod bedeuten könnte, hatte vielleicht etwas damit zu tun, aber Thane war schon früher leichtsinnigen Anomalien begegnet, solchen, die ihr eigenes Ego benutzten, um sich vor der Vernunft zu schützen. Hier jedoch hatten sie eine Crew.

Am Heck trieb Sook das Boot vorwärts, während am Bug ein anderer, Avery, der das Boot zuerst versiegelt hatte, seine Fähigkeit nutzte, um einen Pfad durch die Wellen zu glätten und eine schimmernde Oberfläche wie Plastikeis zu erschaffen, über die das Boot hinwegraste. Andere Anomalien erzeugten Ablenkungen für die Drohnen, hielten das Wasser vom Deck fern oder halfen bei der Navigation auf eine Weise, die Thane nicht begreifen konnte.

»Die Drohnen«, sagte Cassidy. »Sie kommen nicht für einen weiteren Angriff.«

Das stimmte. Anstatt sich für einen weiteren bolzenschießenden Blitzangriff zu sammeln – genug Anomalien hielten umwickelte Arme oder Beine oder lagen flach auf dem Deck und wurden versorgt, um zu zeigen, dass die Angriffe der Drohnen gewirkt hatten – schienen die Drohnen um das Boot herumzufließen und ihre Anzahl zu einem weiten Kreis aufzureihen. Aus der Nähe hätte Thane das Manöver vielleicht als umzingelnde Bedrohung betrachtet. Die Drohnen schwebten jedoch außerhalb der Reichweite der Anomalien und auch außerhalb ihrer eigenen.

»Es ist, als würden sie uns beobachten«, sagte Thane. »Was ein Problem darstellt.«

Irgendwann würde das Boot sich der Zivilisation nähern. Der Plan war gewesen, der Verfolgung zu entkommen, auf offener See zu verschwinden und unbeobachtet an Land zu gehen. Wenn die Drohnen den ganzen Weg über an ihnen dranbleiben würden, könnten Paragon-Kräfte Thanes kleine Gruppe umzingeln und wieder gefangen nehmen oder töten.

»Ich kann sie nicht so weit draußen erreichen«, sagte Cassidy.

»Ich weiß.«

Thane schob Cassidy zur Seite und half ihr, sich an die Reling zu lehnen.

In der Mitte des Bootes bot sich keine offensichtliche Strategie an. Thane machte eine Bestandsaufnahme seiner verbleibenden Anomalien und ihrer Fähigkeiten, suchte nach einem Schlüssel für ihre Flucht und fand keinen. Das offene Wasser bot nicht viele Möglichkeiten, selbst für Superkräfte. Sie konnten weiter vorwärts gleiten und hoffen, dass die Drohnen ihre Energie aufbrauchten, bevor die Anomalien die Zivilisation erreichten.

Oder.

»Wir tauchen«, sagte Thane zu Cassidy. »Du erschaffst eine Öffnung, eine Leere vor uns, und drückst sie vorwärts, um das Wasser zu verdrängen. Avery versiegelt das Wasser hinter uns, wenn wir hindurchgehen, und die anderen treiben uns weiter vorwärts.«

»Sie werden uns trotzdem noch verfolgen können.«

»Nicht, wenn wir tief genug gehen. Warum sollte Mynx Luftdrohnen dafür ausrüsten? Wenn wir tief genug kommen, können wir ihnen davonlaufen.«

»Das glaubst du.«

»Ich hoffe es, denn ansonsten endet das hier nur mit unserem Tod.«

Darauf hatte Cassidy keine Antwort. Stattdessen zog sie sich mit einem zittrigen Seufzer und einem Griff an Thanes Arm auf die Füße. Thane teilte die Pläne mit, und obwohl er unter den Anomalien nicht viel Begeisterung fand, funktionierte Resignation genauso gut.

Thane, Cassidy, Avery und Sienna machten sich auf den Weg zum Bug. Im Heck behielten die anderen Anomalien die Drohnen im Auge und hielten das Boot in Bewegung, indem sie Luft hinter ihnen her drückten.

»Bereit?«, fragte Thane, und er beobachtete, wie Cassidy noch einen letzten Blick auf den sonnigen Mittagshimmel warf, der wie im Paradies aussah.

Einen letzten schönen Anblick in sich aufnahm.

»Bereit«, sagte Cassidy. »Sobald wir anfangen, müssen wir weitermachen, bis wir nicht mehr können. Wenn wir zu früh auftauchen, war alles umsonst.«

Als Cassidy ihre Worte beendete, erhoben sich Schreie über das Boot. Die Drohnen, die offenbar etwas sahen, das ihnen nicht gefiel, hatten ihre Formation aufgelöst. Die fliegenden Maschinen stürzten von allen Seiten auf das Boot zu, ein verstreuter Angriff, der mit den Anomalien außer Position katastrophal sein konnte.

»Los!«, schrie Thane.

Vor ihnen brach die nächste Welle nicht zusammen, teilte sich nicht, sie verschwand einfach. Das Boot neigte sich nach vorne in eine plötzliche schwarze Leere, und Thane wurde klar, dass die Welle selbst nicht verschwunden war, sondern das Licht, das auf sie zukam, war aufgesaugt worden. Cassidys Leere wuchs und drückte, lenkte das Boot nach unten.

Avery ließ seine Fähigkeit um sie herum wirken, während sich das Wasser um Cassidys Leere krümmte und das Boot hinter dem winzigen schwarzen Loch hindurchschoss.

Wasser, das sie von hinten und oben hätte überfluten sollen, gefror zu Glas und zersprang Momente später wieder zu Tröpfchen, als das Boot vorbeifuhr. Avery selbst, ein bronzefarbener Mann, der irgendwo zwischen fünfundzwanzig und fünfzig aussah, brach in Schweiß aus.

Sienna ließ jedoch nicht locker. Sie zog Wasser unter dem Bug des Bootes hervor, beschleunigte ihren Abstieg und schleuderte es über die Gruppe. Es verwandelte sich auf Cassidys Haut in Dampf, erweichte Averys eigene und ließ Thane so sehr zittern, dass er in seine verbleibende Angst, Hoffnung und Verzweiflung eintauchte, um sich zu stärken.

Aber sie tauchten. Sie sanken unter die Oberfläche und weiter hinab, bis überall, wo Thane hinschaute, Blau das Boot umhüllte, erst hell und dann dunkler.

Das Wasser würde jegliche Drohnenaufnahmen blockieren. Es würde ihnen etwas Zeit verschaffen. Kein Blitz könnte durch so viel Wasser dringen, keine Kugel ebenso, und diese Drohnen würden keine Torpedos an Bord haben. Zumindest hoffte Thane, dass Mynx nicht so vorausschauend oder paranoid gewesen war.

»Eine ist immer noch hinter uns!« Ein Schrei von hinten, und Thane verarbeitete die Worte gerade noch rechtzeitig, um zurückzublicken, in diesen langen, zusammenbrechenden Tunnel.

Eine einzelne Drohne, bedrohlich schwarz, war in den Tunnelschweif des Bootes eingetaucht. Befreit von ihrer Formation, schoss die Drohne durch das kollabierende Glas-Wasser und wich den Blitzen und Explosionen, die die Anomalien ihr entgegenschleuderten, mit zu großer Leichtigkeit aus. Als ob sie vorhersehen könnte, woher jeder Angriff kommen würde, bevor die Anomalie ihn ausführte.

Unmöglich, es sei denn, die Programmierung der Drohne las die Körpersprache der Anomalien. Las Wärme, Augen, Atem und jedes andere Anzeichen, das ein Lebewesen vor einer Bewegung von sich gab. Der Roboter tanzte, während die Realität um ihn herum explodierte, und die Drohne antwortete auf gleiche Weise.

Die eigenen Blitze und Kugeln der Drohne trafen das Boot, und ohne Cassidys Leeren oder Siennas und Averys Glas-Wasser-Barrieren, um die Angriffe zu blockieren, begannen die Anomalien zu fallen. Die Drohne schoss mit Präzision, jeder Treffer markierte ein tödliches Ende. Sook brach zusammen, als ein Blitz seine Brust traf, das Boot erzitterte, als seine Beschleunigung ins Stocken geriet.

Eine weitere Minute, und das Boot würde ein Grab sein.

»Cassidy!«, rief Thane. »Wir brauchen noch eine Leere! Hinter uns!«

Vorne brauchten sie ein meterhohes schwarzes Loch, das einen Weg durch die Tiefen saugte. Cassidy, bereits in Rauch gehüllt von der Anstrengung, Thane hielt sie aufrecht, ihre Haut glühend heiß gegen seine eigene, zitterte bei seinen Worten. Er sah, wie sie den Kopf drehte, diese tränenverschmierten Augen kaum geöffnet gegen den Schmerz.

»Bitte«, sagte Thane. »Ich glaube an dich.«

Ein kurzes Brüllen, gefolgt vom kreischenden Zerreißen von Metall, kam von hinten. Thane drehte sich um, sah die Drohne auseinanderbrechen, ihre Triebwerke feuerten noch immer, trieben das Wrack auf sie zu. Thane spürte Splitter, die von seinem eigenen Rücken abprallten, sah, wie sie Sienna und Avery durchbohrten. Die anderen.

Sah Sienna stolpern und über Bord fallen.

Spürte, wie Averys Konzentration zerbrach, als seine Hände zu seiner Schulter fuhren, wo sich ein dünner Metallsplitter festgesetzt hatte. Der Glastunnel zerbrach, stoppte, und das Meer begann, sich um sie herum zusammenzufalten.

Thane gab seiner Angst, seiner Verzweiflung, seinem Untergang nach. Mit seinen Armen fest um Cassidy geschlungen, immer noch eine Nova, stürzte der Ozean heran, um sie zu verschlingen.

Die Bombe tat mehr als nur ein Stadion zu zerstören: Sie erschütterte die Welt. Als sich der Rauch lichtet, macht sich Celice auf den Weg nach Europa, auf den Fersen des Bombenlegers, mit heißer Rache im Sinn. Sie hat die Mittel und die gequälte Seele, um sicherzustellen, dass ihr Ziel leidet. Es ist eine Jagd ohne Regeln, die einen Preis haben könnte, den Celice vielleicht nicht bereit ist zu zahlen.

Setze Celices Abenteuer mit *Der Aufstieg der Revolution*:

DANKSAGUNGEN UND ANMERKUNG DES AUTORS

Ruf des Champions ist, trotz des Autorennamens, ein Werk, das dank vieler Menschen zustande gekommen ist. Nicole, meine Frau, hat mich beim Schreiben unermüdlich unterstützt und mir viele Morgen, Nachmittage und Abende geschenkt, um die Geschichten zu spinnen, die ihr auf diesen Seiten lest. Auch meine Eltern, indem sie all meine Werke gelesen und mich ermutigt haben.

Leser wie du spielen eine große Rolle, denn ich schreibe diese Geschichten, damit sie gelesen und genossen werden und vielleicht die eine oder andere interessante Frage aufwerfen.

Der Kodex des Helden ist eine Reihe, die für mich davon handelt, sich mit Macht in ihren vielfältigen Formen auseinanderzusetzen und wie viele dieser Formen sowohl gut als auch schlecht sind. Der Konflikt zwischen dieser Macht und den Idealen derer, die damit leben, bildet den Kern dieser Reihe, und ich bin gespannt darauf, euch zu zeigen, wohin das führt.

Außerdem macht es einfach Spaß, mit Superhelden abzuhängen, und wenn man diese Romane schreibt, hat man die Chance, Zeit mit Menschen und an Orten zu verbringen, die man sonst nie sehen würde. Aegis, Mynx, Kat - ich darf Zeit mit diesen wunderbaren Menschen verbringen, und ich habe so ein Glück, dass ich das tun darf.

Danke fürs Lesen, und haltet Ausschau nach dem nächsten Buch, denn es wird schneller da sein, als ihr denkt!

ÜBER DEN AUTOR

A.R. Knight ersinnt Geschichten in einem frostigen Haus in Madison, Wisconsin, das hauptsächlich von zwei Katzen beherrscht wird. Nachdem er während der Wirtschaftskrise 2008 in den Arbeitstrott geraten war, fand er sich in langweiligen Meetings wieder, in denen er gedanklich durch den Weltraum flog und große Abenteuer erlebte.

Schließlich entdeckte er nach Erfahrungen mit Podcasting, Drehbüchern, Kurzgeschichten und anderen Romanen eine Geschichte, in die er eintauchen konnte, und eine Besetzung von Charakteren, die sowohl unterhaltsam als auch herzerwärmend waren.

A.R. Knight plant, in andere Welten zu springen und neue Geschichten zu erzählen, die in den grenzenlosen Weiten unserer Vorstellungskraft angesiedelt sind.

Wie immer, danke fürs Lesen!

Für weitere Informationen:
www.blackkeybooks.com

Für Ashe